CLASSIQUES & CIE
LYCÉE

Honoré de Balzac

Le Père Goriot (1835)

et autres textes
sur le thème de l'argent

Collection dirigée par
Johan Faerber

Notes et dossier
Gabrielle Saïd
certifiée de lettres modernes, docteur ès lettres

Hatier

Le Père Goriot

Anthologie sur le thème de l'argent

 – ISBN 978-2-218-97154-9

Conception graphique de la maquette : c-album, Jean-Baptiste Taisne, Rachel Pfleger (texte) ; Lauriane Tiberghien (dossier) • Mise en pages : Chesteroc Ltd. • Correction : Gilles Chauvin • Suivi éditorial : Claire Dupuis.

REPÈRES CLÉS

POUR SITUER L'ŒUVRE

FICHES DE LECTURE

POUR APPROFONDIR SA LECTURE

THÈMES ET DOCUMENTS

POUR COMPARER

| THÈME 1 |

La description

| THÈME 2 |

Le personnage de l'ambitieux

OBJECTIF BAC

POUR S'ENTRAÎNER

| SUJETS D'ÉCRIT |

| SUJETS D'ORAL |

| LECTURES DE L'IMAGE |

Le Père Goriot

Préface de l'édition originale

L'auteur de cette esquisse[1] n'a jamais abusé du droit de parler de soi que possède tout écrivain, et dont autrefois chacun usait si librement, qu'aucun ouvrage des deux siècles précédents n'a paru sans un peu de préface[2]. La seule préface que l'auteur ait faite a été supprimée[3] ; celle-ci le sera vraisemblablement encore, pourquoi l'écrire ? voici la réponse.

L'ouvrage auquel travaille l'auteur doit un jour se recommander beaucoup plus sans doute par son étendue, que par la valeur des détails[4]. Il ressemblera, pour accepter le triste arrêt d'une récente critique, à l'œuvre politique de ces puissances barbares qui ne triomphaient que par le nombre des soldats[5]. Chacun triomphe comme il peut, les impuissants seuls ne triomphent jamais. Ainsi donc, il ne saurait exiger que le public embrasse tout d'abord et devine un plan que lui-même n'entrevoit qu'à certaines heures, quand le jour tombe, quand

---

1. Esquisse : ébauche, croquis. Balzac désigne à maintes reprises son roman, et son art en général, par des termes picturaux.

2. Aux XVIIe et XVIIIe siècles, il était en effet répandu de faire précéder les œuvres d'une préface. L'auteur y justifiait son projet d'écriture et y développait souvent des arguments permettant de devancer les critiques qu'on pourrait lui faire.

3. Balzac fait référence à l'édition originale de *La Peau de chagrin* (août 1831).

4. Balzac fait allusion de façon implicite à son projet d'écriture de *La Comédie humaine*, vaste « étendue » qui doit représenter l'ensemble de la société de son temps.

5. Cette récente critique est celle de Sainte-Beuve, qui reprochait à Balzac de sacrifier la finesse et la qualité du style à la quantité de pages écrites : « Il est un peu comme ces généraux qui n'emportent la moindre position qu'en prodiguant le sang des troupes (c'est l'encre seulement qu'il prodigue) et qu'en perdant énormément de monde. » (*La Revue des Deux Mondes*, 1834.)

il songe à bâtir ses châteaux en Espagne[1], enfin dans ces moments où l'on vous dit : – À quoi pensez-vous ? et que l'on répond : – À rien ! Aussi ne s'est-il jamais plaint ni de l'injustice de la critique, ni du peu d'attention que le public apportait dans le jugement des diverses parties de cette œuvre[2] encore mal étayée[3], incomplètement dessinée, et dont le plan d'alignement n'est exposé dans aucune des mairies de Paris. Souvent donc, il aurait dû peut-être, avec la simplicité des vieux auteurs, avertir les personnes abonnées aux cabinets de lecture[4], que tel ou tel ouvrage était publié dans telle ou telle intention. L'auteur des *Études de mœurs* et des *Études philosophiques*[5] ne l'a pas fait par plusieurs raisons. D'abord, les habitués des cabinets littéraires s'intéressent-ils à la littérature ? Ne l'acceptent-ils pas comme l'étudiant accepte le cigare ? Est-il nécessaire de leur dire que les révolutions humanitaires[6] sont ou ne sont pas circonscrites dans une œuvre, que l'on est un grand homme inédit[7], un Homère[8] toujours inachevé, que l'on partage avec Dieu la fatigue ou le plaisir de coordonner les mondes ? Ajouteraient-ils foi à ces bourdes[9] littéraires ? Ne les a-t-on pas fatigués de

---

1. Bâtir ses châteaux en Espagne : construire des projets impossibles à réaliser (du fait qu'il n'y a pas de châteaux dans les campagnes espagnoles).

2. *Cette œuvre* renvoie au projet de *La Comédie humaine* dans son ensemble, dont Balzac n'a pas encore une idée claire et précise.

3. Étayée : consolidée, formée.

4. Cabinets de lecture : établissements où le public pouvait, contre paiement, consulter et lire journaux, revues ou ouvrages divers.

5. Les *Études de mœurs*, qui regroupent plusieurs romans en douze volumes, ainsi qu'une partie des *Études philosophiques*, paraissent en 1834.

6. Humanitaires : humaines, sociales.

7. Inédit : non encore édité, méconnu.

8. Homère : célèbre auteur de l'Antiquité grecque, il est souvent considéré comme le fondateur de la littérature occidentale.

9. Bourdes : mensonges.

systèmes boiteux, de promesses inexécutées ? D'ailleurs, l'auteur ne croit ni à la générosité, ni à l'attention d'une époque lâche et voleuse qui va chercher pour deux sous de littérature au coin d'une rue, comme elle y prend un briquet phosphorique[1], qui bientôt voudra du Benvenuto Cellini[2] à bon marché, du talent à prix fixe, et qui fait aux poètes la même guerre qu'elle a faite à Dieu, en les rayant du Code[3], en les dépouillant pendant qu'ils vivent, et en déshéritant leurs familles quand ils sont morts. Puis, pendant longtemps, sa seule intention en publiant des livres fut d'obéir à cette seconde destinée, souvent contraire à celle que le ciel nous a faite, qui nous est forgée par les événements sociaux, que nous appelons vulgairement *la nécessité*[4], et qui a pour exécuteurs des hommes nommés *créanciers*[5], gens précieux, car ce nom veut dire qu'ils ont foi en nous. Enfin, ces avertissements à propos d'un détail lui semblaient mesquins et inutiles ; mesquins parce qu'ils ne portaient que sur de petites choses qu'il fallait laisser à la critique, inutiles, parce qu'ils devaient disparaître quand le tout serait accompli[6].

Si l'auteur parle ici de ses entreprises, il a donc fallu quelque accusation étrange, imméritée. Cette accusation

---

1. **Briquet phosphorique :** flacon rempli de phosphore dans lequel on plonge une allumette soufrée pour l'enflammer. Ces briquets étaient vendus deux sous.
2. **Benvenuto Cellini :** orfèvre et sculpteur de la Renaissance italienne (XVIe siècle).
3. **Code :** loi.
4. ***La nécessité* :** le besoin d'argent pour vivre.
5. ***Créanciers* :** personnes à qui l'on doit de l'argent. Le *créancier* est celui qui accorde sa *créance*, c'est-à-dire sa confiance (puisqu'il fait crédit ou prête de l'argent).
6. **Quand le tout serait accompli :** quand l'ensemble de l'œuvre *(La Comédie humaine)* serait écrit.

passera[1] nécessairement dans un pays où tout passe. La préface, qui déjà ne signifie pas grand-chose, ne signifiera donc plus rien. Néanmoins il faut répondre. Aussi répond-il.

Depuis quelque temps donc, l'auteur a été effrayé de rencontrer dans le monde un nombre surhumain, inespéré de femmes sincèrement vertueuses, heureuses d'être vertueuses, vertueuses parce qu'elles sont heureuses, et sans doute heureuses parce qu'elles sont vertueuses[2]. Pendant quelques jours de distraction, il n'a vu de toutes parts que des craquements d'ailes blanches qui se déployaient, de véritables anges qui faisaient mine de s'envoler dans leur robe d'innocence, toutes personnes mariées d'ailleurs, qui lui faisaient des reproches sur le goût immodéré dont il gratifiait[3] les femmes pour leurs félicités illicites d'une crise conjugale[4], qu'il a scientifiquement nommé ailleurs le *Minotaurisme*[5]. Ces reproches n'allaient pas sans quelque flatterie[6], car ces femmes prédestinées aux plaisirs du ciel[7] avouaient connaître par ouï-dire le plus détestable de tous les libelles[8], la Très Horrible *Physiologie du mariage*[9], et se servaient de cette

---

1. Passera : disparaîtra, ne laissera pas de trace.

2. Balzac s'adresse ici plus particulièrement aux femmes, qui composent la majorité de son lectorat. Il dénonce avec beaucoup d'ironie l'hypocrisie des femmes qui estiment toutes être vertueuses.

3. Gratifiait : (euphémisme) accusait.

4. Leurs félicités illicites d'une crise conjugale : leur plaisir de semer la discorde dans leur mariage en trompant leur mari.

5. *Minotaurisme* : nom par lequel Balzac désigne dans la *Physiologie du mariage* (1830) la tendance qu'ont les femmes mariées à tromper leur mari.

6. Flatterie : compliment.

7. Le ciel : Dieu.

8. Libelles : écrits diffamatoires.

9. *Physiologie du mariage* : ouvrage satirique de Balzac dévoilant les travers de la vie conjugale.

expression pour éviter de prononcer un mot banni du beau langage, l'adultère[1]. L'une lui disait que, dans ses livres, la femme n'était vertueuse que par force ou par hasard, et jamais ni par goût, ni par plaisir. D'autres lui disaient que les femmes adonnées au Minotaure, mises en scène dans ses œuvres, étaient ravissantes, et faisaient venir l'eau à la bouche de ces fautes qui ne devaient être représentées que comme tout ce qu'il y avait de plus désagréable dans le monde, et qu'il y avait péril pour la chose publique[2] à faire envier la destinée de ces femmes, quelque malheureuses qu'elles fussent. Au contraire, celles qui étaient atteintes de vertu leur paraissaient devoir être des personnes extrêmement disgracieuses et disgraciées[3]. Enfin les reproches furent si nombreux que l'auteur ne saurait les consigner[4] tous. Figurez-vous un peintre qui croit avoir fait une jeune femme ressemblante, et à qui la jeune femme renvoie le portrait, sous prétexte qu'il est horrible. N'y a-t-il pas de quoi devenir fou ? Ainsi a fait le monde. Le monde a dit : « Mais nous sommes blanc et rose, et vous nous avez prêté des tons fort vilains. J'ai le teint uni pour les gens qui m'aiment, et vous m'avez mis cette petite verrue dont mon mari seul s'aperçoit. »

L'auteur fut épouvanté de ces reproches. Il ne sut que devenir en voyant ce nombre prodigieux de rosières[5] qui méritaient le prix Monthyon[6] et qu'il avait envoyées par

1. **Adultère** : infidélité (fait de tromper son mari ou sa femme).
2. **Péril pour la chose publique** : danger pour la société.
3. **Disgracieuses et disgraciées** : laides et malheureuses.
4. **Consigner** : mentionner.
5. **Rosières** : jeunes filles qui ont reçu le prix de la sagesse, symbolisé par la couronne de roses qu'on leur remet.
6. **Le prix Monthyon** : prix de vertu décerné par l'Institut de France.

mégarde à la police correctionnelle de l'opinion[1]. Dans les premiers moments d'une déroute[2], on ne pense qu'à se sauver; les plus braves sont entraînés. L'auteur oublia qu'il s'était permis de faire quelquefois, à l'instar de la capricieuse nature, des femmes vertueuses aussi attrayantes que le sont les femmes criminelles. On ne s'était pas aperçu de sa politesse, et l'on criait à propos de la vérité. *Le Père Goriot* fut commencé dans le premier quart d'heure de ce désespoir. Pour éviter de jeter dans son monde fictif des adultères[3] de plus, il eut la pensée d'aller rechercher quelques-uns de ses plus méchants[4] personnages féminins, afin de rester dans une sorte de *statu quo*[5] relativement à cette grave question[6]. Puis, quand cet acte respectueux fut accompli, la peur de recevoir quelques coups de griffe l'a pris, et il sent la nécessité de justifier ici, par l'aveu de sa panique, la réapparition de madame de Beauséant, celle de lady Brandon[7], de mesdames de Restaud et de Langeais, qui figurent déjà dans *La Femme abandonnée*, dans *La*

1. **Police correctionnelle de l'opinion**: Balzac désigne ainsi, avec humour, l'opinion publique.

2. **Déroute**: (terme militaire) fuite désordonnée des troupes devant l'ennemi.

3. **Adultères**: infidélités (fait de tromper son mari ou sa femme).

4. **Méchants**: mauvais (au sens moral).

5. ***Statu quo***: (locution latine) état actuel des choses, même situation qu'auparavant. Balzac explique qu'il a choisi de réutiliser des personnages d'œuvres précédentes pour ne pas augmenter le nombre de personnages amoraux.

6. C'est en effet au cours de l'écriture du *Père Goriot* que Balzac eut l'idée de réutiliser les mêmes personnages d'un livre à l'autre. Évidemment, la raison qu'il invoque – éviter de créer de nouveaux personnages adultères – est fausse, il écrit cela pour se moquer des critiques. La vraie raison du retour des personnages n'est pas morale mais littéraire: il cherche à créer des correspondances susceptibles de donner l'illusion d'un monde romanesque autonome.

7. Ce personnage reparaît seulement dans la première édition, il sera effacé dans les suivantes.

Grenadière[1], dans *Le Papa Gobseck*[2], et dans *Ne touchez pas à la hache*[3]. Mais, si le monde lui tient compte de sa parcimonie à l'égard[4] des femmes reprochables, il aura le courage de supporter les coups de la Critique. Cette vieille parasite des festins littéraires[5] qui est descendue du salon pour aller s'asseoir à la cuisine, où elle fait tourner les sauces avant qu'elles ne soient prêtes[6], ne manquera pas de dire au nom du public qu'on en avait déjà bien assez de ces personnages ; que si l'auteur avait eu la puissance d'en créer de nouveaux, il aurait pu se dispenser de faire revenir ceux-là ; car, de tous les Revenants, le pire est le Revenant littéraire. Quant à la faute d'avoir donné les commencements du *Rastignac* de *La Peau de chagrin*[7], l'auteur est sans excuse. Mais si dans ce désastre il a tout le monde contre lui, peut-être aura-t-il de son côté ce personnage grave et positif qui, pour beaucoup d'auteurs, est le monde entier, à savoir le *libraire*. Ce protecteur des lettres paraît compter sur le grand nombre de personnes aux oreilles

1. Tome VI des *Études de mœurs* (deuxième volume des *Scènes de la vie de province*). (Note de Balzac.)

2. Tome IX des *Études de mœurs* (premier volume des *Scènes de la vie parisienne*, sous presse). *Ne touchez pas à la hache* est dans le tome XI des *Études de mœurs* (troisième volume des *Scènes de la vie parisienne*). (Note de Balzac.)

3. ***Ne touchez pas à la hache*** : premier titre de *La Duchesse de Langeais*.

4. **De sa parcimonie à l'égard** : du fait qu'il a limité l'emploi, le nombre.

5. **Les festins littéraires** : les salons littéraires qui réunissaient des personnes aimant la littérature pour des discussions intellectuelles. Balzac reproche à ces réunions de s'être transformées en *festins*, c'est-à-dire en réceptions accueillant un trop grand nombre de personnes. Les salons ont perdu en qualité car ils se sont popularisés et ouverts à des personnes ignorantes : on parle désormais littérature dans la *cuisine* (voir ligne 124).

6. Balzac reproche à la critique de juger les œuvres avant qu'elles ne soient achevées.

7. Le personnage central du *Père Goriot*, Rastignac, est déjà apparu dans le roman *La Peau de chagrin*, à un moment de sa vie ultérieur à celui évoqué dans *Le Père Goriot*, alors qu'il a réussi dans le monde.

desquelles ne sont point parvenus les titres des livres d'où sont tirés ces personnages, pour les leur vendre[1]. Opinion tout à la fois amère et douce que l'auteur est forcé de prendre en gré[2]. Certaines personnes voudront voir dans ces phrases purement naïves une espèce de prospectus[3], mais tout le monde sait qu'on ne peut rien dire, en France, sans encourir des reproches. Quelques amis blâment déjà, dans l'intérêt de l'auteur, la légèreté de cette préface, où il paraît ne pas prendre son œuvre au sérieux, comme si l'on pouvait répondre gravement à des observations bouffonnes, et s'armer d'une hache pour tuer des mouches[4].

Maintenant, si quelques-unes des personnes qui reprochent à l'auteur son goût littéraire pour les pécheresses lui faisaient un crime d'avoir lancé dans la circulation *livresque*[5] une mauvaise femme de plus en la personne de madame de Nucingen, il supplie ses jolies censeurs en jupons[6] de lui passer encore cette pauvre petite faute. En retour de leur indulgence, il s'engage formellement à leur faire, après quelque temps employé à chercher son modèle, une femme vertueuse par goût[7]. Il la représentera mariée à un homme

---

1. Balzac estime que le retour des personnages suscitera chez le lecteur qui ne connaît pas ses premiers romans le désir de les lire, ce qui fera le bonheur du libraire qui écoulera son stock.

2. Que l'auteur est forcé de prendre en gré : à laquelle l'auteur est forcé de se résigner.

3. Prospectus : publicité.

4. Pour répondre de façon adéquate à des critiques qu'il juge ridiculement comiques, Balzac préfère adopter un ton plaisant plutôt que sérieux.

5. Dans la circulation *livresque* : sur le marché du livre.

6. Censeurs en jupons : les femmes qui lui reprochent de décrire les vices féminins. Les censeurs sont les personnes chargées d'examiner les livres avant d'autoriser leur publication et, plus généralement, de veiller à la bonne conduite morale des individus.

7. Par goût : par attrait naturel, spontané.

peu aimable ; car si elle était mariée à un homme adoré, ne serait-elle pas vertueuse par plaisir ? Il ne la fera pas mère de famille, car, comme Juana de Mancini[1], cette héroïne que certains critiques ont trouvée trop vertueuse, elle pourrait être vertueuse par attachement à ses chers anges[2]. Il a bien compris sa mission, et voit qu'il s'agit, dans l'œuvre promise, de peindre quelque vertu en lingot[3], une vertu poinçonnée à la Monnaie du rigorisme[4]. Aussi sera-ce quelque belle femme gracieuse, ayant des sens impérieux[5] et un mauvais mari, poussant la charité[6] jusqu'à se dire heureuse, et tourmentée comme l'était cette excellente madame Guyon[7] que son époux prenait plaisir à troubler dans ses prières de la façon la plus inconvenante. Mais, hélas ! en cette affaire, il se rencontre de graves questions à résoudre. L'auteur les propose, dans l'espérance de recevoir plusieurs mémoires académiques[8] faits de mains de maîtresse[9], afin de composer un portrait dont le public féminin soit satisfait.

D'abord, si ce phénix[10] femelle croit au paradis, ne sera-t-elle pas vertueuse par calcul ? car, comme l'a dit un des esprits

1. Juana de Mancini : héroïne des *Marana*.

2. Ce personnage, délaissé par son mari, se voue entièrement à ses enfants.

3. En lingot : d'une valeur exceptionnelle.

4. Poinçonnée à la Monnaie du rigorisme : garantie et marquée à l'effigie de l'autorité morale la plus sévère.

5. Sens impérieux : sens moral inflexible.

6. Charité : bonté, bienveillance.

7. Madame Guyon : mystique du XVIIe siècle (veuve à l'âge de vingt-huit ans, elle consacra sa vie à la religion).

8. Mémoires académiques : dissertations dignes de l'Académie française.

9. Faits de mains de maîtresse : exécutés à la perfection par elles. Notons le double sens du mot *maîtresse* : experte en la matière ; amante.

10. Phénix : oiseau fabuleux qui a le pouvoir de renaître de ses cendres.

les plus extraordinaires de cette grande époque, si l'homme voit avec certitude l'enfer, comment peut-il succomber ? « Où est le sujet qui, jouissant de sa raison, ne sera pas dans l'impuissance de contrevenir[1] à l'ordre de son prince, s'il lui dit : "Vous voilà dans mon sérail[2], au milieu de toutes mes femmes. Pendant cinq minutes, n'en approchez aucune ; j'ai l'œil sur vous ; si vous êtes fidèle pendant ce peu de temps, tous ces plaisirs et d'autres vous seront permis pendant trente années d'une prospérité constante." Qui ne voit que cet homme, quelque ardent[3] qu'on le suppose, n'a pas même besoin de force pour résister pendant un temps si court ; il n'a besoin que de croire à la parole de son prince. Assurément les tentations du chrétien ne sont pas plus fortes, et la vie de l'homme est bien moins devant l'éternité que cinq minutes comparées à trente années. Il y a l'infini de distance[4] entre le bonheur promis au chrétien et les plaisirs offerts au sujet, et si la parole du prince peut laisser de l'incertitude, celle de Dieu n'en laisse aucune. » (*Obermann*[5]) Être vertueuse ainsi, n'est-ce pas faire l'usure[6] ? Donc, pour savoir si elle est vertueuse, il faut la faire tentée[7]. Si elle est tentée et qu'elle soit vertueuse, il faudrait logiquement la représenter n'ayant pas même l'idée de la faute. Mais si elle n'a pas l'idée de la faute[8], elle n'en saura pas les plaisirs. Si elle n'en sait pas

1. Contrevenir : s'opposer.

2. Sérail : harem.

3. Ardent : impatient, excité.

4. Il y a l'infini de distance : il y a une distance infinie, une très grande différence.

5. *Obermann* : roman (1804) de Sénancour.

6. Faire l'usure : prêter de l'argent avec des intérêts élevés.

7. La faire tentée : la mettre à l'épreuve de la tentation, lui donner la possibilité de commettre un adultère.

8. La faute est ici l'adultère.

les plaisirs, sa tentation sera très incomplète, elle n'aura pas le mérite de la résistance. Comment désirerait-on une chose inconnue ? Or la peindre vertueuse sans être tentée est un non-sens. Supposez une femme bien constituée, mal mariée, tentée, comprenant les bonheurs de la passion[1] : l'œuvre[2] est difficile, mais elle peut encore être inventée. Là n'est pas la difficulté. Croyez-vous qu'en cette situation elle ne rêvera pas souvent cette faute que doivent pardonner les anges ? Alors, si elle y pense une ou deux fois, sera-t-elle vertueuse en commettant de petits crimes dans sa pensée ou au fond de son cœur ? Voyez-vous ? tout le monde s'accorde sur la faute ; mais dès qu'il s'agit de vertu, je crois qu'il est presque impossible de s'entendre.

L'auteur ne terminera pas sans publier ici le résultat de l'examen de conscience que ses critiques l'ont forcé de faire relativement au nombre de femmes vertueuses et de femmes criminelles qu'il a émises sur la place littéraire[3]. Dès que son effroi lui a laissé le temps de réfléchir, son premier soin fut de rassembler ses corps d'armée[4], afin de voir si le rapport qui devait se trouver entre ces deux éléments[5] de son monde écrit[6], était exact relativement à la mesure[7] de vice et de vertu

1. *De la passion* amoureuse.

2. L'œuvre : le cas, le fait.

3. Autrement dit, qu'il a créées dans ses romans.

4. Ses corps d'armée : ses troupes, pour désigner ici l'ensemble des personnages qu'il a créés. (Balzac reprend de façon ironique la métaphore militaire utilisée par le critique Saint-Beuve. Voir note 5, p. 7.)

5. Ces deux éléments : les femmes vertueuses et les femmes criminelles.

6. De son monde écrit : du monde de ses romans.

7. Balzac veut vérifier si le nombre de femmes vertueuses et de femmes criminelles qu'il a créées se rapporte bien à la quantité de vice et de vertu qui existe dans la réalité.

qui entre dans la composition des mœurs actuelles[1]. Il s'est trouvé riche de plus de trente-huit femmes vertueuses, et pauvre de vingt femmes criminelles tout au plus, qu'il prend la liberté de ranger toutes en bataille[2] de la manière suivante, afin qu'on ne lui conteste pas les résultats immenses que donnent déjà ses peintures[3] commencées. Puis, afin qu'on ne le chicane[4] en aucune manière, il a négligé de compter beaucoup de femmes vertueuses qu'il a mises dans l'ombre, comme elles y sont quelquefois en réalité[5].

FEMMES VERTUEUSES

Études de mœurs

1-2. Mme de Fontaine et Mme de Kergarouët, *Le Bal de Sceaux*, t. I.
3-4-5. Mme Guillaume, Mme de Sommervieux et Mme Lebas, *Gloire et malheur [La Maison du chat-qui-pelote]*, t. I.
6. Ginevra di Piombo, *La Vendetta*, t. I.

FEMMES CRIMINELLES

Études de mœurs

1. La duchesse de Carigliano, *Gloire et malheur [La Maison du chat-qui-pelote]*, t. I
2-3. Mme d'Aiglemont, *Même histoire [La Femme de trente ans]*, t. IV.
4-5-6. Mme de Beauséant, *La Femme abandonnée* ; lady Brandon, *La Grenadière*; et Juliette, *Le Message*, t. VI.

1. **Mœurs actuelles :** société actuelle.
2. **En bataille :** (terme militaire) en ligne.
3. **Ces peintures :** (ici) les portraits des personnages.
4. **Chicane :** conteste, critique sur des questions de détail.
5. Les femmes vertueuses vivent *dans l'ombre*, car elles restent recluses chez elles et évitent de se mêler au monde.

FEMMES VERTUEUSES

7. Mme DE SPONDE, *La Fleur des pois*, t. II (sous presse).
8. Mme DE SOULANGES, *La Paix du ménage*, t. II.
9-10. Mme CLAËS et Mme DE SOLIS, *La Recherche de l'absolu*, t. III.
11-12-13-14. Mme GRANDET et EUGÉNIE GRANDET, NANON et Mme DES GRASSINS, *Eugénie Grandet*, t. V.
15-16. SOPHIE GAMARD, la baronne DE LISTOMÈRE, *Les Célibataires {Le Curé de Tours}*, t. VI.
17-18-19. Mme DE GRANVILLE, *La Femme vertueuse {Une double famille}* ; ADÉLAÏDE DE ROUVILLE et Mme DE ROUVILLE, *La Bourse*, t. IX.
20-21. JUANA (Mme DIARD), *Les Marana* ; Mme JULES, *Ferragus, chef des dévorants (Histoire des Treize)*, t. X.
22-23-24. Mme FIRMIANI, la marquise DE LISTOMÈRE, *Profil de marquise {Étude de femme}* ; Mme CHABERT, *La Comtesse à deux maris {Le Colonel Chabert}*, t. XII.

FEMMES CRIMINELLES

7. Mme DE MÉRÉ, *La Grande Bretèche* [fin d'*Autre Étude de femme*], t. VIII (sous presse).
8-9-10. Mlle DE BELLEFEUILLE, *La Femme vertueuse {Une double famille}* ; Mme DE RESTAUD, *Le Papa Gobseck* ; FANNY VERMEIL, *La Torpille* [*Esther heureuse*, première partie de *Splendeurs et misères des courtisanes}*, t. IX (sous presse).
11. LA MARANA, *Les Marana*, t. X.
12. IDA GRUGET, *Ferragus, chef des dévorants (Histoire des Treize)*, t. X.
13. Mme DE LANGEAIS, *Histoire des Treize ; Ne touchez pas à la hache {La Duchesse de Langeais}*, t. XI.
14-15. EUPHÉMIE, marquise DE SAN-RÉAL et PAQUITA VALDES, *La Fille aux yeux d'or*, t. XII.
16-17. Mme de NUCINGEN, Mlle MICHONNEAU, *Le Père Goriot*.

FEMMES VERTUEUSES	FEMMES CRIMINELLES
25-26. Mme TAILLEFER, Mme VAUQUER[1], *Le Père Goriot*. 27-28. EVELINA et LA FOSSEUSE, *Le Médecin de campagne*.	
Études philosophiques	*Études philosophiques*
29. FŒDORA, *La Peau de chagrin*, t. IV. 30. La comtesse DE VANDIÈRE, *Adieu*, t. IV. 31. Mme DE DEY, *Le Réquisitionnaire*, t. V. 32-33. Mme BIROTTEAU et CÉSARINE BIROTTEAU (sous presse), *Histoire de la grandeur et de la décadence de César Birotteau*, t. VI-X. 34-35. JEANNE D'HÉROUVILLE et SŒUR MARIE, *L'Enfant maudit, Sœur Marie-des-Anges*, t. V, XVII, XVIII et XIX. 36-37. PAULINE DE VILLENOIX, *Louis Lambert* ; et Mme DE ROCHECAVE, *Ecce Homo*, t. XXIII et XXIV. 38. FRANCINE, *Les Chouans*[2].	18-19. PAULINE DE WITCHNAU, AQUILINA, *La Peau de chagrin* et *Melmoth réconcilié*, t. I-IV et XXI. 20. Mme DE SAINT-VALLIER, *Maître Cornélius*, t. V. 21-22. Mlle DE VERNEUIL et Mme DU GUA, *Les Chouans*.

1. Elle est douteuse. (Note de Balzac.)

2. L'auteur omet à dessein plus de dix femmes vertueuses, pour ne pas ennuyer le lecteur ; mais il les nommerait s'il y avait contestation sur le résultat de cette statistique littéraire. (Note de Balzac.)

Quoique l'auteur ait encore quelques fautes[1] en projet, il a aussi beaucoup de vertu[2] sous presse, en sorte qu'il est certain de corroborer[3] ce résultat flatteur pour la société, la balance étant de trente-huit sur soixante[4] en faveur de la vertu, dans l'état actuel où en est la peinture qu'il a entreprise du monde. S'il s'arrêtait là, le monde ne serait-il pas flatté ? Si quelques personnes se sont trompées, en croyant à un résultat contraire, peut-être leur erreur doit-elle être attribuée à ce que le vice a plus d'apparence, il foisonne[5] ; et, comme disent les marchands en parlant d'un châle, il est *très avantageux*[6] ; au contraire la vertu n'offre au pinceau que des lignes d'une excessive ténuité[7]. La vertu est absolue, elle est une et indivisible, comme était la République[8] ; tandis que le vice est multiforme, multicolore, ondoyant[9], capricieux. D'ailleurs, quand l'auteur aura peint la femme vertueuse fantastique[10], à la recherche de laquelle il va se mettre dans tous les boudoirs[11] de l'Europe, on lui rendra justice, et les reproches tomberont d'eux-mêmes.

Quelques raffinées[12] ayant fait observer que l'auteur avait peint les pécheresses beaucoup plus aimables que ne l'étaient

1. **Fautes** : personnages qui commettent des fautes.
2. **Vertu** : personnages vertueux.
3. **Corroborer** : renforcer.
4. **Soixante** : soixante personnages.
5. **Foisonne** : abonde, prolifère.
6. Le châle est *avantageux* car il cache les formes disgracieuses.
7. **Ténuité** : minceur.
8. La République a été déclarée « une et indivisible » en 1792 par la Convention.
9. **Ondoyant** : mouvant, changeant.
10. **Fantastique** : fabuleuse, extraordinaire. Balzac ne croit pas à l'existence d'une telle femme.
11. **Boudoirs** : petits salons des maisons luxueuses et élégantes où les femmes reçoivent leur entourage intime.
12. **Raffinées** : femmes raffinées.

les femmes irréprochables, ce fait a semblé si naturel à l'auteur, qu'il ne parle de la critique que pour en constater l'absurdité. Chacun sait trop bien qu'il est malheureusement dans la nature masculine de ne pas aimer le vice quand il est hideux, et de fuir la vertu quand elle est épouvantable.

Paris, 6 mars 1835.

Préface ajoutée dans la seconde édition

Depuis sa réimpression sous forme de livre, ce qui dans la logique du libraire a constitué une seconde édition[1], *Le Père Goriot* est l'objet de la censure impériale[2] de Sa Majesté le Journal, cet autocrate[3] du dix-neuvième siècle, qui trône au-dessus des rois, leur donne des avis, les fait, les défait; et qui, de temps en temps, est tenu de surveiller la morale depuis qu'il a supprimé la religion de l'État[4]. L'auteur savait bien qu'il était dans la destinée du Père Goriot de souffrir pendant sa vie littéraire, comme il avait souffert durant sa vie réelle. Pauvre homme! Ses filles ne voulaient pas le reconnaître parce qu'il était sans fortune; et les feuilles publiques[5] aussi l'ont renié, sous prétexte qu'il était immoral. Comment un auteur ne tâcherait-il pas de se débarrasser du *San-Benito*[6] dont la sainte ou la maudite inquisition[7] du journalisme le

---

1. *Le Père Goriot* a en effet d'abord été édité dans la *Revue de Paris*.

2. Censure impériale: critique ayant tout pouvoir, haute surveillance.

3. Autocrate: tyran.

4. Suite à la Révolution de 1789, la séparation de l'Église et de l'État s'est instaurée en France.

5. Feuilles publiques: journaux.

6. ***San-Benito***: manteau jaune que revêtent les personnes condamnées au bûcher par l'Inquisition espagnole.

7. La sainte ou la maudite Inquisition: organe juridique de l'Église catholique fondé au XIIIe siècle et chargé de lutter contre l'hérésie et la sorcellerie. L'Inquisition sévit surtout en Espagne où il y eut beaucoup de condamnés, d'où la requalification opérée par Balzac: *la sainte ou la maudite inquisition*.

coiffe en lui jetant à la tête le mot *immoralité*? Si les tableaux dessinés par l'auteur étaient faux, la critique les lui aurait reprochés en lui disant qu'il calomniait la société moderne ; si la critique les tient pour vrais, ce n'est pas son œuvre qui est immorale. Le Père Goriot n'a pas été suffisamment compris, quoique l'auteur ait eu le soin d'expliquer comment le bonhomme était en révolte contre les lois sociales, par ignorance et par sentiment, comme Vautrin l'est par sa puissance méconnue et par l'instinct de son caractère. L'auteur a bien ri de voir quelques personnes, obligées de comprendre ce qu'elles critiquaient, vouloir que le Père Goriot eût le sentiment des convenances, lui, cet Illinois de la farine, ce Huron[1] de la halle aux blés[2]. Pourquoi ne lui a-t-on pas reproché de ne connaître ni Voltaire ni Rousseau[3], d'ignorer le code des salons[4] et la langue française ? Le Père Goriot est comme le chien du meurtrier qui lèche la main de son maître quand elle est teinte de sang ; il ne discute pas, il ne juge pas, il aime. Le Père Goriot cirerait, comme il le dit, les bottes de Rastignac, pour se rapprocher de sa fille. Il veut aller prendre la Banque d'assaut quand elles manquent d'argent, et il ne serait pas furieux contre ses gendres qui ne les rendent pas heureuses ? Il aime Rastignac, parce que sa fille l'aime. Que chacun regarde autour de soi, et veuille être franc, combien de pères Goriot en jupon[5] ne

1. Les Illinois, les Hurons : peuples indiens d'Amérique du Nord. Balzac souligne ainsi l'appartenance du père Goriot à une espèce d'hommes étrangère aux us et coutumes de la bonne société française.

2. Halle aux blés : bâtiment où l'on vend les céréales.

3. Voltaire et Rousseau sont les philosophes des Lumières (XVIIIe siècle) les plus connus.

4. Le code des salons : la manière de se conduire lors des réceptions.

5. En jupon : en version féminine.

verrait-on pas ? Or, le sentiment du Père Goriot implique la maternité. Mais ces explications sont presque inutiles. Ceux qui crient contre cette œuvre la justifieraient admirablement bien, s'ils l'avaient faite ! D'ailleurs, l'auteur n'est pas de propos délibéré[1] moral ou immoral, pour employer les termes faux[2] dont on se sert. Le plan général[3] qui lie ses œuvres les unes aux autres, et qu'un de ses amis, monsieur Félix Davin[4], a récemment exposé, l'oblige à tout peindre : le Père Goriot comme la Marana[5], Bartholomeo di Piombo[6] comme la veuve Crochard[7], le marquis de Léganès[8] comme Cambremer[9], Ferragus[10] comme monsieur de Fontaine[11], enfin de saisir la paternité dans tous les plis de son cœur, de la peindre tout entière comme il essaie de représenter les sentiments humains, les crises sociales, le mal et le bien, tout le pêle-mêle de la civilisation[12].

Si quelques journaux ont accablé l'auteur, il en est d'autres qui l'ont défendu. Vivant solitaire, préoccupé par ses travaux,

1. De propos délibéré : volontairement.

2. Les termes faux : les adjectifs *moral* et *immoral* par lesquels la critique juge le roman. Pour Balzac, ce n'est pas l'œuvre qui est morale ou immorale, mais la conduite des personnages, qui n'est en outre qu'un reflet de la réalité sociale.

3. Le plan général : la structure d'ensemble de *La Comédie humaine*.

4. Félix Davin a rédigé la préface des *Études de mœurs* en avril 1835.

5. T. X des *Études de mœurs*. (Note de Balzac.)

6. T. I des *Études de mœurs*, *La Vendetta*. (Note de Balzac.)

7. T. IX des *Études de mœurs*, *La Femme vertueuse {Une double famille}*. (Note de Balzac.)

8. T. V des *Études philosophiques*, *El Verdugo*. (Note de Balzac.)

9. T. V des *Études philosophiques*, *Un drame au bord de la mer*. (Note de Balzac.)

10. T. X des *Études de mœurs*. (Note de Balzac.)

11. T. I des *Études de mœurs*, *Le Bal de Sceaux*. (Note de Balzac.)

12. Balzac explique ici son projet de décrire la société dans son ensemble, dans sa totalité, telle qu'elle se présente à lui. Il prend l'exemple de la paternité qu'il a su peindre dans toutes ses variantes à travers divers personnages de pères et de mères de famille dont il cite les noms. Le père Goriot n'incarne donc qu'un aspect de la paternité.

il n'a pu remercier les personnes auxquelles il est d'autant plus redevable que ce sont des camarades qui avaient, pour le gourmander[1], les droits du talent et d'une ancienne amitié, mais il les remercie collectivement de leurs utiles secours.

Les personnes amoureuses de morale, qui ont pris au sérieux la promesse que, dans la précédente préface, l'auteur a faite de pourtraire[2] une femme complètement vertueuse, apprendront peut-être avec satisfaction que le tableau se vernit[3] en ce moment, que le cadre se bronze[4], enfin que sans métaphore cette œuvre difficultueuse[5] intitulée *Le Lys dans la vallée* va paraître dans l'une de nos revues[6].

Meudon, 1er mai 1835.

1. Gourmander : gronder.

2. Pourtraire : décrire.

3. Se vernit : est en train d'être verni (la pose du verni, qui permet de protéger la peinture, étant la touche finale).

4. Se bronze : est en train d'être peint de la couleur du bronze.

5. Difficultueuse : difficile, compliquée. Cet adjectif se rapporte selon l'usage à des personnes et non à des choses. Balzac l'utilise consciemment, sans chercher à créeer d'effet stylistique, donc « sans métaphore ».

6. Dans la *Revue de Paris* en novembre 1835.

AU GRAND ET ILLUSTRE GEOFFROY SAINT-HILAIRE[1]

Comme un témoignage d'admiration de ses travaux et de son génie.

DE BALZAC.

Madame Vauquer, née de Conflans, est une vieille femme qui, depuis quarante ans, tient à Paris une pension[2] bourgeoise[3] établie rue Neuve-Sainte-Geneviève, entre le quartier latin et le faubourg Saint-Marcel. Cette pension, connue sous le nom de la maison Vauquer, admet également des hommes et des femmes, des jeunes gens et des vieillards, sans que jamais la médisance ait attaqué les mœurs de ce respectable établissement. Mais aussi, depuis trente ans, ne s'y était-il jamais vu de jeune personne, et, pour qu'un jeune homme y demeure, sa famille doit-elle lui faire une bien maigre pension. Néanmoins, en 1819, époque à laquelle ce drame commence, il s'y trouvait une pauvre jeune fille. En quelque discrédit que soit tombé le mot drame par la manière abusive et tortionnaire dont il a été prodigué dans ces temps de douloureuse littérature,

1. **Étienne Geoffroy Saint-Hilaire**: naturaliste (1772-1844) intéressé par l'étude des espèces animales, notamment par leur organisation et par l'influence de leur milieu.

2. **Pension**: maison où l'on est logé et/ou nourri moyennant une somme d'argent.

3. **Bourgeoise**: simple.

il est nécessaire de l'employer ici : non que cette histoire soit dramatique dans le sens vrai du mot ; mais, l'œuvre accomplie, peut-être aura-t-on versé quelques larmes *intra muros* et *extra*[1]. Sera-t-elle comprise au delà de Paris ? le doute est permis. Les particularités de cette scène pleine d'observations et de couleur locale ne peuvent être appréciées qu'entre les buttes Montmartre et les hauteurs de Montrouge, dans cette illustre vallée de plâtras[2] incessamment près de tomber et de ruisseaux noirs de boue ; vallée remplie de souffrances réelles, de joies souvent fausses, et si terriblement agitée qu'il faut je ne sais quoi d'exorbitant pour y produire une sensation de quelque durée. Cependant il s'y rencontre çà et là des douleurs que l'agglomération des vices et des vertus rend grandes et solennelles : à leur aspect, les égoïsmes, les intérêts s'arrêtent et s'apitoient ; mais l'impression qu'ils en reçoivent est comme un fruit savoureux promptement dévoré. Le char de la civilisation, semblable à celui de l'idole de Jaggernat[3], à peine retardé par un cœur moins facile à broyer que les autres et qui enraye sa roue, l'a brisé bientôt et continue sa marche glorieuse. Ainsi ferez-vous, vous qui tenez ce livre d'une main blanche, vous qui vous enfoncez dans un moelleux fauteuil en vous disant : Peut-être ceci va-t-il m'amuser. Après avoir lu les secrètes infortunes du père Goriot, vous dînerez avec appétit en mettant votre insensibilité sur le compte de l'auteur, en le taxant d'exagération, en l'accusant de poésie. Ah ! sachez-le : ce drame n'est ni une

---

1. *Intra muros* et *extra* : (expression latine) « à l'intérieur et à l'extérieur des murs (qui délimitent la ville) », en centre-ville et en banlieue.

2. Plâtras : débris de plâtre provenant de bâtiments en mauvais état.

3. L'idole de Jaggernat : dans la religion hindouiste, représentation du dieu Jagannāth que l'on fait défiler sur un char lors de la fête des chars ; d'où la croyance, en Europe, qu'il écrasait ceux qui lui étaient dévoués.

fiction, ni un roman. *All is true*[1], il est si véritable, que chacun peut en reconnaître les éléments chez soi, dans son cœur peut-être.

La maison où s'exploite la pension bourgeoise appartient à madame Vauquer. Elle est située dans le bas de la rue Neuve-Sainte-Geneviève, à l'endroit où le terrain s'abaisse vers la rue de l'Arbalète par une pente si brusque et si rude que les chevaux la montent ou la descendent rarement. Cette circonstance est favorable au silence qui règne dans ces rues serrées entre le dôme du Val-de-Grâce[2] et le dôme du Panthéon[3], deux monuments qui changent les conditions de l'atmosphère en y jetant des tons jaunes, en y assombrissant tout par les teintes sévères que projettent leurs coupoles[4]. Là, les pavés sont secs, les ruisseaux n'ont ni boue ni eau, l'herbe croît le long des murs. L'homme le plus insouciant s'y attriste comme tous les passants, le bruit d'une voiture y devient un événement, les maisons y sont mornes, les murailles y sentent la prison. Un Parisien égaré ne verrait là que des pensions[5] bourgeoises[6] ou des Institutions[7], de la misère ou de l'ennui, de la vieillesse qui meurt, de la joyeuse jeunesse contrainte à

---

1. *All is true*: autre titre de la pièce de l'auteur anglais William Shakespeare, intitulée *Henry VIII*, et signifiant « Tout est vrai ».

2. Val-de-Grâce : église construite au XVIIe siècle, transformée en hôpital militaire sous la Révolution française (en 1795).

3. Panthéon : monument qui, lors de sa fondation au XVIIIe siècle, était destiné à être une église et qui, sous la Révolution française (en 1791), devient le tombeau de grands personnages ayant marqué l'histoire.

4. Coupoles : voûtes, dômes.

5. Pensions : maisons où l'on est logé et/ou nourri moyennant une somme d'argent.

6. Bourgeoises : simples. Ici, le terme a valeur péjorative : médiocres, manquant de grandeur.

7. Institutions : établissements d'éducation pour les enfants.

travailler. Nul quartier de Paris n'est plus horrible, ni, disons-le, plus inconnu. La rue Neuve-Sainte-Geneviève surtout est comme un cadre de bronze, le seul qui convienne à ce récit, auquel on ne saurait trop préparer l'intelligence par des couleurs brunes, par des idées graves ; ainsi que, de marche en marche, le jour diminue et le chant du conducteur se creuse, alors que le voyageur descend aux Catacombes[1]. Comparaison vraie ! Qui décidera de ce qui est plus horrible à voir, ou des cœurs desséchés, ou des crânes vides ?

La façade de la pension donne sur un jardinet, en sorte que la maison tombe à angle droit sur la rue Neuve-Sainte-Geneviève, où vous la voyez coupée dans sa profondeur. Le long de cette façade, entre la maison et le jardinet, règne un cailloutis en cuvette[2], large d'une toise[3], devant lequel est une allée sablée, bordée de géraniums, de lauriers-roses et de grenadiers plantés dans de grands vases en faïence bleue et blanche. On entre dans cette allée par une porte bâtarde[4] surmontée d'un écriteau sur lequel est écrit : MAISON VAUQUER et en dessous : *Pension bourgeoise des deux sexes et autres*. Pendant le jour, une porte à claire-voie[5], armée d'une sonnette criarde, laisse apercevoir au bout du petit pavé, sur le mur opposé à la rue, une arcade peinte en marbre vert par un artiste du quartier. Sous le renfoncement que simule cette peinture, s'élève une statue représentant l'Amour. À voir le vernis écaillé qui le couvre,

1. Catacombes : espaces souterrains qui servirent au XVIIIe siècle à entreposer les ossements des cimetières parisiens devenus nauséabonds.

2. Cailloutis en cuvette : petits cailloux couvrant un sol légèrement creusé.

3. Toise : ancienne unité de mesure équivalant à un peu moins de deux mètres.

4. Porte bâtarde : porte de taille moyenne, plus grande que celle destinée aux piétons et plus petite qu'une porte cochère destinée aux véhicules.

5. Porte à claire-voie : porte grillagée en bois ou en fer.

les amateurs de symboles y découvriraient peut-être un mythe de l'amour parisien[1] qu'on guérit à quelques pas de là. Sous le socle, cette inscription à demi effacée rappelle le temps auquel remonte cet ornement par l'enthousiasme dont il témoigne pour Voltaire, rentré dans Paris en 1777 :

Qui que tu sois, voici ton maître :
Il l'est, le fut, ou le doit être[2].

À la nuit tombante, la porte à claire-voie[3] est remplacée par une porte pleine[4]. Le jardinet, aussi large que la façade est longue, se trouve encaissé par le mur de la rue et par le mur mitoyen de la maison voisine, le long de laquelle pend un manteau de lierre qui la cache entièrement, et attire les yeux des passants par un effet pittoresque[5] dans Paris. Chacun de ces murs est tapissé d'espaliers[6] et de vignes dont les fructifications grêles[7] et poudreuses sont l'objet des craintes annuelles de madame Vauquer et de ses conversations avec les pensionnaires. Le long de chaque muraille règne une étroite allée qui mène à un couvert de tilleuls, mot que madame Vauquer, quoique née de Conflans, prononce obstinément *tieuilles*, malgré les observations grammmaticales de ses hôtes. Entre les deux allées latérales est un carré d'artichauts flanqué d'arbres fruitiers en quenouille[8], et bordé d'oseille, de laitue ou de persil. Sous le

---

1. Allusion aux maladies vénériennes que l'on soigne non loin, dans l'hôpital des Capucins.

2. Vers de Voltaire, philosophe français du XVIIIe siècle, en réalité rentré dans Paris un an plus tard, en 1778.

3. Porte à claire-voie : porte grillagée en bois ou en fer.

4. Porte pleine : porte ne comportant aucune ouverture.

5. Effet pittoresque : effet de contraste qui mériterait d'être peint.

6. Espaliers : arbres dont les branches sont disposées contre un mur.

7. Grêles : longues et minces.

8. En quenouille : qui a une forme effilée.

couvert de tilleuls est plantée une table ronde peinte en vert, et entourée de sièges. Là, durant les jours caniculaires, les convives assez riches pour se permettre de prendre du café viennent le savourer par une chaleur capable de faire éclore des œufs. La façade, élevée de trois étages et surmontée de mansardes[1], est bâtie en moellons[2] et badigeonnée avec cette couleur jaune qui donne un caractère ignoble à presque toutes les maisons de Paris. Les cinq croisées[3] percées à chaque étage ont de petits carreaux et sont garnies de jalousies[4] dont aucune n'est relevée de la même manière, en sorte que toutes leurs lignes jurent entre elles. La profondeur de cette maison comporte deux croisées qui, au rez-de-chaussée, ont pour ornement des barreaux en fer, grillagés. Derrière le bâtiment est une cours large d'environ vingt pieds[5], où vivent en bonne intelligence des cochons, des poules, des lapins, et au fond de laquelle s'élève un hangar à serrer[6] le bois. Entre ce hangar et la fenêtre de la cuisine se suspend le garde-manger, au-dessous duquel tombent les eaux grasses de l'évier. Cette cour a sur la rue Neuve-Sainte-Geneviève une porte étroite par où la cuisinière chasse les ordures de la maison en nettoyant cette sentine[7] à grand renfort d'eau, sous peine de pestilence[8].

1. **Mansardes** : chambres situées sous les toits.
2. **Moellons** : pierres blanches.
3. **Croisées** : fenêtres en forme de croix.
4. **Jalousies** : persiennes (rideaux formés de lamelles de bois parallèles que l'on monte ou baisse à l'aide d'un cordon).
5. **Pieds** : unités de mesure équivalant à environ 33 cm.
6. **Serrer** : ranger en lieu sûr.
7. **Sentine** : lieu sale et humide.
8. **Pestilence** : odeur infecte.

Naturellement destiné à l'exploitation de la pension[1] bourgeoise[2], le rez-de-chaussée se compose d'une première pièce éclairée par les deux croisées[3] de la rue, et où l'on entre par une porte-fenêtre. Ce salon communique à une salle à manger qui est séparée de la cuisine par la cage d'un escalier dont les marches sont en bois et en carreaux mis en couleur et frottés[4]. Rien n'est plus triste à voir que ce salon meublé de fauteuils et de chaises en étoffe de crin[5] à raies alternativement mates et luisantes. Au milieu se trouve une table ronde à dessus de marbre Sainte-Anne[6], décorée de ce cabaret[7] en porcelaine blanche ornée de filets d'or effacés à demi, que l'on rencontre partout aujourd'hui. Cette pièce, assez mal planchéiée[8], est lambrissée[9] à hauteur d'appui. Le surplus des parois est tendu d'un papier verni représentant les principales scènes de *Télémaque*[10], et dont les classiques personnages sont coloriés. Le panneau d'entre les croisées grillagées offre aux pensionnaires le tableau du festin donné au fils d'Ulysse par Calypso[11]. Depuis quarante ans, cette peinture excite les plaisanteries des jeunes pensionnaires, qui se croient supérieurs à leur position

1. **Pension :** maison où l'on est logé et/ou nourri moyennant une somme d'argent.
2. **Bourgeoise :** simple.
3. **Croisées :** fenêtres en forme de croix.
4. **Frottés :** enduits de cire.
5. **Crin :** poil d'animal.
6. **Marbre Sainte-Anne :** marbre de couleur grise et blanche.
7. **Cabaret :** service à thé, à café ou à liqueur.
8. **Planchéiée :** recouverte d'un plancher.
9. **Lambrissée :** revêtue de panneaux de bois.
10. *Les Aventures de Télémaque* est le titre d'un roman de Fénelon publié en 1699 et qui narre le voyage de Télémaque, à la recherche de son père disparu, Ulysse.
11. **Calypso :** nymphe ayant retenu par amour Ulysse durant sept ans sur son île et qui, dans le roman de Fénelon, accueille Télémaque en quête de son père.

en se moquant du dîner auquel la misère les condamne. La cheminée en pierre, dont le foyer toujours propre atteste qu'il ne s'y fait de feu que dans les grandes occasions, est ornée de deux vases pleins de fleurs artificielles, vieillies et encagées, qui accompagnent une pendule en marbre bleuâtre du plus mauvais goût. Cette première pièce exhale une odeur sans nom dans la langue, et qu'il faudrait appeler l'*odeur de pension.* Elle sent le renfermé, le moisi, le rance[1] ; elle donne froid, elle est humide au nez, elle pénètre les vêtements ; elle a le goût d'une salle où l'on a dîné ; elle pue le service, l'office, l'hospice[2]. Peut-être pourrait-elle se décrire si l'on inventait un procédé pour évaluer les quantités élémentaires et nauséabondes qu'y jettent les atmosphères catarrhales[3] et *sui generis*[4] de chaque pensionnaire, jeune ou vieux. Eh ! bien, malgré ces plates horreurs, si vous le compariez à la salle à manger, qui lui est contiguë, vous trouveriez ce salon élégant et parfumé comme doit l'être un boudoir[5]. Cette salle, entièrement boisée, fut jadis peinte en une couleur indistincte aujourd'hui, qui forme un fond sur lequel la crasse a imprimé ses couches de manière à y dessiner des figures bizarres. Elle est plaquée de buffets gluants sur lesquels sont des carafes échancrées, ternies, des ronds de moiré métallique[6], des piles d'assiettes en porcelaine épaisse, à bord bleus, fabriquées à Tournai. Dans un angle est placée une boîte à cases numérotées qui sert à garder les serviettes, ou tachées ou vineuses de chaque

1. **Rance** : odeur âcre d'éléments gras en décomposition.
2. **Hospice** : maison où l'on accueille les pauvres et les malades.
3. **Catarrhales** : infectieuses, souffreteuses.
4. ***Sui generis*** : (expression latine) « de son espèce », particulières.
5. **Boudoir** : petit salon pour les conversations intimes.
6. **Moiré métallique** : métal présentant des reflets changeants.

pensionnaires. Il s'y rencontre de ces meubles indestructibles, proscrits partout, mais placés là comme le sont les débris de la civilisation aux Incurables[1]. Vous y verriez un baromètre à capucin qui sort quand il pleut[2], des gravures exécrables qui ôtent l'appétit, toutes encadrées en bois noir verni à filets dorés ; un cartel[3] en écaille incrustée de cuivre ; un poêle vert, des quinquets d'Argand[4] où la poussière se combine avec l'huile, une longue table couverte en toile cirée assez grasse pour qu'un facétieux[5] externe y écrive son nom en se servant de son doigt comme de style[6], des chaises estropiées, de petits paillassons piteux en sparterie[7] qui se déroule toujours sans se perdre jamais, puis des chaufferettes[8] misérables à trous cassés, à charnières défaites, dont le bois se carbonise. Pour expliquer combien ce mobilier est vieux, crevassé, pourri, tremblant, rongé, manchot, borgne, invalide, expirant, il faudrait en faire une description qui retarderait trop l'intérêt de cette histoire, et que les gens pressés ne pardonneraient pas. Le carreau rouge est plein de vallées produites par le frottement ou par les mises en couleur. Enfin, là règne la

1. Les Incurables : hospice pour les malades incurables (qu'on ne peut guérir) et pour les pauvres.

2. Baromètre à capucin qui sort quand il pleut : instrument servant à mesurer la pression atmosphérique, sur lequel est représenté, pour annoncer la pluie, un religieux de l'ordre des capucins recouvert d'une capuche.

3. Cartel : horloge murale à pendule.

4. Quinquets d'Argand : lampes à huile. Le nom composé est formé de deux noms propres : Argand, inventeur des lampes, et Quinquet, qui les a par la suite améliorées.

5. Facétieux : qui aime plaisanter, farceur.

6. Style : objet pointu servant à écrire.

7. Sparterie : corde tressée.

8. Chaufferettes : boîtes à couvercle percé dans lesquelles on met de la braise pour se chauffer les pieds.

misère sans poésie ; une misère économe, concentrée, râpée. Si elle n'a pas de fange[1] encore, elle a des taches ; si elle n'a ni trous ni haillons, elle va tomber en pourriture.

Cette pièce est dans tout son lustre[2] au moment où, vers sept heures du matin, le chat de madame Vauquer précède sa maîtresse ; saute sur les buffets, y flaire le lait que contiennent plusieurs jattes couvertes d'assiettes, et fait entendre son *rourou* matinal. Bientôt la veuve se montre, attifée[3] de son bonnet de tulle[4] sous lequel pend un tour de faux cheveux mal mis, elle marche en traînassant ses pantoufles grimacées[5]. Sa face vieillotte, grassouillette, du milieu de laquelle sort un nez à bec de perroquet ; ses petites mains potelées, sa personne dodue comme un rat d'église, son corsage trop plein et qui flotte sont en harmonie avec cette salle où suinte le malheur, où s'est blottie la spéculation[6], et dont madame Vauquer respire l'air chaudement fétide sans en être écœurée. Sa figure fraîche comme une première gelée d'automne, ses yeux ridés, dont l'expression passe du sourire prescrit aux danseuses à l'amer renfrognement de l'escompteur[7], enfin toute sa personne explique la pension, comme la pension implique la personne. Le bagne[8] ne va pas sans l'argousin[9], vous n'imagineriez pas l'un sans l'autre. L'embonpoint blafard de cette petite femme

1. **Fange** : boue.
2. **Lustre** : éclat.
3. **Attifée** : habillée (terme familier et souvent ironique).
4. **Tulle** : tissu très fin.
5. **Grimacées** : plissées par l'usage.
6. **Spéculation** : entreprise financière.
7. **Escompteur** : personne qui fait crédit, banquier.
8. **Bagne** : prison où les condamnés exécutent des travaux forcés.
9. **Argousin** : gardien de forçats, de bagnards.

est le produit de cette vie, comme le typhus[1] est la conséquence des exhalaisons[2] d'un hôpital. Son jupon de laine tricotée, qui dépasse sa première jupe faite avec une vieille robe, et dont la ouate[3] s'échappe par les fentes de l'étoffe lézardée[4], résume le salon, la salle à manger, le jardinet, annonce la cuisine et fait pressentir les pensionnaires. Quand elle est là, ce spectacle est complet. Âgée d'environ cinquante ans, madame Vauquer ressemble à toutes les *femmes qui ont eu des malheurs*. Elle a l'œil vitreux[5], l'air innocent d'une entremetteuse[6] qui va se gendarmer[7] pour se faire payer plus cher, mais d'ailleurs prête à tout pour adoucir son sort, à livrer Georges ou Pichegru[8], si Georges ou Pichegru étaient encore à livrer. Néanmoins, elle est *bonne femme au fond*, disent les pensionnaires, qui la croient sans fortune en l'entendant geindre et tousser comme eux. Qu'avait été monsieur Vauquer ? Elle ne s'expliquait jamais sur le défunt. Comment avait-il perdu sa fortune ? Dans les malheurs, répondait-elle. Il s'était mal conduit envers elle, ne lui avait laissé que les yeux pour pleurer, cette maison pour vivre, et le droit de ne compatir à aucune infortune, parce que, disait-elle, elle avait souffert tout ce qu'il est possible de souffrir. En entendant trottiner sa maîtresse, la grosse Sylvie, la cuisinière, s'empressait de servir le déjeuner des pensionnaires internes.

1. **Typhus :** maladie contagieuse souvent due à l'entassement des malades dans les hôpitaux.
2. **Exhalaisons :** vapeurs ou odeurs qui se dégagent des corps.
3. **Ouate :** sorte de coton.
4. **Lézardée :** déchirée, trouée.
5. **Vitreux :** dont l'éclat est terni.
6. **Entremetteuse :** femme qui sert d'intermédiaire dans les affaires galantes.
7. **Se gendarmer :** s'emporter pour rien.
8. Charles Pichegru et Georges Cadoudal ont été exécutés pour conspiration après avoir été dénoncés et livrés aux autorités.

Généralement les pensionnaires externes ne s'abonnaient qu'au dîner, qui coûtait trente francs par mois. À l'époque où cette histoire commence, les internes étaient au nombre de sept. Le premier étage contenait les deux meilleurs appartements de la maison. Madame Vauquer habitait le moins considérable, et l'autre appartenait à madame Couture, veuve d'un commissaire-ordonnateur[1] de la République française. Elle avait avec elle une très jeune personne, nommée Victorine Taillefer, à qui elle servait de mère. La pension de ces deux dames montait à dix-huit cents francs. Les deux appartements du second étaient occupés, l'un par un vieillard nommé Poiret ; l'autre, par un homme âgé d'environ quarante ans, qui portait une perruque noire, se teignait les favoris[2], se disait ancien négociant et s'appelait monsieur Vautrin. Le troisième étage se composait de quatre chambres, dont deux étaient louées, l'une par une vieille fille nommée mademoiselle Michonneau ; l'autre, par un ancien fabricant de vermicelles, de pâtes d'Italie et d'amidon, qui se laissait nommer le père Goriot. Les deux autres chambres étaient destinées aux oiseaux de passage, à ces infortunés étudiants qui, comme le père Goriot et mademoiselle Michonneau, ne pouvaient mettre que quarante-cinq francs par mois à leur nourriture et leur logement ; mais madame Vauquer souhaitait peu leur présence et ne les prenait que quand elle ne trouvait pas mieux : ils mangeaient trop de pain. En ce moment, l'une de ces chambres appartenait à un jeune homme venu des environs d'Angoulême à Paris pour y faire son Droit, et dont la

1. Commissaire-ordonnateur : personne qui gère les dépenses de l'armée.
2. Favoris : barbe qui est à hauteur des joues.

nombreuse famille se soumettait aux plus dures privations afin de lui envoyer douze cents francs par an. Eugène de Rastignac, ainsi se nommait-il, était un de ces jeunes gens façonnés au travail par le malheur, qui comprennent dès le jeune âge les espérances que leurs parents placent en eux, et qui se préparent une belle destinée en calculant déjà la portée de leurs études, et les adaptant par avance au mouvement futur de la société, pour être les premiers à la pressurer[1]. Sans ses observations curieuses et l'adresse avec laquelle il sut se produire dans les salons de Paris, ce récit n'eût pas été coloré des tons vrais qu'il devra sans doute à son esprit sagace et à son désir de pénétrer les mystères d'une situation épouvantable aussi soigneusement cachée par ceux qui l'avaient créée que par celui qui la subissait.

Au-dessus de ce troisième étage étaient un grenier à étendre le linge et deux mansardes[2] où couchaient un garçon de peine[3], nommé Christophe, et la grosse Sylvie, la cuisinière. Outre les sept pensionnaires internes, madame Vauquer avait, bon an, mal an, huit étudiants en droit ou en médecine, et deux ou trois habitués qui demeuraient dans le quartier, abonnés tous pour le dîner seulement. La salle contenait à dîner dix-huit personnes et pouvait en admettre une vingtaine ; mais, le matin, il ne s'y trouvait que sept locataires dont la réunion offrait pendant le déjeuner l'aspect d'un repas de famille. Chacun descendait en pantoufles, se permettait des

1. Pressurer : presser pour faire sortir le jus ; tirer le maximum que l'on peut d'une chose ou d'une personne.

2. Mansardes : chambres situées sous les toits.

3. Garçon de peine : domestique effectuant les travaux les plus pénibles.

observations confidentielles sur la mise[1] ou sur l'air des externes, et sur les événements de la soirée précédente, en s'exprimant avec la confiance de l'intimité. Ces sept pensionnaires étaient les enfants gâtés de madame Vauquer, qui leur mesurait avec une précision d'astronome[2] les soins et les égards, d'après le chiffre de leurs pensions. Une même considération affectait ces êtres rassemblés par le hasard. Les deux locataires du second ne payaient que soixante-douze francs par mois. Ce bon marché, qui ne se rencontre que dans le faubourg Saint-Marcel, entre la Bourbe[3] et la Salpêtrière[4], et auquel madame Couture faisait seule exception, annonce que ces pensionnaires devaient être sous le poids de malheurs plus ou moins apparents. Aussi le spectacle désolant que présentait l'intérieur de cette maison se répétait-il dans le costume de ses habitués, également délabrés. Les hommes portaient des redingotes[5] dont la couleur était devenue problématique, des chaussures comme il s'en jette au coin des bornes[6] dans les quartiers élégants, du linge élimé[7], des vêtements qui n'avaient plus que l'âme. Les femmes avaient des robes passées, reteintes, déteintes, de vieilles dentelles raccommodées, des gants glacés[8] par l'usage, des collerettes[9] toujours rousses et des fichus éraillés[10]. Si tels étaient les habits, presque

1. Mise : tenue vestimentaire.
2. Précision d'astronome : très grande précision.
3. La Bourbe : hôpital parisien où les femmes accouchaient.
4. La Salpêtrière : hôpital parisien.
5. Redingotes : vestes à deux pans.
6. Bornes : blocs de pierre servant de repères au croisement des rues.
7. Élimé : très usé.
8. Glacés : dont le cuir, à force d'usure, paraît comme enduit.
9. Collerettes : petits cols que les femmes se mettent autour du cou.
10. Éraillés : dont la maille est distendue ou déchirée.

tous montraient des corps solidement charpentés, des constitutions qui avaient résisté aux tempêtes de la vie, des faces froides, dures, effacées comme celles des écus démonétisés[1]. Les bouches flétries étaient armées de dents avides. Ces pensionnaires faisaient pressentir des drames accomplis ou en action ; non pas de ces drames joués à la lueur des rampes[2], entre des toiles peintes, mais des drames vivants et muets, des drames glacés qui remuaient chaudement le cœur, des drames continus.

La vieille demoiselle Michonneau gardait sur ses yeux fatigués un crasseux abat-jour en taffetas[3] vert, cerclé par du fil d'archal[4] qui aurait effarouché l'ange de la Pitié. Son châle à franges maigres et pleurardes[5] semblait couvrir un squelette, tant les formes qu'il cachait étaient anguleuses[6]. Quel acide avait dépouillé cette créature de ses formes féminines ? elle devait avoir été jolie et bien faite : était-ce le vice, le chagrin, la cupidité ? avait-elle trop aimé ? avait-elle été marchande à la toilette, ou seulement courtisane[7] ? Expiait-elle les triomphes d'une jeunesse insolente au-devant de laquelle s'étaient rués les plaisirs par une vieillesse que fuyaient les passants ? Son regard blanc donnait froid, sa figure rabougrie menaçait. Elle avait la voix clairette d'une cigale criant dans son buisson aux approches de l'hiver. Elle disait avoir pris soin

1. **Écus démonétisés** : pièces d'argent qui ont perdu leur valeur.
2. **Rampes** : rangées de lumières éclairant la scène d'un théâtre.
3. **Taffetas** : tissu de soie brillant.
4. **Fil d'archal** : fil de laiton.
5. **Pleurardes** : qui pendent comme des pleurs.
6. **Anguleuses** : qui forment des angles.
7. **Courtisane** : femme élégante qui vend ses charmes.

d'un vieux monsieur affecté d'un catarrhe[1] à la vessie, et abandonné par ses enfants, qui l'avaient cru sans ressource. Ce vieillard lui avait légué mille francs de rente viagère[2], périodiquement disputés par les héritiers, aux calomnies desquels elle était en butte. Quoique le jeu des passions eût ravagé sa figure, il s'y trouvait encore certains vestiges d'une blancheur et d'une finesse dans le tissu qui permettait de supposer que le corps conservait quelques restes de beauté.

Monsieur Poiret était une espèce de mécanique. En l'apercevant s'étendre comme une ombre grise le long d'une allée au Jardin des Plantes, la tête couverte d'une vieille casquette flasque, tenant à peine sa canne à pomme d'ivoire jauni dans sa main, laissant flotter les pans flétris de sa redingote qui cachait mal une culotte[3] presque vide, et des jambes en bas bleus qui flageolaient comme celles d'un homme ivre, montrant son gilet blanc sale et son jabot[4] de grosse mousseline[5] recroquevillée qui s'unissait imparfaitement à sa cravate cordée autour de son cou de dindon, bien des gens se demandaient si cette ombre chinoise appartenait à la race audacieuse des fils de Japhet[6] qui papillonnent sur le boulevard italien. Quel travail avait pu le ratatiner ainsi ? quelle passion avait bistré sa face bulbeuse[7], qui, dessinée en caricature, aurait

1. **Catarrhe** : inflammation.
2. **Rente viagère** : revenu annuel que l'on perçoit à vie.
3. **Culotte** : pantalon.
4. **Jabot** : ornement de tissu qui se porte, chez les hommes, autour du col de chemise.
5. **Mousseline** : tissu léger.
6. **Les fils de Japhet** : (ici) les hommes. Japhet est, dans la Bible, l'un des fils de Noé ; sa descendance forme le peuple européen. Mais il s'agit peut-être de Japet, père de Prométhée qui créa les hommes.
7. **Bulbeuse** : en forme de bulbe, boursouflée.

paru hors du vrai ? Ce qu'il avait été ? mais peut-être avait-il été employé au ministère de la Justice, dans le bureau où les exécuteurs des hautes-œuvres[1] envoient leurs mémoires de frais[2], le compte des fournitures de voiles noirs pour les parricides[3], de son pour les paniers[4], de ficelle pour les couteaux. Peut-être avait-il été receveur à la porte d'un abattoir, ou sous-inspecteur de la salubrité[5]. Enfin, cet homme semblait avoir été l'un des ânes de notre grand moulin social, l'un de ces Ratons parisiens qui ne connaissent même pas leurs Bertrands[6], quelque pivot sur lequel avaient tourné les infortunes ou les saletés publiques, enfin l'un de ces hommes dont nous disons, en les voyant : *Il en faut pourtant comme ça.* Le beau Paris ignore ces figures blêmes de souffrances morales ou physiques. Mais Paris est un véritable océan. Jetez-y la sonde, vous n'en connaîtrez jamais la profondeur. Parcourez-le, décrivez-le ? quelques soins que vous mettiez à le parcourir, à le décrire ; quelque nombreux et intéressés que soient les explorateurs de cette mer, il s'y rencontrera toujours un lieu vierge, un antre inconnu, des fleurs, des perles, des monstres, quelque chose d'inouï, oublié par les plongeurs littéraires. La maison Vauquer est une de ces monstruosités curieuses.

Deux figures y formaient un contraste frappant avec la masse des pensionnaires et des habitués. Quoique mademoiselle Victorine Taillefer eût une blancheur maladive semblable

1. **Les exécuteurs des hautes-œuvres :** (ici) les bourreaux.
2. **Mémoires de frais :** notes de frais.
3. **Parricides :** personnes qui ont tué un de leurs ascendants (père, mère, aïeul).
4. Les paniers servaient à recueillir la tête des condamnés à la guillotine.
5. **Salubrité :** santé publique.
6. Allusion à une fable de La Fontaine, « Le Singe et le Chat » (livre IX, fable 16), dans laquelle le chat nommé Raton se laisse abuser par Bertrand, le singe.

à celle des jeunes filles attaquées de chlorose[1], et qu'elle se rattachât à la souffrance générale qui faisait le fond de ce tableau, par une tristesse habituelle, par une contenance gênée, par un air pauvre et grêle[2], néanmoins son visage n'était pas vieux, ses mouvements et sa voix étaient agiles. Ce jeune malheur ressemblait à un arbuste aux feuilles jaunies, fraîchement planté dans un terrain contraire. Sa physionomie roussâtre, ses cheveux d'un blond fauve[3], sa taille trop mince exprimaient cette grâce que les poètes modernes trouvaient aux statuettes du Moyen Âge. Ses yeux gris mélangés de noir exprimaient une douceur, une résignation chrétiennes. Ses vêtements, simples, peu coûteux, trahissaient des formes jeunes. Elle était jolie par juxtaposition. Heureuse, elle eût été ravissante : le bonheur est la poésie des femmes, comme la toilette en est le fard. Si la joie d'un bal eût reflété ses teintes rosées sur ce visage pâle ; si les douceurs d'une vie élégante eussent rempli, eussent vermillonné[4] ces joues déjà légèrement creusées ; si l'amour eût ranimé ces yeux tristes, Victorine aurait pu lutter avec les plus belles jeunes filles. Il lui manquait ce qui crée une seconde fois la femme, les chiffons et les billets doux[5]. Son histoire eût fourni le sujet d'un livre. Son père croyait avoir des raisons pour ne pas la reconnaître, refusait de la garder près de lui, ne lui accordait que six cents francs par an, et avait dénaturé sa fortune[6], afin

1. **Chlorose** : maladie qui donne un teint jaunâtre ou verdâtre au visage.
2. **Grêle** : faible.
3. **Fauve** : qui tire sur le roux.
4. **Vermillonné** : rougi.
5. **Billets doux** : lettres d'amour.
6. **Avait dénaturé sa fortune** : avait vendu ses biens immobiliers, les transformant ainsi en capitaux.

de pouvoir la transmettre en entier à son fils. Parente éloignée de la mère de Victorine, qui jadis était venue mourir de désespoir chez elle, madame Couture prenait soin de l'orpheline comme de son enfant. Malheureusement, la veuve du commissaire-ordonnateur des armées de la République ne possédait rien au monde que son douaire[1] et sa pension[2] ; elle pouvait laisser un jour cette pauvre fille, sans expérience et sans ressources, à la merci du monde. La bonne femme menait Victorine à la messe tous les dimanches, à confesse[3] tous les quinze jours, afin d'en faire à tout hasard une fille pieuse. Elle avait raison. Les sentiments religieux offraient un avenir à cet enfant désavoué, qui aimait son père, qui tous les ans s'acheminait chez lui pour y apporter le pardon de sa mère ; mais qui, tous les ans, se cognait contre la porte de sa maison paternelle, inexorablement fermée. Son frère, son unique médiateur, n'était pas venu la voir une seule fois en quatre ans, et ne lui envoyait aucun secours. Elle suppliait Dieu de dessiller[4] les yeux de son père, d'attendrir le cœur de son frère, et priait pour eux sans les accuser. Madame Couture et madame Vauquer ne trouvaient pas assez de mots dans le dictionnaire des injures pour qualifier cette conduite barbare. Quand elles maudissaient ce millionnaire infâme, Victorine faisait entendre de douces paroles, semblables au chant du ramier[5] blessé, dont le cri de douleur exprime encore l'amour.

---

1. **Douaire :** part d'héritage que le mari assigne à sa femme.
2. **Pension :** somme d'argent reçue annuellement.
3. **À confesse :** à confession, action d'avouer ses péchés à un prêtre.
4. **Dessiller :** ouvrir.
5. **Ramier :** gros pigeon.

Eugène de Rastignac avait un visage tout méridional, le teint blanc, des cheveux noirs, des yeux bleus. Sa tournure, ses manières, sa pose habituelle dénotaient le fils d'une famille noble, où l'éducation première n'avait comporté que des traditions de bon goût. S'il était ménager[1] de ses habits, si les jours ordinaires il achevait d'user les vêtements de l'an passé, néanmoins il pouvait sortir quelquefois mis comme l'est un jeune homme élégant. Ordinairement, il portait une vieille redingote, un mauvais gilet, la méchante cravate noire, flétrie, mal nouée de l'Étudiant, un pantalon à l'avenant[2] et des bottes ressemelées[3].

Entre ces deux personnages et les autres, Vautrin, l'homme de quarante ans, à favoris[4] peints, servait de transition. Il était de ces gens dont le peuple dit : Voilà un fameux gaillard ! Il avait les épaules larges, le buste bien développé, les muscles apparents, des mains épaisses, carrées et fortement marquées aux phalanges par des bouquets de poils touffus et d'un roux ardent. Sa figure, rayée par des rides prématurées, offrait des signes de dureté que démentaient ses manières souples et liantes[5]. Sa voix de basse taille[6], en harmonie avec sa grosse gaieté, ne déplaisait point. Il était obligeant[7] et rieur. Si quelque serrure allait mal, il l'avait bientôt démontée, rafistolée, huilée, limée, remontée, en disant : Ça me connaît. Il connaissait tout d'ailleurs, les vaisseaux, la mer, la France,

1. **Ménager** : économe.
2. **À l'avenant** : en accord, du même ordre.
3. **Ressemelées** : dont la semelle usée a été remplacée par une nouvelle.
4. **Favoris** : barbe qui est à hauteur des joues.
5. **Liantes** : douces, conciliantes.
6. **Voix de basse taille** : voix à la fois grave et claire.
7. **Obligeant** : qui aime rendre service.

l'étranger, les affaires, les hommes, les événements, les lois, les hôtels et les prisons. Si quelqu'un se plaignait par trop, il lui offrait aussitôt ses services. Il avait prêté plusieurs fois de l'argent à madame Vauquer et à quelques pensionnaires ; mais ses obligés seraient morts plutôt que de ne pas le lui rendre, tant, malgré son air bonhomme[1], il imprimait de crainte[2] par un certain regard profond et plein de résolution. À la manière dont il lançait un jet de salive, il annonçait un sang-froid imperturbable qui ne devait pas le faire reculer devant un crime pour sortir d'une position équivoque[3]. Comme un juge sévère, son œil semblait aller au fond de toutes les questions, de toutes les consciences, de tous les sentiments. Ses mœurs[4] consistaient à sortir après le déjeuner, à revenir pour dîner, à décamper pour toute la soirée, et à rentrer vers minuit, à l'aide d'un passe-partout[5] que lui avait confié madame Vauquer. Lui seul jouissait de cette faveur. Mais aussi était-il au mieux avec la veuve, qu'il appelait maman en la saisissant par la taille, flatterie peu comprise ! La bonne femme croyait la chose encore facile, tandis que Vautrin seul avait les bras assez longs pour presser cette pesante circonférence[6]. Un trait de son caractère était de payer généreusement quinze francs par mois pour le *gloria*[7] qu'il prenait au dessert. Des gens moins superficiels que ne l'étaient ces jeunes gens emportés par les

---

1. Bonhomme : bon.
2. Imprimait de crainte : inspirait la crainte.
3. Équivoque : embarrassante.
4. Mœurs : habitudes de vie.
5. Passe-partout : clef permettant d'ouvrir différentes portes.
6. Pesante circonférence : allusion au volume et au tour de taille de Mme Vauquer.
7. *Gloria* : café à l'eau-de-vie.

tourbillons de la vie parisienne, ou ces vieillards indifférents à ce qui ne les touchait pas directement, ne se seraient pas arrêtés à l'impression douteuse que leur causait Vautrin. Il savait ou devinait les affaires de ceux qui l'entouraient, tandis que nul ne pouvait pénétrer ni ses pensées ni ses occupations. Quoiqu'il eût jeté son apparente bonhomie[1], sa constante complaisance et sa gaieté comme une barrière entre les autres et lui, souvent il laissait percer l'épouvantable profondeur de son caractère. Souvent une boutade[2] digne de Juvénal[3], et par laquelle il semblait se complaire à bafouer les lois, à fouetter la haute société, à la convaincre d'inconséquence[4] avec elle-même, devait faire supposer qu'il gardait rancune à l'état social, et qu'il y avait au fond de sa vie un mystère soigneusement enfoui.

Attirée, peut-être à son insu, par la force de l'un ou par la beauté de l'autre, mademoiselle Taillefer partageait ses regards furtifs, ses pensées secrètes, entre ce quadragénaire et le jeune étudiant ; mais aucun d'eux ne paraissait songer à elle, quoique d'un jour à l'autre le hasard pût changer sa position et la rendre un riche parti. D'ailleurs aucune de ces personnes ne se donnait la peine de vérifier si les malheurs allégués par l'une d'elles étaient faux ou véritables. Toutes avaient les unes pour les autres une indifférence mêlée de défiance qui résultait de leurs situations respectives. Elles se savaient impuissantes à soulager leurs peines, et toutes avaient en se les contant

1. Bonhomie : bonté mêlée de simplicité.

2. Boutade : plaisanterie.

3. Juvénal : auteur latin de la fin du Ier siècle et du début du IIe siècle, connu pour ses écrits satiriques dénonçant les tares de la société romaine.

4. Inconséquence : légèreté (généralement en parlant de la conduite de certaines femmes).

épuisé la coupe des doléances[1]. Semblables à de vieux époux, elles n'avaient plus rien à se dire. Il ne restait donc entre elles que les rapports d'une vie mécanique, le jeu de rouage sans huile. Toutes devaient passer droit dans la rue devant un aveugle, écouter sans émotion le récit d'une infortune, et voir dans une mort la solution d'un problème de misère qui les rendait froides à la plus terrible agonie[2]. La plus heureuse de ces âmes désolées était madame Vauquer, qui trônait dans cet hospice[3] libre. Pour elle seule, ce petit jardin, que le silence et le froid, le sec et l'humide faisaient vaste comme un steppe[4], était un riant bocage[5]. Pour elle seule cette maison jaune et morne, qui sentait le vert-de-gris du comptoir, avait des délices. Ces cabanons[6] lui appartenaient. Elle nourrissait ces forçats[7] acquis à des peines perpétuelles, en exerçant sur eux une autorité respectée. Où ces pauvres êtres auraient-ils trouvé dans Paris, au prix où elle les donnait, des aliments sains, suffisants, et un appartement qu'ils étaient maîtres de rendre, sinon élégant ou commode, du moins propre et salubre[8] ? Se fût-elle permis une injustice criante, la victime l'aurait supportée sans se plaindre.

Une réunion semblable devait offrir et offrait en petit les éléments d'une société complète. Parmi les dix-huit convives, il se rencontrait, comme dans les collèges, comme dans le

1. **Doléances** : plaintes.
2. **Agonie** : état d'une personne en train de mourir.
3. **Hospice** : maison où l'on accueille les pauvres et les malades.
4. **Steppe** : vaste étendue de terres arides.
5. **Bocage** : petit bois, lieu ombragé.
6. **Cabanons** : cachots de prison obscurs.
7. **Forçats** : prisonniers de bagne.
8. **Salubre** : sain.

monde, une pauvre créature rebutée[1], un souffre-douleur sur qui pleuvaient les plaisanteries. Au commencement de la seconde année, cette figure devint pour Eugène de Rastignac la plus saillante[2] de toutes celles au milieu desquelles il était condamné à vivre encore pendant deux ans. Ce *Patiras*[3] était l'ancien vermicellier[4], le père Goriot, sur la tête duquel un peintre aurait, comme l'historien, fait tomber toute la lumière du tableau. Par quel hasard ce mépris à demi haineux, cette persécution mélangée de pitié, ce non-respect du malheur, avaient-ils frappé le plus ancien pensionnaire ? Y avait-il donné lieu par quelques-uns de ces ridicules ou de ces bizarreries que l'on pardonne moins qu'on ne pardonne des vices ? Ces questions tiennent de près à bien des injustices sociales. Peut-être est-il dans la nature humaine de tout faire supporter à qui souffre tout par humilité[5] vraie, par faiblesse ou par indifférence. N'aimons-nous pas tous à prouver notre force aux dépens de quelqu'un ou de quelque chose ? L'être le plus débile[6], le gamin sonne à toutes les portes quand il gèle, ou se hisse pour écrire son nom sur un monument vierge.

Le père Goriot, vieillard de soixante-neuf ans environ, s'était retiré chez madame Vauquer, en 1813, après avoir quitté les affaires. Il y avait d'abord pris l'appartement occupé par madame Couture, et donnait douze cents francs de pension, en homme pour qui cinq louis de plus ou de moins étaient une bagatelle. Madame Vauquer avait rafraîchi les

1. **Rebutée** : rejetée.
2. **Saillante** : remarquable.
3. ***Patiras*** : souffre-douleur.
4. **Vermicellier** : fabricant ou vendeur de vermicelles ou de toutes autres pâtes.
5. **Humilité** : modestie.
6. **Débile** : faible.

trois chambres de cet appartement moyennant une indemnité préalable qui paya, dit-on, la valeur d'un méchant ameublement composé de rideaux en calicot[1] jaune, de fauteuils en bois verni couverts de velours d'Utrecht[2], de quelques peintures à la colle, et de papiers que refusaient les cabarets[3] de la banlieue. Peut-être l'insouciante générosité que mit à se laisser attraper le père Goriot, qui vers cette époque était respectueusement nommé monsieur Goriot, le fit-elle considérer comme un imbécile qui ne connaissait rien aux affaires. Goriot vint muni d'une garde-robe bien fournie, le trousseau[4] magnifique du négociant qui ne se refuse rien en se retirant du commerce. Madame Vauquer avait admiré dix-huit chemises de demi-hollande[5], dont la finesse était d'autan plus remarquable que le vermicellier portait sur son jabot[6] dormant[7] deux épingles unies par une chaînette, et dont chacune était montée d'un gros diamant. Habituellement vêtu d'un habit bleu-barbeau[8], il prenait chaque jour un gilet de piquet[9] blanc, sous lequel fluctuait son ventre piriforme[10] et proéminent[11], qui faisait rebondir une lourde chaîne d'or garnie de breloques[12]. Sa tabatière, également en or, contenait

1. **Calicot**: toile de coton.
2. **Velours d'Utrecht**: velours de laine qui sert pour l'ameublement.
3. **Cabarets**: auberges de rang inférieur.
4. **Trousseau**: linge.
5. **Demi-hollande**: toile fine.
6. **Jabot**: ornement de tissu qui se porte, chez les hommes, autour du col de chemise.
7. **Dormant**: dont les plis ne s'ouvrent pas.
8. **Bleu-barbeau**: bleu clair.
9. **Piquet**: tissu de coton épais.
10. **Piriforme**: en forme de poire.
11. **Proéminent**: qui dépasse.
12. **Breloques**: petits bijoux.

un médaillon plein de cheveux qui le rendaient en apparence coupable de quelques bonnes fortunes[1]. Lorsque son hôtesse l'accusa d'être un *galantin*[2], il laissa errer sur ses lèvres le gai sourire du bourgeois dont on a flatté le dada[3]. Ses *ormoires*[4] (il prononçait ce mot à la manière du menu peuple) furent remplies par la nombreuse argenterie de son ménage. Les yeux de la veuve s'allumèrent quand elle l'aida complaisamment à déballer et ranger les louches, les cuillers à ragoût, les huiliers, les saucières, plusieurs plats, des déjeuners en vermeil[5], enfin des pièces plus ou moins belles, pesant un certain nombre de marcs[6], et dont il ne voulait pas se défaire. Ces cadeaux lui rappelaient les solennités de sa vie domestique. « Ceci, dit-il à madame Vauquer en serrant un plat et une petite écuelle[7] dont le couvercle représentait deux tourterelles qui se becquetaient, est le premier présent que m'a fait ma femme, le jour de notre anniversaire. Pauvre bonne ! elle y avait consacré ses économies de demoiselle. Voyez-vous, madame ? j'aimerais mieux gratter la terre avec mes ongles que de me séparer de cela. Dieu merci ! je pourrai prendre dans cette écuelle mon café tous les matins durant le reste de mes jours. Je ne suis pas à plaindre, j'ai sur la planche du pain de cuit pour longtemps[8]. » Enfin, madame Vauquer avait bien vu, de son œil

1. Bonnes fortunes : aventures amoureuses.
2. *Galantin* : homme galant.
3. Dada : idée fixe, manie.
4. *Ormoires* : déformation du mot *armoires*.
5. Vermeil : argent doré tirant sur le rouge.
6. Marcs : anciennes unités de mesures.
7. Écuelle : récipient creux.
8. Cette expression signifie qu'il a suffisamment d'économies.

de pie[1], quelques inscriptions sur le grand-livre[2] qui, vaguement additionnées, pouvaient faire à cet excellent Goriot un revenu d'environ huit à dix mille francs. Dès ce jour, madame Vauquer, née de Conflans, qui avait alors quarante-huit ans effectifs et n'en acceptait que trente-neuf, eut des idées. Quoique le larmier[3] des yeux de Goriot fût retourné, gonflé, pendant, ce qui l'obligeait à les essuyer assez fréquemment, elle lui trouva l'air agréable et comme il faut. D'ailleurs son mollet charnu, saillant, pronostiquait, autant que son long nez carré, des qualités morales auxquelles paraissait tenir la veuve, et que confirmait la face lunaire[4] et naïvement niaise du bonhomme. Ce devait être une bête solidement bâtie, capable de dépenser tout son esprit en sentiment. Ses cheveux en ailes de pigeon[5], que le coiffeur de l'École polytechnique vint lui poudrer tous les matins, dessinaient cinq pointes sur son front bas, et décoraient bien sa figure. Quoique un peu rustaud, il était si bien tiré à quatre épingles[6], il prenait si richement son tabac, il le humait en homme si sûr de toujours avoir sa tabatière pleine de macouba[7], que le jour où monsieur Goriot s'installa chez elle, madame Vauquer se coucha le soir en rôtissant, comme une perdrix dans sa barde[8], au feu du

1. La pie a la réputation d'être voleuse.
2. Grand-livre : registre où sont inscrits les noms des créanciers qui ont prêté de l'argent à l'État, en l'échange de quoi ils recevront une rente.
3. Larmier : angle interne de l'œil d'où coulent les larmes.
4. Lunaire : en forme de lune.
5. En ailes de pigeon : disposés de manière à former une aile de chaque côté de la tête.
6. Tiré à quatre épingles : très bien habillé.
7. Macouba : espèce de tabac.
8. Barde : tranche de lard dont on entoure les volailles que l'on fait rôtir.

désir qui la saisit de quitter le suaire[1] du Vauquer pour renaître en Goriot. Se marier, vendre sa pension, donner le bras à cette fine fleur de bourgeoisie, devenir une dame notable[2] dans le quartier, y quêter[3] pour les indigents[4], faire de petites parties[5] le dimanche à Choisy, Soisy, Gentilly ; aller au spectacle à sa guise, en loge[6], sans attendre les billets d'auteur[7] que lui donnaient quelques-uns de ses pensionnaires, au mois de juillet ; elle rêva tout l'Eldorado[8] des petits ménages parisiens. Elle n'avait avoué à personne qu'elle possédait quarante mille francs amassés sou à sou. Certes, elle se croyait, sous le rapport de la fortune, un parti[9] sortable. « Quant au reste, je vaux bien le bonhomme ! » se dit-elle en se retournant dans son lit, comme pour s'attester à elle-même des charmes que la grosse Sylvie trouvait chaque matin moulés en creux[10]. Dès ce jour, pendant environ trois mois, la veuve Vauquer profita du coiffeur de monsieur Goriot, et fit quelques frais de toilette, excusés par la nécessité de donner à sa maison un certain décorum[11] en harmonie avec les personnes honorables qui la fréquentaient. Elle s'intrigua[12] beaucoup

1. Suaire : linge dont on enveloppe les morts.
2. Notable : de haut rang.
3. Quêter : recueillir de l'argent.
4. Indigents : pauvres.
5. Parties : sorties pour se divertir.
6. Loge : petit salon fermé où peuvent s'installer les spectateurs dans une salle de théâtre.
7. Billets d'auteur : billets gratuits ou à prix réduit.
8. Eldorado : pays utopique, imaginaire, où règnent abondance et richesse.
9. Parti : personne à marier que l'on évalue en fonction de son rang ou de sa fortune.
10. Moulés en creux : dont la forme est moulée, imprimée dans les draps.
11. Décorum : apparence luxueuse.
12. S'intrigua : se donna du souci.

pour changer le personnel de ses pensionnaires[1], en affichant la prétention de n'accepter désormais que les gens les plus distingués sous tous les rapports. Un étranger se présentait-il, elle lui vantait la préférence que monsieur Goriot, un des négociants les plus notables et les plus respectables de Paris, lui avait accordée. Elle distribua des prospectus en tête desquels se lisait : MAISON VAUQUER. « C'était, disait-elle, une des plus anciennes et des plus estimées pensions bourgeoises du pays latin. Il y existait une vue des plus agréables sur la vallée des Gobelins (on l'apercevait du troisième étage), et un *joli* jardin, au bout duquel S'ÉTENDAIT une ALLÉE de tilleuls. » Elle y parlait du bon air et de la solitude. Ce prospectus lui amena madame la comtesse de l'Ambermesnil, femme de trente-six ans, qui attendait la fin de la liquidation[2] et le règlement d'une pension qui lui était due, en qualité de veuve d'un général mort sur *les* champs de bataille. Madame Vauquer soigna sa table, fit du feu dans les salons pendant près de six mois, et tint si bien les promesses de son prospectus, qu'*elle y mit du sien*[3]. Aussi la comtesse disait-elle à madame Vauquer, en l'appelant *chère amie*, qu'elle lui procurait la baronne de Vaumerland et la veuve du colonel comte Picquoiseau, deux de ses amies, qui achevaient au Marais leur terme[4] dans une pension plus coûteuse que ne l'était la maison Vauquer. Ces dames seraient d'ailleurs fort à leur aise quand les Bureaux de la Guerre[5] auraient fini leur

1. **Le personnel de ses pensionnaires** : la qualité de ses pensionnaires.
2. **Liquidation** : vente de ses biens pour payer ses dettes.
3. ***Elle y mit du sien*** : elle paya de sa poche.
4. **Terme** : durée de location du logement.
5. **Bureaux de la Guerre** : services centraux du ministère de la Guerre.

travail. « Mais, disait-elle, les Bureaux ne terminent rien. » Les deux veuves montaient ensemble après le dîner dans la chambre de madame Vauquer, et y faisaient de petites causettes en buvant du cassis et mangeant des friandises réservées pour la bouche de la maîtresse. Madame de l'Ambermesnil approuva beaucoup les vues de son hôtesse sur le Goriot, vues excellentes, qu'elle avait d'ailleurs devinées dès le premier jour ; elle le trouvait un homme parfait.

– Ah ! ma chère dame, un homme sain comme mon œil, lui disait la veuve, un homme parfaitement conservé, et qui peut donner encore bien de l'agrément [1] à une femme.

La comtesse fit généreusement des observations à madame Vauquer sur sa mise [2], qui n'était pas en harmonie avec ses prétentions. – Il faut vous mettre sur le pied de guerre, lui dit-elle. Après bien des calculs, les deux veuves allèrent ensemble au Palais-Royal, où elles achetèrent, aux Galeries de Bois [3], un chapeau à plumes et un bonnet. La comtesse entraîna son amie au magasin de La Petite Jeannette, où elles choisirent une robe et une écharpe. Quand ces munitions furent employées, et que la veuve fut sous les armes, elle ressembla parfaitement à l'enseigne du *Bœuf à la mode* [4]. Néanmoins elle se trouva si changée à son avantage, qu'elle se crut l'obligée [5] de la comtesse, et, quoique peu *donnante*, elle la pria d'accepter un chapeau de vingt francs. Elle comptait, à la vérité, lui demander le service de sonder Goriot et de la faire

1. **Agrément** : contentement.
2. **Mise** : tenue vestimentaire.
3. **Galeries de Bois** : boutiques qui entourent les jardins du Palais-Royal.
4. Cette enseigne de restaurant représente un bœuf habillé.
5. **L'obligée** : redevable.

valoir auprès de lui. Madame de l'Ambermesnil se prêta fort amicalement à ce manège, et cerna le vieux vermicellier avec lequel elle réussit à avoir une conférence ; mais après l'avoir trouvé pudibond[1], pour ne pas dire réfractaire aux tentatives que lui suggéra son désir particulier de le séduire pour son propre compte, elle sortit révoltée de sa grossièreté.

– Mon ange, dit-elle à sa chère amie, vous ne tirerez rien de cet homme-là ! il est ridiculement défiant, c'est un grippe-sou[2], une bête, un sot, qui ne vous causera que du désagrément.

Il y eut entre monsieur Goriot et madame de l'Ambermesnil des choses telles que la comtesse ne voulut même plus se trouver avec lui. Le lendemain, elle partit en oubliant de payer six mois de pension, et en laissant une défroque[3] prisée cinq francs. Quelque âpreté[4] que madame Vauquer mît à ses recherches, elle ne put obtenir aucun renseignement dans Paris sur la comtesse de l'Ambermesnil. Elle parlait souvent de cette déplorable affaire, en se plaignant de son trop de confiance, quoiqu'elle fût plus méfiante que ne l'est une chatte ; mais elle ressemblait à beaucoup de personnes qui se défient de leurs proches, et se livrent au premier venu. Fait moral, bizarre, mais vrai, dont la racine est facile à trouver dans le cœur humain. Peut-être certaines gens n'ont-ils plus rien à gagner auprès des personnes avec lesquelles ils vivent ; après leur avoir montré le vide de leur âme, ils se sentent secrètement jugés par elles avec une sévérité méritée ; mais, éprouvant un invincible besoin de flatteries qui leur

1. **Pudibond :** (terme familier) excessivement pudique.
2. **Grippe-sou :** personne avare qui fait de petites économies.
3. **Défroque :** vêtement usé.
4. **Âpreté :** acharnement.

manquent, ou dévorés par l'envie de paraître posséder les qualités qu'ils n'ont pas, ils espèrent surprendre l'estime ou le cœur de ceux qui leur sont étrangers, au risque d'en déchoir un jour. Enfin il est des individus nés mercenaires[1] qui ne font aucun bien à leurs amis ou à leurs proches, parce qu'ils le doivent ; tandis qu'en rendant service à des inconnus, ils en recueillent un gain d'amour-propre : plus le cercle de leurs affections est près d'eux, moins ils aiment ; plus il s'étend, plus serviables ils sont. Madame Vauquer tenait sans doute de ces deux natures, essentiellement mesquines, fausses, exécrables.

– Si j'avais été ici, lui disait alors Vautrin, ce malheur ne vous serait pas arrivé ! je vous aurais joliment dévisagé[2] cette farceuse-là. Je connais leurs *frimousses*[3].

Comme tous les esprits rétrécis, madame Vauquer avait l'habitude de ne pas sortir du cercle des événements, et de ne pas juger leurs causes. Elle aimait à s'en prendre à autrui de ses propres fautes. Quand cette perte eut lieu, elle considéra l'honnête vermicellier comme le principe de son infortune, et commença dès lors, disait-elle, à se dégriser[4] sur son compte. Lorsqu'elle eut reconnu l'inutilité de ses agaceries[5] et de ses frais de représentation[6], elle ne tarda pas à en deviner la raison. Elle s'aperçut alors que son pensionnaire avait déjà,

1. Mercenaires : personnes qui agissent par intérêt financier.
2. Dévisagé : reconnu, cerné.
3. *Frimousses* : (terme familier) visages.
4. Se dégriser : revenir de ses illusions, de ses espérances.
5. Agaceries : coquetteries dans les gestes ou les paroles.
6. Ces *frais de représentation* sont ceux des vêtements et accessoires dépensés dans les boutiques afin de soigner son apparence.

selon son expression, ses allures[1]. Enfin il lui fut prouvé que son espoir si mignonnement caressé reposait sur une base chimérique[2], et qu'elle ne tirerait jamais rien de cet homme-là, suivant le mot énergique de la comtesse, qui paraissait être une connaisseuse. Elle alla nécessairement plus loin en aversion qu'elle n'était allée dans son amitié. Sa haine ne fut pas en raison de son amour, mais de ses espérances trompées. Si le cœur humain trouve des repos en montant les hauteurs de l'affection, il s'arrête rarement sur la pente rapide des sentiments haineux. Mais monsieur Goriot était son pensionnaire, la veuve fut donc obligée de réprimer les explosions de son amour-propre blessé, d'enterrer les soupirs que lui causa cette déception, et de dévorer ses désirs de vengeance, comme un moine vexé par son prieur[3]. Les petits esprits satisfont leurs sentiments, bons ou mauvais, par des petitesses incessantes. La veuve employa sa malice de femme à inventer de sourdes[4] persécutions contre sa victime. Elle commença par retrancher[5] les superfluités[6] introduites dans sa pension. « Plus de cornichons, plus d'anchois : c'est des duperies ! » dit-elle à Sylvie, le matin où elle rentra dans son ancien programme. Monsieur Goriot était un homme frugal[7], chez qui la parcimonie[8] nécessaire aux gens qui font eux-mêmes leur fortune

1. **Allures** : liaisons amoureuses.
2. **Chimérique** : illusoire, faite d'imagination.
3. **Prieur** : religieux qui régit les moines.
4. **Sourdes** : dissimulées, secrètes.
5. **Retrancher** : soustraire, enlever.
6. **Superfluités** : ce qui est superflu et jugé comme un luxe.
7. **Frugal** : qui se contente de repas très simples.
8. **Parcimonie** : épargne, économie.

était dégénérée en habitude. La soupe, le bouilli[1], un plat de légumes, avaient été, devaient toujours être son dîner de prédilection. Il fut donc bien difficile à madame Vauquer de tourmenter son pensionnaire, de qui elle ne pouvait en rien froisser[2] les goûts. Désespérée de rencontrer un homme inattaquable, elle se mit à le déconsidérer, et fit ainsi partager son aversion pour Goriot par ses pensionnaires, qui, par amusement, servirent ses vengeances. Vers la fin de la première année, la veuve en était venue à un tel degré de méfiance, qu'elle se demandait pourquoi ce négociant, riche de sept à huit mille livres[3] de rente[4], qui possédait une argenterie superbe et des bijoux aussi beaux que ceux d'une fille entretenue[5], demeurait chez elle, en lui payant une pension si modique relativement à sa fortune. Pendant la plus grande partie de cette première année, Goriot avait souvent dîné dehors une ou deux fois par semaine ; puis, insensiblement, il en était arrivé à ne plus dîner en ville que deux fois par mois. Les petites parties fines[6] du sieur Goriot convenaient trop bien aux intérêts de madame Vauquer pour quelle ne fût pas mécontente de l'exactitude progressive avec laquelle son pensionnaire prenait ses repas chez elle. Ces changements furent attribués autant à une lente diminution de fortune qu'au désir de contrarier son hôtesse. Une des plus détestables habitudes de ces esprits lilliputiens est de supposer leurs petitesses chez les autres. Malheureusement, à la fin de la

1. Bouilli : viande bouillie.
2. Froisser : choquer.
3. Livres : ancienne monnaie.
4. Rente : revenu annuel (en dehors du salaire).
5. Entretenue : dont on paye les dépenses.
6. Parties fines : divertissements.

deuxième année, monsieur Goriot justifia les bavardages dont il était l'objet, en demandant à madame Vauquer de passer au second étage, et de réduire sa pension à neuf cents francs. Il eut besoin d'une si stricte économie qu'il ne fit plus de feu chez lui pendant l'hiver. La veuve Vauquer voulut être payée d'avance ; à quoi consentit monsieur Goriot, que dès lors elle nomma le père Goriot. Ce fut à qui devinerait les causes de cette décadence[1]. Exploration difficile ! Comme l'avait dit la fausse comtesse, le père Goriot était un sournois, un taciturne[2]. Suivant la logique des gens à tête vide, tous indiscrets parce qu'ils n'ont que des riens à dire, ceux qui ne parlent pas de leurs affaires en doivent faire de mauvaises. Ce négociant si distingué devint donc un fripon, ce galantin[3] fut un vieux drôle[4]. Tantôt, selon Vautrin, qui vint vers cette époque habiter la maison Vauquer, le père Goriot était un homme qui allait à la Bourse[5] et qui, suivant une expression assez énergique de la langue financière, *carottait* sur les rentes[6] après s'y être ruiné. Tantôt c'était un de ces petits joueurs qui vont hasarder et gagner tous les soirs dix francs au jeu. Tantôt on en faisait un espion attaché à la haute police ; mais Vautrin prétendait qu'il n'était pas assez rusé pour *en être*. Le père Goriot était encore un avare qui prêtait à la petite semaine[7],

1. **Décadence :** dégradation.
2. **Taciturne :** personne qui parle peu, qui est de caractère renfermé.
3. **Galantin :** homme galant.
4. **Drôle :** coquin, fripouille.
5. **La Bourse :** marché financier (installé au palais Brongniart dans le 2ᵉ arrondissement de Paris).
6. ***Carottait* sur les rentes :** misait de petites sommes à la bourse.
7. **À la petite semaine :** sur une courte durée et à taux très élevé.

un homme qui nourrissait des numéros à la loterie[1]. On en faisait tout ce que le vice, la honte, l'impuissance engendrent de plus mystérieux. Seulement, quelque ignobles que fussent sa conduite ou ses vices, l'aversion qu'il inspirait n'allait pas jusqu'à le faire bannir[2] : il payait sa pension. Puis il était utile, chacun essayait sur lui sa bonne ou mauvaise humeur par des plaisanteries ou par des bourrades[3]. L'opinion qui paraissait plus probable, et qui fut généralement adoptée, était celle de madame Vauquer. À l'entendre, cet homme si bien conservé, sain comme son œil et avec lequel on pourrait avoir encore beaucoup d'agrément, était un libertin[4] qui avait des goûts étranges. Voici sur quels faits la veuve Vauquer appuyait ses calomnies. Quelques mois après le départ de cette désastreuse comtesse qui avait su vivre pendant six mois à ses dépens, un matin, avant de se lever, elle entendit dans son escalier le froufrou d'une robe de soie et le pas mignon d'une femme jeune et légère qui filait chez Goriot, dont la porte s'était intelligemment[5] ouverte. Aussitôt la grosse Sylvie vint dire à sa maîtresse qu'une fille trop jolie pour être honnête, *mise*[6] *comme une divinité*, chaussée en brodequins de prunelle[7] qui n'étaient pas crottés, avait glissé comme une anguille[8] de la rue jusqu'à sa cuisine, et lui avait demandé l'appartement de

1. Expression qui signifie qu'il mise toujours sur les mêmes numéros, en augmentant la somme au fur et à mesure.

2. Bannir : exclure.

3. Bourrades : mots violents.

4. Libertin : personne qui se laisse aller au plaisir de la chair, personne sans moralité.

5. Intelligemment : habilement.

6. *Mise* : vêtue.

7. Brodequins de prunelle : chaussures en tissu luxueux.

8. Anguille : poisson qui a la forme d'un serpent.

monsieur Goriot. Madame Vauquer et sa cuisinière se mirent aux écoutes, et surprirent plusieurs mots tendrement prononcés pendant la visite, qui dura quelque temps. Quand monsieur Goriot reconduisit *sa dame*, la grosse Sylvie prit aussitôt son panier, et feignit d'aller au marché, pour suivre le couple amoureux.

– Madame, dit-elle à sa maîtresse en revenant, il faut que monsieur Goriot soit diantrement[1] riche tout de même, pour les mettre sur ce pied-là[2]. Figurez-vous qu'il y avait au coin de l'Estrapade[3] un superbe équipage[4] dans lequel *elle* est montée.

Pendant le dîner, madame Vauquer alla tirer un rideau, pour empêcher que Goriot ne fût incommodé par le soleil dont un rayon lui tombait sur les yeux.

– Vous êtes aimé des belles, monsieur Goriot, le soleil vous cherche, dit-elle en faisant allusion à la visite qu'il avait reçue. Peste ! vous avez bon goût, elle était bien jolie.

– C'était ma fille, dit-il avec une sorte d'orgueil dans lequel les pensionnaires voulurent voir la fatuité[5] d'un vieillard qui garde les apparences.

Un mois après cette visite, monsieur Goriot en reçut une autre. Sa fille qui, la première fois, était venue en toilette du matin, vint après le dîner et habillée comme pour aller dans le monde. Les pensionnaires, occupés à causer dans le salon, purent voir en elle une jolie blonde, mince de taille, gracieuse,

1. **Diantrement :** (terme familier) diablement, énormément.
2. **Pour les mettre sur ce pied-là :** pour les entretenir à si grand frais.
3. **Estrapade :** place de l'Estrapade, non loin de la pension Vauquer.
4. **Équipage :** ensemble de la voiture à chevaux, y compris cocher et valets.
5. **Fatuité :** satisfaction ridicule que l'on éprouve à l'égard de soi-même.

et beaucoup trop distinguée pour être la fille d'un père Goriot.

– Et de deux ! dit la grosse Sylvie, qui ne la reconnut pas.

Quelques jours après, une autre fille, grande et bien faite, brune, à cheveux noirs et à l'œil vif, demanda monsieur Goriot.

– Et de trois ! dit Sylvie.

Cette seconde fille, qui la première fois était aussi venue voir son père le matin, vint quelques jours après, le soir, en toilette de bal et en voiture.

– Et de quatre ! dirent madame Vauquer et la grosse Sylvie, qui ne reconnurent dans cette grande dame aucun vestige de la fille simplement mise le matin où elle fit sa première visite.

Goriot payait encore douze cents francs de pension. Madame Vauquer trouva tout naturel qu'un homme riche eût quatre ou cinq maîtresses, et le trouva même fort adroit de les faire passer pour ses filles. Elle ne se formalisa[1] point de ce qu'il les mandait[2] dans la Maison Vauquer. Seulement, comme ces visites lui expliquaient l'indifférence de son pensionnaire à son égard, elle se permit, au commencement de la deuxième année, de l'appeler *vieux matou*. Enfin, quand son pensionnaire tomba dans les neuf cents francs, elle lui demanda fort insolemment ce qu'il comptait faire de sa maison, en voyant descendre une de ces dames. Le père Goriot lui répondit que cette dame était sa fille aînée.

– Vous en avez donc trente-six, des filles ? dit aigrement[3] madame Vauquer.

1. **Se formalisa :** s'offensa.
2. **Mandait :** demandait de venir.
3. **Aigrement :** avec méchanceté.

– Je n'en ai que deux, répliqua le pensionnaire avec la douceur d'un homme ruiné qui arrive à toutes les docilités de la misère.

Vers la fin de la troisième année, le père Goriot réduisit encore ses dépenses, en montant au troisième étage et en se mettant à quarante-cinq francs de pension par mois. Il se passa de tabac, congédia son perruquier et ne mit plus de poudre[1]. Quand le père Goriot parut pour la première fois sans être poudré, son hôtesse laissa échapper une exclamation de surprise en apercevant la couleur de ses cheveux, ils étaient d'un gris sale et verdâtre. Sa physionomie, que des chagrins secrets avaient insensiblement rendue plus triste de jour en jour, semblait la plus désolée de toutes celles qui garnissaient la table. Il n'y eut alors plus aucun doute. Le père Goriot était un vieux libertin[2] dont les yeux n'avaient été préservés de la maligne influence des remèdes nécessités par ses maladies que par l'habileté d'un médecin. La couleur dégoûtante de ses cheveux provenait de ses excès et des drogues qu'il avait prises pour les continuer[3]. L'état physique et moral du bonhomme donnait raison à ces radotages[4]. Quand son trousseau[5] fut usé, il acheta du calicot[6] à quatorze sous l'aune[7] pour remplacer son beau linge. Ses diamants, sa tabatière d'or, sa chaîne,

1. Il s'agit de la poudre d'amidon aromatisée que l'on met sur les cheveux.

2. Libertin : personne qui se laisse aller au plaisir de la chair, personne sans moralité.

3. Elle sous-entend que le père Goriot, par ses excès en matière de plaisir sexuel, a contracté des maladies vénériennes, et qu'il doit prendre des médicaments pour continuer sa vie de débauche.

4. Radotages : discours qui manquent de sens.

5. Trousseau : linge.

6. Calicot : toile de coton.

7. Aune : ancienne mesure.

ses bijoux disparurent un à un. Il avait quitté l'habit bleu-barbeau[1], tout son costume cossu[2], pour porter, été comme hiver, une redingote[3] de drap[4] marron grossier, un gilet en poil de chèvre et un pantalon gris en cuir de laine. Il devint progressivement maigre ; ses mollets tombèrent ; sa figure, bouffie par le contentement d'un bonheur bourgeois, se rida démesurément ; son front se plissa, sa mâchoire se dessina. Durant la quatrième année de son établissement rue Neuve-Sainte-Geneviève, il ne se ressemblait plus. Le bon vermicellier de soixante-deux ans qui ne paraissait pas en avoir quarante, le bourgeois gros et gras, frais de bêtise[5], dont la tenue égrillarde[6] réjouissait les passants, qui avait quelque chose de jeune dans le sourire, semblait être un septuagénaire hébété[7], vacillant, blafard. Ses yeux bleus si vivaces prirent des teintes ternes et gris-de-fer, ils avaient pâli, ne larmoyaient plus, et leur bordure rouge semblait pleurer du sang. Aux uns, il faisait horreur ; aux autres, il faisait pitié. De jeunes étudiants en Médecine, ayant remarqué l'abaissement de sa lèvre inférieure et mesuré le sommet de son angle facial, le déclarèrent atteint de crétinisme[8], après l'avoir longtemps houspillé[9] sans en rien tirer. Un soir, après le dîner, madame Vauquer lui ayant dit en manière de raillerie[10] : « Eh ! bien,

1. **Bleu-barbeau :** bleu clair.
2. **Cossu :** riche.
3. **Redingote :** veste à deux pans.
4. **Drap :** tissu, étoffe.
5. **Frais de bêtise :** dont la bêtise apparaît clairement.
6. **Égrillarde :** qui manque de sérieux.
7. **Hébété :** ahuri, stupide.
8. **Crétinisme :** maladie entraînant une diminution des facultés intellectuelles.
9. **Houspillé :** tourmenté.
10. **Raillerie :** moquerie.

elles ne viennent donc plus vous voir, vos filles ? » en mettant en doute sa paternité, le père Goriot tressaillit comme si son hôtesse l'eût piqué avec un fer.

– Elles viennent quelquefois, répondit-il d'une voix émue.

– Ah ! ah ! vous les voyez encore quelquefois ! s'écrièrent les étudiants. Bravo, père Goriot !

Mais le vieillard n'entendit pas les plaisanteries que sa réponse lui attirait, il était retombé dans un état méditatif que ceux qui l'observaient superficiellement prenaient pour un engourdissement sénile dû à son défaut d'intelligence. S'ils l'avaient bien connu, peut-être auraient-ils été vivement intéressés par le problème que présentait sa situation physique et morale ; mais rien n'était plus difficile. Quoiqu'il fût aisé de savoir si Goriot avait réellement été vermicelier, et quel était le chiffre de sa fortune, les vieilles gens dont la curiosité s'éveilla sur son compte ne sortaient pas du quartier et vivaient dans la pension comme des huîtres sur un rocher. Quant aux autres personnes, l'entraînement particulier de la vie parisienne leur faisait oublier, en sortant de la rue Neuve-Sainte-Geneviève, le pauvre vieillard dont ils se moquaient. Pour ces esprits étroits, comme pour ces jeunes gens insouciants, la sèche misère du père Goriot et sa stupide attitude étaient incompatibles avec une fortune et une capacité quelconques. Quant aux femmes qu'il nommait ses filles, chacun partageait l'opinion de madame Vauquer, qui disait, avec la logique sévère que l'habitude de tout supposer donne aux vieilles femmes occupées à bavarder pendant leurs soirées : « Si le père Goriot avait des filles aussi riches que paraissaient l'être toutes les dames qui sont venues le voir, il ne serait pas dans ma maison, au troisième, à quarante-cinq francs par mois, et n'irait pas vêtu comme un pauvre. » Rien ne pouvait démentir ces inductions[1]. Aussi, vers la fin du mois de novembre 1819, époque à laquelle éclata ce drame, chacun dans la pension avait-il des idées arrêtées sur le pauvre vieillard. Il n'avait jamais eu ni fille ni femme; l'abus des plaisirs en faisait un colimaçon[2], un mollusque anthropomorphe[3] à classer dans les *Casquettifères*[4], disait un employé au Muséum[5], un des habitués à cachet[6]. Poiret était un aigle, un gentleman auprès de Goriot. Poiret parlait, raisonnait, répondait; il ne disait rien, à la vérité, en parlant, raisonnant ou répondant, car il avait l'habitude de répéter en d'autres termes ce que les autres disaient; mais il contribuait à la conversation, il était vivant, il paraissait sensible; tandis que le père Goriot, disait encore l'employé au Muséum, était constamment à zéro de Réaumur[7].

Eugène de Rastignac était revenu dans une disposition d'esprit que doivent avoir connue les jeunes gens supérieurs, ou ceux auxquels une position difficile communique momentanément les qualités des hommes d'élite. Pendant sa première année de séjour à Paris, le peu de travail que veulent les premiers grades à prendre dans la Faculté l'avait laissé libre de goûter les délices visibles du Paris matériel. Un étudiant

---

1. Inductions: raisonnements par lesquels on tire des conclusions générales à partir de faits observés.

2. Colimaçon: limaçon, espèce d'escargot.

3. Anthropomorphe: à forme humaine.

4. ***Casquettifères***: qui porte la casquette (signe de pauvreté). Néologisme construit à partir du terme *casquette* auquel Balzac a ajouté le suffixe *-fère* emprunté au vocabulaire zoologique (ex: *mammifère*).

5. Il s'agit du Muséum d'histoire naturelle.

6. Le *cachet* est une carte d'abonnement aux repas de la pension.

7. Réaumur est l'inventeur d'un thermomètre à alcool.

n'a pas trop de temps s'il veut connaître le répertoire de chaque théâtre, étudier les issues du labyrinthe parisien, savoir les usages, apprendre la langue et s'habituer aux plaisirs particuliers de la capitale ; fouiller les bons et les mauvais endroits, suivre les cours qui amusent, inventorier les richesses des musées. Un étudiant se passionne alors pour des niaiseries qui lui paraissent grandioses. Il a son grand homme, un professeur du Collège de France, payé pour se tenir à la hauteur de son auditoire. Il rehausse sa cravate et se pose pour la femme des premières galeries de l'Opéra-Comique. Dans ces initiations successives, il se dépouille de son aubier[1], agrandit l'horizon de sa vie, et finit par concevoir la superposition des couches humaines qui composent la société. S'il a commencé par admirer les voitures au défilé des Champs-Élysées par un beau soleil, il arrive bientôt à les envier. Eugène avait subi cet apprentissage à son insu, quand il partit en vacances, après avoir été reçu bachelier ès-Lettres et bachelier en Droit. Ses illusions d'enfance, ses idées de province avaient disparu. Son intelligence modifiée, son ambition exaltée lui firent voir juste au milieu du manoir paternel, au sein de la famille. Son père, sa mère, ses deux frères, ses deux sœurs, et une tante dont la fortune consistait en pensions, vivaient sur la petite terre de Rastignac. Ce domaine d'un revenu d'environ trois mille francs était soumis à l'incertitude qui régit le produit tout industriel de la vigne, et néanmoins il fallait en extraire chaque année douze cents francs pour lui. L'aspect de cette constante détresse qui lui était généreusement cachée, la comparaison qu'il fut forcé d'établir entre ses

1. **Aubier** : couche la plus jeune et la plus tendre qui entoure le tronc des arbres.

sœurs, qui lui semblaient si belles dans son enfance, et les femmes de Paris, qui lui avaient réalisé le type d'une beauté rêvée, l'avenir incertain de cette nombreuse famille qui reposait sur lui, la parcimonieuse[1] attention avec laquelle il vit serrer[2] les plus minces productions, la boisson faite pour sa famille avec les marcs de pressoir[3], enfin une foule de circonstances inutiles à consigner ici, décuplèrent son désir de parvenir[4] et lui donnèrent soif des distinctions. Comme il arrive aux âmes grandes, il voulut ne rien devoir qu'à son mérite. Mais son esprit était éminemment méridional ; à l'exécution, ses déterminations devaient donc être frappées de ces hésitations qui saisissent les jeunes gens quand ils se trouvent en pleine mer, sans savoir ni de quel côté diriger leurs forces, ni sous quel angle enfler leurs voiles. Si d'abord il voulut se jeter à corps perdu dans le travail, séduit bientôt par la nécessité de se créer des relations, il remarqua combien les femmes ont d'influence sur la vie sociale, et avisa soudain à se lancer dans le monde, afin d'y conquérir des protectrices : devaient-elles manquer à un jeune homme ardent et spirituel dont l'esprit et l'ardeur étaient rehaussés par une tournure élégante et par une sorte de beauté nerveuse à laquelle les femmes se laissent prendre volontiers ? Ces idées l'assaillirent au milieu des champs, pendant les promenades que jadis il faisait gaiement avec ses sœurs, qui le trouvèrent bien changé. Sa tante, madame de Marcillac, autrefois présentée à la cour,

1. Parcimonieuse : économe.
2. Serrer : ranger en lieu sûr.
3. Marcs de pressoir : résidus des fruits pressés pour faire le vin.
4. Parvenir : faire fortune.

y avait connu les sommités[1] aristocratiques. Tout à coup le jeune ambitieux reconnut, dans les souvenirs dont sa tante l'avait si souvent bercé, les éléments de plusieurs conquêtes sociales, au moins aussi importantes que celles qu'il entreprenait à l'École de Droit ; il la questionna sur les liens de parenté qui pouvaient encore se renouer. Après avoir secoué les branches de l'arbre généalogique, la vieille dame estima que, de toutes les personnes qui pouvaient servir son neveu parmi la gent[2] égoïste des parents riches, madame la vicomtesse de Beauséant serait la moins récalcitrante. Elle écrivit à cette jeune femme une lettre dans l'ancien style, et la remit à Eugène, en lui disant que, s'il réussissait auprès de la vicomtesse, elle lui ferait retrouver ses autres parents. Quelques jours après son arrivée, Rastignac envoya la lettre de sa tante à madame de Beauséant. La vicomtesse répondit par une invitation de bal pour le lendemain.

Telle était la situation générale de la pension bourgeoise à la fin du mois de novembre 1819. Quelques jours plus tard, Eugène, après être allé au bal de madame de Beauséant, rentra vers deux heures dans la nuit. Afin de regagner le temps perdu, le courageux étudiant s'était promis, en dansant, de travailler jusqu'au matin. Il allait passer la nuit pour la première fois au milieu de ce silencieux quartier, car il s'était mis sous le charme d'une fausse énergie en voyant les splendeurs du monde. Il n'avait pas dîné chez madame Vauquer. Les pensionnaires purent donc croire qu'il ne reviendrait du bal que le lendemain matin au petit jour, comme il était quelquefois

1. **Sommités** : personnes aux rangs les plus élevés dans la société.
2. **Gent** : race, espèce (pour désigner un groupe humain).

rentré des fêtes du Prado ou des bals de l'Odéon, en crottant ses bas de soie et gauchissant[1] ses escarpins[2]. Avant de mettre les verrous à la porte, Christophe l'avait ouverte pour regarder dans la rue. Rastignac se présenta dans ce moment, et put monter à sa chambre sans faire de bruit, suivi de Christophe qui en faisait beaucoup. Eugène se déshabilla, se mit en pantoufles, prit une méchante redingote, alluma son feu de mottes[3], et se prépara lestement au travail, en sorte que Christophe couvrit encore par le tapage de ses gros souliers les apprêts[4] peu bruyants du jeune homme. Eugène resta pensif pendant quelques moments avant de se plonger dans ses livres de Droit. Il venait de reconnaître en madame la vicomtesse de Beauséant l'une des reines de la mode à Paris, et dont la maison passait pour être la plus agréable du faubourg Saint-Germain[5]. Elle était d'ailleurs, et par son nom et par sa fortune, l'une des sommités du monde aristocratique. Grâce à sa tante de Marcillac, le pauvre étudiant avait été bien reçu dans cette maison, sans connaître l'étendue de cette faveur. Être admis dans ces salons dorés équivalait à un brevet de haute noblesse. En se montrant dans cette société, la plus exclusive de toutes, il avait conquis le droit d'aller partout. Ébloui par cette brillante assemblée, ayant à peine échangé quelques paroles avec la vicomtesse, Eugène s'était contenté de distinguer, parmi la foule des déités[6] parisiennes qui se

1. **Gauchissant :** déformant.
2. **Escarpins :** chaussures d'homme à talonnette.
3. **Mottes :** écorces d'arbre pulvérisées et roulées en boules qui coûtent moins cher que le bois.
4. **Apprêts :** préparatifs.
5. **Faubourg Saint-Germain :** quartier où habite la noblesse.
6. **Déités :** dieux ou déesses.

pressaient dans ce raout[1], une de ces femmes que doit adorer tout d'abord un jeune homme. La comtesse Anastasie de Restaud, grande et bien faite, passait pour avoir l'une des plus jolies tailles de Paris. Figurez-vous de grands yeux noirs, une main magnifique, un pied bien découpé, du feu dans les mouvements, une femme que le marquis de Ronquerolles nommait un cheval de pur sang. Cette finesse de nerfs ne lui ôtait aucun avantage ; elle avait les formes pleines et rondes, sans qu'elle pût être accusée de trop d'embonpoint. *Cheval de pur sang, femme de race*, ces locutions commençaient à remplacer les anges du ciel, les figures ossianiques[2], toute l'ancienne mythologie amoureuse repoussée par le dandysme[3]. Mais pour Rastignac, madame Anastasie de Restaud fut la femme désirable. Il s'était ménagé deux tours dans la liste des cavaliers écrite sur l'éventail[4], et avait pu lui parler pendant la première contredanse[5]. – Où vous rencontrer désormais, madame ? lui avait-il dit brusquement avec cette force de passion qui plaît tant aux femmes. – Mais, dit-elle, au Bois, aux Bouffons[6], chez moi, partout. Et l'aventureux Méridional s'était empressé de se lier avec cette délicieuse comtesse, autant qu'un jeune homme peut se lier avec une femme pendant une contredanse et une valse. En se disant cousin de madame de Beauséant,

1. **Raout** : assemblée du grand monde.
2. **Ossianiques** : qui se rapprochent des personnages de la poésie ancienne et folklorique attribuée au barde Ossian, très appréciée des romantiques.
3. **Dandysme** : (mot d'origine anglaise) manière d'être et de se vêtir en suivant exagérément les modes.
4. **Éventail** : carnet de bal en forme d'éventail contenant l'ordre des danses. Les femmes y notaient le nom de leur partenaire en face du leur.
5. **Contredanse** : type de danse.
6. **Au Bois, aux Bouffons** : il s'agit respectivement du bois de Boulogne et d'un théâtre. Ce sont deux lieux très en vogue, où l'on aime être vu.

il fut invité par cette femme, qu'il prit pour une grande dame, et eut ses entrées chez elle. Au dernier sourire qu'elle lui jeta, Rastignac crut sa visite nécessaire. Il avait eu le bonheur de rencontrer un homme qui ne s'était pas moqué de son ignorance, défaut mortel au milieu des illustres impertinents de l'époque, les Maulincourt, les Ronquerolles, les Maxime de Trailles, les de Marsay, les Adjuda-Pinto, les Vandenesse, qui étaient là dans la gloire de leurs fatuités[1] et mêlés aux femmes les plus élégantes, lady Brandon, la duchesse de Langeais, la comtesse de Kergarouët, madame de Sérisy, la duchesse de Carigliano, la comtesse Ferraud, madame de Lanty, la marquise d'Aiglemont, madame Firmiani, la marquise de Listomère et la marquise d'Espard, la duchesse de Maufrigneuse et les Grandlieu. Heureusement donc, le naïf étudiant tomba sur le marquis de Montriveau, l'amant de la duchesse de Langeais, un général simple comme un enfant, qui lui apprit que la comtesse de Restaud demeurait rue du Helder. Être jeune, avoir soif du monde, avoir faim d'une femme, et voir s'ouvrir pour soi deux maisons ! mettre le pied au faubourg Saint-Germain[2] chez la vicomtesse de Beauséant, le genou dans la Chaussée-d'Antin[3] chez la comtesse de Restaud ! plonger d'un regard dans les salons de Paris en enfilade, et se croire assez joli garçon pour y trouver aide et protection dans un cœur de femme ! se sentir assez ambitieux pour donner un superbe coup de pied à la corde roide[4] sur laquelle il faut marcher avec

1. Fatuité : satisfaction ridicule que l'on éprouve à l'égard de soi-même.

2. Faubourg Saint-Germain : quartier où habite la noblesse.

3. Chaussée-d'Antin : autre quartier riche de Paris, habité par une noblesse plus récente que celle du faubourg Saint-Germain.

4. Corde roide : corde raide des funambules.

l'assurance du sauteur qui ne tombera pas, et avoir trouvé dans une charmante femme le meilleur des balanciers[1] ! Avec ces pensées et devant cette femme qui se dressait sublime auprès d'un feu de mottes[2], entre le Code[3] et la misère, qui n'aurait comme Eugène sondé l'avenir par une méditation, qui ne l'aurait meublé de succès ? Sa pensée vagabonde escomptait[4] si drûment[5] ses joies futures qu'il se croyait auprès de madame de Restaud, quand un soupir semblable à un *han* de saint Joseph[6] troubla le silence de la nuit, retentit au cœur du jeune homme de manière à le lui faire prendre pour le râle d'un moribond[7]. Il ouvrit doucement la porte, et quand il fut dans le corridor, il aperçut une ligne de lumière tracée au bas de la porte du père Goriot. Eugène craignit que son voisin ne se trouvât indisposé, il approcha son œil de la serrure, regarda dans la chambre, et vit le vieillard occupé de travaux qui lui parurent trop criminels pour qu'il ne crût pas rendre service à la société en examinant bien ce que machinait nuitamment[8] le soi-disant vermicellier. Le père Goriot, qui sans doute avait attaché sur la barre d'une table renversée un plat et une espèce de soupière en vermeil[9], tournait une espèce de câble autour de ces objets richement sculptés, en les serrant avec une si

1. Balanciers : bâtons des funambules servant à se maintenir en équilibre.

2. Mottes : écorces d'arbre pulvérisées et roulées en boules qui coûtent moins cher que le bois.

3. Le Code : le Code civil que Rastignac, étudiant en droit, étudie.

4. Escomptait : imaginait, anticipait.

5. Drûment : vigoureusement.

6. De saint Joseph : de charpentier (métier de Joseph, père de Jésus) – le *han* étant le son produit par l'artisan durant l'effort physique.

7. Râle d'un moribond : cri de celui qui va mourir.

8. Nuitamment : durant la nuit.

9. Vermeil : argent doré tirant sur le rouge.

grande force qu'il les tordait vraisemblablement pour les convertir en lingots. – Peste ! quel homme ! se dit Rastignac en voyant le bras nerveux du vieillard qui, à l'aide de cette corde, pétrissait sans bruit l'argent doré, comme une pâte. Mais serait-ce donc un voleur ou un receleur qui, pour se livrer plus sûrement à son commerce, affecterait la bêtise, l'impuissance, et vivrait en mendiant ? se dit Eugène en se relevant un moment. L'étudiant appliqua de nouveau son œil à la serrure. Le père Goriot, qui avait déroulé son câble, prit la masse d'argent, la mit sur la table après y avoir étendu sa couverture, et l'y roula pour l'arrondir en barre, opération dont il s'acquitta avec une facilité merveilleuse. – Il serait donc aussi fort que l'était Auguste, roi de Pologne[1] ? se dit Eugène quand la barre ronde fut à peu près façonnée. Le père Goriot regarda tristement son ouvrage, des larmes sortirent de ses yeux, il souffla le rat-de-cave[2] à la lueur duquel il avait tordu ce vermeil, et Eugène l'entendit se coucher en poussant un soupir. – Il est fou, pensa l'étudiant.

– Pauvre enfant ! dit à haute voix le père Goriot.

À cette parole, Rastignac jugea prudent de garder le silence sur cet événement, et de ne pas inconsidérément condamner son voisin. Il allait rentrer quand il distingua soudain un bruit assez difficile à exprimer, et qui devait être produit par des hommes en chaussons de lisière[3] montant l'escalier. Eugène prêta l'oreille, et reconnut en effet le son alternatif de la respiration de deux hommes. Sans avoir entendu ni le cri de

1. Frédéric-Auguste Ier, selon les dires de Voltaire, possédait une très grande force.

2. Rat-de-cave : bougie longue et fine.

3. Chaussons de lisière : chaussons confectionnés à partir d'un tissu épais.

la porte ni les pas des hommes, il vit tout à coup une faible lueur au second étage, chez monsieur Vautrin. – Voilà bien des mystères dans une pension bourgeoise ! se dit-il. Il descendit quelques marches, se mit à écouter, et le son de l'or frappa son oreille. Bientôt la lumière fut éteinte, les deux respirations se firent entendre derechef[1] sans que la porte eût crié. Puis, à mesure que les deux hommes descendirent, le bruit alla s'affaiblissant.

– Qui va là ? cria madame Vauquer en ouvrant la fenêtre de sa chambre.

– C'est moi qui rentre, maman Vauquer, dit Vautrin de sa grosse voix.

– C'est singulier ! Christophe avait mis les verrous, se dit Eugène en rentrant dans sa chambre. Il faut veiller pour bien savoir ce qui se passe autour de soi, dans Paris. Détourné par ces petits événements de sa méditation ambitieusement amoureuse, il se mit au travail. Distrait par les soupçons qui lui venaient sur le compte du père Goriot, plus distrait encore par la figure de madame de Restaud, qui de moments en moments se posait devant lui comme la messagère d'une brillante destinée, il finit par se coucher et par dormir à poings fermés. Sur dix nuits promises au travail par les jeunes gens, ils en donnent sept au sommeil. Il faut avoir plus de vingt ans pour veiller.

Le lendemain matin régnait à Paris un de ces épais brouillards qui l'enveloppent et l'embrument si bien que les gens les plus exacts sont trompés sur le temps. Les rendez-vous d'affaires se manquent. Chacun se croit à huit heures quand midi sonne.

1. **Derechef** : de nouveau.

Il était neuf heures et demie, madame Vauquer n'avait pas encore bougé de son lit. Christophe et la grosse Sylvie, attardés aussi, prenaient tranquillement leur café, préparé avec les couches supérieures du lait destiné aux pensionnaires, et que Sylvie faisait longtemps bouillir, afin que madame Vauquer ne s'aperçût pas de cette dîme[1] illégalement levée.

– Sylvie, dit Christophe en mouillant sa première rôtie[2], monsieur Vautrin, qu'est un bon homme tout de même, a encore vu deux personnes cette nuit. Si madame s'en inquiétait, ne faudrait rien lui dire.

– Vous a-t-il donné quelque chose ?

– Il m'a donné cent sous pour son mois, une manière de me dire : Tais-toi.

– Sauf lui et madame Couture, qui ne sont pas regardants, les autres voudraient nous retirer de la main gauche ce qu'ils nous donnent de la main droite au jour de l'an, dit Sylvie.

– Encore, qu'est-ce qu'ils donnent ! fit Christophe, une méchante pièce, *et* de cent sous. Voilà depuis deux ans le père Goriot qui fait ses souliers lui-même. Ce *grigou*[3] de Poiret se passe de cirage, et le boirait plutôt que de le mettre à ses savates. Quant au gringalet d'étudiant, il me donne quarante sous. Quarante sous ne payent pas mes brosses, et il vend ses vieux habits, par-dessus le marché. Qué baraque !

– Bah ! fit Sylvie en buvant de petites gorgées de café, nos places sont encore les meilleures du quartier : on y vit bien.

---

1. Dîme : sous l'Ancien Régime, impôt prélevé par l'Église sur les récoltes agricoles. Ici, il s'agit du lait que Sylvie a prélevé pour elle et Christophe sur celui destiné aux pensionnaires.

2. Rôtie : tranche de pain grillé.

3. *Grigou* : (terme populaire) radin, avare.

Mais, à propos de gros papa Vautrin, Christophe, vous a-t-on dit quelque chose ?

– Oui. J'ai rencontré il y a quelques jours un monsieur dans la rue, qui m'a dit : – N'est-ce pas chez vous que demeure un gros monsieur qui a des favoris qu'il teint ? Moi j'ai dit : – Non, monsieur, il ne les teint pas. Un homme gai comme lui, il n'en a pas le temps. J'ai donc dit ça à monsieur Vautrin, qui m'a répondu : – Tu as bien fait, mon garçon ! Réponds toujours comme ça. Rien n'est plus désagréable que de laisser connaître nos infirmités. Ça peut faire manquer des mariages.

– Eh ! bien, à moi, au marché, on a voulu m'englauder[1] aussi pour me faire dire si je lui voyais passer sa chemise. C'te farce ! Tiens, dit-elle en s'interrompant, voilà dix heures quart moins[2] qui sonnent au Val-de-Grâce, et personne ne bouge.

– Ah bah ! ils sont tous sortis. Madame Couture et sa jeune personne sont allées manger le bon Dieu[3] à Saint-Étienne dès huit heures. Le père Goriot est sorti avec un paquet. L'étudiant ne reviendra qu'après son cours, à dix heures. Je les ai vus partir en faisant mes escaliers ; que le père Goriot m'a donné un coup avec ce qu'il portait, qu'était dur comme du fer. Qué qui fait donc, ce bonhomme-là ? Les autres le font aller comme une toupie, mais c'est un brave homme tout de même, et qui vaut mieux qu'eux tous. Il ne donne pas grand-chose ; mais les dames chez lesquelles il m'envoie quelquefois allongent de fameux pourboires, et sont joliment ficelées.

1. **Englauder :** (terme familier) tromper.
2. **Quart moins :** moins le quart.
3. **Manger le bon Dieu :** elles sont allées à l'église pour assister à la messe (durant laquelle on mange l'hostie).

– Celles qu'il appelle ses filles, hein ? Elles sont une douzaine.

– Je ne suis jamais allé que chez deux, les mêmes qui sont venues ici.

– Voilà madame qui se remue ; elle va faire son sabbat[1] : faut que j'y aille. Vous veillerez au lait, Christophe, rapport au chat.

Sylvie monta chez sa maîtresse.

– Comment, Sylvie, voilà dix heures quart moins, vous m'avez laissée dormir comme une marmotte ! jamais pareille chose n'est arrivée.

– C'est le brouillard, qu'est à couper au couteau.

– Mais le déjeuner ?

– Bah ! vos pensionnaires avaient bien le diable au corps ; ils ont tous décanillé dès le patron-jacquette[2].

– Parle donc bien, Sylvie, reprit madame Vauquer : on dit le patron-minette[3].

– Ah ! madame, je dirai comme vous voudrez. Tant y a que vous pouvez déjeuner à dix heures. La Michonnette et le Poireau n'ont pas bougé. Il n'y a qu'eux qui soient dans la maison, et ils dorment comme des souches qui sont.

– Mais, Sylvie, tu les mets tous les deux ensemble, comme si…

– Comme si, quoi ? reprit Sylvie en laissant échapper un gros rire bête. Les deux font la paire.

1. Faire son sabbat : s'agiter bruyamment, faire du vacarme.

2. Expression signifiant qu'ils sont tous sortis de bonne heure.

3. Les deux personnages se trompent ; on dit *dès potron-jaquet* ou *dès potron-minet*, c'est-à-dire *à l'aube*.

– C'est singulier, Sylvie : comment monsieur Vautrin est-il donc rentré cette nuit après que Christophe a eu mis les verrous ?

– Bien au contraire, madame. Il a entendu monsieur Vautrin, et est descendu pour lui ouvrir la porte. Et voilà ce que vous avez cru...

– Donne-moi ma camisole[1], et va vite voir au déjeuner. Arrange le reste du mouton avec des pommes de terre, et donne des poires cuites, de celles qui coûtent deux liards[2] la pièce.

Quelques instants après, madame Vauquer descendit au moment où son chat venait de renverser d'un coup de patte l'assiette qui couvrait un bol de lait, et le lapait en toute hâte.

– Mistigris ! s'écria-t-elle. Le chat se sauva, puis revint se frotter à ses jambes. Oui, oui, fais ton capon[3], vieux lâche ! lui dit-elle. Sylvie ! Sylvie !

– Eh ! bien, quoi, madame ?

– Voyez donc ce qu'a bu le chat.

– C'est la faute de cet animal de Christophe, à qui j'avais dit de mettre le couvert. Où est-il passé ? Ne vous inquiétez pas, madame ; ce sera le café du père Goriot. Je mettrai de l'eau dedans, il ne s'en apercevra pas. Il ne fait attention à rien, pas même à ce qu'il mange.

– Où donc est-il allé, ce chinois[4]-là ? dit madame Vauquer en plaçant les assiettes.

– Est-ce qu'on sait ? Il fait des trafics des cinq cents diables.

---

1. Camisole : sorte de chandail, gilet.

2. Liards : ancienne monnaie de faible valeur.

3. Capon : (terme familier) câlin, cajoleur.

4. Chinois : homme bizarre, farfelu.

– J'ai trop dormi, dit madame Vauquer.

– Mais aussi madame est-elle fraîche comme une rose…

En ce moment la sonnette se fit entendre, et Vautrin entra dans le salon en chantant de sa grosse voix :

J'ai longtemps parcouru le monde,

Et l'on m'a vu de toute part…

– Oh ! oh ! bonjour, maman Vauquer, dit-il en apercevant l'hôtesse, qu'il prit galamment dans ses bras.

– Allons, finissez donc.

– Dites impertinent ! reprit-il. Allons, dites-le. Voulez-vous bien le dire ? Tenez, je vais mettre le couvert avec vous. Ah ! je suis gentil, n'est-ce pas ?

Courtiser la brune et la blonde,

Aimer, soupirer…

– Je viens de voir quelque chose de singulier.

… au hasard[1].

– Quoi, dit la veuve.

– Le père Goriot était à huit heures et demie rue Dauphine, chez l'orfèvre qui achète de vieux couverts et des galons[2]. Il lui a vendu pour une bonne somme un ustensile de ménage en vermeil[3], assez joliment tortillé pour un homme qui n'est pas de la manique[4].

– Bah ! vraiment ?

– Oui. Je revenais ici après avoir conduit un de mes amis qui s'expatrie par les Messageries royales[5] ; j'ai attendu le père Goriot pour voir : histoire de rire. Il a remonté dans ce quartier-ci, rue des

1. Paroles tirées d'un opéra-comique de l'époque.
2. Galons : bandes de tissu d'or, d'argent ou de soie.
3. Vermeil : argent doré tirant sur le rouge.
4. De la manique : (expression populaire) du métier.
5. Messageries royales : service des transports et de la poste.

Grès, où il est entré dans la maison d'un usurier[1] connu, nommé Gobseck, un fier drôle[2], capable de faire des dominos avec les os de son père; un juif, un arabe, un grec, un bohémien[3], un homme qu'on serait bien embarrassé de dévaliser, il met ses écus à la Banque.

– Qu'est-ce que fait donc ce père Goriot ?

– Il ne fait rien, dit Vautrin, il défait. C'est un imbécile assez bête pour se ruiner à aimer ses filles qui...

– Le voilà ! dit Sylvie.

– Christophe, cria le père Goriot, monte avec moi.

Christophe suivit le père Goriot, et redescendit bientôt.

– Où vas-tu ? dit madame Vauquer à son domestique.

– Faire une commission pour monsieur Goriot.

– Qu'est-ce que c'est que ça ? dit Vautrin en arrachant des mains de Christophe une lettre sur laquelle il lut : *À madame la comtesse Anastasie de Restaud*. Et tu vas ? reprit-il en tendant la lettre à Christophe.

– Rue du Helder. J'ai ordre de ne remettre ceci qu'à madame la comtesse.

– Qu'est-ce qu'il y a là-dedans ? dit Vautrin en mettant la lettre au jour; un billet de banque ? non. Il entrouvrit l'enveloppe. – Un billet acquitté[4], s'écria-t-il. Fourche ![5] il est galant, le roquentin[6]. Va, vieux lascar, dit-il en coiffant de sa large main Christophe, qu'il fit tourner sur lui-même comme un dé, tu auras un bon pourboire.

1. **Usurier** : personne qui prête de l'argent (parfois à taux très élevé).
2. **Fier drôle** : sacré coquin, grande fripouille.
3. **Juif, arabe, grec, bohémien** : termes injurieux désignant les usuriers cupides. Voir note 1, p. 305.
4. **Billet acquitté** : promesse de paiement (d'une somme que Mme de Restaud doit à un créancier et que le père Goriot a réglée).
5. **Fourche !** : Diable !
6. **Roquentin** : homme âgé qui joue les jeunes hommes.

Le couvert était mis. Sylvie faisait bouillir le lait. Madame Vauquer allumait le poêle, aidée par Vautrin, qui fredonnait toujours :

J'ai longtemps parcouru le monde,
Et l'on m'a vu de toute part...

Quand tout fut prêt, madame Couture et mademoiselle Taillefer rentrèrent.

– D'où venez-vous donc si matin, ma belle dame ? dit madame Vauquer à madame Couture.

– Nous venons de faire nos dévotions [1] à Saint-Étienne-du-Mont, ne devons-nous pas aller aujourd'hui chez monsieur Taillefer ? Pauvre petite, elle tremble comme la feuille, reprit madame Couture en s'asseyant devant le poêle à la bouche [2] duquel elle présenta ses souliers qui fumèrent.

– Chauffez-vous donc, Victorine, dit madame Vauquer.

– C'est bien, mademoiselle, de prier le bon Dieu d'attendrir le cœur de votre père, dit Vautrin en avançant une chaise à l'orpheline. Mais ça ne suffit pas. Il vous faudrait un ami qui se chargeât de dire son fait à ce marsouin [3]-là, un sauvage qui a, dit-on, trois millions, et qui ne vous donne pas de dot [4]. Une belle fille a besoin de dot dans ce temps-ci.

– Pauvre enfant, dit madame Vauquer. Allez, mon chou, votre monstre de père attire le malheur à plaisir sur lui.

À ces mots, les yeux de Victorine se mouillèrent de larmes, et la veuve s'arrêta sur un signe que lui fit madame Couture.

1. **Dévotions :** devoirs religieux.
2. **Bouche :** ouverture à l'extrémité du tuyau du poêle.
3. **Marsouin :** (terme familier) homme laid.
4. **Dot :** biens donnés par les parents à leur fille pour qu'elle se marie.

– Si nous pouvions seulement le voir, si je pouvais lui parler, lui remettre la dernière lettre de sa femme, reprit la veuve du commissaire-ordonnateur. Je n'ai jamais osé la risquer par la poste ; il connaît mon écriture…

– *O femmes innocentes, malheureuses et persécutées*[1], s'écria Vautrin en interrompant, voilà donc où vous en êtes ! D'ici à quelques jours je me mêlerai de vos affaires, et tout ira bien.

– Oh ! monsieur, dit Victorine en jetant un regard à la fois humide et brûlant à Vautrin, qui ne s'en émut pas, si vous saviez un moyen d'arriver à mon père, dites-lui bien que son affection et l'honneur de ma mère me sont plus précieux que toutes les richesses du monde. Si vous obteniez quelque adoucissement à sa rigueur, je prierais Dieu pour vous. Soyez sûr d'une reconnaissance…

– *J'ai longtemps parcouru le monde*, chanta Vautrin d'une voix ironique.

En ce moment, Goriot, mademoiselle Michonneau, Poiret descendirent, attirés peut-être par l'odeur du roux[2] que faisait Sylvie pour accommoder les restes du mouton. À l'instant où les sept convives s'attablèrent en se souhaitant le bonjour, dix heures sonnèrent, l'on entendit dans la rue le pas de l'étudiant.

– Ah ! bien, monsieur Eugène, dit Sylvie, aujourd'hui vous allez déjeuner avec tout le monde.

L'étudiant salua les pensionnaires, et s'assit auprès du père Goriot.

– Il vient de m'arriver une singulière aventure, dit-il en se servant abondamment du mouton et se coupant un morceau de pain que madame Vauquer mesurait toujours de l'œil.

1. Titre d'une pantomime (pièce parodique où les acteurs jouent uniquement par gestes) de l'époque.

2. Roux : sauce composée de farine et de beurre fondu.

– Une aventure ! dit Poiret.

– Eh ! bien, pourquoi vous en étonneriez-vous, vieux chapeau ? dit Vautrin à Poiret. Monsieur est bien fait pour en avoir.

Mademoiselle Taillefer coula timidement un regard sur le jeune étudiant.

– Dites-nous votre aventure, demanda madame Vauquer.

– Hier, j'étais au bal chez madame la vicomtesse de Beauséant, une cousine à moi, qui possède une maison magnifique, des appartements habillés de soie, enfin qui nous a donné une fête superbe, où je me suis amusé comme un roi…

– Telet, dit Vautrin en interrompant net.

– Monsieur, reprit vivement Eugène, que voulez-vous dire ?

– Je dis *telet*, parce que les roitelets s'amusent beaucoup plus que les rois.

– C'est vrai : j'aimerais mieux être ce petit oiseau sans souci que roi, parce que… fit Poiret l'*idémiste*[1].

– Enfin, reprit l'étudiant en lui coupant la parole, je danse avec une des plus belles femmes du bal, une comtesse ravissante, la plus délicieuse créature que j'aie jamais vue. Elle était coiffée avec des fleurs de pêcher, elle avait au côté le plus beau bouquet de fleurs, des fleurs naturelles qui embaumaient ; mais, bah ! il faudrait que vous l'eussiez vue, il est impossible de peindre une femme animée par la danse. Eh ! bien, ce matin, j'ai rencontré cette divine comtesse, sur les neuf heures, à pied, rue des Grès. Oh ! le cœur m'a battu, je me figurais…

1. ***Idémiste*** : personne qui répète ce que disent les autres (néologisme formé à partir mot latin *idem*, « le même »).

– Qu'elle venait ici, dit Vautrin en jetant un regard profond à l'étudiant. Elle allait sans doute chez le papa Gobseck, un usurier. Si jamais vous fouillez des cœurs de femmes à Paris, vous y trouverez l'usurier avant l'amant. Votre comtesse se nomme Anastasie de Restaud, et demeure rue du Helder.

À ce nom, l'étudiant regarda fixement Vautrin. Le père Goriot leva brusquement la tête, il jeta sur les deux interlocuteurs un regard lumineux et plein d'inquiétude qui surprit les pensionnaires.

– Christophe arrivera trop tard, elle y sera donc allée, s'écria douloureusement Goriot.

– J'ai deviné, dit Vautrin en se penchant à l'oreille de madame Vauquer.

Goriot mangeait machinalement et sans savoir ce qu'il mangeait. Jamais il n'avait semblé plus stupide et plus absorbé qu'il l'était en ce moment.

– Qui diable, monsieur Vautrin, a pu vous dire son nom ? demanda Eugène.

– Ah ! ah ! voilà, répondit Vautrin. Le père Goriot le savait bien, lui ! pourquoi ne le saurais-je pas ?

– Monsieur Goriot, s'écria l'étudiant.

– Quoi ! dit le pauvre vieillard. Elle était donc bien belle hier ?

– Qui ?

– Madame de Restaud.

– Voyez-vous le vieux grigou[1], dit madame Vauquer à Vautrin, comme ses yeux s'allument.

1. Grigou : (terme populaire) radin, avare.

– Il l'entretiendrait[1] donc ? dit à voix basse mademoiselle Michonneau à l'étudiant.

– Oh ! oui, elle était furieusement belle, reprit Eugène, que le père Goriot regardait avidement. Si madame de Beauséant n'avait pas été là, ma divine comtesse eût été la reine du bal ; les jeunes gens n'avaient d'yeux que pour elle, j'étais le douzième inscrit sur la liste, elle dansait toutes les contredanses. Les autres femmes enrageaient. Si une créature a été heureuse hier, c'était bien elle. On a bien raison de dire qu'il n'y a rien de plus beau que frégate[2] à la voile, cheval au galop et femme qui danse.

– Hier en haut de la roue[3], chez une duchesse, dit Vautrin ; ce matin en bas de l'échelle, chez un escompteur[4] : voilà les Parisiennes. Si leurs maris ne peuvent entretenir leur luxe effréné, elles se vendent. Si elles ne savent pas se vendre, elles éventreraient leurs mères pour y chercher de quoi briller. Enfin elles font les cent mille coups. Connu, connu !

Le visage du père Goriot, qui s'était allumé comme le soleil d'un beau jour en entendant l'étudiant, devint sombre à cette cruelle observation de Vautrin.

– Eh ! bien, dit madame Vauquer, où donc est votre aventure ? Lui avez-vous parlé ? lui avez-vous demandé si elle venait apprendre le Droit ?

– Elle ne m'a pas vu, dit Eugène. Mais rencontrer une des plus jolies femmes de Paris rue des Grès, à neuf heures, une

1. Entretiendrait : payerait les dépenses de sa maîtresse (pour un amant).

2. Frégate : type de bateau.

3. Roue : roue de la fortune qui peut tourner favorablement ou défavorablement, faire et défaire les richesses.

4. Escompteur : personne qui fait crédit, banquier.

femme qui a dû rentrer du bal à deux heures du matin, n'est-ce pas singulier ? Il n'y a que Paris pour ces aventures-là.

– Bah ! il y en a de bien plus drôles, s'écria Vautrin.

Mademoiselle Taillefer avait à peine écouté, tant elle était préoccupée par la tentative qu'elle allait faire. Madame Couture lui fit signe de se lever pour aller s'habiller. Quand les deux dames sortirent, le père Goriot les imita.

– Eh ! bien, l'avez-vous vu ? dit madame Vauquer à Vautrin et à ses autres pensionnaires. Il est clair qu'il s'est ruiné pour ces femmes-là.

– Jamais on ne me fera croire, s'écria l'étudiant, que la belle comtesse de Restaud appartienne au père Goriot.

– Mais, lui dit Vautrin en l'interrompant, nous ne tenons pas à vous le faire croire. Vous êtes encore trop jeune pour bien connaître Paris, vous saurez plus tard qu'il s'y rencontre ce que nous nommons des *hommes à passions*[1]... (À ces mots, mademoiselle Michonneau regarda Vautrin d'un air intelligent[2]. Vous eussiez dit un cheval de régiment entendant le son de la trompette.)

– Ah ! ah ! fit Vautrin en s'interrompant pour lui jeter un regard profond, *que* nous *n'avons néu*[3] nos petites passions, nous ? (La vieille fille baissa les yeux comme une religieuse qui voit des statues[4].) – Eh ! bien, reprit-il, ces gens-là chaussent[5] une idée et n'en démordent pas. Ils n'ont soif que d'une certaine eau prise à une certaine fontaine, et souvent croupie ;

1. ***À passions*** : passionnés, obsédés (sexuellement parlant).
2. **Air intelligent** : air d'une personne qui sait de quoi l'on parle, air de connaisseuse.
3. ***N'avons néu*** : n'avons-nous pas eu.
4. Les statues sont des statues de saints.
5. **Chaussent** : se forment.

pour en boire, ils vendraient leurs femmes, leurs enfants ; ils vendraient leur âme au diable. Pour les uns, cette fontaine est le jeu, la Bourse, une collection de tableaux ou d'insectes, la musique ; pour d'autres, c'est une femme qui sait leur cuisiner des friandises. À ceux-là, vous leur offririez toutes les femmes de la terre, ils s'en moquent, ils ne veulent que celle qui satisfait leur passion. Souvent cette femme ne les aime pas du tout, vous les rudoie[1], leur vend fort cher des bribes de satisfactions ; eh ! bien, mes farceurs ne se lassent pas, et mettraient leur dernière couverture au Mont-de-Piété[2] pour lui apporter leur dernier écu. Le père Goriot est un de ces gens-là. La comtesse l'exploite parce qu'il est discret, et voilà le beau monde ! Le pauvre bonhomme ne pense qu'à elle. Hors de sa passion, vous le voyez, c'est une bête brute. Mettez-le sur ce chapitre-là, son visage étincelle comme un diamant. Il n'est pas difficile de deviner ce secret-là. Il a porté ce matin du vermeil[3] à la fonte, et je l'ai vu entrant chez le papa Gobseck, rue des Grès. Suivez bien ! En revenant, il a envoyé chez la comtesse de Restaud ce niais de Christophe qui nous a montré l'adresse de la lettre dans laquelle était un billet acquitté. Il est clair que si la comtesse allait aussi chez le vieil escompteur, il y avait urgence. Le père Goriot a galamment financé pour elle. Il ne faut pas coudre deux idées pour voir clair là-dedans. Cela vous prouve, mon jeune étudiant, que, pendant que votre comtesse riait, dansait, faisait ses singeries, balançait ses fleurs de pêcher et pinçait sa robe, elle était dans ses petits

1. Rudoie : maltraite.

2. Mont-de-Piété : établissement qui prête de l'argent en échange des objets qu'on y dépose.

3. Du vermeil : de la vaisselle en vermeil (argent doré tirant sur le rouge).

souliers, comme on dit, en pensant à ses lettres de change protestées[1], ou à celles de son amant.

– Vous me donnez une furieuse envie de savoir la vérité. J'irai demain chez madame de Restaud, s'écria Eugène.

– Oui, dit Poiret, il faut aller demain chez madame de Restaud.

– Vous y trouverez peut-être le bonhomme Goriot qui viendra toucher le montant de ses galanteries.

– Mais, dit Eugène avec un air de dégoût, votre Paris est donc un bourbier[2].

– Et un drôle de bourbier, reprit Vautrin. Ceux qui s'y crottent en voiture sont d'honnêtes gens, ceux qui s'y crottent à pied sont des fripons. Ayez le malheur d'y décrocher[3] n'importe quoi, vous êtes montré sur la place du Palais-de-Justice comme une curiosité[4]. Volez un million, vous êtes marqué dans les salons comme une vertu. Vous payez trente millions à la Gendarmerie et à la Justice pour maintenir cette morale-là. Joli !

– Comment, s'écria madame Vauquer, le père Goriot aurait fondu son déjeuner de vermeil ?

– N'y avait-il pas deux tourterelles sur le couvercle ? dit Eugène.

– C'est bien cela.

– Il y tenait donc beaucoup, il a pleuré quand il a eu pétri l'écuelle et le plat. Je l'ai vu par hasard, dit Eugène.

---

1. Lettres de change : lettres écrites par les créanciers fixant la somme due. Elles sont dites *protestées* si elles n'ont pas été payées à temps.

2. Bourbier : mare de boue.

3. Décrocher : voler.

4. La peine d'exposition publique consistait à exposer les coupables sur la place du Palais-de-Justice.

– Il y tenait comme à sa vie, répondit la veuve.

– Voyez-vous le bonhomme, combien il est passionné, s'écria Vautrin. Cette femme-là sait lui chatouiller l'âme.

L'étudiant remonta chez lui. Vautrin sortit. Quelques instants après, madame Couture et Victorine montèrent dans un fiacre[1] que Sylvie alla leur chercher. Poiret offrit son bras à mademoiselle Michonneau, et tous deux allèrent se promener au Jardin des Plantes, pendant les deux belles heures de la journée.

– Eh ! bien, les voilà donc quasiment mariés, dit la grosse Sylvie. Ils sortent ensemble aujourd'hui pour la première fois. Ils sont tous deux si secs que, s'ils se cognent, ils feront feu comme un briquet.

– Gare au châle de mademoiselle Michonneau, dit en riant madame Vauquer, il prendra comme de l'amadou[2].

À quatre heures du soir, quand Goriot rentra, il vit, à la lueur de deux lampes fumeuses, Victorine dont les yeux étaient rouges. Madame Vauquer écoutait le récit de la visite infructueuse faite à monsieur Taillefer pendant la matinée. Ennuyé de recevoir sa fille et cette vieille femme, Taillefer les avait laissé parvenir jusqu'à lui pour s'expliquer avec elles.

– Ma chère dame, disait madame Couture à madame Vauquer, figurez-vous qu'il n'a pas même fait asseoir Victorine, qu'est restée constamment debout. À moi, il m'a dit, sans se mettre en colère, tout froidement, de nous épargner la peine de venir chez lui ; que mademoiselle, sans dire sa fille, se nuisait dans son esprit[3] en l'importunant[4] (une fois par an,

1. Fiacre : voiture de location tirée par un cheval.

2. Amadou : substance inflammable.

3. Se nuisait dans son esprit : lui donnait une mauvaise impression d'elle.

4. L'importunant : le dérangeant.

le monstre !) ; que la mère de Victorine ayant été épousée sans fortune, elle n'avait rien à prétendre ; enfin les choses les plus dures, qui ont fait fondre en larmes cette pauvre petite. La petite s'est jetée alors aux pieds de son père, et lui a dit avec courage qu'elle n'insistait autant que pour sa mère, qu'elle obéirait à ses volontés sans murmure ; mais qu'elle le suppliait de lire le testament de la pauvre défunte, elle a pris la lettre et la lui a présentée en disant les plus belles choses du monde et les mieux senties, je ne sais pas où elle les a prises, Dieu les lui dictait, car la pauvre enfant était si bien inspirée qu'en l'entendant, moi, je pleurais comme une bête. Savez-vous ce que faisait cette horreur d'homme, il se coupait les ongles, il a pris cette lettre que la pauvre madame Taillefer avait trempée de larmes, et l'a jetée sur la cheminée en disant : C'est bon ! Il a voulu relever sa fille qui lui prenait les mains pour les lui baiser, mais il les a retirées. Est-ce pas une scélératesse[1] ? Son grand dadais de fils est entré sans saluer sa sœur.

– C'est donc des monstres ? dit le père Goriot.

– Et puis, dit madame Couture sans faire attention à l'exclamation du bonhomme, le père et le fils s'en sont allés en me saluant et en me priant de les excuser, ils avaient des affaires pressantes. Voilà notre visite. Au moins il a vu sa fille. Je ne sais pas comment il peut la renier, elle lui ressemble comme deux gouttes d'eau.

Les pensionnaires, internes et externes, arrivèrent les uns après les autres, en se souhaitant mutuellement le bonjour, et se disant de ces riens qui constituent, chez certaines classes

1. **Scélératesse** : crime, méchanceté.

parisiennes, un esprit drolatique dans lequel la bêtise entre comme élément principal, et dont le mérite consiste particulièrement dans le geste ou la prononciation. Cette espèce d'argot varie continuellement. La plaisanterie qui en est le principe n'a jamais un mois d'existence. Un événement politique, un procès en cour d'assises, une chanson des rues, les farces d'un acteur, tout sert à entretenir ce jeu d'esprit qui consiste surtout à prendre les idées et les mots comme des volants, et à se les renvoyer sur des raquettes. La récente invention du Diorama[1], qui portait l'illusion de l'optique à un plus haut degré que dans les Panoramas[2], avait amené dans quelques ateliers de peinture la plaisanterie de parler en *rama*, espèce de charge qu'un jeune peintre, habitué de la pension Vauquer, y avait inoculée.

– Eh ! bien, *monsieurre* Poiret, dit l'employé au Muséum, comment va cette petite *santérama* ? Puis, sans attendre la réponse : Mesdames, vous avez du chagrin, dit-il à madame Couture et à Victorine.

– Allons-nous *dinaire* ? s'écria Horace Bianchon, un étudiant en médecine, ami de Rastignac, ma petite estomac est descendue *usque ad talones*[3].

– Il fait un fameux *froitorama* ! dit Vautrin. Dérangez-vous donc, père Goriot ! Que diable ! votre pied prend toute la gueule[4] du poêle.

1. Diorama : représentation panoramique donnant l'illusion du relief grâce à un système d'éclairage particulier.

2. Panoramas : tableaux circulaires d'une scène ou d'un paysage.

3. *Usque ad talones* : fausse expression latine inventée pour le jeu de la conversation signifiant « jusque dans les talons ». *Avoir l'estomac dans les talons* signifie « avoir faim ».

4. Gueule : bouche (ouverture à l'extrémité du tuyau du poêle).

– Illustre monsieur Vautrin, dit Bianchon, pourquoi dites-vous *froitorama* ? il y a une faute, c'est *froidorama*.

– Non, dit l'employé au Muséum, c'est *froitorama*, par la règle : j'ai froit aux pieds.

– Ah ! ah !

– Voici son excellence le marquis de Rastignac, docteur en droit-travers[1], s'écria Bianchon en saisissant Eugène par le cou et le serrant de manière à l'étouffer. Ohé ! les autres, ohé !

Mademoiselle Michonneau entra doucement, salua les convives sans rien dire, et s'alla placer près des trois femmes.

– Elle me fait toujours grelotter, cette vieille chauve-souris, dit à voix basse Bianchon à Vautrin en montrant mademoiselle Michonneau. Moi qui étudie le système de Gall[2], je lui trouve les bosses de Judas[3].

– Monsieur l'a connue ? dit Vautrin.

– Qui ne l'a pas rencontrée ! répondit Bianchon. Ma parole d'honneur, cette vieille fille blanche me fait l'effet de ces longs vers qui finissent par ronger une poutre.

– Voilà ce que c'est, jeune homme, dit le quadragénaire en peignant ses favoris.

Et rose, elle a vécu ce que vivent les roses,
L'espace d'un matin[4].

– Ah ! ah ! voici une fameuse *soupeaurama*, dit Poiret en voyant Christophe qui entrait en tenant respectueusement le potage.

---

1. Jeu sur la polysémie du mot *droit*.

2. Gall : médecin allemand (1758-1828), inventeur de la phrénologie, étude de l'intelligence et du caractère des individus en fonction de la forme de leur crâne.

3. Judas : apôtre qui trahit Jésus en le dénonçant.

4. Citation d'un extrait de poème de Malherbe (1555-1628).

– Pardonnez-moi, monsieur, dit madame Vauquer, c'est une soupe aux choux.

Tous les jeunes gens éclatèrent de rire.

– Enfoncé, Poiret !

– Poirrrrrette enfoncé !

– Marquez deux points à maman Vauquer, dit Vautrin.

– Quelqu'un a-t-il fait attention au brouillard de ce matin ? dit l'employé.

– C'était, dit Bianchon, un brouillard frénétique[1] et sans exemple, un brouillard lugubre, mélancolique, vert, poussif[2], un brouillard Goriot.

– Goriorama, dit le peintre, parce qu'on n'y voyait goutte.

– Hé, milord Gâôriotte, il être questiônne dé véaus.

Assis au bas bout de la table, près de la porte par laquelle on servait, le père Goriot leva la tête en flairant un morceau de pain qu'il avait sous sa serviette, par une vieille habitude commerciale qui reparaissait quelquefois.

– Eh ! bien, lui cria aigrement[3] madame Vauquer d'une voix qui domina le bruit des cuillers, des assiettes et des voix, est-ce que vous ne trouvez pas le pain bon ?

– Au contraire, madame, répondit-il, il est fait avec de la farine d'Étampes, première qualité.

– À quoi voyez-vous cela ? lui dit Eugène.

– À la blancheur, au goût.

– Au goût du nez, puisque vous le sentez, dit madame Vauquer. Vous devenez si économe que vous finirez par trouver le moyen de vous nourrir en humant l'air de la cuisine.

1. Frénétique : excité, emporté.
2. Poussif : qui avance avec peine, essoufflé.
3. Aigrement : avec méchanceté.

– Prenez alors un brevet d'invention, cria l'employé au Muséum, vous ferez une belle fortune.

– Laissez donc, il fait ça pour nous persuader qu'il a été vermicellier, dit le peintre.

– Votre nez est donc une cornue[1], demanda encore l'employé du Muséum.

– Cor quoi ? fit Bianchon.

– Cor-nouille.

– Cor-nemuse.

– Cor-naline[2].

– Cor-niche.

– Cor-nichon.

– Cor-beau.

– Cor-nac[3].

– Cor-norama.

Ces huit réponses partirent de tous les côtés de la salle avec la rapidité d'un feu de file[4], et prêtèrent d'autant plus à rire, que le pauvre père Goriot regardait les convives d'un air niais, comme un homme qui tâche de comprendre une langue étrangère.

– Cor ? dit-il à Vautrin qui se trouvait près de lui.

– Cor aux pieds, mon vieux ! dit Vautrin en enfonçant le chapeau du père Goriot par une tape qu'il lui appliqua sur la tête et qui le lui fit descendre jusque sur les yeux.

Le pauvre vieillard, stupéfait de cette brusque attaque, resta pendant un moment immobile. Christophe emporta l'assiette du bonhomme, croyant qu'il avait fini sa soupe ; en sorte que

1. Cornue : récipient long et courbé dont se servent les chimistes.

2. Cornaline : agate.

3. Cornac : conducteur d'éléphant ou de toute autre bête sauvage.

4. Feu de file : tirs de soldats rangés en ligne.

quand Goriot, après avoir relevé son chapeau, prit sa cuiller, il frappa la table. Tous les convives éclatèrent de rire.

– Monsieur, dit le vieillard, vous êtes un mauvais plaisant, et si vous vous permettez encore de me donner de pareils renfoncements...

– Eh ! bien, quoi, papa ? dit Vautrin en l'interrompant.

– Eh ! bien, vous payerez cela bien cher quelque jour...

– En enfer, pas vrai ? dit le peintre, dans ce petit coin noir où l'on met les enfants méchants !

– Eh ! bien, mademoiselle, dit Vautrin à Victorine, vous ne mangez pas. Le papa s'est donc montré récalcitrant ?

– Une horreur, dit madame Couture.

– Il faut le mettre à la raison, dit Vautrin.

– Mais, dit Rastignac, qui se trouvait assez près de Bianchon, mademoiselle pourrait intenter un procès sur la question des aliments, puisqu'elle ne mange pas. Eh ! eh ! voyez donc comme le père Goriot examine mademoiselle Victorine.

Le vieillard oubliait de manger pour contempler la pauvre jeune fille dans les traits de laquelle éclatait une douleur vraie, la douleur de l'enfant méconnu qui aime son père.

– Mon cher, dit Eugène à voix basse, nous nous sommes trompés sur le père Goriot. Ce n'est ni un imbécile ni un homme sans nerfs. Applique-lui ton système de Gall, et dis-moi ce que tu en penseras. Je lui ai vu cette nuit tordre un plat de vermeil[1], comme si c'eût été de la cire, et dans ce moment l'air de son visage trahit des sentiments extraordinaires. Sa vie me paraît être trop mystérieuse pour ne pas valoir la peine d'être étudiée. Oui, Bianchon, tu as beau rire, je ne plaisante pas.

---

1. **Vermeil** : argent doré tirant sur le rouge.

– Cet homme est un fait médical, dit Bianchon, d'accord ; s'il veut, je le dissèque.

– Non, tâte-lui la tête.

– Ah ! bien, sa bêtise est peut-être contagieuse.

Le lendemain Rastignac s'habilla fort élégamment, et alla, vers trois heures de l'après-midi, chez madame de Restaud en se livrant pendant la route à ces espérances étourdiment folles qui rendent la vie des jeunes gens si belle d'émotions : ils ne calculent alors ni les obstacles ni les dangers, ils voient en tout le succès, poétisent leur existence par le seul jeu de leur imagination, et se font malheureux ou tristes par le renversement de projets qui ne vivaient encore que dans leurs désirs effrénés ; s'ils n'étaient pas ignorants et timides, le monde social serait impossible. Eugène marchait avec mille précautions pour ne se point crotter, mais il marchait en pensant à ce qu'il dirait à madame de Restaud, il s'approvisionnait d'esprit, il inventait les reparties d'une conversation imaginaire, il préparait ses mots fins, ses phrases à la Talleyrand[1], en supposant de petites circonstances favorables à la déclaration sur laquelle il fondait son avenir. Il se crotta, l'étudiant, il fut forcé de faire cirer ses bottes et brosser son pantalon au Palais-Royal. « Si j'étais riche, se dit-il en changeant une pièce de trente sous qu'il avait prise *en cas de malheur*, je serais allé en voiture, j'aurais pu penser à mon aise. » Enfin il arriva rue du Helder et demanda la comtesse de Restaud. Avec la rage froide d'un homme sûr de triompher un jour, il reçut le coup d'œil méprisant des gens qui l'avaient vu traversant la cour à pied,

1. **Talleyrand** : homme politique français (1754-1838) connu pour la vivacité de son esprit et son sens de la répartie.

sans avoir entendu le bruit d'une voiture à la porte. Ce coup d'œil lui fut d'autant plus sensible qu'il avait déjà compris son infériorité en entrant dans cette cour, où piaffait [1] un beau cheval richement attelé à l'un de ces cabriolets [2] pimpants qui affichent le luxe d'une existence dissipatrice, et sous-entendent l'habitude de toutes les félicités [3] parisiennes. Il se mit, à lui tout seul, de mauvaise humeur. Les tiroirs ouverts dans son cerveau et qu'il comptait trouver pleins d'esprit se fermèrent, il devint stupide. En attendant la réponse de la comtesse, à laquelle un valet de chambre allait dire les noms du visiteur, Eugène se posa sur un seul pied devant une croisée [4] de l'antichambre, s'appuya le coude sur une espagnolette [5], et regarda machinalement dans la cour. Il trouvait le temps long, il s'en serait allé s'il n'avait pas été doué de cette ténacité méridionale qui enfante des prodiges quand elle va en ligne droite.

– Monsieur, dit le valet de chambre, madame est dans son boudoir et fort occupée, elle ne m'a pas répondu ; mais si monsieur veut passer au salon, il y a déjà quelqu'un.

Tout en admirant l'épouvantable pouvoir de ces gens qui, d'un seul mot, accusent ou jugent leurs maîtres, Rastignac ouvrit délibérément la porte par laquelle était sorti le valet de chambre, afin sans doute de faire croire à ces insolents valets qu'il connaissait les êtres [6] de la maison ; mais il déboucha fort étourdiment dans une pièce où se trouvaient des lampes, des

1. **Piaffait :** frappait le sol de ses sabots.
2. **Cabriolets :** voitures à cheval.
3. **Félicités :** joies.
4. **Croisée :** fenêtre en forme de croix.
5. **Espagnolette :** système de fermeture d'une fenêtre.
6. **Êtres :** différentes parties de la maison.

buffets, un appareil à chauffer des serviettes pour le bain, et qui menait à la fois dans un corridor[1] obscur et dans un escalier dérobé[2]. Les rires étouffés qu'il entendit dans l'antichambre mirent le comble à sa confusion.

– Monsieur, le salon est par ici, lui dit le valet de chambre avec ce faux respect qui semble être une raillerie[3] de plus.

Eugène revint sur ses pas avec une telle précipitation qu'il se heurta contre une baignoire, mais il retint assez heureusement son chapeau pour l'empêcher de tomber dans le bain. En ce moment, une porte s'ouvrit au fond du long corridor éclairé par une petite lampe, Rastignac y entendit à la fois la voix de madame de Restaud, celle du père Goriot et le bruit d'un baiser. Il entra dans la salle à manger, la traversa, suivit le valet de chambre, et rentra dans un premier salon où il resta posé devant la fenêtre, en s'apercevant qu'elle avait vue sur la cour. Il voulait voir si ce père Goriot était bien réellement son père Goriot. Le cœur lui battait étrangement, il se souvenait des épouvantables réflexions de Vautrin. Le valet de chambre attendait Eugène à la porte du salon, mais il en sortit tout à coup un élégant jeune homme, qui dit impatiemment « Je m'en vais, Maurice. Vous direz à madame la comtesse que je l'ai attendue plus d'une demi-heure. » Cet impertinent, qui sans doute avait le droit de l'être, chantonna quelque roulade italienne en se dirigeant vers la fenêtre où stationnait Eugène, autant pour voir la figure de l'étudiant que pour regarder dans la cour.

– Mais monsieur le comte ferait mieux d'attendre encore un instant, madame a fini, dit Maurice en retournant à l'antichambre.

1. Corridor : couloir.
2. Dérobé : caché à la vue.
3. Raillerie : moquerie.

En ce moment, le père Goriot débouchait près de la porte cochère[1] par la sortie du petit escalier. Le bonhomme tirait son parapluie et se disposait à le déployer, sans faire attention que la grande porte était ouverte pour donner passage à un jeune homme décoré qui conduisait un tilbury[2]. Le père Goriot n'eut que le temps de se jeter en arrière pour n'être pas écrasé. Le taffetas[3] du parapluie avait effrayé le cheval, qui fit un léger écart en se précipitant vers le perron. Ce jeune homme détourna la tête d'un air de colère, regarda le père Goriot, et lui fit, avant qu'il ne sortit, un salut qui peignait la considération forcée que l'on accorde aux usuriers[4] dont on a besoin, ou ce respect nécessaire exigé par un homme taré[5], mais dont on rougit plus tard. Le père Goriot répondit par un petit salut amical, plein de bonhomie[6]. Ces événements se passèrent avec la rapidité de l'éclair. Trop attentif pour s'apercevoir qu'il n'était pas seul, Eugène entendit tout à coup la voix de la comtesse.

– Ah ! Maxime, vous vous en alliez, dit-elle avec un ton de reproche où se mêlait un peu de dépit.

La comtesse n'avait pas fait attention à l'entrée du tilbury. Rastignac se retourna brusquement et vit la comtesse coquettement vêtue d'un peignoir en cachemire blanc, à nœuds roses, coiffée négligemment, comme le sont les femmes de Paris au matin ; elle embaumait, elle avait sans doute pris un bain, et sa beauté, pour ainsi dire assouplie, semblait plus

1. Porte cochère : grande porte par laquelle passent les voitures à cheval.
2. Tilbury : petite voiture à cheval.
3. Taffetas : tissu de soie.
4. Usurier : personnes qui prêtent de l'argent (parfois à taux très élevé).
5. Taré : malfaisant.
6. Bonhomie : bonté mêlée de simplicité.

voluptueuse ; ses yeux étaient humides. L'œil des jeunes gens sait tout voir : leurs esprits s'unissent aux rayonnements de la femme comme une plante aspire dans l'air des substances qui lui sont propres. Eugène sentit donc la fraîcheur épanouie des mains de cette femme sans avoir besoin d'y toucher. Il voyait, à travers le cachemire, les teintes rosées du corsage que le peignoir, légèrement entrouvert, laissait parfois à nu, et sur lequel son regard s'étalait. Les ressources du busc[1] étaient inutiles à la comtesse, la ceinture marquait seule sa taille flexible, son cou invitait à l'amour, ses pieds étaient jolis dans les pantoufles. Quand Maxime prit cette main pour la baiser, Eugène aperçut alors Maxime, et la comtesse aperçut Eugène.

– Ah ! c'est vous, monsieur de Rastignac, je suis bien aise de vous voir, dit-elle d'un air auquel savent obéir les gens d'esprit.

Maxime regardait alternativement Eugène et la comtesse d'une manière assez significative pour faire décamper l'intrus. – Ah çà ! ma chère, j'espère que tu vas me mettre ce petit drôle à la porte ! Cette phrase était une traduction claire et intelligible des regards du jeune homme impertinemment fier que la comtesse Anastasie avait nommé Maxime, et dont elle consultait le visage de cette intention soumise qui dit tous les secrets d'une femme sans qu'elle s'en doute. Rastignac se sentit une haine violente pour ce jeune homme. D'abord les beaux cheveux blonds et bien frisés de Maxime lui apprirent combien les siens étaient horribles. Puis Maxime avait des bottes fines et propres, tandis que les siennes, malgré le soin qu'il avait pris en marchant, s'étaient empreintes d'une légère

1. **Busc** : lame placée devant le corset pour le maintenir droit.

teinte de boue. Enfin Maxime portait une redingote qui lui serait élégamment la taille et le faisait ressembler à une jolie femme, tandis qu'Eugène avait à deux heures et demie un habit noir. Le spirituel enfant de la Charente sentit la supériorité que la mise donnait à ce dandy[1], mince et grand, à l'œil clair, au teint pâle, un de ces hommes capables de ruiner des orphelins. Sans attendre la réponse d'Eugène, madame de Restaud se sauva comme à tire-d'aile dans l'autre salon, en laissant flotter les pans de son peignoir qui se roulaient et se déroulaient de manière à lui donner l'apparence d'un papillon ; et Maxime la suivit. Eugène furieux suivit Maxime et la comtesse. Ces trois personnages se trouvèrent donc en présence, à la hauteur de la cheminée, au milieu du grand salon. L'étudiant savait bien qu'il allait gêner cet odieux Maxime ; mais, au risque de déplaire à madame de Restaud, il voulut gêner le dandy. Tout à coup, en se souvenant d'avoir vu ce jeune homme au bal de madame de Beauséant, il devina ce qu'était Maxime pour madame de Restaud ; et avec cette audace juvénile qui fait commettre de grandes sottises ou obtenir de grand succès, il se dit : Voilà mon rival, je veux triompher de lui. L'imprudent ! il ignorait que le comte Maxime de Trailles se laissait insulter, tirait le premier et tuait son homme[2]. Eugène était un adroit chasseur, mais il n'avait pas encore abattu vingt poupées sur vingt-deux dans un tir. Le jeune comte se jeta dans une bergère[3] au coin du

1. Dandy : homme élégant qui suit la mode.
2. *Tuait son homme* dans un duel.
3. Bergère : fauteuil large et profond.

feu, prit les pincettes[1], et fouilla le foyer[2] par un mouvement si violent, si grimaud[3], que le beau visage d'Anastasie se chagrina soudain. La jeune femme se tourna vers Eugène, et lui lança un de ces regards froidement interrogatifs qui disent si bien : Pourquoi ne vous en allez-vous pas ? que les gens bien élevés savent aussitôt faire de ces phrases qu'il faudrait appeler des phrases de sortie.

Eugène prit un air agréable et dit : – Madame, j'avais hâte de vous voir pour…

Il s'arrêta tout court. Une porte s'ouvrit. Le monsieur qui conduisait le tilbury se montra soudain, sans chapeau, ne salua pas la comtesse, regarda soucieusement Eugène, et tendit la main à Maxime, en lui disant : « Bonjour », avec une expression fraternelle qui surprit singulièrement Eugène. Les jeunes gens de province ignorent combien est douce la vie à trois.

– Monsieur de Restaud, dit la comtesse à l'étudiant en lui montrant son mari.

Eugène s'inclina profondément.

– Monsieur, dit-elle en continuant et en présentant Eugène au comte de Restaud, est monsieur de Rastignac, parent de madame la vicomtesse de Beauséant par les Marcillac, et que j'ai eu le plaisir de rencontrer à son dernier bal.

Parent de madame la vicomtesse de Beauséant par les Marcillac ! ces mots, que la comtesse prononça presque emphatiquement[4], par suite de l'espèce d'orgueil qu'éprouve une maîtresse de

1. Pincettes : instrument en fer à deux branches dont on se sert pour remuer les braises d'un feu.

2. *Foyer* de la cheminée.

3. Grimaud : maussade, triste.

4. Emphatiquement : avec exagération dans le ton et la voix.

maison à prouver qu'elle n'a chez elle que des gens de distinction, furent d'un effet magique, le comte quitta son air froidement cérémonieux et salua l'étudiant.

– Enchanté, dit-il, monsieur, de pouvoir faire votre connaissance.

Le comte Maxime de Trailles lui-même jeta sur Eugène un regard inquiet et quitta tout à coup son air impertinent. Ce coup de baguette, dû à la puissante intervention d'un nom, ouvrit trente cases dans le cerveau du Méridional, et lui rendit l'esprit qu'il avait préparé. Une soudaine lumière lui fit voir clair dans l'atmosphère de la haute société parisienne, encore ténébreuse pour lui. La maison Vauquer, le père Goriot étaient alors bien loin de sa pensée.

– Je croyais les Marcillac éteints ? dit le comte de Restaud à Eugène.

– Oui, monsieur, répondit-il. Mon grand-oncle, le chevalier de Rastignac, a épousé l'héritière de la famille de Marcillac. Il n'a eu qu'une fille, qui a épousé le maréchal de Clarimbault, aïeul maternel de madame de Beauséant. Nous sommes la branche cadette, branche d'autant plus pauvre que mon grand-oncle, vice-amiral, a tout perdu au service du roi. Le gouvernement révolutionnaire n'a pas voulu admettre nos créances dans la liquidation qu'il a faite de la Compagnie des Indes[1].

– Monsieur votre grand-oncle ne commandait-il pas le *Vengeur*[2] avant 1789 ?

– Précisément.

1. Compagnie des Indes : entreprise chargée du commerce avec les colonies. Elle fut dissoute à la Révolution, sans que tous les actionnaires ne soient remboursés de l'argent investi.

2. Le *Vengeur* : navire de guerre.

– Alors, il a connu mon grand-père, qui commandait le *Warwick*[1].

Maxime haussa légèrement les épaules en regardant madame de Restaud, et eut l'air de lui dire : S'il se met à causer marine avec celui-là, nous sommes perdus. Anastasie comprit le regard de monsieur de Trailles. Avec cette admirable puissance que possèdent les femmes, elle se mit à sourire en disant : « Venez, Maxime ; j'ai quelque chose à vous demander. Messieurs, nous vous laisserons naviguer de conserve[2] sur le *Warwick* et sur le Vengeur. » Elle se leva et fit un signe plein de traîtrise railleuse[3] à Maxime, qui prit avec elle la route du boudoir[4]. À peine ce couple *morganatique*[5], jolie expression allemande qui n'a pas son équivalent en français, avait-il atteint la porte, que le comte interrompit sa conversation avec Eugène.

– Anastasie ! restez donc, ma chère, s'écria-t-il avec humeur, vous savez bien que...

– Je reviens, je reviens, dit-elle en l'interrompant, il ne me faut qu'un moment pour dire à Maxime ce dont je veux le charger.

Elle revint promptement[6]. Comme toutes les femmes qui, forcées d'observer le caractère de leurs maris pour pouvoir se conduire à leur fantaisie, savent reconnaître jusqu'où elles peuvent aller afin de ne pas perdre une confiance précieuse, et qui alors ne les choquent jamais dans les petites choses de la vie, la comtesse avait vu d'après les inflexions de la voix du comte qu'il n'y aurait aucune sécurité à rester dans le boudoir.

---

1. Le *Warwick* : navire de guerre.
2. De conserve : ensemble.
3. Railleuse : moqueuse.
4. Boudoir : petit salon pour les conversations intimes.
5. *Morganatique* : illégitime, adultère.
6. Promptement : rapidement.

Ces contretemps étaient dus à Eugène. Aussi la comtesse montra-t-elle l'étudiant d'un air et par un geste pleins de dépit à Maxime, qui dit fort épigrammatiquement[1] au comte, à sa femme et à Eugène : – Écoutez, vous êtes en affaires, je ne veux pas vous gêner ; adieu. Il se sauva.

– Restez donc, Maxime ! cria le comte.

– Venez dîner, dit la comtesse qui, laissant encore une fois Eugène et le comte, suivit Maxime dans le premier salon où ils restèrent assez de temps ensemble pour croire que monsieur de Restaud congédierait Eugène.

Rastignac les entendait tour à tour éclatant de rire, causant, se taisant ; mais le malicieux étudiant faisait de l'esprit avec monsieur de Restaud, le flattait ou l'embarquait dans des discussions, afin de revoir la comtesse et de savoir quelles étaient ses relations avec le père Goriot. Cette femme, évidemment amoureuse de Maxime ; cette femme, maîtresse de son mari, liée secrètement au vieux vermicellier, lui semblait tout un mystère. Il voulait pénétrer ce mystère, espérant ainsi pouvoir régner en souverain sur cette femme si éminemment parisienne.

– Anastasie, dit le comte appelant de nouveau sa femme.

– Allons, mon pauvre Maxime, dit-elle au jeune homme, il faut se résigner. À ce soir…

– J'espère, *Nasie*, lui dit-il à l'oreille, que vous consignerez[2] ce petit homme dont les yeux s'allumaient comme des charbons quand votre peignoir s'entrouvrait. Il vous ferait des déclarations, vous compromettrait, et vous me forceriez à le tuer.

1. Épigrammatiquement : de façon satirique.

2. Consignerez : donnerez ordre de ne pas recevoir.

– Êtes-vous fou, Maxime ? dit-elle. Ces petits étudiants ne sont-ils pas, au contraire, d'excellents paratonnerres ? Je le ferai, certes, prendre en grippe à Restaud.

Maxime éclata de rire et sortit suivi de la comtesse, qui se mit à la fenêtre pour le voir montant en voiture, faisant piaffer[1] son cheval, et agitant son fouet. Elle ne revint que quand la grande porte fut fermée.

– Dites donc, lui cria le comte quand elle rentra, ma chère, la terre où demeure la famille de monsieur n'est pas loin de Verteuil, sur la Charente. Le grand-oncle de monsieur et mon grand-père se connaissaient.

– Enchantée d'être en pays de connaissance, dit la comtesse distraite.

– Plus que vous ne le croyez, dit à voix basse Eugène.

– Comment ? dit-elle vivement.

– Mais, reprit l'étudiant, je viens de voir sortir de chez vous un monsieur avec lequel je suis porte à porte dans la même pension, le père Goriot.

À ce nom enjolivé du mot *père*, le comte, qui tisonnait[2], jeta les pincettes[3] dans le feu, comme si elles lui eussent brûlé les mains, et se leva.

– Monsieur, vous auriez pu dire monsieur Goriot ! s'écria-t-il.

La comtesse pâlit d'abord en voyant l'impatience de son mari, puis elle rougit, et fut évidemment embarrassée ; elle répondit d'une voix qu'elle voulut rendre naturelle, et d'un

---

1. Piaffer : frapper le sol de son sabot.

2. Tisonnait : remuait les tisons, les braises.

3. Pincettes : instrument en fer à deux branches dont on se sert pour remuer les braises d'un feu.

air faussement dégagé: « Il est impossible de connaître quelqu'un que nous aimions mieux... » Elle s'interrompit, regarda son piano, comme s'il se réveillait en elle quelque fantaisie, et dit: – Aimez-vous la musique, monsieur?

– Beaucoup, répondit Eugène devenu rouge et bêtifié par l'idée confuse qu'il eut d'avoir commis quelque lourde sottise.

– Chantez-vous? s'écria-t-elle en s'en allant à son piano dont elle attaqua vivement toutes les touches en les remuant depuis l'ut d'en bas jusqu'au fa d'en haut. Rrrrah!

– Non, madame.

Le comte de Restaud se promenait de long en large.

– C'est dommage, vous êtes privé d'un grand moyen de succès. – *Ca-a-ro, ca-a-ro, ca-a-a-a-ro, non du-bita-re*[1], chanta la comtesse.

En prononçant le nom du père Goriot, Eugène avait donné un coup de baguette magique, mais dont l'effet était inverse de celui qu'avaient frappé ces mots: parent de madame de Beauséant. Il se trouvait dans la situation d'un homme introduit par faveur chez un amateur de curiosités, et qui, touchant par mégarde une armoire pleine de figures sculptées, fait tomber trois ou quatre têtes mal collées. Il aurait voulu se jeter dans un gouffre. Le visage de madame de Restaud était sec, froid, et ses yeux devenus indifférents fuyaient ceux du malencontreux étudiant.

– Madame, dit-il, vous avez à causer avec monsieur de Restaud, veuillez agréer mes hommages, et me permettre...

1. Citation déformée d'un air d'opéra joué au Théâtre-Italien.

– Toutes les fois que vous viendrez, dit précipitamment la comtesse en arrêtant Eugène par un geste, vous êtes sûr de nous faire, à monsieur de Restaud comme à moi, le plus vif plaisir.

Eugène salua profondément le couple et sortit suivi de monsieur de Restaud, qui, malgré ses instances, l'accompagna jusque dans l'antichambre.

– Toutes les fois que monsieur se présentera, dit le comte à Maurice, ni madame ni moi nous n'y serons.

Quand Eugène mit pied sur le perron, il s'aperçut qu'il pleuvait. – Allons, se dit-il, je suis venu faire une gaucherie dont j'ignore la cause et la portée, je gâterai par-dessus le marché mon habit et mon chapeau. Je devrais rester dans un coin à piocher le Droit, ne penser qu'à devenir un rude magistrat. Puis-je aller dans le monde quand, pour y manœuvrer convenablement, il faut un tas de cabriolets, de bottes cirées, d'agrès[1] indispensables, des chaînes d'or, dès le matin des gants de daim blancs qui coûtent six francs, et toujours des gants jaunes le soir ? Vieux drôle de père Goriot, va !

Quand il se trouva sous la porte de la rue, le cocher d'une voiture de louage[2], qui venait sans doute de remiser[3] de nouveaux mariés et qui ne demandait pas mieux que de voler à son maître quelques courses de contrebande[4], fit à Eugène un signe en le voyant sans parapluie, en habit noir, gilet blanc, gants jaunes et bottes cirées. Eugène était sous l'empire de ces

1. **Agrès :** équipements.
2. **De louage :** de location.
3. **Remiser :** déposer.
4. **Courses de contrebande :** courses dont il garde le paiement pour lui.

rages sourdes qui poussent un jeune homme à s'enfoncer de plus en plus dans l'abîme où il est entré, comme s'il espérait y trouver une heureuse issue. Il consentit par un mouvement de tête à la demande du cocher. Sans avoir plus de vingt-deux sous dans sa poche, il monta dans la voiture où quelques grains de fleurs d'oranger et des brins de cannetille[1] attestaient le passage des mariés.

– Où monsieur va-t-il ? demanda le cocher, qui n'avait déjà plus ses gants blancs.

– Parbleu ! se dit Eugène, puisque je m'enfonce, il faut au moins que cela me serve à quelque chose ! Allez à l'hôtel de Beauséant, ajouta-t-il à haute voix.

– Lequel ? dit le cocher

Mot sublime qui confondit Eugène. Cet élégant inédit[2] ne savait pas qu'il y avait deux hôtels[3] de Beauséant, il ne connaissait pas combien il était riche en parents qui ne se souciaient pas de lui.

– Le vicomte de Beauséant, rue…

– De Grenelle, dit le cocher en hochant la tête et l'interrompant. Voyez-vous, il y a encore l'hôtel du comte et du marquis de Beauséant, rue Saint-Dominique, ajouta-t-il en relevant le marchepied.

– Je le sais bien, répondit Eugène d'un air sec. Tout le monde aujourd'hui se moque donc de moi ! dit-il en jetant son chapeau sur les coussins de devant. Voilà une escapade qui va me coûter la rançon d'un roi. Mais au moins je vais faire ma visite à ma soi-disant cousine d'une manière solidement

1. Cannetille : fil d'or ou d'argent utilisé en broderie.
2. Inédit : méconnu du monde.
3. Hôtels : hôtels particuliers.

aristocratique. Le père Goriot me coûte déjà au moins dix francs, le vieux scélérat ! Ma foi, je vais raconter mon aventure à madame de Beauséant, peut-être la ferai-je rire. Elle saura sans doute le mystère des liaisons criminelles de ce vieux rat sans queue et de cette belle femme. Il vaut mieux plaire à ma cousine que de me cogner contre cette femme immorale, qui me fait l'effet d'être bien coûteuse. Si le nom de la belle vicomtesse est si puissant, de quel poids doit donc être sa personne ? Adressons-nous en haut. Quand on s'attaque à quelque chose dans le ciel, il faut viser Dieu !

Ces paroles sont la formule brève des mille et une pensées entre lesquelles il flottait. Il reprit un peu de calme et d'assurance en voyant tomber la pluie. Il se dit que s'il allait dissiper deux des précieuses pièces de cent sous qui lui restaient, elles seraient heureusement employées à la conservation de son habit, de ses bottes et de son chapeau. Il n'entendit pas sans un mouvement d'hilarité son cocher criant : *La porte, s'il vous plaît !* Un suisse[1] rouge et doré fit grogner sur ses gonds la porte de l'hôtel, et Rastignac vit avec une douce satisfaction sa voiture passant sous le porche, tournant dans la cour, et s'arrêtant sous la marquise[2] du perron. Le cocher à grosse houppelande[3] bleue bordée de rouge vint déplier le marchepied. En descendant de sa voiture, Eugène entendit des rires étouffés qui partaient sous le péristyle[4]. Trois ou quatre valets avaient déjà plaisanté sur cet équipage de mariée vulgaire. Leur rire éclaira l'étudiant au moment où il compara cette

1. Suisse : portier.
2. Marquise : toit avancé situé au-dessus d'une porte.
3. Houppelande : long manteau.
4. Péristyle : galerie à colonnes qui entoure une cour.

voiture à l'un des plus élégants coupés[1] de Paris, attelé de deux cheveux fringants qui avaient des roses à l'oreille, qui mordaient leur frein[2], et qu'un cocher poudré, bien cravaté, tenait en bride comme s'ils eussent voulu s'échapper. À la Chaussée-d'Antin, madame de Restaud avait dans sa cour le fin cabriolet[3] de l'homme de vingt-six ans. Au faubourg Saint-Germain, attendait le luxe d'un grand seigneur, un équipage que trente mille francs n'auraient pas payé.

– Qui donc est là ? se dit Eugène en comprenant un peu tardivement qu'il devait se rencontrer à Paris bien peu de femmes qui ne fussent occupées, et que la conquête d'une de ces reines coûtait plus que du sang. Diantre ! ma cousine aura sans doute aussi son Maxime.

Il monta le perron la mort dans l'âme. À son aspect la porte vitrée s'ouvrit ; il trouva les valets sérieux comme des ânes qu'on étrille[4]. La fête à laquelle il avait assisté s'était donnée dans les grands appartements de réception, situés au rez-de-chaussée de l'hôtel de Beauséant. N'ayant pas eu le temps, entre l'invitation et le bal, de faire une visite à sa cousine, il n'avait donc pas encore pénétré dans les appartements de madame de Beauséant ; il allait donc voir pour la première fois les merveilles de cette élégance personnelle qui trahit l'âme et les mœurs[5] d'une femme de distinction. Étude d'autant plus curieuse que le salon de madame de Restaud lui fournissait un terme de comparaison. À quatre heures et demie la

1. Coupés : voitures à cheval.
2. Frein : mors que l'on passe dans la gueule du cheval.
3. Cabriolet : voiture à cheval.
4. Étrille : brosse. L'expression suggère qu'ils sont au contraire joyeux.
5. Mœurs : habitudes de vie.

vicomtesse était visible. Cinq minutes plus tôt, elle n'eût pas reçu son cousin. Eugène, qui ne savait rien des diverses étiquettes[1] parisiennes, fut conduit par un grand escalier plein de fleurs, blanc de ton, à rampe dorée, à tapis rouge, chez madame de Beauséant, dont il ignorait la biographie verbale[2], une de ces changeantes histoires qui se content tous les soirs d'oreille à oreille dans les salons de Paris.

La vicomtesse était liée depuis trois ans avec un des plus célèbres et des plus riches seigneurs portugais, le marquis d'Adjuda-Pinto. C'était une de ces liaisons innocentes qui ont tant d'attraits pour les personnes ainsi liées, qu'elles ne peuvent supporter personne en tiers[3]. Aussi le vicomte de Beauséant avait-il donné lui-même l'exemple au public en respectant, bon gré, mal gré, cette union morganatique[4]. Les personnes qui, dans les premiers jours de cette amitié, vinrent voir la vicomtesse à deux heures, y trouvaient le marquis d'Adjuda-Pinto. Madame de Beauséant, incapable de fermer sa porte, ce qui eût été fort inconvenant, recevait si froidement les gens et contemplait si studieusement sa corniche[5], que chacun comprenait combien il la gênait. Quand on sut dans Paris qu'on gênait madame de Beauséant en venant la voir entre deux et quatre heures, elle se trouva dans la solitude la plus complète. Elle allait aux Bouffons[6] ou à l'Opéra en compagnie de monsieur de Beauséant et de monsieur d'Adjuda-Pinto; mais, en homme qui sait vivre, monsieur de Beauséant

1. **Étiquettes** : codes de la haute société.
2. **La biographie verbale** : rumeurs et ragots qui circulent sur une personne.
3. **Personne en tiers** : troisième personne.
4. **Morganatique** : illégitime, adultère.
5. **Corniche** : moulure qui orne le haut des murs.
6. **Bouffons** : théâtre à la mode.

quittait toujours sa femme et le Portugais après les y avoir installés. Monsieur d'Adjuda devait se marier. Il épousait une demoiselle de Rochefide. Dans toute la haute société une seule personne ignorait encore ce mariage, cette personne était madame de Beauséant. Quelques-unes de ses amies lui en avaient bien parlé vaguement ; elle en avait ri, croyant que ses amies voulaient troubler un bonheur jalousé. Cependant les bans[1] allaient se publier. Quoiqu'il fût venu pour notifier ce mariage à la vicomtesse, le beau Portugais n'avait pas encore osé dire un traître mot. Pourquoi ? rien sans doute n'est plus difficile que de notifier à une femme un semblable *ultimatum*. Certains hommes se trouvent plus à l'aise, sur le terrain, devant un homme qui leur menace le cœur avec une épée, que devant une femme qui, après avoir débité ses élégies[2] pendant deux heures, fait la morte et demande des sels[3]. En ce moment donc monsieur d'Adjuda-Pinto était sur les épines, et voulait sortir, en se disant que madame de Beauséant apprendrait cette nouvelle, il lui écrirait, il serait plus commode de traiter ce galant assassinat par correspondance que de vive voix. Quand le valet de chambre de la vicomtesse annonça monsieur Eugène de Rastignac, il fit tressaillir de joie le marquis d'Adjuda-Pinto. Sachez-le bien, une femme aimante est encore plus ingénieuse à se créer des doutes qu'elle n'est habile à varier le plaisir. Quand elle est sur le point d'être quittée, elle devine plus rapidement le sens d'un geste que le coursier de Virgile[4]

1. Bans : annonce publique d'un mariage.

2. Élégies : plaintes.

3. Sels : substance que l'on fait respirer aux personnes évanouies pour les ranimer.

4. Allusion aux *Géorgiques* de Virgile (poète latin du Ier siècle av. J.-C.) où il est fait mention des chevaux qui frémissent à l'odeur des juments.

ne flaire les lointains corpuscules[1] qui lui annoncent l'amour. Aussi comptez que madame de Beauséant surprit ce tressaillement involontaire, léger, mais naïvement épouvantable. Eugène ignorait qu'on ne doit jamais se présenter chez qui que ce soit à Paris sans s'être fait conter par les amis de la maison l'histoire du mari, celle de la femme ou des enfants, afin de n'y commettre aucune de ces balourdises dont on dit pittoresquement en Pologne : *Attelez cinq bœufs à votre char !* sans doute pour vous tirer du mauvais pas où vous vous embourbez. Si ces malheurs de la conversation n'ont encore aucun nom en France, on les y suppose sans doute impossibles, par suite de l'énorme publicité qu'y obtiennent les médisances[2]. Après s'être embourbé chez madame de Restaud, qui ne lui avait pas même laissé le temps d'atteler les cinq bœufs à son char, Eugène seul était capable de recommencer son métier de bouvier[3], en se présentant chez madame de Beauséant. Mais s'il avait horriblement gêné madame de Restaud et monsieur de Trailles, il tirait d'embarras monsieur d'Adjuda.

– Adieu, dit le Portugais en s'empressant de gagner la porte quand Eugène entra dans un petit salon coquet, gris et rose, où le luxe semblait n'être que de l'élégance.

– Mais à ce soir, dit madame de Beauséant en retournant la tête et jetant un regard au marquis. N'allons-nous pas aux Bouffons ?

– Je ne le puis, dit-il en prenant le bouton[4] de la porte. Madame de Beauséant se leva, le rappela près d'elle, sans faire

1. Corpuscules : effluves (ici, odeurs des juments).

2. Il y a en France tellement de rumeurs *(médisances)* sur les uns et les autres que tout se sait et qu'il est impossible de commettre des maladresses *(ces malheurs de la conversation)* comme le fait Rastignac.

3. Bouvier : conducteur de bœufs.

4. Bouton : poignée de forme ronde.

la moindre attention à Eugène, qui, debout, étourdi par les scintillements d'une richesse merveilleuse, croyait à la réalité des contes arabes, et ne savait où se fourrer en se trouvant en présence de cette femme sans être remarqué par elle. La vicomtesse avait levé l'index de sa main droite, et par un joli mouvement désignait au marquis une place devant elle. Il y eut dans ce geste un si violent despotisme de passion que le marquis laissa le bouton de la porte et vint. Eugène le regarda non sans envie.

– Voilà, se dit-il, l'homme au coupé ! Mais il faut donc avoir des chevaux fringants, des livrées[1] et de l'or à flots pour obtenir le regard d'une femme de Paris ? Le démon du luxe le mordit au cœur, la fièvre du gain le prit, la soif de l'or lui sécha la gorge. Il avait cent trente francs pour son trimestre. Son père, sa mère, ses frères, ses sœurs, sa tante ne dépensaient pas deux cents francs par mois, à eux tous. Cette rapide comparaison entre sa situation présente et le but auquel il fallait parvenir contribuèrent à le stupéfier.

– Pourquoi, dit la vicomtesse en riant, ne *pouvez-vous pas* venir aux Italiens[2] ?

– Des affaires ! Je dîne chez l'ambassadeur d'Angleterre.

– Vous les quitterez.

Quand un homme trompe, il est invinciblement forcé d'entasser mensonges sur mensonges. Monsieur d'Adjuda dit alors en riant : – Vous l'exigez ?

– Oui, certes.

---

1. Livrées : uniformes des domestiques et, par métonymie, les domestiques eux-mêmes.

2. Aux Italiens : aux Bouffons, théâtre à la mode.

– Voilà ce que je voulais me faire dire, répondit-il en jetant un de ces fins regards qui auraient rassuré toute autre femme. Il prit la main de la vicomtesse, la baisa et partit.

Eugène passa la main dans ses cheveux, et se tortilla pour saluer en croyant que madame de Beauséant allait penser à lui ; tout à coup elle s'élance, se précipite dans la galerie, accourt à la fenêtre et regarde monsieur d'Adjuda pendant qu'il montait en voiture ; elle prête l'oreille à l'ordre, et entend le chasseur[1] répétant au cocher : Chez monsieur de Rochefide. Ces mots, et la manière dont d'Adjuda se plongea dans sa voiture, furent l'éclair et la foudre pour cette femme, qui revint en proie à de mortelles appréhensions. Les plus horribles catastrophes ne sont que cela dans le grand monde. La vicomtesse rentra dans sa chambre à coucher, se mit à sa table, et prit un joli papier.

Du moment, écrivait-elle, *où vous dînez chez les Rochefide, et non à l'ambassade anglaise, vous me devez une explication, je vous attends.*

Après avoir redressé quelques lettres défigurées par le tremblement convulsif de sa main, elle mit un C qui voulait dire Claire de Bourgogne[2], et sonna.

– Jacques, dit-elle à son valet de chambre qui vint aussitôt, vous irez à sept heures et demie chez monsieur de Rochefide, vous y demanderez le marquis d'Adjuda. Si monsieur le marquis y est, vous lui ferez parvenir ce billet sans demander de réponse ; s'il n'y est pas, vous reviendrez et me rapporterez ma lettre.

– Madame la vicomtesse a quelqu'un dans son salon.

– Ah ! c'est vrai, dit-elle en poussant la porte.

1. Chasseur : domestique en habit de chasse qui monte derrière la voiture.

2. *De Bourgogne* est son nom de jeune fille.

Eugène commençait à se trouver très mal à l'aise, il aperçut enfin la vicomtesse qui lui dit d'un ton dont l'émotion lui remua les fibres du cœur : Pardon, monsieur, j'avais un mot à écrire, je suis maintenant tout à vous. Elle ne savait ce qu'elle disait, car voici ce qu'elle pensait : Ah ! il veut épouser mademoiselle de Rochefide. Mais est-il donc libre ? Ce soir ce mariage sera brisé, ou je… Mais il n'en sera plus question demain.

– Ma cousine… répondit Eugène.

– Hein ? fit la vicomtesse en lui jetant un regard dont l'impertinence glaça l'étudiant.

Eugène comprit ce hein. Depuis trois heures il avait appris tant de choses, qu'il s'était mis sur le qui-vive.

– Madame, reprit-il en rougissant. Il hésita, puis il dit en continuant : Pardonnez-moi ; j'ai besoin de tant de protection qu'un bout de parenté n'aurait rien gâté.

Madame de Beauséant sourit, mais tristement : elle sentait déjà le malheur qui grondait dans son atmosphère.

– Si vous connaissiez la situation dans laquelle se trouve ma famille, dit-il en continuant, vous aimeriez à jouer le rôle d'une de ces fées fabuleuses qui se plaisaient à dissiper les obstacles autour de leurs filleuls.

– Eh ! bien, mon cousin, dit-elle en riant, à quoi puis-je vous être bonne ?

– Mais le sais-je ? Vous appartenir par un lien de parenté qui se perd dans l'ombre est déjà toute une fortune. Vous m'avez troublé, je ne sais plus ce que je venais vous dire. Vous êtes la seule personne que je connaisse à Paris. Ah ! je voulais vous consulter en vous demandant de m'accepter comme un pauvre enfant qui désire se coudre à votre jupe, et qui saurait mourir pour vous.

– Vous tueriez quelqu'un pour moi ?

– J'en tuerais deux, fit Eugène.

– Enfant ! Oui, vous êtes un enfant, dit-elle en réprimant quelques larmes ; vous aimeriez sincèrement, vous !

– Oh ! fit-il en hochant la tête.

La vicomtesse s'intéressa vivement à l'étudiant pour une réponse d'ambitieux. Le Méridional en était à son premier calcul. Entre le boudoir[1] bleu de madame de Restaud et le salon rose de madame de Beauséant, il avait fait trois années de ce *Droit parisien* dont on ne parle pas[2], quoiqu'il constitue une haute jurisprudence[3] sociale qui, bien apprise et bien pratiquée, mène à tout.

– Ah ! j'y suis, dit Eugène. J'avais remarqué madame de Restaud à votre bal, je suis allé ce matin chez elle.

– Vous avez dû bien la gêner, dit en souriant madame de Beauséant.

– Eh ! oui, je suis un ignorant qui mettra contre lui tout le monde, si vous me refusez votre secours. Je crois qu'il est fort difficile de rencontrer à Paris une femme jeune, belle, riche, élégante qui soit inoccupée, et il m'en faut une qui m'apprenne ce que, vous autres femmes, vous savez si bien expliquer : la vie. Je trouverai partout un monsieur de Trailles. Je venais donc à vous pour vous demander le mot d'une énigme, et vous prier de me dire de quelle nature est la sottise que j'y ai faite. J'ai parlé d'un père...

– Madame la duchesse de Langeais, dit Jacques en coupant la parole à l'étudiant qui fit le geste d'un homme violemment contrarié.

---

1. Boudoir : petit salon pour les conversations intimes.

2. Allusion au droit relatif aux lois de la haute société dont Rastignac fait ici l'apprentissage.

3. Jurisprudence : ensemble des lois et règles qui ont cours dans un pays.

– Si vous voulez réussir, dit la vicomtesse à voix basse, d'abord ne soyez pas aussi démonstratif.

– Eh ! bonjour, ma chère, reprit-elle en se levant et allant au-devant de la duchesse dont elle pressa les mains avec l'effusion caressante qu'elle aurait pu montrer pour une sœur et à laquelle la duchesse répondit par les plus jolies câlineries.

– Voilà deux bonnes amies, se dit Rastignac. J'aurai dès lors deux protectrices ; ces deux femmes doivent avoir les mêmes affections, et celle-ci s'intéressera sans doute à moi.

– À quelle heureuse pensée dois-je le bonheur de te voir, ma chère Antoinette ? dit madame de Beauséant.

– Mais j'ai vu monsieur d'Adjuda-Pinto entrant chez monsieur de Rochefide, et j'ai pensé qu'alors vous étiez seule.

Madame de Beauséant ne se pinça point les lèvres, elle ne rougit pas, son regard resta le même, son front parut s'éclaircir pendant que la duchesse prononçait ces fatales paroles.

– Si j'avais su que vous fussiez occupée… ajouta la duchesse en se tournant vers Eugène.

– Monsieur est monsieur Eugène de Rastignac, un de mes cousins, dit la vicomtesse. Avez-vous des nouvelles du général Montriveau ? fit-elle. Sérisy m'a dit hier qu'on ne le voyait plus, l'avez-vous eu chez vous aujourd'hui ?

La duchesse, qui passait pour être abandonnée par monsieur de Montriveau, de qui elle était éperdument éprise, sentit au cœur la pointe de cette question, et rougit en répondant : – Il était hier à l'Élysée.

– De service[1], dit madame de Beauséant.

1. Mme de Beauséant souligne le fait que le général Montriveau était à l'Élysée, non pour y rencontrer son amante, Mme de Langeais, mais simplement pour y accomplir son devoir militaire.

– Clara, vous savez sans doute, reprit la duchesse en jetant des flots de malignité par ses regards, que demain les bans[1] de monsieur d'Adjuda-Pinto et de mademoiselle de Rochefide se publient ?

Ce coup était trop violent, la vicomtesse pâlit et répondit en riant : – Un de ces bruits dont s'amusent les sots. Pourquoi monsieur d'Adjuda porterait-il chez les Rochefide un des plus beaux noms du Portugal ? Les Rochefide sont des gens anoblis d'hier.

– Mais Berthe réunira, dit-on, deux cent mille livres[2] de rente[3].

– Monsieur d'Adjuda est trop riche pour faire de ces calculs.

– Mais, ma chère, mademoiselle de Rochefide est charmante.

– Ah !

– Enfin il y dîne aujourd'hui, les conditions sont arrêtées. Vous m'étonnez étrangement d'être si peu instruite.

– Quelle sottise avez-vous donc faite, monsieur ? dit madame de Beauséant. Ce pauvre enfant est si nouvellement jeté dans le monde, qu'il ne comprend rien, ma chère Antoinette, à ce que nous disons. Soyez bonne pour lui, remettons à causer de cela demain. Demain, voyez-vous, tout sera sans doute officiel, et vous pourrez être officieuse[4] à coup sûr.

La duchesse tourna sur Eugène un de ces regards impertinents qui enveloppent un homme des pieds à la tête, l'aplatissent, et le mettent à l'état de zéro.

---

1. Bans : annonce publique d'un mariage.

2. Livres : ancienne monnaie.

3. Rente : revenu annuel (en dehors du salaire).

4. Mme de Beauséant joue sur le double sens de l'adjectif : serviable ; discrète, confidentielle.

– Madame, j'ai, sans le savoir, plongé un poignard dans le cœur de madame de Restaud. Sans le savoir, voilà ma faute, dit l'étudiant que son génie avait assez bien servi et qui avait découvert les mordantes épigrammes[1] cachées sous les phrases affectueuses de ces deux femmes. Vous continuez à voir, et vous craignez peut-être les gens qui sont dans le secret du mal qu'ils vous font, tandis que celui qui blesse en ignorant la profondeur de sa blessure est regardé comme un sot, un maladroit qui ne sait profiter de rien, et chacun le méprise.

Madame de Beauséant jeta sur l'étudiant un de ces regards fondants où les grandes âmes savent mettre tout à la fois de la reconnaissance et de la dignité. Ce regard fut comme un baume qui calma la plaie que venait de faire au cœur de l'étudiant le coup d'œil d'huissier-priseur[2] par lequel la duchesse l'avait évalué.

– Figurez-vous que je venais, dit Eugène en continuant, de capter la bienveillance du comte de Restaud ; car, dit-il en se tournant vers la duchesse d'un air à la fois humble et malicieux, il faut vous dire, madame, que je ne suis encore qu'un pauvre diable d'étudiant, bien seul, bien pauvre...

– Ne dites pas cela, monsieur de Rastignac. Nous autres femmes, nous ne voulons jamais de ce dont personne ne veut.

– Bah ! fit Eugène, je n'ai que vingt-deux ans, il faut savoir supporter les malheurs de son âge. D'ailleurs, je suis à confesse[3] ; et il est impossible de se mettre à genoux dans un

1. Épigrammes : mots d'esprit blessants ou moqueurs.
2. Huissier-priseur : personne qui estime la valeur des meubles dans les ventes aux enchères.
3. À confesse : à confession, action d'avouer ses péchés à un prêtre. Ici, l'expression est utilisée dans un sens figuré.

plus joli confessionnal[1] : on y fait les péchés dont on s'accuse dans l'autre.

La duchesse prit un air froid à ce discours antireligieux, dont elle proscrivit le mauvais goût en disant à la vicomtesse :
– Monsieur arrive…

Madame de Beauséant se prit à rire franchement et de son cousin et de la duchesse.

– Il arrive[2], ma chère, et cherche une institutrice qui lui enseigne le bon goût.

– Madame la duchesse, reprit Eugène, n'est-il pas naturel de vouloir s'initier aux secrets de ce qui nous charme ? (Allons, se dit-il en lui-même, je suis sûr que je leur fais des phrases de coiffeur.)

– Mais madame de Restaud est, je crois, l'écolière de monsieur de Trailles, dit la duchesse.

– Je n'en savais rien, madame, reprit l'étudiant. Aussi me suis-je étourdiment jeté entre eux. Enfin, je m'étais assez bien entendu avec le mari, je me voyais souffert pour un temps par la femme, lorsque je me suis avisé de leur dire que je connaissais un homme que je venais de voir sortant par un escalier dérobé, et qui avait au fond d'un couloir embrassé la comtesse.

– Qui est-ce ? dirent les deux femmes.

– Un vieillard qui vit à raison de deux louis par mois, au fond du faubourg Saint-Marceau, comme moi, pauvre étudiant ; un véritable malheureux dont tout le monde se moque, et que nous appelons le Père Goriot.

---

1. Confessionnal : dans une église, petit espace clos où l'on se confesse à un prêtre.

2. Arrive : est dans l'état de quelqu'un qui arrive en un lieu dont il ne connaît pas les usages.

– Mais, enfant que vous êtes, s'écria la vicomtesse, madame de Restaud est une demoiselle Goriot.

– La fille d'un vermicellier, reprit la duchesse, une petite femme qui s'est fait présenter le même jour qu'une fille de pâtissier. Ne vous en souvenez-vous pas, Clara ? Le Roi s'est mis à rire et a dit en latin un bon mot sur la farine. Des gens, comment donc ? des gens...

– *Ejusdem farinæ* [1], dit Eugène.

– C'est cela, dit la duchesse.

– Ah ! c'est son père, reprit l'étudiant en faisant un geste d'horreur.

– Mais oui ; ce bonhomme avait deux filles dont il est quasi fou, quoique l'une et l'autre l'aient à peu près renié.

– La seconde n'est-elle pas, dit la vicomtesse en regardant madame de Langeais, mariée à un banquier dont le nom est allemand, un baron de Nucingen ? Ne se nomme-t-elle pas Delphine ? N'est-ce pas une blonde qui a une loge [2] de côté à l'Opéra, qui vient aussi aux Bouffons, et rit très haut pour se faire remarquer ?

La duchesse sourit en disant : – Mais, ma chère, je vous admire. Pourquoi vous occupez-vous donc tant de ces gens-là ? Il a fallu être amoureux fou, comme l'était Restaud, pour s'être enfariné de mademoiselle Anastasie. Oh ! il n'en sera pas le bon marchand [3] ! Elle est entre les mains de monsieur de Trailles, qui la perdra.

---

1. ***Ejusdem farinæ*** : (expression latine) « de la même farine », de la même sorte.
2. **Loge** : petit salon fermé où peuvent s'installer les spectateurs dans une salle de théâtre.
3. **Il n'en sera pas le bon marchand** : il n'y gagnera pas.

– Elles ont renié leur père, répétait Eugène.

– Eh ! bien, oui, leur père, le père, un père, reprit la vicomtesse, un bon père qui leur a donné, dit-on, à chacune cinq ou six cent mille francs pour faire leur bonheur en les mariant bien, et qui ne s'était réservé que huit à dix mille livres[1] de rente[2] pour lui, croyant que ses filles resteraient ses filles, qu'il s'était créé chez elles deux existences, deux maisons où il serait adoré, choyé. En deux ans, ses gendres l'ont banni[3] de leur société comme le dernier des misérables.

Quelques larmes roulèrent dans les yeux d'Eugène, récemment rafraîchi par les pures et saintes émotions de la famille, encore sous le charme des croyances jeunes, et qui n'en était qu'à sa première journée sur le champ de bataille de la civilisation parisienne. Les émotions véritables sont si communicatives, que pendant un moment ces trois personnes se regardèrent en silence.

– Eh ! mon Dieu, dit madame de Langeais, oui, cela semble bien horrible, et nous voyons cependant cela tous les jours. N'y a-t-il pas une cause à cela ? Dites-moi, ma chère, avez-vous pensé jamais à ce qu'est un gendre ? Un gendre est un homme pour qui nous élèverons, vous ou moi, une chère petite créature à laquelle nous tiendrons par mille liens, qui sera pendant dix-sept ans la joie de la famille, qui en est l'âme blanche, dirait Lamartine[4], et qui en deviendra la peste. Quand cet homme nous l'aura prise, il commencera par saisir son amour comme une hache, afin de couper dans le cœur et au vif de cet ange tous

1. **Livres :** ancienne monnaie.
2. **Rente :** revenu annuel (en dehors du salaire).
3. **Banni :** exclu.
4. Alphonse de Lamartine est un célèbre poète (1790-1869) de la première période romantique.

les sentiments par lesquels elle s'attachait à sa famille. Hier, notre fille était tout pour nous, nous étions tout pour elle ; le lendemain elle se fait notre ennemie. Ne voyons-nous pas cette tragédie s'accomplissant tous les jours ? Ici, la belle-fille est de la dernière impertinence avec le beau-père, qui a tout sacrifié pour son fils. Plus loin, un gendre met sa belle-mère à la porte. J'entends demander ce qu'il y a de dramatique aujourd'hui dans la société ; mais le drame du gendre est effrayant, sans compter nos mariages qui sont devenus de fort sottes choses. Je me rends parfaitement compte de ce qui est arrivé à ce vieux vermicellier. Je crois me rappeler que ce Foriot…

– Goriot, madame.

– Oui, ce Moriot a été président de sa section[1] pendant la Révolution ; il a été dans le secret de la fameuse disette[2], et a commencé sa fortune par vendre dans ce temps-là des farines dix fois plus qu'elles ne lui coûtaient. Il en a eu tant qu'il en a voulu. L'intendant de ma grand-mère lui en a vendu pour des sommes immenses. Ce Goriot partageait sans doute, comme tous ces gens-là, avec le Comité de Salut Public[3]. Je me souviens que l'intendant disait à ma grand-mère qu'elle pouvait rester en toute sûreté à Grandvilliers, parce que ses blés étaient une excellente carte civique[4]. Eh ! bien, ce Loriot,

1. Section : administration de quartier. Sous la Révolution, Paris fut divisé en districts et chaque district en sections.

2. En 1793, il y eut une grande disette. Le manque de denrées alimentaires a fait monter les prix, d'autant plus que certains stockaient des marchandises en attendant une hausse afin de les vendre plus cher.

3. Comité de Salut Public : organisme du gouvernement révolutionnaire créé en 1793 et qui a lutté au contraire contre la spéculation sur les denrées alimentaires.

4. Carte civique : carte d'identité distribuée à chaque citoyen afin de mieux recenser la population (et non carte de loyauté envers le gouvernement révolutionnaire, comme le laisse sous-entendre Mme de Langeais qui est royaliste).

qui vendait du blé aux coupeurs de têtes[1], n'a eu qu'une passion. Il adore, dit-on, ses filles. Il a juché l'aînée dans la maison de Restaud, et greffé l'autre sur le baron de Nucingen, un riche banquier qui fait le royaliste. Vous comprenez bien que, sous l'Empire, les deux gendres ne se sont pas trop formalisés d'avoir ce vieux Quatre-vingt-treize[2] chez eux ; ça pouvait encore aller avec Buonaparte[3]. Mais quand les Bourbons[4] sont revenus, le bonhomme a gêné monsieur de Restaud, et plus encore le banquier. Les filles, qui aimaient peut-être toujours leur père, ont voulu ménager la chèvre et le chou, le père et le mari ; elles ont reçu le Goriot quand elles n'avaient personne ; elles ont imaginé des prétextes de tendresse. « Papa, venez, nous serons mieux, parce que nous serons seuls ! » etc. Moi, ma chère, je crois que les sentiments vrais ont des yeux et une intelligence : le cœur de ce pauvre Quatre-vingt-treize a donc saigné. Il a vu que ses filles avaient honte de lui ; que, si elles aimaient leurs maris, il nuisait à ses gendres. Il fallait donc se sacrifier. Il s'est sacrifié, parce qu'il était père : il s'est banni[5] de lui-même. En voyant ses filles contentes, il comprit qu'il avait bien fait. Le père et les enfants ont été complices de ce petit crime. Nous voyons cela partout. Ce père Doriot n'aurait-il pas été une tache de

1. Coupeurs de têtes : allusion aux révolutionnaires qui condamnaient à la guillotine les opposants à la Révolution.

2. Ce vieux Quatre-vingt-treize : ce vieux révolutionnaire de 1793 (année où Louis XVI est guillotiné et où la Terreur est instaurée). Comme *coupeur de têtes*, cette désignation péjorative veut rappeler la violence des révolutionnaires.

3. Buonaparte : prononciation méprisante de *Bonaparte* qui vise à rappeler les origines étrangères, italiennes, de l'empereur.

4. Bourbons : nom d'une famille royale dont faisait partie Louis XVI et qui revient au pouvoir en 1815 avec Louis XVIII, frère du roi guillotiné (période de la Restauration).

5. Banni : exclu.

cambouis[1] dans le salon de ses filles ? il y aurait été gêné, il se serait ennuyé. Ce qui arrive à ce père peut arriver à la plus jolie femme avec l'homme qu'elle aimera le mieux : si elle l'ennuie de son amour, il s'en va, il fait des lâchetés pour la fuir. Tous les sentiments en sont là. Notre cœur est un trésor, videz-le d'un coup, vous êtes ruinés. Nous ne pardonnons pas plus à un sentiment de s'être montré tout entier qu'à un homme de ne pas avoir un sou à lui. Ce père avait tout donné. Il avait donné, pendant vingt ans, ses entrailles, son amour ; il avait donné sa fortune en un jour. Le citron bien pressé, ses filles ont laissé le zeste au coin des rues.

– Le monde est infâme, dit la vicomtesse en effilant son châle et sans lever les yeux, car elle était atteinte au vif par les mots que madame de Langeais avait dits, pour elle, en racontant cette histoire.

– Infâme ! non, reprit la duchesse ; il va son train[2], voilà tout. Si je vous en parle ainsi, c'est pour montrer que je ne suis pas la dupe du monde. Je pense comme vous, dit-elle en pressant la main de la vicomtesse. Le monde est un bourbier[3], tâchons de rester sur les hauteurs. Elle se leva, embrassa madame de Beauséant au front en lui disant : Vous êtes bien belle en ce moment, ma chère. Vous avez les plus jolies couleurs que j'aie vues jamais. Puis elle sortit après avoir légèrement incliné la tête en regardant le cousin.

– Le père Goriot est sublime ! dit Eugène en se souvenant de l'avoir vu tordant son vermeil[4] la nuit.

---

1. **Cambouis :** huile de machine devenue noire à force d'avoir servi.
2. **Il va son train :** il continue son chemin au même rythme.
3. **Bourbier :** mare de boue.
4. **Son vermeil :** sa vaisselle en vermeil (argent doré tirant sur le rouge).

Madame de Beauséant n'entendit pas, elle était pensive. Quelques moments de silence s'écoulèrent, et le pauvre étudiant, par une sorte de stupeur honteuse, n'osait ni s'en aller, ni rester, ni parler.

– Le monde est infâme et méchant, dit enfin la vicomtesse. Aussitôt qu'un malheur nous arrive, il se rencontre toujours un ami prêt à venir nous le dire, et à nous fouiller le cœur avec un poignard en nous en faisant admirer le manche. Déjà le sarcasme, déjà les railleries[1] ! Ah ! je me défendrai. Elle releva la tête comme une grande dame qu'elle était, et des éclairs sortirent de ses yeux fiers. – Ah ! fit-elle en voyant Eugène, vous êtes là !

– Encore, dit-il piteusement.

– Eh ! bien, monsieur de Rastignac, traitez ce monde comme il mérite de l'être. Vous voulez parvenir[2], je vous aiderai. Vous sonderez combien est profonde la corruption féminine, vous toiserez[3] la largeur de la misérable vanité des hommes. Quoique j'aie bien lu dans ce livre du monde, il y avait des pages qui cependant m'étaient inconnues. Maintenant je sais tout. Plus froidement vous calculerez, plus avant vous irez. Frappez sans pitié, vous serez craint. N'acceptez les hommes et les femmes que comme les chevaux de poste que vous laisserez crever à chaque relais, vous arriverez ainsi au faîte[4] de vos désirs. Voyez-vous, vous ne serez rien ici si vous n'avez pas une femme qui s'intéresse à vous. Il vous la faut jeune, riche, élégante. Mais si vous avez un sentiment vrai,

1. **Railleries** : moqueries.
2. **Parvenir** : faire fortune.
3. **Toiserez** : mesurerez.
4. **Faîte** : sommet.

cachez-le comme un trésor ; ne le laissez jamais soupçonner, vous seriez perdu. Vous ne seriez plus le bourreau, vous deviendriez la victime. Si jamais vous aimiez, gardez bien votre secret ! ne le livrez pas avant d'avoir bien su à qui vous ouvrirez votre cœur. Pour préserver par avance cet amour qui n'existe pas encore, apprenez à vous méfier de ce monde-ci. Écoutez-moi, Miguel[1]... (Elle se trompait naïvement de nom sans s'en apercevoir.) Il existe quelque chose de plus épouvantable que ne l'est l'abandon du père par ses deux filles, qui le voudraient mort. C'est la rivalité des deux sœurs entre elles. Restaud a de la naissance, sa femme a été adoptée, elle a été présentée ; mais sa sœur, sa riche sœur, la belle madame Delphine de Nucingen, femme d'un homme d'argent, meurt de chagrin ; la jalousie la dévore, elle est à cent lieues de sa sœur ; sa sœur n'est plus sa sœur ; ces deux femmes se renient entre elles comme elles renient leur père. Aussi, madame de Nucingen laperait-elle toute la boue[2] qu'il y a entre la rue Saint-Lazare et la rue de Grenelle[3] pour entrer dans mon salon. Elle a cru que de Marsay la ferait arriver à son but, et elle s'est faite l'esclave de de Marsay, elle assomme de Marsay. De Marsay se soucie fort peu d'elle. Si vous me la présentez, vous serez son Benjamin[4], elle vous adorera. Aimez-la si vous pouvez après, sinon servez-vous d'elle. Je la verrai une ou deux fois, en grande soirée, quand il y aura cohue ; mais je ne la recevrai jamais le matin. Je la saluerai, cela suffira. Vous vous

1. **Miguel** : prénom du marquis d'Adjuda-Pinto.
2. Les rues de Paris étaient à l'époque couvertes de boue.
3. La **rue de Saint-Lazare** est située dans le quartier des nouveaux riches habité par Mme de Nucingen ; la **rue de Grenelle** est dans le quartier de la noblesse traditionnelle habité par Mme de Beauséant.
4. **Benjamin** : fils préféré de Jacob dans l'Ancien Testament.

êtes fermé la porte de la comtesse pour avoir prononcé le nom du père Goriot. Oui, mon cher, vous iriez vingt fois chez madame de Restaud, vingt fois vous la trouveriez absente. Vous avez été consigné[1]. Eh ! bien, que le père Goriot vous introduise près de madame Delphine de Nucingen. La belle madame de Nucingen sera pour vous une enseigne[2]. Soyez l'homme qu'elle distingue, les femmes raffoleront de vous. Ses rivales, ses amies, ses meilleures amies voudront vous enlever à elle. Il y a des femmes qui aiment l'homme déjà choisi par une autre, comme il y a de pauvres bourgeoises qui, en prenant nos chapeaux, espèrent avoir nos manières. Vous aurez des succès. À Paris, le succès est tout, c'est la clef du pouvoir. Si les femmes vous trouvent de l'esprit, du talent, les hommes le croiront, si vous ne les détrompez pas. Vous pourrez alors tout vouloir, vous aurez le pied partout. Vous saurez alors ce qu'est le monde, une réunion de dupes et de fripons. Ne soyez ni parmi les uns ni parmi les autres. Je vous donne mon nom comme un fil d'Ariane[3] pour entrer dans ce labyrinthe. Ne le compromettez pas, dit-elle en recourbant son cou et jetant un regard de reine à l'étudiant, rendez-le-moi blanc. Allez, laissez-moi. Nous autres femmes, nous avons aussi nos batailles à livrer.

– S'il vous fallait un homme de bonne volonté pour aller mettre le feu à une mine ? dit Eugène en l'interrompant.

– Eh ! bien ? dit-elle.

1. **Consigné :** proscrit, exclu.

2. **Enseigne :** femme dont on obtient la faveur (l'enseigne étant, dans la France médiévale, le morceau de tissu qu'une dame remettait au chevalier aimé, lors des tournois).

3. **Fil d'Ariane :** fil remis par Ariane à Thésée et qui lui a permis de ne pas se perdre dans le labyrinthe où se trouvait le Minotaure.

Il se frappa le cœur, sourit au sourire de sa cousine, et sortit. Il était cinq heures. Eugène avait faim, il craignit de ne pas arriver à temps pour l'heure du dîner. Cette crainte lui fit sentir le bonheur d'être rapidement emporté dans Paris. Ce plaisir purement machinal le laissa tout entier aux pensées qui l'assaillaient. Lorsqu'un jeune homme de son âge est atteint par le mépris, il s'emporte, il enrage, il menace du poing la société entière, il veut se venger et doute aussi de lui-même. Rastignac était en ce moment accablé par ces mots : *Vous vous êtes fermé la porte de la comtesse*. – J'irai ! se disait-il, et si madame de Beauséant a raison, si je suis consigné... je... Madame de Restaud me trouvera dans tous les salons où elle va. J'apprendrai à faire des armes[1], à tirer le pistolet, je lui tuerai son Maxime ! Et de l'argent ! lui criait sa conscience, où donc en prendras-tu ? Tout à coup la richesse étalée chez la comtesse de Restaud brilla devant ses yeux. Il avait vu là le luxe dont une demoiselle Goriot devait être amoureuse, des dorures, des objets de prix en évidence, le luxe inintelligent du parvenu[2], le gaspillage de la femme entretenue[3]. Cette fascinante image fut soudainement écrasée par le grandiose hôtel de Beauséant. Son imagination, transportée dans les hautes régions de la société parisienne, lui inspira mille pensées mauvaises au cœur, en lui élargissant la tête et la conscience. Il vit le monde comme il est : les lois et la morale impuissantes chez les riches, et vit dans la fortune *l'ultima ratio mundi*[4]. « Vautrin a raison, la fortune est la vertu ! » se dit-il.

---

1. **Faire des armes :** pratiquer l'escrime.
2. **Parvenu :** personne qui a fait fortune et s'est élevé dans l'échelle sociale, mais sans avoir su acquérir les manières et le goût de la haute société.
3. **Entretenue :** dont on paye les dépenses.
4. ***Ultima ratio mundi* :** (expression latine) « le dernier argument du monde ».

Arrivé rue Neuve-Sainte-Geneviève, il monta rapidement chez lui, descendit pour donner dix francs au cocher, et vint dans cette salle à manger nauséabonde où il aperçut, comme des animaux à un râtelier[1], les dix-huit convives en train de se repaître[2]. Le spectacle de ces misères et l'aspect de cette salle lui furent horribles. La transition était trop brusque, le contraste trop complet, pour ne pas développer outre mesure chez lui le sentiment de l'ambition. D'un côté, les fraîches et charmantes images de la nature sociale la plus élégante, des figures jeunes, vives, encadrées par les merveilles de l'art et du luxe, des têtes passionnées pleines de poésie ; de l'autre, de sinistres tableaux bordés de fange[3], et des faces où les passions n'avaient laissé que leurs cordes et leur mécanisme. Les enseignements que la colère d'une femme abandonnée avaient arrachés à madame de Beauséant, ses offres captieuses[4] revinrent dans sa mémoire, et la misère les commenta. Rastignac résolut d'ouvrir deux tranchées parallèles pour arriver à la fortune, de s'appuyer sur la science et sur l'amour, d'être un savant docteur et un homme à la mode. Il était encore bien enfant ! Ces deux lignes sont des asymptotes[5] qui ne peuvent jamais se rejoindre.

– Vous êtes bien sombre, monsieur le marquis, lui dit Vautrin, qui lui jeta un de ces regards par lesquels cet homme semblait s'initier aux secrets les plus cachés du cœur.

– Je ne suis pas disposé à souffrir les plaisanteries de ceux qui m'appellent monsieur le marquis, répondit-il. Ici, pour

1. Râtelier : sorte de grande cage où l'on place le foin destiné aux repas des animaux.

2. Se repaître : manger.

3. Fange : boue.

4. Captieuses : trompeuses.

5. Asymptotes : lignes ou courbes qui se rapprochent sans jamais se couper.

être vraiment marquis, il faut avoir cent mille livres[1] de rente[2], et quand on vit dans la maison Vauquer on n'est pas précisément le favori de la Fortune.

Vautrin regarda Rastignac d'un air paternel et méprisant, comme s'il eût dit : Marmot ! dont je ne ferais qu'une bouchée ! Puis il répondit : – Vous êtes de mauvaise humeur, parce que vous n'avez peut-être pas réussi auprès de la belle comtesse de Restaud.

– Elle m'a fermé sa porte pour lui avoir dit que son père mangeait à notre table, s'écria Rastignac.

Tous les convives s'entre-regardèrent. Le père Goriot baissa les yeux, et se retourna pour les essuyer.

– Vous m'avez jeté du tabac dans l'œil, dit-il à son voisin.

– Qui vexera le père Goriot s'attaquera désormais à moi, répondit Eugène en regardant le voisin de l'ancien vermicellier ; il vaut mieux que nous tous. Je ne parle pas des dames, dit-il en se retournant vers mademoiselle Taillefer.

Cette phrase fut un dénouement, Eugène l'avait prononcée d'un air qui imposa silence aux convives. Vautrin seul lui dit en goguenardant[3] : – Pour prendre le père Goriot à votre compte, et vous établir son éditeur responsable[4], il faut savoir bien tenir une épée et bien tirer le pistolet.

– Ainsi ferai-je, dit Eugène.

– Vous êtes donc entré en campagne[5] aujourd'hui ?

---

1. **Livres** : ancienne monnaie.
2. **Rente** : revenu annuel (en dehors du salaire).
3. **Goguenardant** : se moquant.
4. **Éditeur responsable** : celui qui en a la responsabilité.
5. **Campagne** : expédition militaire, guerre.

– Peut-être, répondit Rastignac. Mais je ne dois compte de mes affaires à personne, attendu que je ne cherche pas à deviner celles que les autres font la nuit.

Vautrin regarda Rastignac de travers.

– Mon petit, quand on ne veut pas être dupe des marionnettes, il faut entrer tout à fait dans la baraque[1], et ne pas se contenter de regarder par les trous de la tapisserie. Assez causé, ajouta-t-il en voyant Eugène près de se gendarmer[2]. Nous aurons ensemble un petit bout de conversation quand vous le voudrez.

Le dîner devint sombre et froid. Le père Goriot, absorbé par la profonde douleur que lui avait causée la phrase de l'étudiant, ne comprit pas que les dispositions des esprits étaient changées à son égard, et qu'un jeune homme en état d'imposer silence à la persécution avait pris sa défense.

– Monsieur Goriot, dit madame Vauquer à voix basse, serait donc le père d'une comtesse à c't'heure ?

– Et d'une baronne, lui répliqua Rastignac.

– Il n'a que ça à faire, dit Bianchon à Rastignac, je lui ai pris la tête[3] : il n'y a qu'une bosse, celle de la paternité, ce sera un Père *Éternel*.

Eugène était trop sérieux pour que la plaisanterie de Bianchon le fît rire. Il voulait profiter des conseils de madame de Beauséant, et se demandait où et comment il se procurerait

1. Baraque : construction légère (désignant ici le théâtre de marionnettes).

2. Se gendarmer : s'emporter pour rien.

3. Il a pris les mesures de son crâne en appliquant le système de Gall (voir note 2, p. 95).

de l'argent. Il devint soucieux en voyant les savanes[1] du monde qui se déroulaient à ses yeux à la fois vides et pleines ; chacun le laissa seul dans la salle à manger quand le dîner fut fini.

– Vous avez donc vu ma fille ? lui dit Goriot d'une voix émue.

Réveillé de sa méditation par le bonhomme, Eugène lui prit la main, et le contemplant avec une sorte d'attendrissement : – Vous êtes un brave et digne homme, répondit-il. Nous causerons de vos filles plus tard. Il se leva sans vouloir écouter le père Goriot, et se retira dans sa chambre, où il écrivit à sa mère la lettre suivante :

« Ma chère mère, vois si tu n'as pas une troisième mamelle à t'ouvrir pour moi. je suis dans une situation à faire promptement[2] fortune. J'ai besoin de douze cents francs, et il me les faut à tout prix. Ne dis rien de ma demande à mon père, il s'y opposerait peut-être, et si je n'avais pas cet argent, je serais en proie à un désespoir qui me conduirait à me brûler la cervelle. Je t'expliquerai mes motifs aussitôt que je te verrai, car il faudrait t'écrire des volumes pour te faire comprendre la situation dans laquelle je suis. Je n'ai pas joué, ma bonne mère, je ne dois rien ; mais si tu tiens à me conserver la vie que tu m'as donnée, il faut me trouver cette somme. Enfin, je vais chez la vicomtesse de Beauséant, qui m'a pris sous sa protection. Je dois aller dans le monde, et n'ai pas un sou pour avoir

1. Savanes : prairies clairsemées des régions tropicales. Le terme désigne par métaphore les différents milieux sociaux, très inégalitaires, qu'Eugène a pu observer.

2. Promptement : rapidement.

des gants propres. Je saurai ne manger que du pain, ne boire que de l'eau, je jeûnerai au besoin ; mais je ne puis me passer des outils avec lesquels on pioche la vigne dans ce pays-ci. Il s'agit pour moi de faire mon chemin ou de rester dans la boue. Je sais toutes les espérances que vous avez mises en moi, et veux les réaliser promptement. Ma bonne mère, vends quelques-uns de tes anciens bijoux, je te les remplacerai bientôt. Je connais assez la situation de notre famille pour savoir apprécier de tels sacrifices, et tu dois croire que je ne te demande pas de les faire en vain, sinon je serais un monstre. Ne vois dans ma prière que le cri d'une impérieuse nécessité. Notre avenir est tout entier dans ce subside[1], avec lequel je dois ouvrir la campagne[2] ; car cette vie de Paris est un combat perpétuel. Si, pour compléter la somme, il n'y a pas d'autres ressources que de vendre les dentelles de ma tante, dis-lui que je lui en enverrai de plus belles. » Etc.

Il écrivit à chacune de ses sœurs en leur demandant leurs économies, et, pour les leur arracher sans qu'elles parlassent en famille du sacrifice qu'elles ne manqueraient pas de lui faire avec bonheur, il intéressa leur délicatesse en attaquant les cordes de l'honneur qui sont si bien tendues et résonnent si fort dans de jeunes cœurs. Quand il eut écrit ces lettres, il éprouva néanmoins une trépidation[3] involontaire : il palpitait, il tressaillait. Ce jeune ambitieux connaissait la noblesse immaculée de ces âmes ensevelies dans la solitude, il savait quelles peines il causerait à ses deux sœurs, et aussi quelles

1. Subside : argent de secours.
2. Campagne : expédition militaire, guerre.
3. Trépidation : tremblement.

seraient leurs joies ; avec quel plaisir elles s'entretiendraient en secret de ce frère bien-aimé, au fond du clos [1]. Sa conscience se dressa lumineuse, et les lui montra comptant en secret leur petit trésor : il les vit, déployant le génie malicieux des jeunes filles pour lui envoyer *incognito* cet argent, essayant une première tromperie pour être sublimes. « Le cœur d'une sœur est un diamant de pureté, un abîme de tendresse ! » se dit-il. Il avait honte d'avoir écrit. Combien seraient puissants leurs vœux, combien pur serait l'élan de leurs âmes vers le ciel ! Avec quelle volupté ne se sacrifieraient-elles pas ? De quelle douleur serait atteinte sa mère, si elle ne pouvait envoyer toute la somme ! Ces beaux sentiments, ces effroyables sacrifices allaient lui servir d'échelon pour arriver à Delphine de Nucingen. Quelques larmes, derniers grains d'encens jetés sur l'autel sacré de la famille, lui sortirent des yeux. Il se promena dans une agitation pleine de désespoir. Le père Goriot, le voyant ainsi par sa porte qui était restée entrebâillée, entra et lui dit : – Qu'avez-vous, monsieur ?

– Ah ! mon bon voisin, je suis encore fils et frère comme vous êtes père. Vous avez raison de trembler pour la comtesse Anastasie, elle est à un monsieur Maxime de Trailles qui la perdra.

Le père Goriot se retira en balbutiant quelques paroles dont Eugène ne saisit pas le sens. Le lendemain, Rastignac alla jeter ses lettres à la poste. Il hésita jusqu'au dernier moment, mais il les lança dans la boîte en disant : Je réussirai ! Le mot du joueur, du grand capitaine, mot fataliste qui perd plus d'hommes qu'il n'en sauve. Quelques jours après, Eugène alla

1. **Clos** : terrain clôturé, enclos.

chez madame de Restaud et ne fut pas reçu. Trois fois il y retourna, trois fois encore il trouva la porte close, quoiqu'il se présentât à des heures où le comte Maxime de Trailles n'y était pas. La vicomtesse avait eu raison. L'étudiant n'étudia plus. Il allait aux cours pour y répondre à l'appel, et quand il avait attesté sa présence, il décampait. Il s'était fait le raisonnement que se font la plupart des étudiants. Il réservait ses études pour le moment où il s'agirait de passer ses examens ; il avait résolu d'entasser ses inscriptions de seconde et de troisième année, puis d'apprendre le Droit sérieusement et d'un seul coup au dernier moment. Il avait ainsi quinze mois de loisirs pour naviguer sur l'océan de Paris, pour s'y livrer à la traite des femmes, ou y pêcher la fortune. Pendant cette semaine, il vit deux fois madame de Beauséant, chez laquelle il n'allait qu'au moment où sortait la voiture du marquis d'Adjuda. Pour quelques jours encore cette illustre femme, la plus poétique figure du faubourg Saint-Germain, resta victorieuse, et fit suspendre le mariage de mademoiselle de Rochefide avec le marquis d'Adjuda-Pinto. Mais ces derniers jours, que la crainte de perdre son bonheur rendit les plus ardents de tous, devaient précipiter la catastrophe. Le marquis d'Adjuda, de concert avec les Rochefide, avait regardé cette brouille et ce raccommodement comme une circonstance heureuse : ils espéraient que madame de Beauséant s'accoutumerait à l'idée de ce mariage et finirait par sacrifier ses matinées à un avenir prévu dans la vie des hommes[1]. Malgré les plus saintes promesses renouvelées chaque jour, monsieur

1. Autrement dit, elle finirait par se passer des visites matinales du marquis en le laissant se marier, *l'avenir prévu* étant le mariage.

d'Adjuda jouait donc la comédie, la vicomtesse aimait à être trompée. « Au lieu de sauter noblement par la fenêtre, elle se laissait rouler dans les escaliers », disait la duchesse de Langeais, sa meilleure amie. Néanmoins, ces dernières lueurs brillèrent assez longtemps pour que la vicomtesse restât à Paris et y servît son jeune parent auquel elle portait une sorte d'affection superstitieuse. Eugène s'était montré pour elle plein de dévouement et de sensibilité dans une circonstance où les femmes ne voient de pitié, de consolation vraie dans aucun regard. Si un homme leur dit alors de douces paroles, il les dit par spéculation [1].

Dans le désir de parfaitement bien connaître son échiquier avant de tenter l'abordage de la maison de Nucingen, Rastignac voulut se mettre au fait de la vie antérieure du père Goriot, et recueillit des renseignements certains, qui peuvent se réduire à ceci.

Jean-Joachim Goriot était, avant la Révolution, un simple ouvrier vermicellier, habile, économe, et assez entreprenant pour avoir acheté le fonds [2] de son maître, que le hasard rendit victime du premier soulèvement de 1789. Il s'était établi rue de la Jussienne, près de la Halle-aux-Blés [3], et avait eu le gros bon sens d'accepter la présidence de sa section [4], afin de faire protéger son commerce par les personnages les plus influents de cette dangereuse époque. Cette sagesse avait été l'origine de sa fortune qui commença dans la disette, fausse ou vraie, par

1. **Par spéculation** : par calcul.
2. **Fonds** : fonds de commerce.
3. **Halle-aux-Blés** : bâtiment où l'on vendait les grains.
4. **Section** : administration de quartier. Sous la Révolution, Paris fut divisé en districts et chaque district en sections.

suite de laquelle les grains acquirent un prix énorme à Paris. Le peuple se tuait à la porte des boulangers, tandis que certaines personnes allaient chercher sans émeute des pâtes d'Italie chez les épiciers. Pendant cette année, le citoyen Goriot amassa les capitaux qui plus tard lui servirent à faire son commerce avec toute la supériorité que donne une grande masse d'argent à celui qui la possède. Il lui arriva ce qui arrive à tous les hommes qui n'ont qu'une capacité relative. Sa médiocrité le sauva. D'ailleurs, sa fortune n'étant connue qu'au moment où il n'y avait plus de danger à être riche, il n'excita l'envie de personne. Le commerce des grains semblait avoir absorbé toute son intelligence. S'agissait-il de blés, de farines, de grenailles[1], de reconnaître leurs qualités, les provenances, de veiller à leur conservation, de prévoir les cours, de prophétiser l'abondance ou la pénurie des récoltes, de se procurer les céréales à bon marché, de s'en approvisionner en Sicile, en Ukraine, Goriot n'avait pas son second. À lui voir conduire ses affaires, expliquer les lois sur l'exportation, sur l'importation des grains, étudier leur esprit, saisir leurs défauts, un homme l'eût jugé capable d'être ministre d'État. Patient, actif, énergique, constant, rapide dans ses expéditions, il avait un coup d'œil d'aigle, il devançait tout, prévoyait tout, savait tout, cachait tout ; diplomate pour concevoir, soldat pour marcher. Sorti de sa spécialité, de sa simple et obscure boutique sur le pas de laquelle il demeurait pendant ses heures d'oisiveté, l'épaule appuyée au montant de la porte, il redevenait l'ouvrier stupide et grossier, l'homme incapable de comprendre un raisonnement, insensible à tous les plaisirs de l'esprit, l'homme

1. **Grenailles** : graines de mauvaise qualité données aux volailles.

qui s'endormait au spectacle, un de ces Dolibans[1] parisiens, forts seulement en bêtise. Ces natures se ressemblent presque toutes. À presque toutes, vous trouveriez un sentiment sublime au cœur. Deux sentiments exclusifs avaient rempli le cœur du vermicellier, en avaient absorbé l'humide, comme le commerce des grains employait toute l'intelligence de sa cervelle. Sa femme, fille unique d'un riche fermier de la Brie, fut pour lui l'objet d'une admiration religieuse, d'un amour sans bornes. Goriot avait admiré en elle une nature frêle et forte, sensible et jolie, qui contrastait vigoureusement avec la sienne. S'il est un sentiment inné dans le cœur de l'homme, n'est-ce pas l'orgueil de la protection exercée à tout moment en faveur d'un être faible ? Joignez-y l'amour, cette reconnaissance vive de toutes les âmes franches pour le principe de leurs plaisirs, et vous comprendrez une foule de bizarreries morales. Après sept ans de bonheur sans nuages, Goriot, malheureusement pour lui, perdit sa femme ; elle commençait à prendre de l'empire sur lui, en dehors de la sphère des sentiments. Peut-être eût-elle cultivé cette nature inerte, peut-être y eût-elle jeté l'intelligence des choses du monde et de la vie. Dans cette situation, le sentiment de la paternité se développa chez Goriot jusqu'à la déraison. Il reporta ses affections trompées par la mort sur ses deux filles, qui, d'abord, satisfirent pleinement tous les sentiments. Quelque brillantes que fussent les propositions qui lui furent faites par des négociants ou des fermiers jaloux de lui donner leurs filles, il voulut rester veuf. Son beau-père, le seul homme pour lequel il avait eu du

1. Doliban : M. d'Oliban est, dans la comédie intitulée *Le Sourd ou l'Auberge pleine* (1790), un père qui agit par bêtise.

penchant, prétendait savoir pertinemment que Goriot avait juré de ne pas faire d'infidélité à sa femme, quoique morte. Les gens de la Halle, incapables de comprendre cette sublime folie, en plaisantèrent, et donnèrent à Goriot quelque grotesque sobriquet[1]. Le premier d'entre eux qui, en buvant le vin d'un marché, s'avisa de le prononcer, reçut du vermicellier un coup de poing sur l'épaule qui l'envoya, la tête la première, sur une borne de la rue Oblin. Le dévouement irréfléchi, l'amour ombrageux[2] et délicat que portait Goriot à ses filles était si connu, qu'un jour un de ses concurrents, voulant le faire partir du marché pour rester maître du cours, lui dit que Delphine venait d'être renversée par un cabriolet. Le vermicellier, pâle et blême, quitta aussitôt la Halle. Il fut malade pendant plusieurs jours par suite de la réaction des sentiments contraires auxquels le livra cette fausse alarme. S'il n'appliqua pas sa tape meurtrière sur l'épaule de cet homme, il le chassa de la Halle en le forçant, dans une circonstance critique, à faire faillite. L'éducation de ses deux filles fut naturellement déraisonnable. Riche de plus de soixante mille livres[3] de rente[4], et ne dépensant pas douze cents francs pour lui, le bonheur de Goriot était de satisfaire les fantaisies de ses filles : les plus excellents maîtres furent chargés de les douer des talents qui signalent une bonne éducation ; elles eurent une demoiselle de compagnie ; heureusement pour elles, ce fut une femme d'esprit et de goût ; elles allaient à cheval, elles avaient voiture, elles vivaient comme auraient vécu les maîtresses d'un vieux

1. Sobriquet : surnom (parfois donné par moquerie).
2. Ombrageux : inquiet.
3. Livres : ancienne monnaie.
4. Rente : revenu annuel (en dehors du salaire).

seigneur riche; il leur suffisait d'exprimer les plus coûteux désirs pour voir leur père s'empressant de les combler; il ne demandait qu'une caresse en retour de ses offrandes. Goriot mettait ses filles au rang des anges, et nécessairement au-dessus de lui, le pauvre homme! il aimait jusqu'au mal qu'elles lui faisaient. Quand ses filles furent en âge d'être mariées, elles purent choisir leurs maris suivant leurs goûts: chacune d'elles devait avoir en dot la moitié de la fortune de son père. Courtisée pour sa beauté par le comte de Restaud, Anastasie avait des penchants aristocratiques qui la portèrent à quitter la maison paternelle pour s'élancer dans les hautes sphères sociales. Delphine aimait l'argent: elle épousa Nucingen, banquier d'origine allemande qui devint baron du Saint-Empire[1]. Goriot resta vermicellier. Ses filles et gendres se choquèrent bientôt de lui voir continuer ce commerce, quoique ce fût toute sa vie. Après avoir subi pendant cinq ans leurs instances[2], il consentit à se retirer avec le produit de son fonds, et les bénéfices de ces dernières années; capital que madame Vauquer, chez laquelle il était venu s'établir, avait estimé rapporter de huit à dix mille livres de rente[3]. Il se jeta dans cette pension par suite du désespoir qui l'avait saisi en voyant ses deux filles obligées par leurs maris de refuser non seulement de le prendre chez elles, mais encore de l'y recevoir ostensiblement[4].

Ces renseignements étaient tout ce que savait un monsieur Muret sur le compte du père Goriot, dont il avait acheté le fonds[5].

1. **Saint-Empire**: Empire allemand.
2. **Instances**: demandes faites avec insistance.
3. **Huit à dix mille livres de rente**: voir notes 3 et 4, p. 145.
4. **Ostensiblement**: à la vue de tous, officiellement.
5. **Fonds**: fonds de commerce.

Les suppositions que Rastignac avait entendu faire par la duchesse de Langeais se trouvaient ainsi confirmées. Ici se termine l'exposition de cette obscure, mais effroyable tragédie parisienne. *Fin du 1er Chapitre*

Vers la fin de cette première semaine du mois de décembre, Rastignac reçut deux lettres, l'une de sa mère, l'autre de sa sœur aînée. Ces écritures si connues le firent à la fois palpiter d'aise et trembler de terreur. Ces deux frêles papiers contenaient un arrêt de vie ou de mort sur ses espérances. S'il concevait quelque terreur en se rappelant la détresse de ses parents, il avait trop bien éprouvé leur prédilection[1] pour ne pas craindre d'avoir aspiré leurs dernières gouttes de sang. La lettre de sa mère était ainsi conçue :

« Mon cher enfant, je t'envoie ce que tu m'as demandé. Fais un bon emploi de cet argent, je ne pourrais, quand il s'agirait de te sauver la vie, trouver une seconde fois une somme si considérable sans que ton père en fût instruit, ce qui troublerait l'harmonie de notre ménage. Pour nous la procurer, nous serions obligés de donner des garanties sur notre terre[2]. Il m'est impossible de juger le mérite de projets que je ne connais pas ; mais de quelle nature sont-ils donc pour te faire craindre de me les confier ? Cette explication ne demandait pas des volumes, il ne nous faut qu'un mot à nous autres mères, et ce mot m'aurait évité les angoisses de l'incertitude. Je ne saurais te cacher l'impression douloureuse que ta lettre m'a causée. Mon cher fils, quel

1. **Prédilection :** amour.
2. **Donner des garanties sur notre terre :** nous endetter en donnant en garantie nos terres (qui seront cédées en cas de non-remboursement).

est donc le sentiment qui t'a contraint à jeter un tel effroi dans mon cœur ? tu as dû bien souffrir en m'écrivant, car j'ai bien souffert en te lisant. Dans quelle carrière t'engages-tu donc ? Ta vie, ton bonheur seraient attachés à paraître ce que tu n'es pas, à voir un monde où tu ne saurais aller sans faire des dépenses d'argent que tu ne peux soutenir, sans perdre un temps précieux pour tes études ? Mon bon Eugène, crois-en le cœur de ta mère, les voies tortueuses ne mènent à rien de grand. La patience et la résignation doivent être les vertus des jeunes gens qui sont dans ta position. Je ne te gronde pas, je ne voudrais communiquer à notre offrande aucune amertume. Mes paroles sont celles d'une mère aussi confiante que prévoyante. Si tu sais quelles sont tes obligations, je sais, moi, combien ton cœur est pur, combien tes intentions sont excellentes. Aussi puis-je te dire sans crainte : Va, mon bien-aimé, marche ! Je tremble parce que je suis mère ; mais chacun de tes pas sera tendrement accompagné de nos vœux et de nos bénédictions. Sois prudent, cher enfant. Tu dois être sage comme un homme, les destinées de cinq personnes qui te sont chères reposent sur ta tête. Oui, toutes nos fortunes sont en toi, comme ton bonheur est le nôtre. Nous prions tous Dieu de te seconder dans tes entreprises. Ta tante Marcillac a été, dans cette circonstance, d'une bonté inouïe : elle allait jusqu'à concevoir ce que tu me dis de tes gants. Mais elle a un faible pour l'aîné[1], disait-elle gaiement. Mon Eugène, aime bien ta tante, je ne te dirai ce qu'elle a fait pour toi que quand tu auras réussi ; autrement, son argent te brûlerait les doigts.

1. Eugène est l'aîné de la famille.

Vous ne savez pas, enfants, ce que c'est que de sacrifier des souvenirs ! Mais que ne vous sacrifierait-on pas ? Elle me charge de te dire qu'elle te baise au front, et voudrait te communiquer par ce baiser la force d'être souvent heureux. Cette bonne et excellente femme t'aurait écrit si elle n'avait pas la goutte[1] aux doigts. Ton père va bien. La récolte de 1819 passe nos espérances. Adieu, cher enfant. Je ne dirai rien de tes sœurs : Laure t'écrit. Je lui laisse le plaisir de babiller sur les petits événements de la famille. Fasse le ciel que tu réussisses ! Oh ! oui, réussis, mon Eugène, tu m'as fait connaître une douleur trop vive pour que je puisse la supporter une seconde fois. J'ai su ce que c'était que d'être pauvre, en désirant la fortune pour la donner à mon enfant. Allons, adieu. Ne nous laisse pas sans nouvelles, et prends ici le baiser que ta mère t'envoie. »

Quand Eugène eut achevé cette lettre, il était en pleurs, il pensait au père Goriot tordant son vermeil[2] et le vendant pour aller payer la lettre de change[3] de sa fille. « Ta mère a tordu ses bijoux ! se disait-il. Ta tante a pleuré sans doute en vendant quelques-unes de ses reliques[4] ! De quel droit maudirais-tu Anastasie ? tu viens d'imiter pour l'égoïsme de ton avenir ce qu'elle a fait pour son amant ! Qui, d'elle ou de toi, vaut mieux ? » L'étudiant se sentit les entrailles rongées par une sensation de chaleur intolérable. Il voulait renoncer au monde, il voulait ne pas prendre cet argent. Il éprouva ces

1. **Goutte** : maladie qui touche les articulations.
2. **Son vermeil** : sa vaisselle en vermeil (argent doré tirant sur le rouge).
3. **Lettre de change** : lettre écrite par le créancier fixant la somme due.
4. **Reliques** : vieux objets auxquels on attache une grande valeur.

nobles et beaux remords secrets dont le mérite est rarement apprécié par les hommes quand ils jugent leurs semblables, et qui font souvent absoudre par les anges du ciel le criminel condamné par les juristes de la terre. Rastignac ouvrit la lettre de sa sœur, dont les expressions innocemment gracieuses lui rafraîchirent le cœur.

« Ta lettre est venue bien à propos, cher frère. Agathe et moi nous voulions employer notre argent de tant de manières différentes, que nous ne savions plus à quel achat nous résoudre. Tu as fait comme le domestique du roi d'Espagne quand il a renversé les montres de son maître[1], tu nous as mises d'accord. Vraiment, nous étions constamment en querelle pour celui de nos désirs auquel nous donnerions la préférence, et nous n'avions pas deviné, mon bon Eugène, l'emploi qui comprenait tous nos désirs. Agathe a sauté de joie. Enfin, nous avons été comme deux folles pendant toute la journée, *à telles enseignes*[2] (style de tante) que ma mère nous disait de son air sévère : Mais qu'avez-vous donc, mes demoiselles ? Si nous avions été grondées un brin, nous en aurions été, je crois, encore plus contentes. Une femme doit trouver bien du plaisir à souffrir pour celui qu'elle aime ! Moi seule étais rêveuse et chagrine au milieu de ma joie. Je ferai sans doute une mauvaise femme, je suis trop dépensière. Je m'étais acheté deux ceintures, un joli poinçon pour percer les œillets de mes corsets, des niaiseries, en sorte que j'avais moins d'argent que cette grosse Agathe, qui est économe, et entasse

1. Il s'agit peut-être d'une allusion à Charles Quint, roi d'Espagne, très intéressé par les systèmes d'horlogerie.

2. ***À telles enseignes*** : à tel point.

ses écus comme une pie[1]. Elle avait deux cents francs ! Moi, mon pauvre ami, je n'ai que cinquante écus[2]. Je suis bien punie, je voudrais jeter ma ceinture dans le puits, il me sera toujours pénible de la porter. Je t'ai volé. Agathe a été charmante. Elle m'a dit : Envoyons les trois cent cinquante francs, à nous deux ! Mais je n'ai pas tenu à[3] te raconter les choses comme elles se sont passées. Sais-tu comment nous avons fait pour obéir à tes commandements, nous avons pris notre glorieux argent, nous sommes allées nous promener toutes deux, et quand une fois nous avons eu gagné la grande route, nous avons couru à Ruffec, où nous avons tout bonnement donné la somme à monsieur Grimbert, qui tient le bureau des Messageries royales[4] ! Nous étions légères comme des hirondelles en revenant. Est-ce que le bonheur nous allégerait ? me dit Agathe. Nous nous sommes dit mille choses que je ne vous répéterai pas, monsieur le Parisien, il était trop question de vous. Oh ! cher frère, nous t'aimons bien, voilà tout en deux mots. Quant au secret, selon ma tante, de petites masques[5] comme nous sont capables de tout, même de se taire. Ma mère est allée mystérieusement à Angoulême avec ma tante, et toutes deux ont gardé le silence sur la haute politique de leur voyage, qui n'a pas eu lieu sans de longues conférences d'où nous avons été bannies[6], ainsi que monsieur le baron. De grandes conjectures[7] occupent les esprits dans l'état de

1. La pie a la réputation d'être voleuse et d'entasser ses trésors.
2. **Écus** : ancienne monnaie.
3. **Tenu à** : résisté à l'envie de.
4. **Messageries royales** : service des transports et de la poste.
5. **Masques** : malicieuses
6. **Bannies** : exclues.
7. **Conjectures** : plans sur l'avenir.

Rastignac[1]. La robe de mousseline[2] semée de fleurs à jour[3] que brodent les infantes[4] pour sa majesté la reine avance dans le plus profond secret. Il n'y a plus que deux laizes[5] à faire. Il a été décidé qu'on ne ferait pas de mur du côté de Verteuil, il y aura une haie. Le menu peuple y perdra des fruits, des espaliers[6], mais on y gagnera une belle vue pour les étrangers. Si l'héritier présomptif[7] avait besoin de mouchoirs, il est prévenu que la douairière[8] de Marcillac, en fouillant dans ses trésors et ses malles, désignées sous le nom de Pompéia et d'Herculanum[9], a découvert une pièce de belle toile de Hollande[10], qu'elle ne se connaissait pas ; les princesses Agathe et Laure mettent à ses ordres leur fil, leur aiguille, et des mains toujours un peu trop rouges. Les deux jeunes princes don Henri et don Gabriel ont conservé la funeste habitude de se gorger de raisiné[11], de faire enrager leurs sœurs, de ne vouloir rien apprendre, de s'amuser à dénicher des oiseaux, de tapager et de couper, malgré les lois de l'État, des osiers pour se faire des badines[12]. Le

1. *L'état de Rastignac* désigne par métaphore la maison des Rastignac. Cette métaphore filée se poursuit sur les lignes suivantes.
2. **Mousseline :** tissu léger.
3. **À jour :** ajourées, percées d'ouvertures.
4. **Infantes :** titre donné aux filles du roi d'Espagne ou du Portugal.
5. **Laizes :** largeurs d'un tissu.
6. **Espaliers :** arbres dont les branches sont disposées contre un mur.
7. **Présomptif :** présumé.
8. **Douairière :** veuve.
9. **Pompéia, Herculanum :** deux villes romaines ensevelies après l'éruption du volcan le Vésuve au Ier siècle.
10. **Toile de Hollande :** toile fine fabriquée en Hollande.
11. **Raisiné :** confiture de fruits à base de jus de raisin.
12. **Badines :** baguettes.

nonce[1] du pape, vulgairement appelé monsieur le curé, menace de les excommunier s'ils continuent à laisser les saints canons[2] de la grammaire pour les canons du sureau[3] belliqueux[4]. Adieu, cher frère, jamais lettre n'a porté tant de vœux faits pour ton bonheur, ni tant d'amour satisfait. Tu auras donc bien des choses à nous dire quand tu viendras ! Tu me diras tout, à moi, je suis aînée. Ma tante nous a laissé soupçonner que tu avais des succès dans le monde.

L'on parle d'une dame et l'on se tait du reste[5].

Avec nous s'entend ! Dis donc Eugène, si tu voulais, nous pourrions nous passer de mouchoirs, et nous te ferions des chemises. Réponds-moi vite à ce sujet. S'il te fallait promptement[6] de belles chemises bien cousues, nous serions obligées[7] de nous y mettre tout de suite ; et s'il y avait à Paris des façons que nous ne connussions pas, tu nous enverrais un modèle, surtout pour les poignets. Adieu, adieu ! je t'embrasse au front du côté gauche, sur la tempe qui m'appartient exclusivement. Je laisse l'autre feuillet pour Agathe, qui m'a promis de ne rien lire de ce que je te dis. Mais, pour en être plus sûre, je resterai près d'elle pendant qu'elle t'écrira. Ta sœur qui t'aime.

LAURE DE RASTIGNAC. »

---

1. **Nonce :** ambassadeur.
2. **Canons :** règles. Le curé enseigne le latin aux deux garçons.
3. **Sureau :** arbuste dont la tige creuse sert à fabriquer des sarbacanes.
4. **Belliqueux :** guerriers.
5. Parodie d'un vers de Pierre Corneille : « On parle d'eaux, de Tibre, et l'on se tait du reste. » (*Cinna*, 1641.)
6. **Promptement :** rapidement.
7. **Nous serions obligées :** nous nous ferions un plaisir.

– Oh ! oui, se dit Eugène, oui, la fortune à tout prix ! Des trésors ne payeraient pas ce dévouement. Je voudrais leur apporter tous les bonheurs ensemble. Quinze cent cinquante francs ! se dit-il après une pause. Il faut que chaque pièce porte coup ! Laure a raison. Nom d'une femme ! je n'ai que des chemises de grosse toile. Pour le bonheur d'un autre, une jeune fille devient rusée autant qu'un voleur. Innocente pour elle et prévoyante pour moi, elle est comme l'ange du ciel qui pardonne les fautes de la terre sans les comprendre.

Le monde était à lui ! Déjà son tailleur avait été convoqué, sondé, conquis. En voyant monsieur de Trailles, Rastignac avait compris l'influence qu'exercent les tailleurs sur la vie des jeunes gens. Hélas ! il n'existe pas de moyenne entre ces deux termes : un tailleur est ou un ennemi mortel, ou un ami donné par la facture[1]. Eugène rencontra dans le sien un homme qui avait compris la paternité de son commerce, et qui se considérait comme un trait d'union entre le présent et l'avenir des jeunes gens. Aussi Rastignac reconnaissant a-t-il fait la fortune de cet homme par un de ces mots auxquels il excella plus tard. – Je lui connais, disait-il, deux pantalons qui ont fait faire des mariages de vingt mille livres[2] de rente[3].

Quinze cents francs et des habits à discrétion[4] ! En ce moment le pauvre Méridional ne douta plus de rien, et descendit au déjeuner avec cet air indéfinissable que donne à un jeune homme la possession d'une somme quelconque.

---

1. Parodie du proverbe : « Un frère est un ami donné par la nature. »
2. Livres : ancienne monnaie.
3. Rente : revenu annuel (en dehors du salaire).
4. À discrétion : à volonté.

À l'instant où l'argent se glisse dans la poche d'un étudiant, il se dresse en lui-même une colonne fantastique sur laquelle il s'appuie. Il marche mieux qu'auparavant, il se sent un point d'appui pour son levier, il a le regard plein, direct, il a les mouvements agiles ; la veille, humble et timide, il aurait reçu des coups ; le lendemain, il en donnerait à un premier ministre. Il se passe en lui des phénomènes inouïs : il veut tout et peut tout, il désire à tort et à travers, il est gai, généreux, expansif. Enfin, l'oiseau naguère sans ailes a retrouvé son envergure. L'étudiant sans argent happe un brin de plaisir comme un chien qui dérobe un os à travers mille périls, il le casse, en suce la moelle, et court encore ; mais le jeune homme qui fait mouvoir dans son gousset[1] quelques fugitives pièces d'or déguste ses jouissances, il les détaille, il s'y complaît, il se balance dans le ciel, il ne sait plus ce que signifie le mot *misère*. Paris lui appartient tout entier. Âge où tout est luisant, où tout scintille et flambe ! âge de force joyeuse dont personne ne profite, ni l'homme, ni la femme ! âge des dettes et des vives craintes qui décuplent tous les plaisirs ! Qui n'a pas pratiqué la rive gauche de la Seine, entre la rue Saint-Jacques et la rue des Saints-Pères[2], ne connaît rien à la vie humaine ! – « Ah ! si les femmes de Paris savaient ! se disait Rastignac en dévorant les poires cuites, à un liard[3] la pièce, servies par madame Vauquer, elles viendraient se faire aimer ici. » En ce moment un facteur des Messageries royales[4] se présenta dans

1. Gousset : petite poche.
2. Entre ces deux rues se trouve le quartier latin, quartier étudiant.
3. Liard : ancienne monnaie de peu de valeur.
4. Messageries royales : service des transports et de la poste.

la salle à manger, après avoir fait sonner la porte à claire-voie[1]. Il demanda monsieur Eugène de Rastignac, auquel il tendit deux sacs à prendre, et un registre à émarger[2]. Rastignac fut alors sanglé[3] comme d'un coup de fouet par le regard profond que lui lança Vautrin.

– Vous aurez de quoi payer des leçons d'armes[4] et des séances au tir, lui dit cet homme.

– Les galions[5] sont arrivés, lui dit madame Vauquer en regardant les sacs.

Mademoiselle Michonneau craignait de jeter les yeux sur l'argent, de peur de montrer sa convoitise.

– Vous avez une bonne mère, dit madame Couture.

– Monsieur a une bonne mère, répéta Poiret.

– Oui, la maman s'est saignée, dit Vautrin. Vous pourrez maintenant faire vos farces, aller dans le monde, y pêcher des dots[6], et danser avec des comtesses qui ont des fleurs de pêcher sur la tête. Mais croyez-moi, jeune homme, fréquentez le tir.

Vautrin fit le geste d'un homme qui vise son adversaire. Rastignac voulut donner pour boire au facteur, et ne trouva rien dans sa poche. Vautrin fouilla dans la sienne, et jeta vingt sous à l'homme.

– Vous avez bon crédit[7], reprit-il en regardant l'étudiant.

---

1. Porte à claire-voie : porte grillagée en bois ou en fer.

2. Émarger : signer.

3. Sanglé : frappé.

4. D'armes : d'escrime.

5. Galions : navires espagnols servant à transporter les richesses venues d'Amérique du Sud.

6. Dots : biens donnés par les parents à leur fille pour qu'elle se marie.

7. Expression signifiant qu'il est capable de rembourser ses dettes.

Rastignac fut forcé de le remercier, quoique depuis les mots aigrement[1] échangés, le jour où il était revenu de chez madame de Beauséant, cet homme lui fût insupportable. Pendant ces huit jours Eugène et Vautrin étaient restés silencieusement en présence, et s'observaient l'un l'autre. L'étudiant se demandait vainement pourquoi. Sans doute les idées se projettent en raison directe de la force avec laquelle elles se conçoivent, et vont frapper là où le cerveau les envoie, par une loi mathématique comparable à celle qui dirige les bombes au sortir du mortier[2]. Divers en sont les effets. S'il est des natures tendres où les idées se logent et qu'elles ravagent, il est aussi des natures vigoureusement munies, des crânes à remparts d'airain[3] sur lesquels les volontés des autres s'aplatissent et tombent comme les balles devant une muraille; puis il est encore des natures flasques et cotonneuses où les idées d'autrui viennent mourir comme des boulets s'amortissent dans la terre molle des redoutes[4]. Rastignac avait une de ces têtes pleines de poudre qui sautent au moindre choc. Il était trop vivacement jeune pour ne pas être accessible à cette projection des idées, à cette contagion des sentiments dont tant de bizarres phénomènes nous frappent à notre insu. Sa vue morale avait la portée lucide de ses yeux de lynx. Chacun de ses doubles sens avait cette longueur mystérieuse, cette flexibilité d'aller et de retour qui nous émerveille chez les gens supérieurs, bretteurs[5] habiles à saisir le défaut de toutes les

1. **Aigrement** : avec colère.
2. **Mortier** : canon.
3. **Airain** : bronze.
4. **Redoutes** : fortifications.
5. **Bretteurs** : hommes qui se battent à l'épée.

cuirasses. Depuis un mois il s'était d'ailleurs développé chez Eugène autant de qualités que de défauts. Ses défauts, le monde et l'accomplissement de ses croissants désirs les lui avaient demandés. Parmi ses qualités se trouvait cette vivacité méridionale qui fait marcher droit à la difficulté pour la résoudre, et qui ne permet pas à un homme d'outre-Loire de rester dans une incertitude quelconque ; qualité que les gens du Nord nomment un défaut : pour eux, si ce fut l'origine de la fortune de Murat[1], ce fut aussi la cause de sa mort. Il faudrait conclure de là que quand un Méridional sait unir la fourberie du Nord à l'audace d'outre-Loire, il est complet et reste roi de Suède[2]. Rastignac ne pouvait donc pas demeurer longtemps sous le feu des batteries[3] de Vautrin sans savoir si cet homme était son ami ou son ennemi. De moment en moment, il lui semblait que ce singulier personnage pénétrait ses passions et lisait dans son cœur, tandis que chez lui tout était si bien clos qu'il semblait avoir la profondeur immobile d'un sphinx qui sait, voit tout, et ne dit rien. En se sentant le gousset[4] plein, Eugène se mutina[5].

– Faites-moi le plaisir d'attendre, dit-il à Vautrin qui se levait pour sortir après avoir savouré les dernières gorgées de son café.

– Pourquoi ? répondit le quadragénaire en mettant son chapeau à larges bords et prenant une canne en fer avec

1. Murat : simple fils d'aubergiste, il devint roi de Naples grâce à son audace et son courage militaires lors des campagnes napoléoniennes, mais ces qualités causèrent aussi sa mort.

2. Allusion à Bernadotte devenu roi de Suède sous Napoléon.

3. Batteries : canons.

4. Gousset : petite poche.

5. Se mutina : se rebella.

laquelle il faisait souvent des moulinets en homme qui n'aurait pas craint d'être assailli par quatre voleurs.

– Je vais vous rendre, reprit Rastignac qui défit promptement un sac et compta cent quarante francs à madame Vauquer. Les bons comptes font les bons amis, dit-il à la veuve. Nous sommes quittes jusqu'à la Saint-Sylvestre. Changez-moi ces cent sous.

– Les bons amis font les bons comptes, répéta Poiret en regardant Vautrin.

– Voici vingt sous, dit Rastignac en tendant une pièce au sphinx en perruque.

– On dirait que vous avez peur de me devoir quelque chose ? s'écria Vautrin en plongeant un regard divinateur dans l'âme du jeune homme auquel il jeta un de ces sourires goguenards[1] et diogéniques[2] desquels Eugène avait été sur le point de se fâcher cent fois.

– Mais... oui, répondit l'étudiant qui tenait ses deux sacs à la main et s'était levé pour monter chez lui.

Vautrin sortait par la porte qui donnait dans le salon, et l'étudiant se disposait à s'en aller par celle qui menait sur le carré de l'escalier.

– Savez-vous, monsieur le marquis de Rastignacorama, que ce que vous me dites n'est pas exactement poli, dit alors Vautrin en fouettant la porte du salon et venant à l'étudiant qui le regarda froidement.

Rastignac ferma la porte de la salle à manger, en emmenant avec lui Vautrin au bas de l'escalier, dans le carré qui séparait

1. Goguenards : moqueurs.
2. Diogéniques : cyniques.

la salle à manger de la cuisine, où se trouvait une porte pleine[1] donnant sur le jardin, et surmontée d'un long carreau garni de barreaux en fer. Là, l'étudiant dit devant Sylvie qui déboucha de sa cuisine : – *Monsieur* Vautrin, je ne suis pas marquis, et je ne m'appelle pas Rastignacorama.

– Ils vont se battre, dit mademoiselle Michonneau d'un air indifférent.

– Se battre ! répéta Poiret.

– Que non, répondit madame Vauquer en caressant sa pile d'écus.

– Mais les voilà qui vont sous les tilleuls, cria mademoiselle Victorine en se levant pour regarder dans le jardin. Ce pauvre jeune homme a pourtant raison.

– Remontons, ma chère petite, dit madame Couture, ces affaires-là ne nous regardent pas.

Quand madame Couture et Victorine se levèrent, elles rencontrèrent, à la porte, la grosse Sylvie qui leur barra le passage.

– Quoi qui n'y a donc ? dit-elle. Monsieur Vautrin a dit à monsieur Eugène : Expliquons-nous ! Puis il l'a pris par le bras, et les voilà qui marchent dans nos artichauts.

En ce moment Vautrin parut. – Maman Vauquer, dit-il en souriant, ne vous effrayez de rien, je vais essayer mes pistolets sous les tilleuls.

– Oh ! monsieur, dit Victorine en joignant les mains, pourquoi voulez-vous tuer monsieur Eugène ?

Vautrin fit deux pas en arrière et contempla Victorine. – Autre histoire, s'écria-t-il d'une voix railleuse[2] qui fit

1. Porte pleine : porte ne comportant aucune ouverture.
2. Railleuse : moqueuse.

rougir la pauvre fille. Il est bien gentil, n'est-ce pas, ce jeune homme-là ? reprit-il. Vous me donnez une idée. Je ferai votre bonheur à tous deux, ma belle enfant.

Madame Couture avait pris sa pupille par le bras et l'avait entraînée en lui disant à l'oreille : – Mais, Victorine, vous êtes inconcevable ce matin.

– Je ne veux pas qu'on tire des coups de pistolet chez moi, dit madame Vauquer. N'allez-vous pas effrayer tout le voisinage et amener la police, à c't'heure !

– Allons, du calme, maman Vauquer, répondit Vautrin. Là, là, tout beau, nous irons au tir. Il rejoignit Rastignac, qu'il prit familièrement par le bras : – Quand je vous aurais prouvé qu'à trente-cinq pas je mets cinq fois de suite ma balle dans un as de pique, lui dit-il, cela ne vous ôterait pas votre courage. Vous m'avez l'air d'être un peu rageur, et vous vous feriez tuer comme un imbécile.

– Vous reculez, dit Eugène.

– Ne m'échauffez pas la bile, répondit Vautrin. Il ne fait pas froid ce matin, venez vous asseoir là-bas, dit-il en montrant les sièges peints en vert. Là, personne ne nous entendra. J'ai à causer avec vous. Vous êtes un bon petit jeune homme auquel je ne veux pas de mal. Je vous aime, foi de Tromp… (mille tonnerres !), foi de Vautrin. Pourquoi vous aimé-je, je vous le dirai. En attendant, je vous connais comme si je vous avais fait, et vais vous le prouver. Mettez vos sacs là, reprit-il en lui montrant la table ronde.

Rastignac posa son argent sur la table et s'assit en proie à une curiosité que développa chez lui au plus haut degré le changement soudain opéré dans les manières de cet homme, qui, après avoir parlé de le tuer, se posait comme son protecteur.

– Vous voudriez bien savoir qui je suis, ce que j'ai fait, ou ce que je fais, reprit Vautrin. Vous êtes trop curieux, mon petit. Allons, du calme. Vous allez en entendre bien d'autres ! J'ai eu des malheurs. Écoutez-moi d'abord, vous me répondrez après. Voilà ma vie antérieure en trois mots. Qui suis-je ? Vautrin. Que fais-je ? Ce qui me plaît. Passons. Voulez-vous connaître mon caractère ? Je suis bon avec ceux qui me font du bien ou dont le cœur parle au mien. À ceux-là tout est permis, ils peuvent me donner des coups de pied dans les os des jambes sans que je leur dise : *Prends garde !* Mais, nom d'une pipe ! je suis méchant comme le diable avec ceux qui me tracassent, ou qui ne me reviennent pas. Et il est bon de vous apprendre que je me soucie de tuer un homme comme de ça ! dit-il en lançant un jet de salive. Seulement je m'efforce de le tuer proprement, quand il le faut absolument. Je suis ce que vous appelez un artiste. J'ai lu les mémoires de Benvenuto Cellini[1], tel que vous me voyez, et en italien encore ! J'ai appris de cet homme-là, qui était un fier luron, à imiter la Providence[2] qui nous tue à tort et à travers, et à aimer le beau partout où il se trouve. N'est-ce pas d'ailleurs une belle partie à jouer que d'être seul contre tous les hommes et d'avoir la chance ? J'ai bien réfléchi à la constitution actuelle de votre désordre social. Mon petit, le duel est un jeu d'enfant, une sottise. Quand de deux hommes vivants l'un doit disparaître, il faut être imbécile pour s'en remettre au hasard. Le duel ? croix ou pile[3] ! voilà. Je mets

1. Dans ses *Mémoires*, le sculpteur italien Benvenuto Cellini (XVIe siècle) se présente en véritable héros de roman : en personnage audacieux dont la vie est semée d'aventures.

2. La Providence : l'action de Dieu.

3. Croix ou pile : pile ou face.

cinq balles de suite dans un as de pique en enfonçant chaque nouvelle balle sur l'autre, et à trente-cinq pas encore ! quand on est doué de ce petit talent-là, l'on peut se croire sûr d'abattre son homme. Eh ! bien, j'ai tiré sur un homme à vingt pas, je l'ai manqué. Le drôle n'avait jamais manié de sa vie un pistolet. Tenez ! dit cet homme extraordinaire en défaisant son gilet et montrant sa poitrine velue comme le dos d'un ours, mais garnie d'un crin[1] fauve[2] qui causait une sorte de dégoût mêlé d'effroi, ce blanc-bec m'a roussi le poil, ajouta-t-il en mettant le doigt de Rastignac sur un trou qu'il avait au sein. Mais dans ce temps-là j'étais un enfant, j'avais votre âge, vingt et un ans. Je croyais encore à quelque chose, à l'amour d'une femme, un tas de bêtises dans lesquelles vous allez vous embarbouiller. Nous nous serions battus, pas vrai ? Vous auriez pu me tuer. Supposez que je sois en terre, où seriez-vous ? Il faudrait décamper, aller en Suisse, manger l'argent de papa, qui n'en a guère. Je vais vous éclairer, moi, la position dans laquelle vous êtes ; mais je vais le faire avec la supériorité d'un homme qui, après avoir examiné les choses d'ici-bas, a vu qu'il n'y avait que deux partis à prendre : ou une stupide obéissance ou la révolte. Je n'obéis à rien, est-ce clair ? Savez-vous ce qu'il vous faut, à vous, au train dont vous allez ? un million, et promptement[3] ; sans quoi, avec notre petite tête, nous pourrions aller flâner dans les filets de Saint-Cloud[4], pour voir s'il y a un Être-Suprême. Ce million, je vais vous le donner. Il fit une pause en

1. Crin : poil d'animal.

2. Fauve : qui tire sur le roux.

3. Promptement : rapidement.

4. Les *filets de Saint-Cloud* disposés en travers de la Seine servaient à récupérer les corps des noyés.

regardant Eugène. – Ah ! ah ! vous faites meilleure mine à votre petit papa Vautrin. En entendant ce mot-là, vous êtes comme une jeune fille à qui l'on dit : À ce soir, et qui se toilette en se pourléchant comme un chat qui boit du lait. À la bonne heure. Allons donc ! À nous deux ! Voici votre compte, jeune homme. Nous avons, là-bas, papa, maman, grand-tante, deux sœurs (dix-huit et dix-sept ans), deux petits frères (quinze et dix ans), voilà le contrôle de l'équipage. La tante élève vos sœurs. Le curé vient apprendre le latin aux deux frères. La famille mange plus de bouillie de marrons que de pain blanc, le papa ménage ses culottes, maman se donne à peine une robe d'hiver et une robe d'été, nos sœurs font comme elles peuvent. Je sais tout, j'ai été dans le Midi. Les choses sont comme cela chez vous, si l'on vous envoie douze cents francs par an, et que votre terrine[1] ne rapporte que trois mille francs. Nous avons une cuisinière et un domestique, il faut garder le décorum[2], papa est baron. Quant à nous, nous avons de l'ambition, nous avons les Beauséant pour alliés et nous allons à pied, nous voulons la fortune et nous n'avons pas le sou, nous mangeons les *ratatouilles*[3] de maman Vauquer et nous aimons les beaux dîners du faubourg Saint-Germain[4], nous couchons sur un grabat[5] et nous voulons un hôtel ! Je ne blâme pas vos vouloirs[6]. Avoir de l'ambition, mon petit cœur, ce n'est pas donné à tout le monde. Demandez aux femmes quels hommes

1. Terrine : petite terre.

2. Décorum : apparence luxueuse.

3. *Ratatouilles* : à l'époque, terme populaire qui désigne de façon péjorative de mauvais plats faits de restes.

4. Faubourg Saint-Germain : quartier où habite la noblesse.

5. Grabat : lit de pauvre.

6. Vouloirs : désirs.

elles recherchent, les ambitieux. Les ambitieux ont les reins plus forts, le sang plus riche en fer, le cœur plus chaud que ceux des autres hommes. Et la femme se trouve si heureuse et si belle aux heures où elle est forte, qu'elle préfère à tous les hommes celui dont la force est énorme, fût-elle en danger d'être brisée par lui. Je fais l'inventaire de vos désirs afin de vous poser la question. Cette question, la voici. Nous avons une faim de loup, nos quenottes sont incisives, comment nous y prendrons-nous pour approvisionner la marmite ? Nous avons d'abord le Code[1] à manger, ce n'est pas amusant, et ça n'apprend rien ; mais il le faut. Soit. Nous nous faisons avocat pour devenir président d'une cour d'assises, envoyer les pauvres diables qui valent mieux que nous avec T.F.[2] sur l'épaule, afin de prouver aux riches qu'ils peuvent dormir tranquillement. Ce n'est pas drôle, et puis c'est long. D'abord, deux années à droguer[3] dans Paris, à regarder, sans y toucher, les *nanans*[4] dont nous sommes friands. C'est fatigant de désirer toujours sans jamais se satisfaire. Si vous étiez pâle et de la nature des mollusques, vous n'auriez rien à craindre ; mais nous avons le sang fiévreux des lions et un appétit à faire vingt sottises par jour. Vous succomberez donc à ce supplice, le plus horrible que nous ayons aperçu dans l'enfer du bon Dieu. Admettons que vous soyez sage, que vous buviez du lait et que vous fassiez des élégies[5] ; il faudra, généreux comme vous l'êtes, commencer, après bien des ennuis et des privations à

1. Le Code : le Code civil que Rastignac, étudiant en droit, étudie.

2. T.F. : lettres signifiant « Travaux Forcés » dont on marquait au fer rouge les bagnards.

3. Droguer : perdre son temps, s'ennuyer à attendre.

4. *Nanans* : friandises.

5. Élégies : poèmes tendres et mélancoliques.

rendre un chien enragé, par devenir le substitut[1] de quelque drôle[2], dans un trou de ville où le gouvernement vous jettera mille francs d'appointements[3], comme on jette une soupe à un dogue[4] de boucher. Aboie après les voleurs, plaide pour le riche, fais guillotiner des gens de cœur. Bien obligé ! Si vous n'avez pas de protections, vous pourrirez dans votre tribunal de province. Vers trente ans, vous serez juge à douze cents francs par an, si vous n'avez pas encore jeté la robe[5] aux orties. Quand vous aurez atteint la quarantaine, vous épouserez quelque fille de meunier, riche d'environ six mille livres[6] de rente[7]. Merci. Ayez des protections, vous serez procureur du roi à trente ans, avec mille écus[8] d'appointements, et vous épouserez la fille du maire. Si vous faites quelques-unes de ces petites bassesses politiques, comme de lire sur un bulletin Villèle au lieu de Manuel (ça rime, ça met la conscience en repos[9]), vous serez, à quarante ans, procureur général, et pourrez devenir député. Remarquez, mon cher enfant, que nous aurons fait des accrocs à notre petite conscience, que nous aurons eu vingt ans d'ennuis, de misères secrètes, et que nos sœurs auront coiffé sainte Catherine[10]. J'ai l'honneur de vous

1. **Substitut :** magistrat chargé de remplacer le procureur.
2. **Drôle :** coquin, fripouille.
3. **Appointements :** salaire annuel.
4. **Dogue :** gros chien de garde.
5. **Robe :** vêtement porté par les magistrats.
6. **Livres :** ancienne monnaie.
7. **Rente :** revenu annuel (en dehors du salaire).
8. **Écus:** ancienne monnaie.
9. Allusion au trucage des élections consistant à lire sur le bulletin, non pas le nom inscrit, mais le nom de l'adversaire (ce qui est d'autant plus facile quand les deux noms se rapprochent phonétiquement).
10. **Auront coiffé sainte Catherine :** expression signifiant qu'elles ne seront toujours pas mariées à vingt-cinq ans.

faire observer de plus qu'il n'y a que vingt procureurs généraux en France, et que vous êtes vingt mille aspirants au grade, parmi lesquels il se rencontre des farceurs qui vendraient leur famille pour monter d'un cran. Si le métier vous dégoûte, voyons autre chose. Le baron de Rastignac veut-il être avocat ? Oh ! joli. Il faut pâtir pendant dix ans, dépenser mille francs par mois, avoir une bibliothèque, un cabinet, aller dans le monde, baiser la robe d'un avoué[1] pour avoir des causes[2], balayer le palais[3] avec sa langue. Si ce métier vous menait à bien, je ne dirais pas non ; mais trouvez-moi dans Paris cinq avocats qui, à cinquante ans, gagnent plus de cinquante mille francs par an ? Bah ! plutôt que de m'amoindrir ainsi l'âme, j'aimerais mieux me faire corsaire. D'ailleurs, où prendre des écus ? Tout ça n'est pas gai. Nous avons une ressource dans la dot[4] d'une femme. Voulez-vous vous marier ? ce sera vous mettre une pierre au cou ; puis, si vous vous mariez pour de l'argent, que deviennent nos sentiments d'honneur, notre noblesse ! Autant commencer aujourd'hui votre révolte contre les conventions humaines. Ce ne serait rien que se coucher comme un serpent devant une femme, lécher les pieds de la mère, faire des bassesses à dégoûter une truie, pouah ! si vous trouviez au moins le bonheur. Mais vous serez malheureux comme les pierres d'égout avec une femme que vous aurez épousée ainsi. Vaut encore mieux guerroyer avec les hommes que de lutter avec sa femme. Voilà le carrefour de la vie, jeune homme, choisissez. Vous avez déjà choisi : vous êtes allé chez

1. Avoué : officier de justice.
2. Causes : affaires à défendre.
3. Le palais : le palais de justice.
4. Dot : biens donnés par les parents à leur fille pour qu'elle se marie.

notre cousin de Beauséant, et vous y avez flairé le luxe. Vous êtes allé chez madame de Restaud, la fille du père Goriot, et vous y avez flairé la Parisienne. Ce jour-là vous êtes revenu avec un mot sur votre front, et que j'ai bien su lire : *Parvenir !* parvenir à tout prix. Bravo ! ai-je dit, voilà un gaillard qui me va. Il vous a fallu de l'argent. Où en prendre ? Vous avez saigné vos sœurs. Tous les frères *flouent*[1] plus ou moins leurs sœurs. Vos quinze cents francs arrachés, Dieu sait comme ! dans un pays où l'on trouve plus de châtaignes que de pièces de cent sous, vont filer comme des soldats à la maraude[2]. Après, que ferez-vous ? vous travaillerez ? Le travail, compris comme vous le comprenez en ce moment, donne, dans les vieux jours, un appartement chez maman Vauquer à des gars de la force de Poiret. Une rapide fortune est le problème que se proposent de résoudre en ce moment cinquante mille jeunes gens qui se trouvent tous dans votre position. Vous êtes une unité de ce nombre-là. Jugez des efforts que vous avez à faire et de l'acharnement du combat. Il faut vous manger les uns les autres comme des araignées dans un pot, attendu qu'il n'y a pas cinquante mille bonnes places. Savez-vous comment on fait son chemin ici ? par l'éclat du génie ou par l'adresse de la corruption. Il faut entrer dans cette masse d'hommes comme un boulet de canon, ou s'y glisser comme une peste. L'honnêteté ne sert à rien. L'on plie sous le pouvoir du génie, on le hait, on tâche de le calomnier, parce qu'il prend sans partager ; mais on plie s'il persiste ; en un mot, on l'adore à genoux quand on n'a pas pu l'enterrer sous la boue. La corruption est en force, le

1. ***Flouent*** : (terme populaire) volent, escroquent.
2. **Maraude** : pillage commis par les soldats.

talent est rare. Ainsi, la corruption est l'arme de la médiocrité qui abonde, et vous en sentirez partout la pointe. Vous verrez des femmes dont les maris ont six mille francs d'appointements[1] pour tout potage[2], et qui dépensent plus de dix mille francs à leur toilette. Vous verrez des employés à douze cents francs acheter des terres. Vous verrez des femmes se prostituer pour aller dans la voiture du fils d'un pair de France[3], qui peut courir à Longchamp[4] sur la chaussée du milieu. Vous avez vu le pauvre bêta de père Goriot obligé de payer la lettre de change[5] endossée par sa fille, dont le mari a cinquante mille livres[6] de rente[7]. Je vous défie de faire deux pas dans Paris sans rencontrer des manigances infernales. Je parierais ma tête contre un pied de cette salade que vous donnerez dans un guêpier chez la première femme qui vous plaira, fût-elle riche, belle et jeune. Toutes sont bricolées[8] par les lois, en guerre avec leurs maris à propos de tout. Je n'en finirais pas s'il fallait vous expliquer les trafics qui se font pour des amants, pour des chiffons, pour des enfants, pour le ménage ou pour la vanité, rarement par vertu, soyez-en sûr. Aussi l'honnête homme est-il l'ennemi commun. Mais que croyez-vous que soit l'honnête homme ? À Paris, l'honnête homme est celui qui se tait, et refuse de partager. Je ne vous parle pas de ces pauvres ilotes[9]

1. **Appointements :** salaire annuel.
2. **Pour tout potage :** en tout et pour tout.
3. **Pair de France :** titre prestigieux des membres de la haute assemblée législative.
4. **Longchamp :** au Bois de Boulogne, lieu de promenade mondaine réservé aux aristocrates.
5. **Lettre de change :** lettre écrite par le créancier fixant la somme due.
6. **Livres :** ancienne monnaie.
7. **Rente :** revenu annuel (en dehors du salaire).
8. **Bricolées :** retenues, entravées.
9. **Ilotes :** esclaves (dans l'Antiquité).

qui partout font la besogne sans être jamais récompensés de leurs travaux, et que je nomme la confrérie des savates du bon Dieu. Certes, là est la vertu dans toute la fleur de sa bêtise, mais là est la misère. Je vois d'ici la grimace de ces braves gens si Dieu nous faisait la mauvaise plaisanterie de s'absenter au jugement dernier. Si donc vous voulez promptement[1] la fortune, il faut être déjà riche ou le paraître. Pour s'enrichir, il s'agit ici de jouer de grands coups ; autrement on carotte[2], et votre serviteur[3]. Si, dans les cent professions que vous pouvez embrasser, il se rencontre dix hommes qui réussissent vite, le public les appelle des voleurs. Tirez vos conclusions. Voilà la vie telle qu'elle est. Ça n'est pas plus beau que la cuisine, ça pue tout autant, et il faut se salir les mains si l'on veut fricoter[4] ; sachez seulement vous bien débarbouiller : là est toute la morale de notre époque. Si je vous parle ainsi du monde, il m'en a donné le droit, je le connais. Croyez-vous que je blâme ? du tout. Il a toujours été ainsi. Les moralistes ne le changeront jamais. L'homme est imparfait. Il est parfois plus ou moins hypocrite, et les niais disent alors qu'il a ou n'a pas de mœurs. Je n'accuse pas les riches en faveur du peuple : l'homme est le même en haut, en bas, au milieu. Il se rencontre par chaque million de ce haut bétail dix lurons qui se mettent au-dessus de tout, même des lois : j'en suis. Vous, si vous êtes un homme supérieur, allez en droite ligne et la tête haute. Mais il faudra lutter contre l'envie, la calomnie, la médiocrité, contre tout le monde. Napoléon a rencontré un ministre de la

1. **Promptement** : rapidement.
2. **Carotte** : (terme familier) mise de petites sommes.
3. **Votre serviteur** : à votre service (formule de politesse).
4. **Fricoter** : (terme familier) se régaler.

Guerre qui s'appelait Aubry[1], et qui a failli l'envoyer aux colonies. Tâtez-vous ! Voyez si vous pourrez vous lever tous les matins avec plus de volonté que vous n'en aviez la veille. Dans ces conjonctures[2], je vais vous faire une proposition que personne ne refuserait. Écoutez bien. Moi, voyez-vous, j'ai une idée. Mon idée est d'aller vivre de la vie patriarcale[3] au milieu d'un grand domaine, cent mille arpents[4], par exemple, aux États-Unis, dans le sud. Je veux m'y faire planteur, avoir des esclaves, gagner quelques bons petits millions à vendre mes bœufs, mon tabac, mes bois, en vivant comme un souverain, en faisant mes volontés, en menant une vie qu'on ne conçoit pas ici, où l'on se tapit dans un terrier de plâtre. Je suis un grand poète. Mes poésies, je ne les écris pas : elles consistent en actions et en sentiments. Je possède en ce moment cinquante mille francs qui me donneraient à peine quarante nègres[5]. J'ai besoin de deux cent mille francs, parce que je veux deux cents nègres, afin de satisfaire mon goût pour la vie patriarcale. Des nègres, voyez-vous ? c'est des enfants tout venus dont on fait ce qu'on veut, sans qu'un curieux de procureur du roi arrive vous en demander compte. Avec ce capital noir, en dix ans j'aurai trois ou quatre millions. Si je réussis, personne ne me demandera : Qui es-tu ? Je serai monsieur Quatre-Millions, citoyen des États-Unis. J'aurai cinquante ans, je ne serai pas encore pourri, je m'amuserai à ma façon. En deux mots, si je

1. Aubry chercha à faire obstacle à la carrière militaire de Napoléon.

2. Conjonctures : circonstances.

3. Vie patriarcale : vie simple et familiale qui se fait sous l'autorité du père de famille.

4. Arpents : ancienne mesure.

5. Nègres : esclaves noirs.

vous procure une dot[1] d'un million, me donnerez-vous deux cent mille francs ? Vingt pour cent de commission, hein ? est-ce trop cher ? Vous vous ferez aimer de votre petite femme. Une fois marié, vous manifesterez des inquiétudes, des remords, vous ferez le triste pendant quinze jours. Une nuit, après quelques singeries, vous déclarerez, entre deux baisers, deux cent mille francs de dettes à votre femme, en lui disant : Mon amour ! Ce vaudeville[2] est joué tous les jours par les jeunes gens les plus distingués. Une jeune femme ne refuse pas sa bourse à celui qui lui prend le cœur. Croyez-vous que vous y perdrez ? Non. Vous trouverez le moyen de regagner vos deux cent mille francs dans une affaire. Avec votre argent et votre esprit, vous amasserez une fortune aussi considérable que vous pourrez la souhaiter. *Ergo*[3] vous aurez fait, en six mois de temps, votre bonheur, celui d'une femme aimable et celui de votre papa Vautrin, sans compter celui de votre famille qui souffle dans ses doigts, l'hiver, faute de bois. Ne vous étonnez ni de ce que je vous propose, ni de ce que je vous demande ! Sur soixante beaux mariages qui ont lieu dans Paris, il y en a quarante-sept qui donnent lieu à des marchés semblables. La Chambre des Notaires a forcé monsieur…

– Que faut-il que je fasse ? dit avidement Rastignac en interrompant Vautrin.

– Presque rien, répondit cet homme en laissant échapper un mouvement de joie semblable à la sourde expression d'un pêcheur qui sent un poisson au bout de sa ligne. Écoutez-moi bien ! Le cœur d'une pauvre fille malheureuse et misérable est

1. **Dot** : biens donnés par les parents à leur fille pour qu'elle se marie.
2. **Vaudeville** : (terme de théâtre) comédie légère souvent sentimentale.
3. ***Ergo*** : (terme de rhétorique latine) donc, par conséquent.

l'éponge la plus avide à se remplir d'amour, une éponge sèche qui se dilate aussitôt qu'il y tombe une goutte de sentiment. Faire la cour à une jeune personne qui se rencontre dans des conditions de solitude, de désespoir et de pauvreté sans qu'elle se doute de sa fortune à venir ! dame ! c'est quinte et quatorze en main[1], c'est connaître les numéros de la loterie, c'est jouer sur les rentes en sachant les nouvelles[2]. Vous construisez sur pilotis un mariage indestructible. Viennent des millions à cette jeune fille, elle vous les jettera aux pieds, comme si c'était des cailloux. – Prends, mon bien-aimé ! Prends, Adolphe ! Alfred ! Prends, Eugène ! dira-t-elle si Adolphe, Alfred ou Eugène ont eu le bon esprit de se sacrifier pour elle. Ce que j'entends par des sacrifices, c'est vendre un vieil habit afin d'aller au Cadran-Bleu[3] manger ensemble des croûtes aux champignons ; de là, le soir, à l'Ambigu-Comique[4] ; c'est mettre sa montre au Mont-de-Piété[5] pour lui donner un châle. Je ne vous parle pas du gribouillage de l'amour ni des fariboles[6] auxquelles tiennent tant les femmes, comme, par exemple, de répandre des gouttes d'eau sur le papier à lettre en manière de larmes quand on est loin d'elles : vous m'avez l'air de connaître parfaitement l'argot du cœur. Paris, voyez-vous, est comme une forêt du Nouveau-Monde, où s'agitent vingt espèces de peuplades sauvages, les Illinois,

1. Quinte et quatorze : les meilleures cartes au jeu du piquet.

2. Jouer sur les rentes en sachant les nouvelles : jouer de l'argent en bourse en connaissant par avance les cours.

3. Le *Cadran-Bleu* est un restaurant.

4. L'*Ambigu-Comique* est un théâtre.

5. Mont-de-Piété : établissement qui prête de l'argent en échange des objets qu'on y dépose.

6. Fariboles : futilités, fadaises.

les Hurons[1], qui vivent du produit que donnent les différentes chasses sociales ; vous êtes un chasseur de millions. Pour les prendre, vous usez de pièges, de pipeaux, d'appeaux[2]. Il y a plusieurs manières de chasser. Les uns chassent à la dot[3] ; les autres chassent à la liquidation[4] ; ceux-ci pêchent des consciences[5] ; ceux-là vendent leurs abonnés pieds et poings liés[6]. Celui qui revient avec sa gibecière[7] bien garnie est salué, fêté, reçu dans la bonne société. Rendons justice à ce sol hospitalier, vous avez affaire à la ville la plus complaisante qui soit dans le monde. Si les fières aristocraties de toutes les capitales de l'Europe refusent d'admettre dans leurs rangs un millionnaire infâme, Paris lui tend les bras, court à ses fêtes, mange ses dîners et trinque avec son infamie.

– Mais où trouver une fille ? dit Eugène.

– Elle est à vous, devant vous !

– Mademoiselle Victorine ?

– Juste !

– Eh ! comment ?

– Elle vous aime déjà, votre petite baronne de Rastignac !

– Elle n'a pas un sou, reprit Eugène étonné.

– Ah ! nous y voilà. Encore deux mots, dit Vautrin, et tout s'éclaircira. Le père Taillefer est un vieux coquin qui passe pour avoir assassiné l'un de ses amis pendant la Révolution. C'est un

1. **Illinois, Hurons :** Indiens d'Amérique du Nord.

2. **Pipeaux, appeaux :** sifflets imitant le bruit des oiseaux en vue de les capturer.

3. **Dot :** biens donnés par les parents à leur fille pour qu'elle se marie.

4. **Liquidation :** vente de ses biens pour payer ses dettes.

5. **Pêchent des consciences :** achètent les voix des électeurs.

6. **Vendent leurs abonnés pieds et poings liés :** vendent leur journal à un autre éditeur alors que des lecteurs ont payé par avance un abonnement pour un certain nombre de numéros.

7. **Gibecière :** sac dans lequel les chasseurs gardent leur gibier.

de mes gaillards qui ont de l'indépendance dans les opinions. Il est banquier, principal associé de la maison Frédéric Taillefer et compagnie. Il a un fils unique, auquel il veut laisser son bien, au détriment de Victorine. Moi, je n'aime pas ces injustices-là. Je suis comme don Quichotte[1], j'aime à prendre la défense du faible contre le fort. Si la volonté de Dieu était de lui retirer son fils, Taillefer reprendrait sa fille ; il voudrait un héritier quelconque, une bêtise qui est dans la nature, et il ne peut plus avoir d'enfants, je le sais. Victorine est douce et gentille, elle aura bientôt entortillé son père, et le fera tourner comme une toupie d'Allemagne avec le fouet du sentiment ! Elle sera trop sensible à votre amour pour vous oublier, vous l'épouserez. Moi, je me charge du rôle de la Providence[2], je ferai vouloir le bon Dieu. J'ai un ami pour qui je me suis dévoué, un colonel de l'armée de la Loire qui vient d'être employé dans la garde royale. Il écoute mes avis, et s'est fait ultra-royaliste[3] : ce n'est pas un de ces imbéciles qui tiennent à leurs opinions. Si j'ai encore un conseil à vous donner, mon ange, c'est de ne pas plus tenir à vos opinions qu'à vos paroles. Quand on vous les demandera, vendez-les. Un homme qui se vante de ne jamais changer d'opinion est un homme qui se charge d'aller toujours en ligne droite, un niais qui croit à l'infaillibilité. Il n'y a pas de principes, il n'y a que des événements ; il n'y a pas de lois, il n'y a que des circonstances : l'homme supérieur épouse les événements et les circonstances pour les conduire. S'il y avait des principes et des lois fixes, les

1. Don Quichotte : héros du roman le plus célèbre de la littérature espagnole (XVIIe siècle) qui cherchait à faire revivre les hautes valeurs de l'ancienne chevalerie.

2. La Providence : l'action de Dieu.

3. Ultra-royaliste : partisan extrémiste de la monarchie contre la Révolution.

peuples n'en changeraient pas comme nous changeons de chemises. L'homme n'est pas tenu d'être plus sage que toute une nation. L'homme qui a rendu le moins de services à la France est un fétiche vénéré pour avoir toujours vu en rouge[1], il est tout au plus bon à mettre au Conservatoire, parmi les machines, en l'étiquetant La Fayette[2]; tandis que le prince auquel chacun lance sa pierre, et qui méprise assez l'humanité pour lui cracher au visage autant de serments qu'elle en demande, a empêché le partage de la France au congrès de Vienne[3]: on lui doit des couronnes, on lui jette de la boue[4]. Oh! je connais les affaires, moi! J'ai les secrets de bien des hommes! Suffit. J'aurai une opinion inébranlable le jour où j'aurai rencontré trois têtes d'accord sur l'emploi d'un principe, et j'attendrai longtemps! L'on ne trouve pas dans les tribunaux trois juges qui aient le même avis sur un article de loi. Je reviens à mon homme. Il remettrait Jésus-Christ en croix si je le lui disais. Sur un seul mot de son papa Vautrin, il cherchera querelle à ce drôle[5] qui n'envoie pas seulement cent sous à sa pauvre sœur, et... Ici Vautrin se leva, se mit en garde,

1. **Voir rouge**: être saisi d'une colère si grande qu'elle donne envie de tuer. La couleur rouge est aussi celle du drapeau qu'on déploie lors de l'instauration de la loi martiale (voir note suivante).

2. **La Fayette**: général et homme politique qui participa à la Révolution française, mais à qui on reprocha le rôle dans la fusillade du Champ-de-Mars – en 1791, à la tête de la Garde nationale, il avait la charge de disperser des manifestants républicains afin de faire respecter la loi martiale (loi contre les attroupements), or la Garde fit feu sur la foule.

3. Talleyrand avait, grâce à ses talents de diplomate et de négociateur, empêché le démantèlement de la France suite à la chute de Napoléon.

4. Talleyrand avait mauvaise réputation en France: ayant soutenu tous les régimes politiques qui se sont succédé depuis la Révolution, on lui reprocha d'avoir trahi tout le monde.

5. **Drôle**: coquin, fripouille.

et fit le mouvement d'un maître d'armes qui se fend[1]. – Et, à l'ombre ! ajouta-t-il.

– Quelle horreur ! dit Eugène. Vous voulez plaisanter, monsieur Vautrin ?

– Là, là, là, du calme, reprit cet homme. Ne faites pas l'enfant : cependant, si cela peut vous amuser, courroucez-vous[2] ! emportez-vous ! Dites que je suis un infâme, un scélérat, un coquin, un bandit, mais ne m'appelez ni escroc, ni espion ! Allez, dites, lâchez votre bordée[3] ! Je vous pardonne, c'est si naturel à votre âge ! J'ai été comme ça, moi ! Seulement, réfléchissez. Vous ferez pis quelque jour. Vous irez coqueter[4] chez quelque jolie femme et vous recevrez de l'argent. Vous y avez pensé ! dit Vautrin ; car comment réussirez-vous, si vous n'escomptez[5] pas votre amour ? La vertu, mon cher étudiant, ne se scinde pas : elle est ou n'est pas. On nous parle de faire pénitence de nos fautes. Encore un joli système que celui en vertu duquel on est quitte d'un crime avec un acte de contrition[6] ! Séduire une femme pour arriver à vous poser sur tel bâton de l'échelle sociale, jeter la zizanie entre les enfants d'une famille, enfin toutes les infamies qui se pratiquent sous le manteau d'une cheminée[7] ou autrement dans un but de plaisir ou d'intérêt personnel, croyez-vous que ce soient des actes de foi, d'espérance et de charité ? Pourquoi deux mois de prison au

1. **Se fend :** avance la jambe droite pour attaquer (mouvement d'escrime).
2. **Courroucez-vous :** mettez-vous en colère.
3. **Bordée :** tir de toute une ligne de canons d'un navire.
4. **Coqueter :** séduire.
5. **Escomptez :** marchandez, spéculez sur.
6. **Contrition :** repentir.
7. **Sous le manteau d'une cheminée :** secrètement.

dandy[1] qui, dans une nuit, ôte à un enfant la moitié de sa fortune[2], et pourquoi le bagne[3] au pauvre diable qui vole un billet de mille francs avec les circonstances aggravantes ? Voilà vos lois. Il n'y a pas un article qui n'arrive à l'absurde. L'homme en gants et à paroles jaunes[4] a commis des assassinats où l'on ne verse pas de sang, mais où l'on en donne ; l'assassin a ouvert une porte avec un monseigneur[5] : deux choses nocturnes ! Entre ce que je vous propose et ce que vous ferez un jour, il n'y a que le sang de moins. Vous croyez à quelque chose de fixe dans ce monde-là ! Méprisez donc les hommes, et voyez les mailles par où l'on peut passer à travers le réseau du Code[6]. Le secret des grandes fortunes sans cause apparente est un crime oublié, parce qu'il a été proprement fait.

– Silence, monsieur, je ne veux pas en entendre davantage, vous me ferez douter de moi-même. En ce moment le sentiment est toute ma science.

– À votre aise, bel enfant. Je vous croyais plus fort, dit Vautrin, je ne vous dirai plus rien. Un dernier mot, cependant. Il regarda fixement l'étudiant : Vous avez mon secret, lui dit-il.

– Un jeune homme qui vous refuse saura bien l'oublier.

– Vous avez bien dit cela, ça me fait plaisir. Un autre, voyez-vous, sera moins scrupuleux. Souvenez-vous de ce que

1. Dandy : homme élégant qui suit la mode.

2. Il dépossède l'enfant de la moitié de son héritage en couchant avec la mère et en donnant naissance à un demi-frère.

3. Bagne : prison où les condamnés exécutent des travaux forcés.

4. Les *gants jaunes* sont signe d'élégance, mais ils dissimulent également les mains. Quant à la couleur jaune, elle est aussi symbole de trahison. Les *paroles jaunes* sont donc des paroles trompeuses.

5. Monseigneur : pince-monseigneur, levier servant à ouvrir les portes.

6. Le Code : le Code civil (que Rastignac, étudiant en droit, connaît).

je veux faire pour vous. Je vous donne quinze jours. C'est à prendre ou à laisser.

– Quelle tête de fer a donc cet homme ! se dit Rastignac en voyant Vautrin s'en aller tranquillement, sa canne sous le bras. Il m'a dit crûment ce que madame de Beauséant me disait en y mettant des formes. Il me déchirait le cœur avec des griffes d'acier. Pourquoi veux-je aller chez madame de Nucingen ? Il a deviné mes motifs aussitôt que je les ai conçus. En deux mots, ce brigand m'a dit plus de choses sur la vertu que ne m'en ont dit les hommes et les livres. Si la vertu ne souffre pas de capitulation[1], j'ai donc volé mes sœurs ? dit-il en jetant le sac sur la table. Il s'assit, et resta là plongé dans une étourdissante méditation. – Être fidèle à la vertu, martyre sublime ! Bah ! tout le monde croit à la vertu ; mais qui est vertueux ? Les peuples ont la liberté pour idole ; mais où est sur la terre un peuple libre ? Ma jeunesse est encore bleue comme un ciel sans nuage : vouloir être grand ou riche, n'est-ce pas se résoudre à mentir, plier, ramper, se redresser, flatter, dissimuler ? n'est-ce pas consentir à se faire le valet de ceux qui ont menti, plié, rampé ? Avant d'être leur complice, il faut les servir. Eh ! bien, non. Je veux travailler noblement, saintement ; je veux travailler jour et nuit, ne devoir ma fortune qu'à mon labeur. Ce sera la plus lente des fortunes, mais chaque jour ma tête reposera sur mon oreiller sans une pensée mauvaise. Qu'y a-t-il de plus beau que de contempler sa vie et de la trouver pure comme un lis[2] ? Moi et la vie, nous sommes comme un jeune homme et sa fiancée.

1. Capitulation : conciliation.
2. Lis : lys, fleur blanche.

Vautrin m'a fait voir ce qui arrive après dix ans de mariage. Diable ! ma tête se perd. Je ne veux penser à rien, le cœur est un bon guide.

Eugène fut tiré de sa rêverie par la voix de la grosse Sylvie, qui lui annonça son tailleur, devant lequel il se présenta, tenant à la main ses deux sacs d'argent, et il ne fut pas fâché de cette circonstance. Quand il eut essayé ses habits du soir, il remit sa nouvelle toilette du matin qui le métamorphosait complètement. – Je vaux bien monsieur de Trailles, se dit-il. Enfin j'ai l'air d'un gentilhomme !

– Monsieur, dit le père Goriot en entrant chez Eugène, vous m'avez demandé si je connaissais les maisons où va madame de Nucingen ?

– Oui !

– Eh ! bien, elle va lundi prochain au bal du maréchal Carigliano. Si vous pouvez y être, vous me direz si mes deux filles se sont bien amusées, comment elles seront mises, enfin tout.

– Comment avez-vous su cela, mon bon père Goriot ? dit Eugène en le faisant asseoir à son feu.

– Sa femme de chambre me l'a dit. Je sais tout ce qu'elles font par Thérèse et par Constance, reprit-il d'un air joyeux. Le vieillard ressemblait à un amant encore assez jeune pour être heureux d'un stratagème qui le met en communication avec sa maîtresse sans qu'elle puisse s'en douter. – Vous les verrez, vous ! dit-il en exprimant avec naïveté une douloureuse envie.

– Je ne sais pas, répondit Eugène. Je vais aller chez madame de Beauséant lui demander si elle peut me présenter à la maréchale.

Eugène pensait avec une sorte de joie intérieure à se montrer chez la vicomtesse mis comme il le serait désormais.

Ce que les moralistes nomment les abîmes du cœur humain sont uniquement les décevantes pensées, les involontaires mouvements de l'intérêt personnel. Ces péripéties, le sujet de tant de déclamations, ces retours soudains sont des calculs faits au profit de nos jouissances. En se voyant bien mis, bien ganté, bien botté, Rastignac oublia sa vertueuse résolution. La jeunesse n'ose pas se regarder au miroir de la conscience quand elle verse du côté de l'injustice, tandis que l'âge mûr s'y est vu : là gît toute la différence entre ces deux phases de la vie. Depuis quelques jours, les deux voisins, Eugène et le père Goriot, étaient devenus bons amis. Leur secrète amitié tenait aux raisons psychologiques qui avaient engendré des sentiments contraires entre Vautrin et l'étudiant. Le hardi philosophe qui voudra constater les effets de nos sentiments dans le monde physique trouvera sans doute plus d'une preuve de leur effective matérialité dans les rapports qu'ils créent entre nous et les animaux. Quel physiognomoniste[1] est plus prompt à deviner un caractère qu'un chien l'est à savoir si un inconnu l'aime ou ne l'aime pas ? Les *atomes crochus*[2], expression proverbiale dont chacun se sert, sont un de ces faits qui restent dans les langages pour démentir les niaiseries philosophiques dont s'occupent ceux qui aiment à vanner[3] les épluchures des mots primitifs. On se sent aimé. Le sentiment s'empreint en toutes choses et traverse les espaces. Une lettre est une âme, elle est un si fidèle écho de la voix qui parle que

1. **Physiognomoniste** : personne pratiquant la physiognomonie, c'est-à-dire qui étudie les caractères des gens en fonction de leur physionomie.

2. ***Atomes crochus*** : sympathie. Cette expression vient d'une branche de philosophie grecque, selon laquelle la matière se forme à partir d'atomes s'accrochant entre eux.

3. **Vanner** : trier.

les esprits délicats la comptent parmi les plus riches trésors de l'amour. Le père Goriot, que son sentiment irréfléchi élevait jusqu'au sublime de la nature canine, avait flairé la compassion, l'admirative bonté, les sympathies juvéniles qui s'étaient émues pour lui dans le cœur de l'étudiant. Cependant cette union naissante n'avait encore amené aucune confidence. Si Eugène avait manifesté de voir madame de Nucingen, ce n'était pas qu'il comptât sur le vieillard pour être introduit par lui chez elle ; mais il espérait qu'une indiscrétion pourrait le bien servir. Le père Goriot ne lui avait parlé de ses filles qu'à propos de ce qu'il s'était permis d'en dire publiquement le jour de ses deux visites. – Mon cher monsieur, lui avait-il dit le lendemain, comment avez-vous pu croire que madame de Restaud vous en ait voulu d'avoir prononcé mon nom ? Mes deux filles m'aiment bien. Je suis heureux père. Seulement, mes deux gendres se sont mal conduits envers moi. Je n'ai pas voulu faire souffrir ces chères créatures de mes dissensions[1] avec leurs maris, et j'ai préféré les voir en secret. Ce mystère me donne mille jouissances que ne comprennent pas les autres pères qui peuvent voir leurs filles quand ils veulent. Moi, je ne le peux pas, comprenez-vous ? Alors je vais, quand il fait beau, dans les Champs-Élysées, après avoir demandé aux femmes de chambre si mes filles sortent. Je les attends au passage, le cœur me bat quand les voitures arrivent, je les admire dans leur toilette, elles me jettent en passant un petit rire qui me dore la nature comme s'il y tombait un rayon de quelque beau soleil. Et je reste, elles doivent revenir. Je les vois encore ! l'air leur a fait du bien, elles sont roses. J'entends

1. Dissensions : désaccords.

dire autour de moi : Voilà une belle femme ! Ça me réjouit le cœur. N'est-ce pas mon sang ? J'aime les chevaux qui les traînent, et je voudrais être le petit chien qu'elles ont sur leurs genoux. Je vis de leurs plaisirs. Chacun a sa façon d'aimer, la mienne ne fait pourtant de mal à personne, pourquoi le monde s'occupe-t-il de moi ? Je suis heureux à ma manière. Est-ce contre les lois que j'aille voir mes filles, le soir, au moment où elles sortent de leurs maisons pour se rendre au bal ? Quel chagrin pour moi si j'arrive trop tard, et qu'on me dise : Madame est sortie. Un soir j'ai attendu jusqu'à trois heures du matin pour voir Nasie, que je n'avais pas vue depuis deux jours. J'ai manqué crever d'aise[1] ! Je vous en prie, ne parlez de moi que pour dire combien mes filles sont bonnes. Elles veulent me combler de toutes sortes de cadeaux ; je les en empêche, je leur dis : Gardez donc votre argent ! Que voulez-vous que j'en fasse ! Il ne me faut rien. En effet, mon cher monsieur, que suis-je ? un méchant cadavre dont l'âme est partout où sont mes filles. Quand vous aurez vu madame de Nucingen, vous me direz celle des deux que vous préférez, dit le bonhomme après un moment de silence en voyant Eugène qui se disposait à partir pour aller se promener aux Tuileries en attendant l'heure de se présenter chez madame de Beauséant.

Cette promenade fut fatale à l'étudiant. Quelques femmes le remarquèrent. Il était si beau, si jeune, et d'une élégance de si bon goût ! En se voyant l'objet d'une attention presque admirative, il ne pensa plus à ses sœurs ni à sa tante dépouillées, ni à ses vertueuses répugnances. Il avait vu passer

1. **Crever d'aise :** (expression populaire) mourir de joie.

au-dessus de sa tête ce démon qu'il est si facile de prendre pour un ange, ce Satan aux ailes diaprées[1], qui sème des rubis, qui jette ses flèches d'or au front des palais, empourpre les femmes, revêt d'un sot éclat les trônes, si simples dans leur origine ; il avait écouté le dieu de cette vanité crépitante dont le clinquant nous semble être un symbole de puissance. La parole de Vautrin, quelque cynique qu'elle fût, s'était logée dans son cœur comme dans le souvenir d'une vierge se grave le profil ignoble d'une vieille marchande à la toilette, qui lui a dit : « Or et amour à flots ! » Après avoir indolemment[2] flâné, vers cinq heures Eugène se présenta chez madame de Beauséant, et il y reçut un de ces coups terribles contre lesquels les cœurs jeunes sont sans armes. Il avait jusqu'alors trouvé la vicomtesse pleine de cette aménité[3] polie, de cette grâce melliflue[4] donnée par l'éducation aristocratique, et qui n'est complète que si elle vient du cœur.

Quand il entra, madame de Beauséant fit un geste sec, et lui dit d'une voix brève : – Monsieur de Rastignac, il m'est impossible de vous voir, en ce moment du moins ! je suis en affaire…

Pour un observateur, et Rastignac l'était devenu promptement[5], cette phrase, le geste, le regard, l'inflexion de voix étaient l'histoire du caractère et des habitudes de la caste[6]. Il aperçut la main de fer sous le gant de velours ; la personnalité, l'égoïsme, sous les manières ; le bois, sous le vernis. Il entendit

1. Diaprées : scintillantes.
2. Indolemment : avec nonchalance, mollesse.
3. Aménité : amabilité.
4. Melliflue : mielleuse (d'une douceur hypocrite).
5. Promptement : rapidement.
6. Caste : classe sociale fermée.

enfin le Moi Le Roi qui commence sous les panaches du trône et finit sous le cimier[1] du dernier gentilhomme. Eugène s'était trop facilement abandonné sur sa parole à croire aux noblesses de la femme. Comme tous les malheureux, il avait signé de bonne foi le pacte délicieux qui doit lier le bienfaiteur à l'obligé, et dont le premier article consacre entre les grands cœurs une complète égalité. La bienfaisance, qui réunit deux êtres en un seul, est une passion céleste aussi incomprise, aussi rare que l'est le véritable amour. L'un et l'autre est la prodigalité[2] des belles âmes. Rastignac voulait arriver au bal de la duchesse de Carigliano, il dévora cette bourrasque.

– Madame, dit-il d'une voix émue, s'il ne s'agissait pas d'une chose importante, je ne serais pas venu vous importuner ; soyez assez gracieuse pour me permettre de vous voir plus tard, j'attendrai.

– Eh ! bien, venez dîner avec moi, dit-elle un peu confuse de la dureté qu'elle avait mise dans ses paroles ; car cette femme était vraiment aussi bonne que grande.

Quoique touché de ce retour soudain, Eugène se dit en s'en allant : « Rampe, supporte tout. Que doivent être les autres, si, dans un moment, la meilleure des femmes efface les promesses de son amitié, te laisse là comme un vieux soulier ? Chacun pour soi, donc ? Il est vrai que sa maison n'est pas une boutique, et que j'ai tort d'avoir besoin d'elle. Il faut, comme dit Vautrin, se faire boulet de canon. » Les amères réflexions de l'étudiant furent bientôt dissipées par le plaisir qu'il se promettait en dînant chez la vicomtesse. Ainsi, par une sorte

1. Cimier : ornement placé au sommet d'un casque ou d'une coiffure.
2. Prodigalité : générosité.

de fatalité, les moindres événements de sa vie conspiraient à le pousser dans la carrière où, suivant les observations du terrible sphinx de la maison Vauquer, il devait, comme sur un champ de bataille, tuer pour ne pas être tué, tromper pour ne pas être trompé ; où il devait déposer à la barrière[1] sa conscience, son cœur, mettre un masque, se jouer sans pitié des hommes, et, comme à Lacédémone[2], saisir sa fortune sans être vu, pour mériter la couronne. Quand il revint chez la vicomtesse, il la trouva pleine de cette bonté gracieuse qu'elle lui avait toujours témoignée. Tous deux allèrent dans une salle à manger où le vicomte attendait sa femme, et où resplendissait ce luxe de table qui sous la Restauration[3] fut poussé, comme chacun le sait, au plus haut degré. Monsieur de Beauséant, semblable à beaucoup de gens blasés, n'avait plus guère d'autres plaisirs que ceux de la bonne chère ; il était en fait de gourmandise de l'école de Louis XVIII et du duc d'Escars[4]. Sa table offrait donc un double luxe, celui du contenant et celui du contenu. Jamais semblable spectacle n'avait frappé les yeux d'Eugène, qui dînait pour la première fois dans une de ces maisons où les grandeurs sociales sont héréditaires. La mode venait de supprimer les soupers qui terminaient autrefois les bals de l'Empire, où les militaires avaient besoin de prendre des forces pour se préparer à tous les combats qui les attendaient au-dedans comme au-dehors. Eugène n'avait encore assisté qu'à des bals. L'aplomb qui le

1. Déposer à la barrière : mettre de côté.

2. Dans l'Antiquité, à Lacédémone, on entraînait les jeunes gens à voler sans se faire prendre.

3. Restauration : période de restauration de la monarchie allant de 1814 à 1830.

4. Le duc d'Escars : premier maître d'hôtel du roi Louis XVIII.

distingua plus tard si éminemment, et qu'il commençait à prendre, l'empêcha de s'ébahir niaisement. Mais en voyant cette argenterie sculptée, et les mille recherches d'une table somptueuse, en admirant pour la première fois un service fait sans bruit, il était difficile à un homme d'ardente imagination de ne pas préférer cette vie constamment élégante à la vie de privations qu'il voulait embrasser le matin. Sa pensée le rejeta pendant un moment dans sa pension bourgeoise ; il en eut une si profonde horreur qu'il se jura de la quitter au mois de janvier, autant pour se mettre dans une maison propre que pour fuir Vautrin, dont il sentait la large main sur son épaule. Si l'on vient à songer aux mille formes que prend à Paris la corruption, parlante ou muette, un homme de bon sens se demande par quelle aberration l'État y met des écoles, y assemble des jeunes gens, comment les jolies femmes y sont respectées, comment l'or étalé par les changeurs [1] ne s'envole pas magiquement de leurs sébiles [2]. Mais si l'on vient à songer qu'il est peu d'exemples de crimes, voire même de délits commis par les jeunes gens, de quel respect ne doit-on pas être pris pour ces patients Tantales [3] qui se combattent eux-mêmes, et sont presque toujours victorieux ! S'il était bien peint dans sa lutte avec Paris, le pauvre étudiant fournirait un des sujets les plus dramatiques de notre civilisation moderne. Madame de Beauséant regardait vainement Eugène pour le convier à parler, il ne voulut rien dire en présence du vicomte.

1. Changeurs : banquiers qui s'occupent des opérations de change de monnaies.

2. Sébiles : petits récipients en forme de coupe dont se servent les mendiants pour faire l'aumône.

3. Tantale : personnage de la mythologie condamné à ne jamais boire ni manger l'eau et la nourriture placées devant lui.

– Me menez-vous ce soir aux Italiens[1] ? demanda la vicomtesse à son mari.

– Vous ne pouvez douter du plaisir que j'aurais à vous obéir, répondit-il avec une galanterie moqueuse dont l'étudiant fut la dupe, mais je dois aller rejoindre quelqu'un aux Variétés[2].

– Sa maîtresse, se dit-elle.

– Vous n'avez donc pas d'Adjuda ce soir ? demanda le vicomte.

– Non, répondit-elle avec humeur.

– Eh ! bien, s'il vous faut absolument un bras, prenez celui de monsieur de Rastignac.

La vicomtesse regarda Eugène en souriant.

– Ce sera bien compromettant pour vous, dit-elle.

– *Le Français aime le péril, parce qu'il y trouve la gloire*, a dit monsieur de Chateaubriand[3], répondit Rastignac en s'inclinant.

Quelques moments après, il fut emporté près de madame de Beauséant, dans un coupé rapide, au théâtre à la mode, et crut à quelque féerie lorsqu'il entra dans une loge[4] de face[5], et qu'il se vit le but de toutes les lorgnettes[6] concurremment avec la vicomtesse, dont la toilette était délicieuse. Il marchait d'enchantements en enchantements.

---

1. Aux Italiens : aux Bouffons, théâtre à la mode.

2. Les Variétés : nom d'un théâtre.

3. François René de Chateaubriand : écrivain français (1768-1848).

4. Loge : petit salon fermé où peuvent s'installer les spectateurs dans une salle de théâtre.

5. De face : située en face de la scène (donc très bien placée).

6. Lorgnettes : petites lunettes grossissantes qu'on utilise notamment au théâtre pour mieux voir le jeu des comédiens.

– Vous avez à me parler, lui dit madame de Beauséant. Ah ! tenez, voici madame de Nucingen à trois loges de la nôtre. Sa sœur et monsieur de Trailles sont de l'autre côté.

En disant ces mots, la vicomtesse regardait la loge où devait être mademoiselle de Rochefide, et, n'y voyant pas monsieur d'Adjuda, sa figure prit un éclat extraordinaire.

– Elle est charmante, dit Eugène après avoir regardé madame de Nucingen.

– Elle a les cils blancs.

– Oui, mais quelle jolie taille mince !

– Elle a de grosses mains.

– Les beaux yeux !

– Elle a le visage en long.

– Mais la forme longue a de la distinction.

– Cela est heureux pour elle qu'il y en ait là. Voyez comment elle prend et quitte son lorgnon [1] ! Le Goriot perce dans tous ses mouvements [2], dit la vicomtesse au grand étonnement d'Eugène.

En effet, madame de Beauséant lorgnait la salle et semblait ne pas faire attention à madame de Nucingen, dont elle ne perdait cependant pas un geste. L'assemblée était exquisément belle. Delphine de Nucingen n'était pas peu flattée d'occuper exclusivement le jeune, le beau, l'élégant cousin de madame de Beauséant, il ne regardait qu'elle.

– Si vous continuez à la couvrir de vos regards, vous allez faire scandale, monsieur de Rastignac. Vous ne réussirez à rien, si vous vous jetez ainsi à la tête des gens.

1. Lorgnon : lorgnettes (voir note précédente).

2. Expression signifiant que ses mouvements rappellent ceux du père Goriot.

– Ma chère cousine, dit Eugène, vous m'avez déjà bien protégé ; si vous voulez achever votre ouvrage, je ne vous demande plus que de me rendre un service qui vous donnera peu de peine et me fera grand bien. Me voilà pris.

– Déjà ?

– Oui.

– Et de cette femme ?

– Mes prétentions seraient-elles donc écoutées ailleurs[1] ? dit-il en lançant un regard pénétrant à sa cousine. Madame la duchesse de Carigliano est attachée à madame la duchesse de Berry, reprit-il après une pause, vous devez la voir, ayez la bonté de me présenter chez elle et de m'amener au bal qu'elle donne lundi. J'y rencontrerai madame de Nucingen, et je livrerai ma première escarmouche[2].

– Volontiers, dit-elle. Si vous vous sentez déjà du goût pour elle, vos affaires de cœur vont très bien. Voici de Marsay dans la loge de la princesse Galathionne. Madame de Nucingen est au supplice, elle se dépite. Il n'y a pas de meilleur moment pour aborder une femme, surtout une femme de banquier. Ces dames de la Chaussée-d'Antin[3] aiment toutes la vengeance.

– Que feriez-vous donc, vous, en pareil cas ?

– Moi, je souffrirais en silence.

En ce moment le marquis d'Adjuda se présenta dans la loge de madame de Beauséant.

– J'ai mal fait mes affaires afin de venir vous retrouver, dit-il, et je vous en instruis pour que ce ne soit pas un sacrifice.

---

1. Rastignac sous-entend qu'elles pourraient être écoutées par Mme de Beauséant.

2. Escarmouche : petite bataille.

3. Chaussée-d'Antin : quartier riche de Paris, habité par une noblesse plus récente que celle du faubourg Saint-Germain.

Les rayonnements du visage de la vicomtesse apprirent à Eugène à reconnaître les expressions d'un véritable amour, et à ne pas les confondre avec les simagrées de la coquetterie parisienne. Il admira sa cousine, devint muet et céda sa place à monsieur d'Adjuda en soupirant. « Quelle noble, quelle sublime créature est une femme qui aime ainsi ! se dit-il. Et cet homme la trahirait pour une poupée ! comment peut-on la trahir ? » Il se sentit au cœur une rage d'enfant. Il aurait voulu se rouler aux pieds de madame de Beauséant, il souhaitait le pouvoir des démons afin de l'emporter dans son cœur, comme un aigle enlève de la plaine dans son aire une jeune chèvre blanche qui tète encore. Il était humilié d'être dans ce grand musée de la Beauté sans son tableau, sans une maîtresse à lui. « Avoir une maîtresse est une position quasi royale, se disait-il, c'est le signe de la puissance ! » Et il regarda madame de Nucingen comme un homme insulté regarde son adversaire. La vicomtesse se retourna vers lui pour lui adresser sur sa discrétion mille remerciements dans un clignement d'yeux. Le premier acte était fini.

– Vous connaissez assez madame de Nucingen pour lui présenter monsieur de Rastignac ? dit-elle au marquis d'Adjuda.

– Mais elle sera charmée de voir monsieur, dit le marquis.

Le beau Portugais se leva, prit le bras de l'étudiant, qui en un clin d'œil se trouva auprès de madame de Nucingen.

– Madame la baronne, dit le marquis, j'ai l'honneur de vous présenter le chevalier Eugène de Rastignac, un cousin de la vicomtesse de Beauséant. Vous faites une si vive impression sur lui, que j'ai voulu compléter son bonheur en le rapprochant de son idole.

Ces mots furent dits avec un certain accent de raillerie[1] qui en faisait passer la pensée un peu brutale, mais qui, bien sauvée, ne déplaît jamais à une femme. Madame de Nucingen sourit, et offrit à Eugène la place de son mari, qui venait de sortir.

– Je n'ose pas vous proposer de rester près de moi, monsieur, lui dit-elle. Quand on a le bonheur d'être auprès de madame de Beauséant, on y reste.

– Mais, lui dit à voix basse Eugène, il me semble, madame, que si je veux plaire à ma cousine, je demeurerai près de vous. Avant l'arrivée de monsieur le marquis, nous parlions de vous et de la distinction de toute votre personne, dit-il à haute voix.

Monsieur d'Adjuda se retira.

– Vraiment, monsieur, dit la baronne, vous allez me rester ? Nous ferons donc connaissance, madame de Restaud m'avait déjà donné le plus vif désir de vous voir.

– Elle est donc bien fausse, elle m'a fait consigner à sa porte[2].

– Comment ?

– Madame, j'aurai la conscience[3] de vous en dire la raison ; mais je réclame toute votre indulgence en vous confiant un pareil secret. Je suis le voisin de monsieur votre père. J'ignorais que madame de Restaud fût sa fille. J'ai eu l'imprudence d'en parler fort innocemment, et j'ai fâché madame votre sœur et son mari. Vous ne sauriez croire combien madame la duchesse de Langeais et ma cousine ont trouvé cette apos-

1. **Raillerie** : moquerie.
2. **Elle m'a fait consigner à sa porte** : elle a donné ordre de ne pas me recevoir.
3. **J'aurai la conscience** : je me ferai un devoir.

tasie[1] filiale de mauvais goût. Je leur ai raconté la scène, elles en ont ri comme des folles. Ce fut alors qu'en faisant un parallèle entre vous et votre sœur, madame de Beauséant me parla en fort bons termes, et me dit combien vous étiez excellente pour mon voisin, monsieur Goriot. Comment, en effet, ne l'aimeriez-vous pas ? il vous adore si passionnément que j'en suis déjà jaloux. Nous avons parlé de vous ce matin pendant deux heures. Puis, tout plein de ce que votre père m'a raconté, ce soir en dînant avec ma cousine, je lui disais que vous ne pouviez pas être aussi belle que vous étiez aimante. Voulant sans doute favoriser une si chaude admiration, madame de Beauséant m'a amené ici, en me disant avec sa grâce habituelle que je vous y verrais.

– Comment, monsieur, dit la femme du banquier, je vous dois déjà de la reconnaissance ? Encore un peu, nous allons être de vieux amis.

– Quoique l'amitié doive être près de vous un sentiment peu vulgaire, dit Rastignac, je ne veux jamais être votre ami.

Ces sottises stéréotypées à l'usage des débutants paraissent toujours charmantes aux femmes, et ne sont pauvres que lues à froid. Le geste, l'accent, le regard d'un jeune homme leur donnent d'incalculables valeurs. Madame de Nucingen trouva Rastignac charmant. Puis, comme toutes les femmes, ne pouvant rien dire à des questions aussi drûment[2] posées que l'était celle de l'étudiant, elle répondit à une autre chose.

– Oui, ma sœur se fait tort par la manière dont elle se conduit avec ce pauvre père, qui vraiment a été pour nous un

1. Apostasie : reniement.
2. Drûment : vigoureusement.

dieu. Il a fallu que monsieur de Nucingen m'ordonnât positivement[1] de ne voir mon père que le matin, pour que je cédasse sur ce point. Mais j'en ai longtemps été bien malheureuse. Je pleurais. Ces violences, venues après les brutalités du mariage, ont été l'une des raisons qui troublèrent le plus mon ménage. Je suis certes la femme de Paris la plus heureuse aux yeux du monde, la plus malheureuse en réalité. Vous allez me trouver folle de vous parler ainsi. Mais vous connaissez mon père, et, à ce titre, vous ne pouvez pas m'être étranger.

– Vous n'avez jamais rencontré personne, lui dit Eugène, qui soit animé d'un plus vif désir de vous appartenir. Que cherchez-vous toutes ? le bonheur, reprit-il d'une voix qui allait à l'âme. Eh ! bien, si, pour une femme, le bonheur est d'être aimée, adorée, d'avoir un ami à qui elle puisse confier ses désirs, ses fantaisies, ses chagrins, ses joies ; se montrer dans la nudité de son âme, avec ses jolis défauts et ses belles qualités, sans craindre d'être trahie ; croyez-moi, ce cœur dévoué, toujours ardent, ne peut se rencontrer que chez un homme jeune, plein d'illusions, qui peut mourir sur un seul de vos signes, qui ne sait rien encore du monde et n'en veut rien savoir, parce que vous devenez le monde pour lui. Moi, voyez-vous, vous allez rire de ma naïveté, j'arrive du fond d'une province, entièrement neuf, n'ayant connu que de belles âmes, et je comptais rester sans amour. Il m'est arrivé de voir ma cousine, qui m'a mis trop près de son cœur ; elle m'a fait deviner les mille trésors de la passion, je suis, comme Chérubin[2], l'amant de toutes les femmes, en attendant que je

1. Positivement : catégoriquement.

2. Chérubin : personnage de la pièce de Beaumarchais, *Le Mariage de Figaro*. Ce jeune valet au cœur tendre s'éprend de l'épouse de son maître.

puisse me dévouer à quelqu'une d'entre elles. En vous voyant, quand je suis entré, je me suis senti porté vers vous comme par un courant. J'avais déjà tant pensé à vous ! Mais je ne vous avais pas rêvée aussi belle que vous l'êtes en réalité. Madame de Beauséant m'a ordonné de ne pas vous tant regarder. Elle ne sait pas ce qu'il y a d'attrayant à voir vos jolies lèvres rouges, votre teint blanc, vos yeux si doux. Moi aussi, je vous dis des folies, mais laissez-les-moi dire.

Rien ne plaît plus aux femmes que de s'entendre débiter ces douces paroles. La plus sévère dévote les écoute, même quand elle ne doit pas y répondre. Après avoir ainsi commencé, Rastignac défila son chapelet[1] d'une voix coquettement sourde ; et madame de Nucingen encourageait Eugène par des sourires en regardant de temps en temps de Marsay, qui ne quittait pas la loge[2] de la princesse Galathionne. Rastignac resta près de madame de Nucingen jusqu'au moment où son mari vint la chercher pour l'emmener.

– Madame, lui dit Eugène, j'aurai le plaisir de vous aller voir avant le bal de la duchesse de Carigliano.

– *Puisqui matame fous encache*, dit le baron, épais Alsacien dont la figure ronde annonçait une dangereuse finesse, *fous êtes sir d'être pien ressi.* [3]

– Mes affaires sont en bon train, car elle ne s'est pas bien effarouchée en m'entendant lui dire : M'aimerez-vous bien ? Le mors est mis à ma bête, sautons dessus et gouvernons-la,

1. Défila son chapelet : dit toutes les paroles amoureuses qu'il connaissait.
2. Loge : petit salon fermé où peuvent s'installer les spectateurs dans une salle de théâtre.
3. Balzac reproduit l'accent alsacien du baron de Nucingen : « Puisque madame vous engage, vous êtes sûr d'être bien reçu. »

se dit Eugène en allant saluer madame de Beauséant qui se levait et se retirait avec l'Adjuda. Le pauvre étudiant ne savait pas que la baronne était distraite, et attendait de de Marsay une de ces lettres décisives qui déchirent l'âme. Tout heureux de son faux succès, Eugène accompagna la vicomtesse jusqu'au péristyle[1], où chacun attend sa voiture.

– Votre cousin ne se ressemble plus à lui-même, dit le Portugais en riant à la vicomtesse quand Eugène les eut quittés. Il va faire sauter la banque. Il est souple comme une anguille[2], et je crois qu'il ira loin. Vous seule avez pu lui trier sur le volet une femme au moment où il faut la consoler.

– Mais, dit madame de Beauséant, il faut savoir si elle aime encore celui qui l'abandonne.

L'étudiant revint à pied du Théâtre-Italien à la rue Neuve-Sainte-Geneviève, en faisant les plus doux projets. Il avait bien remarqué l'attention avec laquelle madame de Restaud l'avait examiné, soit dans la loge[3] de la vicomtesse, soit dans celle de madame de Nucingen, et il présuma que la porte de la comtesse ne lui serait plus fermée. Ainsi déjà quatre relations majeures, car il comptait bien plaire à la maréchale, allaient lui être acquises au cœur de la haute société parisienne. Sans trop s'expliquer les moyens, il devinait par avance que, dans le jeu compliqué des intérêts de ce monde, il devait s'accrocher à un rouage pour se trouver en haut de la machine, et il se sentait la force d'en enrayer la roue. Si madame de Nucingen s'intéresse à moi, je lui apprendrai à gouverner son mari. Ce mari fait des

1. **Péristyle :** galerie à colonnes qui entoure une cour.

2. **Anguille :** poisson qui a la forme d'un serpent.

3. **Loge :** petit salon fermé où peuvent s'installer les spectateurs dans une salle de théâtre.

affaires d'or, il pourra m'aider à ramasser tout d'un coup une fortune. Il ne se disait pas cela crûment, il n'était pas encore assez politique pour chiffrer une situation, l'apprécier et la calculer ; ces idées flottaient à l'horizon sous la forme de légers nuages, et, quoiqu'elles n'eussent pas l'âpreté[1] de celles de Vautrin, si elles avaient été soumises au creuset[2] de la conscience, elles n'auraient rien donné de bien pur. Les hommes arrivent, par une suite de transactions de ce genre, à cette morale relâchée que professe l'époque actuelle, où se rencontrent plus rarement que dans aucun temps ces hommes rectangulaires, ces belles volontés qui ne se plient jamais au mal, à qui la moindre déviation de la ligne droite semble être un crime : magnifiques images de la probité[3] qui nous ont valu deux chefs-d'œuvre, Alceste[4] de Molière, puis récemment Jenny Deans et son père[5], dans l'œuvre de Walter Scott. Peut-être l'œuvre opposée, la peinture des sinuosités dans lesquelles un homme du monde, un ambitieux fait rouler sa conscience, en essayant de côtoyer le mal, afin d'arriver à son but en gardant les apparences, ne serait-elle ni moins belle, ni moins dramatique. En atteignant au seuil de sa pension, Rastignac s'était épris de madame de Nucingen, elle lui avait paru svelte, fine comme une hirondelle. L'enivrante douceur de ses yeux, le tissu délicat et soyeux de sa peau sous laquelle il avait cru voir couler le sang, le son enchanteur de sa voix, ses blonds cheveux,

1. Âpreté : dureté, brutalité.

2. Creuset : récipient servant à purifier les matières minérales.

3. Probité : intégrité, honnêteté.

4. Alceste : personnage du *Misanthrope* (pièce de Molière), qui parle et agit toujours avec franchise, sans faux-semblant.

5. Jeanie Deans : héroïne du roman *Le Cœur du Midlothian*. Elle et son père sont deux être fidèles à leurs croyances religieuses et à leurs principes moraux.

il se rappelait tout ; et peut-être la marche, en mettant son sang en mouvement, aidait-elle à cette fascination. L'étudiant frappa rudement à la porte du père Goriot.

– Mon voisin, dit-il, j'ai vu madame Delphine.

– Où ?

– Aux Italiens[1].

– S'amusait-elle bien ? Entrez donc. Et le bonhomme, qui s'était levé en chemise, ouvrit sa porte et se recoucha promptement. – Parlez-moi donc d'elle, demanda-t-il.

Eugène, qui se trouvait pour la première fois chez le père Goriot, ne fut pas maître d'un mouvement de stupéfaction en voyant le bouge[2] où vivait le père, après avoir admiré la toilette de la fille. La fenêtre était sans rideaux ; le papier de tenture collé sur les murailles[3] s'en détachait en plusieurs endroits par l'effet de l'humidité, et se recroquevillait en laissant apercevoir le plâtre jauni par la fumée. Le bonhomme gisait sur un mauvais lit, n'avait qu'une maigre couverture et un couvre-pied ouaté[4] fait avec les bons morceaux des vieilles robes de madame Vauquer. Le carreau était humide et plein de poussière. En face de la croisée[5] se voyait une de ces vieilles commodes en bois de rose à ventre renflé[6], qui ont des mains en cuivre tordu en façon de sarments[7] décorés de feuilles ou de fleurs ; un vieux meuble à tablette de bois sur lequel était un pot à eau dans sa cuvette et tous les ustensiles nécessaires

1. **Aux Italiens** : aux Bouffons, théâtre à la mode.
2. **Bouge** : logement misérable, taudis.
3. **Murailles** : murs.
4. **Ouaté** : garni de ouate (sorte de coton).
5. **Croisée** : fenêtre en forme de croix.
6. **Renflé** : bombé.
7. **Sarments** : branches de pieds de vigne.

pour se faire la barbe. Dans un coin, les souliers ; à la tête du lit, une table de nuit sans porte ni marbre ; au coin de la cheminée, où il n'y avait pas trace de feu, se trouvait la table carrée, en bois de noyer, dont la barre avait servi au père Goriot à dénaturer son écuelle en vermeil[1]. Un méchant secrétaire sur lequel était le chapeau du bonhomme, un fauteuil foncé de paille et deux chaises complétaient ce mobilier misérable. La flèche du lit[2], attachée au plancher[3] par une loque[4], soutenait une mauvaise bande d'étoffe à carreaux rouges et blancs. Le plus pauvre commissionnaire[5] était certes moins mal meublé dans son grenier[6], que ne l'était le père Goriot chez madame Vauquer. L'aspect de cette chambre donnait froid et serrait le cœur, elle ressemblait au plus triste logement d'une prison. Heureusement Goriot ne vit pas l'expression qui se peignit sur la physionomie d'Eugène quand celui-ci posa sa chandelle sur la table de nuit. Le bonhomme se tourna de son côté en restant couvert jusqu'au menton.

– Eh ! bien, qui aimez-vous mieux de madame de Restaud ou de madame de Nucingen ?

– Je préfère madame Delphine, répondit l'étudiant, parce qu'elle vous aime mieux.

À cette parole chaudement dite, le bonhomme sortit son bras du lit et serra la main d'Eugène.

---

1. Vermeil : argent doré tirant sur le rouge.

2. Flèche du lit : tringle à laquelle sont suspendus les rideaux qui entourent le lit.

3. Plancher : plafond.

4. Loque : tissu déchiré.

5. Commissionnaire : homme qui offre ses services, dans la rue, pour effectuer n'importe quelle commission.

6. Grenier : chambre située en dessous du toit d'un immeuble.

– Merci, merci, répondit le vieillard ému. Que vous a-t-elle donc dit de moi ?

L'étudiant répéta les paroles de la baronne en les embellissant, et le vieillard l'écouta comme s'il eut entendu la parole de Dieu.

– Chère enfant ! oui, oui, elle m'aime bien. Mais ne la croyez pas dans ce qu'elle vous a dit d'Anastasie. Les deux sœurs se jalousent, voyez-vous ? c'est encore une preuve de leur tendresse. Madame de Restaud m'aime bien aussi. Je le sais. Un père est avec ses enfants comme Dieu est avec nous, il va jusqu'au fond des cœurs, et juge les intentions. Elles sont toutes deux aussi aimantes. Oh ! si j'avais eu de bons gendres, j'aurais été trop heureux. Il n'est sans doute pas de bonheur complet ici-bas. Si j'avais vécu chez elles ; mais rien que d'entendre leurs voix, de les savoir là, de les voir aller, sortir, comme quand je les avais chez moi, ça m'eût fait cabrioler le cœur. Étaient-elles bien mises[1] ?

– Oui, dit Eugène. Mais, monsieur Goriot, comment, en ayant des filles aussi richement établies que sont les vôtres, pouvez-vous demeurer dans un taudis pareil ?

– Ma foi, dit-il d'un air en apparence insouciant, à quoi cela me servirait-il d'être mieux ? Je ne puis guère vous expliquer ces choses-là ; je ne sais pas dire deux paroles de suite comme il faut. Tout est là, ajouta-t-il en se frappant le cœur. Ma vie, à moi, est dans mes deux filles. Si elles s'amusent, si elles sont heureuses, bravement mises[2], si elles marchent sur des tapis, qu'importe de quel drap je sois vêtu, et comment est l'endroit

1. **Mises** : vêtues.
2. **Bravement mises** : vêtues avec élégance.

où je me couche? je n'ai point froid si elles ont chaud, je ne m'ennuie jamais si elles rient. Je n'ai de chagrins que les leurs. Quand vous serez père, quand vous vous direz, en oyant[1] gazouiller vos enfants: C'est sorti de moi! que vous sentirez ces petites créatures tenir à chaque goutte de votre sang, dont elles ont été la fine fleur, car c'est ça! vous vous croirez attaché à leur peau, vous croirez être agité vous-même par leur marche. Leur voix me répond partout. Un regard d'elles, quand il est triste, me fige le sang. Un jour vous saurez que l'on est bien plus heureux de leur bonheur que du sien propre. Je ne peux pas vous expliquer ça: c'est des mouvements intérieurs qui répandent l'aise partout. Enfin, je vis trois fois. Voulez-vous que je vous dise une drôle de chose? Eh! bien, quand j'ai été père, j'ai compris Dieu. Il est tout entier partout, puisque la création est sortie de lui. Monsieur, je suis ainsi avec mes filles. Seulement j'aime mieux mes filles que Dieu n'aime le monde, parce que le monde n'est pas si beau que Dieu, et que mes filles sont plus belles que moi. Elles me tiennent si bien à l'âme, que j'avais idée que vous les verriez ce soir. Mon Dieu! un homme qui rendrait ma petite Delphine aussi heureuse qu'une femme l'est quand elle est bien aimée; mais je lui cirerais ses bottes, je lui ferais ses commissions. J'ai su par sa femme de chambre que ce petit monsieur de Marsay est un mauvais chien. Il m'a pris des envies de lui tordre le cou. Ne pas aimer un bijou de femme, une voix de rossignol, et faite comme un modèle! Où a-t-elle eu les yeux d'épouser cette grosse souche d'Alsacien? Il leur fallait à toutes deux de jolis jeunes gens bien aimables. Enfin, elles ont fait à leur fantaisie.

1. Oyant: entendant.

Le père Goriot était sublime. Jamais Eugène ne l'avait pu voir illuminé par les feux de sa passion paternelle. Une chose digne de remarque est la puissance d'infusion que possèdent les sentiments. Quelque grossière que soit une créature, dès qu'elle exprime une affection forte et vraie, elle exhale un fluide particulier qui modifie la physionomie, anime le geste, colore la voix. Souvent l'être le plus stupide arrive, sous l'effort de la passion, à la plus haute éloquence dans l'idée, si ce n'est dans le langage, et semble se mouvoir dans une sphère lumineuse. Il y avait en ce moment dans la voix, dans le geste de ce bonhomme, la puissance communicative qui signale le grand acteur. Mais nos beaux sentiments ne sont-ils pas les poésies de la volonté ?

– Eh ! bien, vous ne serez peut-être pas fâché d'apprendre, lui dit Eugène, qu'elle va rompre sans doute avec ce de Marsay. Ce beau-fils[1] l'a quittée pour s'attacher à la princesse Galathionne. Quant à moi, ce soir, je suis tombé amoureux de madame Delphine.

– Bah ! dit le père Goriot.

– Oui. Je ne lui ai pas déplu. Nous avons parlé amour pendant une heure, et je dois aller la voir après-demain samedi.

– Oh ! que je vous aimerais, mon cher monsieur, si vous lui plaisiez. Vous êtes bon, vous ne la tourmenteriez point. Si vous la trahissiez, je vous couperais le cou, d'abord. Une femme n'a pas deux amours, voyez-vous ? Mon Dieu ! mais je dis des bêtises, monsieur Eugène. Il fait froid ici pour vous. Mon Dieu ! vous l'avez donc entendue, que vous a-t-elle dit pour moi ?

1. **Beau-fils** : homme qui soigne son apparence, qui suit la mode.

– Rien, se dit en lui-même Eugène. – Elle m'a dit, répondit-il à haute voix, qu'elle vous envoyait un bon baiser de fille.

– Adieu, mon voisin, dormez bien, faites de beaux rêves ; les miens sont tout faits avec ce mot-là. Que Dieu vous protège dans tous vos désirs ! Vous avez été pour moi ce soir comme un bon ange ; vous me rapportez l'air de ma fille.

– Le pauvre homme, se dit Eugène en se couchant, il y a de quoi toucher des cœurs de marbre. Sa fille n'a pas plus pensé à lui qu'au Grand Turc[1].

Depuis cette conversation, le père Goriot vit dans son voisin un confident inespéré, un ami. Il s'était établi entre eux les seuls rapports par lesquels ce vieillard pouvait s'attacher à un autre homme. Les passions ne font jamais de faux calcul. Le père Goriot se voyait un peu plus près de sa fille Delphine, il s'en voyait mieux reçu, si Eugène devenait cher à la baronne. D'ailleurs il lui avait confié l'une de ses douleurs. Madame de Nucingen, à laquelle mille fois par jour il souhaitait le bonheur, n'avait pas connu les douceurs de l'amour. Certes, Eugène était, pour se servir de son expression, un des jeunes gens les plus gentils qu'il eût jamais vus, et il semblait pressentir qu'il lui donnerait tous les plaisirs dont elle avait été privée. Le bonhomme se prit donc pour son voisin d'une amitié qui alla croissant, et sans laquelle il eût été sans doute impossible de connaître le dénouement de cette histoire.

Le lendemain matin, au déjeuner, l'affectation avec laquelle le père Goriot regardait Eugène, près duquel il se plaça, les quelques paroles qu'il lui dit, et le changement de sa

1. Grand Turc : sultan de Turquie.

physionomie, ordinairement semblable à un masque de plâtre, surprirent les pensionnaires. Vautrin, qui revoyait l'étudiant pour la première fois depuis leur conférence, semblait vouloir lire dans son âme. En se souvenant du projet de cet homme, Eugène, qui, avant de s'endormir, avait, pendant la nuit, mesuré le vaste champ qui s'ouvrait à ses regards, pensa nécessairement à la dot[1] de mademoiselle Taillefer, et ne put s'empêcher de regarder Victorine comme le plus vertueux jeune homme regarde une riche héritière. Par hasard, leurs yeux se rencontrèrent. La pauvre fille ne manqua pas de trouver Eugène charmant dans sa nouvelle tenue. Le coup d'œil qu'ils échangèrent fut assez significatif pour que Rastignac ne doutât pas d'être pour elle l'objet de ces confus désirs qui atteignent toutes les jeunes filles et qu'elles rattachent au premier être séduisant. Une voix lui criait : Huit cent mille francs ! Mais tout à coup il se rejeta dans ses souvenirs de la veille, et pensa que sa passion de commande pour madame de Nucingen était l'antidote de ses mauvaises pensées involontaires.

– L'on donnait hier aux Italiens *Le Barbier de Séville*[2] de Rossini. Je n'avais jamais entendu de si délicieuse musique, dit-il. Mon Dieu ! est-on heureux d'avoir une loge[3] aux Italiens[4].

Le père Goriot saisit cette parole au vol comme un chien saisit un mouvement de son maître.

---

1. Dot : biens donnés par les parents à leur fille pour qu'elle se marie.

2. Titre d'un opéra adapté d'une pièce de Beaumarchais.

3. Loge : petit salon fermé où peuvent s'installer les spectateurs dans une salle de théâtre.

4. Aux Italiens : aux Bouffons, théâtre à la mode.

– Vous êtes comme des coqs en pâte, dit madame Vauquer, vous autres hommes, vous faites tout ce qui vous plaît.

– Comment êtes-vous revenu ? demanda Vautrin.

– À pied, répondit Eugène.

– Moi, reprit le tentateur, je n'aimerais pas de demi-plaisirs ; je voudrais aller là dans ma voiture, dans ma loge [1], et revenir bien commodément. Tout ou rien ! voilà ma devise.

– Et qui est bonne, reprit madame Vauquer.

– Vous irez peut-être voir madame de Nucingen, dit Eugène à voix basse à Goriot. Elle vous recevra, certes, à bras ouverts ; elle voudra savoir de vous mille petits détails sur moi. J'ai appris qu'elle ferait tout au monde pour être reçue chez ma cousine, madame la vicomtesse de Beauséant. N'oubliez pas de lui dire que je l'aime trop pour ne pas penser à lui procurer cette satisfaction.

Rastignac s'en alla promptement à l'École de Droit, il voulait rester le moins de temps possible dans cette odieuse maison. Il flâna pendant presque toute la journée, en proie à cette fièvre de tête qu'ont connue les jeunes gens affectés de trop vives espérances. Les raisonnements de Vautrin le faisaient réfléchir à la vie sociale, au moment où il rencontra son ami Bianchon dans le jardin du Luxembourg.

– Où as-tu pris cet air grave ? lui dit l'étudiant en médecine en lui prenant le bras pour se promener devant le palais.

– Je suis tourmenté par de mauvaises idées.

– En quel genre ? Ça se guérit, les idées.

– Comment ?

1. Loge : voir note 3, p. 204.

– En y succombant.

– Tu ris sans savoir ce dont il s'agit. As-tu lu Rousseau[1] ?

– Oui.

– Te souviens-tu de ce passage où il demande à son lecteur ce qu'il ferait au cas où il pourrait s'enrichir en tuant à la Chine par sa seule volonté un vieux mandarin[2], sans bouger de Paris.

– Oui.

– Eh ! bien ?

– Bah ! J'en suis à mon trente-troisième mandarin.

– Ne plaisante pas. Allons, s'il t'était prouvé que la chose est possible et qu'il te suffit d'un signe de tête, le ferais-tu ?

– Est-il bien vieux, le mandarin ? Mais, bah ! jeune ou vieux, paralytique ou bien portant, ma foi… Diantre ! Eh ! bien, non.

– Tu es un brave garçon, Bianchon. Mais si tu aimais une femme à te mettre pour elle l'âme à l'envers, et qu'il lui fallût de l'argent, beaucoup d'argent pour sa toilette, pour sa voiture, pour toutes ses fantaisies enfin ?

– Mais tu m'ôtes la raison, et tu veux que je raisonne.

– Eh ! bien, Bianchon, je suis fou, guéris-moi. J'ai deux sœurs qui sont des anges de beauté, de candeur, et je veux qu'elles soient heureuses. Où prendre deux cent mille francs pour leur dot[3] d'ici à cinq ans ? Il est, vois-tu, des circonstances dans la vie où il faut jouer gros jeu et ne pas user son bonheur à gagner des sous.

1. **Jean-Jacques Rousseau :** philosophe français du XVIIIe siècle.

2. L'expression *tuer le mandarin* signifie « commettre un crime sans que celui-ci ne soit jamais découvert ». Chateaubriand, et non Rousseau, reprend l'expression dans son sens propre : tuer un mandarin (homme de la haute société chinoise) en vue d'hériter de sa fortune sans que cela se sache.

3. **Dot :** biens donnés par les parents à leur fille pour qu'elle se marie.

– Mais tu poses la question qui se trouve à l'entrée de la vie pour tout le monde, et tu veux couper le nœud gordien avec l'épée[1]. Pour agir ainsi, mon cher, il faut être Alexandre, sinon l'on va au bagne[2]. Moi, je suis heureux de la petite existence que je me créerai en province, où je succéderai tout bêtement à mon père. Les affections de l'homme se satisfont dans le plus petit cercle aussi pleinement que dans une immense circonférence. Napoléon ne dînait pas deux fois, et ne pouvait pas avoir plus de maîtresses qu'en prend un étudiant en médecine quand il est interne aux Capucins[3]. Notre bonheur, mon cher, tiendra toujours entre la plante de nos pieds et notre occiput[4] ; et, qu'il coûte un million par an ou cent louis, la perception intrinsèque[5] en est la même au-dedans de nous. Je conclus à la vie du Chinois.

– Merci, tu m'as fait du bien, Bianchon ! nous serons toujours amis.

– Dis donc, reprit l'étudiant en médecine, en sortant du cours de Cuvier[6] au Jardin des Plantes, je viens d'apercevoir la Michonneau et le Poiret causant sur un banc avec un monsieur que j'ai vu dans les troubles[7] de l'année dernière aux environs de la Chambre des Députés, et qui m'a fait l'effet

1. Expression signifiant qu'il veut résoudre le problème par la violence. Pour obtenir l'Asie, Alexandre le Grand devait parvenir à défaire le nœud gordien qui était noué de façon extrêmement compliquée, or il finit par le trancher d'un coup d'épée.

2. Bagne : prison où les condamnés exécutent des travaux forcés.

3. Capucins : nom d'un hôpital.

4. Occiput : os situé au sommet du crâne.

5. Intrinsèque : intime, profonde.

6. Georges Cuvier : naturaliste français (1769-1832) qui s'intéressa à la classification des espèces. À l'époque, des cours d'histoire naturelle étaient dispensés au Muséum situé au Jardin des Plantes.

7. Allusion aux troubles politiques suite aux élections de 1818.

d'être un homme de la police déguisé en honnête bourgeois vivant de ses rentes[1]. Étudions ce couple-là : je te dirai pourquoi. Adieu, je vais répondre à mon appel de quatre heures.

Quand Eugène revint à la pension, il trouva le père Goriot qui l'attendait.

– Tenez, dit le bonhomme, voilà une lettre d'elle. Hein, la jolie écriture !

Eugène décacheta la lettre et lut.

« Monsieur, mon père m'a dit que vous aimiez la musique italienne. Je serais heureuse si vous vouliez me faire le plaisir d'accepter une place dans ma loge[2]. Nous aurons samedi la Fodor et Pellegrini[3], je suis sûre alors que vous ne me refuserez pas. Monsieur de Nucingen se joint à moi pour vous prier de venir dîner avec nous sans cérémonie. Si vous acceptez, vous le rendrez bien content de n'avoir pas à s'acquitter de sa corvée conjugale en m'accompagnant. Ne me répondez pas, venez, et agréez mes compliments.

D. de N. »

– Montrez-la-moi, dit le bonhomme à Eugène quand il eut lu la lettre. Vous irez, n'est-ce pas ? ajouta-t-il après avoir flairé le papier. Cela sent-il bon ! Ses doigts ont touché ça, pourtant !

– Une femme ne se jette pas ainsi à la tête d'un homme, se disait l'étudiant. Elle veut se servir de moi pour ramener de Marsay. Il n'y a que le dépit qui fasse faire de ces choses-là.

1. Rentes : revenus annuels (en dehors du salaire).

2. Loge : petit salon fermé où peuvent s'installer les spectateurs dans une salle de théâtre.

3. La Fodor, Pellegrini : chanteurs d'opéra.

– Eh ! bien, dit le père Goriot, à quoi pensez-vous donc ?

Eugène ne connaissait pas le délire de vanité dont certaines femmes étaient saisies en ce moment, et ne savait pas que, pour s'ouvrir une porte dans le faubourg Saint-Germain[1], la femme d'un banquier était capable de tous les sacrifices. À cette époque, la mode commençait à mettre au-dessus de toutes les femmes celles qui étaient admises dans la société du faubourg Saint-Germain, dites les dames du Petit-Château[2], parmi lesquelles madame de Beauséant, son amie la duchesse de Langeais et la duchesse de Maufrigneuse tenaient le premier rang. Rastignac seul ignorait la fureur dont étaient saisies les femmes de la Chaussée-d'Antin pour entrer dans le cercle supérieur où brillaient les constellations de leur sexe. Mais sa défiance le servit bien, elle lui donna de la froideur, et le triste pouvoir de poser des conditions au lieu d'en recevoir.

– Oui, j'irai, répondit-il.

Ainsi la curiosité le menait chez madame de Nucingen, tandis que, si cette femme l'eût dédaigné, peut-être y aurait-il été conduit par la passion. Néanmoins il n'attendit pas le lendemain et l'heure de partir sans une sorte d'impatience. Pour un jeune homme, il existe dans sa première intrigue[3] autant de charmes peut-être qu'il s'en rencontre dans un premier amour. La certitude de réussir engendre mille félicités[4] que les hommes n'avouent pas, et qui font tout le charme de certaines femmes. Le désir ne naît pas moins de la

1. **Faubourg Saint-Germain :** quartier où habite la noblesse.
2. **Les dames du Petit-Château :** petit groupe de personnes reçu quotidiennement au Petit-Château, résidence située au Louvre et habitée par le frère du roi.
3. **Intrigue :** aventure galante.
4. **Félicités :** joies.

difficulté que de la facilité des triomphes. Toutes les passions des hommes sont bien certainement excitées ou entretenues par l'une ou l'autre de ces deux causes, qui divisent l'empire amoureux. Peut-être cette division est-elle une conséquence de la grande question des tempéraments[1], qui domine, quoi qu'on en dise, la société. Si les mélancoliques ont besoin du tonique des coquetteries, peut-être les gens nerveux ou sanguins décampent-ils si la résistance dure trop. En d'autres termes, l'élégie[2] est aussi essentiellement lymphatique que le dithyrambe[3] est bilieux. En faisant sa toilette, Eugène savoura tous ces petits bonheurs dont n'osent parler les jeunes gens, de peur de se faire moquer d'eux, mais qui chatouillent l'amour-propre. Il arrangeait ses cheveux en pensant que le regard d'une jolie femme se coulerait sous leurs boucles noires. Il se permit des singeries enfantines autant qu'en aurait fait une jeune fille en s'habillant pour le bal. Il regarda complaisamment sa taille mince, en déplissant son habit. – Il est certain, se dit-il, qu'on en peut trouver de plus mal tournés ! Puis il descendit au moment où tous les habitués de la pension étaient à table, et reçut gaiement le hourra de sottises que sa tenue élégante excita. Un trait des mœurs[4] particulières aux pensions bourgeoises est l'ébahissement qu'y cause une toilette soignée. Personne n'y met un habit neuf sans que chacun dise son mot.

1. Selon la théorie des tempéraments, les traits de caractère chez l'individu s'expliquent par sa constitution physique, et notamment le liquide organique dominant dans son corps (la bile jaune chez les nerveux, la bile noire chez les mélancoliques, la lymphe chez les lymphatiques et le sang chez les sanguins).

2. Élégie : poème mélancolique.

3. Dithyrambe : poème exalté et élogieux.

4. Mœurs : habitudes de vie.

– Kt, kt, kt, kt, fit Bianchon en faisant claquer sa langue contre son palais, comme pour exciter un cheval.

– Tournure de duc et pair[1] ! dit madame Vauquer.

– Monsieur va en conquête ? fit observer mademoiselle Michonneau.

– Kocquériko ! cria le peintre.

– Mes compliments à madame votre épouse, dit l'employé au Muséum.

– Monsieur a une épouse ? demanda Poiret.

– Une épouse à compartiments, qui va sur l'eau, garantie bon teint, dans les prix de vingt-cinq à quarante, dessins à carreaux du dernier goût, susceptible de se laver, d'un joli porter, moitié fil, moitié coton, moitié laine, guérissant le mal de dents, et autres maladies approuvées par l'Académie royale de Médecine ! excellente d'ailleurs pour les enfants ! meilleure encore contre les maux de tête, les plénitudes et autres maladies de l'œsophage, des yeux et des oreilles, cria Vautrin avec la volubilité[2] comique et l'accentuation d'un opérateur[3]. Mais combien cette merveille, me direz-vous, messieurs ? deux sous ! Non. Rien du tout. C'est un reste des fournitures faites au Grand Mogol[4], et que tous les souverains de l'Europe, y compris le grrrrrand-duc de Bade[5], ont voulu voir ! Entrez droit devant vous ! et passez au petit bureau. Allez, la musique ! Brooum, là là, trinn ! là, là, boum, boum ! Monsieur de la clarinette, tu joues faux, reprit-il d'une voix enrouée, je te donnerai sur les doigts.

1. Pair (de France) : titre prestigieux des membres de la haute assemblée législative.

2. Volubilité : éloquence.

3. Opérateur : charlatan vendant des produits miracles.

4. Grand Mongol : empereur de Mongolie.

5. Bade : État du sud-ouest de l'Allemagne.

– Mon Dieu ! que cet homme-là est agréable, dit madame Vauquer à madame Couture, je ne m'ennuierais jamais avec lui.

Au milieu des rires et des plaisanteries, dont ce discours comiquement débité fut le signal, Eugène put saisir le regard furtif de mademoiselle Taillefer qui se pencha sur madame Couture, à l'oreille de laquelle elle dit quelques mots.

– Voilà le cabriolet[1], dit Sylvie.

– Où dîne-t-il donc ? demanda Bianchon.

– Chez madame la baronne de Nucingen.

– La fille de monsieur Goriot, répondit l'étudiant.

À ce nom, les regards se portèrent sur l'ancien vermicellier, qui contemplait Eugène avec une sorte d'envie.

Rastignac arriva rue Saint-Lazare, dans une de ces maisons légères, à colonnes minces, à portiques mesquins, qui constituent le *joli* à Paris, une véritable maison de banquier, pleine de recherches coûteuses, de stucs[2], des paliers d'escalier en mosaïque de marbre. Il trouva madame de Nucingen dans un petit salon à peintures italiennes, dont le décor ressemblait à celui des cafés. La baronne était triste. Les efforts qu'elle fit pour cacher son chagrin intéressèrent d'autant plus vivement Eugène qu'il n'y avait rien de joué. Il croyait rendre une femme joyeuse par sa présence, et la trouvait au désespoir. Ce désappointement piqua son amour-propre.

– J'ai bien peu de droits à votre confiance, madame, dit-il après l'avoir lutinée[3] sur sa préoccupation ; mais si je vous gênais, je compte sur votre bonne foi, vous me le diriez franchement.

---

1. Cabriolet : voiture à cheval.

2. Stucs : décorations murales en plâtre ou en marbre pulvérisé.

3. Lutinée : taquinée.

– Restez, dit-elle, je serais seule si vous vous en alliez. Nucingen dîne en ville, et je ne voudrais pas être seule, j'ai besoin de distraction.

– Mais qu'avez-vous ?

– Vous seriez la dernière personne à qui je le dirais, s'écria-t-elle.

– Je veux le savoir, je dois alors être pour quelque chose dans ce secret.

– Peut-être ! Mais non, reprit-elle, c'est des querelles de ménage qui doivent être ensevelies au fond du cœur. Ne vous le disais-je pas avant-hier ? je ne suis point heureuse. Les chaînes d'or sont les plus pesantes.

Quand une femme dit à un jeune homme qu'elle est malheureuse, si ce jeune homme est spirituel, bien mis, s'il a quinze cents francs d'oisiveté dans sa poche, il doit penser ce que se disait Eugène, et devient fat[1].

– Que pouvez-vous désirer ? répondit-il. Vous êtes belle, jeune, aimée, riche.

– Ne parlons pas de moi, dit-elle en faisant un sinistre mouvement de tête. Nous dînerons ensemble, tête à tête, nous irons entendre la plus délicieuse musique. Suis-je à votre goût ? reprit-elle en se levant et montrant sa robe en cachemire blanc à dessins perses de la plus riche élégance.

– Je voudrais que vous fussiez toute à moi, dit Eugène. Vous êtes charmante.

– Vous auriez une triste propriété, dit-elle en souriant avec amertume. Rien ici ne vous annonce le malheur, et cependant, malgré ces apparences, je suis au désespoir. Mes chagrins m'ôtent le sommeil, je deviendrai laide.

1. **Fat** : sot qui se croit intelligent.

– Oh ! cela est impossible, dit l'étudiant. Mais je suis curieux de connaître ces peines qu'un amour dévoué n'effacerait pas ?

– Ah ! si je vous les confiais, vous me fuiriez, dit-elle. Vous ne m'aimez encore que par une galanterie qui est de coutume chez les hommes ; mais si vous m'aimiez bien, vous tomberiez dans un désespoir affreux. Vous voyez que je dois me taire. De grâce, reprit-elle, parlons d'autre chose. Venez voir mes appartements.

– Non, restons ici, répondit Eugène en s'asseyant sur une causeuse[1] devant le feu près de madame de Nucingen, dont il prit la main avec assurance.

Elle la laissa prendre et l'appuya même sur celle du jeune homme par un de ces mouvements de force concentrée qui trahissent de fortes émotions.

– Écoutez, lui dit Rastignac ; si vous avez des chagrins, vous devez me les confier. Je veux vous prouver que je vous aime pour vous. Ou vous parlerez et me direz vos peines afin que je puisse les dissiper, fallût-il tuer six hommes, ou je sortirai pour ne plus revenir.

– Eh ! bien, s'écria-t-elle saisie par une pensée de désespoir qui la fit se frapper le front, je vais vous mettre à l'instant même à l'épreuve. Oui, se dit-elle, il n'est plus que ce moyen. Elle sonna.

– La voiture de monsieur est-elle attelée ? dit-elle à son valet de chambre.

– Oui, madame.

– Je la prends. Vous lui donnerez la mienne et mes chevaux. Vous ne servirez le dîner qu'à sept heures.

1. Causeuse : petit canapé à deux places.

– Allons, venez, dit-elle à Eugène, qui crut rêver en se trouvant dans le coupé de monsieur de Nucingen, à côté de cette femme.

– Au Palais-Royal, dit-elle au cocher, près du Théâtre-Français [1].

En route, elle parut agitée, et refusa de répondre aux mille interrogations d'Eugène, qui ne savait que penser de cette résistance muette, compacte, obtuse [2].

– En un moment elle m'échappe, se disait-il.

Quand la voiture s'arrêta, la baronne regarda l'étudiant d'un air qui imposa silence à ses folles paroles ; car il s'était emporté.

– Vous m'aimez bien ? dit-elle.

– Oui, répondit-il en cachant l'inquiétude qui le saisissait.

– Vous ne penserez rien de mal sur moi, quoi que je puisse vous demander ?

– Non.

– Êtes-vous disposé à m'obéir ?

– Aveuglément.

– Êtes-vous allé quelquefois au jeu ? dit-elle d'une voix tremblante.

– Jamais.

– Ah ! je respire. Vous aurez du bonheur. Voici ma bourse, dit-elle. Prenez donc ! il y a cent francs, c'est tout ce que possède cette femme si heureuse. Montez dans une maison de jeu, je ne sais où elles sont, mais je sais qu'il y en a au Palais-Royal. Risquez les cent francs à un jeu qu'on nomme la

1. **Théâtre-Français :** Comédie-Française.
2. **Obtuse :** bornée.

roulette, et perdez tout, ou rapportez-moi six mille francs. Je vous dirai mes chagrins à votre retour.

– Je veux bien que le diable m'emporte si je comprends quelque chose à ce que je vais faire, mais je vais vous obéir, dit-il avec une joie causée par cette pensée : « Elle se compromet avec moi, elle n'aura rien à me refuser. »

Eugène prend la jolie bourse, court au numéro NEUF, après s'être fait indiquer par un marchand d'habits la plus prochaine maison de jeu. Il y monte, se laisse prendre son chapeau ; mais il entre et demande où est la roulette. À l'étonnement des habitués, le garçon de salle le mène devant une longue table. Eugène, suivi de tous les spectateurs, demande sans vergogne[1] où il faut mettre l'enjeu.

– Si vous placez un louis sur un seul de ces trente-six numéros, et qu'il sorte, vous aurez trente-six louis, lui dit un vieillard respectable à cheveux blancs.

Eugène jette les cent francs sur le chiffre de son âge, vingt et un. Un cri d'étonnement part sans qu'il ait eu le temps de se reconnaître[2]. Il avait gagné sans le savoir.

– Retirez donc votre argent, lui dit le vieux monsieur, l'on ne gagne pas deux fois dans ce système-là.

Eugène prend un râteau que lui tend le vieux monsieur, il tire à lui les trois mille six cents francs et, toujours sans rien savoir du jeu, les place sur la rouge. La galerie le regarde avec envie, en voyant qu'il continue à jouer. La roue tourne, il gagne encore, et le banquier lui jette encore trois mille six cents francs.

1. **Sans vergogne :** sans honte.
2. **Se reconnaître :** prendre conscience de ce qui lui arrive.

– Vous avez sept mille deux cents francs à vous, lui dit à l'oreille le vieux monsieur. Si vous m'en croyez, vous vous en irez, la rouge a passé huit fois. Si vous êtes charitable, vous reconnaîtrez ce bon avis en soulageant la misère d'un ancien préfet de Napoléon qui se trouve dans le dernier besoin.

Rastignac étourdi se laisse prendre dix louis[1] par l'homme à cheveux blancs, et descend avec les sept mille francs, ne comprenant encore rien au jeu, mais stupéfié de son bonheur.

– Ah çà ! où me mènerez-vous maintenant, dit-il en montrant les sept mille francs à madame de Nucingen quand la portière fut refermée.

Delphine le serra par une étreinte folle et l'embrassa vivement, mais sans passion. – Vous m'avez sauvée ! Des larmes de joie coulèrent en abondance sur ses joues. Je vais tout vous dire, mon ami. Vous serez mon ami, n'est-ce pas ? Vous me voyez riche, opulente, rien ne me manque ou je parais ne manquer de rien ! Eh ! bien, sachez que monsieur de Nucingen ne me laisse pas disposer d'un sou : il paye toute la maison, mes voitures, mes loges ; il m'alloue pour ma toilette une somme insuffisante, il me réduit à une misère secrète par calcul. Je suis trop fière pour l'implorer. Ne serais-je pas la dernière des créatures si j'achetais son argent au prix où il veut me le vendre[2] ! Comment, moi riche de sept cent mille francs, me suis-je laissé dépouiller ? par fierté, par indignation. Nous sommes si jeunes, si naïves, quand nous commençons la vie conjugale ! La parole par laquelle il fallait demander de l'argent à mon mari me déchirait la bouche ; je n'osais jamais, je mangeais l'argent

1. Louis : ancienne monnaie.

2. Elle sous-entend que c'est en échange de ses charmes (leur relation est platonique, comme elle le suggère par la suite) qu'il lui offre de l'argent.

de mes économies et celui que me donnait mon pauvre père ; puis je me suis endettée. Le mariage est pour moi la plus horrible des déceptions, je ne puis vous en parler : qu'il vous suffise de savoir que je me jetterais par la fenêtre s'il fallait vivre avec Nucingen autrement qu'en ayant chacun notre appartement séparé. Quand il a fallu lui déclarer mes dettes de jeune femme, des bijoux, des fantaisies (mon pauvre père nous avait accoutumées à ne nous rien refuser), j'ai souffert le martyre ; mais enfin j'ai trouvé le courage de les dire. N'avais-je pas une fortune à moi ? Nucingen s'est emporté, il m'a dit que je le ruinerais, des horreurs ! J'aurais voulu être à cent pieds sous terre. Comme il avait pris ma dot[1], il a payé ; mais en stipulant désormais pour mes dépenses personnelles une pension à laquelle je me suis résignée, afin d'avoir la paix. Depuis, j'ai voulu répondre à l'amour-propre de quelqu'un que vous connaissez[2], dit-elle. Si j'ai été trompée par lui, je serais mal venue à ne pas rendre justice à la noblesse de son caractère. Mais enfin il m'a quittée indignement ! *On* ne devrait jamais abandonner une femme à laquelle on a jeté, dans un jour de détresse, un tas d'or ! *On* doit l'aimer toujours ! Vous, belle âme de vingt et un ans, vous jeune et pur, vous me demanderez comment une femme peut accepter de l'or d'un homme ? Mon Dieu ! n'est-il pas naturel de tout partager avec l'être auquel nous devons notre bonheur ? Quand on s'est tout donné, qui pourrait s'inquiéter d'une parcelle de ce tout ? L'argent ne devient quelque chose qu'au moment où le sentiment n'est plus. N'est-on pas lié pour la vie ? Qui de nous prévoit une

1. Dot : biens donnés par les parents à leur fille pour qu'elle se marie.

2. Elle parle de son amant, M. de Marsay, qui l'a l'entretenue en payant ses diverses dépenses.

séparation en se croyant bien aimée ? Vous nous jurez un amour éternel, comment avoir alors des intérêts distincts ? Vous ne savez pas ce que j'ai souffert aujourd'hui, lorsque Nucingen m'a positivement[1] refusé de me donner six mille francs, lui qui les donne tous les mois à sa maîtresse, une fille de l'Opéra ! Je voulais me tuer. Les idées les plus folles me passaient par la tête. Il y a eu des moments où j'enviais le sort d'une servante, de ma femme de chambre. Aller trouver mon père, folie ! Anastasie et moi nous l'avons égorgé : mon pauvre père se serait vendu s'il pouvait valoir six mille francs. J'aurais été le désespérer en vain. Vous m'avez sauvée de la honte et de la mort, j'étais ivre de douleur. Ah ! monsieur, je vous devais cette explication : j'ai été bien déraisonnablement folle avec vous. Quand vous m'avez quittée, et que je vous ai eu perdu de vue, je voulais m'enfuir à pied..., où ? je ne sais. Voilà la vie de la moitié des femmes de Paris : un luxe extérieur, des soucis cruels dans l'âme. Je connais de pauvres créatures encore plus malheureuses que je ne le suis. Il y a pourtant des femmes obligées de faire faire de faux mémoires[2] par leurs fournisseurs. D'autres sont forcées de voler leurs maris : les uns croient que des cachemires de cent louis[3] se donnent pour cinq cents francs, les autres qu'un cachemire de cinq cents francs vaut cent louis. Il se rencontre de pauvres femmes qui font jeûner leurs enfants, et grappillent pour avoir une robe. Moi, je suis pure de ces odieuses tromperies. Voici ma dernière angoisse. Si quelques femmes se vendent à leurs maris pour les gouverner, moi au moins je suis libre ! Je pourrais me faire couvrir d'or par

1. **Positivement** : catégoriquement.
2. **Mémoires** : notes de frais.
3. **Louis** : ancienne monnaie.

Nucingen, et je préfère pleurer la tête appuyée sur le cœur d'un homme que je puisse estimer. Ah ! ce soir monsieur de Marsay n'aura pas le droit de me regarder comme une femme qu'il a payée. Elle se mit le visage dans ses mains, pour ne pas montrer ses pleurs à Eugène, qui lui dégagea la figure pour la contempler, elle était sublime ainsi. – Mêler l'argent aux sentiments, n'est-ce pas horrible ? Vous ne pourrez pas m'aimer, dit-elle.

Ce mélange de bons sentiments, qui rendent les femmes si grandes, et des fautes que la constitution actuelle de la société les force à commettre, bouleversait Eugène, qui disait des paroles douces et consolantes en admirant cette belle femme, si naïvement imprudente dans son cri de douleur.

– Vous ne vous armerez pas de ceci contre moi, dit-elle, promettez-le-moi.

– Ah ! madame ! j'en suis incapable, dit-il.

Elle lui prit la main et la mit sur son cœur par un mouvement plein de reconnaissance et de gentillesse. – Grâce à vous me voilà redevenue libre et joyeuse. Je vivais pressée par une main de fer. Je veux maintenant vivre simplement, ne rien dépenser. Vous me trouverez bien comme je serai, mon ami, n'est-ce pas ? Gardez ceci, dit-elle en ne prenant que six billets de banque. En conscience[1] je vous dois mille écus[2], car je me suis considérée comme étant de moitié avec vous. Eugène se défendit comme une vierge. Mais la baronne lui ayant dit : – Je vous regarde comme mon ennemi si vous n'êtes pas mon complice, il prit l'argent. – Ce sera une mise de fonds en cas de malheur, dit-il.

---

1. En conscience : en ma conscience.

2. Écus : ancienne monnaie.

– Voilà le mot que je redoutais, s'écria-t-elle en pâlissant. Si vous voulez que je sois quelque chose pour vous, jurez-moi, dit-elle, de ne jamais retourner au jeu. Mon Dieu ! moi, vous corrompre ! j'en mourrais de douleur.

Ils étaient arrivés. Le contraste de cette misère et de cette opulence étourdissait l'étudiant, dans les oreilles duquel les sinistres paroles de Vautrin vinrent retentir.

– Mettez-vous là, dit la baronne en entrant dans sa chambre et montrant une causeuse[1] auprès du feu, je vais écrire une lettre bien difficile ! Conseillez-moi.

– N'écrivez pas, lui dit Eugène, enveloppez les billets, mettez l'adresse, et envoyez-les par votre femme de chambre.

– Mais vous êtes un amour d'homme, dit-elle. Ah ! voilà, monsieur, ce que c'est que d'avoir été bien élevé ! Ceci est du Beauséant tout pur, dit-elle en souriant.

– Elle est charmante, se dit Eugène qui s'éprenait de plus en plus. Il regarda cette chambre où respirait la voluptueuse élégance d'une riche courtisane[2].

– Cela vous plaît-il ? dit-elle en sonnant sa femme de chambre.

– Thérèse, portez cela vous-même à monsieur de Marsay, et remettez-le à lui-même. Si vous ne le trouvez pas, vous me rapporterez la lettre.

Thérèse ne partit pas sans avoir jeté un malicieux coup d'œil sur Eugène. Le dîner était servi. Rastignac donna le bras à madame de Nucingen, qui le mena dans une salle à manger délicieuse, où il retrouva le luxe de table qu'il avait admiré chez sa cousine.

---

1. Causeuse : petit canapé à deux places.
2. Courtisane : femme élégante qui vend ses charmes.

– Les jours d'Italiens[1], dit-elle, vous viendrez dîner avec moi, et vous m'accompagnerez.

– Je m'accoutumerais à cette douce vie si elle devait durer ; mais je suis un pauvre étudiant qui a sa fortune à faire.

– Elle se fera, dit-elle en riant. Vous voyez, tout s'arrange : je ne m'attendais pas à être si heureuse.

Il est dans la nature des femmes de prouver l'impossible par le possible et de détruire les faits par des pressentiments. Quand madame de Nucingen et Rastignac entrèrent dans leur loge[2] aux Bouffons[3], elle eut un air de contentement qui la rendait si belle, que chacun se permit de ces petites calomnies contre lesquelles les femmes sont sans défense, et qui font souvent croire à des désordres inventés à plaisir. Quand on connaît Paris, on ne croit à rien de ce qui s'y dit, et l'on ne dit rien de ce qui s'y fait. Eugène prit la main de la baronne, et tous deux se parlèrent par des pressions plus ou moins vives, en se communiquant les sensations que leur donnait la musique. Pour eux, cette soirée fut enivrante. Ils sortirent ensemble, et madame de Nucingen voulut reconduire Eugène jusqu'au Pont-Neuf, en lui disputant[4], pendant toute la route, un des baisers qu'elle lui avait si chaleureusement prodigués au Palais-Royal. Eugène lui reprocha cette inconséquence.

– Tantôt, répondit-elle, c'était de la reconnaissance pour un dévouement inespéré ; maintenant ce serait une promesse.

1. **Les jours d'Italiens** : les jours d'opéra aux Bouffons, théâtre à la mode.

2. **Loge** : petit salon fermé où peuvent s'installer les spectateurs dans une salle de théâtre.

3. **Bouffons** : théâtre à la mode.

4. **Disputant** : refusant.

– Et vous ne voulez m'en faire aucune, ingrate. Il se fâcha. En faisant un de ces gestes d'impatience qui ravissent un amant, elle lui donna sa main à baiser, qu'il prit avec une mauvaise grâce dont elle fut enchantée.

– À lundi, au bal, dit-elle.

En s'en allant à pied, par un beau clair de lune, Eugène tomba dans de sérieuses réflexions. Il était à la fois heureux et mécontent : heureux d'une aventure dont le dénouement probable lui donnait une des plus jolies et des plus élégantes femmes de Paris, objet de ses désirs ; mécontent de voir ses projets de fortune renversés, et ce fut alors qu'il éprouva la réalité des pensées indécises auxquelles il s'était livré l'avant-veille. L'insuccès nous accuse[1] toujours la puissance de nos prétentions. Plus Eugène jouissait de la vie parisienne, moins il voulait demeurer obscur[2] et pauvre. Il chiffonnait son billet de mille francs dans sa poche, en se faisant mille raisonnements captieux[3] pour se l'approprier. Enfin il arriva rue Neuve-Sainte-Geneviève et quand il fut en haut de l'escalier, il y vit de la lumière. Le père Goriot avait laissé sa porte ouverte et sa chandelle allumée, afin que l'étudiant n'oubliât pas de *lui raconter sa fille*, suivant son expression. Eugène ne lui cacha rien.

– Mais, s'écria le père Goriot dans un violent désespoir de jalousie, elles me croient ruiné : j'ai encore treize cents livres[4] de rente ! Mon Dieu ! la pauvre petite, que ne venait-elle ici !

1. Accuse : fait apparaître.
2. Obscur : méconnu.
3. Captieux : trompeurs, hypocrites.
4. Livres : ancienne monnaie.

j'aurais vendu mes rentes[1], nous aurions pris sur le capital, et avec le reste je me serais fait du viager[2]. Pourquoi n'êtes-vous pas venu me confier son embarras, mon brave voisin ? Comment avez-vous eu le cœur d'aller risquer au jeu ses pauvres petits cent francs ? c'est à fendre l'âme. Voilà ce que c'est que des gendres ! Oh ! si je les tenais, je leur serrerais le cou. Mon Dieu ! pleurer, elle a pleuré ?

– La tête sur mon gilet, dit Eugène.

– Oh ! donnez-le-moi, dit le père Goriot. Comment ! il y a eu là des larmes de ma fille, de ma chère Delphine, qui ne pleurait jamais étant petite ! Oh ! je vous en achèterai un autre, ne le portez plus, laissez-le-moi. Elle doit, d'après son contrat, jouir de ses biens. Ah ! je vais aller trouver Derville, un avoué[3], dès demain. Je vais faire exiger le placement de sa fortune. Je connais les lois, je suis un vieux loup, je vais retrouver mes dents.

– Tenez, père, voici mille francs qu'elle a voulu me donner sur notre gain. Gardez-les-lui, dans le gilet.

Goriot regarda Eugène, lui tendit la main pour prendre la sienne, sur laquelle il laissa tomber une larme.

– Vous réussirez dans la vie, lui dit le vieillard. Dieu est juste, voyez-vous ? Je me connais en probité[4], moi, et puis vous assurer qu'il y a bien peu d'hommes qui vous ressemblent. Vous voulez donc être aussi mon cher enfant ? Allez, dormez. Vous pouvez dormir, vous n'êtes pas encore père. Elle a pleuré, j'apprends ça, moi, qui étais là tranquillement à manger comme un

1. Rentes : revenus annuels (en dehors du salaire).
2. Viager : rente viagère (revenu annuel que l'on perçoit à vie).
3. Avoué : officier de justice.
4. Probité : intégrité, honnêteté.

imbécile pendant qu'elle souffrait ; moi, moi qui vendrais le Père, le Fils et le Saint-Esprit pour leur éviter une larme à toutes deux !

– Par ma foi, se dit Eugène en se couchant, je crois que je serai honnête homme toute ma vie. Il y a du plaisir à suivre les inspirations de sa conscience.

Il n'y a peut-être que ceux qui croient en Dieu qui font le bien en secret, et Eugène croyait en Dieu. Le lendemain, à l'heure du bal, Rastignac alla chez madame de Beauséant, qui l'emmena pour le présenter à la duchesse de Carigliano. Il reçut le plus gracieux accueil de la maréchale, chez laquelle il retrouva madame de Nucingen. Delphine s'était parée avec l'intention de plaire à tous pour mieux plaire à Eugène, de qui elle attendait impatiemment un coup d'œil, en croyant cacher son impatience. Pour qui sait deviner les émotions d'une femme, ce moment est plein de délices. Qui ne s'est souvent plu à faire attendre son opinion, à déguiser coquettement son plaisir, à chercher des aveux dans l'inquiétude que l'on cause, à jouir des craintes qu'on dissipera par un sourire ? Pendant cette fête, l'étudiant mesura tout à coup la portée de sa position, et comprit qu'il avait un état dans le monde en étant cousin avoué de madame de Beauséant. La conquête de madame la baronne de Nucingen, qu'on lui donnait déjà, le mettait si bien en relief, que tous les jeunes gens lui jetaient des regards d'envie ; en en surprenant quelques-uns, il goûta les premiers plaisirs de la fatuité[1]. En passant d'un salon dans un autre, en traversant les groupes, il entendit vanter son bonheur. Les femmes lui prédisaient toutes des succès.

1. **Fatuité :** satisfaction ridicule que l'on éprouve à l'égard de soi-même.

Delphine, craignant de le perdre, lui promit de ne pas lui refuser le soir le baiser qu'elle s'était tant défendue d'accorder l'avant-veille. À ce bal, Rastignac reçut plusieurs engagements[1]. Il fut présenté par sa cousine à quelques femmes qui toutes avaient des prétentions à l'élégance, et dont les maisons passaient pour être agréables ; il se vit lancé dans le plus grand et le plus beau monde de Paris. Cette soirée eut donc pour lui les charmes d'un brillant début, et il devait s'en souvenir jusque dans ses vieux jours, comme une jeune fille se souvient du bal où elle a eu des triomphes. Le lendemain, quand, en déjeunant, il raconta ses succès au père Goriot devant les pensionnaires, Vautrin se prit à sourire d'une façon diabolique.

– Et vous croyez, s'écria ce féroce logicien, qu'un jeune homme à la mode peut demeurer rue Neuve-Sainte-Geneviève, dans la maison Vauquer ? pension infiniment respectable sous tous les rapports, certainement, mais qui n'est rien moins que fashionable[2]. Elle est cossue[3], elle est belle de son abondance, elle est fière d'être le manoir momentané d'un Rastignac ; mais, enfin, elle est rue Neuve-Sainte-Geneviève, et ignore le luxe, parce qu'elle est purement *patriarchalorama*[4]. Mon jeune ami, reprit Vautrin, d'un air paternellement railleur, si vous voulez faire figure[5] à Paris, il vous faut trois chevaux et un tilbury[6] pour le matin, un coupé[7] pour le soir, en tout neuf mille francs

1. Engagements : invitations.

2. Fashionable : à la mode.

3. Cossue : riche.

4. Selon le jeu de *parler en rama*, Vautrin forme le mot *patriarchalorama* à partir de l'adjectif *patriarcal* suivi du suffixe *-rama* (voir p. 94).

5. Faire figure : occuper une place dans la société mondaine.

6. Tilbury : petite voiture à cheval.

7. Coupé : voiture à cheval.

pour le véhicule. Vous seriez indigne de votre destinée si vous ne dépensiez trois mille francs chez votre tailleur, six cents francs chez le parfumeur, cent écus[1] chez le bottier, cent écus chez le chapelier. Quant à votre blanchisseuse, elle vous coûtera mille francs. Les jeunes gens à la mode ne peuvent se dispenser d'être très forts sur l'article du linge : n'est-ce pas ce qu'on examine le plus souvent en eux ? L'amour et l'église veulent de belles nappes sur leurs autels. Nous sommes à quatorze mille. Je ne vous parle pas de ce que vous perdrez au jeu, en paris, en présents ; il est impossible de ne pas compter pour deux mille francs l'argent de poche. J'ai mené cette vie-là, j'en connais les débours[2]. Ajoutez à ces nécessités premières trois cents louis[3] pour la pâtée, mille francs pour la niche[4]. Allez, mon enfant, nous en avons pour nos petits vingt-cinq mille par an dans les flancs, ou nous tombons dans la crotte, nous nous faisons moquer de nous, et nous sommes destitués de notre avenir, de nos succès, de nos maîtresses ! J'oublie le valet de chambre et le groom[5] ! Est-ce Christophe qui portera vos billets doux ? Les écrirez-vous sur le papier dont vous vous servez ? Ce serait vous suicider. Croyez-en un vieillard plein d'expérience ! reprit-il en faisant un *rinforzando*[6] dans sa voix de basse[7]. Ou déportez-vous dans une vertueuse mansarde[8], et mariez-vous-y avec le travail, ou prenez une autre voie.

---

1. Écus : ancienne monnaie.
2. Débours : frais.
3. Louis : ancienne monnaie.
4. La pâtée, la niche : respectivement les repas et le logement.
5. Groom : valet d'écurie.
6. *Rinforzando* : (terme de musicologie) augmentation de l'intensité de la voix.
7. Voix de basse : voix grave.
8. Mansarde : chambre située sous les toits.

Et Vautrin cligna de l'œil en guignant[1] mademoiselle Taillefer de manière à rappeler et résumer dans ce regard les raisonnements séducteurs qu'il avait semés au cœur de l'étudiant pour le corrompre. Plusieurs jours se passèrent pendant lesquels Rastignac mena la vie la plus dissipée. Il dînait presque tous les jours avec madame de Nucingen, qu'il accompagnait dans le monde. Il rentrait à trois ou quatre heures du matin, se levait à midi pour faire sa toilette, allait se promener au Bois[2] avec Delphine, quand il faisait beau, prodiguant ainsi son temps sans en savoir le prix, et aspirant tous les enseignements, toutes les séductions du luxe avec l'ardeur dont est saisi l'impatient calice[3] d'un dattier femelle pour les fécondantes poussières de son hyménée[4]. Il jouait gros jeu, perdait ou gagnait beaucoup, et finit par s'habituer à la vie exorbitante des jeunes gens de Paris. Sur ses premiers gains, il avait renvoyé quinze cents francs à sa mère et à ses sœurs, en accompagnant sa restitution de jolis présents. Quoiqu'il eût annoncé vouloir quitter la maison Vauquer, il y était encore dans les derniers jours du mois de janvier, et ne savait comment en sortir. Les jeunes gens sont soumis presque tous à une loi en apparence inexplicable, mais dont la raison vient de leur jeunesse même, et de l'espèce de furie avec laquelle ils se ruent au plaisir. Riches ou pauvres, ils n'ont jamais d'argent pour les nécessités de la vie, tandis qu'ils en trouvent toujours pour leurs caprices. Prodigues[5] de tout ce qui s'obtient à crédit, ils sont avares de tout ce qui se paye à l'instant même, et semblent se venger de ce qu'ils n'ont pas, en dissipant

1. Guignant : regardant du coin de l'œil.

2. Au Bois : il s'agit du bois de Boulogne, lieu très en vogue, où l'on aime être vu.

3. Calice : partie de la fleur renfermant ses organes sexuels.

4. Hyménée : mariage.

5. Prodigues : dépensiers.

tout ce qu'ils peuvent avoir. Ainsi, pour nettement poser la question, un étudiant prend bien plus de soin de son chapeau que de son habit. L'énormité du gain rend le tailleur essentiellement créditeur[1], tandis que la modicité de la somme fait du chapelier un des êtres les plus intraitables parmi ceux avec lesquels il est forcé de parlementer. Si le jeune homme assis au balcon d'un théâtre offre à la lorgnette[2] des jolies femmes d'étourdissants gilets, il est douteux qu'il ait des chaussettes ; le bonnetier[3] est encore un des charançons[4] de sa bourse. Rastignac en était là. Toujours vide pour madame Vauquer, toujours pleine pour les exigences de la vanité, sa bourse avait des revers et des succès lunatiques en désaccord avec les paiements les plus naturels. Afin de quitter la pension puante, ignoble où s'humiliaient périodiquement ses prétentions, ne fallait-il pas payer un mois à son hôtesse, et acheter des meubles pour son appartement de dandy[5] ? c'était toujours la chose impossible. Si, pour se procurer l'argent nécessaire à son jeu, Rastignac savait acheter chez son bijoutier des montres et des chaînes d'or chèrement payées sur ses gains, et qu'il portait au Mont-de-Piété[6], ce sombre et discret ami de la jeunesse, il se trouvait sans invention comme sans audace quand il s'agissait de payer sa nourriture, son logement, ou d'acheter les outils indispensables à l'exploitation de

1. **Créditeur** : personne qui fait crédit.

2. **Lorgnette** : petite lunette grossissante qu'on utilise notamment au théâtre pour mieux voir le jeu des comédiens.

3. **Bonnetier** : vendeur de bonnets, bas, chaussettes, etc.

4. **Charançons** : insectes qui se nourrissent de céréales.

5. **Dandy** : homme élégant qui suit la mode.

6. **Mont-de-Piété** : établissement qui prête de l'argent en échange des objets qu'on y dépose. Pour avoir de l'argent, Rastignac achète des objets à crédit pour les déposer aussitôt après au Mont-de-Piété où on les lui échange contre une somme d'argent (évidemment beaucoup plus faible que le crédit engagé). Par conséquent, il s'endette pour dépenser plus.

la vie élégante. Une nécessité vulgaire, des dettes contractées pour des besoins satisfaits, ne l'inspiraient plus. Comme la plupart de ceux qui ont connu cette vie de hasard, il attendait au dernier moment pour solder des créances[1] sacrées aux yeux des bourgeois, comme faisait Mirabeau, qui ne payait son pain que quand il se présentait sous la forme dragonnante[2] d'une lettre de change[3]. Vers cette époque, Rastignac avait perdu son argent, et s'était endetté. L'étudiant commençait à comprendre qu'il lui serait impossible de continuer cette existence sans avoir des ressources fixes. Mais, tout en gémissant sous les piquantes atteintes de sa situation précaire, il se sentait incapable de renoncer aux jouissances excessives de cette vie, et voulait la continuer à tout prix. Les hasards sur lesquels il avait compté pour sa fortune devenaient chimériques[4], et les obstacles réels grandissaient. En s'initiant aux secrets domestiques de monsieur et madame de Nucingen, il s'était aperçu que, pour convertir l'amour en instrument de fortune, il fallait avoir bu toute honte, et renoncer aux nobles idées qui sont l'absolution[5] des fautes de la jeunesse. Cette vie extérieurement splendide, mais rongée par tous les *tœnias*[6] du remords, et dont les fugitifs plaisirs étaient chèrement expiés par de persistantes angoisses, il l'avait épousée, il s'y roulait en se faisant, comme le Distrait de La Bruyère[7], un lit dans

1. **Solder ses créances** : payer ses dettes.
2. **Dragonnante** : effrayante, menaçante comme un dragon.
3. **Lettre de change** : lettre écrite par le créancier fixant la somme due.
4. **Chimériques** : illusoires, faites d'imagination.
5. **Absolution** : pardon.
6. ***Tœnias*** : ténias, vers qui parasitent les intestins.
7. **La Bruyère** : auteur des *Caractères* (1688), ouvrage moraliste dans lequel il caricature types sociaux et traits de caractère à travers de courts portraits de personnages imaginaires.

la fange[1] du fossé ; mais, comme le Distrait, il ne souillait encore que son vêtement.

– Nous avons donc tué le mandarin[2] ? lui dit un jour Bianchon en sortant de table.

– Pas encore, répondit-il, mais il râle.

L'étudiant en médecine prit ce mot pour une plaisanterie, et ce n'en était pas une. Eugène, qui, pour la première fois depuis longtemps, avait dîné à la pension, s'était montré pensif pendant le repas. Au lieu de sortir au dessert, il resta dans la salle à manger assis auprès de mademoiselle Taillefer, à laquelle il jeta de temps en temps des regards expressifs. Quelques pensionnaires étaient encore attablés et mangeaient des noix, d'autres se promenaient en continuant des discussions commencées. Comme presque tous les soirs, chacun s'en allait à sa fantaisie, suivant le degré d'intérêt qu'il prenait à la conversation, ou selon le plus ou le moins de pesanteur que lui causait sa digestion. En hiver, il était rare que la salle à manger fût entièrement évacuée avant huit heures, moment où les quatre femmes demeuraient seules et se vengeaient du silence que leur sexe leur imposait au milieu de cette réunion masculine. Frappé de la préoccupation à laquelle Eugène était en proie, Vautrin resta dans la salle à manger, quoiqu'il eût paru d'abord empressé de sortir, et se tint constamment de manière à n'être pas vu d'Eugène, qui put le croire parti. Puis, au lieu d'accompagner ceux des pensionnaires qui s'en allèrent les derniers, il stationna sournoisement dans le salon. Il avait lu dans l'âme de l'étudiant et pressentait un symptôme

1. **Fange** : boue.
2. **Mandarin** : voir note 2, p. 206.

décisif. Rastignac se trouvait en effet dans une situation perplexe que beaucoup de jeunes gens ont dû connaître. Aimante ou coquette, madame de Nucingen avait fait passer Rastignac par toutes les angoisses d'une passion véritable, en déployant pour lui les ressources de la diplomatie féminine en usage à Paris. Après s'être compromise aux yeux du public pour fixer près d'elle le cousin de madame de Beauséant, elle hésitait à lui donner réellement les droits[1] dont il paraissait jouir. Depuis un mois elle irritait si bien les sens d'Eugène, qu'elle avait fini par attaquer le cœur. Si, dans les premiers moments de sa liaison, l'étudiant s'était cru le maître, madame de Nucingen était devenue la plus forte, à l'aide de ce manège qui mettait en mouvement chez Eugène tous les sentiments, bons ou mauvais, des deux ou trois hommes qui sont dans un jeune homme de Paris. Était-ce en elle un calcul ? Non ; les femmes sont toujours vraies, même au milieu de leurs plus grandes faussetés, parce qu'elles cèdent à quelque sentiment naturel. Peut-être Delphine, après avoir laissé prendre tout à coup tant d'empire sur elle par ce jeune homme et lui avoir montré trop d'affection, obéissait-elle à un sentiment de dignité, qui la faisait ou revenir sur ses concessions, ou se plaire à les suspendre. Il est si naturel à une Parisienne, au moment même où la passion l'entraîne, d'hésiter dans sa chute, d'éprouver le cœur de celui auquel elle va livrer son avenir ! Toutes les espérances de madame de Nucingen avaient été trahies une première fois, et sa fidélité pour un jeune égoïste venait d'être méconnue. Elle pouvait être défiante à bon droit. Peut-être avait-elle aperçu dans les

1. *Les droits* sur son corps.

manières d'Eugène, que son rapide succès avait rendu fat[1], une sorte de mésestime causée par les bizarreries de leur situation. Elle désirait sans doute paraître imposante à un homme de cet âge, et se trouver grande devant lui après avoir été si longtemps petite devant celui par qui elle était abandonnée. Elle ne voulait pas qu'Eugène la crût une facile conquête, précisément parce qu'il savait qu'elle avait appartenu à de Marsay. Enfin, après avoir subi le dégradant plaisir d'un véritable monstre, un libertin[2] jeune, elle éprouvait tant de douceur à se promener dans les régions fleuries de l'amour, que c'était sans doute un charme pour elle d'en admirer tous les aspects, d'en écouter longtemps les frémissements, et de se laisser longtemps caresser par de chastes brises. Le véritable amour payait pour le mauvais. Ce contresens sera malheureusement fréquent tant que les hommes ne sauront pas combien de fleurs fauchent dans l'âme d'une jeune femme les premiers coups de la tromperie. Quelles que fussent ses raisons, Delphine se jouait de Rastignac, et se plaisait à se jouer de lui, sans doute parce qu'elle se savait aimée et sûre de faire cesser les chagrins de son amant, suivant son royal bon plaisir de femme. Par respect de lui-même, Eugène ne voulait pas que son premier combat se terminât par une défaite, et persistait dans sa poursuite, comme un chasseur qui veut absolument tuer une perdrix à sa première fête de Saint-Hubert[3]. Ses anxiétés, son amour-propre offensé, ses désespoirs, faux ou véritables, l'attachaient de plus en plus à cette femme. Tout

1. Fat : sot qui se croit intelligent.

2. Libertin : personne qui se laisse aller au plaisir de la chair, personne sans moralité.

3. Fête de Saint-Hubert : fête des chasseurs.

Paris lui donnait madame de Nucingen, auprès de laquelle il n'était pas plus avancé que le premier jour où il l'avait vue. Ignorant encore que la coquetterie d'une femme offre quelquefois plus de bénéfices que son amour ne donne de plaisir, il tombait dans de sottes rages. Si la saison pendant laquelle une femme se dispute à l'amour offrait à Rastignac le butin de ses primeurs[1], elles lui devenaient aussi coûteuses qu'elles étaient vertes, aigrelettes[2] et délicieuses à savourer. Parfois, en se voyant sans un sou, sans avenir, il pensait, malgré la voix de sa conscience, aux chances de fortune dont Vautrin lui avait démontré la possibilité dans un mariage avec mademoiselle Taillefer. Or il se trouvait alors dans un moment où sa misère parlait si haut, qu'il céda presque involontairement aux artifices du terrible sphinx par les regards duquel il était souvent fasciné. Au moment où Poiret et mademoiselle Michonneau remontèrent chez eux, Rastignac, se croyant seul entre madame Vauquer et madame Couture, qui se tricotait des manches de laine en sommeillant auprès du poêle, regarda mademoiselle Taillefer d'une manière assez tendre pour lui faire baisser les yeux.

– Auriez-vous des chagrins, monsieur Eugène ? lui dit Victorine après un moment de silence.

– Quel homme n'a pas ses chagrins ! répondit Rastignac. Si nous étions sûrs, nous autres jeunes gens, d'être bien aimés, avec un dévouement qui nous récompensât des sacrifices que nous sommes toujours disposés à faire, nous n'aurions peut-être jamais de chagrins.

1. **Ses primeurs :** sa nouveauté, sa fraîcheur.
2. **Aigrelettes :** acidulées.

Mademoiselle Taillefer lui jeta, pour toute réponse, un regard qui n'était pas équivoque[1].

– Vous, mademoiselle, vous vous croyez sûre de votre cœur aujourd'hui ; mais répondriez-vous de ne jamais changer ?

Un sourire vint errer sur les lèvres de la pauvre fille comme un rayon jailli de son âme, et fit si bien reluire sa figure qu'Eugène fut effrayé d'avoir provoqué une aussi vive explosion de sentiment.

– Quoi ! si demain vous étiez riche et heureuse, si une immense fortune vous tombait des nues, vous aimeriez encore le jeune homme pauvre qui vous aurait plu durant vos jours de détresse ?

Elle fit un joli signe de tête.

– Un jeune homme bien malheureux ?

Nouveau signe.

– Quelles bêtises dites-vous donc là ? s'écria madame Vauquer.

– Laissez-nous, répondit Eugène, nous nous entendons.

– Il y aurait donc alors promesse de mariage entre monsieur le chevalier Eugène de Rastignac et mademoiselle Victorine Taillefer ? dit Vautrin de sa grosse voix en se montrant tout à coup à la porte de la salle à manger.

– Ah ! vous m'avez fait peur, dirent à la fois madame Couture et madame Vauquer.

– Je pourrais plus mal choisir, répondit en riant Eugène à qui la voix de Vautrin causa la plus cruelle émotion qu'il eût jamais ressentie.

– Pas de mauvaises plaisanteries, messieurs ! dit madame Couture. Ma fille, remontons chez nous.

---

1. **Qui n'était pas équivoque :** qui ne trompait pas.

Madame Vauquer suivit ses deux pensionnaires, afin d'économiser sa chandelle et son feu en passant la soirée chez elles. Eugène se trouva seul et face à face avec Vautrin.

– Je savais bien que vous y arriveriez, lui dit cet homme en gardant un imperturbable sang-froid. Mais, écoutez ! j'ai de la délicatesse tout comme un autre, moi. Ne vous décidez pas dans ce moment, vous n'êtes pas dans votre assiette ordinaire. Vous avez des dettes. Je ne veux pas que ce soit la passion, le désespoir, mais la raison qui vous détermine à venir à moi. Peut-être vous faut-il quelque millier d'écus. Tenez, le voulez-vous ?

Ce démon prit dans sa poche un portefeuille, et en tira trois billets de banque qu'il fit papilloter aux yeux de l'étudiant. Eugène était dans la plus cruelle des situations. Il devait au marquis d'Adjuda et au comte de Trailles cent louis[1] perdus sur parole[2]. Il ne les avait pas, et n'osait aller passer la soirée chez madame de Restaud, où il était attendu. C'était une de ces soirées sans cérémonies où l'on mange des petits gâteaux, où l'on boit du thé, mais où l'on peut perdre six mille francs au whist[3].

– Monsieur, lui dit Eugène en cachant avec peine un tremblement convulsif ; après ce que vous m'avez confié, vous devez comprendre qu'il m'est impossible de vous avoir des obligations[4].

– Eh ! bien, vous m'auriez fait de la peine de parler autrement, reprit le tentateur. Vous êtes un beau jeune homme,

1. **Louis :** ancienne monnaie.

2. **Perdus sur parole :** perdus au jeu et avancés sur la simple garantie de sa bonne foi.

3. **Whist :** jeu de cartes.

4. **Obligations :** dettes.

délicat, fier comme un lion et doux comme une jeune fille. Vous seriez une belle proie pour le diable. J'aime cette qualité de jeunes gens. Encore deux ou trois réflexions de haute politique, et vous verrez le monde comme il est. En y jouant quelques petites scènes de vertu, l'homme supérieur y satisfait toutes ses fantaisies aux grands applaudissements des niais du parterre[1]. Avant peu de jours vous serez à nous. Ah ! si vous vouliez devenir mon élève, je vous ferais arriver à tout. Vous ne formeriez pas un désir qu'il ne fût à l'instant comblé, quoi que vous puissiez souhaiter : honneur, fortune, femmes. On vous réduirait toute la civilisation en ambroisie[2]. Vous seriez notre enfant gâté, notre Benjamin[3], nous nous exterminerions tous pour vous avec plaisir. Tout ce qui vous ferait obstacle serait aplati. Si vous conservez des scrupules, vous me prenez donc pour un scélérat ? Eh ! bien, un homme qui avait autant de probité[4] que vous croyez en avoir encore, Monsieur de Turenne[5], faisait, sans se croire compromis, de petites affaires avec des brigands. Vous ne voulez pas être mon obligé[6], hein ? Qu'à cela ne tienne, reprit Vautrin en laissant échapper un sourire. Prenez ces chiffons, et mettez-moi là-dessus, dit-il en tirant un timbre[7], là, en travers : *Accepté pour la somme de trois mille cinq cents francs payable en un an*. Et datez ! L'intérêt est

1. Parterre : partie d'une salle de théâtre située en bas de la scène, juste après l'orchestre, et où se place le public le moins argenté.

2. Ambroisie : dans la mythologie antique, nourriture des dieux.

3. Benjamin : fils préféré de Jacob dans l'Ancien Testament.

4. Probité : intégrité, honnêteté.

5. Monsieur de Turenne : personnage exemplaire de la noblesse d'épée, il dirigea l'armée royale sous Louis XIV.

6. Être mon obligé : m'être redevable.

7. Timbre : lettre de change (lettre écrite par le créancier fixant la somme due) marquée d'un timbre officiel.

assez fort pour vous ôter tout scrupule ; vous pouvez m'appeler juif[1], et vous regarder comme quitte de toute reconnaissance. Je vous permets de me mépriser encore aujourd'hui, sûr que plus tard vous m'aimerez. Vous trouverez en moi de ces immenses abîmes, de ces vastes sentiments concentrés que les niais appellent des vices ; mais vous ne me trouverez jamais ni lâche ni ingrat. Enfin, je ne suis ni un pion ni un fou, mais une tour[2], mon petit.

– Quel homme êtes-vous donc ? s'écria Eugène, vous avez été créé pour me tourmenter.

– Mais non, je suis un bon homme qui veut se crotter pour que vous soyez à l'abri de la boue pour le reste de vos jours. Vous vous demandez pourquoi ce dévouement ? Eh ! bien, je vous le dirai tout doucement quelque jour, dans le tuyau de l'oreille. Je vous ai d'abord surpris en vous montrant le carillon[3] de l'ordre social et le jeu de la machine ; mais votre premier effroi se passera comme celui du conscrit[4] sur le champ de bataille, et vous vous accoutumerez à l'idée de considérer les hommes comme des soldats décidés à périr pour le service de ceux qui se sacrent rois eux-mêmes. Les temps sont bien changés. Autrefois on disait à un brave[5] : Voilà cent écus, tue-moi monsieur un tel, et l'on soupait tranquillement après avoir mis un homme à l'ombre pour un oui, pour un

1. La réputation de cupidité des juifs vient de la période médiévale durant laquelle les métiers d'argent étaient interdits aux chrétiens et réservés aux juifs.

2. Un pion, un fou, une tour : pièces du jeu d'échecs, la tour étant la plus forte.

3. Carillon : mécanisme servant à faire sonner plusieurs cloches dans une église. Le terme désigne par métaphore le mécanisme, le fonctionnement de l'ordre social.

4. Conscrit : jeune recrue, dans l'armée.

5. Brave : tueur à gages (de l'italien *bravo*).

non. Aujourd'hui je vous propose de vous donner une belle fortune contre un signe de tête qui ne nous compromet en rien, et vous hésitez. Le siècle est mou.

Eugène signa la traite[1], et l'échangea contre les billets de banque.

– Eh ! bien, voyons, parlons raison, reprit Vautrin. Je veux partir d'ici à quelques mois pour l'Amérique, aller planter mon tabac. Je vous enverrai les cigares de l'amitié. Si je deviens riche, je vous aiderai. Si je n'ai pas d'enfants (cas probable, je ne suis pas curieux de me replanter ici par bouture[2]), eh ! bien, je vous léguerai ma fortune. Est-ce être l'ami d'un homme ? Mais je vous aime, moi. J'ai la passion de me dévouer pour un autre. Je l'ai déjà fait. Voyez-vous, mon petit, je vis dans une sphère plus élevée que celles des autres hommes. Je considère les actions comme des moyens, et ne vois que le but. Qu'est-ce qu'un homme pour moi ? Ça ! fit-il en faisant claquer l'ongle de son pouce sous une de ses dents. Un homme est tout ou rien. Il est moins que rien quand il se nomme Poiret : on peut l'écraser comme une punaise, il est plat et il pue. Mais un homme est un dieu quand il vous ressemble : ce n'est plus une machine couverte en peau ; mais un théâtre où s'émeuvent les plus beaux sentiments, et je ne vis que par les sentiments. Un sentiment, n'est-ce pas le monde dans une pensée ? Voyez le père Goriot : ses deux filles sont pour lui tout l'univers, elles sont le fil avec lequel il se dirige dans la création. Eh ! bien, pour moi qui ai bien creusé la vie, il n'existe qu'un seul sentiment réel, une amitié d'homme à homme. Pierre et Jaffier, voilà ma passion.

1. **Traite** : lettre de change (lettre écrite par le créancier fixant la somme due).
2. **Bouture** : branche ou tige que l'on plante en terre pour qu'elle prenne racine.

Je sais *Venise sauvée*[1] par cœur. Avez-vous vu beaucoup de gens assez poilus[2] pour, quand un camarade dit : « Allons enterrer un corps ! », y aller sans souffler mot ni l'embêter de morale ? J'ai fait ça, moi. Je ne parlerais pas ainsi à tout le monde. Mais vous, vous êtes un homme supérieur, on peut tout vous dire, vous savez tout comprendre. Vous ne patouillerez[3] pas longtemps dans les marécages où vivent les crapoussins[4] qui nous entourent ici. Eh ! bien, voilà qui est dit. Vous épouserez. Poussons chacun nos pointes[5] ! La mienne est en fer et ne mollit jamais, hé, hé !

Vautrin sortit sans vouloir entendre la réponse négative de l'étudiant, afin de le mettre à son aise. Il semblait connaître le secret de ces petites résistances, de ces combats dont les hommes se parent devant eux-mêmes, et qui leur servent à se justifier leurs actions blâmables.

« Qu'il fasse comme il voudra, je n'épouserai certes pas mademoiselle Taillefer ! » se dit Eugène.

Après avoir subi le malaise d'une fièvre intérieure que lui causa l'idée d'un pacte fait avec cet homme dont il avait horreur, mais qui grandissait à ses yeux par le cynisme même de ses idées et par l'audace avec laquelle il étreignait la société, Rastignac s'habilla, demanda une voiture, et vint chez madame de Restaud. Depuis quelques jours, cette femme avait redoublé de soins pour un jeune homme dont chaque pas était un

1. ***Venise sauvée*** : tragédie anglaise du XVIIe siècle dans laquelle Jaffier et Pierre sont liés d'une grande amitié.

2. **Poilus** : courageux.

3. **Patouillerez** : pataugerez.

4. **Crapoussins** : (terme populaire) petits crapauds.

5. **Pointes** : (terme d'escrime) pointes des épées. Mais *pousser sa pointe* signifie aussi « courtiser » ou encore « aller jusqu'au bout de son entreprise ».

progrès au cœur du grand monde, et dont l'influence paraissait devoir être un jour redoutable. Il paya messieurs de Trailles et d'Adjuda, joua au whist une partie de la nuit, et regagna ce qu'il avait perdu. Superstitieux comme la plupart des hommes dont le chemin est à faire et qui sont plus ou moins fatalistes, il voulut voir dans son bonheur une récompense du ciel pour sa persévérance à rester dans le bon chemin. Le lendemain matin, il s'empressa de demander à Vautrin s'il avait encore sa lettre de change[1]. Sur une réponse affirmative, il lui rendit les trois mille francs en manifestant un plaisir assez naturel.

– Tout va bien, lui dit Vautrin.

– Mais je ne suis pas votre complice, dit Eugène.

– Je sais, je sais, répondit Vautrin en l'interrompant. Vous faites encore des enfantillages. Vous vous arrêtez aux bagatelles de la porte[2]. Fin du 2ème chapitre

Deux jours après, Poiret et mademoiselle Michonneau se trouvaient assis sur un banc, au soleil, dans une allée solitaire du Jardin des Plantes, et causaient avec le monsieur qui paraissait à bon droit suspect à l'étudiant en médecine.

– Mademoiselle, disait monsieur Gondureau, je ne vois pas d'où naissent vos scrupules. Son Excellence monseigneur le ministre de la Police générale du royaume…

– Ah ! Son Excellence monseigneur le ministre de la Police générale du royaume… répéta Poiret.

– Oui, Son Excellence s'occupe de cette affaire, dit Gondureau.

1. Lettre de change : lettre écrite par le créancier fixant la somme due.

2. Bagatelles de la porte : choses accessoires, sans importances (désignait autrefois les boniments des forains qui, à la porte de leur baraque, essayaient d'attirer les spectateurs).

À qui ne paraîtra-t-il pas invraisemblable que Poiret, ancien employé, sans doute homme de vertus bourgeoises, quoique dénué d'idées, continuât d'écouter le prétendu rentier de la rue de Buffon, au moment où il prononçait le mot de police en laissant ainsi voir la physionomie d'un agent de la rue de Jérusalem[1] à travers son masque d'honnête homme ? Cependant rien n'était plus naturel. Chacun comprendra mieux l'espèce particulière à laquelle appartenait Poiret, dans la grande famille des niais, après une remarque déjà faite par certains observateurs, mais qui jusqu'à présent n'a pas été publiée. Il est une nation plumigère[2], serrée au budget entre le premier degré de latitude qui comporte les traitements de douze cents francs, espèce de Groenland administratif, et le troisième degré, où commencent les traitements un peu plus chauds de trois à six mille, région tempérée, où s'acclimate la gratification, où elle fleurit malgré les difficultés de la culture. Un des traits caractéristiques qui trahit le mieux l'infirme étroitesse de cette gent[3] subalterne[4], est une sorte de respect involontaire, machinal, instinctif, pour ce grand lama[5] de tout ministère, connu de l'employé par une signature illisible et sous le nom de SON EXCELLENCE MONSEIGNEUR LE MINISTRE, cinq mots qui équivalent à l'*Il Bondo Cani* du Calife de Bagdad[6], et qui, aux yeux de ce peuple aplati, représente un pouvoir sacré, sans appel.

1. Rue de Jérusalem : rue où siège la police de Paris.

2. Plumigère : qui porte la plume (servant à écrire), en référence aux salariés des administrations. Néologisme inventé par Balzac sur le même principe que *casquettifères* (voir note 4, p. 68).

3. Gent : race, espèce (pour désigner un groupe humain).

4. Subalterne : subordonnée, inférieure.

5. Le grand lama est un grand prêtre de la religion bouddhique.

6. *Le Calife de Bagdad* est un opéra du début du XIXe siècle. Le Calife y prend le pseudonyme d'*Il Bondocani* afin de se promener anonymement dans sa ville.

Comme le pape pour les chrétiens, monseigneur est administrativement infaillible aux yeux de l'employé ; l'éclat qu'il jette se communique à ses actes, à ses paroles, à celles dites en son nom ; il couvre tout de sa broderie, et légalise les actions qu'il ordonne ; son nom d'Excellence, qui atteste la pureté de ses intentions et la sainteté de ses vouloirs, sert de passeport aux idées les moins admissibles. Ce que ces pauvres gens ne feraient pas dans leur intérêt, ils s'empressent de l'accomplir dès que le mot Son Excellence est prononcé. Les bureaux ont leur obéissance passive, comme l'armée a la sienne : système qui étouffe la conscience, annihile un homme, et finit, avec le temps, par l'adapter comme une vis ou un écrou à la machine gouvernementale. Aussi monsieur Gondureau, qui paraissait se connaître en hommes, distingua-t-il promptement en Poiret un de ces niais bureaucratiques, et fit-il sortir le *Deus ex machina*[1], le mot talismanique[2] de Son Excellence, au moment où il fallait, en démasquant ses batteries[3], éblouir le Poiret, qui lui semblait le mâle de la Michonneau, comme la Michonneau lui semblait la femelle du Poiret.

– Du moment où Son Excellence elle-même, Son Excellence monseigneur le… ! Ah ! c'est très différent, dit Poiret.

– Vous entendez monsieur, dans le jugement duquel vous paraissez avoir confiance, reprit le faux rentier en s'adressant à mademoiselle Michonneau. Eh ! bien, Son Excellence a maintenant la certitude la plus complète que le prétendu

1. ***Deus ex machina*** : dans le théâtre antique, intervention divine qui survient pour régler les problèmes auxquels sont confrontés les personnages.
2. **Talismanique** : qui agit comme un talisman, magique.
3. **En démasquant ses batteries** : en dévoilant son jeu.

Vautrin, logé dans la maison Vauquer, est un forçat[1] évadé du bagne[2] de Toulon, où il est connu sous le nom de *Trompe-la-Mort*.

– Ah ! *Trompe-la-Mort* ! dit Poiret, il est bien heureux, s'il a mérité ce nom-là.

– Mais oui, reprit l'agent. Ce sobriquet[3] est dû au bonheur qu'il a eu de ne jamais perdre la vie dans les entreprises extrêmement audacieuses qu'il a exécutées. Cet homme est dangereux, voyez-vous ! Il a des qualités qui le rendent extraordinaire. Sa condamnation est même une chose qui lui a fait dans sa partie[4] un honneur infini…

– C'est donc un homme d'honneur, demanda Poiret.

– À sa manière. Il a consenti à prendre sur son compte le crime d'un autre, un faux[5] commis par un très beau jeune homme qu'il aimait beaucoup, un jeune Italien assez joueur, entré depuis au service militaire, où il s'est d'ailleurs parfaitement comporté.

– Mais si Son Excellence le ministre de la Police est sûr que monsieur Vautrin soit Trompe-la-Mort, pourquoi donc aurait-il besoin de moi ? dit mademoiselle Michonneau.

– Ah ! oui, dit Poiret, si en effet le Ministre, comme vous nous avez fait l'honneur de nous le dire, a une certitude quelconque…

– Certitude n'est pas le mot ; seulement on se doute. Vous allez comprendre la question. Jacques Collin, surnommé

---

1. **Forçat :** prisonnier de bagne.
2. **Bagne :** prison où les condamnés exécutent des travaux forcés.
3. **Sobriquet :** surnom.
4. **Partie :** métier.
5. **Faux :** falsification de document.

Trompe-la-Mort, a toute la confiance des trois bagnes[1], qui l'ont choisi pour être leur agent et leur banquier. Il gagne beaucoup à s'occuper de ce genre d'affaires, qui nécessairement veut un homme de marque.

– Ah ! ah ! comprenez-vous le calembour, mademoiselle ? dit Poiret. Monsieur l'appelle un homme de *marque*, parce qu'il a été marqué[2].

– Le faux Vautrin, dit l'agent en continuant, reçoit les capitaux de messieurs les forçats, les place, les leur conserve, et les tient à la disposition de ceux qui s'évadent, ou de leurs familles, quand ils en disposent par testament, ou de leurs maîtresses, quand ils tirent sur lui pour elles[3].

– De leurs maîtresses ! Vous voulez dire de leurs femmes, fit observer Poiret.

– Non, monsieur. Le forçat n'a généralement que des épouses illégitimes, que nous nommons des concubines.

– Ils vivent donc tous en état de concubinage ?

– Conséquemment.

– Eh ! bien, dit Poiret, voilà des horreurs que Monseigneur ne devrait pas tolérer. Puisque vous avez l'honneur de voir Son Excellence, c'est à vous, qui me paraissez avoir des idées philanthropiques[4], à l'éclairer sur la conduite immorale de ces gens, qui donnent un très mauvais exemple au reste de la société.

– Mais, monsieur, le gouvernement ne les met pas là pour offrir le modèle de toutes les vertus.

1. Bagnes : (par métonymie) les forçats.

2. Marqué : marqué des initiales T.F. (lettres signifiant « Travaux Forcés » dont on marquait au fer rouge les bagnards).

3. Expression signifiant qu'ils lui demandent de l'argent pour elles.

4. Philanthropiques : altruistes, généreuses.

– C'est juste. Cependant, monsieur, permettez.

– Mais, laissez donc dire monsieur, mon cher mignon, dit mademoiselle Michonneau.

– Vous comprenez, mademoiselle, reprit Gondureau. Le gouvernement peut avoir un grand intérêt à mettre la main sur une caisse illicite[1], que l'on dit monter à un total assez majeur. Trompe-la-Mort encaisse des valeurs[2] considérables en recelant non seulement les sommes possédées par quelques-uns de ses camarades, mais encore celles qui proviennent de la Société des Dix Mille…

– Dix mille voleurs ! s'écria Poiret effrayé.

– Non, la Société des Dix Mille est une association de hauts voleurs, de gens qui travaillent en grand, et ne se mêlent pas d'une affaire où il n'y a pas dix mille francs à gagner. Cette société se compose de tout ce qu'il y a de plus distingué parmi ceux de nos hommes qui vont droit en cour d'assises. Ils connaissent le Code[3], et ne risquent jamais de se faire appliquer la peine de mort quand ils sont pincés. Collin est leur homme de confiance, leur conseil. À l'aide de ses immenses ressources, cet homme a su se créer une police à lui, des relations fort étendues qu'il enveloppe d'un mystère impénétrable. Quoique depuis un an nous l'ayons entouré d'espions, nous n'avons pas encore pu voir dans son jeu. Sa caisse et ses talents servent donc constamment à solder[4] le vice, à faire les fonds au crime[5], et entretiennent sur pied une armée de mauvais sujets qui sont

1. **Caisse illicite :** réserve d'argent illégale, butin.
2. **Valeurs :** titres comme les lettres de change, les rentes, les actions, etc.
3. **Le Code :** le Code civil.
4. **Solder :** financer.
5. **Faire les fonds au crime :** approvisionner le crime en argent.

dans un perpétuel état de guerre avec la société. Saisir Trompe-la-Mort et s'emparer de sa banque, ce sera couper le mal dans sa racine. Aussi cette expédition est-elle devenue une affaire d'État et de haute politique, susceptible d'honorer ceux qui coopéreront à sa réussite. Vous-même, monsieur, pourriez être de nouveau employé dans l'administration, devenir secrétaire d'un commissaire de police, fonctions qui ne vous empêcheraient point de toucher votre pension de retraite.

– Mais pourquoi, dit mademoiselle Michonneau, Trompe-la-Mort ne s'en va-t-il pas avec la caisse ?

– Oh ! fit l'agent, partout où il irait, il serait suivi d'un homme chargé de le tuer, s'il volait le bagne[1]. Puis une caisse ne s'enlève pas aussi facilement qu'on enlève une demoiselle de bonne maison. D'ailleurs, Collin est un gaillard incapable de faire un trait semblable, il se croirait déshonoré.

– Monsieur, dit Poiret, vous avez raison, il serait tout à fait déshonoré.

– Tout cela ne nous dit pas pourquoi vous ne venez pas tout bonnement vous emparer de lui, demanda mademoiselle Michonneau.

– Eh ! bien, mademoiselle, je réponds... Mais, lui dit-il à l'oreille, empêchez votre monsieur de m'interrompre, ou nous n'en aurons jamais fini. Il doit avoir beaucoup de fortune[2] pour se faire écouter[3], ce vieux-là. Trompe-la Mort, en venant ici, a chaussé la peau d'un honnête homme, il s'est fait bon bourgeois de Paris, il s'est logé dans une pension sans

1. **Bagne :** prison où les condamnés exécutent des travaux forcés.
2. **Fortune :** succès (en amour).
3. **Se faire écouter :** se faire apprécier des femmes (et donc de Mlle Michonneau).

apparence ; il est fin, allez ! on ne le prendra jamais sans vert[1]. Donc monsieur Vautrin est un homme considéré, qui fait des affaires considérables.

– Naturellement, se dit Poiret à lui-même.

– Le ministre, si l'on se trompait en arrêtant un vrai Vautrin, ne veut pas se mettre à dos le commerce de Paris, ni l'opinion publique. Monsieur le Préfet de police branle dans le manche[2], il a des ennemis. S'il y avait erreur, ceux qui veulent sa place profiteraient des clabaudages[3] et des criailleries libérales[4] pour le faire sauter. Il s'agit ici de procéder comme dans l'affaire de Cogniard[5], le faux comte de Sainte-Hélène ; si ç'avait été un vrai comte de Sainte-Hélène, nous n'étions pas propres. Aussi faut-il vérifier !

– Oui, mais vous avez besoin d'une jolie femme, dit vivement mademoiselle Michonneau.

– Trompe-la-Mort ne se laisserait pas aborder par une femme, dit l'agent. Apprenez un secret ? il n'aime pas les femmes.

– Mais je ne vois pas alors à quoi je suis bonne pour une semblable vérification, une supposition que je consentirais à la faire pour deux mille francs.

– Rien de plus facile, dit l'inconnu. Je vous remettrai un flacon contenant une dose de liqueur préparée pour donner un coup de sang[6] qui n'a pas le moindre danger et simule une

1. **Sans vert :** au dépourvu.

2. **Branle dans le manche :** (expression populaire) est en mauvaise posture car il risque sa place.

3. **Clabaudages :** commérages.

4. **Criailleries libérales :** protestations du parti libéral.

5. **Coignard :** (et non Cogniard) forçat évadé qui vivait sous la fausse identité du comte de Sainte-Hélène et qui fut démasqué.

6. **Coup de sang :** congestion.

apoplexie[1]. Cette drogue peut se mêler également au vin et au café. Sur-le-champ vous transportez votre homme sur un lit, et vous le déshabillez afin de savoir s'il ne meurt pas. Au moment où vous serez seule, vous lui donnerez une claque sur l'épaule, paf ! et vous verrez reparaître les lettres.

– Mais c'est rien du tout, ça, dit Poiret.

– Eh ! bien, consentez-vous ? dit Gondureau à la vieille fille.

– Mais, mon cher monsieur, dit mademoiselle Michonneau, au cas où il n'y aurait point de lettres, aurais-je les deux mille francs ?

– Non.

– Quelle sera donc l'indemnité ?

– Cinq cents francs.

– Faire une chose pareille pour si peu. Le mal est le même dans la conscience, et j'ai ma conscience à calmer, monsieur.

– Je vous affirme, dit Poiret, que mademoiselle a beaucoup de conscience, outre que c'est une très aimable personne et bien entendue[2].

– Eh ! bien, reprit mademoiselle Michonneau, donnez-moi trois mille francs si c'est Trompe-la-Mort, et rien si c'est un bourgeois.

– Ça va, dit Gondureau, mais à condition que l'affaire sera faite demain.

– Pas encore, mon cher monsieur, j'ai besoin de consulter mon confesseur.

– Finaude ! dit l'agent en se levant. À demain alors. Et si vous étiez pressée de me parler, venez petite rue Sainte-Anne,

1. **Apoplexie** : attaque cérébrale.
2. **Bien entendue** : habile, dégourdie.

au bout de la cour de la Sainte-Chapelle. Il n'y a qu'une porte sous la voûte. Demandez monsieur Gondureau.

Bianchon, qui revenait du cours de Cuvier[1], eut l'oreille frappée du mot assez original de Trompe-la-Mort, et entendit le ça va du célèbre chef[2] de la police de sûreté[3].

– Pourquoi n'en finissez-vous pas, ce serait trois cents francs de rente viagère[4], dit Poiret à mademoiselle Michonneau.

– Pourquoi ? dit-elle. Mais il faut y réfléchir. Si monsieur Vautrin était ce Trompe-la-Mort, peut-être y aurait-il plus d'avantage à s'arranger avec lui. Cependant, lui demander de l'argent, ce serait le prévenir, et il serait homme à décamper *gratis*[5]. Ce serait un *puff*[6] abominable.

– Quand il serait prévenu, reprit Poiret, ce monsieur ne nous a-t-il pas dit qu'il était surveillé ? Mais vous, vous perdriez tout.

– D'ailleurs, pensa mademoiselle Michonneau, je ne l'aime point, cet homme ! Il ne sait me dire que des choses désagréables.

– Mais, reprit Poiret, vous feriez mieux. Ainsi que l'a dit ce monsieur, qui me paraît fort bien, outre qu'il est très

1. **Georges Cuvier** : naturaliste français (1769-1832) qui s'intéressa à la classification des espèces. À l'époque, des cours d'histoire naturelle étaient dispensés au Muséum situé au Jardin des Plantes.

2. Ce policier qui se fait appeler M. Gondureau est en réalité Vidocq, célèbre personnage historique (1775-1857), ancien forçat devenu chef de police. Il résidait réellement rue Sainte-Anne.

3. La *police de sûreté* était à cette époque formée d'anciens forçats chargés d'infiltrer les organisations criminelles.

4. **Rente viagère** : revenu annuel que l'on perçoit à vie.

5. Mlle Michonneau craint qu'il ne s'enfuie sans la rétribuer pour service rendu.

6. ***Puff*** : (emprunté de l'anglais) publicité mensongère, mais ici : échec, bide, flop.

proprement couvert[1], c'est un acte d'obéissance aux lois que de débarrasser la société d'un criminel, quelque vertueux qu'il puisse être. Qui a bu boira. S'il lui prenait fantaisie de nous assassiner tous ? Mais, que diable ! nous serions coupables de ces assassinats, sans compter que nous en serions les premières victimes.

La préoccupation de mademoiselle Michonneau ne lui permettait pas d'écouter les phrases tombant une à une de la bouche de Poiret, comme les gouttes d'eau qui suintent à travers le robinet d'une fontaine mal fermée. Quand une fois ce vieillard avait commencé la série de ses phrases, et que mademoiselle Michonneau ne l'arrêtait pas, il parlait toujours, à l'instar d'une mécanique montée[2]. Après avoir entamé un premier sujet, il était conduit par ses parenthèses à en traiter de tout opposés, sans avoir rien conclu. En arrivant à la maison Vauquer, il s'était faufilé dans une suite de passages et de citations transitoires qui l'avaient amené à raconter sa déposition dans l'affaire du sieur Ragoulleau et de la dame Morin[3], où il avait comparu en qualité de témoin à décharge. En entrant, sa compagne ne manqua pas d'apercevoir Eugène de Rastignac engagé avec mademoiselle Taillefer dans une intime causerie dont l'intérêt était si palpitant que le couple ne fit aucune attention au passage des deux vieux pensionnaires quand ils traversèrent la salle à manger.

– Ça devait finir par là, dit mademoiselle Michonneau à Poiret. Ils se faisaient des yeux à s'arracher l'âme depuis huit jours.

---

1. Couvert : vêtu.

2. Montée : remontée (dont on a retendu les ressorts).

3. Cette affaire a réellement existé.

– Oui, répondit-il. Aussi fut-elle condamnée.

– Qui ?

– Madame Morin.

– Je vous parle de mademoiselle Victorine, dit la Michonneau en entrant, sans y faire attention, dans la chambre de Poiret, et vous me répondez par madame Morin. Qu'est-ce que c'est que cette femme-là ?

– De quoi serait donc coupable mademoiselle Victorine ? demanda Poiret.

– Elle est coupable d'aimer monsieur Eugène de Rastignac, et va de l'avant sans savoir où ça la mènera, pauvre innocente !

Eugène avait été, pendant la matinée, réduit au désespoir par madame de Nucingen. Dans son for intérieur, il s'était abandonné complètement à Vautrin, sans vouloir sonder ni les motifs de l'amitié que lui portait cet homme extraordinaire, ni l'avenir d'une semblable union. Il fallait un miracle pour le tirer de l'abîme où il avait déjà mis le pied depuis une heure, en échangeant avec mademoiselle Taillefer les plus douces promesses. Victorine croyait entendre la voix d'un ange, les cieux s'ouvraient pour elle, la maison Vauquer se parait des teintes fantastiques que les décorateurs donnent aux palais de théâtre : elle aimait, elle était aimée, elle le croyait du moins ! Et quelle femme ne l'aurait cru comme elle en voyant Rastignac, en l'écoutant durant cette heure dérobée à tous les argus[1] de la maison ? En se débattant contre sa conscience, en sachant qu'il faisait mal et voulant faire mal, en se disant qu'il rachèterait ce péché véniel[2] par le bonheur

1. Argus : espions (Argus est un monstre de la mythologie muni de cent yeux).
2. Véniel : pardonnable.

d'une femme, il s'était embelli de son désespoir, et resplendissait de tous les feux de l'enfer qu'il avait au cœur. Heureusement pour lui, le miracle eut lieu : Vautrin entra joyeusement, et lut dans l'âme des deux jeunes gens qu'il avait mariés par les combinaisons de son infernal génie, mais dont il troubla soudain la joie en chantant de sa grosse voix railleuse[1] :

Ma Fanchette est charmante
Dans sa simplicité[2]...

Victorine se sauva en emportant autant de bonheur qu'elle avait eu jusqu'alors de malheur dans sa vie. Pauvre fille ! un serrement de mains, sa joue effleurée par les cheveux de Rastignac, une parole dite si près de son oreille qu'elle avait senti la chaleur des lèvres de l'étudiant, la pression de sa taille par un bras tremblant, un baiser pris sur son cou, furent les accordailles[3] de sa passion, que le voisinage de la grosse Sylvie, menaçant d'entrer dans cette radieuse salle à manger, rendit plus ardentes, plus vives, plus engageantes que les plus beaux témoignages de dévouement racontés dans les plus célèbres histoires d'amour. Ces *menus suffrages*[4], suivant une jolie expression de nos ancêtres, paraissaient être des crimes à une pieuse jeune fille confessée tous les quinze jours ! En cette heure, elle avait prodigué plus de trésors d'âme que plus tard, riche et heureuse, elle n'en aurait donné en se livrant tout entière.

– L'affaire est faite, dit Vautrin à Eugène. Nos deux dandies[5] se sont piochés[6]. Tout s'est passé convenablement. Affaire

1. Railleuse : moqueuse.
2. Air des *Deux Jaloux* (1813), vaudeville de Jean-Baptiste Vial.
3. Accordailles : fiançailles.
4. ***Menus suffrages*** : petites faveurs (qu'une femme accorde à un homme).
5. Dandies : pluriel de *dandy* (homme élégant qui suit la mode).
6. Piochés : (terme populaire) bataillés.

d'opinion. Notre pigeon a insulté mon faucon. À demain, dans la redoute[1] de Clignancourt. À huit heures et demie, mademoiselle Taillefer héritera de l'amour et de la fortune de son père, pendant qu'elle sera là tranquillement à tremper ses mouillettes de pain beurré dans son café. N'est-ce pas drôle à se dire ? Ce petit Taillefer est très fort à l'épée, il est confiant comme un brelan carré[2] ; mais il sera saigné par un coup que j'ai inventé, une manière de relever l'épée et de vous piquer le front. Je vous montrerai cette botte[3]-là, car elle est furieusement utile.

Rastignac écoutait d'un air stupide, et ne pouvait rien répondre. En ce moment le père Goriot, Bianchon et quelques autres pensionnaires arrivèrent.

– Voilà comme je vous voulais, lui dit Vautrin. Vous savez ce que vous faites. Bien, mon petit aiglon ! vous gouvernerez les hommes ; vous êtes fort, carré, poilu[4] ; vous avez mon estime.

Il voulut lui prendre la main. Rastignac retira vivement la sienne, et tomba sur une chaise en pâlissant ; il croyait voir une mare de sang devant lui.

– Ah ! nous avons encore quelques petits langes[5] tachés de vertu, dit Vautrin à voix basse. Papa d'Oliban[6] a trois millions, je sais sa fortune. La dot[7] vous rendra blanc comme une robe de mariée, et à vos propres yeux.

---

1. **Redoute** : fortification.
2. **Brelan carré** : combinaison de cartes très forte.
3. **Botte** : (terme d'escrime) coup d'épée particulier.
4. **Poilu** : courageux.
5. **Langes** : couches d'un enfant.
6. **Papa d'Oliban** : M. d'Oliban est, dans la comédie intitulée *Le Sourd ou l'Auberge pleine* (1790), un père qui risque de faire le malheur de sa fille en agissant bêtement.
7. **Dot** : biens donnés par les parents à leur fille pour qu'elle se marie.

Rastignac n'hésita plus. Il résolut d'aller prévenir pendant la soirée messieurs Taillefer père et fils. En ce moment, Vautrin l'ayant quitté, le père Goriot lui dit à l'oreille : – Vous êtes triste, mon enfant ! je vais vous égayer, moi. Venez ! Et le vieux vermicellier allumait son rat-de-cave[1] à une des lampes. Eugène le suivit tout ému de curiosité.

– Entrons chez vous, dit le bonhomme, qui avait demandé la clef de l'étudiant à Sylvie. Vous avez cru ce matin qu'elle ne vous aimait pas, hein ! reprit-il. Elle vous a renvoyé de force, et vous vous en êtes allé fâché, désespéré. Nigaudinos[2] ! elle m'attendait. Comprenez-vous ? Nous devions aller achever d'arranger un bijou d'appartement dans lequel vous irez demeurer d'ici à trois jours. Ne me vendez pas. Elle veut vous faire une surprise ; mais je ne tiens pas à vous cacher plus longtemps le secret. Vous serez rue d'Artois, à deux pas de la rue Saint-Lazare. Vous y serez comme un prince. Nous vous avons eu des meubles comme pour une épousée. Nous avons fait bien des choses depuis un mois, en ne vous en disant rien. Mon avoué[3] s'est mis en campagne[4], ma fille aura ses trente-six mille francs par an, l'intérêt de sa dot[5], et je vais faire exiger le placement de ses huit cent mille francs en bons biens au soleil.

Eugène était muet et se promenait, les bras croisés, de long en long, dans sa pauvre chambre en désordre. Le père Goriot saisit un moment où l'étudiant lui tournait le dos, et mis

1. **Rat-de-cave :** bougie longue et fine.

2. **Nigaudinos :** grand nigaud.

3. **Avoué :** officier de justice.

4. **S'est mis en campagne :** a entrepris des démarches juridiques.

5. **Dot :** biens donnés par les parents à leur fille pour qu'elle se marie.

sur la cheminée une boîte en maroquin[1] rouge, sur laquelle étaient imprimées en or les armes de Rastignac.

– Mon cher enfant, disait le pauvre bonhomme, je me suis mis dans tout cela jusqu'au cou. Mais, voyez-vous, il y avait à moi bien de l'égoïsme, je suis intéressé dans votre changement de quartier. Vous ne me refuserez pas, hein ! si je vous demande quelque chose ?

– Que voulez-vous ?

– Au-dessus de votre appartement, au cinquième, il y a une chambre qui en dépend, j'y demeurerai, pas vrai ? Je me fais vieux, je suis trop loin de mes filles. Je ne vous gênerai pas. Seulement je serai là. Vous me parlerez d'elle tous les soirs. Ça ne vous contrariera pas, dites ? Quand vous rentrerez, que je serai dans mon lit, je vous entendrai, je me dirai : Il vient de voir ma petite Delphine. Il l'a menée au bal, elle est heureuse par lui. Si j'étais malade, ça me mettrait du baume dans le cœur de vous écouter revenir, vous remuer, aller. Il y aura tant de ma fille en vous ! Je n'aurai qu'un pas à faire pour être aux Champs-Élysées, où elles passent tous les jours, je les verrai toujours, tandis que quelquefois j'arrive trop tard. Et puis elle viendra chez vous peut-être ! je l'entendrai, je la verrai dans sa douillette[2] du matin, trottant, allant gentiment comme une petite chatte. Elle est redevenue, depuis un mois, ce qu'elle était, jeune fille, gaie, pimpante. Son âme est en convalescence, elle vous doit le bonheur. Oh ! je ferais pour vous l'impossible. Elle me disait tout à l'heure en revenant : « Papa, je suis bien heureuse ! » Quand elles me disent cérémonieuse-

1. Maroquin : cuir.

2. Douillette : robe de chambre en soie.

ment : *Mon père*, elles me glacent ; mais quand elles m'appellent *papa*, il me semble encore les voir petites, elles me rendent tous mes souvenirs. Je suis mieux leur père. Je crois qu'elles ne sont encore à personne ! – Le bonhomme s'essuya les yeux, il pleurait. – Il y a longtemps que je n'avais entendu cette phrase, longtemps qu'elle ne m'avait donné le bras. Oh ! oui, voilà bien dix ans que je n'ai marché côte à côte avec une de mes filles. Est-ce bon de se frotter à sa robe, de se mettre à son pas, de partager sa chaleur ! Enfin, j'ai mené Delphine, ce matin, partout. J'entrais avec elle dans les boutiques. Et je l'ai reconduite chez elle. Oh ! gardez-moi près de vous. Quelquefois vous aurez besoin de quelqu'un pour vous rendre service, je serai là. Oh ! si cette grosse souche d'Alsacien mourait, si sa goutte[1] avait l'esprit de remonter dans l'estomac, ma pauvre fille serait-elle heureuse ! Vous seriez mon gendre, vous seriez ostensiblement[2] son mari. Bah ! elle est si malheureuse de ne rien connaître aux plaisirs de ce monde, que je l'absous de tout[3]. Le bon Dieu doit être du côté des pères qui aiment bien. Elle vous aime trop ! dit-il en hochant la tête après une pause. En allant, elle causait de vous avec moi : « N'est-ce pas, mon père, il est bien ! il a bon cœur ! Parle-t-il de moi ? » Bah, elle m'en a dit, depuis la rue d'Artois jusqu'au passage des Panoramas, des volumes ! Elle m'a enfin versé son cœur dans le mien. Pendant toute cette bonne matinée, je n'étais plus vieux, je ne pesais pas une once[4]. Je lui ai dit que vous m'aviez remis le billet de mille francs. Oh ! la chérie, elle en a été émue

1. **Goutte :** maladie qui touche les articulations.
2. **Ostensiblement :** à la vue de tous, officiellement.
3. **Je l'absous de tout :** je lui pardonne tout.
4. **Je ne pesais pas une once :** je me sentais léger.

aux larmes. Qu'avez-vous donc là sur votre cheminée ? dit enfin le père Goriot qui se mourait d'impatience en voyant Rastignac immobile.

Eugène tout abasourdi regardait son voisin d'un air hébété. Ce duel, annoncé par Vautrin pour le lendemain, contrastait si violemment avec la réalisation de ses plus chères espérances, qu'il éprouvait toutes les sensations du cauchemar. Il se tourna vers la cheminée, y aperçut la petite boîte carrée, l'ouvrit, et trouva dedans un papier qui couvrait une montre de Breguet[1]. Sur ce papier étaient écrits ces mots : « Je veux que vous pensiez à moi à toute heure, *parce que*...

DELPHINE. »

Ce dernier mot faisait sans doute allusion à quelque scène qui avait eu lieu entre eux. Eugène en fut attendri. Ses armes étaient intérieurement émaillées dans l'or de la boîte. Ce bijou si longtemps envié, la chaîne, la clef, la façon, les dessins répondaient à tous ses vœux. Le père Goriot était radieux. Il avait sans doute promis à sa fille de lui rapporter les moindres effets de la surprise que causerait son présent à Eugène, car il était en tiers[2] dans ces jeunes émotions et ne paraissait pas le moins heureux. Il aimait déjà Rastignac et pour sa fille et pour lui-même.

– Vous irez la voir ce soir, elle vous attend. La grosse souche d'Alsacien soupe chez sa danseuse. Ah ! ah ! il a été bien sot quand mon avoué[3] lui a dit son fait. Ne prétend-il pas aimer ma fille à l'adoration ? qu'il y touche et je le tue. L'idée de savoir ma Delphine à... (il soupira) me ferait commettre un

1. **Breguet** : célèbre horloger suisse.
2. **Il était en tiers** : il occupait la troisième place.
3. **Avoué** : officier de justice.

crime ; mais ce ne serait pas un homicide, c'est une tête de veau sur un corps de porc. Vous me prendrez avec vous, n'est-ce pas ?

– Oui, mon bon père Goriot, vous savez bien que je vous aime…

– Je le vois, vous n'avez pas honte de moi, vous ! Laissez-moi vous embrasser. Et il serra l'étudiant dans ses bras. Vous la rendrez bien heureuse, promettez-le-moi ! Vous irez ce soir, n'est-ce pas ?

– Oh, oui ! Je dois sortir pour des affaires qu'il est impossible de remettre.

– Puis-je vous être bon à quelque chose ?

– Ma foi, oui ! Pendant que j'irai chez madame de Nucingen, allez chez monsieur Taillefer le père, lui dire de me donner une heure dans la soirée pour lui parler d'une affaire de la dernière importance.

– Serait-ce donc vrai, jeune homme, dit le père Goriot en changeant de visage ; feriez-vous la cour à sa fille, comme le disent ces imbéciles d'en bas ? Tonnerre de Dieu ! vous ne savez pas ce que c'est qu'une tape à la Goriot. Et si vous nous trompiez, ce serait l'affaire d'un coup de poing. Oh ! ce n'est pas possible.

– Je vous jure que je n'aime qu'une femme au monde, dit l'étudiant, je ne le sais que depuis un moment.

– Ah, quel bonheur ! fit le père Goriot.

– Mais, reprit l'étudiant, le fils de Taillefer se bat demain, et j'ai entendu dire qu'il serait tué.

– Qu'est-ce que cela vous fait ? dit Goriot.

– Mais il faut lui dire d'empêcher son fils de se rendre… s'écria Eugène.

En ce moment, il fut interrompu par la voix de Vautrin, qui se fit entendre sur le pas de sa porte, où il chantait :

O Richard, ô mon roi !
L'univers t'abandonne[1]...

Broum ! broum ! broum ! broum ! broum !

J'ai longtemps parcouru le monde,
Et l'on m'a vu...

Tra la, la, la, la...

– Messieurs, cria Christophe, la soupe vous attend, et tout le monde est à table.

– Tiens, dit Vautrin, viens prendre une bouteille de mon vin de Bordeaux.

– La trouvez-vous jolie, la montre ? dit le père Goriot. Elle a bon goût, hein !

Vautrin, le père Goriot et Rastignac descendirent ensemble et se trouvèrent, par suite de leur retard, placés à côté les uns des autres à table. Eugène marqua la plus grande froideur à Vautrin pendant le dîner, quoique jamais cet homme, si aimable aux yeux de madame Vauquer, n'eût déployé autant d'esprit. Il fut pétillant de saillies[2], et sut mettre en train tous les convives. Cette assurance, ce sang-froid consternaient Eugène.

– Sur quelle herbe avez-vous donc marché aujourd'hui ? lui dit madame Vauquer. Vous êtes gai comme un pinson.

– Je suis toujours gai quand j'ai fait de bonnes affaires.

– Des affaires ? dit Eugène.

– Eh ! bien, oui. J'ai livré une partie de marchandises qui me vaudra de bons droits de commission. Mademoiselle

1. Air fort connu de *Richard Cœur de Lion*, opéra-comique de Grétry et Sedaine (1784).
2. **Saillies** : mots d'esprit.

Michonneau, dit-il en s'apercevant que la vieille fille l'examinait, ai-je dans la figure un trait qui vous déplaise, que vous me faites l'*œil américain*[1] ? Faut le dire ! je le changerai pour vous être agréable.

– Poiret, nous ne nous fâcherons pas pour ça, hein ? dit-il en guignant[2] le vieil employé.

– Sac à papier[3] ! vous devriez poser pour un Hercule-Farceur, dit le jeune peintre à Vautrin.

– Ma foi, ça va ! si mademoiselle Michonneau veut poser en Vénus du Père-Lachaise[4], répondit Vautrin.

– Et Poiret ? dit Bianchon.

– Oh ! Poiret posera en Poiret. Ce sera le dieu des jardins ! s'écria Vautrin. Il dérive de poire…

– Molle ! reprit Bianchon. Vous seriez alors entre la poire et le fromage.

– Tout ça, c'est des bêtises, dit madame Vauquer, et vous feriez mieux de nous donner de votre vin de Bordeaux dont j'aperçois une bouteille qui montre son nez ! Ça nous entretiendra en joie, outre que c'est bon à l'*estomaque*[5].

– Messieurs, dit Vautrin, madame la présidente nous rappelle à l'ordre. Madame Couture et mademoiselle Victorine ne se formaliseront pas de vos discours badins[6] ; mais respectez l'innocence

1. Vous me faites l'*œil américain* : vous me regardez d'un air curieux, indiscret.

2. En guignant : en regardant du coin de l'œil.

3. Sac à papier : juron.

4. Hercule-Farceur, Vénus du Père-Lachaise : expressions parodiques. Vautrin est associé à une statue d'Hercule (dont il a la carrure) mais dans une version bouffonne, et Mlle Michonneau à une statue de Vénus, mais vieillie et usée par l'âge (le Père-Lachaise étant un cimetière).

5. *Estomaque* : estomac (le narrateur, comme pour le mot *tilleul*, se moque de la prononciation de Mme Vauquer).

6. Badins : légers, sans importance.

du père Goriot. Je vous propose une petite bouteillorama[1] de vin de Bordeaux, que le nom de Laffitte[2] rend doublement illustre, soit dit sans allusion politique[3]. Allons, Chinois[4] ! dit-il en regardant Christophe qui ne bougea pas. Ici, Christophe ! Comment, tu n'entends pas ton nom ? Chinois, amène les liquides !

– Voilà, monsieur, dit Christophe en lui présentant la bouteille.

Après avoir rempli le verre d'Eugène et celui du père Goriot, il s'en versa lentement quelques gouttes qu'il dégusta, pendant que ses deux voisins buvaient, et tout à coup il fit une grimace.

– Diable ! diable ! il sent le bouchon. Prends cela pour toi, Christophe, et va nous en chercher ; à droite, tu sais ? Nous sommes seize, descends huit bouteilles…

– Puisque vous vous fendez[5], dit le peintre, je paye un cent[6] de marrons.

– Oh ! oh !

– Booouoouh !

– Prrrr !

Chacun poussa des exclamations qui partirent comme les fusées d'une girandole[7].

– Allons, maman Vauquer, deux de champagne, lui cria Vautrin.

1. Bouteillorama : mot construit à la façon du *parler en rama* (voir p. 94).

2. Jeu de mots entre *Château Laffite*, vignoble très réputé, et *Laffitte*, banquier et député célèbre.

3. *Sans allusion politique* au fait que Laffitte soit membre de l'opposition libérale.

4. Chinois : homme bizarre, farfelu.

5. Vous vous fendez : (terme populaire) vous vous ruinez.

6. Un cent : une centaine.

7. Girandole : feu d'artifice.

– Quien, c'est cela ! Pourquoi pas demander la maison ? Deux de champagne ! mais ça coûte douze francs ! Je ne les gagne pas, non ! Mais si monsieur Eugène veut les payer, j'offre du cassis.

– V'là son cassis qui purge comme de la manne[1], dit l'étudiant en médecine à voix basse.

– Veux-tu te taire, Bianchon, s'écria Rastignac, je ne peux pas entendre parler de manne sans que le cœur[2]... Oui, va pour le vin de Champagne, je le paye, ajouta l'étudiant.

– Sylvie, dit madame Vauquer, donnez les biscuits et les petits gâteaux.

– Vos petits gâteaux sont trop grands[3], dit Vautrin, ils ont de la barbe[4]. Mais quant aux biscuits, aboulez[5].

En un moment le vin de Bordeaux circula, les convives s'animèrent, la gaieté redoubla. Ce fut des rires féroces, au milieu desquels éclatèrent quelques imitations des diverses voix d'animaux. L'employé au Muséum s'étant avisé de reproduire un cri de Paris[6] qui avait de l'analogie avec le miaulement du chat amoureux, aussitôt huit voix beuglèrent simultanément les phrases suivantes : – À repasser[7] les couteaux ! – Mo-ron[8] pour les p'tits oiseaux ! – Voilà le plaisir, mesdames, voilà le plaisir[9] ! – À raccommoder la faïence ! – À la barque, à la barque[10] !

1. **Manne** : laxatif.
2. La *manne*, à l'origine nourriture des dieux tombée du ciel, désigne aussi un cadeau providentiel, comme la dot de Victorine.
3. **Grands** : (ici) vieux.
4. La *barbe* désigne la moisissure qui recouvre les gâteaux.
5. **Aboulez** : (terme familier) raboulez, ramenez.
6. **Un cri de Paris** : le cri d'un marchand vantant ses produits.
7. **Repasser** : aiguiser à nouveau.
8. **Mo-ron** : mouron, graines pour oiseaux.
9. C'est le cri du marchand de friandises.
10. C'est le cri du marchand d'huîtres (qui se vendent en barquettes).

– Battez vos femmes, vos habits ! – Vieux habits, vieux galons, vieux chapeaux à vendre ! – À la cerise, à la douce ! La palme fut à Bianchon pour l'accent nasillard avec lequel il cria : – Marchand de parapluies ! En quelques instants ce fut un tapage à casser la tête, une conversation pleine de coq-à-l'âne[1], un véritable opéra que Vautrin conduisait comme un chef d'orchestre, en surveillant Eugène et le père Goriot, qui semblaient ivres déjà. Le dos appuyé sur leur chaise, tous deux contemplaient ce désordre inaccoutumé d'un air grave, en buvant peu ; tous deux étaient préoccupés de ce qu'ils avaient à faire pendant la soirée, et néanmoins ils se sentaient incapables de se lever. Vautrin, qui suivait les changements de leur physionomie en leur lançant des regards de côté, saisit le moment où leurs yeux vacillèrent et parurent vouloir se fermer, pour se pencher à l'oreille de Rastignac et lui dire : – Mon petit gars, nous ne sommes pas assez rusé pour lutter avec notre papa Vautrin, et il vous aime trop pour vous laisser faire des sottises. Quand j'ai résolu quelque chose, le bon Dieu seul est assez fort pour me barrer le passage. Ah ! nous voulions aller prévenir le père Taillefer, commettre des fautes d'écolier ! Le four est chaud, la farine est pétrie, le pain est sur la pelle, demain nous en ferons sauter les miettes par-dessus notre tête en y mordant ; et nous empêcherions d'enfourner ?... non, non, tout cuira ! Si nous avons quelques petits remords, la digestion les emportera. Pendant que nous dormirons notre petit somme, le colonel comte Franchessini vous ouvrira la succession de Michel Taillefer avec la pointe de son épée. En héritant de son frère, Victorine

1. **Pleine de coq-à-l'âne** : qui passe sans transition d'un sujet à l'autre.

aura quinze petits mille francs de rente[1]. J'ai déjà pris des renseignements, et sais que la succession de la mère monte à plus de trois cent mille…

Eugène entendait ces paroles sans pouvoir y répondre : il sentait sa langue collée à son palais, et se trouvait en proie à une somnolence invincible ; il ne voyait déjà plus la table et les figures des convives qu'à travers un brouillard lumineux. Bientôt le bruit s'apaisa, les pensionnaires s'en allèrent un à un. Puis, quand il ne resta plus que madame Vauquer, madame Couture, mademoiselle Victorine, Vautrin et le père Goriot, Rastignac aperçut, comme s'il eût rêvé, madame Vauquer occupée à prendre les bouteilles pour en vider les restes de manière à en faire des bouteilles pleines.

– Ah ! sont-ils fous, sont-ils jeunes ! disait la veuve.

Ce fut la dernière phrase que put comprendre Eugène.

– Il n'y a que monsieur Vautrin pour faire de ces farces-là, dit Sylvie. Allons, voilà Christophe qui ronfle comme une toupie.

– Adieu, maman, dit Vautrin. Je vais au boulevard admirer monsieur Marty[2] dans *Le Mont sauvage*, une grande pièce tirée du *Solitaire*. Si vous voulez, je vous y mène ainsi que ces dames.

– Je vous remercie, dit madame Couture.

– Comment, ma voisine ! s'écria madame Vauquer, vous refusez de voir une pièce prise dans *Le Solitaire*, un ouvrage fait par Atala de Chateaubriand[3], et que nous aimions tant à lire, qui est si joli que nous pleurions comme des madeleines

1. **Rente** : revenu annuel (en dehors du salaire).

2. **Monsieur Marty** : comédien principal de la pièce *Le Mont sauvage*, mélodrame tiré du roman sentimental *Le Solitaire* du Vicomte d'Arlincourt (1821).

3. En voulant étaler sa culture, Mme Vauquer se rend ridicule car non seulement Chateaubriand n'est pas l'auteur du *Solitaire*, mais il n'a pas non plus pour prénom Atala (c'est le titre d'un de ses romans).

d'Élodie[1] sous les *tieuilles* cet été dernier, enfin un ouvrage moral qui peut être susceptible d'instruire votre demoiselle ?

– Il nous est défendu d'aller à la comédie, répondit Victorine.

– Allons, les voilà partis, ceux-là, dit Vautrin en remuant d'une manière comique la tête du père Goriot et celle d'Eugène.

En plaçant la tête de l'étudiant sur la chaise, pour qu'il pût dormir commodément, il le baisa chaleureusement au front, en chantant.

Dormez, mes chères amours !
Pour vous je veillerai toujours[2].

– J'ai peur qu'il ne soit malade, dit Victorine.

– Restez à le soigner alors, reprit Vautrin. C'est, lui souffla-t-il à l'oreille, votre devoir de femme soumise. Il vous adore, ce jeune homme, et vous serez sa petite femme, je vous le prédis. Enfin, dit-il à haute voix, *ils furent considérés dans tout le pays, vécurent heureux, et eurent beaucoup d'enfants*. Voilà comment finissent tous les romans d'amour. Allons, maman, dit-il en se tournant vers madame Vauquer, qu'il étreignit, mettez le chapeau, la belle robe à fleurs, l'écharpe de la comtesse[3]. Je vais vous allez chercher un fiacre[4], soi-même[5]. Et il partit en chantant :

Soleil, soleil, divin soleil,
Toi qui fais mûrir les citrouilles…

---

1. Mme Vauquer tourne mal ses phrases : il ne faut pas lire *comme des madeleines d'Élodie*, ce qui ne veut rien dire, mais *comme des madeleines sur le sort d'Élodie* (héroïne du *Solitaire*).

2. Air tiré du *Somnambule*, vaudeville de Scribe et Delavigne (1819).

3. Ce sont les vêtements achetés avec l'aide de la comtesse de l'Ambermesnil, ancienne pensionnaire, alors que Mme Vauquer s'était mis en tête de séduire M. Goriot.

4. Fiacre : voiture de location tirée par un cheval.

5. Soi-même : moi-même.

– Mon Dieu ! dites donc, madame Couture, cet homme-là me ferait vivre heureuse sur les toits. Allons, dit-elle en se tournant vers le vermicellier, voilà le père Goriot parti. Ce vieux cancre[1]-là n'a jamais eu l'idée de me mener *nune*[2] part, lui. Mais il va tomber par terre, mon Dieu ! C'est-y indécent à un homme d'âge de perdre la raison ! Vous me direz qu'on ne perd point ce qu'on n'a pas. Sylvie, montez-le donc chez lui.

Sylvie prit le bonhomme par-dessous le bras, le fit marcher, et le jeta tout habillé comme un paquet au travers de son lit.

– Pauvre jeune homme, disait madame Couture en écartant les cheveux d'Eugène qui lui tombaient dans les yeux, il est comme une jeune fille, il ne sait pas ce que c'est qu'un excès.

– Ah ! je peux bien dire que depuis trente et un ans que je tiens ma pension, dit madame Vauquer, il m'est passé bien des jeunes gens par les mains, comme on dit, mais je n'en ai jamais vu d'aussi gentil, d'aussi distingué que monsieur Eugène. Est-il beau quand il dort ! Prenez-lui donc la tête sur votre épaule, madame Couture. Bah ! il tombe sur celle de mademoiselle Victorine : il y a un dieu pour les enfants. Encore un peu, il se fendait la tête sur la pomme[3] de la chaise. À eux deux, ils feraient un bien joli couple.

– Ma voisine, taisez-vous donc, s'écria madame Couture, vous dites des choses…

– Bah ! fit madame Vauquer, il n'entend pas. Allons, Sylvie, viens m'habiller. Je vais mettre mon grand corset.

1. Cancre : avare ou misérable.

2. *Nune* : nulle (encore une prononciation erronée de Mme Vauquer).

3. Pomme : extrémité arrondie du montant de la chaise.

– Ah bien ! votre grand corset, après avoir dîné, madame, dit Sylvie. Non, cherchez quelqu'un pour vous serrer, ce ne sera pas moi qui serai votre assassin. Vous commettriez là une imprudence à vous coûter la vie.

– Ça m'est égal, il faut faire honneur à monsieur Vautrin.

– Vous aimez donc bien vos héritiers ?

– Allons, Sylvie, pas de raisons, dit la veuve en s'en allant.

– À son âge, dit la cuisinière en montrant sa maîtresse à Victorine.

Madame Couture et sa pupille, sur l'épaule de laquelle dormait Eugène, restèrent seules dans la salle à manger. Les ronflements de Christophe retentissaient dans la maison silencieuse, et faisaient ressortir le paisible sommeil d'Eugène, qui dormait aussi gracieusement qu'un enfant. Heureuse de pouvoir se permettre un de ces actes de charité par lesquels s'épanchent tous les sentiments de la femme, et qui lui faisait sans crime sentir le cœur du jeune homme battant sur le sien, Victorine avait dans la physionomie quelque chose de maternellement protecteur qui la rendait fière. À travers les mille pensées qui s'élevaient dans son cœur, perçait un tumultueux mouvement de volupté qu'excitait l'échange d'une jeune et pure chaleur.

– Pauvre chère fille ! dit madame Couture en lui pressant la main.

La vieille dame admirait cette candide et souffrante figure, sur laquelle était descendue l'auréole du bonheur. Victorine ressemblait à l'une de ces naïves peintures du Moyen Âge dans lesquelles tous les accessoires sont négligés par l'artiste, qui a réservé la magie d'un pinceau calme et fier pour la figure jaune de ton, mais où le ciel semble se refléter avec ses teintes d'or.

– Il n'a pourtant pas bu plus de deux verres, maman, dit Victorine en passant ses doigts dans la chevelure d'Eugène.

– Mais si c'était un débauché, ma fille, il aurait porté[1] le vin comme tous ces autres. Son ivresse fait son éloge.

Le bruit d'une voiture retentit dans la rue.

– Maman, dit la jeune fille, voici monsieur Vautrin. Prenez donc monsieur Eugène. Je ne voudrais pas être vue ainsi par cet homme, il a des expressions qui salissent l'âme, et des regards qui gênent une femme comme si on lui enlevait sa robe.

– Non, dit madame Couture, tu te trompes ! Monsieur Vautrin est un brave homme, un peu dans le genre de défunt monsieur Couture, brusque, mais bon, un bourru[2] bienfaisant.

En ce moment Vautrin entra tout doucement, et regarda le tableau formé par ces deux enfants que la lueur de la lampe semblait caresser.

– Eh ! bien, dit-il en se croisant les bras, voilà de ces scènes qui auraient inspiré de belles pages à ce bon Bernardin de Saint-Pierre, l'auteur de *Paul et Virginie*[3]. La jeunesse est bien belle, madame Couture. Pauvre enfant, dors, dit-il en contemplant Eugène, le bien vient quelquefois en dormant. Madame, reprit-il en s'adressant à la veuve, ce qui m'attache à ce jeune homme, ce qui m'émeut, c'est de savoir la beauté de son âme en harmonie avec celle de sa figure. Voyez, n'est-ce pas un chérubin posé sur l'épaule d'un ange ? il est digne d'être aimé, celui-là ! Si j'étais femme, je voudrais mourir (non, pas si bête !) vivre pour lui. En

1. Porté : supporté.

2. Bourru : brute.

3. *Paul et Virginie* : titre d'un roman sentimental fort connu de Bernardin de Saint-Pierre (1788).

les admirant ainsi, madame, dit-il à voix basse et se penchant à l'oreille de la veuve, je ne puis m'empêcher de penser que Dieu les a créés pour être l'un à l'autre. La Providence[1] a des voies bien cachées, elle sonde les reins et les cœurs, s'écria-t-il à haute voix. En vous voyant unis, mes enfants, unis par une même pureté, par tous les sentiments humains, je me dis qu'il est impossible que vous soyez jamais séparés dans l'avenir. Dieu est juste. Mais, dit-il à la jeune fille, il me semble avoir vu chez vous des lignes de prospérité. Donnez-moi votre main, mademoiselle Victorine ? je me connais en chiromancie[2], j'ai dit souvent la bonne aventure. Allons, n'ayez pas peur. Oh ! qu'aperçois-je ? Foi d'honnête homme, vous serez avant peu l'une des plus riches héritières de Paris. Vous comblerez de bonheur celui qui vous aime. Votre père vous appelle auprès de lui. Vous vous mariez avec un homme titré, jeune, beau, qui vous adore.

En ce moment, les pas lourds de la coquette veuve qui descendait interrompirent les prophéties de Vautrin.

– Voilà maman Vauquerre belle comme un astrrre, ficelée comme une carotte. N'étouffons-nous pas un petit brin ? lui dit-il en mettant sa main sur le haut du busc[3] ; les avant-cœurs[4] sont bien pressés, maman. Si nous pleurons, il y aura explosion ; mais je ramasserai les débris avec un soin d'antiquaire[5].

– Il connaît le langage de la galanterie française, celui-là ! dit la veuve en se penchant à l'oreille de madame Couture.

1. La Providence : l'action de Dieu.
2. Chiromancie : art de prédire l'avenir par observation des lignes de la main.
3. Busc : lame placée devant le corset pour le maintenir droit.
4. Les avants-cœurs : (terme de boucherie) poitrine, seins.
5. Antiquaire : archéologue.

– Adieu, enfants, reprit Vautrin en se tournant vers Eugène et Victorine. Je vous bénis, leur dit-il en leur imposant ses mains au-dessus de leurs têtes. Croyez-moi, mademoiselle, c'est quelque chose que les vœux d'un honnête homme, ils doivent porter bonheur, Dieu les écoute.

– Adieu, ma chère amie, dit madame Vauquer à sa pensionnaire. Croyez-vous, ajouta-t-elle à voix basse, que monsieur Vautrin ait des intentions relatives à ma personne ?

– Heu ! heu !

– Ah ! ma chère mère, dit Victorine en soupirant et en regardant ses mains, quand les deux femmes furent seules, si ce bon monsieur Vautrin disait vrai !

– Mais il ne faut qu'une chose pour cela, répondit la vieille dame, seulement que ton monstre de frère tombe de cheval.

– Ah ! maman.

– Mon dieu, peut-être est-ce un péché que de souhaiter du mal à son ennemi, reprit la veuve. Eh ! bien, j'en ferai pénitence. En vérité, je porterai de bon cœur des fleurs sur sa tombe. Mauvais cœur ! il n'a pas le courage de parler pour sa mère, dont il garde à ton détriment l'héritage par des micmacs. Ma cousine avait une belle fortune. Pour ton malheur, il n'a jamais été question de son apport dans le contrat.

– Mon bonheur me serait souvent pénible à porter s'il coûtait la vie à quelqu'un, dit Victorine. Et s'il fallait, pour être heureuse, que mon frère disparût, j'aimerais mieux toujours être ici.

– Mon Dieu, comme dit ce bon monsieur Vautrin, qui, tu le vois, est plein de religion, reprit madame Couture, j'ai eu du plaisir à savoir qu'il n'est pas incrédule comme les autres, qui parlent de Dieu avec moins de respect que n'en a le diable.

Eh ! bien, qui peut savoir par quelles voies il plaît à la Providence[1] de nous conduire ?

Aidées par Sylvie, les deux femmes finirent par transporter Eugène dans sa chambre, le couchèrent sur son lit, et la cuisinière lui défit ses habits pour le mettre à l'aise. Avant de partir, quand sa protectrice eut le dos tourné, Victorine mit un baiser sur le front d'Eugène avec tout le bonheur que devait lui causer ce criminel larcin[2]. Elle regarda sa chambre, ramassa pour ainsi dire dans une seule pensée les mille félicités de cette journée, en fit un tableau qu'elle contempla longtemps, et s'endormit la plus heureuse créature de Paris. Le festoiement[3] à la faveur duquel Vautrin avait fait boire à Eugène et au père Goriot du vin narcotisé[4] décida la perte de cet homme. Bianchon, à moitié gris[5], oublia de questionner mademoiselle Michonneau sur Trompe-la-Mort. S'il avait prononcé ce nom, il aurait certes éveillé la prudence de Vautrin, ou, pour lui rendre son vrai nom, de Jacques Collin, l'une des célébrités du bagne[6]. Puis le sobriquet de Vénus du Père-Lachaise décida mademoiselle Michonneau à livrer le forçat au moment où, confiante en la générosité de Collin, elle calculait s'il ne valait pas mieux le prévenir et le faire évader pendant la nuit. Elle venait de sortir, accompagnée de Poiret, pour aller trouver le fameux chef de la police de sûreté, petite rue Sainte-Anne, croyant encore avoir affaire à un employé supérieur nommé Gondureau. Le directeur de la police judi-

1. **La Providence :** l'action de Dieu.
2. **Larcin :** vol.
3. **Festoiement :** festivités, réjouissances.
4. **Narcotisé :** dans lequel on a versé un somnifère (un narcotique).
5. **Gris :** ivre.
6. **Bagne :** prison où les condamnés exécutent des travaux forcés.

ciaire la reçut avec grâce. Puis, après une conversation où tout fut précisé, mademoiselle Michonneau demanda la potion à l'aide de laquelle elle devait opérer la vérification de la marque. Au geste de contentement que fit le grand homme de la petite rue Sainte-Anne, en cherchant une fiole dans le tiroir de son bureau, mademoiselle Michonneau devina qu'il y avait dans cette capture quelque chose de plus important que l'arrestation d'un simple forçat. À force de se creuser la cervelle, elle soupçonna que la police espérait, d'après quelques révélations faites par les traîtres du bagne, arriver à temps pour mettre la main sur des valeurs[1] considérables. Quand elle eut exprimé ses conjectures[2] à ce renard, il se mit à sourire, et voulut détourner les soupçons de la vieille fille.

– Vous vous trompez, répondit-il. Collin est la *sorbonne* la plus dangereuse qui jamais se soit trouvée du côté des voleurs. Voilà tout. Les coquins le savent bien ; il est leur drapeau, leur soutien, leur Bonaparte enfin ; ils l'aiment tous. Ce drôle ne nous laissera jamais sa *tronche* en place de Grève[3].

Mademoiselle Michonneau ne comprenant pas, Gondureau lui expliqua les deux mots d'argot dont il s'était servi. *Sorbonne et tronche* sont deux énergiques expressions du langage des voleurs, qui, les premiers, ont senti la nécessité de considérer la tête humaine sous deux aspects. La *sorbonne* est la tête de l'homme vivant, son conseil, sa pensée. La *tronche* est un mot de mépris destiné à exprimer combien la tête devient peu de chose quand elle est coupée.

---

1. Valeurs : titres comme les lettres de change, les rentes, les actions, etc.

2. Conjectures : suppositions.

3. Place de Grève : actuelle place de l'Hôtel-de-Ville, où avaient lieu les exécutions publiques des condamnés à mort.

– Collin nous joue, reprit-il. Quand nous rencontrons de ces hommes en façon de barres d'acier trempées[1] à l'anglaise, nous avons la ressource de les tuer si, pendant leur arrestation, ils s'avisent de faire la moindre résistance. Nous comptons sur quelques voies de fait[2] pour tuer Collin demain matin. On évite ainsi le procès, les frais de garde, la nourriture, et ça débarrasse la société. Les procédures, les assignations aux témoins, leurs indemnités, l'exécution, tout ce qui doit légalement nous défaire de ces garnements-là coûte au-delà des mille écus que vous aurez. Il y a économie de temps. En donnant un bon coup de baïonnette dans la panse[3] de Trompe-la-Mort, nous empêcherons une centaine de crimes, et nous éviterons la corruption de cinquante mauvais sujets[4] qui se tiendront bien sagement aux environs de la correctionnelle[5]. Voilà de la police bien faite. Selon les vrais philanthropes[6], se conduire ainsi, c'est prévenir les crimes.

– Mais c'est servir son pays, dit Poiret.

– Eh ! bien, répliqua le chef, vous dites des choses sensées ce soir, vous. Oui, certes, nous servons le pays. Aussi le monde est-il bien injuste à notre égard. Nous rendons à la société de bien grands services ignorés. Enfin, il est d'un homme supérieur de se mettre au-dessus des préjugés, et

1. Trempées : durcies.

2. Voies de fait : actes de violence.

3. Panse : (terme familier) ventre.

4. Les mauvais sujets sont les prisonniers du bagne dans lequel Vautrin serait enfermé.

5. Aux environs de la correctionnelle : juste avant leur jugement au tribunal correctionnel (qui juge les délits, actes moins graves que les crimes), ce qui explique qu'ils préfèrent agir sagement pour ne pas aggraver leur peine.

6. Philanthropes : personnes altruistes, généreuses.

d'un chrétien d'adopter[1] les malheurs que le bien entraîne après soi quand il n'est pas fait selon les idées reçues[2]. Paris est Paris, voyez-vous ? Ce mot explique ma vie. J'ai l'honneur de vous saluer, mademoiselle. Je serai avec mes gens au Jardin du Roi[3] demain. Envoyez Christophe rue de Buffon, chez monsieur Gondureau, dans la maison où j'étais. Monsieur, je suis votre serviteur[4]. S'il vous était jamais volé quelque chose, usez de moi pour vous le faire retrouver, je suis à votre service.

– Eh ! bien, dit Poiret à mademoiselle Michonneau, il se rencontre des imbéciles que ce mot de police met sens dessus dessous. Ce monsieur est très aimable, et ce qu'il vous demande est simple comme bonjour.

Le lendemain devait prendre place parmi les jours les plus extraordinaires de l'histoire de la maison Vauquer. Jusqu'alors l'événement le plus saillant[5] de cette vie paisible avait été l'apparition météorique[6] de la fausse comtesse de l'Ambermesnil. Mais tout allait pâlir devant les péripéties de cette grande journée, de laquelle il serait éternellement question dans les conversations de madame Vauquer. D'abord Goriot et Eugène de Rastignac dormirent jusqu'à onze heures. Madame Vauquer, rentrée à minuit de la Gaîté[7], resta jusqu'à dix heures et demie au lit. Le long sommeil de Christophe, qui avait achevé le vin offert par

1. **D'adopter** : d'accepter.
2. **Les idées reçues** : idées qui suivent la morale. Tuer Vautrin est un acte dont on ne devrait pas s'offusquer puisqu'il vise le bien.
3. **Jardin du Roi** : Jardin des Plantes.
4. **Votre serviteur** : à votre service (formule de politesse).
5. **Saillant** : remarquable.
6. **Météorique** : qui apparaît et disparaît comme une étoile filante.
7. **Gaîté** : nom du théâtre où l'a menée Vautrin.

Vautrin, causa des retards dans le service de la maison. Poiret et mademoiselle Michonneau ne se plaignirent pas de ce que le déjeuner se reculait. Quant à Victorine et à madame Couture, elles dormirent la grasse matinée. Vautrin sortit avant huit heures, et revint au moment même où le déjeuner fut servi. Personne ne réclama donc, lorsque, vers onze heures un quart, Sylvie et Christophe allèrent frapper à toutes les portes, en disant que le déjeuner attendait. Pendant que Sylvie et le domestique s'absentèrent, mademoiselle Michonneau, descendant la première, versa la liqueur dans le gobelet d'argent appartenant à Vautrin, et dans lequel la crème pour son café chauffait au bain-marie, parmi tous les autres. La vieille fille avait compté sur cette particularité de la pension pour faire son coup. Ce ne fut pas sans quelques difficultés que les sept pensionnaires se trouvèrent réunis. Au moment où Eugène, qui se détirait [1] les bras, descendait le dernier de tous, un commissionnaire lui remit une lettre de madame de Nucingen. Cette lettre était ainsi conçue :

« Je n'ai ni fausse vanité ni colère avec vous, mon ami. Je vous ai attendu jusqu'à deux heures après minuit. Attendre un être que l'on aime ! Qui a connu ce supplice ne l'impose à personne. Je vois bien que vous aimez pour la première fois. Qu'est-il donc arrivé ? L'inquiétude m'a prise. Si je n'avais craint de livrer les secrets de mon cœur, je serais allée savoir ce qui vous advenait d'heureux ou de malheureux. Mais sortir à cette heure, soit à pied, soit en voiture, n'était-ce pas se

1. **Se détirait** : s'étirait.

perdre[1] ? J'ai senti le malheur d'être femme. Rassurez-moi, expliquez-moi pourquoi vous n'êtes pas venu, après ce que vous a dit mon père. Je me fâcherai, mais je vous pardonnerai. Êtes-vous malade ? pourquoi se loger si loin ? Un mot de grâce. À bientôt, n'est-ce pas ? Un mot me suffira si vous êtes occupé. Dites : J'accours, ou je souffre. Mais si vous étiez mal portant, mon père serait venu me le dire ! Qu'est-il donc arrivé ?... »

– Oui, qu'est-il arrivé ? s'écria Eugène qui se précipita dans la salle à manger en froissant la lettre sans l'achever. Quelle heure est-il ?

– Onze heures et demie, dit Vautrin en sucrant son café.

Le forçat évadé jeta sur Eugène le regard froidement fascinateur que certains hommes éminemment magnétiques ont le don de lancer, et qui, dit-on, calme les fous furieux dans les maisons d'aliénés. Eugène trembla de tous ses membres. Le bruit d'un fiacre[2] se fit entendre dans la rue, et un domestique à la livrée[3] de monsieur Taillefer, et que reconnut sur-le-champ madame Couture, entra précipitamment d'un air effaré.

– Mademoiselle, s'écria-t-il, monsieur votre père vous demande. Un grand malheur est arrivé. Monsieur Frédéric s'est battu en duel, il a reçu un coup d'épée dans le front, les médecins désespèrent de le sauver ; vous aurez à peine le temps de lui dire adieu, il n'a plus sa connaissance.

---

1. Se perdre : perdre sa réputation, son honneur. Une femme ne pouvait sortir seule à une heure si tardive.

2. Fiacre : voiture de location tirée par un cheval.

3. Livrée : uniforme des domestiques portant les couleurs ou les armoiries propres à la famille de leur maître.

– Pauvre jeune homme ! s'écria Vautrin. Comment se querelle-t-on quand on a trente bonnes mille livres[1] de rente[2] ? Décidément la jeunesse ne sait pas se conduire.

– Monsieur ! lui cria Eugène.

– Eh ! bien, quoi, grand enfant ? dit Vautrin en achevant de boire son café tranquillement, opération que mademoiselle Michonneau suivait de l'œil avec trop d'attention pour s'émouvoir de l'événement extraordinaire qui stupéfiait tout le monde. N'y a-t-il pas des duels tous les matins à Paris ?

– Je vais avec vous, Victorine, disait madame Couture.

Et ces deux femmes s'envolèrent sans châle ni chapeau. Avant de s'en aller, Victorine, les yeux en pleurs, jeta sur Eugène un regard qui lui disait : je ne croyais pas que notre bonheur dût me causer des larmes !

– Bah ! vous êtes donc prophète, monsieur Vautrin ? dit madame Vauquer.

– Je suis tout, dit Jacques Collin.

– C'est-y singulier ! reprit madame Vauquer en enfilant une suite de phrases insignifiantes sur cet événement. La mort nous prend sans nous consulter. Les jeunes gens s'en vont souvent avant les vieux. Nous sommes heureuses, nous autres femmes, de n'être pas sujettes au duel ; mais nous avons d'autres maladies que n'ont pas les hommes. Nous faisons les enfants, et le mal de mère dure longtemps ! Quel quine[3] pour Victorine ! Son père est forcé de l'adopter.

– Voilà ! dit Vautrin en regardant Eugène, hier elle était sans un sou, ce matin elle est riche de plusieurs millions.

1. Livres : ancienne monnaie.

2. Rente : revenu annuel (en dehors du salaire).

3. Quine : chance inespérée.

– Dites donc, monsieur Eugène, s'écria madame Vauquer, vous avez mis la main au bon endroit.

À cette interpellation, le père Goriot regarda l'étudiant et lui vit à la main la lettre chiffonnée.

– Vous ne l'avez pas achevée ! qu'est-ce que cela veut dire ? seriez-vous comme les autres ? lui demanda-t-il.

– Madame, je n'épouserai jamais mademoiselle Victorine, dit Eugène en s'adressant à madame Vauquer avec un sentiment d'horreur et de dégoût qui surprit les assistants.

Le père Goriot saisit la main de l'étudiant et la lui serra. Il aurait voulu la baiser.

– Oh, oh ! fit Vautrin. Les Italiens ont un bon mot : *col tempo*[1] !

– J'attends la réponse, dit à Rastignac le commissionnaire de madame de Nucingen.

– Dites que j'irai.

L'homme s'en alla. Eugène était dans un violent état d'irritation qui ne lui permettait pas d'être prudent.

– Que faire ? disait-il à haute voix, en se parlant à lui-même. Point de preuves !

Vautrin se mit à sourire. En ce moment la potion absorbée par l'estomac commençait à opérer. Néanmoins le forçat était si robuste qu'il se leva, regarda Rastignac, lui dit d'une voix creuse : – Jeune homme, le bien nous vient en dormant.

Et il tomba roide[2] mort.

– Il y a donc une justice divine, dit Eugène.

– Eh ! bien, qu'est-ce qui lui prend donc, à ce pauvre cher monsieur Vautrin ?

1. ***Col tempo*** : avec le temps.
2. **Roide** : raide.

– Une apoplexie[1], cria mademoiselle Michonneau.

– Sylvie, allons, ma fille, va chercher le médecin, dit la veuve. Ah ! monsieur Rastignac, courez donc vite chez monsieur Bianchon ; Sylvie peut ne pas rencontrer notre médecin, monsieur Grimprel.

Rastignac, heureux d'avoir un prétexte de quitter cette épouvantable caverne, s'enfuit en courant.

– Christophe, allons, trotte chez l'apothicaire[2] demander quelque chose contre l'apoplexie.

Christophe sortit.

– Mais, père Goriot, aidez-nous donc à le transporter là-haut, chez lui.

Vautrin fut saisi, manœuvré à travers l'escalier et mis sur son lit.

– Je ne vous suis bon à rien, je vais voir ma fille, dit monsieur Goriot.

– Vieil égoïste ! s'écria madame Vauquer, va, je te souhaite de mourir comme un chien.

– Allez donc voir si vous avez de l'éther, dit à madame Vauquer mademoiselle Michonneau qui, aidée par Poiret, avait défait les habits de Vautrin.

Madame Vauquer descendit chez elle et laissa mademoiselle Michonneau maîtresse du champ de bataille.

– Allons, ôtez-lui donc sa chemise et retournez-le vite ! Soyez donc bon à quelque chose en m'évitant de voir des nudités, dit-elle à Poiret. Vous restez là comme Baba[3].

---

1. Apoplexie : attaque cérébrale.
2. Apothicaire : pharmacien.
3. Baba : ahuri.

Vautrin retourné, mademoiselle Michonneau appliqua sur l'épaule du malade une forte claque et les deux fatales lettres reparurent en blanc au milieu de la place rouge.

– Tiens, vous avez bien lestement[1] gagné votre gratification de trois mille francs, s'écria Poiret en tenant Vautrin debout, pendant que mademoiselle Michonneau lui remettait sa chemise. – Ouf, il est lourd, reprit-il en le couchant.

– Taisez-vous. S'il y avait une caisse[2] ? dit vivement la vieille fille dont les yeux semblaient percer les murs, tant elle examinait avec avidité les moindres meubles de la chambre. – Si l'on pouvait ouvrir ce secrétaire, sous un prétexte quelconque ? reprit-elle.

– Ce serait peut-être mal, répondit Poiret.

– Non. L'argent volé, ayant été celui de tout le monde, n'est plus à personne. Mais le temps nous manque, répondit-elle. J'entends la Vauquer.

– Voilà de l'éther, dit madame Vauquer. Par exemple, c'est aujourd'hui la journée aux aventures. Dieu ! cet homme-là ne peut pas être malade, il est blanc comme un poulet.

– Comme un poulet ? répéta Poiret.

– Son cœur bat régulièrement, dit la veuve en lui posant la main sur le cœur.

– Régulièrement ? dit Poiret étonné.

– Il est très bien.

– Vous trouvez ? demanda Poiret.

– Dame ! il a l'air de dormir. Sylvie est allée chercher un médecin. Dites donc, mademoiselle Michonneau, il renifle à

1. Lestement : adroitement.

2. Une caisse : des fonds (réserve d'argent).

l'éther. Bah ! c'est un *se-passe* (un spasme). Son pouls est bon. Il est fort comme un Turc. Voyez donc, mademoiselle, quelle palatine[1] il a sur l'estomac ; il vivra cent ans, cet homme-là ! Sa perruque tient bien tout de même. Tiens, elle est collée, il a de faux cheveux, rapport à ce qu'il est rouge[2]. On dit qu'ils sont tout bons ou tout mauvais, les rouges ! Il serait donc bon, lui ?

– Bon à pendre, dit Poiret.

– Vous voulez dire au cou d'une jolie femme, s'écria vivement mademoiselle Michonneau. Allez-vous-en donc, monsieur Poiret. Ça nous regarde, nous autres, de vous soigner quand vous êtes malades. D'ailleurs, pour ce à quoi vous êtes bon, vous pouvez bien vous promener, ajouta-t-elle. Madame Vauquer et moi, nous garderons bien ce cher monsieur Vautrin.

Poiret s'en alla doucement et sans murmurer, comme un chien à qui son maître donne un coup de pied. Rastignac était sorti pour marcher, pour prendre l'air, il étouffait. Ce crime commis à heure fixe, il avait voulu l'empêcher la veille. Qu'était-il arrivé ? Que devait-il faire ? Il tremblait d'en être le complice. Le sang-froid de Vautrin l'épouvantait encore.

Si cependant Vautrin mourait sans parler ? se disait Rastignac.

Il allait à travers les allées du Luxembourg, comme s'il eût été traqué par une meute de chiens, et il lui semblait en entendre les aboiements.

– Eh ! bien, lui cria Bianchon, as-tu lu *Le Pilote* ?

1. **Palatine** : écharpe en fourrure (pour désigner ses poils).
2. **Rouge** : roux.

Le Pilote était une feuille radicale[1] dirigée par monsieur Tissot, et qui donnait pour la province, quelques heures après les journaux du matin, une édition où se trouvaient les nouvelles du jour, qui alors avaient, dans les départements, vingt-quatre heures d'avance sur les autres feuilles.

– Il s'y trouve une fameuse histoire, dit l'interne de l'hôpital Cochin. Le fils Taillefer s'est battu en duel avec le comte Franchessini, de la vieille garde, qui lui a mis deux pouces de fer[2] dans le front. Voilà la petite Victorine un des plus riches partis de Paris. Hein ! si l'on avait su cela ? Quel trente-et-quarante[3] que la mort ! Est-il vrai que Victorine te regardait d'un bon œil, toi ?

– Tais-toi, Bianchon, je ne l'épouserai jamais. J'aime une délicieuse femme, je suis aimé, je…

– Tu dis cela comme si tu te battais les flancs pour[4] ne pas être infidèle. Montre-moi donc une femme qui vaille le sacrifice de la fortune du sieur Taillefer.

– Tous les démons sont donc après moi ? s'écria Rastignac.

– Après qui donc en as-tu ? es-tu fou ? Donne-moi donc la main, dit Bianchon, que je te tâte le pouls. Tu as la fièvre.

– Va donc chez la mère Vauquer, lui dit Eugène, ce scélérat de Vautrin vient de tomber comme mort.

– Ah ! dit Bianchon, qui laissa Rastignac seul, tu me confirmes des soupçons que je veux aller vérifier.

La longue promenade de l'étudiant en droit fut solennelle. Il fit en quelque sorte le tour de sa conscience. S'il flotta, s'il

1. **Feuille radicale** : journal de l'opposition libérale.
2. **Deux pouces de fer** : un coup d'épée de deux pouces de profondeur.
3. **Trente-et-quarante** : jeu de hasard.
4. **Te battais les flancs pour** : t'évertuais, t'efforçais à.

examina, s'il hésita, du moins sa probité[1] sortit de cette âpre et terrible discussion éprouvée comme une barre de fer qui résiste à tous les essais. Il se souvint des confidences que le père Goriot lui avait faites la veille, il se rappela l'appartement choisi pour lui près de Delphine, rue d'Artois ; il reprit sa lettre, la relut, la baisa. – Un tel amour est mon ancre de salut, se dit-il. Ce pauvre vieillard a bien souffert par le cœur. Il ne dit rien de ses chagrins, mais qui ne les devinerait pas ! Eh ! bien, j'aurai soin de lui comme d'un père, je lui donnerai mille jouissances. Si elle m'aime, elle viendra souvent chez moi passer la journée près de lui. Cette grande comtesse de Restaud est une infâme, elle ferait un portier de son père. Chère Delphine ! elle est meilleure pour le bonhomme, elle est digne d'être aimée. Ah ! ce soir je serai donc heureux ! Il tira la montre, l'admira. – Tout m'a réussi ! Quand on s'aime bien pour toujours, l'on peut s'aider, je puis recevoir cela. D'ailleurs je parviendrai, certes, et pourrai tout rendre au centuple. Il n'y a dans cette liaison ni crime, ni rien qui puisse faire froncer le sourcil à la vertu la plus sévère. Combien d'honnêtes gens contractent des unions semblables ! Nous ne trompons personne ; et ce qui nous avilit, c'est le mensonge. Mentir, n'est-ce pas abdiquer ? Elle s'est depuis longtemps séparée de son mari. D'ailleurs, je lui dirai, moi, à cet Alsacien, de me céder une femme qu'il lui est impossible de rendre heureuse.

Le combat de Rastignac dura longtemps. Quoique la victoire dût rester aux vertus de la jeunesse, il fut néanmoins ramené par une invincible curiosité sur les quatre heures et demie, à la nuit

1. **Probité** : intégrité, honnêteté.

tombante, vers la maison Vauquer, qu'il se jurait à lui-même de quitter pour toujours. Il voulait savoir si Vautrin était mort. Après avoir eu l'idée de lui administrer un vomitif, Bianchon avait fait porter à son hôpital les matières rendues par Vautrin, afin de les analyser chimiquement. En voyant l'insistance que mit mademoiselle Michonneau à vouloir les faire jeter, ses doutes se fortifièrent. Vautrin fut d'ailleurs trop promptement[1] rétabli pour que Bianchon ne soupçonnât pas quelque complot contre le joyeux boute-en-train de la pension. À l'heure où rentra Rastignac, Vautrin se trouvait donc debout près du poêle dans la salle à manger. Attirés plus tôt que de coutume par la nouvelle du duel de Taillefer le fils, les pensionnaires, curieux de connaître les détails de l'affaire et l'influence qu'elle avait eue sur la destinée de Victorine, étaient réunis, moins le père Goriot, et devisaient[2] de cette aventure. Quand Eugène entra, ses yeux rencontrèrent ceux de l'imperturbable Vautrin, dont le regard pénétra si avant dans son cœur et y remua si fortement quelques cordes mauvaises, qu'il en frissonna.

– Eh ! bien, cher enfant, lui dit le forçat évadé, la Camuse[3] aura longtemps tort avec moi. J'ai, selon ces dames, soutenu victorieusement un coup de sang qui aurait dû tuer un bœuf.

– Ah ! vous pouvez bien dire un taureau, s'écria la veuve Vauquer.

– Seriez-vous donc fâché de me voir en vie ? dit Vautrin à l'oreille de Rastignac, dont il crut deviner les pensées. Ce serait d'un homme diantrement fort !

1. **Promptement :** rapidement.
2. **Devisaient :** discutaient.
3. **La Camuse :** la mort (représentée sous les formes d'un squelette au nez camus, à savoir plat).

– Ah, ma foi, dit Bianchon, mademoiselle Michonneau parlait avant-hier d'un monsieur surnommé *Trompe-la-Mort* ; ce nom-là vous irait bien.

Ce mot produisit sur Vautrin l'effet de la foudre : il pâlit et chancela, son regard magnétique tomba comme un rayon de soleil sur mademoiselle Michonneau, à laquelle ce jet de volonté cassa les jarrets. La vieille fille se laissa couler sur une chaise. Poiret s'avança vivement entre elle et Vautrin, comprenant qu'elle était en danger, tant la figure du forçat devint férocement significative en déposant le masque bénin[1] sous lequel se cachait sa vraie nature. Sans rien comprendre encore à ce drame, tous les pensionnaires restèrent ébahis. En ce moment, l'on entendit le pas de plusieurs hommes, et le bruit de quelques fusils que des soldats firent sonner sur le pavé de la rue. Au moment où Collin cherchait machinalement une issue en regardant les fenêtres et les murs, quatre hommes se montrèrent à la porte du salon. Le premier était le chef de la police de sûreté, les trois autres étaient des officiers de paix[2].

– Au nom de la loi et du roi, dit un des officiers dont le discours fut couvert par un murmure d'étonnement.

Bientôt le silence régna dans la salle à manger, les pensionnaires se séparèrent pour livrer passage à trois de ces hommes, qui tous avaient la main dans leur poche de côté et y tenaient un pistolet armé. Deux gendarmes qui suivaient les agents occupèrent la porte du salon, et deux autres se montrèrent à celle qui sortait par l'escalier. Le pas et les fusils de plusieurs soldats retentirent sur le pavé caillouteux qui longeait la

1. Bénin : bienveillant.
2. Officiers de paix : policiers.

façade. Tout espoir de fuite fut donc interdit à Trompe-la-Mort, sur qui tous les regards s'arrêtèrent irrésistiblement. Le chef alla droit à lui, commença par lui donner sur la tête une tape si violemment appliquée qu'il fit sauter la perruque et rendit à la tête de Collin toute son horreur. Accompagnées de cheveux rouge brique et courts qui leur donnaient un épouvantable caractère de force mêlée de ruse, cette tête et cette face, en harmonie avec le buste, furent intelligemment illuminées comme si les feux de l'enfer les eussent éclairées. Chacun comprit tout Vautrin, son passé, son présent, son avenir, ses doctrines implacables, la religion de son bon plaisir, la royauté que lui donnaient le cynisme de ses pensées, de ses actes, et la force d'une organisation[1] faite à tout. Le sang lui monta au visage, et ses yeux brillèrent comme ceux d'un chat sauvage. Il bondit sur lui-même par un mouvement empreint d'une si féroce énergie, il rugit si bien qu'il arracha des cris de terreur à tous les pensionnaires. À ce geste de lion, et s'appuyant de la clameur générale, les agents tirèrent leurs pistolets. Collin comprit son danger en voyant briller le chien[2] de chaque arme, et donna tout à coup la preuve de la plus haute puissance humaine. Horrible et majestueux spectacle ! sa physionomie présenta un phénomène qui ne peut être comparé qu'à celui de la chaudière pleine de cette vapeur fumeuse qui soulèverait des montagnes, et que dissout en un clin d'œil une goutte d'eau froide. La goutte d'eau qui froidit sa rage fut une réflexion rapide comme un éclair. Il se mit à sourire et regarda sa perruque.

1. Organisation : (au sens physiologique) nature, organisme.
2. Chien : pièce qui sert à armer le pistolet pour la mise à feu.

– Tu n'es pas dans tes jours de politesse, dit-il au chef de la police de sûreté. Et il tendit ses mains aux gendarmes en les appelant par un signe de tête. Messieurs les gendarmes, mettez-moi les menottes ou les poucettes[1]. Je prends à témoin les personnes présentes que je ne résiste pas. Un murmure admiratif, arraché par la promptitude[2] avec laquelle la lave et le feu sortirent et rentrèrent dans ce volcan humain, retentit dans la salle. – Ça te la coupe, monsieur l'enfonceur[3], reprit le forçat[4] en regardant le célèbre directeur de la police judiciaire.

– Allons, qu'on se déshabille, lui dit l'homme de la petite rue Sainte-Anne d'un air plein de mépris.

– Pourquoi ? dit Collin, il y a des dames. Je ne nie rien, et je me rends.

Il fit une pause, et regarda l'assemblée comme un orateur qui va dire des choses surprenantes.

– Écrivez, papa Lachapelle, dit-il en s'adressant à un petit vieillard en cheveux blancs qui s'était assis au bout de la table après avoir tiré d'un portefeuille le procès-verbal de l'arrestation. Je reconnais être Jacques Collin, dit Trompe-la-Mort, condamné à vingt ans de fers[5] ; et je viens de prouver que je n'ai pas volé mon surnom. Si j'avais seulement levé la main, dit-il aux pensionnaires, ces trois mouchards[6]-là répandaient tout mon *raisiné* sur le *trimar*[7] domestique de maman Vauquer. Ces drôles se mêlent de combiner des guet-apens !

---

1. Poucettes : chaînes servant à attacher les pouces.
2. Promptitude : rapidité.
3. L'enfonceur : celui qui « enfonce » en jetant en prison.
4. Forçat : prisonnier de bagne.
5. Fers : bagne.
6. Mouchards : (terme familier) policiers.
7. Mon *raisiné* sur le *trimar* : (expression populaire) mon sang sur le sol.

Madame Vauquer se trouva mal en entendant ces mots.

– Mon Dieu ! c'est à en faire une maladie, moi qui étais hier à la Gaîté avec lui, dit-elle à Sylvie.

– De la philosophie, maman, reprit Collin. Est-ce un malheur d'être allée dans ma loge[1] hier, à la Gaîté ? s'écria-t-il. Êtes-vous meilleure que nous ? Nous avons moins d'infamie sur l'épaule[2] que vous n'en avez dans le cœur, membres flasques d'une société gangrenée[3] : le meilleur d'entre vous ne me résistait pas. Ses yeux s'arrêtèrent sur Rastignac, auquel il adressa un sourire gracieux qui contrastait singulièrement avec la rude expression de sa figure. – Notre petit marché va toujours, mon ange, en cas d'acceptation, toutefois ! Vous savez ? Il chanta :

Ma Fanchette est charmante
Dans sa simplicité.

– Ne soyez pas embarrassé, reprit-il, je sais faire mes recouvrements[4]. L'on me craint trop pour me *flouer*[5], moi !

Le bagne[6] avec ses mœurs et son langage, avec ses brusques transitions du plaisant à l'horrible, son épouvantable grandeur, sa familiarité, sa bassesse, fut tout à coup représenté dans cette interpellation et par cet homme, qui ne fut plus un homme, mais le type de toute une nation dégénérée, d'un peuple sauvage et logique, brutal et souple. En un moment

1. Loge : petit salon fermé où peuvent s'installer les spectateurs dans une salle de théâtre.

2. *Infamie sur l'épaule* désigne la marque T.F. (lettres signifiant « Travaux Forcés » dont on marquait au fer rouge les bagnards).

3. Gangrenée : pourrie.

4. Formulation signifiant qu'il sait se faire rembourser.

5. ***Flouer*** : voler, escroquer.

6. Bagne : prison où les condamnés exécutent des travaux forcés.

Collin devint un poème infernal où se peignirent tous les sentiments humains, moins un seul, celui du repentir. Son regard était celui de l'archange déchu[1] qui veut toujours la guerre. Rastignac baissa les yeux en acceptant ce cousinage criminel comme une expiation[2] de ses mauvaises pensées.

– Qui m'a trahi ? dit Collin en promenant son terrible regard sur l'assemblée. Et l'arrêtant sur mademoiselle Michonneau : C'est toi, lui dit-il, vieille cagnotte[3], tu m'as donné un faux coup de sang, curieuse ! En disant deux mots, je pourrais te faire scier le cou dans huit jours. Je te pardonne, je suis chrétien. D'ailleurs ce n'est pas toi qui m'as vendu. Mais qui ? – Ah ! ah ! vous fouillez là-haut, s'écria-t-il en entendant les officiers de la police judiciaire qui ouvraient ses armoires et s'emparaient de ses effets[4]. Dénichés les oiseaux, envolés d'hier. Et vous ne saurez rien. Mes livres de commerce sont là, dit-il en se frappant le front. Je sais qui m'a vendu maintenant. Ce ne peut être que ce gredin de Fil-de-Soie. Pas vrai, père l'empoigneur ? dit-il au chef de police. Ça s'accorde trop bien avec le séjour de nos billets de banque là-haut. Plus rien, mes petits mouchards[5]. Quant à Fil-de-Soie, il sera *terré*[6] sous quinze jours, lors même que vous le feriez garder par toute votre gendarmerie. – Que lui avez-vous donné, à cette Michonnette ? dit-il aux gens de la police, quelque millier d'écus ? Je valais mieux que ça, Ninon cariée, Pompadour en

1. **Archange déchu** : Lucifer, chassé du Paradis pour s'être révolté contre Dieu.
2. **Expiation** : punition.
3. **Cagnotte** : féminin de *cagne*, « chien de mauvaise race », qui sert aussi à désigner péjorativement un policier.
4. **Effets** : affaires.
5. **Mouchards** : (terme familier) policiers.
6. ***Terré*** : enterré.

loques[1], Vénus du Père-Lachaise. Si tu m'avais prévenu, tu aurais eu six mille francs. Ah ! tu ne t'en doutais pas, vieille vendeuse de chair, sans quoi j'aurais eu la préférence. Oui, je les aurais donnés pour éviter un voyage qui me contrarie et qui me fait perdre de l'argent, disait-il pendant qu'on lui mettait les menottes. Ces gens-là vont se faire un plaisir de me traîner un temps infini pour m'*otolondrer*[2]. S'ils m'envoyaient tout de suite au bagne[3], je serais bientôt rendu à mes occupations, malgré nos petits badauds du quai des Orfèvres[4]. Là-bas, ils vont tous se mettre l'âme à l'envers pour faire évader leur général, ce bon Trompe-la-Mort ! Y a-t-il un de vous qui soit, comme moi, riche de plus de dix mille frères prêts à tout faire pour vous ? demanda-t-il avec fierté. Il y a du bon là, dit-il en se frappant le cœur ; je n'ai jamais trahi personne ! Tiens, cagnotte[5], vois-les, dit-il en s'adressant à la vieille fille. Ils me regardent avec terreur, mais toi tu leur soulèves le cœur de dégoût. Ramasse ton lot. Il fit une pause en contemplant les pensionnaires. – Êtes-vous bêtes, vous autres ! n'avez-vous jamais vu de forçat ? Un forçat de la trempe de Collin, ici présent, est un homme moins lâche que les autres, et qui proteste contre les profondes déceptions du contrat social, comme dit Jean-Jacques[6], dont je me glorifie d'être l'élève. Enfin, je suis seul contre le gouvernement avec son tas de tribunaux, de gendarmes, de budgets, et je les roule.

---

1. Ninon de Lenclos (courtisane) et **Mme de Pompadour** (maîtresse de Louis XV) sont des femmes du monde célèbres.

2. M'*otolondrer* : (terme d'argot) m'ennuyer.

3. Bagne : prison où les condamnés exécutent des travaux forcés.

4. Nos petits badauds du quai des Orfèvres : périphrase désignant la police.

5. Cagnotte : féminin de *cagne*, « chien de mauvaise race », qui sert aussi à désigner péjorativement un policier.

6. Jean-Jacques Rousseau, auteur du *Contrat social*, traité exposant les principes d'un État démocratique.

– Diantre ! dit le peintre, il est fameusement beau à dessiner.

– Dis-moi, menin[1] de monseigneur le bourreau, gouverneur de la Veuve (nom plein de terrible poésie que les forçats donnent à la guillotine), ajouta-t-il en se tournant vers le chef de la police de sûreté, sois bon enfant, dis-moi si c'est Fil-de-Soie qui m'a vendu ! Je ne voudrais pas qu'il payât pour un autre, ce ne serait pas juste.

En ce moment les agents qui avaient tout ouvert et tout inventorié chez lui rentrèrent et parlèrent à voix basse au chef de l'expédition. Le procès-verbal était fini.

– Messieurs, dit Collin en s'adressant aux pensionnaires, ils vont m'emmener. Vous avez été tous très aimables pour moi pendant mon séjour ici, j'en aurai de la reconnaissance. Recevez mes adieux. Vous me permettrez de vous envoyer des figues de Provence[2]. Il fit quelques pas, et se retourna pour regarder Rastignac. Adieu, Eugène, dit-il d'une voix douce et triste qui contrastait singulièrement avec le ton brusque de ses discours. Si tu étais gêné[3], je t'ai laissé un ami dévoué. Malgré ses menottes, il put se mettre en garde, fit un appel de maître d'armes, cria : Une, deux ! et se fendit[4]. En cas de malheur, adresse-toi là. Homme et argent, tu peux disposer de tout.

Ce singulier personnage mit assez de bouffonnerie dans ces dernières paroles pour qu'elles ne pussent être comprises que de Rastignac et de lui. Quand la maison fut évacuée par les gendarmes, par les soldats et par les agents de la police, Sylvie,

1. Menin : serviteur.
2. La Provence est la région où se situe le bagne.
3. Étais gêné : avais des soucis d'argent.
4. Se fendit : avança la jambe droite pour attaquer (mouvement d'escrime).

qui frottait de vinaigre les tempes de sa maîtresse, regarda les pensionnaires étonnés.

– Eh ! bien, dit-elle, c'était un bon homme tout de même.

Cette phrase rompit le charme que produisaient sur chacun l'affluence et la diversité des sentiments excités par cette scène. En ce moment, les pensionnaires, après s'être examinés entre eux, virent tous à la fois mademoiselle Michonneau grêle[1], sèche et froide autant qu'une momie, tapie près du poêle, les yeux baissés, comme si elle eût craint que l'ombre de son abat-jour ne fût pas assez forte pour cacher l'expression de ses regards. Cette figure, qui leur était antipathique depuis si longtemps, fut tout à coup expliquée. Un murmure, qui, par sa parfaite unité de son, trahissait un dégoût unanime, retentit sourdement. Mademoiselle Michonneau l'entendit et resta. Bianchon, le premier, se pencha vers son voisin.

– Je décampe si cette fille doit continuer à dîner avec nous, dit-il à demi-voix.

En un clin d'œil chacun, moins Poiret, approuva la proposition de l'étudiant en médecine, qui, fort de l'adhésion générale, s'avança vers le vieux pensionnaire.

– Vous qui êtes lié particulièrement avec mademoiselle Michonneau, lui dit-il, parlez-lui, faites-lui comprendre qu'elle doit s'en aller à l'instant même.

– À l'instant même ? répéta Poiret étonné.

Puis il vint auprès de la vieille, et lui dit quelques mots à l'oreille.

– Mais mon terme est payé, je suis ici pour mon argent comme tout le monde, dit-elle en lançant un regard de vipère sur les pensionnaires.

1. Grêle : maigre.

– Qu'à cela ne tienne, nous nous cotiserons pour vous le rendre, dit Rastignac.

– Monsieur soutient Collin, répondit-elle en jetant sur l'étudiant un regard venimeux et interrogateur, il n'est pas difficile de savoir pourquoi.

À ce mot, Eugène bondit comme pour se ruer sur la vieille fille et l'étrangler. Ce regard, dont il comprit les perfidies, venait de jeter une horrible lumière dans son âme.

– Laissez-la donc, s'écrièrent les pensionnaires.

Rastignac se croisa les bras et resta muet.

– Finissons-en avec mademoiselle Judas[1], dit le peintre en s'adressant à madame Vauquer. Madame, si vous ne mettez pas à la porte la Michonneau, nous quittons tous votre baraque, et nous dirons partout qu'il ne s'y trouve que des espions et des forçats. Dans le cas contraire, nous nous tairons tous sur cet événement, qui, au bout du compte, pourrait arriver dans les meilleures sociétés, jusqu'à ce qu'on marque les galériens[2] au front, et qu'on leur défende de se déguiser en bourgeois de Paris, et de se faire aussi bêtement farceurs qu'ils le sont tous.

À ce discours, madame Vauquer retrouva miraculeusement la santé, se redressa, se croisa les bras, ouvrit ses yeux clairs et sans apparence de larmes.

– Mais, mon cher monsieur, vous voulez donc la ruine de ma maison ? Voilà monsieur Vautrin... Oh ! mon Dieu, se dit-elle en s'interrompant elle-même, je ne puis pas m'empêcher de l'appeler par son nom d'honnête homme ! Voilà,

1. **Judas** : apôtre qui trahit Jésus en le dénonçant.
2. **Galériens** : forçats (prisonniers de bagne).

reprit-elle, un appartement vide, et vous voulez que j'en aie deux de plus à louer dans une saison où tout le monde est casé.

– Messieurs, prenons nos chapeaux, et allons dîner place Sorbonne, chez Flicoteaux[1], dit Bianchon.

Madame Vauquer calcula d'un seul coup d'œil le parti le plus avantageux, et roula jusqu'à mademoiselle Michonneau.

– Allons, ma chère petite belle, vous ne voulez pas la mort de mon établissement, hein ? Vous voyez à quelle extrémité me réduisent ces messieurs ; remontez dans votre chambre pour ce soir.

– Du tout, du tout, crièrent les pensionnaires, nous voulons qu'elle sorte à l'instant.

– Mais elle n'a pas dîné, cette pauvre demoiselle, dit Poiret d'un ton piteux.

– Elle ira dîner où elle voudra, crièrent plusieurs voix.

– À la porte, la moucharde !

– À la porte, les mouchards !

– Messieurs, s'écria Poiret, qui s'éleva tout à coup à la hauteur du courage que l'amour prête aux béliers, respectez une personne du sexe[2].

– Les mouchards ne sont d'aucun sexe, dit le peintre.

– Fameux sexorama !

– À la portorama !

– Messieurs, ceci est indécent. Quand on renvoie les gens, on doit y mettre des formes. Nous avons payé, nous restons, dit Poiret en se couvrant de sa casquette et se plaçant sur une chaise à côté de mademoiselle Michonneau, que prêchait madame Vauquer.

---

1. Flicoteaux : restaurant célèbre fréquenté par les étudiants.

2. Une personne du sexe : une femme.

– Méchant, lui dit le peintre d'un air comique, petit méchant, va !

– Allons, si vous ne vous en allez pas, nous nous en allons, nous autres, dit Bianchon.

Et les pensionnaires firent en masse un mouvement vers le salon.

– Mademoiselle, que voulez-vous donc ? s'écria madame Vauquer, je suis ruinée. Vous ne pouvez pas rester, ils vont en venir à des actes de violence.

Mademoiselle Michonneau se leva.

– Elle s'en ira ! – Elle ne s'en ira pas ! – Elle s'en ira ! – Elle ne s'en ira pas ! Ces mots dits alternativement, et l'hostilité des propos qui commençaient à se tenir sur elle, contraignirent mademoiselle Michonneau à partir, après quelques stipulations[1] faites à voix basse avec l'hôtesse.

– Je vais chez madame Buneaud, dit-elle d'un air menaçant.

– Allez où vous voudrez, mademoiselle, dit madame Vauquer, qui vit une cruelle injure dans le choix qu'elle faisait d'une maison avec laquelle elle rivalisait, et qui lui était conséquemment odieuse. Allez chez la Buneaud, vous aurez du vin à faire danser les chèvres, et des plats achetés chez les regrattiers[2].

Les pensionnaires se mirent sur deux files dans le plus grand silence. Poiret regarda si tendrement mademoiselle Michonneau, il se montra si naïvement indécis, sans savoir s'il devait la suivre ou rester, que les pensionnaires, heureux du départ de mademoiselle Michonneau, se mirent à rire en se regardant.

---

1. Stipulations : conditions.

2. Regrattiers : vendeurs de restes.

– Xi, xi, xi, Poiret, lui cria le peintre. Allons, houpe là, haoup !

L'employé au Muséum se mit à chanter comiquement ce début d'une romance connue :

Partant pour la Syrie,
Le jeune et beau Dunois...

– Allez donc, vous en mourez d'envie, *trahit sua quemque voluptas*[1], dit Bianchon.

– Chacun suit sa particulière[2], traduction libre de Virgile, dit le répétiteur[3].

Mademoiselle Michonneau ayant fait le geste de prendre le bras de Poiret en le regardant, il ne put résister à cet appel, et vint donner son appui à la vieille. Des applaudissements éclatèrent, et il y eut une explosion de rires. – Bravo, Poiret ! Ce vieux Poiret ! – Apollon-Poiret. – Mars-Poiret. – Courageux Poiret !

En ce moment, un commissionnaire entra, remit une lettre à madame Vauquer, qui se laissa couler sur sa chaise, après l'avoir lue.

– Mais il n'y a plus qu'à brûler ma maison, le tonnerre y tombe. Le fils Taillefer est mort à trois heures. Je suis bien punie d'avoir souhaité du bien à ces dames au détriment de ce pauvre jeune homme. Madame Couture et Victorine me redemandent leurs effets, et vont demeurer chez son père. Monsieur Taillefer permet à sa fille de garder la veuve Couture comme demoiselle de compagnie. Quatre appartements

1. ***Trahit sua quemque voluptas*** : « chacun suit son propre plaisir » (citation des *Bucoliques* de Virgile).
2. **Particulière** : (terme populaire) amante, épouse.
3. **Répétiteur** : surveillant d'étude qui aide les élèves à revoir leurs leçons.

vacants, cinq pensionnaires de moins ! Elle s'assit et parut près de pleurer. Le malheur est entré chez moi, s'écria-t-elle.

Le roulement d'une voiture qui s'arrêtait retentit tout à coup dans la rue.

– Encore quelque chape-chute[1], dit Sylvie.

Goriot montra soudain une physionomie brillante et colorée de bonheur, qui pouvait faire croire à sa régénération.

– Goriot en fiacre[2], dirent les pensionnaires, la fin du monde arrive.

Le bonhomme alla droit à Eugène, qui restait pensif dans un coin, et le prit par le bras : Venez, lui dit-il d'un air joyeux.

– Vous ne savez donc pas ce qui se passe ? lui dit Eugène. Vautrin était un forçat que l'on vient d'arrêter, et le fils Taillefer est mort.

– Eh ! bien, qu'est-ce que ça nous fait ? répondit le père Goriot. Je dîne avec ma fille chez vous, entendez-vous ? Elle vous attend, venez !

Il tira si violemment Rastignac par le bras, qu'il le fit marcher de force, et parut l'enlever comme si c'eût été sa maîtresse.

– Dînons, cria le peintre.

En un moment chacun prit sa chaise et s'attabla.

– Par exemple, dit la grosse Sylvie, tout est malheur aujourd'hui, mon haricot de mouton s'est attaché. Bah ! vous le mangerez brûlé, tant pire[3] !

Madame Vauquer n'eut pas le courage de dire un mot en ne voyant que dix personnes au lieu de dix-huit autour de sa

1. Chape-chute : catastrophe (mais à l'origine : bonne aubaine).
2. Fiacre : voiture de location tirée par un cheval.
3. Tant pire : tant pis.

table; mais chacun tenta de la consoler et de l'égayer. Si d'abord les externes s'entretinrent de Vautrin et des événements de la journée, ils obéirent bientôt à l'allure serpentine[1] de leur conversation, et se mirent à parler des duels, du bagne[2], de la justice, des lois à refaire, des prisons. Puis ils se trouvèrent à mille lieues de Jacques Collin, de Victorine et de son frère. Quoiqu'ils ne fussent que dix, ils crièrent comme vingt, et semblaient être plus nombreux qu'à l'ordinaire; ce fut toute la différence qu'il y eut entre ce dîner et celui de la veille. L'insouciance habituelle de ce monde égoïste qui, le lendemain, devait avoir dans les événements quotidiens de Paris une autre proie à dévorer, reprit le dessus, et madame Vauquer elle-même se laissa calmer par l'espérance, qui emprunta la voix de la grosse Sylvie.

Cette journée devait être jusqu'au soir une fantasmagorie[3] pour Eugène, qui, malgré la force de son caractère et la bonté de sa tête, ne savait comment classer ses idées, quand il se trouva dans le fiacre[4] à côté du père Goriot dont les discours trahissaient une joie inaccoutumée, et retentissaient à son oreille, après tant d'émotions, comme les paroles que nous entendons en rêve.

– C'est fini de ce matin. Nous dînons tous les trois ensemble, ensemble! comprenez-vous? Voici quatre ans que je n'ai dîné avec ma Delphine, ma petite Delphine. Je vais l'avoir à moi pendant toute une soirée. Nous sommes chez

1. Serpentine: sinueuse comme un serpent.
2. Bagne: prison où les condamnés exécutent des travaux forcés.
3. Fantasmagorie: spectacle surnaturel.
4. Fiacre: voiture de location tirée par un cheval.

vous depuis ce matin. J'ai travaillé comme un manœuvre[1], habit bas[2]. J'aidais à porter les meubles. Ah ! ah ! vous ne savez pas comme elle est gentille à table, elle s'occupera de moi : « Tenez, papa, mangez donc de cela, c'est bon. » Et alors je ne peux pas manger. Oh ! y a-t-il longtemps que je n'ai été tranquille avec elle comme nous allons l'être !

– Mais, lui dit Eugène, aujourd'hui le monde est donc renversé ?

– Renversé ? dit le père Goriot. Mais à aucune époque le monde n'a si bien été. Je ne vois que des figures gaies dans les rues, des gens qui se donnent des poignées de main, et qui s'embrassent ; des gens heureux comme s'ils allaient tous dîner chez leurs filles, y *gobichonner*[3] un bon petit dîner qu'elle a commandé devant moi au chef du café des Anglais[4]. Mais, bah ! près d'elle le chicotin[5] serait doux comme miel.

– Je crois revenir à la vie, dit Eugène.

– Mais marchez donc, cocher, cria le père Goriot en ouvrant la glace de devant. Allez donc plus vite, je vous donnerai cent sous pour boire[6] si vous me menez en dix minutes là où vous savez. En entendant cette promesse, le cocher traversa Paris avec la rapidité de l'éclair.

– Il ne va[7] pas, ce cocher, disait le père Goriot.

– Mais où me conduisez-vous donc ? lui demanda Rastignac.

---

1. Manœuvre : ouvrier.

2. Habit bas : dévêtu (sans costume).

3. *Gobichonner* : (terme populaire) déguster.

4. Café des Anglais : restaurant réputé du quartier de la Chaussée-d'Antin, où réside Delphine.

5. Chicotin : sève amère.

6. Pour boire : de pourboire.

7. Va : avance.

– Chez vous, dit le père Goriot.

La voiture s'arrêta rue d'Artois. Le bonhomme descendit le premier et jeta dix francs au cocher, avec la prodigalité d'un homme veuf qui, dans le paroxysme[1] de son plaisir, ne prend garde à rien.

– Allons, montons, dit-il à Rastignac en lui faisant traverser une cour et le conduisant à la porte d'un appartement situé au troisième étage, sur le derrière d'une maison neuve et de belle apparence. Le père Goriot n'eut pas besoin de sonner. Thérèse, la femme de chambre de madame de Nucingen, leur ouvrit la porte. Eugène se vit dans un délicieux appartement de garçon, composé d'une antichambre, d'un petit salon, d'une chambre à coucher et d'un cabinet ayant vue sur un jardin. Dans le petit salon, dont l'ameublement et le décor pouvaient soutenir la comparaison avec ce qu'il y avait de plus joli, de plus gracieux, il aperçut, à la lumière des bougies, Delphine, qui se leva d'une causeuse[2], au coin du feu, mit son écran[3] sur la cheminée, et lui dit avec une intonation de voix chargée de tendresse : – Il a donc fallu vous aller chercher, monsieur qui ne comprenez rien.

Thérèse sortit. L'étudiant prit Delphine dans ses bras, la serra vivement et pleura de joie. Ce dernier contraste entre ce qu'il voyait et ce qu'il venait de voir, dans un jour où tant d'irritations avaient fatigué son cœur et sa tête, détermina chez Rastignac un accès de sensibilité nerveuse.

– Je savais bien, moi, qu'il t'aimait, dit tout bas le père Goriot à sa fille pendant qu'Eugène abattu gisait sur la

1. **Paroxysme** : degré le plus élevé.
2. **Causeuse** : petit canapé à deux places.
3. **Écran** : panneau de protection placé devant la cheminée.

causeuse sans pouvoir prononcer une parole ni se rendre compte encore de la manière dont ce dernier coup de baguette avait été frappé.

– Mais venez donc voir, lui dit madame de Nucingen en le prenant par la main et l'emmenant dans une chambre dont les tapis, les meubles et les moindres détails lui rappelèrent, en de plus petites proportions, celle de Delphine.

– Il y manque un lit, dit Rastignac.

– Oui, monsieur, dit-elle en rougissant et lui serrant la main.

Eugène la regarda, et comprit, jeune encore, tout ce qu'il y avait de pudeur vraie dans un cœur de femme aimante.

– Vous êtes une de ces créatures que l'on doit adorer toujours, lui dit-il à l'oreille. Oui, j'ose vous le dire, puisque nous nous comprenons si bien : plus vif et sincère est l'amour, plus il doit être voilé, mystérieux. Ne donnons notre secret à personne.

– Oh ! je ne serai pas quelqu'un, moi, dit le père Goriot en grognant.

– Vous savez bien que vous êtes *nous*, vous…

– Ah ! voilà ce que je voulais. Vous ne ferez pas attention à moi, n'est-ce pas ? J'irai, je viendrai comme un bon esprit qui est partout, et qu'on sait être là sans le voir. Eh ! bien, Delphinette, Ninette, Dedel ! n'ai-je pas eu raison de te dire. Il y a un joli appartement rue d'Artois, meublons-le pour lui ! » Tu ne voulais pas. Ah ! c'est moi qui suis l'auteur de ta joie, comme je suis l'auteur de tes jours. Les pères doivent toujours donner pour être heureux. Donner toujours, c'est ce qui fait qu'on est père.

– Comment ? dit Eugène.

– Oui, elle ne voulait pas, elle avait peur qu'on ne dît des bêtises, comme si le monde valait le bonheur ! Mais toutes les femmes rêvent de faire ce qu'elle fait...

Le père Goriot parlait tout seul, madame de Nucingen avait emmené Rastignac dans le cabinet où le bruit d'un baiser retentit, quelque légèrement qu'il fût pris. Cette pièce était en rapport avec l'élégance de l'appartement, dans lequel d'ailleurs rien ne manquait.

– A-t-on bien deviné vos vœux ? dit-elle en revenant dans le salon pour se mettre à table.

– Oui, dit-il, trop bien. Hélas ! ce luxe si complet, ces beaux rêves réalisés, toutes les poésies d'une vie jeune, élégante, je les sens trop pour ne pas les mériter ; mais je ne puis les accepter de vous, et je suis trop pauvre encore pour...

– Ah ! ah ! vous me résistez déjà, dit-elle d'un petit air d'autorité railleuse[1] en faisant une de ces jolies moues[2] que font les femmes quand elles veulent se moquer de quelque scrupule pour le mieux dissiper.

Eugène s'était trop solennellement interrogé pendant cette journée, et l'arrestation de Vautrin, en lui montrant la profondeur de l'abîme dans lequel il avait failli rouler, venait de trop bien corroborer ses sentiments nobles et sa délicatesse pour qu'il cédât à cette caressante réfutation de ses idées généreuses. Une profonde tristesse s'empara de lui.

– Comment ! dit madame de Nucingen, vous refuseriez ? Savez-vous ce que signifie un refus semblable ? Vous doutez de l'avenir, vous n'osez pas vous lier à moi. Vous avez donc

1. Railleuse : moqueuse.
2. Moues : grimaces que l'on fait par bouderie en avançant la bouche, lèvres jointes.

peur de trahir mon affection ? Si vous m'aimez, si je... vous aime, pourquoi reculez-vous devant d'aussi minces obligations[1] ? Si vous connaissiez le plaisir que j'ai eu à m'occuper de tout ce ménage de garçon, vous n'hésiteriez pas, et vous me demanderiez pardon. J'avais de l'argent à vous, et je l'ai bien employé, voilà tout. Vous croyez être grand, et vous êtes petit. Vous demandez bien plus... (Ah ! dit-elle en saisissant un regard de passion chez Eugène) et vous faites des façons pour des niaiseries. Si vous ne m'aimez point, oh ! oui, n'acceptez pas. Mon sort est dans un mot. Parlez ? Mais, mon père, dites-lui donc quelques bonnes raisons, ajouta-t-elle en se tournant vers son père après une pause. Croit-il que je ne sois pas moins chatouilleuse que lui sur notre honneur ?

Le père Goriot avait le sourire fixe d'un thériaki[2] en voyant, en écoutant cette jolie querelle.

– Enfant ! vous êtes à l'entrée de la vie, reprit-elle en saisissant la main d'Eugène, vous trouvez une barrière insurmontable pour beaucoup de gens, une main de femme vous l'ouvre, et vous reculez ! Mais vous réussirez, vous ferez une brillante fortune, le succès est écrit sur votre beau front. Ne pourrez-vous pas alors me rendre ce que je vous prête aujourd'hui ? Autrefois les dames ne donnaient-elles pas à leurs chevaliers des armures, des épées, des casques, des cottes de mailles, des chevaux, afin qu'ils pussent aller combattre en leur nom dans les tournois ? Eh ! bien, Eugène, les choses que je vous offre sont les armes de l'époque, des outils nécessaires à qui veut être quelque chose. Il est joli, le grenier où vous êtes, s'il ressemble à la chambre de

1. Obligations : engagements.
2. Thériaki : fumeur d'opium.

papa. Voyons, nous ne dînerons donc pas ? Voulez-vous m'attrister ? Répondez donc ? dit-elle en lui secouant la main. Mon Dieu, papa, décide-le donc, ou je sors et ne le revois jamais.

– Je vais vous décider, dit le père Goriot en sortant de son extase. Mon cher monsieur Eugène, vous allez emprunter de l'argent à des juifs [1], n'est-ce pas ?

– Il le faut bien, dit-il.

– Bon, je vous tiens, reprit le bonhomme en tirant un mauvais portefeuille en cuir tout usé. Je me suis fait juif, j'ai payé toutes les factures, les voici. Vous ne devez pas un centime pour tout ce qui se trouve ici. Ça ne fait pas une grosse somme, tout au plus cinq mille francs. Je vous les prête, moi ! Vous ne me refuserez pas, je ne suis pas une femme. Vous m'en ferez une reconnaissance sur un chiffon de papier, et vous me les rendrez plus tard.

Quelques pleurs roulèrent à la fois dans les yeux d'Eugène et de Delphine, qui se regardèrent avec surprise. Rastignac tendit la main au bonhomme et la lui serra.

– Eh ! bien, quoi ! n'êtes-vous pas mes enfants ? dit Goriot.

– Mais, mon pauvre père, dit madame de Nucingen, comment avez-vous donc fait ?

– Ah ! nous y voilà, répondit-il. Quand je t'ai eu décidée à le mettre près de toi, que je t'ai vue achetant des choses comme pour une mariée, je me suis dit : « Elle va se trouver dans l'embarras ! » L'avoué [2] prétend que le procès à intenter à ton mari, pour lui faire rendre ta fortune, durera plus de six

1. Juifs : (ici) usuriers (personnes qui prêtent de l'argent, parfois à taux très élevé). La réputation de cupidité des juifs vient de la période médiévale durant laquelle les métiers d'argent étaient interdits aux chrétiens et réservés aux juifs.
2. Avoué : officier de justice.

mois. Bon. J'ai vendu mes treize cent cinquante livres[1] de rente perpétuelle[2] ; je me suis fait, avec quinze mille francs, douze cents francs de rentes viagères[3] bien hypothéquées[4], et j'ai payé vos marchands avec le reste du capital, mes enfants. Moi, j'ai là-haut une chambre de cinquante écus par an, je peux vivre comme un prince avec quarante sous par jour, et j'aurai encore du reste. Je n'use rien, il ne me faut presque pas d'habits. Voilà quinze jours que je ris dans ma barbe en me disant : « Vont-ils être heureux ! » Eh ! bien, n'êtes-vous pas heureux ?

– Oh ! papa, papa ! dit madame de Nucingen en sautant sur son père qui la reçut sur ses genoux. Elle le couvrit de baisers, lui caressa les joues avec ses cheveux blonds, et versa des pleurs sur ce vieux visage épanoui, brillant. – Cher père, vous êtes un père ! Non, il n'existe pas deux pères comme vous sous le ciel. Eugène vous aimait bien déjà, que sera-ce maintenant !

– Mais, mes enfants, dit le père Goriot qui depuis dix ans n'avait pas senti le cœur de sa fille battre sur le sien, mais, Delphinette, tu veux donc me faire mourir de joie ! Mon pauvre cœur se brise. Allez, monsieur Eugène, nous sommes déjà quittes ! Et le vieillard serrait sa fille par une étreinte si sauvage, si délirante, qu'elle dit : – Ah ! tu me fais mal. – Je t'ai fait mal ! dit-il en pâlissant. Il la regarda d'un air surhumain de douleur. Pour bien peindre la physionomie de ce Christ de la Paternité, il faudrait aller chercher des comparai-

1. Livres : ancienne monnaie.

2. Rente perpétuelle : rente achetée à l'État, sorte de retraite.

3. Rentes viagères : revenus annuels que l'on perçoit à vie.

4. Hypothéquées : données en garantie (et cédées en cas de non-remboursement).

sons dans les images que les princes de la palette[1] ont inventées pour peindre la passion soufferte au bénéfice des mondes par le Sauveur des hommes[2]. Le père Goriot baisa bien doucement la ceinture que ses doigts avaient trop pressée. – Non, non, je ne t'ai pas fait mal, reprit-il en la questionnant par un sourire ; c'est toi qui m'as fait mal avec ton cri. Ça coûte plus cher, dit-il à l'oreille de sa fille en la lui baisant avec précaution, mais il faut l'attraper, sans quoi il se fâcherait.

Eugène était pétrifié par l'inépuisable dévouement de cet homme, et le contemplait en exprimant cette naïve admiration qui, au jeune âge, est de la foi.

– Je serai digne de tout cela, s'écria-t-il.

– O mon Eugène, c'est beau ce que vous venez de dire là. Et madame de Nucingen baisa l'étudiant au front.

– Il a refusé pour toi mademoiselle Taillefer et ses millions, dit le père Goriot. Oui, elle vous aimait, la petite ; et, son frère mort, la voilà riche comme Crésus.

– Oh ! pourquoi le dire ? s'écria Rastignac.

– Eugène, lui dit Delphine à l'oreille, maintenant j'ai un regret pour ce soir. Ah ! je vous aimerai bien, moi ! et toujours.

– Voilà la plus belle journée que j'aie eue depuis vos mariages, s'écria le père Goriot. Le bon Dieu peut me faire souffrir tant qu'il lui plaira, pourvu que ce ne soit pas par vous, je me dirai : En février de cette année, j'ai été pendant un moment plus heureux que les hommes ne peuvent l'être pendant toute leur vie. Regarde-moi, Fifine ! dit-il à sa fille. Elle est bien belle, n'est-ce pas ? Dites-moi donc, avez-vous

---

1. **Les princes de la palette** : périphrase désignant les grands peintres.
2. **Le Sauveur des hommes** : le Christ, qui a subi la passion, c'est-à-dire d'horribles souffrances, pour sauver les hommes.

rencontré beaucoup de femmes qui aient ses jolies couleurs et sa petite fossette ? Non, pas vrai ? Eh ! bien, c'est moi qui ai fait cet amour de femme. Désormais, en se trouvant heureuse par vous, elle deviendra mille fois mieux. Je puis aller en enfer, mon voisin, dit-il, s'il vous faut ma part de paradis, je vous la donne. Mangeons, mangeons, reprit-il en ne sachant plus ce qu'il disait, tout est à nous.

– Ce pauvre père !

– Si tu savais, mon enfant, dit-il en se levant et allant à elle, lui prenant la tête et la baisant au milieu de ses nattes de cheveux, combien tu peux me rendre heureux à bon marché ! viens me voir quelquefois, je serai là-haut, tu n'auras qu'un pas à faire. Promets-le-moi, dis !

– Oui, cher père.

– Dis encore.

– Oui, mon bon père.

– Tais-toi, je te le ferais dire cent fois si je m'écoutais. Dînons.

La soirée tout entière fut employée en enfantillages, et le père Goriot ne se montra pas le moins fou des trois. Il se couchait aux pieds de sa fille pour les baiser ; il la regardait longtemps dans les yeux ; il frottait sa tête contre sa robe ; enfin il faisait des folies comme en aurait fait l'amant le plus jeune et le plus tendre.

– Voyez-vous ? dit Delphine à Eugène, quand mon père est avec nous, il faut être tout à lui. Ce sera pourtant bien gênant quelquefois.

Eugène, qui s'était senti déjà plusieurs fois des mouvements de jalousie, ne pouvait pas blâmer ce mot, qui renfermait le principe de toutes les ingratitudes.

– Et quand l'appartement sera-t-il fini ? dit Eugène en regardant autour de la chambre. Il faudra donc nous quitter ce soir ?

– Oui, mais demain vous viendrez dîner avec moi, dit-elle d'un air fin. Demain est un jour d'Italiens[1].

– J'irai au parterre[2], moi, dit le père Goriot.

Il était minuit. La voiture de madame de Nucingen attendait. Le père Goriot et l'étudiant retournèrent à la maison Vauquer en s'entretenant de Delphine avec un croissant enthousiasme qui produisit un curieux combat d'expressions entre ces deux violentes passions. Eugène ne pouvait pas se dissimuler que l'amour du père, qu'aucun intérêt personnel n'entachait, écrasait le sien par sa persistance et par son étendue. L'idole était toujours pure et belle pour le père, et son adoration s'accroissait de tout le passé comme de l'avenir. Ils trouvèrent madame Vauquer seule au coin de son poêle, entre Sylvie et Christophe. La vieille hôtesse était là comme Marius sur les ruines de Carthage[3]. Elle attendait les deux seuls pensionnaires qui lui restassent, en se désolant avec Sylvie. Quoique lord Byron[4] ait prêté d'assez belles lamentations au Tasse, elles sont bien loin de la profonde vérité de celles qui échappaient à madame Vauquer.

– Il n'y aura donc que trois tasses de café à faire demain matin, Sylvie. Hein ! ma maison déserte, n'est-ce pas à fendre

1. **Un jour d'Italiens :** un jour d'opéra aux Bouffons, théâtre à la mode.

2. **Parterre :** partie d'une salle de théâtre située en bas de la scène, juste après l'orchestre, et où se place le public le moins argenté.

3. Scène pathétique très célèbre de Marius (général romain condamné à l'exil et réfugié en Afrique) contemplant tristement les ruines de Carthage.

4. **Lord Byron :** poète anglais romantique, auteur des *Lamentations du Tasse* (1817).

le cœur ? Qu'est-ce que la vie sans mes pensionnaires ? Rien du tout. Voilà ma maison démeublée de ses hommes. La vie est dans les meubles. Qu'ai-je fait au ciel pour m'être attiré tous ces désastres ? Nos provisions de haricots et de pommes de terre sont faites pour vingt personnes. La police chez moi ! Nous allons donc ne manger que des pommes de terre ! Je renverrai donc Christophe !

Le Savoyard, qui dormait, se réveilla soudain et dit : – Madame ?

– Pauvre garçon ! c'est comme un dogue[1], dit Sylvie.

– Une saison morte, chacun s'est casé. D'où me tombera-t-il des pensionnaires ? J'en perdrai la tête. Et cette sibylle[2] de Michonneau qui m'enlève Poiret ! Qu'est-ce qu'elle lui faisait donc pour s'être attaché cet homme-là, qui la suit comme un toutou ?

– Ah ! dame ! fit Sylvie en hochant la tête, ces vieilles filles, ça connaît les rubriques[3].

– Ce pauvre monsieur Vautrin dont ils ont fait un forçat, reprit la veuve, eh ! bien, Sylvie, c'est plus fort que moi, je ne le crois pas encore. Un homme gai comme ça, qui prenait du gloria[4] pour quinze francs par mois, et qui payait rubis sur l'ongle !

– Et qui était généreux ! dit Christophe.

– Il y a erreur, dit Sylvie.

– Mais non, il a avoué lui-même, reprit madame Vauquer. Et dire que toutes ces choses-là sont arrivées chez moi, dans

1. Dogue : gros chien de garde.
2. Sibylle : vieille mégère.
3. Rubriques : ruses.
4. Gloria : café à l'eau-de-vie.

un quartier où il ne passe pas un chat ! Foi d'honnête femme, je rêve. Car, vois-tu, nous avons vu Louis XVI avoir son accident, nous avons vu tomber l'empereur, nous l'avons vu revenir et retomber, tout cela c'était dans l'ordre des choses possibles ; tandis qu'il n'y a point de chances contre des pensions bourgeoises : on peut se passer de roi, mais il faut toujours qu'on mange ; et quand une honnête femme, née de Conflans, donne à dîner avec toutes bonnes choses, mais à moins que la fin du monde n'arrive… Mais, c'est ça, c'est la fin du monde.

– Et penser que mademoiselle Michonneau, qui vous fait tout ce tort, va recevoir, à ce qu'on dit, mille écus[1] de rente, s'écria Sylvie.

– Ne m'en parle pas, ce n'est qu'une scélérate ! dit madame Vauquer. Et elle va chez la Buneaud, par-dessus le marché ! Mais elle est capable de tout, elle a dû faire des horreurs, elle a tué, volé dans son temps. Elle devait aller au bagne[2] à la place de ce pauvre cher homme…

En ce moment Eugène et le père Goriot sonnèrent.

– Ah ! voilà mes deux fidèles, dit la veuve en soupirant.

Les deux fidèles, qui n'avaient qu'un fort léger souvenir des désastres de la pension bourgeoise, annoncèrent sans cérémonie à leur hôtesse qu'ils allaient demeurer à la Chaussée-d'Antin[3].

– Ah ! Sylvie ! dit la veuve, voilà mon dernier atout. Vous m'avez donné le coup de la mort, messieurs ! ça m'a frappée

1. Écus : ancienne monnaie.

2. Bagne : prison où les condamnés exécutent des travaux forcés.

3. Chaussée-d'Antin : quartier riche de Paris, habité par une noblesse plus récente que celle du faubourg Saint-Germain.

dans l'estomac. J'ai une barre là. Voilà une journée qui me met dix ans de plus sur la tête. Je deviendrai folle, ma parole d'honneur ! Que faire des haricots ? Ah ! bien, si je suis seule ici, tu t'en iras demain, Christophe. Adieu, messieurs, bonne nuit.

– Qu'a-t-elle donc ? demanda Eugène à Sylvie.

– Dame ! voilà tout le monde parti par suite des affaires. Ça lui a troublé la tête. Allons, je l'entends qui pleure. Ça lui fera du bien de *chigner*[1]. Voilà la première fois qu'elle se vide les yeux depuis que je suis à son service.

Le lendemain, madame Vauquer s'était, suivant son expression, *raisonnée*. Si elle parut affligée comme une femme qui avait perdu tous ses pensionnaires, et dont la vie était bouleversée, elle avait toute sa tête, et montra ce qu'était la vraie douleur, une douleur profonde, la douleur causée par l'intérêt froissé[2], par les habitudes rompues. Certes, le regard qu'un amant jette sur les lieux habités par sa maîtresse, en les quittant, n'est pas plus triste que ne le fut celui de madame Vauquer sur sa table vide. Eugène la consola en lui disant que Bianchon, dont l'internat finissait dans quelques jours, viendrait sans doute le remplacer ; que l'employé du Muséum avait souvent manifesté le désir d'avoir l'appartement de madame Couture, et que dans peu de jours elle aurait remonté son personnel[3].

– Dieu vous entende, mon cher monsieur ! mais le malheur est ici. Avant dix jours, la mort y viendra, vous verrez, lui dit-elle en jetant un regard lugubre sur la salle à manger. Qui prendra-t-elle ?

1. ***Chigner*** : (terme familier) pleurnicher.
2. **Froissé** : vexé.
3. **Remonté son personnel** : refait sa clientèle.

– Il fait bon déménager, dit tout bas Eugène au père Goriot.

– Madame, dit Sylvie en accourant effarée, voici trois jours que je n'ai vu Mistigris.

– Ah ! bien, si mon chat est mort, s'il nous a quittés, je…

La pauvre veuve n'acheva pas, elle joignit les mains et se renversa sur le dos de son fauteuil, accablée par ce terrible pronostic.

Vers midi, heure à laquelle les facteurs arrivaient dans le quartier du Panthéon, Eugène reçut une lettre élégamment enveloppée, cachetée aux armes de Beauséant. Elle contenait une invitation adressée à monsieur et à madame de Nucingen pour le grand bal annoncé depuis un mois, et qui devait avoir lieu chez la vicomtesse. À cette invitation était joint un petit mot pour Eugène :

« J'ai pensé, monsieur, que vous vous chargeriez avec plaisir d'être l'interprète de mes sentiments auprès de madame de Nucingen ; je vous envoie l'invitation que vous m'avez demandée, et serai charmée de faire la connaissance de la sœur de madame de Restaud. Amenez-moi donc cette jolie personne, et faites en sorte qu'elle ne prenne pas toute votre affection, vous m'en devez beaucoup en retour de celle que je vous porte.

Vicomtesse DE BEAUSÉANT. »

– Mais, se dit Eugène en relisant ce billet, madame de Beauséant me dit assez clairement qu'elle ne veut pas du baron de Nucingen. Il alla promptement[1] chez Delphine, heureux

1. **Promptement :** rapidement.

d'avoir à lui procurer une joie dont il recevrait sans doute le prix[1]. Madame de Nucingen était au bain. Rastignac attendit dans le boudoir, en butte aux impatiences naturelles à un jeune homme ardent et pressé de prendre possession d'une maîtresse, l'objet de deux ans de désirs. C'est des émotions qui ne se rencontrent pas deux fois dans la vie des jeunes gens. La première femme réellement femme à laquelle s'attache un homme, c'est-à-dire celle qui se présente à lui dans la splendeur des accompagnements que veut la société parisienne, celle-là n'a jamais de rivale. L'amour à Paris ne ressemble en rien aux autres amours. Ni les hommes ni les femmes n'y sont dupes des montres pavoisées de[2] lieux communs que chacun étale par décence sur ses affections soi-disant désintéressées. En ce pays, une femme ne doit pas satisfaire seulement le cœur et les sens, elle sait parfaitement qu'elle a de plus grandes obligations à remplir envers les mille vanités dont se compose la vie. Là surtout l'amour est essentiellement vantard, effronté, gaspilleur, charlatan et fastueux. Si toutes les femmes de la cour de Louis XIV ont envié à mademoiselle de La Vallière l'entraînement de passion qui fit oublier à ce grand prince que ses manchettes coûtaient chacune mille écus quand il les déchira pour faciliter au duc de Vermandois son entrée sur la scène du monde[3], que peut-on demander au reste de l'humanité ? Soyez jeunes, riches et titrés, soyez mieux encore si vous pouvez ; plus vous apporterez de grains d'encens à brûler devant l'idole, plus elle vous sera favorable, si toutefois vous

1. Grâce à cette invitation, il pense être enfin récompensé sexuellement.

2. Montres pavoisées de : apparences ornées de.

3. Louis XIV, en assistant sa maîtresse lors de son accouchement, déchira, dit-on, un col en dentelle valant mille louis (le duc de Vermandois est le nouveau-né).

avez une idole. L'amour est une religion, et son culte doit coûter plus cher que celui de toutes les autres religions ; il passe promptement[1], et passe en gamin qui tient à marquer son passage par des dévastations. Le luxe du sentiment est la poésie des greniers ; sans cette richesse, qu'y deviendrait l'amour ? S'il est des exceptions à ces lois draconiennes[2] du code parisien, elles se rencontrent dans la solitude, chez les âmes qui ne se sont point laissé entraîner par les doctrines sociales, qui vivent près de quelque source aux eaux claires, fugitives mais incessantes ; qui, fidèles à leurs ombrages verts, heureuses d'écouter le langage de l'infini, écrit pour elles en toute chose et qu'elles retrouvent en elles-mêmes, attendent patiemment leurs ailes en plaignant ceux de la terre. Mais Rastignac, semblable à la plupart des jeunes gens, qui, par avance, ont goûté les grandeurs, voulait se présenter tout armé dans la lice[3] du monde ; il en avait épousé la fièvre, et se sentait peut-être la force de le dominer, mais sans connaître ni les moyens ni le but de cette ambition. À défaut d'un amour pur et sacré, qui remplit la vie, cette soif du pouvoir peut devenir une belle chose ; il suffit de dépouiller tout intérêt personnel et de se proposer la grandeur d'un pays pour objet. Mais l'étudiant n'était pas encore arrivé au point d'où l'homme peut contempler le cours de la vie et la juger. Jusqu'alors il n'avait même pas complètement secoué le charme des fraîches et suaves idées qui enveloppent comme d'un feuillage la jeunesse des enfants élevés en province.

1. Promptement : rapidement.
2. Draconiennes : extrêmement dures.
3. Lice : enceinte, arène.

Il avait continuellement hésité à franchir le Rubicon[1] parisien. Malgré ses ardentes curiosités, il avait toujours conservé quelques arrière-pensées de la vie heureuse que mène le vrai gentilhomme dans son château. Néanmoins ses derniers scrupules avaient disparu la veille, quand il s'était vu dans son appartement. En jouissant des avantages matériels de la fortune, comme il jouissait depuis longtemps des avantages moraux que donne la naissance, il avait dépouillé sa peau d'homme de province, et s'était doucement établi dans une position d'où il découvrait un bel avenir. Aussi, en attendant Delphine, mollement assis dans ce joli boudoir qui devenait un peu le sien, se voyait-il si loin du Rastignac venu l'année dernière à Paris, qu'en le lorgnant par un effet d'optique morale, il se demandait s'il se ressemblait en ce moment à lui-même.

– Madame est dans sa chambre, vint lui dire Thérèse qui le fit tressaillir.

Il trouva Delphine étendue sur sa causeuse[2], au coin du feu, fraîche, reposée. À la voir ainsi étalée sur des flots de mousseline, il était impossible de ne pas la comparer à ces belles plantes de l'Inde dont le fruit vient dans la fleur.

– Eh ! bien, vous voilà, dit-elle avec émotion.

– Devinez ce que je vous apporte, dit Eugène en s'asseyant près d'elle et lui prenant le bras pour lui baiser la main.

Madame de Nucingen fit un mouvement de joie en lisant l'invitation. Elle tourna sur Eugène ses yeux mouillés, et lui

1. Le Rubicon : ligne de non-retour, en référence à César qui franchit la rivière du Rubicon avec ses troupes, bafouant ainsi la loi romaine interdisant d'entrer armé dans Rome.

2. Causeuse : petit canapé à deux places.

jeta ses bras au cou pour l'attirer à elle dans un délire de satisfaction vaniteuse.

– Et c'est vous (toi, lui dit-elle à l'oreille ; mais Thérèse est dans mon cabinet de toilette, soyons prudents !), vous à qui je dois ce bonheur ? Oui, j'ose appeler cela un bonheur. Obtenu par vous, n'est-ce pas plus qu'un triomphe d'amour-propre ? Personne ne m'a voulu présenter dans ce monde. Vous me trouverez peut-être en ce moment petite, frivole, légère comme une Parisienne ; mais pensez, mon ami, que je suis prête à tout vous sacrifier, et que, si je souhaite plus ardemment que jamais d'aller dans le faubourg Saint-Germain[1], c'est que vous y êtes.

– Ne pensez-vous pas, dit Eugène, que madame de Beauséant a l'air de nous dire qu'elle ne compte pas voir le baron de Nucingen à son bal ?

– Mais oui, dit la baronne en rendant la lettre à Eugène. Ces femmes-là ont le génie de l'impertinence. Mais n'importe, j'irai. Ma sœur doit s'y trouver, je sais qu'elle prépare une toilette délicieuse. Eugène, reprit-elle à voix basse, elle y va pour dissiper d'affreux soupçons. Vous ne savez pas les bruits qui courent sur elle ? Nucingen est venu me dire ce matin qu'on en parlait hier au Cercle[2] sans se gêner. À quoi tient, mon Dieu ! l'honneur des femmes et des familles ! Je me suis sentie attaquée, blessée dans ma pauvre sœur. Selon certaines personnes, monsieur de Trailles aurait souscrit des lettres de change montant à cent mille francs, presque toutes échues[3], et pour lesquelles il allait être poursuivi. Dans cette

1. **Faubourg Saint-Germain** : quartier où habite la noblesse.
2. **Cercle** : club très privé.
3. **Échues** : arrivées à échéance (et devant donc être payées).

extrémité, ma sœur aurait vendu ses diamants à un juif[1], ces beaux diamants que vous avez pu lui voir, et qui viennent de madame de Restaud la mère. Enfin, depuis deux jours, il n'est question que de cela. Je conçois alors qu'Anastasie se fasse faire une robe lamée[2], et veuille attirer sur elle tous les regards chez madame de Beauséant, en y paraissant dans tout son éclat et avec ses diamants. Mais je ne veux pas être au-dessous d'elle. Elle a toujours cherché à m'écraser, elle n'a jamais été bonne pour moi, qui lui rendais tant de services, qui avais toujours de l'argent pour elle quand elle n'en avait pas. Mais laissons le monde, aujourd'hui je veux être tout heureuse.

Rastignac était encore à une heure du matin chez madame de Nucingen, qui, en lui prodiguant l'adieu des amants, cet adieu plein des joies à venir, lui dit avec une expression de mélancolie : – Je suis si peureuse, si superstitieuse, donnez à mes pressentiments le nom qu'il vous plaira, que je tremble de payer mon bonheur par quelque affreuse catastrophe.

– Enfant, dit Eugène.

– Ah ! c'est moi qui suis l'enfant ce soir, dit-elle en riant.

Eugène revint à la maison Vauquer avec la certitude de la quitter le lendemain, il s'abandonna donc pendant la route à ces jolis rêves que font tous les jeunes gens quand ils ont encore sur les lèvres le goût du bonheur.

– Eh ! bien ? lui dit le père Goriot quand Rastignac passa devant sa porte.

– Eh ! bien, répondit Eugène, je vous dirai tout demain.

---

1. Juif : (ici) usurier (personne qui prête de l'argent, parfois à taux très élevé). La réputation de cupidité des juifs vient de la période médiévale durant laquelle les métiers d'argent étaient interdits aux chrétiens et réservés aux juifs.

2. Lamée : tissée d'argent ou d'or.

– Tout, n'est-ce pas ? cria le bonhomme. Couchez-vous. Nous allons commencer demain notre vie heureuse.

Le lendemain, Goriot et Rastignac n'attendaient plus que le bon vouloir d'un commissionnaire[1] pour partir de la pension bourgeoise, quand vers midi le bruit d'un équipage qui s'arrêtait précisément à la porte de la maison Vauquer retentit dans la rue Neuve-Sainte-Geneviève. Madame de Nucingen descendit de sa voiture, demanda si son père était encore à la pension. Sur la réponse affirmative de Sylvie, elle monta lestement l'escalier. Eugène se trouvait chez lui sans que son voisin le sût. Il avait, en déjeunant, prié le père Goriot d'emporter ses effets, en lui disant qu'ils se retrouveraient à quatre heures rue d'Artois. Mais, pendant que le bonhomme avait été chercher des porteurs, Eugène, ayant promptement[2] répondu à l'appel de l'école, était revenu sans que personne l'eût aperçu pour compter[3] avec madame Vauquer, ne voulant pas laisser cette charge à Goriot, qui, dans son fanatisme, aurait sans doute payé pour lui. L'hôtesse était sortie, Eugène remonta chez lui pour voir s'il n'y oubliait rien, et s'applaudit d'avoir eu cette pensée en voyant dans le tiroir de sa table l'acceptation en blanc, souscrite à Vautrin, qu'il avait insouciamment jetée là le jour où il l'avait acquittée. N'ayant pas de feu, il allait la déchirer en petits morceaux quand, en reconnaissant la voix de Delphine, il ne voulut faire aucun bruit, et s'arrêta pour l'entendre, en pensant qu'elle ne devait avoir aucun secret pour lui. Puis, dès les premiers mots, il

1. Commissionnaire : homme qui offre ses services, dans la rue, pour effectuer n'importe quelle commission.

2. Promptement : rapidement.

3. Compter : faire les comptes.

trouva la conversation entre le père et la fille trop intéressante pour ne pas l'écouter.

– Ah ! mon père, dit-elle, plaise au ciel que vous ayez eu l'idée de demander compte de ma fortune assez à temps pour que je ne sois pas ruinée ! Puis-je parler ?

– Oui, la maison est vide, dit le père Goriot d'une voix altérée.

– Qu'avez-vous donc, mon père ? reprit madame de Nucingen.

– Tu viens, répondit le vieillard, de me donner un coup de hache sur la tête. Dieu te pardonne, mon enfant ! Tu ne sais pas combien je t'aime ; si tu l'avais su, tu ne m'aurais pas dit brusquement de semblables choses, surtout si rien n'est désespéré. Qu'est-il donc arrivé de si pressant pour que tu sois venue me chercher ici quand dans quelques instants nous allions être rue d'Artois ?

– Eh ! mon père, est-on maître de son premier mouvement dans une catastrophe ? Je suis folle ! Votre avoué[1] nous a fait découvrir un peu plus tôt le malheur qui sans doute éclatera plus tard. Votre vieille expérience commerciale va nous devenir nécessaire, et je suis accourue vous chercher comme on s'accroche à une branche quand on se noie. Lorsque monsieur Derville a vu Nucingen lui opposer mille chicanes[2], il l'a menacé d'un procès en lui disant que l'autorisation du président du tribunal serait promptement obtenue. Nucingen est venu ce matin chez moi pour me demander si je voulais sa ruine et la mienne. Je lui ai répondu que je ne me connaissais à rien de tout

1. **Avoué** : officier de justice.
2. **Chicanes** : contestations juridiques sur des détails.

cela, que j'avais une fortune, que je devais être en possession de ma fortune, et que tout ce qui avait rapport à ce démêlé regardait mon avoué, que j'étais de la dernière ignorance et dans l'impossibilité de rien entendre à ce sujet. N'était-ce pas ce que vous m'aviez recommandé de dire ?

– Bien, répondit le père Goriot.

– Eh ! bien, reprit Delphine, il m'a mise au fait de ses affaires. Il a jeté tous ses capitaux et les miens dans des entreprises à peine commencées, et pour lesquelles il a fallu mettre de grandes sommes en dehors. Si je le forçais à me représenter[1] ma dot[2], il serait obligé de déposer son bilan ; tandis que, si je veux attendre un an, il s'engage sur l'honneur à me rendre une fortune double ou triple de la mienne en plaçant mes capitaux dans des opérations[3] territoriales à la fin desquelles je serai maîtresse de tous les biens. Mon cher père, il était sincère, il m'a effrayée. Il m'a demandé pardon de sa conduite, il m'a rendu ma liberté, m'a permis de me conduire à ma guise, à la condition de le laisser entièrement maître de gérer les affaires sous mon nom. Il m'a promis, pour me prouver sa bonne foi, d'appeler monsieur Derville toutes les fois que je le voudrais pour juger si les actes en vertu desquels il m'instituerait propriétaire seraient convenablement rédigés. Enfin il s'est remis entre mes mains pieds et poings liés. Il demande encore pendant deux ans la conduite de la maison[4], et m'a suppliée de ne rien dépenser pour moi de plus qu'il ne m'accorde. Il m'a prouvé que tout ce qu'il pouvait faire était de conserver les apparences, qu'il avait

1. **Représenter :** rendre.
2. **Dot :** biens donnés par les parents à leur fille pour qu'elle se marie.
3. **Opérations :** opérations financières.
4. **Conduite de la maison :** gestion du capital.

renvoyé sa danseuse, et qu'il allait être contraint à la plus stricte mais à la plus sourde[1] économie, afin d'atteindre au terme de ses spéculations[2] sans altérer son crédit[3]. Je l'ai malmené, j'ai tout mis en doute afin de le pousser à bout et d'en apprendre davantage : il m'a montré ses livres[4], enfin il a pleuré. Je n'ai jamais vu d'homme en pareil état. Il avait perdu la tête, il parlait de se tuer, il délirait. Il m'a fait pitié.

– Et tu crois à ces sornettes, s'écria le père Goriot. C'est un comédien ! J'ai rencontré des Allemands en affaires : ces gens-là sont presque tous de bonne foi, pleins de candeur ; mais, quand, sous leur air de franchise et de bonhomie, ils se mettent à être malins et charlatans, ils le sont alors plus que les autres. Ton mari t'abuse. Il se sent serré de près, il fait le mort, il veut rester plus maître sous ton nom qu'il ne l'est sous le sien. Il va profiter de cette circonstance pour se mettre à l'abri des chances[5] de son commerce. Il est aussi fin que perfide ; c'est un mauvais gars. Non, non, je ne m'en irai pas au Père-Lachaise[6] en laissant mes filles dénuées de tout. Je me connais encore un peu aux affaires. Il a, dit-il, engagé ses fonds dans les entreprises, eh ! bien, ses intérêts sont représentés par des valeurs, par des reconnaissances, par des traités ! qu'il les montre, et liquide avec toi[7]. Nous choisirons les meilleures spéculations[8], nous en courrons

1. Sourde : dissimulée, secrète.
2. Spéculations : entreprises financières.
3. Crédit : confiance que les créanciers lui accordent.
4. *Ses livres* de compte.
5. Chances : risques.
6. Le Père-Lachaise : cimetière.
7. Liquide avec toi : te rembourse ta part.
8. Spéculations : entreprises financières.

les chances[1], et nous aurons les titres recognitifs[2] en notre nom de *Delphine Goriot, épouse séparée quant aux biens du baron de Nucingen*[3]. Mais nous prend-il pour des imbéciles, celui-là ? Croit-il que je puisse supporter pendant deux jours l'idée de te laisser sans fortune, sans pain ? Je ne la supporterais pas un jour, pas une nuit, pas deux heures ! Si cette idée était vraie, je n'y survivrais pas. Eh ! quoi, j'aurai travaillé pendant quarante ans de ma vie, j'aurai porté des sacs sur mon dos, j'aurai sué des averses, je me serai privé pendant toute ma vie pour vous, mes anges, qui me rendiez tout travail, tout fardeau léger ; et aujourd'hui ma fortune, ma vie s'en iraient en fumée ! Ceci me ferait mourir enragé. Par tout ce qu'il y a de plus sacré sur terre et au ciel, nous allons tirer ça au clair, vérifier les livres[4], la caisse[5], les entreprises ! je ne dors pas, je ne me couche pas, je ne mange pas, qu'il ne me soit prouvé que ta fortune est là tout entière. Dieu merci, tu es séparée de biens ; tu auras maître Derville pour avoué[6], un honnête homme heureusement. Jour de Dieu ! tu garderas ton bon petit million, tes cinquante mille livres de rente[7], jusqu'à la fin de tes jours, ou je fais un tapage dans Paris, ah ! ah ! Mais je m'adresserais aux chambres si les tribunaux nous victimaient[8]. Te savoir tranquille et heureuse du côté de l'argent, mais cette pensée allégeait tous mes maux

1. Chances : risques.

2. Titres recognitifs : actes de reconnaissance.

3. Un acte de mariage peut stipuler une séparation des biens apportés respectivement par le mari et par la femme.

4. *Les livres* de compte.

5. La caisse : les fonds (réserve d'argent).

6. Avoué : officier de justice.

7. Rente : revenu annuel (en dehors du salaire).

8. Victimaient : ne nous rendaient pas justice.

et calmait mes chagrins. L'argent, c'est la vie. Monnaie fait tout. Que nous chante-t-il donc, cette grosse souche d'Alsacien ? Delphine, ne fais pas une concession d'un quart de liard à cette grosse bête, qui t'a mise à la chaîne et t'a rendue malheureuse. S'il a besoin de toi, nous le tricoterons[1] ferme, et nous le ferons marcher droit. Mon Dieu, j'ai la tête en feu, j'ai dans le crâne quelque chose qui me brûle. Ma Delphine sur la paille ! Oh ! ma Fifine, toi ! Sapristi ! où sont mes gants ? Allons ! partons, je veux aller tout voir, les livres, les affaires, la caisse, la correspondance, à l'instant. Je ne serai calme que quand il me sera prouvé que ta fortune ne court plus de risques, et que je la verrai de mes yeux.

– Mon cher père ! allez-y prudemment. Si vous mettiez la moindre velléité[2] de vengeance en cette affaire, et si vous montriez des intentions trop hostiles, je serais perdue. Il vous connaît, il a trouvé tout naturel que, sous votre inspiration, je m'inquiétasse de ma fortune ; mais, je vous le jure, il la tient en ses mains, et a voulu la tenir. Il est homme à s'enfuir avec tous les capitaux, et à nous laisser là, le scélérat ! Il sait bien que je ne déshonorerai pas moi-même le nom que je porte en le poursuivant. Il est à la fois fort et faible. J'ai bien tout examiné. Si nous le poussons à bout, je suis ruinée.

– Mais c'est donc un fripon ?

– Eh ! bien, oui, mon père, dit-elle en se jetant sur une chaise en pleurant. Je ne voulais pas vous l'avouer pour vous épargner le chagrin de m'avoir mariée à un homme de cette espèce-là ! Mœurs secrètes et conscience, l'âme et le corps,

1. **Tricoterons** : battrons.
2. **Velléité** : intention.

tout en lui s'accorde ! c'est effroyable : je le hais et le méprise. Oui, je ne puis plus estimer ce vil Nucingen après tout ce qu'il m'a dit. Un homme capable de se jeter dans les combinaisons commerciales dont il m'a parlé n'a pas la moindre délicatesse, et mes craintes viennent de ce que j'ai lu parfaitement dans son âme. Il m'a nettement proposé, lui, mon mari, la liberté, vous savez ce que cela signifie ? si je voulais être, en cas de malheur, un instrument entre ses mains, enfin si je voulais lui servir de prête-nom.

– Mais les lois sont là ! Mais il y a une place de Grève[1] pour les gendres de cette espèce-là, s'écria le père Goriot ; mais je le guillotinerais moi-même s'il n'y avait pas de bourreau.

– Non, mon père, il n'y a pas de lois contre lui. Écoutez en deux mots son langage, dégagé des circonlocutions[2] dont il l'enveloppait : « Ou tout est perdu, vous n'avez pas un liard[3], vous êtes ruinée ; car je ne saurais choisir pour complice une autre personne que vous ; ou vous me laisserez conduire à bien mes entreprises. » Est-ce clair ? Il tient encore à moi. Ma probité[4] de femme le rassure ; il sait que je lui laisserai sa fortune, et me contenterai de la mienne. C'est une association improbe[5] et voleuse à laquelle je dois consentir sous peine d'être ruinée. Il m'achète ma conscience et la paye en me laissant être à mon aise la femme d'Eugène. « Je te permets de commettre des fautes, laisse-moi faire des crimes en ruinant de pauvres gens ! » Ce langage est-il encore assez clair ? Savez-vous

1. **Place de Grève** : actuelle place de l'Hôtel-de-Ville, où avaient lieu les exécutions publiques des condamnés à mort.
2. **Circonlocutions** : détours de langage.
3. **Liard** : ancienne monnaie de faible valeur.
4. **Probité** : intégrité, honnêteté.
5. **Improbe** : malhonnête.

ce qu'il nomme faire des opérations ? Il achète des terrains nus sous son nom, puis il y fait bâtir des maisons par des hommes de paille[1]. Ces hommes concluent les marchés pour les bâtisses avec tous les entrepreneurs, qu'ils payent en effets[2] à longs termes, et consentent, moyennant une légère somme, à donner quittance[3] à mon mari, qui est alors possesseur des maisons, tandis que ces hommes s'acquittent avec[4] les entrepreneurs dupés en faisant faillite. Le nom de la maison Nucingen a servi à éblouir les pauvres constructeurs. J'ai compris cela. J'ai compris aussi que, pour prouver, en cas de besoin, le paiement de sommes énormes[5], Nucingen a envoyé des valeurs[6] considérables à Amsterdam, à Londres, à Naples, à Vienne. Comment les saisirions-nous ?

Eugène entendit le son lourd des genoux du père Goriot, qui tomba sans doute sur le carreau de sa chambre.

– Mon Dieu, que t'ai-je fait ? Ma fille livrée à ce misérable, il exigera tout d'elle s'il le veut. Pardon, ma fille ! cria le vieillard.

– Oui, si je suis dans un abîme, il y a peut-être de votre faute, dit Delphine. Nous avons si peu de raison quand nous nous marions ! Connaissons-nous le monde, les affaires, les hommes, les mœurs ? Les pères devraient penser pour nous. Cher père, je ne vous reproche rien, pardonnez-moi ce mot.

---

1. Hommes de paille : prête-noms (personnes qui prêtent leur nom, sous lequel sont signés des actes frauduleux).

2. En effets : à crédit.

3. Donner quittance : signer une reconnaissance de propriété.

4. S'acquittent avec : se libère financièrement de.

5. Comme les maisons ont été vendues à moindre prix, il effectue ces versements pour faire croire qu'il a payé de fortes sommes, mais aussi pour mettre son capital à l'abri, à l'étranger.

6. Valeurs : titres comme les lettres de change, les rentes, les actions, etc.

En ceci la faute est toute à moi. Non, ne pleurez point, papa, dit-elle en baisant le front de son père.

– Ne pleure pas non plus, ma petite Delphine. Donne tes yeux, que je les essuie en les baisant. Va ! je vais retrouver ma caboche[1], et débrouiller l'écheveau[2] d'affaires que ton mari a mêlé.

– Non, laisse-moi faire ; je saurai le manœuvrer. Il m'aime, eh ! bien, je me servirai de mon empire sur lui pour l'amener à me placer promptement[3] quelques capitaux en propriétés. Peut-être lui ferai-je racheter sous mon nom Nucingen, en Alsace, il y tient. Seulement venez demain pour examiner ses livres[4], ses affaires. Monsieur Derville ne sait rien de ce qui est commercial. Non, ne venez pas demain. Je ne veux pas me tourner le sang. Le bal de madame de Beauséant a lieu après-demain, je veux me soigner pour y être belle, reposée, et faire honneur à mon cher Eugène ! Allons donc voir sa chambre.

En ce moment une voiture s'arrêta dans la rue Neuve-Sainte-Geneviève, et l'on entendit dans l'escalier la voix de madame de Restaud, qui disait à Sylvie : – Mon père y est-il ? Cette circonstance sauva heureusement Eugène, qui méditait déjà de se jeter sur son lit et de feindre d'y dormir.

– Ah ! mon père, vous a-t-on parlé d'Anastasie ? dit Delphine en reconnaissant la voix de sa sœur. Il paraîtrait qu'il arrive aussi de singulières choses dans son ménage.

– Quoi donc ! dit le père Goriot : ce serait donc ma fin. Ma pauvre tête ne tiendra pas à un double malheur.

---

1. Caboche : (terme familier) tête.
2. Écheveau : combinaison.
3. Promptement : rapidement.
4. *Ses livres* de compte.

– Bonjour, mon père, dit la comtesse en entrant. Ah ! te voilà, Delphine.

Madame de Restaud parut embarrassée de rencontrer sa sœur.

– Bonjour, Nasie, dit la baronne. Trouves-tu donc ma présence extraordinaire ? Je vois mon père tous les jours, moi.

– Depuis quand ?

– Si tu y venais, tu le saurais.

– Ne me taquine pas, Delphine, dit la comtesse d'une voix lamentable. Je suis bien malheureuse, je suis perdue, mon pauvre père ! oh ! bien perdue cette fois !

– Qu'as-tu, Nasie ? cria le père Goriot. Dis-nous tout, mon enfant. Elle pâlit. Delphine, allons, secours-la donc, sois bonne pour elle, je t'aimerai encore mieux, si je peux, toi !

– Ma pauvre Nasie, dit madame de Nucingen en asseyant sa sœur, parle. Tu vois en nous les deux seules personnes qui t'aimeront toujours assez pour te pardonner tout. Vois-tu, les affections de famille sont les plus sûres. Elle lui fit respirer des sels[1], et la comtesse revint à elle.

– J'en mourrai, dit le père Goriot. Voyons, reprit-il en remuant son feu de mottes[2], approchez-vous toutes les deux. J'ai froid. Qu'as-tu, Nasie ? dis vite, tu me tues…

– Eh ! bien, dit la pauvre femme, mon mari sait tout. Figurez-vous, mon père, il y a quelque temps, vous souvenez-vous de cette lettre de change[3] de Maxime ? Eh ! bien, ce n'était pas la première. J'en avais déjà payé beaucoup. Vers le

1. Sels : substance que l'on fait respirer aux personnes évanouies pour les ranimer.

2. Mottes : écorces d'arbre pulvérisées et roulées en boules qui coûtent moins cher que le bois.

3. Lettre de change : lettre écrite par le créancier fixant la somme due.

commencement de janvier, monsieur de Trailles me paraissait bien chagrin. Il ne me disait rien ; mais il est si facile de lire dans le cœur des gens qu'on aime, un rien suffit : puis il y a des pressentiments. Enfin il était plus aimant, plus tendre que je ne l'avais jamais vu, j'étais toujours plus heureuse. Pauvre Maxime ! dans sa pensée, il me faisait ses adieux, m'a-t-il dit ; il voulait se brûler la cervelle. Enfin je l'ai tant tourmenté, tant supplié, je suis restée deux heures à ses genoux. Il m'a dit qu'il devait cent mille francs ! Oh ! papa, cent mille francs ! Je suis devenue folle. Vous ne les aviez pas, j'avais tout dévoré...

– Non, dit le père Goriot, je n'aurais pas pu les faire, à moins d'aller les voler. Mais j'y aurais été, Nasie ! j'irai.

À ce mot lugubrement jeté, comme un son du râle d'un mourant, et qui accusait l'agonie du sentiment paternel réduit à l'impuissance, les deux sœurs firent une pause. Quel égoïsme serait resté froid à ce cri de désespoir qui, semblable à une pierre lancée dans un gouffre, en révélait la profondeur ?

– Je les ai trouvés en disposant de ce qui ne m'appartenait pas, mon père, dit la comtesse en fondant en larmes.

Delphine fut émue et pleura en mettant la tête sur le cou de sa sœur.

– Tout est donc vrai, lui dit-elle.

Anastasie baissa la tête, madame de Nucingen la saisit à plein corps, la baisa tendrement, et l'appuyant sur son cœur : – Ici, tu seras toujours aimée sans être jugée, lui dit-elle.

– Mes anges, dit Goriot d'une voix faible, pourquoi votre union est-elle due au malheur ?

– Pour sauver la vie de Maxime, enfin pour sauver tout mon bonheur, reprit la comtesse encouragée par ces témoignages d'une tendresse chaude et palpitante, j'ai porté chez cet usurier[1] que vous connaissez, un homme fabriqué par l'enfer, que rien ne peut attendrir, ce monsieur Gobseck, les diamants de famille auxquels tient tant monsieur de Restaud, les siens, les miens, tout, je les ai vendus. Vendus ! comprenez-vous ? il a été sauvé ! Mais, moi, je suis morte. Restaud a tout su.

– Par qui ? comment ? Que je le tue ! cria le père Goriot.

– Hier, il m'a fait appeler dans sa chambre. J'y suis allée… « Anastasie, m'a-t-il dit d'une voix… (oh ! sa voix a suffi, j'ai tout deviné), où sont vos diamants ? » Chez moi. « Non, m'a-t-il dit en me regardant, ils sont là, sur ma commode. » Et il m'a montré l'écrin qu'il avait couvert de son mouchoir. « Vous savez d'où ils viennent ? » m'a-t-il dit. Je suis tombée à ses genoux… j'ai pleuré, je lui ai demandé de quelle mort il voulait me voir mourir.

– Tu as dit cela ! s'écria le père Goriot. Par le sacré nom de Dieu, celui qui vous fera mal à l'une ou à l'autre, tant que je serai vivant, peut être sûr que je le brûlerai à petit feu ! Oui, je le déchiquetterai comme…

Le père Goriot se tut, les mots expiraient dans sa gorge.

– Enfin, ma chère, il m'a demandé quelque chose de plus difficile à faire que de mourir. Le ciel préserve toute femme d'entendre ce que j'ai entendu !

– J'assassinerai cet homme, dit le père Goriot tranquillement. Mais il n'a qu'une vie, et il m'en doit deux. Enfin, quoi ? reprit-il en regardant Anastasie.

– Eh ! bien, dit la comtesse en continuant, après une pause, il m'a regardée : « Anastasie, m'a-t-il dit, j'ensevelis tout dans

1. **Usurier** : personne qui prête de l'argent (parfois à taux très élevé).

le silence, nous resterons ensemble, nous avons des enfants. Je ne tuerai pas monsieur de Trailles, je pourrais le manquer, et pour m'en défaire autrement je pourrais me heurter contre la justice humaine. Le tuer dans vos bras, ce serait déshonorer *les* enfants. Mais pour ne voir périr ni vos enfants, ni leur père, ni moi, je vous impose deux conditions. Répondez : Ai-je un enfant à moi ? » J'ai dit oui. « Lequel ? » a-t-il demandé. Ernest, notre aîné. « Bien, a-t-il dit. Maintenant, jurez-moi de m'obéir désormais sur un seul point. » J'ai juré. « Vous signerez la vente de vos biens quand je vous le demanderai. »

– Ne signe pas, cria le père Goriot. Ne signe jamais cela. Ah ! ah ! monsieur de Restaud, vous ne savez pas ce que c'est que de rendre une femme heureuse, elle va chercher le bonheur là où il est, et vous la punissez de votre niaise impuissance ?... Je suis là, moi, halte-là ! il me trouvera dans sa route. Nasie, sois en repos. Ah, il tient à son héritier ! bon, bon. Je lui empoignerai son fils, qui, sacré tonnerre, est mon petit-fils. Je puis bien le voir, ce marmot ? Je le mets dans mon village, j'en aurai soin, sois bien tranquille. Je le ferai capituler, ce monstre-là, en lui disant : À nous deux ! Si tu veux avoir ton fils, rends à ma fille son bien, et laisse-la se conduire à sa guise.

– Mon père !

– Oui, ton père ! Ah ! je suis un vrai père. Que ce drôle de grand seigneur ne maltraite pas mes filles. Tonnerre ! je ne sais pas ce que j'ai dans les veines. J'ai le sang d'un tigre, je voudrais dévorer ces deux hommes. O mes enfants ! voilà donc votre vie ? Mais c'est ma mort. Que deviendrez-vous donc quand je ne serai plus là ? Les pères devraient vivre autant que leurs enfants. Mon Dieu, comme ton monde est mal arrangé ! Et tu as un fils cependant, à ce qu'on nous dit. Tu devrais nous empêcher de souffrir dans nos enfants. Mes chers anges, quoi ! ce n'est qu'à vos douleurs que je dois votre présence. Vous ne me faites connaître que vos larmes. Eh ! bien, oui, vous m'aimez, je le vois. Venez, venez vous plaindre ici ! mon cœur est grand, il peut tout recevoir. Oui, vous aurez beau le percer, les lambeaux feront encore des cœurs de père. Je voudrais prendre vos peines, souffrir pour vous. Ah ! quand vous étiez petites, vous étiez bien heureuses…

– Nous n'avons eu que ce temps-là de bon, dit Delphine. Où sont les moments où nous dégringolions du haut des sacs dans le grand grenier ?

– Mon père ! ce n'est pas tout, dit Anastasie à l'oreille de Goriot qui fit un bond. Les diamants n'ont pas été vendus cent mille francs. Maxime est poursuivi. Nous n'avons plus que douze mille francs à payer. Il m'a promis d'être sage, de ne plus jouer. Il ne me reste plus au monde que son amour, et je l'ai payé trop cher pour ne pas mourir s'il m'échappait. Je lui ai sacrifié fortune, honneur, repos, enfants. Oh ! faites qu'au moins Maxime soit libre, honoré, qu'il puisse demeurer dans le monde où il saura se faire une position. Maintenant il ne me doit pas que le bonheur, nous avons des enfants qui seraient sans fortune. Tout sera perdu s'il est mis à Sainte-Pélagie[1].

– Je ne les ai pas, Nasie. Plus, plus rien, plus rien ! C'est la fin du monde. Oh ! le monde va crouler, c'est sûr. Allez-vous-en, sauvez-vous avant ! Ah ! j'ai encore mes boucles d'argent, six couverts, les premiers que j'aie eus dans ma vie. Enfin, je n'ai plus que douze cents francs de rente viagère[2]…

---

1. Sainte-Pélagie : prison des condamnés pour dette.

2. Rente viagère : revenu annuel que l'on perçoit à vie.

– Qu'avez-vous donc fait de vos rentes perpétuelles[1] ?

– Je les ai vendues en me réservant ce petit bout de revenu pour mes besoins. Il me fallait douze mille francs pour arranger un appartement à Fifine.

– Chez toi, Delphine ? dit madame de Restaud à sa sœur.

– Oh ! qu'est-ce que cela fait ! reprit le père Goriot, les douze mille francs sont employés.

– Je devine, dit la comtesse. Pour monsieur de Rastignac. Ah ! ma pauvre Delphine, arrête-toi. Vois où j'en suis.

– Ma chère, monsieur de Rastignac est un jeune homme incapable de ruiner sa maîtresse.

– Merci, Delphine. Dans la crise où je me trouve, j'attendais mieux de toi ; mais tu ne m'as jamais aimée.

– Si, elle t'aime, Nasie, cria le père Goriot, elle me le disait tout à l'heure. Nous parlions de toi, elle me soutenait que tu étais belle et qu'elle n'était que jolie, elle !

– Elle ? répéta la comtesse, elle est d'un beau froid.

– Quand cela serait, dit Delphine, en rougissant, comment t'es-tu comportée envers moi ? Tu m'as reniée, tu m'as fait fermer les portes de toutes les maisons où je souhaitais aller, enfin tu n'as jamais manqué la moindre occasion de me causer de la peine. Et moi, suis-je venue, comme toi, soutirer à ce pauvre père, mille francs à mille francs, sa fortune, et le réduire dans l'état où il est ? Voilà ton ouvrage, ma sœur. Moi, j'ai vu mon père tant que j'ai pu, je ne l'ai pas mis à la porte, et je ne suis pas venue lui lécher les mains quand j'avais besoin de lui. Je ne savais seulement pas qu'il eût employé ces douze mille francs pour moi. J'ai de l'ordre,

1. **Rentes perpétuelles :** rentes achetées à l'État, sorte de retraite.

moi ! tu le sais. D'ailleurs, quand papa m'a fait des cadeaux, je ne les ai jamais quêtés[1].

– Tu étais plus heureuse que moi : monsieur de Marsay était riche, tu en sais quelque chose. Tu as toujours été vilaine[2] comme l'or. Adieu, je n'ai ni sœur, ni…

– Tais-toi, Nasie ! cria le père Goriot.

– Il n'y a qu'une sœur comme toi qui puisse répéter ce que le monde ne croit plus, tu es un monstre, lui dit Delphine.

– Mes enfants, mes enfants, taisez-vous, ou je me tue devant vous.

– Va, Nasie, je te pardonne, dit madame de Nucingen en continuant, tu es malheureuse. Mais je suis meilleure que tu ne l'es. Me dire cela au moment où je me sentais capable de tout pour te secourir, même d'entrer dans la chambre de mon mari, ce que je ne ferais ni pour moi ni pour… Ceci est digne de tout ce que tu as commis de mal contre moi depuis neuf ans.

– Mes enfants, mes enfants, embrassez-vous ! dit le père. Vous êtes deux anges.

– Non, laissez-moi, cria la comtesse que Goriot avait prise par le bras et qui secoua l'embrassement de son père. Elle a moins de pitié pour moi que n'en aurait mon mari. Ne dirait-on pas qu'elle est l'image de toutes les vertus !

– J'aime encore mieux passer pour devoir de l'argent à monsieur de Marsay que d'avouer que monsieur de Trailles me coûte plus de deux cent mille francs, répondit madame de Nucingen.

– Delphine ! cria la comtesse en faisant un pas vers elle.

1. Quêtés : réclamés.
2. Vilaine : mesquine.

– Je te dis la vérité quand tu me calomnies, répliqua froidement la baronne.

– Delphine ! tu es une…

Le père Goriot s'élança, retint la comtesse et l'empêcha de parler en lui couvrant la bouche avec sa main.

– Mon Dieu ! mon père, à quoi donc avez-vous touché ce matin ? lui dit Anastasie.

– Eh ! bien, oui, j'ai tort, dit le pauvre père en s'essuyant les mains à son pantalon. Mais je ne savais pas que vous viendriez, je déménage.

Il était heureux de s'être attiré un reproche qui détournait sur lui la colère de sa fille.

– Ah ! reprit-il en s'asseyant, vous m'avez fendu le cœur. Je me meurs, mes enfants ! Le crâne me cuit intérieurement comme s'il avait du feu. Soyez donc gentilles, aimez-vous bien ! Vous me feriez mourir. Delphine, Nasie, allons, vous aviez raison, vous aviez tort toutes les deux. Voyons, Dedel, reprit-il en tournant sur la baronne des yeux pleins de larmes, il lui faut douze mille francs, cherchons-les. Ne vous regardez pas comme ça. Il se mit à genoux devant Delphine. – Demande-lui pardon pour me faire plaisir, lui dit-il à l'oreille, elle est la plus malheureuse, voyons ?

– Ma pauvre Nasie, dit Delphine épouvantée de la sauvage et folle expression que la douleur imprimait sur le visage de son père, j'ai eu tort, embrasse-moi…

– Ah ! vous me mettez du baume sur le cœur, cria le père Goriot. Mais où trouver douze mille francs ? Si je me proposais comme remplaçant[1] ?

---

1. Remplaçant : homme qui effectue le service militaire à la place d'un autre, moyennant finance.

– Ah ! mon père ! dirent les deux filles en l'entourant, non, non.

– Dieu vous récompensera de cette pensée, notre vie n'y suffirait point ! n'est-ce pas, Nasie ? reprit Delphine.

– Et puis, pauvre père, ce serait une goutte d'eau, fit observer la comtesse.

– Mais on ne peut donc rien faire de son sang ? cria le vieillard désespéré. Je me voue à celui qui te sauvera, Nasie ! je tuerai un homme pour lui. Je ferai comme Vautrin, j'irai au bagne[1] ! je… Il s'arrêta comme s'il eût été foudroyé. Plus rien ! dit-il en s'arrachant les cheveux. Si je savais où aller pour voler, mais il est encore difficile de trouver un vol à faire. Et puis il faudrait du monde et du temps pour prendre[2] la Banque. Allons, je dois mourir, je n'ai plus qu'à mourir. Oui, je ne suis plus bon à rien, je ne suis plus père ! non. Elle me demande, elle a besoin ! et moi, misérable, je n'ai rien. Ah ! tu t'es fait des rentes viagères[3], vieux scélérat, et tu avais des filles ! Mais tu ne les aimes donc pas ? Crève, crève comme un chien que tu es ! Oui, je suis au-dessous d'un chien, un chien ne se conduirait pas ainsi ! Oh ! ma tête ! elle bout !

– Mais, papa, crièrent les deux jeunes femmes qui l'entouraient pour l'empêcher de se frapper la tête contre les murs, soyez donc raisonnable.

Il sanglotait. Eugène, épouvanté, prit la lettre de change[4] souscrite à Vautrin, et dont le timbre comportait une plus forte somme ; il en corrigea le chiffre, en fit une lettre de

1. **Bagne :** prison où les condamnés exécutent des travaux forcés.
2. **Prendre :** (ici) dévaliser.
3. **Rentes viagères :** revenus annuels que l'on perçoit à vie.
4. **Lettre de change :** lettre écrite par le créancier fixant la somme due.

change régulière de douze mille francs à l'ordre de Goriot et entra.

– Voici tout votre argent, madame, dit-il en présentant le papier. Je dormais, votre conversation m'a réveillé, j'ai pu savoir ainsi ce que je devais à monsieur Goriot. En voici le titre que vous pouvez négocier, je l'acquitterai fidèlement.

La comtesse, immobile, tenait le papier.

– Delphine, dit-elle pâle et tremblante de colère, de fureur, de rage, je te pardonnais tout, Dieu m'en est témoin, mais ceci ! Comment, monsieur était là, tu le savais ! tu as eu la petitesse de te venger en me laissant lui livrer mes secrets, ma vie, celle de mes enfants, ma honte, mon honneur ! Va, tu ne m'es plus de rien, je te hais, je te ferai tout le mal possible, je... La colère lui coupa la parole, et son gosier se sécha.

– Mais c'est mon fils, notre enfant, ton frère, ton sauveur, criait le père Goriot. Embrasse-le donc, Nasie ! Tiens, moi je l'embrasse, reprit-il en serrant Eugène avec une sorte de fureur. Oh ! mon enfant ! je serai plus qu'un père pour toi, je veux être une famille. Je voudrais être Dieu, je te jetterais l'univers aux pieds. Mais, baise-le donc, Nasie ? ce n'est pas un homme, mais un ange, un véritable ange !

– Laissez-la, mon père, elle est folle en ce moment, dit Delphine.

– Folle ! folle ! Et toi, qu'es-tu ? demanda madame de Restaud.

– Mes enfants, je meurs si vous continuez, cria le vieillard en tombant sur son lit comme frappé par une balle. – Elles me tuent ! se dit-il.

La comtesse regarda Eugène, qui restait immobile, abasourdi par la violence de cette scène. – Monsieur, lui dit-elle en l'interrogeant du geste, de la voix et du regard, sans faire attention à son père dont le gilet fut rapidement défait par Delphine.

– Madame, je paierai et je me tairai, répondit-il sans attendre la question.

– Tu as tué notre père, Nasie ! dit Delphine en montrant le vieillard évanoui à sa sœur, qui se sauva.

– Je lui pardonne bien, dit le bonhomme en ouvrant les yeux, sa situation est épouvantable et tournerait une meilleure tête. Console Nasie, sois douce pour elle, promets-le à ton pauvre père, qui se meurt, demanda-t-il à Delphine en lui pressant la main.

– Mais qu'avez-vous ? dit-elle tout effrayée.

– Rien, rien, répondit le père, ça se passera. J'ai quelque chose qui me presse le front, une migraine. Pauvre Nasie, quel avenir !

En ce moment la comtesse rentra, se jeta aux genoux de son père : – Pardon ! cria-t-elle.

– Allons, dit le père Goriot, tu me fais encore plus de mal maintenant.

– Monsieur, dit la comtesse à Rastignac, les yeux baignés de larmes, la douleur m'a rendue injuste. Vous serez un frère pour moi ? reprit-elle en lui tendant la main.

– Nasie, lui dit Delphine en la serrant, ma petite Nasie, oublions tout.

– Non, dit-elle, je m'en souviendrai, moi !

– Les anges, s'écria le père Goriot, vous m'enlevez le rideau que j'avais sur les yeux, votre voix me ranime. Embrassez-vous donc encore. Eh ! bien, Nasie, cette lettre de change[1] te sauvera-t-elle ?

1. **Lettre de change :** lettre écrite par le créancier fixant la somme due.

– Je l'espère. Dites donc, papa, voulez-vous y mettre votre signature ?

– Tiens, suis-je bête, moi, d'oublier ça ! Mais je me suis trouvé mal, Nasie, ne m'en veux pas. Envoie-moi dire que tu es hors de peine. Non, j'irai. Mais non, je n'irai pas, je ne puis plus voir ton mari, je le tuerais net. Quant à dénaturer[1] tes biens, je serai là. Va vite, mon enfant, et fais que Maxime devienne sage.

Eugène était stupéfait.

– Cette pauvre Anastasie a toujours été violente, dit madame de Nucingen, mais elle a bon cœur.

– Elle est revenue pour l'endos[2], dit Eugène à l'oreille de Delphine.

– Vous croyez ?

– Je voudrais ne pas le croire. Méfiez-vous d'elle, répondit-il en levant les yeux comme pour confier à Dieu des pensées qu'il n'osait exprimer.

– Oui, elle a toujours été un peu comédienne, et mon pauvre père se laisse prendre à ses mines.

– Comment allez-vous, mon bon père Goriot ? demanda Rastignac au vieillard.

– J'ai envie de dormir, répondit-il.

Eugène aida Goriot à se coucher. Puis, quand le bonhomme se fut endormi en tenant la main de Delphine, sa fille se retira.

– Ce soir aux Italiens[3], dit-elle à Eugène, et tu me diras comment il va. Demain, vous déménagerez, monsieur. Voyons votre chambre. Oh ! quelle horreur ! dit-elle en y entrant. Mais

1. **Dénaturer :** trafiquer.
2. **Endos :** signature que le père Goriot doit apposer au dos de la lettre.
3. **Aux Italiens :** aux Bouffons, théâtre à la mode.

vous étiez plus mal que n'est mon père. Eugène, tu t'es bien conduit. Je vous aimerais davantage si c'était possible ; mais, mon enfant, si vous voulez faire fortune, il ne faut pas jeter comme ça des douze mille francs par les fenêtres. Le comte de Trailles est joueur. Ma sœur ne veut pas voir ça. Il aurait été chercher ses douze mille francs là où il sait perdre ou gagner des monts d'or.

Un gémissement les fit revenir chez Goriot, qu'ils trouvèrent en apparence endormi ; mais quand les deux amants s'approchèrent, ils entendirent ces mots : – Elles ne sont pas heureuses ! Qu'il dormît ou qu'il veillât, l'accent de cette phrase frappa si vivement le cœur de sa fille, qu'elle s'approcha du grabat[1] sur lequel gisait son père et le baisa au front. Il ouvrit les yeux en disant : – C'est Delphine !

– Eh ! bien, comment vas-tu ? demanda-t-elle.

– Bien, dit-il. Ne sois pas inquiète, je vais sortir. Allez, allez, mes enfants, soyez heureux.

Eugène accompagna Delphine jusque chez elle ; mais, inquiet de l'état dans lequel il avait laissé Goriot, il refusa de dîner avec elle, et revint à la maison Vauquer. Il trouva le père Goriot debout et prêt à s'attabler. Bianchon s'était mis de manière à bien examiner la figure du vermicellier. Quand il lui vit prendre son pain et le sentir pour juger de la farine avec laquelle il était fait, l'étudiant, ayant observé dans ce mouvement une absence totale de ce que l'on pourrait nommer la conscience de l'acte, fit un geste sinistre.

– Viens donc près de moi, monsieur l'interne à Cochin[2], dit Eugène.

---

1. Grabat : lit de pauvre.

2. Interne à Cochin : étudiant en médecine rattaché à l'hôpital Cochin.

Bianchon s'y transporta d'autant plus volontiers qu'il allait être près du vieux pensionnaire.

– Qu'a-t-il ? demanda Rastignac.

– À moins que je ne me trompe, il est flambé[1] ! Il a dû se passer quelque chose d'extraordinaire en lui, il me semble être sous le poids d'une apoplexie séreuse[2] imminente. Quoique le bas de la figure soit assez calme, les traits supérieurs du visage se tirent vers le front malgré lui, vois ! Puis les yeux sont dans l'état particulier qui dénote l'invasion du sérum[3] dans le cerveau. Ne dirait-on pas qu'ils sont pleins d'une poussière fine ? Demain matin j'en saurai davantage.

– Y aurait-il quelque remède ?

– Aucun. Peut-être pourra-t-on retarder sa mort si l'on trouve les moyens de déterminer une réaction vers les extrémités, vers les jambes ; mais si demain soir les symptômes ne cessent pas, le pauvre bonhomme est perdu. Sais-tu par quel événement la maladie a été causée ? il a dû recevoir un coup violent sous lequel son moral aura succombé.

– Oui, dit Rastignac en se rappelant que les deux filles avaient battu sans relâche sur le cœur de leur père.

– Au moins, se disait Eugène, Delphine aime son père, elle !

Le soir, aux Italiens[4], Rastignac prit quelques précautions afin de ne pas trop alarmer madame de Nucingen.

– N'ayez pas d'inquiétude, répondit-elle aux premiers mots que lui dit Eugène, mon père est fort. Seulement, ce

1. **Flambé** : (terme familier) perdu.

2. **Apoplexie séreuse** : hémorragie cérébrale.

3. **Sérum** : liquide qui se répand dans le cerveau et cause l'apoplexie (d'après la médecine de l'époque).

4. **Aux Italiens** : aux Bouffons, théâtre à la mode.

matin, nous l'avons un peu secoué. Nos fortunes sont en question, songez-vous à l'étendue de ce malheur ? Je ne vivrais pas si votre affection ne me rendait pas insensible à ce que j'aurais regardé naguère comme des angoisses mortelles. Il n'est plus aujourd'hui qu'une seule crainte, un seul malheur pour moi, c'est de perdre l'amour qui m'a fait sentir le plaisir de vivre. En dehors de ce sentiment tout m'est indifférent, je n'aime plus rien au monde. Vous êtes tout pour moi. Si je sens le bonheur d'être riche, c'est pour mieux vous plaire. Je suis, à ma honte, plus amante que je ne suis fille. Pourquoi ? je ne sais. Toute ma vie est en vous. Mon père m'a donné un cœur, mais vous l'avez fait battre. Le monde entier peut me blâmer, que m'importe ! si vous, qui n'avez pas le droit de m'en vouloir, m'acquittez des crimes[1] auxquels me condamne un sentiment irrésistible ? Me croyez-vous une fille dénaturée ? oh, non, il est impossible de ne pas aimer un père aussi bon que l'est le nôtre. Pouvais-je empêcher qu'il ne vît enfin les suites naturelles de nos déplorables mariages ? Pourquoi ne les a-t-il pas empêchés ? N'était-ce pas à lui de réfléchir pour nous ? Aujourd'hui, je le sais, il souffre autant que nous ; mais que pouvions-nous y faire ? Le consoler ! nous ne le consolerions de rien. Notre résignation lui faisait plus de douleur que nos reproches et nos plaintes ne lui causeraient de mal. Il est des situations dans la vie où tout est amertume.

Eugène resta muet, saisi de tendresse par l'expression naïve d'un sentiment vrai. Si les Parisiennes sont souvent fausses, ivres de vanité, personnelles, coquettes, froides, il est sûr que quand elles aiment réellement, elles sacrifient plus de senti-

1. **M'acquittez des crimes** : me pardonnez les crimes.

ments que les autres femmes à leurs passions ; elles se grandissent de toutes leurs petitesses, et deviennent sublimes. Puis Eugène était frappé de l'esprit profond et judicieux que la femme déploie pour juger les sentiments les plus naturels, quand une affection privilégiée l'en sépare et la met à distance. Madame de Nucingen se choqua du silence que gardait Eugène.

– À quoi pensez-vous donc ? lui demanda-t-elle.

– J'écoute encore ce que vous m'avez dit. J'ai cru jusqu'ici vous aimer plus que vous ne m'aimiez.

Elle sourit et s'arma contre le plaisir qu'elle éprouva, pour laisser la conversation dans les bornes imposées par les convenances. Elle n'avait jamais entendu les expressions vibrantes d'un amour jeune et sincère. Quelques mots de plus, elle ne se serait plus contenue.

– Eugène, dit-elle en changeant de conversation, vous ne savez donc pas ce qui se passe ? Tout Paris sera demain chez madame de Beauséant. Les Rochefide et le marquis d'Adjuda se sont entendus pour ne rien ébruiter mais le roi signe demain le contrat de mariage, et votre pauvre cousine ne sait rien encore. Elle ne pourra pas se dispenser de recevoir, et le marquis ne sera pas à son bal. On ne s'entretient que de cette aventure.

– Et le monde se rit d'une infamie, et il y trempe ! Vous ne savez donc pas que madame de Beauséant en mourra ?

– Non, dit Delphine en souriant, vous ne connaissez pas ces sortes de femmes-là. Mais tout Paris viendra chez elle, et j'y serai ! Je vous dois ce bonheur-là pourtant.

– Mais, dit Rastignac, n'est-ce pas un de ces bruits absurdes comme on en fait tant courir à Paris ?

– Nous saurons la vérité demain.

Eugène ne rentra pas à la maison Vauquer. Il ne put se résoudre à ne pas jouir de son nouvel appartement. Si, la veille, il avait été forcé de quitter Delphine, à une heure après minuit, ce fut Delphine qui le quitta vers deux heures pour retourner chez elle. Il dormit le lendemain assez tard, attendit vers midi madame de Nucingen, qui vint déjeuner avec lui. Les jeunes gens sont si avides de ces jolis bonheurs, qu'il avait presque oublié le père Goriot. Ce fut une longue fête pour lui que de s'habituer à chacune de ces élégantes choses qui lui appartenaient. Madame de Nucingen était là, donnant à tout un nouveau prix. Cependant, vers quatre heures, les deux amants pensèrent au père Goriot en songeant au bonheur qu'il se promettait à venir demeurer dans cette maison. Eugène fit observer qu'il était nécessaire d'y transporter promptement[1] le bonhomme, s'il devait être malade, et quitta Delphine pour courir à la maison Vauquer. Ni le père Goriot ni Bianchon n'étaient à table.

– Eh ! bien, lui dit le peintre, le père Goriot est éclopé[2]. Bianchon est là-haut près de lui. Le bonhomme a vu l'une de ses filles, la comtesse de Restaurama. Puis il a voulu sortir et sa maladie a empiré. La société va être privée d'un de ses beaux ornements.

Rastignac s'élança vers l'escalier.

– Hé ! monsieur Eugène !

– Monsieur Eugène ! madame vous appelle, cria Sylvie.

– Monsieur, lui dit la veuve, monsieur Goriot et vous, vous deviez sortir le quinze de février. Voici trois jours que le

1. Promptement : rapidement.
2. Éclopé : (terme familier) mal en point.

quinze est passé, nous sommes au dix-huit, il faudra me payer un mois pour vous et pour lui, mais, si vous voulez garantir le père Goriot, votre parole me suffira.

– Pourquoi ? n'avez-vous pas confiance ?

– Confiance ! si le bonhomme n'avait plus sa tête et mourait, ses filles ne me donneraient pas un liard[1], et toute sa défroque[2] ne vaut pas dix francs. Il a emporté ce matin ses derniers couverts, je ne sais pourquoi. Il s'était mis en jeune homme. Dieu me pardonne, je crois qu'il avait du rouge[3], il m'a paru rajeuni.

– Je réponds de tout, dit Eugène en frissonnant d'horreur et appréhendant une catastrophe.

Il monta chez le père Goriot. Le vieillard gisait sur son lit, et Bianchon était auprès de lui.

– Bonjour, père, lui dit Eugène.

Le bonhomme lui sourit doucement, et répondit en tournant vers lui des yeux vitreux[4]. – Comment va-t-elle ?

– Bien. Et vous ?

– Pas mal.

– Ne le fatigue pas, dit Bianchon en entraînant Eugène dans un coin de la chambre.

– Eh ! bien ? lui dit Rastignac.

– Il ne peut être sauvé que par un miracle. La congestion séreuse[5] a eu lieu, il a les sinapismes[6] ; heureusement il les sent, ils agissent.

– Peut-on le transporter ?

---

1. **Liard** : ancienne monnaie de faible valeur.
2. **Défroque** : affaires.
3. **Rouge** : fard rouge.
4. **Vitreux** : dont l'éclat est terni.
5. **Congestion séreuse** : afflux du sérum dans le cerveau.
6. **Sinapismes** : cataplasmes à base de moutarde.

– Impossible. Il faut le laisser là, lui éviter tout mouvement physique et toute émotion…

– Mon bon Bianchon, dit Eugène, nous le soignerons à nous deux.

– J'ai déjà fait venir le médecin en chef de mon hôpital.

– Eh ! bien ?

– Il prononcera demain soir. Il m'a promis de venir après sa journée. Malheureusement ce fichu bonhomme a commis ce matin une imprudence sur laquelle il ne veut pas s'expliquer. Il est entêté comme une mule. Quand je lui parle, il fait semblant de ne pas entendre, et dort pour ne pas me répondre ; ou bien, s'il a les yeux ouverts, il se met à geindre. Il est sorti vers le matin, il a été à pied dans Paris, on ne sait où. Il a emporté tout ce qu'il possédait de vaillant, il a été faire quelque sacré trafic pour lequel il a outrepassé ses forces ! Une de ses filles est venue.

– La comtesse ? dit Eugène. Une grande brune, l'œil vif et bien coupé, joli pied, taille souple ?

– Oui.

– Laisse-moi seul un moment avec lui, dit Rastignac. Je vais le confesser, il me dira tout, à moi.

– Je vais aller dîner pendant ce temps-là. Seulement tâche de ne pas trop l'agiter ; nous avons encore quelque espoir.

– Sois tranquille.

– Elles s'amuseront bien demain, dit le père Goriot à Eugène quand ils furent seuls. Elles vont à un grand bal.

– Qu'avez-vous donc fait ce matin, papa, pour être si souffrant ce soir qu'il vous faille rester au lit ?

– Rien.

– Anastasie est venue ? demanda Rastignac.

– Oui, répondit le père Goriot.

– Eh ! bien, ne me cachez rien. Que vous a-t-elle encore demandé ?

– Ah ! reprit-il en rassemblant ses forces pour parler, elle était bien malheureuse, allez, mon enfant ! Nasie n'a pas un sou depuis l'affaire des diamants. Elle avait commandé, pour ce bal, une robe lamée[1] qui doit lui aller comme un bijou. Sa couturière, une infâme, n'a pas voulu lui faire crédit, et sa femme de chambre a payé mille francs en à-compte sur la toilette. Pauvre Nasie, en être venue là ! Ça m'a déchiré le cœur. Mais la femme de chambre, voyant ce Restaud retirer toute sa confiance à Nasie, a eu peur de perdre son argent, et s'entend avec la couturière pour ne livrer la robe que si les mille francs sont rendus. Le bal est demain, la robe est prête, Nasie est au désespoir. Elle a voulu m'emprunter mes couverts pour les engager. Son mari veut qu'elle aille à ce bal pour montrer à tout Paris les diamants qu'on prétend vendus par elle. Peut-elle dire à ce monstre : « Je dois mille francs, payez-les » ? Non. J'ai compris ça, moi. Sa sœur Delphine ira là dans une toilette superbe. Anastasie ne doit pas être au-dessous de sa cadette. Et puis elle est si noyée de larmes, ma pauvre fille ! J'ai été si humilié de n'avoir pas eu douze mille francs hier, que j'aurais donné le reste de ma misérable vie pour racheter ce tort-là. Voyez-vous ? j'avais eu la force de tout supporter, mais mon dernier manque d'argent m'a crevé le cœur. Oh ! oh ! je n'en ai fait ni une ni deux, je me suis rafistolé, requinqué ; j'ai vendu pour six cents francs de couverts et de boucles, puis j'ai engagé[2], pour un an, mon titre de rente

1. Lamée : tissée d'argent ou d'or.

2. Engagé : déposé en tant que garantie si le créancier n'est pas payé à temps.

viagère[1] contre quatre cents francs une fois payés, au papa Gobseck. Bah ! je mangerai du pain ! ça me suffisait quand j'étais jeune, ça peut encore aller. Au moins elle aura une belle soirée, ma Nasie. Elle sera pimpante. J'ai le billet de mille francs là sous mon chevet. Ça me réchauffe d'avoir là sous la tête ce qui va faire plaisir à la pauvre Nasie. Elle pourra mettre sa mauvaise Victoire[2] à la porte. A-t-on vu des domestiques ne pas avoir confiance dans leurs maîtres ! Demain je serai bien, Nasie vient à dix heures. Je ne veux pas qu'elles me croient malade, elles n'iraient point au bal, elles me soigneraient. Nasie m'embrassera demain comme son enfant, ses caresses me guériront. Enfin, n'aurais-je pas dépensé mille francs chez l'apothicaire[3] ? J'aime mieux les donner à mon Guérit-Tout, à ma Nasie. Je la consolerai dans sa misère, au moins. Ça m'acquitte[4] du tort de m'être fait du viager[5]. Elle est au fond de l'abîme, et moi je ne suis plus assez fort pour l'en tirer. Oh ! je vais me remettre au commerce. J'irai à Odessa[6] pour y acheter du grain. Les blés valent là trois fois moins que les nôtres ne coûtent. Si l'introduction des céréales est défendue en nature, les braves gens qui font les lois n'ont pas songé à prohiber les fabrications dont les blés sont le principe[7]. Hé, hé !... j'ai trouvé cela, moi, ce matin ! Il y a de beaux coups à faire dans les amidons.

– Il est fou, se dit Eugène en regardant le vieillard. Allons, restez en repos, ne parlez pas...

1. Rente viagère : revenu annuel que l'on perçoit à vie.
2. Victoire : nom de sa femme de chambre.
3. Apothicaire : pharmacien.
4. Acquitte : libère.
5. Viager : rente viagère (revenu annuel que l'on perçoit à vie).
6. Odessa : ville portuaire ukrainienne d'où s'exportaient les céréales.
7. Fabrications dont les blés sont le principe : produits issus des céréales.

Eugène descendit pour dîner quand Bianchon remonta. Puis tous deux passèrent la nuit à garder le malade à tour de rôle, en s'occupant, l'un à lire ses livres de médecine, l'autre à écrire à sa mère et à ses sœurs. Le lendemain, les symptômes qui se déclarèrent chez le malade furent, suivant Bianchon, d'un favorable augure ; mais ils exigèrent des soins continuels dont les deux étudiants étaient seuls capables, et dans le récit desquels il est impossible de compromettre la pudibonde phraséologie[1] de l'époque. Les sangsues[2] mises sur le corps appauvri du bonhomme furent accompagnées de cataplasmes, de bains de pied, de manœuvres médicales pour lesquelles il fallait d'ailleurs la force et le dévouement des deux jeunes gens. Madame de Restaud ne vint pas ; elle envoya chercher sa somme par un commissionnaire[3].

– Je croyais qu'elle serait venue elle-même. Mais ce n'est pas un mal, elle se serait inquiétée, dit le père en paraissant heureux de cette circonstance.

À sept heures du soir, Thérèse vint apporter une lettre de Delphine.

« Que faites-vous donc, mon ami ? À peine aimée, serais-je déjà négligée ? Vous m'avez montré, dans ces confidences versées de cœur à cœur, une trop belle âme pour n'être pas de ceux qui restent toujours fidèles en voyant combien les sentiments ont de nuances. Comme vous l'avez dit en écoutant la prière de Mosé : “Pour les uns c'est une même note, pour les

1. Pudibonde phraséologie : langue excessivement pudique.

2. Sangsues : vers qui sucent le sang et que l'on utilise pour les saignées.

3. Commissionnaire : homme qui offre ses services, dans la rue, pour effectuer n'importe quelle commission.

autres, c'est l'infini de la musique[1] !" Songez que je vous attends ce soir pour aller au bal de madame de Beauséant. Décidément le contrat de monsieur d'Adjuda a été signé ce matin à la cour, et la pauvre vicomtesse ne l'a su qu'à deux heures. Tout Paris va se porter chez elle, comme le peuple encombre la Grève[2] quand il doit y avoir une exécution. N'est-ce pas horrible d'aller voir si cette femme cachera sa douleur, si elle saura bien mourir ? Je n'irais certes pas, mon ami, si j'avais été déjà chez elle ; mais elle ne recevra plus sans doute, et tous les efforts que j'ai faits seraient superflus. Ma situation est bien différente de celle des autres. D'ailleurs, j'y vais pour vous aussi. Je vous attends. Si vous n'étiez pas près de moi dans deux heures, je ne sais si je vous pardonnerais cette félonie[3]. »

Rastignac prit une plume et répondit ainsi :

« J'attends un médecin pour savoir si votre père doit vivre encore. Il est mourant. J'irai vous porter l'arrêt, et j'ai peur que ce ne soit un arrêt de mort. Vous verrez si vous pouvez aller au bal. Mille tendresses. »

Le médecin vint à huit heures et demie, et, sans donner un avis favorable, il ne pensa pas que la mort dût être imminente. Il annonça des mieux et des rechutes alternatives d'où dépendraient la vie et la raison du bonhomme.

– Il vaudrait mieux qu'il mourût promptement[4], fut le dernier mot du docteur.

---

1. Citation de *Moïse en Égypte* (1819), opéra de Rossini.

2. La Grève : la place de la Grève (actuelle place de l'Hôtel-de-Ville, où avaient lieu les exécutions publiques des condamnés à mort).

3. Félonie : trahison.

4. Promptement : rapidement.

Eugène confia le père Goriot aux soins de Bianchon, et partit pour aller porter à madame de Nucingen les tristes nouvelles qui, dans son esprit encore imbu[1] des devoirs de famille, devaient suspendre toute joie.

– Dites-lui qu'elle s'amuse tout de même, lui cria le père Goriot qui paraissait assoupi, mais qui se dressa sur son séant[2] au moment où Rastignac sortit.

Le jeune homme se présenta navré de douleur à Delphine, et la trouva coiffée, chaussée, n'ayant plus que sa robe de bal à mettre. Mais, semblables aux coups de pinceau par lesquels les peintres achèvent leurs tableaux, les derniers apprêts[3] voulaient plus de temps que n'en demandait le fond même de la toile.

– Eh quoi, vous n'êtes pas habillé ? dit-elle.

– Mais, madame, votre père...

– Encore mon père, s'écria-t-elle en l'interrompant. Mais vous ne m'apprendrez pas ce que je dois à mon père. Je connais mon père depuis longtemps. Pas un mot, Eugène. Je ne vous écouterai que quand vous aurez fait votre toilette. Thérèse a tout préparé chez vous ; ma voiture est prête, prenez-la ; revenez. Nous causerons de mon père en allant au bal. Il faut partir de bonne heure, si nous sommes pris dans la file des voitures, nous serons bien heureux de faire notre entrée à onze heures.

– Madame !

– Allez ! pas un mot, dit-elle courant dans son boudoir[4] pour y prendre un collier.

1. **Imbu** : imprégné.
2. **Se dressa sur son séant** : se redressa sur son lit.
3. **Apprêts** : (ici) touches.
4. **Boudoir** : petit salon pour les conversations intimes.

– Mais allez donc, monsieur Eugène, vous fâcherez madame, dit Thérèse en poussant le jeune homme épouvanté de cet élégant parricide[1].

Il alla s'habiller en faisant les plus tristes, les plus décourageantes réflexions. Il voyait le monde comme un océan de boue dans lequel un homme se plongeait jusqu'au cou, s'il y trempait le pied. – Il ne s'y commet que des crimes mesquins ! se dit-il. Vautrin est plus grand. Il avait vu les trois grandes expressions de la société : l'Obéissance, la Lutte et la Révolte ; la Famille, le Monde et Vautrin. Et il n'osait prendre parti. L'Obéissance était ennuyeuse, la Révolte impossible, et la Lutte incertaine. Sa pensée le reporta au sein de sa famille. Il se souvint des pures émotions de cette vie calme, il se rappela les jours passés au milieu des êtres dont il était chéri. En se conformant aux lois naturelles du foyer domestique, ces chères créatures y trouvaient un bonheur plein, continu, sans angoisses. Malgré ses bonnes pensées, il ne se sentit pas le courage de venir confesser la foi des âmes pures à Delphine, en lui ordonnant la Vertu au nom de l'Amour. Déjà son éducation commencée avait porté ses fruits. Il aimait égoïstement déjà. Son tact lui avait permis de reconnaître la nature du cœur de Delphine. Il pressentait qu'elle était capable de marcher sur le corps de son père pour aller au bal, et il n'avait ni la force de jouer le rôle d'un raisonneur, ni le courage de lui déplaire, ni la vertu de la quitter. – Elle ne me pardonnerait jamais d'avoir eu raison contre elle dans cette circonstance, se dit-il. Puis il commenta les paroles des médecins, il se plut à penser que le père Goriot n'était pas aussi dangereusement

1. **Parricide** : acte de tuer son père.

malade qu'il le croyait ; enfin, il entassa des raisonnements assassins pour justifier Delphine. Elle ne connaissait pas l'état dans lequel était son père. Le bonhomme lui-même la renverrait au bal, si elle l'allait voir. Souvent la loi sociale, implacable dans sa formule, condamne là où le crime apparent est excusé par les innombrables modifications qu'introduisent au sein des familles la différence des caractères, la diversité des intérêts et des situations. Eugène voulait se tromper lui-même, il était prêt à faire à sa maîtresse le sacrifice de sa conscience. Depuis deux jours, tout était changé dans sa vie. La femme y avait jeté ses désordres, elle avait fait pâlir la famille, elle avait tout confisqué à son profit. Rastignac et Delphine s'étaient rencontrés dans les conditions voulues pour éprouver l'un par l'autre les plus vives jouissances. Leur passion bien préparée avait grandi par ce qui tue les passions, par la jouissance. En possédant cette femme, Eugène s'aperçut que jusqu'alors il ne l'avait que désirée, il ne l'aima qu'au lendemain du bonheur[1] : l'amour n'est peut-être que la reconnaissance du plaisir. Infâme ou sublime, il adorait cette femme pour les voluptés qu'il lui avait apportées en dot[2], et pour toutes celles qu'il en avait reçues ; de même que Delphine aimait Rastignac autant que Tantale[3] aurait aimé l'ange qui serait venu satisfaire sa faim, ou étancher la soif de son gosier desséché.

– Eh ! bien, comment va mon père ? lui dit madame de Nucingen quand il fut de retour et en costume de bal.

---

1. Bonheur : (ici) la relation charnelle.

2. Dot : biens donnés par les parents à leur fille pour qu'elle se marie.

3. Tantale : personnage de la mythologie condamné à ne jamais boire ni manger l'eau et la nourriture placées devant lui.

– Extrêmement mal, répondit-il, si vous voulez me donner une preuve de votre affection, nous courrons le voir.

– Eh ! bien, oui, dit-elle, mais après le bal. Mon bon Eugène, sois gentil, ne me fais pas de morale, viens.

Ils partirent. Eugène resta silencieux pendant une partie du chemin.

– Qu'avez-vous donc ? dit-elle.

– J'entends le râle de votre père, répondit-il avec l'accent de la fâcherie. Et il se mit à raconter avec la chaleureuse éloquence du jeune âge la féroce action à laquelle madame de Restaud avait été poussée par la vanité, la crise mortelle que le dernier dévouement du père avait déterminée, et ce que coûterait la robe lamée[1] d'Anastasie. Delphine pleurait.

– Je vais être laide, pensa-t-elle. Ses larmes se séchèrent. J'irai garder mon père, je ne quitterai pas son chevet, reprit-elle.

– Ah ! te voilà comme je te voulais, s'écria Rastignac.

Les lanternes de cinq cents voitures éclairaient les abords de l'hôtel de Beauséant. De chaque côté de la porte illuminée piaffait un gendarme[2]. Le grand monde affluait si abondamment, et chacun mettait tant d'empressement à voir cette grande femme au moment de sa chute, que les appartements, situés au rez-de-chaussée de l'hôtel, étaient déjà pleins quand madame de Nucingen et Rastignac s'y présentèrent. Depuis le moment où toute la cour se rua chez la grande Mademoiselle[3] à qui Louis XIV arrachait son amant, nul désastre de

1. Lamée : tissée d'argent ou d'or.

2. Piaffait un gendarme : un gendarme faisait piaffer (trotter sur place) son cheval.

3. La grande Mademoiselle : Mlle de Montpensier, cousine de Louis XIV. Elle devait épouser le duc de Lauzun, mais le roi s'y opposa.

cœur ne fut plus éclatant que ne l'était celui de madame de Beauséant. En cette circonstance, la dernière fille de la quasi royale maison de Bourgogne se montra supérieure à son mal, et domina jusqu'à son dernier moment le monde dont elle n'avait accepté les vanités que pour les faire servir au triomphe de sa passion. Les plus belles femmes de Paris animaient les salons de leurs toilettes et de leurs sourires. Les hommes les plus distingués de la cour, les ambassadeurs, les ministres, les gens illustrés en tout genre, chamarrés[1] de croix, de plaques, de cordons multicolores, se pressaient autour de la vicomtesse. L'orchestre faisait résonner les motifs de sa musique sous les lambris[2] dorés de ce palais, désert pour sa reine. Madame de Beauséant se tenait debout devant son premier salon pour recevoir ses prétendus amis. Vêtue de blanc, sans aucun ornement dans ses cheveux simplement nattés, elle semblait calme, et n'affichait ni douleur, ni fierté, ni fausse joie. Personne ne pouvait lire dans son âme. Vous eussiez dit d'une Niobé[3] de marbre. Son sourire à ses intimes amis fut parfois railleur[4] ; mais elle parut à tous semblable à elle-même, et se montra si bien ce qu'elle était quand le bonheur la parait de ses rayons, que les plus insensibles l'admirèrent, comme les jeunes Romaines applaudissaient le gladiateur qui savait sourire en expirant. Le monde semblait s'être paré pour faire ses adieux à l'une de ses souveraines.

– Je tremblais que vous ne vinssiez pas, dit-elle à Rastignac.

---

1. Chamarrés : ornés, parés.

2. Lambris : panneaux de bois.

3. Niobé : personnage mythologique. Frappée à la vue des corps agonisants de ses quatorze enfants, elle demeura pétrifiée de douleur et fut changée en un rocher d'où s'écoulent des larmes éternelles.

4. Railleur : moqueur.

– Madame, répondit-il d'une voix émue en prenant ce mot pour un reproche, je suis venu pour rester le dernier.

– Bien, dit-elle en lui prenant la main. Vous êtes peut-être ici le seul auquel je puisse me fier. Mon ami, aimez une femme que vous puissiez aimer toujours. N'en abandonnez aucune.

Elle prit le bras de Rastignac et le mena sur un canapé, dans le salon où l'on jouait.

– Allez, lui dit-elle, chez le marquis. Jacques, mon valet de chambre, vous y conduira et vous remettra une lettre pour lui. Je lui demande ma correspondance. Il vous la remettra tout entière, j'aime à le croire. Si vous avez mes lettres, montez dans ma chambre. On me préviendra.

Elle se leva pour aller au-devant de la duchesse de Langeais, sa meilleure amie qui venait aussi. Rastignac partit, fit demander le marquis d'Adjuda à l'hôtel de Rochefide, où il devait passer la soirée, et où il le trouva. Le marquis l'emmena chez lui, remit une boîte à l'étudiant, et lui dit : – Elles y sont toutes. Il parut vouloir parler à Eugène, soit pour le questionner sur les événements du bal et sur la vicomtesse, soit pour lui avouer que déjà peut-être il était au désespoir de son mariage, comme il le fut plus tard ; mais un éclair d'orgueil brilla dans ses yeux, et il eut le déplorable courage de garder le secret sur ses plus nobles sentiments. – Ne lui dites rien de moi, mon cher Eugène. Il pressa la main de Rastignac par un mouvement affectueusement triste, et lui fit signe de partir. Eugène revint à l'hôtel de Beauséant, et fut introduit dans la chambre de la vicomtesse, où il vit les apprêts[1] d'un départ.

1. **Apprêts** : préparatifs.

Il s'assit auprès du feu, regarda la cassette[1] en cèdre, et tomba dans une profonde mélancolie. Pour lui, madame de Beauséant avait les proportions des déesses de l'*Iliade*[2].

– Ah ! mon ami, dit la vicomtesse en entrant et appuyant sa main sur l'épaule de Rastignac.

Il aperçut sa cousine en pleurs, les yeux levés, une main tremblante, l'autre levée. Elle prit tout à coup la boîte, la plaça dans le feu et la vit brûler.

– Ils dansent ! ils sont venus tous bien exactement, tandis que la mort viendra tard. Chut ! mon ami, dit-elle en mettant un doigt sur la bouche de Rastignac prêt à parler. Je ne verrai plus jamais ni Paris ni le monde. À cinq heures du matin, je vais partir pour aller m'ensevelir au fond de la Normandie. Depuis trois heures après midi, j'ai été obligée de faire mes préparatifs, signer des actes, voir à des affaires ; je ne pouvais envoyer personne chez... Elle s'arrêta. Il était sûr qu'on le trouverait chez... Elle s'arrêta encore, accablée de douleur. En ces moments tout est souffrance, et certains mots sont impossibles à prononcer. – Enfin, reprit-elle, je comptais sur vous ce soir pour ce dernier service. Je voudrais vous donner un gage de mon amitié. Je penserai souvent à vous, qui m'avez paru bon et noble, jeune et candide au milieu de ce monde où ces qualités sont si rares. Je souhaite que vous songiez quelquefois à moi. Tenez, dit-elle en jetant les yeux autour d'elle, voici le coffret où je mettais mes gants. Toutes les fois que j'en ai pris avant d'aller au bal ou au spectacle, je me sentais belle, parce que j'étais heureuse, et je n'y touchais que pour y laisser

1. **Cassette** : boîte (où sont rangées les lettres).
2. **L'*Iliade*** : célèbre épopée d'Homère qui raconte la prise de Troie par les Grecs.

quelque pensée gracieuse : il y a beaucoup de moi là-dedans, il y a toute une madame de Beauséant qui n'est plus, acceptez-le, j'aurai soin qu'on le porte chez vous, rue d'Artois. Madame de Nucingen est fort bien ce soir, aimez-la bien. Si nous ne nous voyons plus, mon ami, soyez sûr que je ferai des vœux pour vous, qui avez été bon pour moi. Descendons, je ne veux pas leur laisser croire que je pleure. J'ai l'éternité devant moi, j'y serai seule, et personne ne m'y demandera compte de mes larmes. Encore un regard à cette chambre. Elle s'arrêta. Puis, après s'être un moment caché les yeux avec sa main, elle se les essuya, les baigna d'eau fraîche, et prit le bras de l'étudiant. Marchons ! dit-elle.

Rastignac n'avait pas encore senti d'émotion aussi violente que fut le contact de cette douleur si noblement contenue. En rentrant dans le bal, Eugène en fit le tour avec madame de Beauséant, dernière et délicate attention de cette gracieuse femme.

Bientôt il aperçut les deux sœurs, madame de Restaud et madame de Nucingen. La comtesse était magnifique avec tous ses diamants étalés, qui, pour elle, étaient brûlants sans doute, elle les portait pour la dernière fois. Quelque puissants que fussent son orgueil et son amour, elle ne soutenait pas bien les regards de son mari. Ce spectacle n'était pas de nature à rendre les pensées de Rastignac moins tristes. Il revit alors, sous les diamants des deux sœurs, le grabat [1] sur lequel gisait le père Goriot. Son attitude mélancolique ayant trompé la vicomtesse, elle lui retira son bras.

– Allez ! je ne veux pas vous coûter un plaisir, dit-elle.

1. Grabat : lit de pauvre.

Eugène fut bientôt réclamé par Delphine, heureuse de l'effet qu'elle produisait, et jalouse de mettre aux pieds de l'étudiant les hommages qu'elle recueillait dans ce monde, où elle espérait être adoptée.

– Comment trouvez-vous Nasie ? lui dit-elle.

– Elle a, dit Rastignac, escompté jusqu'à la mort de son père[1].

Vers quatre heures du matin, la foule des salons commençait à s'éclaircir. Bientôt la musique ne se fit plus entendre. La duchesse de Langeais et Rastignac se trouvèrent seuls dans le grand salon. La vicomtesse, croyant n'y rencontrer que l'étudiant, y vint après avoir dit adieu à monsieur de Beauséant, qui s'alla coucher en lui répétant : – Vous avez tort, ma chère, d'aller vous enfermer à votre âge ! Restez donc avec nous.

En voyant la duchesse, madame de Beauséant ne put retenir une exclamation.

– Je vous ai devinée, Clara, dit madame de Langeais. Vous partez pour ne plus revenir ; mais vous ne partirez pas sans m'avoir entendue et sans que nous nous soyons comprises. Elle prit son amie par le bras, l'emmena dans le salon voisin, et là, la regardant avec des larmes dans les yeux, elle la serra dans ses bras et la baisa sur les joues. – Je ne veux pas vous quitter froidement, ma chère, ce serait un remords trop lourd. Vous pouvez compter sur moi comme sur vous-même. Vous avez été grande ce soir, je me suis sentie digne de vous, et veux vous le prouver. J'ai eu des torts envers vous, je n'ai pas toujours été bien, pardonnez-moi, ma chère : je désavoue tout

1. **Escompté jusqu'à la mort de son père :** dépouillé, pressuré son père jusqu'à sa mort.

ce qui a pu vous blesser, je voudrais reprendre mes paroles. Une même douleur a réuni nos âmes, et je ne sais qui de nous sera la plus malheureuse. Monsieur de Montriveau n'était pas ici ce soir, comprenez-vous ? Qui vous a vue pendant ce bal, Clara, ne vous oubliera jamais. Moi, je tente un dernier effort. Si j'échoue, j'irai dans un couvent ! Où allez-vous, vous ?

– En Normandie, à Courcelles, aimer, prier, jusqu'au jour où Dieu me retirera de ce monde.

– Venez, monsieur de Rastignac, dit la vicomtesse d'une voix émue, en pensant que ce jeune homme attendait. L'étudiant plia le genou, prit la main de sa cousine et la baisa. – Antoinette, adieu ! reprit madame de Beauséant, soyez heureuse. Quant à vous, vous l'êtes, vous êtes jeune, vous pouvez croire à quelque chose, dit-elle à l'étudiant. À mon départ de ce monde, j'aurai eu, comme quelques mourants privilégiés, de religieuses, de sincères émotions autour de moi !

Rastignac s'en alla vers cinq heures, après avoir vu madame de Beauséant dans sa berline[1] de voyage, après avoir reçu son dernier adieu mouillé de larmes qui prouvaient que les personnes les plus élevées ne sont pas mises hors de la loi du cœur et ne vivent pas sans chagrins, comme quelques courtisans du peuple voudraient le lui faire croire. Eugène revint à pied vers la maison Vauquer, par un temps humide et froid. Son éducation s'achevait.

– Nous ne sauverons pas le pauvre père Goriot, lui dit Bianchon quand Rastignac entra chez son voisin.

– Mon ami, lui dit Eugène après avoir regardé le vieillard endormi, va, poursuis la destinée modeste à laquelle tu bornes

1. **Berline :** carrosse.

tes désirs. Moi, je suis en enfer, et il faut que j'y reste. Quelque mal que l'on te dise du monde, crois-le ! il n'y a pas de Juvénal[1] qui puisse en peindre l'horreur couverte d'or et de pierreries.

Le lendemain, Rastignac fut éveillé sur les deux heures après midi par Bianchon, qui, forcé de sortir, le pria de garder le père Goriot, dont l'état avait fort empiré pendant la matinée.

– Le bonhomme n'a pas deux jours, n'a peut-être pas six heures à vivre, dit l'élève en médecine, et cependant nous ne pouvons pas cesser de combattre le mal. Il va falloir lui donner des soins coûteux. Nous serons bien ses gardes-malades ; mais je n'ai pas le sou, moi. J'ai retourné ses poches, fouillé ses armoires : zéro au quotient. Je l'ai questionné dans un moment où il avait sa tête, il m'a dit ne pas avoir un liard[2] à lui. Qu'as-tu, toi ?

– Il me reste vingt francs, répondit Rastignac, mais j'irai les jouer, je gagnerai.

– Si tu perds ?

– Je demanderai de l'argent à ses gendres et à ses filles.

– Et s'ils ne t'en donnent pas ? reprit Bianchon. Le plus pressé dans ce moment n'est pas de trouver de l'argent, il faut envelopper le bonhomme d'un sinapisme[3] bouillant depuis les pieds jusqu'à la moitié des cuisses. S'il crie, il y aura de la ressource. Tu sais comment cela s'arrange. D'ailleurs, Christophe t'aidera. Moi,

1. Juvénal : auteur latin de la fin du Ier siècle et du début du IIe siècle, connu pour ses écrits satiriques dénonçant les tares de la société romaine.
2. Liard : ancienne monnaie de faible valeur.
3. Sinapisme : cataplasme à base de moutarde.

je passerai chez l'apothicaire[1] répondre de[2] tous les médicaments que nous y prendrons. Il est malheureux que le pauvre homme n'ait pas été transportable à notre hospice[3], il y aurait été mieux. Allons, viens que je t'installe, et ne le quitte pas que je ne sois revenu.

Les deux jeunes gens entrèrent dans la chambre où gisait le vieillard. Eugène fut effrayé du changement de cette face convulsée[4], blanche et profondément débile[5].

– Eh ! bien, papa ? lui dit-il en se penchant sur le grabat[6].

Goriot leva sur Eugène des yeux ternes et le regarda fort attentivement sans le reconnaître. L'étudiant ne soutint pas ce spectacle, des larmes humectèrent ses yeux.

– Bianchon, ne faudrait-il pas des rideaux aux fenêtres ?

– Non. Les circonstances atmosphériques ne l'affectent plus. Ce serait trop heureux s'il avait chaud ou froid. Néanmoins il nous faut du feu pour faire les tisanes et préparer bien des choses. Je t'enverrai des falourdes[7] qui nous serviront jusqu'à ce que nous ayons du bois. Hier et cette nuit, j'ai brûlé le tien et toutes les mottes[8] du pauvre homme. Il faisait humide, l'eau dégouttait des murs. À peine ai-je pu sécher la chambre. Christophe l'a balayée, c'est vraiment une écurie. J'y ai brûlé du genièvre, ça puait trop.

---

1. **Apothicaire :** pharmacien.
2. **Répondre de :** me porter garant de.
3. **Hospice :** maison où l'on accueille les pauvres et les malades.
4. **Convulsée :** contractée par les convulsions.
5. **Débile :** faible.
6. **Grabat :** lit de pauvre.
7. **Falourdes :** fagots.
8. **Mottes :** écorces d'arbre pulvérisées et roulées en boules qui coûtent moins cher que le bois.

– Mon Dieu ! dit Rastignac, mais ses filles !

– Tiens, s'il demande à boire, tu lui donneras de ceci, dit l'interne en montrant à Rastignac un grand pot blanc. Si tu l'entends se plaindre et que le ventre soit chaud et dur, tu te feras aider par Christophe pour lui administrer… tu sais. S'il avait, par hasard, une grande exaltation, s'il parlait beaucoup, s'il avait enfin un petit brin de démence, laisse-le aller. Ce ne sera pas un mauvais signe. Mais envoie Christophe à l'hospice[1] Cochin. Notre médecin, mon camarade ou moi, nous viendrions lui appliquer des moxas[2]. Nous avons fait ce matin, pendant que tu dormais, une grande consultation avec un élève du docteur Gall[3], avec un médecin en chef de l'Hôtel-Dieu et le nôtre. Ces messieurs ont cru reconnaître de curieux symptômes, et nous allons suivre les progrès de la maladie, afin de nous éclairer sur plusieurs points scientifiques assez importants. Un de ces messieurs prétend que la pression du sérum[4], si elle portait plus sur un organe que sur un autre, pourrait développer des faits particuliers. Écoute-le donc bien, au cas où il parlerait, afin de constater à quel genre d'idées appartiendraient ses discours : si c'est des effets de mémoire, de pénétration[5], de jugement ; s'il s'occupe de matérialités, ou de sentiments ; s'il calcule, s'il revient sur le passé ; enfin sois en état de nous faire un rapport exact. Il est

1. Hospice : maison où l'on accueille les pauvres et les malades.

2. Moxas : cônes de coton que l'on brûle et que l'on applique sur la peau pour cautériser.

3. Gall : médecin allemand (1758-1828), inventeur de la phrénologie, étude de l'intelligence et du caractère des individus en fonction de la forme de leur crâne.

4. Sérum : liquide qui se répand dans le cerveau et cause l'apoplexie (d'après la médecine de l'époque).

5. Pénétration : compréhension.

possible que l'invasion ait lieu en bloc, il mourra imbécile comme il l'est en ce moment. Tout est bien bizarre dans ces sortes de maladie ! Si la bombe crevait par ici, dit Bianchon en montrant l'occiput[1] du malade, il y a des exemples de phénomènes singuliers : le cerveau recouvre quelques-unes de ses facultés, et la mort est plus lente à se déclarer. Les sérosités[2] peuvent se détourner du cerveau, prendre ces routes dont on ne connaît le cours que par l'autopsie. Il y a aux Incurables[3] un vieillard hébété chez qui l'épanchement a suivi la colonne vertébrale ; il souffre horriblement, mais il vit.

– Se sont-elles bien amusées ? dit le père Goriot qui reconnut Eugène.

– Oh ! il ne pense qu'à ses filles, dit Bianchon. Il m'a dit plus de cent fois cette nuit : Elles dansent ! Elle a sa robe. Il les appelait par leurs noms. Il me faisait pleurer, le diable m'emporte ! avec ses intonations : Delphine ! ma petite Delphine ! Nasie ! Ma parole d'honneur, dit l'élève en médecine, c'était à fondre en larmes.

– Delphine, dit le vieillard, elle est là, n'est-ce pas ? je le savais bien. Et ses yeux recouvrèrent une activité folle pour regarder les murs et la porte.

– Je descends dire à Sylvie de préparer les sinapismes[4], cria Bianchon, le moment est favorable.

Rastignac resta seul près du vieillard, assis au pied du lit, les yeux fixés sur cette tête effrayante et douloureuse à voir.

1. **Occiput** : os situé au sommet du crâne.
2. **Sérosités** : sérums (liquides qui se répandent dans le cerveau et causent l'apoplexie, d'après la médecine de l'époque).
3. **Les Incurables** : hospice pour les malades incurables (qu'on ne peut guérir) et pour les pauvres.
4. **Sinapismes** : cataplasmes à base de moutarde.

– Madame de Beauséant s'enfuit, celui-ci se meurt, dit-il. Les belles âmes ne peuvent pas rester longtemps en ce monde. Comment les grands sentiments s'allieraient-ils, en effet, à une société mesquine, petite, superficielle ?

Les images de la fête à laquelle il avait assisté se représentèrent à son souvenir et contrastèrent avec le spectacle de ce lit de mort. Bianchon reparut soudain.

– Dis donc, Eugène, je viens de voir notre médecin en chef, et je suis revenu toujours courant. S'il se manifeste des symptômes de raison, s'il parle, couche-le sur un long sinapisme, de manière à l'envelopper de moutarde depuis la nuque jusqu'à la chute des reins, et fais-nous appeler.

– Cher Bianchon, dit Eugène.

– Oh ! il s'agit d'un fait scientifique, reprit l'élève en médecine avec toute l'ardeur d'un néophyte[1].

– Allons, dit Eugène, je serai donc le seul à soigner ce pauvre vieillard par affection.

– Si tu m'avais vu ce matin, tu ne dirais pas cela, reprit Bianchon sans s'offenser du propos. Les médecins qui ont exercé ne voient que la maladie ; moi, je vois encore le malade, mon cher garçon.

Il s'en alla, laissant Eugène seul avec le vieillard, et dans l'appréhension d'une crise qui ne tarda pas à se déclarer.

– Ah ! c'est vous, mon cher enfant, dit le père Goriot en reconnaissant Eugène.

– Allez-vous mieux ? demanda l'étudiant en lui prenant la main.

– Oui, j'avais la tête serrée comme dans un étau, mais elle se dégage. Avez-vous vu mes filles ? Elles vont venir bientôt,

1. **Néophyte :** novice.

elles accourront aussitôt qu'elles me sauront malade, elles m'ont tant soigné rue de la Jussienne ! Mon Dieu ! je voudrais que ma chambre fût propre pour les recevoir. Il y a un jeune homme qui m'a brûlé toutes mes mottes[1].

– J'entends Christophe, lui dit Eugène, il vous monte du bois que ce jeune homme vous envoie.

– Bon ! mais comment payer le bois ? je n'ai pas un sou, mon enfant. J'ai tout donné, tout. Je suis à la charité. La robe lamée[2] était-elle belle au moins ? (Ah ! je souffre !) Merci, Christophe. Dieu vous récompensera, mon garçon ; moi, je n'ai plus rien.

– Je te payerai bien, toi et Sylvie, dit Eugène à l'oreille du garçon.

– Mes filles vous ont dit qu'elles allaient venir, n'est-ce pas, Christophe ? Vas-y encore, je te donnerai cent sous. Dis-leur que je ne me sens pas bien, que je voudrais les embrasser, les voir encore une fois avant de mourir. Dis-leur cela, mais sans trop les effrayer.

Christophe partit sur un signe de Rastignac.

– Elles vont venir, reprit le vieillard. Je les connais. Cette bonne Delphine, si je meurs, quel chagrin je lui causerai ! Nasie aussi. Je ne voudrais pas mourir, pour ne pas les faire pleurer. Mourir, mon bon Eugène, c'est ne plus les voir. Là où l'on s'en va, je m'ennuierai bien. Pour un père, l'enfer, c'est d'être sans enfants, et j'ai déjà fait mon apprentissage depuis qu'elles sont mariées. Mon paradis était rue de la Jussienne. Dites donc, si je vais en paradis, je pourrai revenir sur terre en esprit autour

1. Mottes : écorces d'arbre pulvérisées et roulées en boules qui coûtent moins cher que le bois.

2. Lamée : tissée d'argent ou d'or.

d'elles. J'ai entendu dire de ces choses-là. Sont-elles vraies ? Je crois les voir en ce moment telles qu'elles étaient rue de la Jussienne. Elles descendaient le matin. Bonjour, papa, disaient-elles. Je les prenais sur mes genoux, je leur faisais mille agaceries, des niches[1]. Elles me caressaient gentiment. Nous déjeunions tous les matins ensemble, nous dînions, enfin j'étais père, je jouissais de mes enfants. Quand elles étaient rue de la Jussienne, elles ne raisonnaient pas, elles ne savaient rien du monde, elles m'aimaient bien. Mon Dieu ! pourquoi ne sont-elles pas toujours restées petites ? (Oh ! je souffre, la tête me tire.) Ah ! ah ! pardon, mes enfants ! je souffre horriblement, et il faut que ce soit de la vraie douleur, vous m'avez rendu bien dur au mal. Mon Dieu ! si j'avais seulement leurs mains dans les miennes, je ne sentirais point mon mal. Croyez-vous qu'elles viennent ? Christophe est si bête ! J'aurais dû y aller moi-même. Il va les voir, lui. Mais vous avez été hier au bal. Dites-moi donc comment elles étaient ? Elles ne savaient rien de ma maladie, n'est-ce pas ? Elles n'auraient pas dansé, pauvres petites ! Oh ! je ne veux plus être malade. Elles ont encore trop besoin de moi. Leurs fortunes sont compromises. Et à quels maris sont-elles livrées ! Guérissez-moi, guérissez-moi ! (Oh ! que je souffre ! Ah ! ah ! ah !) Voyez-vous, il faut me guérir, parce qu'il leur faut de l'argent, et je sais où aller en gagner. J'irai faire de l'amidon en aiguilles à Odessa[2]. Je suis un malin, je gagnerai des millions. (Oh ! je souffre trop !)

Goriot garda le silence pendant un moment, en paraissant faire tous ses efforts pour rassembler ses forces afin de supporter la douleur.

1. Niches : taquineries.

2. Odessa : ville portuaire ukrainienne d'où s'exportaient les céréales.

– Si elles étaient là, je ne me plaindrais pas, dit-il. Pourquoi donc me plaindre ?

Un léger assoupissement survint et dura longtemps. Christophe revint. Rastignac, qui croyait le père Goriot endormi, laissa le garçon lui rendre compte à haute voix de sa mission.

– Monsieur, dit-il, je suis d'abord allé chez madame la comtesse, à laquelle il m'a été impossible de parler, elle était dans de grandes affaires avec son mari. Comme j'insistais, monsieur de Restaud est venu lui-même, et m'a dit comme ça : Monsieur Goriot se meurt, eh ! bien, c'est ce qu'il a de mieux à faire. J'ai besoin de madame de Restaud pour terminer des affaires importantes, elle ira quand tout sera fini. Il avait l'air en colère, ce monsieur-là. J'allais sortir, lorsque madame est entrée dans l'antichambre par une porte que je ne voyais pas, et m'a dit : Christophe, dis à mon père que je suis en discussion avec mon mari, je ne puis pas le quitter ; il s'agit de la vie ou de la mort de mes enfants ; mais aussitôt que tout sera fini, j'irai. Quant à madame la baronne, autre histoire ! je ne l'ai point vue, et je n'ai pas pu lui parler. Ah ! me dit la femme de chambre, madame est rentrée du bal à cinq heures un quart, elle dort, si je l'éveille avant midi, elle me grondera. Je lui dirai que son père va plus mal quand elle me sonnera. Pour une mauvaise nouvelle, il est toujours temps de la lui dire. J'ai eu beau prier ! Ah ! ouin ! J'ai demandé à parler à monsieur le baron, il était sorti.

– Aucune de ses filles ne viendrait, s'écria Rastignac. Je vais écrire à toutes deux.

– Aucune, répondit le vieillard en se dressant sur son séant[1]. Elles ont des affaires, elles dorment, elles ne viendront

1. **Se dressant sur son séant** : se redressant sur son lit.

pas. Je le savais. Il faut mourir pour savoir ce que c'est que des enfants. Ah ! mon ami, ne vous mariez pas, n'ayez pas d'enfants ! Vous leur donnez la vie, ils vous donnent la mort. Vous les faites entrer dans le monde, ils vous en chassent. Non, elles ne viendront pas ! Je sais cela depuis dix ans. Je me le disais quelquefois, mais je n'osais pas y croire.

Une larme roula dans chacun de ses yeux, sur la bordure rouge, sans en tomber.

– Ah ! si j'étais riche, si j'avais gardé ma fortune, si je ne la leur avais pas donnée, elles seraient là, elles me lécheraient les joues de leurs baisers ! je demeurerais dans un hôtel, j'aurais de belles chambres, des domestiques, du feu à moi ; et elles seraient tout en larmes, avec leurs maris, leurs enfants. J'aurais tout cela. Mais rien. L'argent donne tout, même des filles. Oh ! mon argent, où est-il ? Si j'avais des trésors à laisser, elles me panseraient, elles me soigneraient ; je les entendrais, je les verrais. Ah ! mon cher enfant, mon seul enfant, j'aime mieux mon abandon et ma misère ! Au moins, quand un malheureux est aimé, il est bien sûr qu'on l'aime. Non, je voudrais être riche, je les verrais. Ma foi, qui sait ? Elles ont toutes les deux des cœurs de roche. J'avais trop d'amour pour elles pour qu'elles en eussent pour moi. Un père doit être toujours riche, il doit tenir ses enfants en bride comme des chevaux sournois. Et j'étais à genoux devant elles. Les misérables ! elles couronnent dignement leur conduite envers moi depuis dix ans. Si vous saviez comme elles étaient aux petits soins pour moi dans les premiers temps de leur mariage ! (Oh ! je souffre un cruel martyre !) Je venais de leur donner à chacune près de huit cent mille francs, elles ne pouvaient pas, ni leurs maris non plus, être rudes avec moi. L'on me recevait : « Mon père, par-ci ; mon cher père, par-là. » Mon couvert était toujours mis chez elles. Enfin, je dînais avec leurs maris, qui me traitaient avec considération. J'avais l'air d'avoir encore quelque chose. Pourquoi ça ? Je n'avais rien dit de mes affaires. Un homme qui donne huit cent mille francs à ses filles était un homme à soigner. Et l'on était aux petits soins, mais c'était pour mon argent. Le monde n'est pas beau. J'ai vu cela, moi ! L'on me menait en voiture au spectacle, et je restais comme je voulais aux soirées. Enfin elles se disaient mes filles, et elles m'avouaient pour leur père. J'ai encore ma finesse, allez, et rien ne m'est échappé. Tout a été à son adresse et m'a percé le cœur. Je voyais bien que c'était des frimes [1], mais le mal était sans remède. Je n'étais pas chez elles aussi à l'aise qu'à la table d'en bas. Je ne savais rien dire. Aussi quand quelques-uns de ces gens du monde demandaient à l'oreille de mes gendres : – Qui est-ce que ce monsieur-là ? – C'est le père aux écus, il est riche. – Ah, diable ! disait-on, et l'on me regardait avec le respect dû aux écus. Mais si je les gênais quelquefois un peu, je rachetais bien mes défauts ! D'ailleurs, qui donc est parfait ? (Ma tête est une plaie !) Je souffre en ce moment ce qu'il faut souffrir pour mourir, mon cher monsieur Eugène, eh ! bien, ce n'est rien en comparaison de la douleur que m'a causée le premier regard par lequel Anastasie m'a fait comprendre que je venais de dire une bêtise qui l'humiliait : son regard m'a ouvert toutes les veines. J'aurais voulu tout savoir, mais ce que j'ai bien su, c'est que j'étais de trop sur terre. Le lendemain je suis allé chez Delphine pour me consoler, et voilà que j'y fais une bêtise qui me l'a mise en colère. J'en suis devenu comme

1. **Frimes :** (terme familier) feintes, comédies.

fou. J'ai été huit jours ne sachant plus ce que je devais faire. Je n'ai pas osé les aller voir, de peur de leurs reproches. Et me voilà à la porte de mes filles. O mon Dieu, puisque tu connais les misères, les souffrances que j'ai endurées ; puisque tu as compté les coups de poignard que j'ai reçus, dans ce temps qui m'a vieilli, changé, tué, blanchi, pourquoi me fais-tu donc souffrir aujourd'hui ? J'ai bien expié le péché de les trop aimer. Elles se sont bien vengées de mon affection, elles m'ont tenaillé comme des bourreaux. Eh ! bien, les pères sont si bêtes ! je les aimais tant que j'y suis retourné comme un joueur au jeu. Mes filles, c'était mon vice à moi, elles étaient mes maîtresses, enfin tout ! Elles avaient toutes les deux besoin de quelque chose, de parures ; les femmes de chambre me le disaient, et je les donnais pour être bien reçu ! Mais elles m'ont fait tout de même quelques petites leçons sur ma manière d'être dans le monde. Oh ! elles n'ont pas attendu le lendemain. Elles commençaient à rougir de moi. Voilà ce que c'est que de bien élever ses enfants. À mon âge je ne pouvais pourtant pas aller à l'école. (Je souffre horriblement, mon Dieu ! les médecins ! les médecins ! Si l'on m'ouvrait la tête, je souffrirais moins.) Mes filles, mes filles, Anastasie, Delphine ! je veux les voir. Envoyez-les chercher par la gendarmerie, de force ! la justice est pour moi, tout est pour moi, la nature, le code civil. Je proteste. La patrie périra si les pères sont foulés aux pieds. Cela est clair. La société, le monde roulent sur la paternité, tout croule si les enfants n'aiment pas leurs pères. Oh ! les voir, les entendre, n'importe ce qu'elles me diront, pourvu que j'entende leur voix, ça calmera mes douleurs, Delphine surtout. Mais dites-leur, quand elles seront là, de ne pas me regarder froidement comme elles font.

Ah ! mon bon ami, monsieur Eugène, vous ne savez pas ce que c'est que de trouver l'or du regard changé tout à coup en plomb gris. Depuis le jour où leurs yeux n'ont plus rayonné sur moi, j'ai toujours été en hiver ici ; je n'ai plus eu que des chagrins à dévorer, et je les ai dévorés ! J'ai vécu pour être humilié, insulté. Je les aime tant, que j'avalais tous les affronts par lesquels elles me vendaient une pauvre petite jouissance honteuse. Un père se cacher pour voir ses filles ! Je leur ai donné ma vie, elles ne me donneront pas une heure aujourd'hui ! J'ai soif, j'ai faim, le cœur me brûle, elles ne viendront pas rafraîchir mon agonie[1], car je meurs, je le sens. Mais elles ne savent donc pas ce que c'est que de marcher sur le cadavre de son père ! Il y a un Dieu dans les cieux, il nous venge malgré nous, nous autres pères. Oh ! elles viendront ! Venez, mes chéries, venez encore me baiser, un dernier baiser, le viatique[2] de votre père, qui priera Dieu pour vous, qui lui dira que vous avez été de bonnes filles, qui plaidera pour vous ! Après tout, vous êtes innocentes. Elles sont innocentes, mon ami ! Dites-le bien à tout le monde, qu'on ne les inquiète pas à mon sujet. Tout est de ma faute, je les ai habituées à me fouler aux pieds. J'aimais cela, moi. Ça ne regarde personne, ni la justice humaine, ni la justice divine. Dieu serait injuste s'il les condamnait à cause de moi. Je n'ai pas su me conduire, j'ai fait la bêtise d'abdiquer mes droits. Je me serais avili pour elles ! Que voulez vous ! le plus beau naturel, les meilleures âmes auraient succombé à la corruption de cette facilité paternelle. Je suis un misérable, je suis justement puni. Moi seul

1. Agonie : état d'une personne en train de mourir.

2. Viatique : derniers sacrements administrés par un prêtre à une personne mourante.

ai causé les désordres de mes filles, le les ai gâtées. Elles veulent aujourd'hui le plaisir, comme elles voulaient autrefois du bonbon. Je leur ai toujours permis de satisfaire leurs fantaisies de jeunes filles. À quinze ans, elles avaient voiture ! Rien ne leur a résisté. Moi seul suis coupable, mais coupable par amour. Leur voix m'ouvrait le cœur. Je les entends, elles viennent. Oh ! oui, elles viendront. La loi veut qu'on vienne voir mourir son père, la loi est pour moi. Puis ça ne coûtera qu'une course. Je la paierai. Écrivez-leur que j'ai des millions à leur laisser ! Parole d'honneur. J'irai faire des pâtes d'Italie à Odessa[1]. Je connais la manière. Il y a, dans mon projet, des millions à gagner. Personne n'y a pensé. Ça ne se gâtera point dans le transport comme le blé ou comme la farine. Eh, eh, l'amidon ? il y aura là des millions ! Vous ne mentirez pas, dites-leur des millions, et quand même elles viendraient par avarice, j'aime mieux être trompé, je les verrai. Je veux mes filles ! je les ai faites ! elles sont à moi ! dit-il en se dressant sur son séant[2], en montrant à Eugène une tête dont les cheveux blancs étaient épars et qui menaçait par tout ce qui pouvait exprimer la menace.

– Allons, lui dit Eugène, recouchez-vous, mon bon père Goriot, je vais leur écrire. Aussitôt que Bianchon sera de retour, j'irai si elles ne viennent pas.

– Si elles ne viennent pas ? répéta le vieillard en sanglotant. Mais je serai mort, mort dans un accès de rage, de rage ! La rage me gagne ! En ce moment, je vois ma vie entière. Je suis dupe ! elles ne m'aiment pas, elles ne m'ont jamais aimé ! cela

1. **Odessa** : ville portuaire ukrainienne d'où s'exportaient les céréales.
2. **Se dressant sur son séant** : se redressant sur son lit.

est clair. Si elles ne sont pas venues, elles ne viendront pas. Plus elles auront tardé, moins elles se décideront à me faire cette joie. Je les connais. Elles n'ont jamais rien su deviner de mes chagrins, de mes douleurs, de mes besoins, elles ne devineront pas plus ma mort ; elles ne sont seulement pas dans le secret de ma tendresse. Oui, je le vois, pour elles, l'habitude de m'ouvrir les entrailles a ôté du prix à tout ce que je faisais. Elles auraient demandé à me crever les yeux, je leur aurais dit : « Crevez-les ! » Je suis trop bête. Elles croient que tous les pères sont comme le leur. Il faut toujours se faire valoir. Leurs enfants me vengeront. Mais c'est dans leur intérêt de venir ici. Prévenez-les donc qu'elles compromettent leur agonie[1]. Elles commettent tous les crimes en un seul. Mais allez donc, dites-leur donc que, ne pas venir, c'est un parricide[2] ! Elles en ont assez commis sans ajouter celui-là. Criez donc comme moi : « Hé, Nasie ! hé, Delphine ! venez à votre père qui a été si bon pour vous et qui souffre ! » Rien, personne. Mourrai-je donc comme un chien ? Voilà ma récompense, l'abandon. Ce sont des infâmes, des scélérates ; je les abomine, je les maudis ; je me relèverai, la nuit, de mon cercueil pour les remaudire, car, enfin, mes amis, ai-je tort ? elles se conduisent bien mal ! hein ? Qu'est-ce que je dis ? Ne m'avez-vous pas averti que Delphine est là ? C'est la meilleure des deux. Vous êtes mon fils, Eugène, vous ! aimez-la, soyez un père pour elle. L'autre est bien malheureuse. Et leurs fortunes ! Ah, mon Dieu ! J'expire, je souffre un peu trop ! Coupez-moi la tête, laissez-moi seulement le cœur.

1. **Agonie** : état d'une personne en train de mourir.
2. **Parricide** : acte de tuer son père.

– Christophe, allez chercher Bianchon, s'écria Eugène épouvanté du caractère que prenaient les plaintes et les cris du vieillard, et ramenez-moi un cabriolet[1].

– Je vais aller chercher vos filles, mon bon père Goriot, je vous les ramènerai.

– De force, de force ! Demandez la garde, la ligne[2], tout ! tout, dit-il en jetant à Eugène un dernier regard où brilla la raison. Dites au gouvernement, au procureur du roi, qu'on me les amène, je le veux !

– Mais vous les avez maudites.

– Qui est-ce qui a dit cela ? répondit le vieillard stupéfait. Vous savez bien que je les aime, je les adore ! Je suis guéri si je les vois... Allez, mon bon voisin, mon cher enfant, allez, vous êtes bon, vous ; je voudrais vous remercier, mais je n'ai rien à vous donner que les bénédictions d'un mourant. Ah ! je voudrais au moins voir Delphine pour lui dire de m'acquitter[3] envers vous. Si l'autre ne peut pas, amenez-moi celle-là. Dites-lui que vous ne l'aimerez plus si elle ne veut pas venir. Elle vous aime tant qu'elle viendra. À boire, les entrailles me brûlent ! Mettez-moi quelque chose sur la tête. La main de mes filles, ça me sauverait, je le sens... Mon Dieu ! qui refera leurs fortunes si je m'en vais ? Je veux aller à Odessa[4] pour elles, à Odessa, y faire des pâtes.

– Buvez ceci, dit Eugène en soulevant le moribond[5] et le prenant dans son bras gauche tandis que de l'autre il tenait une tasse pleine de tisane.

1. Cabriolet : voiture à cheval.

2. Ligne : armée.

3. M'acquitter : régler mes dettes.

4. Odessa : ville portuaire ukrainienne d'où s'exportaient les céréales.

5. Moribond : personne sur le point de mourir.

– Vous devez aimer votre père et votre mère, vous ! dit le vieillard en serrant de ses mains défaillantes la main d'Eugène. Comprenez-vous que je vais mourir sans les voir, mes filles ? Avoir soif toujours, et ne jamais boire, voilà comment j'ai vécu depuis dix ans... Mes deux gendres ont tué mes filles. Oui, je n'ai plus eu de filles après qu'elles ont été mariées. Pères, dites aux Chambres[1] de faire une loi sur le mariage ! Enfin, ne mariez pas vos filles si vous les aimez. Le gendre est un scélérat qui gâte tout chez une fille, il souille tout. Plus de mariages ! C'est ce qui nous enlève nos filles, et nous ne les avons plus quand nous mourons. Faites une loi sur la mort des pères. C'est épouvantable, ceci ! Vengeance ! Ce sont mes gendres qui les empêchent de venir. Tuez-les ! À mort le Restaud, à mort l'Alsacien, ils sont mes assassins ! La mort ou mes filles ! Ah ! c'est fini, je meurs sans elles ! Elles ! Nasie, Fifine, allons, venez donc ! Votre papa sort...

– Mon bon père Goriot, calmez-vous, voyons, restez tranquille, ne vous agitez pas, ne pensez pas.

– Ne pas les voir, voilà l'agonie[2] !

– Vous allez les voir.

– Vrai ! cria le vieillard égaré. Oh ! les voir ! je vais les voir, entendre leur voix. Je mourrai heureux. Eh ! bien, oui, je ne demande plus à vivre, je n'y tenais plus, mes peines allaient croissant. Mais les voir, toucher leurs robes, ah ! rien que leurs robes, c'est bien peu ; mais que je sente quelque chose d'elles ! Faites-moi prendre les cheveux... veux...

1. Chambres : assemblées législatives.

2. Agonie : état d'une personne en train de mourir.

Il tomba la tête sur l'oreiller comme s'il recevait un coup de massue. Ses mains s'agitèrent sur la couverture comme pour prendre les cheveux de ses filles.

– Je les bénis, dit-il en faisant un effort, bénis.

Il s'affaissa tout à coup. En ce moment Bianchon entra.

– J'ai rencontré Christophe, dit-il, il va t'amener une voiture. Puis il regarda le malade, lui souleva de force les paupières, et les deux étudiants lui virent un œil sans chaleur et terne. – Il n'en reviendra pas, dit Bianchon, je ne crois pas. Il prit le pouls, le tâta, mit la main sur le cœur du bonhomme.

– La machine va toujours ; mais, dans sa position, c'est un malheur, il vaudrait mieux qu'il mourût !

– Ma foi, oui, dit Rastignac.

– Qu'as-tu donc ? tu es pâle comme la mort.

– Mon ami, je viens d'entendre des cris et des plaintes. Il y a un Dieu ! Oh ! oui ! il y a un Dieu, et il nous a fait un monde meilleur, ou notre terre est un non-sens. Si ce n'avait pas été si tragique, je fondrais en larmes, mais j'ai le cœur et l'estomac horriblement serrés.

– Dis donc, il va falloir bien des choses ; où prendre de l'argent ?

Rastignac tira sa montre.

– Tiens, mets-la vite en gage. Je ne veux pas m'arrêter en route, car j'ai peur de perdre une minute, et j'attends Christophe. Je n'ai pas un liard[1], il faudra payer mon cocher au retour.

Rastignac se précipita dans l'escalier, et partit pour aller rue du Helder chez madame de Restaud. Pendant le chemin,

1. **Liard** : ancienne monnaie de faible valeur.

son imagination, frappée de l'horrible spectacle dont il avait été témoin, échauffa son indignation. Quand il arriva dans l'antichambre et qu'il demanda madame de Restaud, on lui répondit qu'elle n'était pas visible.

– Mais, dit-il au valet de chambre, je viens de la part de son père qui se meurt.

– Monsieur, nous avons de monsieur le comte les ordres les plus sévères...

– Si monsieur de Restaud y est, dites-lui dans quelle circonstance se trouve son beau-père et prévenez-le qu'il faut que je lui parle à l'instant même.

Eugène attendit pendant longtemps.

– Il se meurt peut-être en ce moment, pensait-il.

Le valet de chambre l'introduisit dans le premier salon, où monsieur de Restaud reçut l'étudiant debout, sans le faire asseoir, devant une cheminée où il n'y avait pas de feu.

– Monsieur le comte, lui dit Rastignac, monsieur votre beau-père expire en ce moment dans un bouge[1] infâme, sans un liard[2] pour avoir du bois ; il est exactement à la mort et demande à voir sa fille...

– Monsieur, lui répondit avec froideur le comte de Restaud, vous avez pu vous apercevoir que j'ai fort peu de tendresse pour monsieur Goriot. Il a compromis son caractère[3] avec madame de Restaud, il a fait le malheur de ma vie, je vois en lui l'ennemi de mon repos. Qu'il meure, qu'il vive, tout m'est parfaitement indifférent. Voilà quels sont mes sentiments à son égard. Le monde pourra me blâmer, je méprise l'opinion.

1. Bouge : logement misérable, taudis.
2. Liard : ancienne monnaie de faible valeur.
3. Son caractère : son titre de père.

J'ai maintenant des choses plus importantes à accomplir qu'à m'occuper de ce que penseront de moi des sots ou des indifférents. Quant à madame de Restaud, elle est hors d'état de sortir. D'ailleurs, je ne veux pas qu'elle quitte sa maison. Dites à son père qu'aussitôt qu'elle aura rempli ses devoirs envers moi, envers mon enfant, elle ira le voir. Si elle aime son père, elle peut être libre dans quelques instants...

– Monsieur le comte, il ne m'appartient pas de juger de votre conduite, vous êtes le maître de votre femme ; mais je puis compter sur votre loyauté ? eh ! bien, promettez-moi seulement de lui dire que son père n'a pas un jour à vivre, et l'a déjà maudite en ne la voyant pas à son chevet !

– Dites-le-lui vous-même, répondit monsieur de Restaud frappé des sentiments d'indignation que trahissait l'accent d'Eugène.

Rastignac entra, conduit par le comte, dans le salon où se tenait habituellement la comtesse : il la trouva noyée de larmes, et plongée dans une bergère[1] comme une femme qui voulait mourir. Elle lui fit pitié. Avant de regarder Rastignac, elle jeta sur son mari de craintifs regards qui annonçaient une prostration complète de ses forces écrasées par une tyrannie morale et physique. Le comte hocha la tête, elle se crut encouragée à parler.

– Monsieur, j'ai tout entendu. Dites à mon père que s'il connaissait la situation dans laquelle je suis, il me pardonnerait. Je ne comptais pas sur ce supplice, il est au-dessus de mes forces, monsieur, mais je résisterai jusqu'au bout, dit-elle à son mari. Je suis mère. Dites à mon père que je suis irrépro-

1. **Bergère** : fauteuil large et profond.

chable envers lui, malgré les apparences, cria-t-elle avec désespoir à l'étudiant.

Eugène salua les deux époux, en devinant l'horrible crise dans laquelle était la femme, et se retira stupéfait. Le ton de monsieur de Restaud lui avait démontré l'inutilité de sa démarche, et il comprit qu'Anastasie n'était plus libre. Il courut chez madame de Nucingen, et la trouva dans son lit.

– Je suis souffrante, mon pauvre ami, lui dit-elle. J'ai pris froid en sortant du bal, j'ai peur d'avoir une fluxion de poitrine[1], j'attends le médecin...

– Eussiez-vous la mort sur les lèvres, lui dit Eugène en l'interrompant, il faut vous traîner auprès de votre père. Il vous appelle ! si vous pouviez entendre le plus léger de ses cris, vous ne vous sentiriez point malade.

– Eugène, mon père n'est peut-être pas aussi malade que vous le dites ; mais je serais au désespoir d'avoir le moindre tort à vos yeux, et je me conduirai comme vous le voudrez. Lui, je le sais, il mourrait de chagrin si ma maladie devenait mortelle par suite de cette sortie. Eh ! bien, j'irai dès que mon médecin sera venu. Ah ! pourquoi n'avez-vous plus votre montre ? dit-elle en ne voyant plus la chaîne. Eugène rougit. Eugène ! Eugène, si vous l'aviez déjà vendue, perdue... oh ! cela serait bien mal.

L'étudiant se pencha sur le lit de Delphine, et lui dit à l'oreille : – Vous voulez le savoir ? eh ! bien, sachez-le ! Votre père n'a pas de quoi s'acheter le linceul dans lequel on le mettra ce soir. Votre montre est en gage, je n'avais plus rien.

1. **Fluxion de poitrine :** pneumonie.

Delphine sauta tout à coup hors de son lit, courut à son secrétaire, y prit sa bourse, la tendit à Rastignac. Elle sonna et s'écria : J'y vais, j'y vais, Eugène. Laissez-moi m'habiller ; mais je serais un monstre ! Allez, j'arriverai avant vous ! Thérèse, cria-t-elle à sa femme de chambre, dites à monsieur de Nucingen de monter me parler à l'instant même.

Eugène, heureux de pouvoir annoncer au moribond[1] la présence d'une de ses filles, arriva presque joyeux rue Neuve-Sainte-Geneviève. Il fouilla dans la bourse pour pouvoir payer immédiatement son cocher. La bourse de cette jeune femme, si riche, si élégante, contenait soixante-dix francs. Parvenu en haut de l'escalier, il trouva le père Goriot maintenu par Bianchon, et opéré par le chirurgien de l'hôpital, sous les yeux du médecin. On lui brûlait le dos avec des moxas[2], dernier remède de la science, remède inutile.

– Les sentez-vous ? demandait le médecin.

Le père Goriot, ayant entrevu l'étudiant, répondit : – Elles viennent, n'est-ce pas ?

– Il peut s'en tirer, dit le chirurgien, il parle.

– Oui, répondit Eugène, Delphine me suit.

– Allons ! dit Bianchon, il parlait de ses filles, après lesquelles il crie comme un homme sur le pal[3] crie, dit-on, après l'eau.

– Cessez, dit le médecin au chirurgien, il n'y a plus rien à faire, on ne le sauvera pas.

Bianchon et le chirurgien replacèrent le mourant à plat sur son grabat[4] infect.

---

1. **Moribond** : personne sur le point de mourir.
2. **Moxas** : cônes de coton que l'on brûle et applique sur la peau pour cautériser.
3. **Pal** : pieu qui servait à la torture.
4. **Grabat** : lit de pauvre.

– Il faudrait cependant le changer de linge, dit le médecin. Quoiqu'il n'y ait aucun espoir, il faut respecter en lui la nature humaine. Je reviendrai, Bianchon, dit-il à l'étudiant. S'il se plaignait encore, mettez-lui de l'opium sur le diaphragme.

Le chirurgien et le médecin sortirent.

– Allons, Eugène, du courage, mon fils ! dit Bianchon à Rastignac quand ils furent seuls, il s'agit de lui mettre une chemise blanche et de changer son lit. Va dire à Sylvie de monter des draps et de venir nous aider.

Eugène descendit et trouva madame Vauquer occupée à mettre le couvert avec Sylvie. Aux premiers mots que lui dit Rastignac, la veuve vint à lui, en prenant l'air aigrement doucereux d'une marchande soupçonneuse qui ne voudrait ni perdre son argent, ni fâcher le consommateur.

– Mon cher monsieur Eugène, répondit-elle, vous savez tout comme moi que le père Goriot n'a plus le sou. Donner des draps à un homme en train de tortiller de l'œil[1], c'est les perdre, d'autant qu'il faudra bien en sacrifier un pour le linceul. Ainsi, vous me devez déjà cent quarante-quatre francs, mettez quarante francs de draps, et quelques autres petites choses, la chandelle que Sylvie vous donnera, tout cela fait au moins deux cents francs, qu'une pauvre veuve comme moi n'est pas en état de perdre. Dame ! soyez juste, monsieur Eugène, j'ai bien assez perdu depuis cinq jours que le guignon[2] s'est logé chez moi. J'aurais donné dix écus pour que ce bonhomme-là fût parti ces jours-ci, comme vous le disiez. Ça frappe mes pensionnaires. Pour un rien, je le ferais

1. **Tortiller de l'œil :** tourner de l'œil.
2. **Guignon :** malchance.

porter à l'hôpital. Enfin, mettez-vous à ma place. Mon établissement avant tout, c'est ma vie, à moi.

Eugène remonta rapidement chez le père Goriot.

– Bianchon, l'argent de la montre ?

– Il est là sur la table, il en reste trois cent soixante et quelques francs. J'ai payé sur ce qu'on m'a donné tout ce que nous devions. La reconnaissance du Mont-de-Piété[1] est sous l'argent.

– Tenez, madame, dit Rastignac après avoir dégringolé l'escalier avec horreur, soldez[2] nos comptes. Monsieur Goriot n'a pas longtemps à rester chez vous, et moi…

– Oui, il en sortira les pieds en avant, pauvre bonhomme, dit-elle en comptant deux cents francs, d'un air moitié gai, moitié mélancolique.

– Finissons, dit Rastignac.

– Sylvie, donnez les draps, et allez aider ces messieurs, là-haut.

– Vous n'oublierez pas Sylvie, dit madame Vauquer à l'oreille d'Eugène, voilà deux nuits qu'elle veille.

Dès qu'Eugène eut le dos tourné, la vieille courut à sa cuisinière : – Prends les draps retournés[3], numéro sept. Par Dieu, c'est toujours assez bon pour un mort, lui dit-elle à l'oreille.

Eugène, qui avait déjà monté quelques marches de l'escalier, n'entendit pas les paroles de la vieille hôtesse.

– Allons, lui dit Bianchon, passons-lui sa chemise. Tiens-le droit.

---

1. Mont-de-Piété : établissement qui prête de l'argent en échange des objets qu'on y dépose.

2. Soldez : réglez.

3. Draps retournés : draps raccommodés.

Eugène se mit à la tête du lit, et soutint le moribond[1] auquel Bianchon enleva sa chemise, et le bonhomme fit un geste comme pour garder quelque chose sur sa poitrine, et poussa des cris plaintifs et inarticulés, à la manière des animaux qui ont une grande douleur à exprimer.

– Oh ! oh ! dit Bianchon, il veut une petite chaîne de cheveux et un petit médaillon que nous lui avons ôtés tout à l'heure pour lui poser ses moxas[2]. Pauvre homme ! il faut la lui remettre. Elle est sur la cheminée.

Eugène alla prendre une chaîne tressée avec des cheveux blond cendré, sans doute ceux de madame Goriot. Il lut d'un côté du médaillon : Anastasie ; et de l'autre : Delphine. Image de son cœur qui reposait toujours sur son cœur. Les boucles contenues étaient d'une telle finesse qu'elles devaient avoir été prises pendant la première enfance des deux filles. Lorsque le médaillon toucha sa poitrine, le vieillard fit un *han* prolongé qui annonçait une satisfaction effrayante à voir. C'était un des derniers retentissements de sa sensibilité, qui semblait se retirer au centre inconnu d'où partent et où s'adressent nos sympathies[3]. Son visage convulsé prit une expression de joie maladive. Les deux étudiants, frappés de ce terrible éclat d'une force de sentiment qui survivait à la pensée, laissèrent tomber chacun des larmes chaudes sur le moribond qui jeta un cri de plaisir aigu.

– Nasie ! Fifine ! dit-il.

---

1. Moribond : personne sur le point de mourir.

2. Moxas : cônes de coton que l'on brûle et que l'on applique sur la peau pour cautériser.

3. Sympathies : influences que les organes ont les uns sur les autres (d'après la médecine de l'époque).

– Il vit encore, dit Bianchon.

– A quoi ça lui sert-il ? dit Sylvie.

– À souffrir, répondit Rastignac.

Après avoir fait à son camarade un signe pour lui dire de l'imiter, Bianchon s'agenouilla pour passer ses bras sous les jarrets du malade, pendant que Rastignac en faisait autant de l'autre côté du lit afin de passer les mains sous le dos. Sylvie était là, prête à retirer les draps quand le moribond serait soulevé, afin de les remplacer par ceux qu'elle apportait. Trompé sans doute par les larmes, Goriot usa ses dernières forces pour étendre les mains, rencontra de chaque côté de son lit les têtes des étudiants, les saisit violemment par les cheveux, et l'on entendit faiblement : – Ah ! mes anges ! » Deux mots, deux murmures accentués par l'âme qui s'envola sur cette parole.

– Pauvre cher homme, dit Sylvie attendrie de cette exclamation où se peignit un sentiment suprême que le plus horrible, le plus involontaire des mensonges exaltait une dernière fois.

Le dernier soupir de ce père devait être un soupir de joie. Ce soupir fut l'expression de toute sa vie, il se trompait encore. Le père Goriot fut pieusement replacé sur son grabat[1]. À compter de ce moment, sa physionomie garda la douloureuse empreinte du combat qui se livrait entre la mort et la vie dans une machine qui n'avait plus cette espèce de conscience cérébrale d'où résulte le sentiment du plaisir et de la douleur pour l'être humain. Ce n'était plus qu'une question de temps pour la destruction.

1. Grabat : lit de pauvre.

– Il va rester ainsi quelques heures, et mourra sans que l'on s'en aperçoive, il ne râlera même pas. Le cerveau doit être complètement envahi.

En ce moment on entendit dans l'escalier un pas de jeune femme haletante.

– Elle arrive trop tard, dit Rastignac.

Ce n'était pas Delphine, mais Thérèse, sa femme de chambre.

– Monsieur Eugène, dit-elle, il s'est élevé une scène violente entre monsieur et madame, à propos de l'argent que cette pauvre madame demandait pour son père. Elle s'est évanouie, le médecin est venu, il a fallu la saigner, elle criait : – Mon père se meurt, je veux voir papa ! Enfin, des cris à fendre l'âme.

– Assez, Thérèse. Elle viendrait que maintenant ce serait superflu, monsieur Goriot n'a plus de connaissance.

– Pauvre cher monsieur, est-il mal comme ça ! dit Thérèse.

– Vous n'avez plus besoin de moi, faut que j'aille à mon dîner, il est quatre heures et demie, dit Sylvie qui faillit se heurter sur le haut de l'escalier avec madame de Restaud.

Ce fut une apparition grave et terrible que celle de la comtesse. Elle regarda le lit de mort, mal éclairé par une seule chandelle, et versa des pleurs en apercevant le masque de son père où palpitaient encore les derniers tressaillements de la vie. Bianchon se retira par discrétion.

– Je ne me suis pas échappée assez tôt, dit la comtesse à Rastignac.

L'étudiant fit un signe de tête affirmatif plein de tristesse. Madame de Restaud prit la main de son père, la baisa.

– Pardonnez-moi, mon père ! Vous disiez que ma voix vous rappellerait de la tombe ; eh bien, revenez un moment à la vie pour bénir votre fille repentante. Entendez-moi. Ceci est affreux ! votre bénédiction est la seule que je puisse recevoir ici-bas désormais. Tout le monde me hait, vous seul m'aimez. Mes enfants eux-mêmes me haïront. Emmenez-moi avec vous, je vous aimerai, je vous soignerai. Il n'entend plus, je suis folle. Elle tomba sur ses genoux, et contempla ce débris avec une expression de délire. Rien ne manque à mon malheur, dit-elle en regardant Eugène. Monsieur de Trailles est parti, laissant ici des dettes énormes, et j'ai su qu'il me trompait. Mon mari ne me pardonnera jamais, et je l'ai laissé le maître de ma fortune. J'ai perdu toutes mes illusions. Hélas ! pour qui ai-je trahi le seul cœur (elle montra son père) où j'étais adorée ! Je l'ai méconnu, je l'ai repoussé, je lui ai fait mille maux, infâme que je suis !

– Il le savait, dit Rastignac.

En ce moment le père Goriot ouvrit les yeux, mais par l'effet d'une convulsion. Le geste qui révélait l'espoir de la comtesse ne fut pas moins horrible à voir que l'œil du mourant.

– M'entendrait-il ? cria la comtesse. Non, se dit-elle en s'asseyant auprès de lui.

Madame de Restaud ayant manifesté le désir de garder son père, Eugène descendit pour prendre un peu de nourriture. Les pensionnaires étaient déjà réunis.

– Eh ! bien, lui dit le peintre, il paraît que nous allons avoir un petit mortorama là-haut ?

– Charles, lui dit Eugène, il me semble que vous devriez plaisanter sur quelque sujet moins lugubre.

– Nous ne pourrons donc plus rire ici ? reprit le peintre. Qu'est-ce que cela fait, puisque Bianchon dit que le bonhomme n'a plus sa connaissance ?

– Eh ! bien, reprit l'employé au Muséum, il sera mort comme il a vécu.

– Mon père est mort, cria la comtesse.

À ce cri terrible, Sylvie, Rastignac et Bianchon montèrent, et trouvèrent madame de Restaud évanouie. Après l'avoir fait revenir à elle, ils la transportèrent dans le fiacre[1] qui l'attendait. Eugène la confia aux soins de Thérèse, lui ordonnant de la conduire chez madame de Nucingen.

– Oh ! il est bien mort, dit Bianchon en descendant.

– Allons, messieurs, à table, dit madame Vauquer, la soupe va se refroidir.

Les deux étudiants se mirent à côté l'un de l'autre.

– Que faut-il faire maintenant ? dit Eugène à Bianchon.

– Mais je lui ai fermé les yeux, et je l'ai convenablement disposé. Quand le médecin de la mairie aura constaté le décès que nous irons déclarer, on le coudra dans un linceul, et on l'enterrera. Que veux-tu qu'il devienne ?

– Il ne flairera plus son pain comme ça, dit un pensionnaire en imitant la grimace du bonhomme.

– Sacrebleu, messieurs, dit le répétiteur, laissez donc le père Goriot, et ne nous en faites plus manger, car on l'a mis à toute sauce depuis une heure. Un des privilèges de la bonne ville de Paris, c'est qu'on peut y naître, y vivre, y mourir sans que personne fasse attention à vous. Profitons donc des avantages de la civilisation. Il y a soixante morts aujourd'hui, voulez-vous vous apitoyer sur les hécatombes[2] parisiennes ? Que le père Goriot soit crevé, tant mieux pour lui ! Si vous

1. Fiacre : voiture de location tirée par un cheval.
2. Hécatombes : morts en grand nombre.

l'adorez, allez le garder, et laissez-nous manger tranquillement, nous autres.

– Oh ! oui, dit la veuve, tant mieux pour lui qu'il soit mort ! Il paraît que le pauvre homme avait bien du désagrément, sa vie durant.

Ce fut la seule oraison funèbre d'un être qui, pour Eugène, représentait la Paternité. Les quinze pensionnaires se mirent à causer comme à l'ordinaire. Lorsque Eugène et Bianchon eurent mangé, le bruit des fourchettes et des cuillers, les rires de la conversation, les diverses expressions de ces figures gloutonnes et indifférentes, leur insouciance, tout les glaça d'horreur. Ils sortirent pour aller chercher un prêtre qui veillât et priât pendant la nuit près du mort. Il leur fallut mesurer les derniers devoirs à rendre au bonhomme sur le peu d'argent dont ils pourraient disposer. Vers neuf heures du soir, le corps fut placé sur un fond sanglé, entre deux chandelles, dans cette chambre nue, et un prêtre vint s'asseoir auprès de lui. Avant de se coucher, Rastignac, ayant demandé des renseignements à l'ecclésiastique sur le prix du service[1] à faire et sur celui des convois, écrivit un mot au baron de Nucingen et au comte de Restaud en les priant d'envoyer leurs gens d'affaires afin de pourvoir à tous les frais de l'enterrement. Il leur dépêcha Christophe, puis il se coucha et s'endormit accablé de fatigue. Le lendemain matin, Bianchon et Rastignac furent obligés d'aller déclarer eux-mêmes le décès, qui vers midi fut constaté. Deux heures après, aucun des deux gendres n'avait envoyé d'argent, personne ne s'était présenté en leur nom, et Rastignac avait été forcé déjà de payer les frais du prêtre.

1. **Service** : obsèques, cérémonie d'enterrement.

Sylvie ayant demandé dix francs pour ensevelir le bonhomme et le coudre dans un linceul, Eugène et Bianchon calculèrent que, si les parents du mort ne voulaient se mêler de rien, ils auraient à peine de quoi pourvoir aux frais. L'étudiant en médecine se chargea donc de mettre lui-même le cadavre dans une bière[1] de pauvre qu'il fit apporter de son hôpital, où il l'eut à meilleur marché.

– Fais une farce à ces drôles-là, dit-il à Eugène. Va acheter un terrain, pour cinq ans, au Père-Lachaise, et commande un service de troisième classe à l'église et aux Pompes Funèbres. Si les gendres et les filles se refusent à te rembourser, tu feras graver sur la tombe: « Ci-gît monsieur Goriot, père de la comtesse de Restaud et de la baronne de Nucingen, enterré aux frais de deux étudiants. »

Eugène ne suivit le conseil de son ami qu'après avoir été infructueusement chez monsieur et madame de Nucingen et chez monsieur et madame de Restaud. Il n'alla pas plus loin que la porte. Chacun des concierges avait des ordres sévères.

– Monsieur et madame, dirent-ils, ne reçoivent personne: leur père est mort, et ils sont plongés dans la plus vive douleur.

Eugène avait assez l'expérience du monde parisien pour savoir qu'il ne devait pas insister. Son cœur se serra étrangement quand il se vit dans l'impossibilité de parvenir jusqu'à Delphine.

« *Vendez une parure*, lui écrivit-il chez le concierge, *et que votre père soit décemment conduit à sa dernière demeure.* »

1. Bière: cercueil.

Il cacheta ce mot, et pria le concierge du baron de le remettre à Thérèse pour sa maîtresse ; mais le concierge le remit au baron de Nucingen qui le jeta dans le feu. Après avoir fait toutes ses dispositions, Eugène revint vers trois heures à la pension bourgeoise, et ne put retenir une larme quand il aperçut à cette porte bâtarde[1] la bière[2] à peine couverte d'un drap noir, posée sur deux chaises dans cette rue déserte. Un mauvais goupillon[3], auquel personne n'avait encore touché, trempait dans un plat de cuivre argenté plein d'eau bénite. La porte n'était pas même tendue de noir. C'était la mort des pauvres, qui n'a ni faste, ni suivants[4], ni amis, ni parents. Bianchon, obligé d'être à son hôpital, avait écrit un mot à Rastignac pour lui rendre compte de ce qu'il avait fait avec l'église. L'interne lui mandait[5] qu'une messe était hors de prix, qu'il fallait se contenter du service moins coûteux des vêpres[6], et qu'il avait envoyé Christophe avec un mot aux Pompes Funèbres. Au moment où Eugène achevait de lire le griffonnage de Bianchon, il vit entre les mains de madame Vauquer le médaillon à cercle d'or où étaient les cheveux des deux filles.

– Comment avez-vous osé prendre ça ? lui dit-il.

– Pardi ! fallait-il l'enterrer avec ? répondit Sylvie, c'est en or.

– Certes ! reprit Eugène avec indignation, qu'il emporte au moins avec lui la seule chose qui puisse représenter ses deux filles.

---

1. **Porte bâtarde :** porte de taille moyenne, plus grande que celle destinée aux piétons et plus petite qu'une porte cochère destinée aux véhicules.
2. **Bière :** cercueil.
3. **Goupillon :** bâton dont on se sert pour asperger un cercueil d'eau bénite.
4. **Suivants :** personnes qui accompagnent le convoi funéraire.
5. **Mandait :** faisait savoir.
6. **Vêpres :** office religieux de l'après-midi.

Quand le corbillard vint, Eugène fit remonter la bière, la décloua, et plaça religieusement sur la poitrine du bonhomme une image qui se rapportait à un temps où Delphine et Anastasie étaient jeunes, vierges et pures, et *ne raisonnaient pas*, comme il l'avait dit dans ses cris d'agonisant. Rastignac et Christophe accompagnèrent seuls, avec deux croque-morts[1], le char qui menait le pauvre homme à Saint-Étienne-du-Mont, église peu distante de la rue Neuve-Sainte-Geneviève. Arrivé là, le corps fut présenté à une petite chapelle basse et sombre, autour de laquelle l'étudiant chercha vainement les deux filles du père Goriot ou leurs maris. Il fut seul avec Christophe, qui se croyait obligé de rendre les derniers devoirs à un homme qui lui avait fait gagner quelques bons pourboires. En attendant les deux prêtres, l'enfant de chœur et le bedeau[2], Rastignac serra la main de Christophe, sans pouvoir prononcer une parole.

– Oui, monsieur Eugène, dit Christophe, c'était un brave et honnête homme, qui n'a jamais dit une parole plus haut que l'autre, qui ne nuisait à personne et n'a jamais fait de mal.

Les deux prêtres, l'enfant de chœur et le bedeau vinrent et donnèrent tout ce qu'on peut avoir pour soixante-dix francs dans une époque où la religion n'est pas assez riche pour prier gratis. Les gens du clergé chantèrent un psaume, le *Libera*, le *De profundis*[3]. Le service dura vingt minutes. Il n'y avait qu'une seule voiture de deuil pour un prêtre et un enfant de

1. Croque-morts : employés des pompes funèbres chargés de conduire le cercueil au cimetière.

2. Bedeau : employé de l'église.

3. Le *Libera*, le *De profundis* : prières chantées lors des cérémonies d'enterrement.

chœur, qui consentirent à recevoir avec eux Eugène et Christophe.

– Il n'y a point de suite, dit le prêtre, nous pourrons aller vite, afin de ne pas nous attarder, il est cinq heures et demie.

Cependant, au moment où le corps fut placé dans le corbillard, deux voitures armoriées[1], mais vides, celle du comte de Restaud et celle du baron de Nucingen, se présentèrent et suivirent le convoi jusqu'au Père-Lachaise. À six heures, le corps du père Goriot fut descendu dans sa fosse, autour de laquelle étaient les gens de ses filles, qui disparurent avec le clergé aussitôt que fut dite la courte prière due au bonhomme pour l'argent de l'étudiant. Quand les deux fossoyeurs eurent jeté quelques pelletées de terre sur la bière pour la cacher, ils se relevèrent, et l'un d'eux, s'adressant à Rastignac, lui demanda leur pourboire. Eugène fouilla dans sa poche et n'y trouva rien, il fut forcé d'emprunter vingt sous à Christophe. Ce fait, si léger en lui-même, détermina chez Rastignac un accès d'horrible tristesse. Le jour tombait, un humide crépuscule agaçait les nerfs, il regarda la tombe et y ensevelit sa dernière larme de jeune homme, cette larme arrachée par les saintes émotions d'un cœur pur, une de ces larmes qui, de la terre où elles tombent, rejaillissent jusque dans les cieux. Il se croisa les bras, contempla les nuages, et, le voyant ainsi, Christophe le quitta.

Rastignac, resté seul, fit quelques pas vers le haut du cimetière et vit Paris tortueusement couché le long des deux rives de la Seine où commençaient à briller les lumières. Ses yeux s'attachèrent presque avidement entre la colonne de la place

1. **Armoriées :** ornées des armes de la famille.

Vendôme et le dôme des Invalides, là où vivait ce beau monde dans lequel il avait voulu pénétrer. Il lança sur cette ruche bourdonnante un regard qui semblait par avance en pomper le miel, et dit ces mots grandioses : – À nous deux maintenant !

Et pour premier acte du défi qu'il portait à la société, Rastignac alla dîner chez madame de Nucingen.

Saché, septembre 1834[1].

1. Date correspondant au début de la rédaction du roman, achevé quelques mois plus tard, en janvier 1835.

Anthologie sur le thème de l'argent

L'argent est un thème qui parcourt la littérature de l'âge classique à nos jours, mais son traitement dans les œuvres littéraires est fort différent selon les périodes historiques. Le lien qui unit les hommes à l'argent a fortement évolué. Thème par tradition trivial et vulgaire, il est lié à la représentation de la vie quotidienne et ne peut être, par conséquent, au centre d'écrits sérieux, comme la tragédie ou la poésie. Aussi le trouve-t-on aux XVIIe et XVIIIe siècles dans des genres satiriques[1] qui entendent dénoncer les travers des hommes. Ce n'est qu'au XIXe siècle qu'il devient un véritable sujet de réflexion pour les romanciers, car il reflète et explique la société moderne. Étudier ce thème de façon chronologique permet donc de mieux comprendre les bouleversements sociaux produits par la Révolution française et la démocratisation.

Aux XVIIe et XVIIIe siècles, sous l'Ancien Régime qui est celui de la monarchie, le rapport à l'argent obéit aux principes de l'honnête homme : méritant, vertueux et généreux. Un intérêt trop vif pour l'argent est perçu comme un vice et subit irrémédiablement la réprobation morale des auteurs et de l'opinion publique. La littérature a pour vocation de donner l'exemple et tout comportement amoral doit être blâmé pour le bien-être de la collectivité et le maintien de l'ordre social. La hiérarchisation de la société se fait par la naissance (noblesse ou peuple), et non par les ressources

1. La satire dénonce les travers sociaux et humains en s'en moquant.

financières. Or ce système est renversé par la Révolution française, ce qui profite à la bourgeoisie. Il n'est plus nécessaire d'être noble pour gagner le sommet de la société. Au XIXe siècle, l'argent devient un fait social et un signe de progrès. Accessible à tous, il ouvre la voie à notre société de consommation. Au XXe siècle, les romanciers portent un regard beaucoup moins fasciné sur l'essor capitaliste. Ils cherchent au contraire à montrer comment l'argent a désenchanté et déshumanisé notre société.

Thème littéraire et social, l'argent pose également le problème de la condition de l'écrivain. Sa situation matérielle a-t-elle des répercussions sur sa production écrite ? Longtemps, les écrivains ont reçu leur revenu de la générosité de mécènes[1] appartenant à la noblesse. Comment allier dépendance financière et liberté littéraire ?

■ L'argent, un révélateur des vices humains (XVIIe-XVIIIe siècles)

À l'âge classique, l'argent apparaît dans des œuvres littéraires qui dénoncent des comportements humains amoraux. L'intérêt ou la passion pour l'argent sont des vices ; l'homme vertueux doit au contraire, s'il est fortuné, être généreux. Au XVIIe siècle, Molière peint les défauts de l'avarice qui dérègle les rapports entre les hommes : un père se transforme en usurier pour s'enrichir et tyrannise ses propres enfants par égoïsme. La Bruyère fait le portrait d'individus qui, par appât du gain, renversent un système de valeurs fondé sur la morale. La hiérarchie créée par l'argent risque de désunir les hommes et de perturber l'harmonie sociale. Au XVIIIe siècle, les personnages se font cependant plus ambivalents. Ils ne sont plus répartis en deux catégories distinctes, vice

1. **Mécènes :** personnes fortunées aimant l'art et soutenant financièrement artistes et écrivains.

d'un côté, vertu de l'autre. Lesage et l'abbé Prévost mettent en scène des personnages à la fois sympathiques et corrompus, pris entre vice et vertu, ce qui montre que la société se défait des anciennes valeurs morales. La littérature n'a plus vocation de montrer l'exemple.

Texte 1

THÉÂTRE

MOLIÈRE, *L'Avare* (1668) ♦ acte II, scène 1

Jean-Baptiste Poquelin, dit Molière (1622-1673), est directeur de l'Illustre-Théâtre, comédien et auteur de comédies. Il met en scène des personnages typés du monde bourgeois dont il dénonce les caractères par le rire. Dans L'Avare, *il fait la satire de l'avarice d'un père, Harpagon, qui cause le malheur de ses enfants. Cléante, son fils, en est réduit à emprunter de l'argent à un homme dont il ne connaît pas l'identité. Il s'agit en réalité de son père, dont la fausse générosité est ici critiquée. Le valet de la famille, nommé La Flèche, présente à Cléante les termes du contrat rédigés par cet usurier anonyme.*

LA FLÈCHE. – […] Notre maître Simon, le courtier[1] qu'on nous a donné, homme agissant[2] et plein de zèle, dit qu'il a fait rage[3] pour vous, et il assure que votre seule physionomie lui a gagné le cœur.

CLÉANTE. – J'aurai les quinze mille francs que je demande ?

LA FLÈCHE. – Oui, mais à quelques petites conditions qu'il faudra que vous acceptiez, si vous avez dessein[4] que les choses se fassent.

CLÉANTE. – T'a-t-il fait parler à celui qui doit prêter l'argent ?

---

1. **Courtier :** personne servant d'intermédiaire entre celui qui emprunte (Cléante) et celui qui prête (l'usurier anonyme).
2. **Agissant :** actif.
3. **Il a fait rage :** il s'est démené.
4. **Vous avez dessein :** vous voulez.

LA FLÈCHE. – Ah ! vraiment, cela ne va pas de la sorte. Il apporte encore plus de soin à se cacher que vous, et ce sont des mystères bien plus grands que vous ne pensez. On ne veut point du tout dire son nom, et l'on doit aujourd'hui l'aboucher[1] avec vous dans une maison empruntée[2], pour être instruit par votre bouche de votre bien et de votre famille ; et je ne doute point que le seul nom de votre père ne rende les choses faciles.

CLÉANTE. – Et principalement notre mère étant morte, dont on ne peut m'ôter le bien[3].

LA FLÈCHE. – Voici quelques articles[4] qu'il a dictés lui-même à notre entremetteur[5], pour vous être montrés avant que de rien faire[6] : « Supposé que le prêteur voie toutes ses sûretés[7], et que l'emprunteur soit majeur et d'une famille où le bien[8] soit ample[9], solide, assuré, clair et net de tout embarras[10], on fera une bonne et exacte obligation[11] par-devant[12] un notaire, le plus honnête homme qu'il se pourra, et qui pour cet effet[13] sera choisi par le prêteur, auquel il importe le plus que l'acte soit dûment dressé[14]. »

CLÉANTE. – Il n'y a rien à dire à cela.

---

1. Aboucher : mettre en rapport.

2. Empruntée : prêtée ou louée. Ce détail renforce le mystère qui entoure l'identité du prêteur.

3. *Le bien* désigne l'héritage de la mère de Cléante sur lequel son père avare n'a aucun droit.

4. Articles : chapitres du contrat.

5. L'*entremetteur* est maître Simon, le courtier.

6. Pour vous être montrés avant que de rien faire : pour qu'ils vous soient montrés avant que vous vous décidiez.

7. Voie toutes ses sûretés : ait toutes les garanties.

8. Le bien : les richesses, le patrimoine.

9. Ample : considérable.

10. Net de tout embarras : sans aucune dette.

11. Obligation : contrat.

12. Par-devant : devant.

13. Pour cet effet : pour cette raison.

14. Dûment dressé : convenablement établi.

LA FLÈCHE. – « Le prêteur, pour ne charger sa conscience d'aucun scrupule, prétend ne donner son argent qu'au denier dix-huit[1]. »

CLÉANTE. – Au denier dix-huit ? Parbleu, voilà qui est honnête ! Il n'y a pas lieu de se plaindre.

LA FLÈCHE. – Cela est vrai. « Mais, comme ledit prêteur n'a pas chez lui la somme dont il est question, et que pour faire plaisir à l'emprunteur il est contraint lui-même de l'emprunter d'un autre[2] sur le pied du denier cinq[3], il conviendra que ledit premier emprunteur paye cet intérêt sans préjudice[4] du reste, attendu que[5] ce n'est que pour l'obliger[6] que ledit prêteur s'engage à cet emprunt. »

CLÉANTE. – Comment diable ! Quel Juif, quel Arabe[7] est-ce là ? C'est plus qu'au denier quatre[8].

LA FLÈCHE. – Il est vrai, c'est ce que j'ai dit. Vous avez à voir[9] là-dessus.

CLÉANTE. – Que veux-tu que je voie ? J'ai besoin d'argent, et il faut bien que je consente à tout.

---

1. Denier dix-huit : taux d'intérêt de 5,5 % environ, ce qui est tout à fait raisonnable, car proche du taux légal. Les usuriers prêtaient généralement à des taux très élevés afin de s'enrichir.

2. D'un autre : à un autre prêteur.

3. Sur le pied du denier cinq : à un taux d'intérêt de 20 %.

4. Sans préjudice : sans qu'il soit lésé.

5. Attendu que : vu que.

6. L'obliger : lui rendre service.

7. Juif, Arabe : termes injurieux désignant les usuriers cupides. La réputation de cupidité des juifs et des Arabes vient de la période médiévale durant laquelle les métiers d'argent étaient interdits aux chrétiens.

8. Denier quatre : taux d'intérêt de 25 %. Cléante devra payer les intérêts des deux emprunts cumulés.

9. À voir : à réfléchir.

Texte 2

PORTRAIT

JEAN DE LA BRUYÈRE, *Les Caractères* (1688) ♦ chap. VI, « Des biens de fortune »

Les Caractères, *œuvre du célèbre moraliste*[1] *Jean de La Bruyère (1645-1696), sont composés d'une suite de portraits satiriques, plus ou moins développés, d'hommes de son temps. Dans le chapitre « Des biens de fortune », il esquisse le portrait d'individus préoccupés uniquement par l'argent, qui risquent de pervertir la hiérarchie sociale et les vertus de la noblesse. La réussite par l'argent s'appuie en effet sur le mépris et l'égoïsme, contraires à la générosité de l'honnête homme.*

[57] Du même fonds[2] d'orgueil dont l'on s'élève fièrement au-dessus de ses inférieurs, l'on rampe vilement devant ceux qui sont au-dessus de soi : c'est le propre de ce vice, qui n'est fondé ni sur le mérite personnel ni sur la vertu ; mais sur les richesses, les postes, le crédit[3], et sur de vaines sciences[4], de nous porter également à mépriser ceux qui ont moins que nous de cette espèce de biens[5], et à estimer trop ceux qui en ont une mesure qui excède la nôtre[6].

[58] Il y a des âmes sales, pétries de boue et d'ordure, éprises du gain et de l'intérêt, comme les belles âmes le sont de la gloire et de la vertu ; capables d'une seule volupté, qui est celle d'acquérir ou de ne point perdre ; curieuses et avides du denier dix[7],

1. **Moraliste** : écrivain qui analyse la nature humaine, traite des comportements sociaux.

2. **Du même fonds** : de la même source, de la même nature.

3. **Crédit** : considération.

4. **Sciences** : aptitudes ou connaissances.

5. **Ceux qui ont moins que nous de cette espèce de biens** : ceux qui sont moins pourvus que nous de cette sorte d'avantage. L'usage du terme *espèce* est péjoratif : La Bruyère déconsidère ces *biens*.

6. **Ceux qui en ont une mesure qui excède la nôtre** : ceux qui en possèdent plus que nous ou ceux qui y portent un intérêt supérieur au nôtre. Le terme *mesure* désigne à la fois la proportion quantitative et l'estime que l'on témoigne envers quelque chose.

7. **Denier dix** : taux d'intérêt à 10 %.

uniquement occupées de leurs débiteurs[1] ; toujours inquiètes sur le rabais ou sur le décri[2] des monnaies, enfoncées, et comme abîmées dans les contrats, les titres et les parchemins[3]. De telles gens ne sont ni parents, ni amis, ni citoyens, ni chrétiens, ni peut-être des hommes : ils ont de l'argent.

[59] Commençons par excepter ces âmes nobles et courageuses, s'il en reste encore sur la terre, secourables, ingénieuses à faire du bien, que nuls besoins, nulle disproportion[4], nuls artifices[5] ne peuvent séparer de ceux qu'ils se sont une fois choisis pour amis ; et après cette précaution, disons hardiment[6] une chose triste et douloureuse à imaginer : il n'y a personne au monde si bien liée avec nous de société et de bienveillance[7], qui nous aime, qui nous goûte[8], qui nous fait mille offres de services, et qui nous sert quelquefois ; qui n'ait en soi, par l'attachement à son intérêt[9] des dispositions très proches à rompre avec nous, et à devenir notre ennemi.

Texte 3

THÉÂTRE

ALAIN-RENÉ LESAGE, *Turcaret* (1709) ♦ acte I, scène 1

Auteur de romans et de comédies, Lesage (1668-1747) met en scène, dans Turcaret, *des personnages uniquement intéressés par l'argent dans leurs rapports personnels. Une baronne veuve et dépensière se lie*

1. **Débiteurs** : personnes qui leur doivent de l'argent.
2. **Rabais, décri** : dévaluation.
3. **Parchemins** : contrats ou titres.
4. **Disproportion** : différence.
5. **Artifices** : faussetés, hypocrisies.
6. **Hardiment** : franchement.
7. Les *liens de société* désignent les relations amicales entretenues avec des personnes de condition sociale semblable, alors que les *liens de bienveillance* désignent les relations entretenues avec des personnes de condition supérieure.
8. **Goûte** : apprécie.
9. **Par l'attachement à son intérêt** : par intérêt personnel.

à un chevalier qui la dépouille, alors qu'elle-même cherche à profiter de la situation financière de Turcaret, un fermier général qui s'est enrichi au détriment des paysans. Dans ce monde de dupeurs dupés, aucun personnage n'offre l'exemple de conduite vertueuse, ce qui avait, à l'époque de Louis XIV, fait scandale. La scène d'exposition[1] *présente les liens qui unissent les personnages.*

MARINE. – Encore hier deux cents pistoles[2] !

LA BARONNE. – Cesse de me reprocher...

MARINE. – Non, madame, je ne puis me taire ; votre conduite est insupportable.

LA BARONNE. – Marine !...

MARINE. – Vous mettez ma patience à bout.

LA BARONNE. – Hé ! comment veux-tu donc que je fasse ? Suis-je femme à thésauriser[3] ?

MARINE. – Ce serait trop exiger de vous ; et cependant je vous vois dans la nécessité de le faire.

LA BARONNE. – Pourquoi ?

MARINE. – Vous êtes veuve d'un colonel étranger qui a été tué en Flandre l'année passée ; vous aviez déjà mangé le petit douaire[4] qu'il vous avait laissé en partant, et il ne vous restait plus que vos meubles, que vous auriez été obligée de vendre si la fortune propice[5] ne vous eût fait faire la précieuse conquête de M. Turcaret, le traitant[6]. Cela n'est-il pas vrai, madame ?

LA BARONNE. – Je ne dis pas le contraire.

MARINE. – Or, ce M. Turcaret, qui n'est pas un homme fort aimable, et qu'aussi vous n'aimez guère, quoique vous ayez

1. Au théâtre, l'exposition se fait généralement dans la première scène. Elle présente les personnages et leur situation.

2. **Pistoles** : anciennes pièces de monnaie.

3. **Thésauriser** : économiser.

4. **Douaire** : part d'héritage que le mari assigne à sa femme.

5. **La fortune propice** : un hasard favorable.

6. **Traitant** : personne chargée de récolter les impôts publics, fermier général.

dessein de l'épouser, comme il vous l'a promis, M. Turcaret, dis-je, ne se presse pas de vous tenir parole[1], et vous attendez patiemment qu'il accomplisse sa promesse, parce qu'il vous fait tous les jours quelque présent[2] considérable. Je n'ai rien à dire à cela ; mais ce que je ne puis souffrir, c'est que vous soyez coiffée[3] d'un petit chevalier joueur, qui va mettre à la réjouissance[4] les dépouilles[5] du traitant. Hé ! que prétendez-vous faire de ce chevalier.

La baronne. – Le conserver pour ami. N'est-il pas permis d'avoir des amis ?

Marine. – Sans doute, et de certains amis encore dont on peut faire son pis-aller[6]. Celui-ci, par exemple, vous pourriez fort bien l'épouser, en cas que M. Turcaret vînt à vous manquer[7]. Car il n'est pas de ces chevaliers qui sont consacrés au célibat et obligés de courir au secours de Malte[8]. C'est un chevalier de Paris ; il fait ses caravanes[9] dans les lansquenets[10].

La baronne. – Oh ! je le crois un fort honnête homme.

Marine. – J'en juge tout autrement. Avec ses airs passionnés, son ton radouci, sa face minaudière[11], je le crois un grand comé-

---

1. De vous tenir parole : de tenir ses engagements envers vous.

2. Présent : cadeau. Marine sous-entend que la baronne se satisfait de cette situation car elle profite de la richesse de M. Turcaret sans l'épouser.

3. Coiffée : entichée, amoureuse.

4. Mettre à la réjouissance : miser au lansquenet (jeu de cartes où l'on mise de l'argent).

5. Dépouilles : cadeaux.

6. Pis-aller : solution de dernier recours.

7. Manquer : faire défaut.

8. Les chevaliers de Malte, qui appartiennent à un ordre religieux et militaire, font vœu de célibat.

9. Fait ses caravanes : mène une vie dissipée et aventureuse. Mais le terme *caravanes* désigne aussi les missions des chevaliers de Malte novices (à l'époque, ces missions étaient menées contre les Turcs, d'où le terme *caravanes*). Marine fait un jeu de mots.

10. Lansquenets : lieux où l'on joue au lansquenet, tripots.

11. Minaudière : qui prend la pose, fait des manières.

dien ; et ce qui me confirme dans mon opinion, c'est que Frontin, son bon valet Frontin, ne m'en a pas dit le moindre mal[1].

LA BARONNE. – Le préjugé est admirable ! Et tu conclus de là...

MARINE. – Que le maître et le valet sont deux fourbes qui s'entendent pour vous duper ; et vous vous laissez surprendre à leurs artifices[2], quoiqu'il y ait déjà du temps que vous les connaissez[3]. Il est vrai que depuis votre veuvage il a été le premier à vous offrir brusquement sa foi, et cette façon de sincérité[4] l'a tellement établi chez vous qu'il dispose de votre bourse comme de la sienne.

LA BARONNE. – Il est vrai que j'ai été sensible aux premiers soins[5] du chevalier. J'aurais dû, je l'avoue, l'éprouver[6] avant que de[7] lui découvrir mes sentiments, et je conviendrai de bonne foi que tu as peut-être raison de me reprocher tout ce que j'ai fait pour lui.

MARINE. – Assurément ; et je ne cesserai point de vous tourmenter que vous ne l'ayez chassé de chez vous ; car enfin, si cela continue, savez-vous ce qui en arrivera[8] ?

LA BARONNE. – Hé quoi ?

MARINE. – M. Turcaret saura que vous voulez conserver le chevalier pour ami ; et il ne croit pas, lui, qu'il soit permis d'avoir des amis. Il cessera de vous faire des présents, il ne vous épousera

---

1. Selon Marine, il est suspect que le valet n'ait rien dit de mal de son maître, il doit cacher quelque chose.

2. Leurs artifices : leurs faux-semblants, leur hypocrisie.

3. Quoiqu'il y ait déjà du temps que vous les connaissez : quoique vous les connaissiez depuis un certain temps.

4. Cette façon de sincérité : cette façon d'être qui se veut sincère. Le terme *façon* est péjoratif. Marine sous-entend qu'il s'agit d'une fausse sincérité.

5. Soins : attentions.

6. L'éprouver : le mettre à l'épreuve.

7. Avant que de : avant de.

8. En arrivera : en résultera.

point ; et si vous êtes réduite à épouser le chevalier, ce sera un fort mauvais mariage pour l'un et pour l'autre.

LA BARONNE. – Tes réflexions sont judicieuses, Marine ; je veux songer à en profiter.

MARINE. – Vous ferez bien ; il faut prévoir l'avenir. Envisagez dès à présent un établissement[1] solide, profitez des prodigalités[2] de M. Turcaret en attendant qu'il vous épouse. S'il y manque, à la vérité, on en parlera un peu dans le monde ; mais vous aurez, pour vous en dédommager, de bons effets[3], de l'argent comptant, des bijoux, de bons billets au porteur[4], des contrats de rente[5] ; et vous trouverez alors quelque gentilhomme capricieux[6] ou malaisé[7] qui réhabilitera votre réputation par un bon mariage.

LA BARONNE. – Je cède à tes raisons, Marine ; je veux me détacher du chevalier, avec qui je sens bien que je me ruinerais à la fin.

Texte 4

ROMAN

L'ABBÉ PRÉVOST, *Manon Lescaut* (1731) ♦ première partie

Le récit de Manon Lescaut *compose le tome VII des* Mémoires et Aventures d'un homme de qualité qui s'est retiré du monde, *roman fleuve de l'abbé Prévost (1697-1763). Il relate l'histoire du chevalier Des Grieux, passionnément amoureux de Manon Lescaut, jeune femme du peuple attirée par l'argent et les plaisirs matériels qu'il*

1. **Établissement :** situation (ici, le mariage).
2. **Des prodigalités :** de la générosité.
3. **Effets :** objets ou vêtements (offerts par M. Turcaret).
4. **Billets au porteur :** écrits attestant d'un crédit souscrit par une personne au profit d'une autre. Quand il est « au porteur », le billet stipule que la somme d'argent inscrite est payable à celui qui le détient (qui le porte).
5. **Rente :** revenu annuel (en dehors du salaire).
6. **Capricieux :** qui agit sur des coups de tête.
7. **Malaisé :** qui manque de fortune.

procure. Sa fortune, déjà diminuée par les excès d'une vie dissipée, est réduite à néant après un malheureux vol. Pour garder Manon avec lui, il doit rapidement se procurer de nouveaux revenus par des moyens peu vertueux, quoiqu'il essaie de se convaincre d'honnêteté.

Je compris tout d'un coup à quels nouveaux malheurs j'allais me trouver exposé ; l'indigence[1] était le moindre. Je connaissais Manon ; je n'avais déjà que trop éprouvé que, quelque fidèle et quelque attachée qu'elle me fût dans la bonne fortune, il ne fallait pas compter sur elle dans la misère. Elle aimait trop l'abondance et les plaisirs pour me les sacrifier[2] : je la perdrai, m'écriai-je. Malheureux Chevalier[3], tu vas donc perdre encore tout ce que tu aimes ! Cette pensée me jeta dans un trouble si affreux, que je balançai[4], pendant quelques moments, si je ne ferais pas mieux de finir tous mes maux[5] par la mort. Cependant, je conservai assez de présence d'esprit pour vouloir examiner auparavant s'il ne me restait nulle ressource. Le Ciel me fit naître une idée, qui arrêta mon désespoir. Je crus qu'il ne me serait pas impossible de cacher notre perte à Manon, et que, par industrie[6] ou par quelque faveur du hasard, je pourrais fournir assez honnêtement à son entretien[7] pour l'empêcher de sentir la nécessité[8]. J'ai compté, disais-je pour me consoler, que vingt mille écus nous suffiraient pendant dix ans[9]. Supposons que les dix ans soient écoulés, et que nul des changements que j'espérais ne soit arrivé dans ma famille[10]. Quel

1. **Indigence** : pauvreté.
2. **Pour me les sacrifier** : pour y renoncer en ma faveur.
3. Le narrateur s'adresse à lui-même dans cette phrase.
4. **Je balançai** : je me demandai.
5. **Maux** : malheurs.
6. **Par industrie** : par un moyen habile.
7. **Fournir à son entretien** : subvenir à ses besoins.
8. **Nécessité** : pauvreté.
9. En s'installant avec Manon, le chevalier Des Grieux possédait vingt mille écus et avait calculé que cette somme couvrirait leurs dépenses durant dix ans.
10. Les *changements* espérés font référence à la mort de son père et à son héritage.

parti[1] prendrais-je ? Je ne le sais pas trop bien, mais, ce que je ferais alors, qui m'empêche de le faire aujourd'hui ? Combien de personnes vivent à Paris qui n'ont ni mon esprit, ni mes qualités naturelles, et qui doivent néanmoins leur entretien[2] à leurs talents, tels qu'ils les ont ! La Providence[3], ajoutais-je, en réfléchissant sur les différents états de la vie[4], n'a-t-elle pas arrangé les choses fort sagement ? La plupart des grands et des riches sont des sots : cela est clair à qui connaît un peu le monde. Or il y a là-dedans une justice admirable : s'ils joignaient l'esprit aux richesses, ils seraient trop heureux, et le reste des hommes trop misérable. Les qualités du corps et de l'âme sont accordées à ceux-ci[5], comme des moyens pour se tirer de la misère et de la pauvreté. Les uns prennent part aux richesses des grands en servant à leurs plaisirs : ils en font des dupes ; d'autres servent à leur instruction : ils tâchent d'en faire d'honnêtes gens ; il est rare, à la vérité, qu'il y réussissent, mais ce n'est pas là le but de la divine Sagesse : ils tirent toujours un fruit[6] de leurs soins[7], qui est de vivre aux dépens de ceux qu'ils instruisent ; et de quelque façon qu'on le prenne, c'est un fond[8] excellent de revenu pour les petits, que la sottise des riches et des grands.

1. **Quel parti :** quelle décision.
2. **Leur entretien :** leur subsistance.
3. **La Providence :** l'action divine.
4. **Les différents états de la vie :** les conditions d'existence de l'homme.
5. **À ceux-ci :** au reste des hommes trop misérable.
6. **Fruit :** profit.
7. **Soins :** services rendus.
8. **Un fond :** une base.

L'argent, un fait social moderne (XIXe-XXe siècles)

Au XIXe siècle, puis au XXe siècle, l'argent devient essentiel dans la vie sociale. Il n'est plus une question de morale, il est devenu un trait de la réalité de l'époque. Au XIXe siècle, dans une société en plein essor industriel et commercial, il donne le pouvoir à celui qui le détient. Si Victor Hugo offre l'image d'une société moderne idéalisée où l'argent est un facteur de progrès social, Émile Zola présente un monde capitaliste où règne la volonté de pouvoir. Quant à Maupassant, il montre comment le manque d'argent et le système de l'emprunt peuvent rapidement ruiner un couple de la petite bourgeoisie encore soucieux de son honneur. Au XXe siècle, les rêves d'ascension sociale ont disparu. Le règne de l'argent semble avoir ôté tout désir de distinction. Céline décrit un peuple servile soumis dans son quotidien à la toute puissance de la « Banque », alors qu'Elsa Triolet dénonce une société médiocre et conformiste.

Texte 5

ROMAN

VICTOR HUGO, *Les Misérables* (1862) ♦ première partie, livre V, chap. II

Les Misérables, *roman de Victor Hugo (1802-1885), auteur romantique, retrace le parcours d'un forçat repenti nommé Jean Valjean. Sous le nom de M. Madeleine, dit « père Madeleine », il s'est installé à Montreuil-sur-Mer où il a créé une nouvelle industrie. Personnage exemplaire, il met son capital au service de la communauté. Le progrès industriel participe alors au progrès social.*

Grâce aux progrès rapides de cette industrie[1] qu'il avait si admirablement remaniée, Montreuil-sur-Mer était devenu un centre d'affaires considérable. L'Espagne, qui consomme beaucoup

1. Cette industrie : l'industrie du jais et du verre reprise et améliorée par le père Madeleine.

de jais noir, y commandait chaque année des achats immenses. Montreuil-sur-Mer, pour ce commerce, faisait presque concurrence à Londres et à Berlin. Les bénéfices du père Madeleine étaient tels que, dès la deuxième année, il avait pu bâtir une grande fabrique dans laquelle il y avait deux vastes ateliers, l'un pour les hommes, l'autre pour les femmes. Quiconque avait faim pouvait s'y présenter, et était sûr de trouver là de l'emploi et du pain. Le père Madeleine demandait aux hommes de la bonne volonté, aux femmes des mœurs[1] pures, à tous de la probité[2]. Il avait divisé les ateliers, afin de séparer les sexes et que les filles et les femmes pussent rester sages. Sur ce point, il était inflexible. C'était le seul où il fût en quelque sorte intolérant. Il était d'autant plus fondé à cette sévérité que, Montreuil-sur-Mer étant une ville de garnison[3], les occasions de corruption abondaient. Du reste sa venue avait été un bienfait, et sa présence était une providence[4]. Avant l'arrivée du père Madeleine, tout languissait[5] dans le pays ; maintenant tout y vivait de la vie saine du travail. Une forte circulation[6] échauffait tout et pénétrait partout. Le chômage et la misère étaient inconnus. Il n'y avait pas de poche si obscure[7] où il n'y eût un peu d'argent, pas de logis si pauvre où il n'y eût un peu de joie.

Le père Madeleine employait tout le monde. Il n'exigeait qu'une chose : soyez honnête homme ! soyez honnête fille !

Comme nous l'avons dit, au milieu de cette activité dont il était la cause et le pivot, le père Madeleine faisait sa fortune, mais,

1. **Des mœurs** : une conduite morale.
2. **Probité** : honnêteté.
3. **Ville de garnison** : ville dans laquelle est implantée une base militaire. La mauvaise conduite des soldats risque d'influencer les femmes.
4. **Providence** : action divine.
5. **Languissait** : dépérissait.
6. **Circulation** : activité.
7. **Obscure** : pauvre.

chose assez singulière dans un simple homme de commerce, il ne paraissait point que ce fût là son principal souci. Il semblait qu'il songeât beaucoup aux autres et peu à lui. En 1820, on lui connaissait une somme de six cent trente mille francs placée à son nom chez Laffitte[1] ; mais avant de se réserver ces six cent trente mille francs, il avait dépensé plus d'un million pour la ville et pour les pauvres.

Texte 6

ROMAN

ÉMILE ZOLA, *Au bonheur des dames* (1883) ♦ chap. IX

Au bonheur des dames, *roman d'Émile Zola (1840-1902), chef de fil du naturalisme, s'inscrit dans le cycle des* Rougon-Macquart, Histoire naturelle et sociale d'une famille sous le second Empire. *Il retrace la réussite sociale d'un descendant des Macquart, Octave Mouret, directeur d'une petite boutique qu'il a su transformer en grand magasin : le* Bonheur des Dames. *Grâce à des techniques commerciales nouvelles, il attire une clientèle féminine de plus en plus nombreuse et écrase peu à peu le petit commerce alentour.*

La grande puissance était surtout la publicité. Mouret en arrivait à dépenser par an trois cent mille francs de catalogues, d'annonces et d'affiches. Pour sa mise en vente des nouveautés d'été, il avait lancé deux cent mille catalogues, dont cinquante mille à l'étranger, traduits dans toutes les langues.

Maintenant, il les faisait illustrer de gravures, il les accompagnait même d'échantillons, collés sur les feuilles. C'était un débordement d'étalages, le *Bonheur des Dames* sautait aux yeux du monde entier, envahissait les murailles[2], les journaux, jusqu'aux rideaux des théâtres. Il professait que la femme est

1. **Laffitte** : célèbre banquier.
2. **Murailles** : murs.

sans force contre la réclame[1], qu'elle finit fatalement par aller au bruit[2]. Du reste, il lui tendait des pièges plus savants, il l'analysait en grand moraliste[3]. Ainsi, il avait découvert qu'elle ne résistait pas au bon marché, qu'elle achetait sans besoin, quand elle croyait conclure une affaire avantageuse ; et, sur cette observation, il basait son système des diminutions de prix, il baissait progressivement les articles non vendus, préférant les vendre à perte, fidèle au principe du renouvellement rapide des marchandises. Puis, il avait pénétré plus avant encore dans le cœur de la femme, il venait d'imaginer « les rendus », un chef-d'œuvre de séduction jésuitique[4]. « Prenez toujours, madame : vous nous rendrez l'article, s'il cesse de vous plaire. » Et la femme, qui résistait, trouvait là une dernière excuse, la possibilité de revenir sur une folie : elle prenait, la conscience en règle. Maintenant, les rendus et la baisse des prix entraient dans le fonctionnement classique du nouveau commerce.

Texte 7

NOUVELLE

GUY DE MAUPASSANT, *Contes du jour et de la nuit*, « La parure » (1884)

Dans la nouvelle « La parure », Guy de Maupassant (1850-1893) narre la chute sociale d'un couple appartenant à la petite bourgeoisie, les Loisel, après la perte d'un bijou, une rivière de diamants, qu'ils ont emprunté à une amie, puis perdu. L'ayant recherché en vain, ils se font un devoir de le remplacer pour ne pas être soupçonnés de vol. Cet achat les ruine et les entraîne dans le cycle du surendettement.

---

1. **Réclame** : publicité.
2. **Aller au bruit** : suivre la rumeur.
3. **Moraliste** : personne qui analyse la nature humaine, les comportements sociaux.
4. **Jésuitique** : hypocrite.

Au bout d'une semaine, ils avaient perdu toute espérance[1].

Et Loisel, vieilli de cinq ans, déclara :

– Il faut aviser à[2] remplacer ce bijou.

Ils prirent, le lendemain, la boîte qui l'avait renfermé, et se rendirent chez le joaillier, dont le nom se trouvait dedans. Il consulta ses livres :

– Ce n'est pas moi, madame, qui ai vendu cette rivière ; j'ai dû seulement fournir l'écrin.

Alors ils allèrent de bijoutier en bijoutier, cherchant une parure pareille à l'autre, consultant leurs souvenirs, malades tous deux de chagrin et d'angoisse.

Ils trouvèrent, dans une boutique du Palais-Royal, un chapelet[3] de diamants qui leur parut entièrement semblable à celui qu'ils cherchaient. Il valait quarante mille francs. On le leur laisserait à trente-six mille.

Ils prièrent donc le joaillier de ne pas le vendre avant trois jours. Et ils firent condition[4] qu'on le reprendrait pour trente-quatre mille francs, si le premier était retrouvé avant la fin de février.

Loisel possédait dix-huit mille francs que lui avait laissés son père. Il emprunterait le reste.

Il emprunta, demandant mille francs à l'un, cinq cents à l'autre, cinq louis[5] par-ci, trois louis par-là. Il fit des billets[6], prit des engagements ruineux, eut affaire aux usuriers[7], à toutes les races de prêteurs. Il compromit toute la fin de son existence,

1. *Toute espérance* de retrouver le bijou.
2. **Aviser à** : veiller à.
3. **Chapelet** : collier.
4. **Ils firent condition** : ils convinrent.
5. **Louis** : ancienne monnaie.
6. **Billets** : reconnaissances de dette.
7. **Usuriers** : personnes qui prêtent de l'argent à taux très élevé.

risqua sa signature sans savoir même s'il pourrait y faire honneur[1], et, épouvanté par les angoisses de l'avenir, par la noire misère qui allait s'abattre sur lui, par la perspective de toutes les privations physiques et de toutes les tortures morales, il alla chercher la rivière[2] nouvelle, en déposant sur le comptoir du marchand trente-six mille francs.

Texte 8

ROMAN

LOUIS-FERDINAND CÉLINE, *Voyage au bout de la nuit* (1932),

Voyage au bout de la nuit, *roman de Louis-Ferdinand Céline (1894-1961), raconte, à la première personne, les errances et désillusions de Ferdinand Bardamu. Le narrateur personnage, débarqué depuis peu aux États-Unis, se laisse emporter par les rues new-yorkaises jusqu'à Manhattan, quartier de l'argent. Il nous offre la vision désenchantée d'un monde dédié au dieu Dollar.*

Comme si j'avais su où j'allais, j'ai eu l'air de choisir encore et j'ai changé de route, j'ai pris sur ma droite une autre rue, mieux éclairée, « Broadway » qu'elle s'appelait. Le nom je l'ai lu sur une plaque. Bien au-dessus des derniers étages, en haut, restait du jour avec des mouettes et des morceaux du ciel. Nous, on avançait dans la lueur d'en bas, malade comme celle de la forêt et si grise que la rue en était pleine comme un gros mélange de coton sale.

C'était comme une plaie triste la rue qui n'en finissait plus, avec nous au fond, nous autres, d'un bord à l'autre, d'une peine à l'autre, vers le bout qu'on ne voit jamais, le bout de toutes les rues du monde.

---

1. Loisel se compromet et risque sa signature car il signe des reconnaissances de dette sans savoir s'il pourra rembourser les créanciers.

2. Rivière : rivière de diamants.

Les voitures ne passaient pas, rien que des gens et des gens encore.

C'était le quartier précieux, qu'on m'a expliqué plus tard, le quartier pour l'or : Manhattan. On n'y entre qu'à pied, comme à l'église. C'est le beau cœur en Banque du monde d'aujourd'hui. Il y en a pourtant qui crachent par terre en passant. Faut être osé.

C'est un quartier qu'en est rempli d'or, un vrai miracle, et même qu'on peut l'entendre le miracle à travers les portes avec son bruit de dollars qu'on froisse, lui toujours trop léger le Dollar, un vrai Saint-Esprit[1], plus précieux que du sang[2].

J'ai eu tout de même le temps d'aller les voir et même je suis entré pour leur parler à ces employés qui gardaient les espèces. Ils sont tristes et mal payés.

Quand les fidèles[3] entrent dans leur Banque, faut pas croire qu'ils peuvent se servir comme ça selon leur caprice. Pas du tout. Ils parlent à Dollar en lui murmurant des choses à travers un petit grillage[4], ils se confessent quoi. Pas beaucoup de bruit, des lampes bien douces, un tout minuscule guichet entre de hautes arches[5], c'est tout. Ils n'avalent pas l'Hostie[6]. Ils se la mettent sur le cœur. Je ne pouvais pas rester longtemps à les admirer. Il fallait bien suivre les gens de la rue entre les parois d'ombre lisse.

---

1. Saint-Esprit : dans la religion chrétienne, esprit de Dieu et troisième personne de la trinité divine (formée avec le Père et le Fils).

2. *Sang* renvoie au sang versé par Jésus-Christ pour la rédemption des hommes.

3. Les *fidèles* désignent par métaphore les clients de la banque.

4. Le *grillage* renvoie autant à celui surmontant le guichet du banquier qu'à celui du confessionnal dans une église.

5. Arches : plafonds en forme d'arc.

6. Hostie : rondelle de pain d'azyme que le prêtre consacre et distribue pendant la messe.

Texte 9

ROMAN

ELSA TRIOLET, *Roses à crédit* (1959), © Éditions Gallimard

Elsa Triolet (1896-1970) présente dans Roses à crédit *un monde caractérisé par la platitude et la matérialité du confort moderne des années 1950. Les objets du quotidien (équipements ménagers, mobilier ou même décoration intérieure) deviennent pour Martine un rêve à portée de main. Grâce aux facilités de paiement des sociétés qui vendent à crédit, elle espère emménager, avec son époux Daniel, dans un appartement muni de toutes les commodités modernes.*

Martine passa à ses songes familiers : elle ne pouvait se décider pour le lit… un matelas à ressorts, c'est entendu, mais de quelle marque ? Un matelas à ressorts est garanti quinze ans. Ce n'est pas beaucoup. Un lit, c'est fait pour la vie, quand on achète un lit, c'est pour y dormir jusqu'à la mort, pour y mourir. Et Martine n'avait pas l'intention de mourir dans quinze ans, il faudrait faire des réparations ? Il y avait aussi la question de la toile : à ramages[1], c'est entendu… mais blanc sur gris, ou bleu ciel et gris ? Martine se tourmentait. Ah, il fallait que Daniel se dépêchât de gagner sa vie. On achèterait tout à crédit. On payerait insensiblement, mais quand même il fallait aussi avoir de quoi vivre, Martine était tout à fait décidée à ne pas aller s'enterrer à la ferme du père Donelle[2]. Et d'abord, ils n'en avaient pas les moyens : avant que Daniel ne gagne même son petit salaire de manucure… Pour autant qu'elle avait pu s'en rendre compte, M. Donelle logeait et nourrissait les membres de la famille qui travaillaient chez lui, mais c'était bien tout… C'est très joli, la rose à parfum, mais Martine se trouvait finalement de l'avis du père de Daniel : cela pouvait devenir plus coûteux que la Bourse ou les cartes[3]. Elle espérait bien que la passion de Daniel se tasserait, il ne fallait pas le brusquer, mais la

1. À ramages : à motifs représentant des branchages et des feuilles.

2. Père Donelle : père de Daniel, qui cultive des roses.

3. Daniel cherche à inventer une rose qui allierait beauté moderne et parfum ancien, grâce à des manipulations génétiques qui risquent de coûter cher.

décision de Martine était prise : Daniel se ferait « paysagiste », puisque, à son école, il y avait maintenant un cours spécial pour la création de parcs et jardins... Il aurait un bureau à Paris, « paysagerait » les propriétés de gens riches et gagnerait beaucoup d'argent.

Les écrivains et l'argent

La situation matérielle des écrivains s'est transformée au XIXe siècle. À l'âge classique, la littérature incarnant les vertus morales de la société, l'homme de lettres manifeste son désintérêt pour l'argent. La littérature ne peut être un gagne-pain, bien que l'écrivain ait besoin d'argent pour vivre. Jean-Jacques Rousseau témoigne de ce rapport contradictoire. À l'opposé, Émile Zola au XIXe siècle, puis Virginia Woolf au XXe siècle, interrogent la situation matérielle des hommes et femmes écrivains d'un point de vue sociologique. L'argent est alors perçu comme une source d'indépendance : grâce à lui, on peut écrire librement.

Texte 10

AUTOBIOGRAPHIE

JEAN-JACQUES ROUSSEAU, *Les Confessions* (1782-1789) ♦ première partie, livre I

Le philosophe Jean-Jacques Rousseau (1712-1778) propose dans Les Confessions *un genre nouveau, celui de l'autobiographie. Il évoque son rapport personnel à l'argent, rapport ambivalent oscillant entre nécessité et futilité, liberté et contrainte.*

J'entrerais dans les plus insipides détails, si je suivais[1] dans l'emploi de mon argent[2], soit par moi, soit par d'autres, l'embarras, la honte, la répugnance, les inconvénients, les dégoûts de

1. Suivais : passais en revue.

2. Dans l'emploi de mon argent : dans la manière d'employer mon argent.

toute espèce que j'ai toujours éprouvés. À mesure qu'avançant dans ma vie le lecteur prendra connaissance de mon humeur, il sentira tout cela sans que je m'appesantisse à le lui dire.

Cela compris, on comprendra sans peine une de mes prétendues contradictions : celle d'allier une avarice presque sordide avec le plus grand mépris pour l'argent. C'est un meuble[1] pour moi si peu commode, que je ne m'avise pas même de désirer celui que je n'ai pas, et que quand j'en ai je le garde longtemps sans le dépenser, faute de savoir l'employer à ma fantaisie ; mais l'occasion commode et agréable se présente-t-elle, j'en profite si bien que ma bourse se vide avant que je m'en sois aperçu. Du reste, ne cherchez pas en moi le tic des avares, celui de dépenser pour l'ostentation[2] ; tout au contraire, je dépense en secret et pour le plaisir : loin de me faire gloire de dépenser, je m'en cache. Je sens si bien que l'argent n'est pas à mon usage[3], que je suis presque honteux d'en avoir, encore plus de m'en servir. Si j'avais eu jamais un revenu suffisant pour vivre commodément, je n'aurais point été tenté d'être avare, j'en suis très sûr. Je dépenserais tout mon revenu sans chercher à l'augmenter : mais ma situation précaire[4] me tient en crainte[5]. J'adore la liberté. J'abhorre[6] la gêne[7], la peine[8], l'assujettissement[9]. Tant que dure l'argent que j'ai dans ma bourse, il assure mon indépendance ; il me dispense de m'intriguer pour[10] en trouver d'autre ; nécessité que j'eus toujours en

1. Meuble : objet à usage quotidien qu'on porte sur soi.
2. Pour l'ostentation : par étalage de sa fortune.
3. N'est pas à mon usage : n'est pas dans mes habitudes.
4. Précaire : incertaine financièrement.
5. Me tient en crainte : me donne des craintes.
6. J'abhorre : je déteste.
7. La gêne : les difficultés financières.
8. La peine : l'inquiétude, le souci.
9. L'assujettissement : la servitude, la dépendance.
10. M'intriguer pour : me soucier de.

horreur : mais de peur de le voir finir, je le choie[1]. L'argent qu'on possède est l'instrument de la liberté ; celui qu'on pourchasse est celui de la servitude. Voilà pourquoi je serre[2] bien et ne convoite rien.

Texte 11

ARTICLE

ÉMILE ZOLA, *Le Roman expérimental* (1880), « L'argent dans la littérature » ♦ IV

Dans cet article, Émile Zola (1840-1902) compare, de façon objective et documentée, la situation des écrivains sous l'Ancien Régime et celle de ses contemporains. Il entend prouver que la situation matérielle des écrivains, et donc l'argent, a des répercussions sur les productions littéraires. Selon lui, la liberté de l'écrivain passe avant tout par son indépendance financière.

Eh bien ! je dis qu'il faut résolument se mettre en face de cette situation[3] et l'accepter avec courage. On se lamente en criant que l'esprit littéraire s'en va ; ce n'est pas vrai, il se transforme. J'espère l'avoir prouvé. Et veut-on savoir ce qui doit aujourd'hui nous faire[4] dignes et respectés : c'est l'argent. Il est bête de déclamer contre l'argent, qui est une force sociale considérable. Les tout jeunes gens devraient seuls répéter des lieux communs sur l'avilissement[5] des lettres sacrifiant au veau d'or[6] ; ils ignorent tout, ils ne peuvent comprendre la justice et l'honnêteté de l'argent.

1. **Je le choie** : je le conserve avec soin.
2. **Je serre** : je serre les cordons de ma bourse, je suis économe.
3. **Cette situation** : la situation de la littérature au XIXe siècle, telle que Zola vient de l'exposer.
4. **Faire** : rendre.
5. **Avilissement** : dégradation, corruption.
6. **Veau d'or** : puissance de l'argent. Dans la Bible, en l'absence de son guide Moïse, le peuple hébreux, impatient, forgea une idole en or représentant un veau et l'adorèrent, malgré le troisième commandement interdisant l'adoration des idoles.

Que l'on compare un instant la situation d'un écrivain sous Louis XIV à celle d'un écrivain de nos jours[1]. Où est l'affirmation pleine et complète de la personnalité ? Où est la véritable dignité ? Où sont la plus grande somme de travail, l'existence la plus large[2] et la plus respectée ? Évidemment, du côté de l'écrivain actuel. Et cette dignité, ce respect, cet élargissement[3], cette affirmation de sa personne et de ses pensées, à quoi le doit-il ? À l'argent, sans aucun doute. C'est l'argent, c'est le gain légitimement réalisé sur ses ouvrages qui l'a délivré de toute protection humiliante, qui a fait de l'ancien bateleur[4] de cour, de l'ancien bouffon[5] d'antichambre[6], un citoyen libre, un homme qui ne relève que de lui-même. Avec l'argent, il a osé tout dire, il a porté son examen partout[7], jusqu'au roi, jusqu'à Dieu, sans craindre de perdre son pain. L'argent a émancipé l'écrivain, l'argent a créé les lettres modernes.

À la fin, cela m'enrage de lire, dans des journaux de jeunes poètes, que l'écrivain doit simplement viser à la gloire. Oui, cela est convenu[8], il est puéril[9] de le dire. Mais il faut vivre. Si vous ne naissez pas avec une fortune, que ferez-vous ? Regrettez-vous le temps où l'on bâtonnait[10] Voltaire, où Racine mourait d'une bouderie[11] de Louis XIV, où toute la littérature était aux gages[12]

1. Zola a démontré que, sous l'Ancien Régime, les écrivains, donc la littérature, dépendaient de la générosité et de la protection des nobles les plus riches.

2. Large : libre.

3. Élargissement : liberté.

4. Bateleur : acrobate.

5. Bouffon : amuseur, clown.

6. Antichambre : vestibule, entrée dans les hôtels particuliers des familles riches, où l'on fait attendre les visiteurs.

7. Il a porté son examen partout : il a tout examiné.

8. Convenu : entendu.

9. Puéril : enfantin.

10. Bâtonnait : frappait à coups de bâton.

11. Bouderie : mécontentement, humeur.

12. Aux gages : au service.

d'une noblesse brutale et imbécile ? Comment ! vous[1] poussez l'ingratitude contre notre grande époque jusqu'à ne pas la comprendre, en l'accusant de mercantilisme[2], lorsqu'elle est avant tout le droit au travail et à la vie ! Si vous ne pouvez vivre avec vos vers, avec vos premiers essais, faites autre chose, entrez[3] dans une administration, attendez que le public vienne à vous. L'État ne vous doit rien. Il est peu honorable de rêver une littérature entretenue[4]. Battez-vous, mangez des pommes de terre ou des truffes, cassez des pierres dans la journée et écrivez des chefs-d'œuvre la nuit. Seulement, dites-vous bien ceci : c'est que, si vous êtes[5] un talent, une force, vous arriverez quand même à la gloire et à la fortune. La vie est ainsi, notre époque est telle. Pourquoi se révolter puérilement[6] contre elle, lorsqu'elle restera à coup sûr une époque grande parmi les plus grandes ?

Texte 12

ESSAI

VIRGINIA WOOLF, *Une chambre à soi* (1929), trad. C. Malraux, © Denoël 1977 pour la traduction française

La romancière anglaise Virginia Woolf (1882-1941) s'interroge dans Une chambre à soi, *essai féministe, sur les conditions matérielles des femmes de lettres. Partant de sa propre expérience d'écrivain, elle constate qu'elle n'aurait pas pu écrire sans le soutien financier apporté par l'héritage de sa tante.*

1. Zola s'adresse aux *jeunes poètes* (l. 25-26) qui visent seulement la gloire et dénigrent l'argent.
2. **En l'accusant de mercantilisme** : en l'accusant de ne rechercher que le gain.
3. **Entrez** : travaillez.
4. **Entretenue** : dont on paie grassement les dépenses.
5. **Êtes** : avez.
6. **Puérilement** : d'une manière enfantine.

La société me donne poulet et café, lit et couvert, en échange d'un certain nombre de morceaux de papier[1], que me laissa ma tante, pour la seule raison que je portais le même nom qu'elle.

Il faut que je vous dise que ma tante, Mary Beton, mourut à Bombay d'une chute de cheval, au moment où elle partait pour une petite promenade. La nouvelle de cet héritage me parvint le soir même et presque à l'instant même où passait la loi qui donna le droit de vote aux femmes. Une lettre du notaire tomba dans ma boîte aux lettres et, quand je l'ouvris, elle m'apprit que ma tante m'avait laissé, ma vie durant, cinq cents livres[2] de rentes[3] par an. De ces deux choses, le vote et l'argent, l'argent, je l'avoue, me sembla de beaucoup la plus importante. Auparavant, je gagnais ma vie en mendiant d'étranges travaux aux journaux, en faisant ici un reportage sur une exposition de baudets[4], là un reportage sur un mariage ; je touchais quelques livres[5], en écrivant des adresses, en faisant la lecture à de vieilles dames, en fabriquant des fleurs artificielles, en enseignant l'alphabet aux petits enfants dans un jardin d'enfants. Telles étaient les principales occupations réservées aux femmes avant 1918[6].

1. Les *morceaux de papier* désignent les billets de banque.

2. Livres : devises anglaises.

3. Rentes : revenu (en dehors du salaire).

4. Baudets : (terme familier) ânes.

5. Livres : voir note 2.

6. À partir de 1918, après la Première Guerre mondiale, les femmes se sont davantage intégrées à la vie active, car on leur a ouvert l'accès au monde du travail. Durant la guerre, les hommes étant partis se battre, ce sont en effet elles qui travaillaient.

Balzac (1799-1850) : la force de l'écriture

Balzac est un écrivain qui a passé sa vie à écrire tel un forcené : par goût, pour se faire un nom et, plus banalement, pour gagner son pain. En ce XIXe siècle en plein essor social, industriel et économique, il a su adapter son esprit d'entreprise au monde des lettres et révolutionner le roman, lui conférant une envergure monumentale et un rôle social inédit.

L'ENFANCE ET L'ADOLESCENCE

1 • Une origine bourgeoise

- Bernard-François Balssa, le **père de Balzac**, **issu du monde paysan**, a suffisamment d'ambition pour réussir une belle carrière et épouser, alors qu'il est âgé d'une cinquantaine d'années, Laure Sallambier, jeune bourgeoise parisienne d'à peine vingt ans. Cette **ascension sociale** se lit aussi à travers l'histoire du nom : **Balssa** devient **Balzac**, patronyme auquel vient s'ajouter plus tard la **particule *de***, marque d'appartenance à la noblesse.

2 • Une éducation loin du foyer familial

- Le couple Balzac aura deux filles et deux fils, dont **Honoré Balzac**, aîné de la famille, **né en 1799 à Tours**. Le rapport que le jeune Balzac entretient avec ses parents est assez distant et leur relation peu affective : envoyé en nourrice dès son plus jeune âge, il est ensuite placé en pension, avant d'intégrer le collège où il demeure pensionnaire.

3 • Un élève peu assidu

- Balzac n'est pas un élève brillant et préfère passer son temps à lire. En 1814, la famille quitte Tours et s'installe à Paris. Il termine ses études secondaires et entre en 1816 à la faculté de droit. En 1819, il est reçu bachelier. Ses parents s'attendent à ce qu'il devienne notaire, mais il refuse catégoriquement : **il veut être écrivain.**

LES DÉBUTS EN LITTÉRATURE (1820-1828)

1 • Un premier échec

- C'est en vivant misérablement dans une mansarde, comptant ses moindres dépenses, que Balzac s'essaye à l'écriture. Il rédige abord une tragédie historique intitulée *Cromwell* (1820) dont il fait la lecture à ses proches. Peu enthousiastes, ces derniers lui conseillent de changer de voie[1]. Sûr de lui, il persévère en s'adonnant cette fois-ci au genre romanesque.

2 • L'ouvrier des lettres

• Il écrit des **romans de commande** sans valeur littéraire, mais qui se vendent et se lisent facilement. Il offre ainsi aux lecteurs aventures, dépaysement, histoires sentimentales ou macabres en publiant, de 1822 à 1825, sous le pseudonyme de Lord R'hoone, puis de Horace de Saint-Aubin. C'est un véritable ouvrier de l'écriture, qui rédige plusieurs romans par an, s'évertuant à devenir économiquement indépendant. Il écrit alors à l'une de ses sœurs : « Essayer de devenir libre à coups de romans, et quels romans ! Ah, Laure, quelle chute de mes projets de gloire ! » À partir de 1824, il s'adonne également au **journalisme**, rédigeant des articles satiriques sur des sujets de la vie quotidienne.

3 • L'entrepreneur

• En 1825, il se lance dans l'**édition** avec le projet d'éditer en un seul volume des œuvres complètes classiques, en commençant par Molière ; mais le livre ne se vend pas et il doit liquider son stock. L'année suivante, il se tourne vers l'**imprimerie**, avec l'idée de contrôler l'ensemble de la chaîne de production du livre, de la fabrication à la vente. Il essuie un nouvel échec et persévère en rachetant une fonderie de caractères[2] qu'il revendra un an plus tard.

4 • Un bilan nuancé

• Balzac est alors extrêmement endetté et doit longtemps se cacher de ses créanciers. Toutefois, il a acquis une solide formation : écrivain, il sait composer des intrigues romanesques dans divers genres ; journaliste, il est devenu fin observateur de la société ; entrepreneur, il connaît désormais le monde du livre dans sa **réalité économique**. Ce n'est pas un écrivain coupé du monde réel : il mesure le rôle de l'argent dans la vie sociale.

1. Ce conseil est confirmé par l'avis d'un célèbre académicien de l'époque qui engage le jeune Balzac à renoncer à sa vocation littéraire.

2. Fonderie de caractères : usine où l'on fabrique les caractères (lettres ou signes typographiques) en fonte alors utilisés dans l'imprimerie.

LA QUÊTE DE LA RENOMMÉE (1829-1850)

1 • Le retour à la littérature

• « Ce qu'il a entrepris par l'épée, je l'accomplirai par la plume », écrit Balzac sur le socle d'un buste de Napoléon. En **1829**, Balzac fait enfin paraître un premier roman sous son vrai nom : ***Le Dernier Chouan***[1], ainsi qu'un ouvrage satirique sur la vie conjugale intitulé ***Physiologie du mariage***, lequel lui ouvre les portes des salons mondains. Favorisé par la démocratisation de la presse, il publie diverses nouvelles et romans courts qu'il réunira sous le titre : ***Scènes de la vie privée*** (1830). La machine littéraire est en marche et l'œuvre balzacienne se bâtit : suivent entre autres ***La Peau de Chagrin*** (1831), son premier succès, ***Louis Lambert*** (1832), ***Eugénie Grandet*** (1833), ***Le Père Goriot*** (1835) et les premiers volumes des ***Études de mœurs au XIXe siècle*** (à partir de 1833), avant-projet de *La Comédie humaine*.

2 • Un mondain et un séducteur

• Balzac aime briller en société. Il s'endette pour se loger, s'habiller avec luxe, circuler en voiture, acheter de beaux objets, dont une canne imposante sertie de turquoises qu'il ne quitte plus. Il vit au-dessus de ses moyens et signe ses œuvres du nom aristocratique **Honoré de Balzac**.

• Le succès lui ouvre le cœur des femmes du monde qui forment la majorité de son lectorat. Il entretient diverses liaisons, mais la femme de sa vie est **Ewelina Hanska**, riche Polonaise, qui lui promet de l'épouser à la mort de son mari. Il devra attendre huit années après la mort du comte pour qu'elle l'épouse en 1850.

3 • La force de création

• Sa passion reste l'écriture. Balzac attend certes les paiements des éditeurs pour régler ses dettes, mais il a surtout le monde de ***La Comédie humaine*** à créer, regroupant pas moins de deux mille cinq cents personnages. Cet ensemble trouve sa cohésion au fur et à mesure de l'écriture des romans : il en a l'idée en 1835 en rédigeant *Le Père Goriot*, mais n'en arrêtera le titre et la structure qu'en 1840. Le contrat d'édition avec l'éditeur Furne est signé en 1841 et le premier volume paraît en 1842.

• Balzac corrige ses romans et en écrit de nouveaux, travaillant dans l'urgence, sans relâche, des heures et des jours durant. Véritable forçat de l'écriture, il y perdra sa santé. **Il meurt d'épuisement en 1850.**

1. Qui paraîtra par la suite sous le titre *Les Chouans*.

Un regard sur la société du XIXe siècle

L'œuvre de Balzac, dans son ensemble, est profondément ancrée dans l'histoire du XIXe siècle, période de changements et de renouvellements qui marque la fin de l'Ancien Régime dominé par la noblesse et l'avènement de notre démocratie moderne où triomphe la bourgeoisie.

L'HISTOIRE DU *PÈRE GORIOT* DANS L'HISTOIRE FRANÇAISE

- L'histoire du roman se déroule sous la Restauration (1814-1830), entre novembre 1819 et février 1820, mais elle offre une perspective historique plus large : sont évoquées de façon plus ou moins explicite la période de la Révolution française (1789-1799) et, dans une moindre mesure, celle de l'Empire napoléonien (1804-1814).

1 • La Révolution française (1789-1799)

- La Révolution apparaît comme une période de renversement qui a provoqué la **ruine financière d'une partie de la noblesse** et l'**enrichissement de bourgeois issus du peuple**, comme Goriot. Le jeune noble Rastignac explique que sa famille s'est vue ruinée par la Révolution lors de la fermeture de la Compagnie des Indes (p. 106) et il apprend par la duchesse de Langeais que les origines du capital du père Goriot remontent à 1793, année de disette qui a permis à certains commerces de s'enrichir (p. 128). Il saura ensuite que ce dernier a profité de sa fonction politique de président de section pour faire fleurir ses affaires (p. 142).
- Loin d'apparaître sous les traits idylliques de la libération du peuple, la Révolution est décrite comme une **période de trouble profitant à la spéculation**, la duchesse de Langeais supposant même des malversations et des abus de pouvoir de la part des révolutionnaires (p. 128).

2 • L'Empire sous Napoléon Ier (1804-1814)

- Cette période est peu évoquée, mais trois allusions mettent en valeur la **possibilité d'élévation sociale d'une classe à l'autre**. Deux d'entre elles s'insèrent dans le portrait de Rastignac fait par le narrateur (p. 157-158). Ce dernier mentionne deux personnages historiques : Murat et Bernadotte, deux simples soldats promus, l'un roi de Naples et l'autre roi de Suède, en récompense de leur mérite militaire. Sous Napoléon, la noblesse n'est plus strictement héréditaire, elle s'ouvre donc au peuple. C'est pourquoi, comme le souligne la duchesse de Langeais dans une troisième allusion, « sous l'Empire, les deux gendres ne se sont pas trop formalisés d'avoir ce vieux Quatre-vingt-treize[1] chez eux ; ça pouvait encore aller avec Buonaparte. » (p. 129)

3 • La Restauration (1814-1830)

• Le retour des Bourbons au pouvoir marque la **restauration de la monarchie**, il n'est donc plus question pour les gendres d'accueillir chez eux un **beau-père commerçant**. Ce n'est pourtant plus la même société que sous l'Ancien Régime : la noblesse s'est affaiblie et la bourgeoisie s'est imposée.

LES GRANDS CHANGEMENTS DE L'ORGANISATION SOCIALE

1 • L'Ancien Régime

• La monarchie absolue donnait un **pouvoir immense au roi**, d'autant plus que ce dernier le tenait directement de Dieu : le pouvoir politique était dépendant de celui de l'Église et le pape avait autorité sur le roi. Les individus étaient des **sujets**, et non des citoyens libres, et la société se divisait en **trois corps bien délimités** : la **noblesse**, le **clergé** et le **peuple**.

• L'individu et la notion d'individualité n'existaient pas dans les relations sociales car **chacun se pensait de façon collective** en fonction de son appartenance à tel ou tel corps social. Il était par définition impossible qu'un bourgeois, même très riche, soit admis dans le corps de la noblesse, à moins de créer un désordre social fort inquiétant. La fortune ne donnait pas les titres.

2 • Les mutations de la Révolution française

• La Révolution apporte deux grands changements qui auront des **répercussions sociales irréversibles** et dont le roman fait état :
– la liberté délivre les Français de la tutelle du roi pour en faire des **individus à part entière**. Elle engendre l'**ambition sociale**, le **libéralisme** et la **montée de la bourgeoisie et du capitalisme moderne** ;

1. **Ce vieux Quatre-vingt-treize :** le père Goriot (en référence aux révolutionnaires de 1793, année où le roi Louis XVI a été guillotiné et où la Révolution a pris une tournure plus violente par l'instauration de la Terreur). Sous Napoléon Bonaparte, les deux gendres pouvaient recevoir sans honte un révolutionnaire, ce qui ne sera plus le cas sous la Restauration.

– **les trois corps** (noblesse, clergé, peuple), fondés sur la possession de titres et de terres, **disparaissent** au profit de classes sociales fondées sur la possession de capitaux (réserves d'argent).

• Le changement de l'ancienne société en notre société moderne s'opère lentement, comme l'illustre *Le Père Goriot* où noblesse de tradition et grande bourgeoisie cohabitent à la tête de la société. Mais **l'individualisme triomphe déjà**, exemplifié par le parcours d'Eugène de Rastignac.

Le Père Goriot dans *La Comédie humaine*

Balzac est l'auteur d'une œuvre gigantesque et inachevée regroupant quatre-vingt-onze romans écrits à partir de 1829 jusqu'à sa mort en 1850. C'est durant l'écriture du Père Goriot *(1834-1835) que se dessine ce vaste projet d'œuvre unique qui portera quelques années plus tard le titre de* Comédie humaine.

AVANT *LE PÈRE GORIOT* : DIVERTIR OU INSTRUIRE ?

• Deux périodes se distinguent avant l'écriture du *Père Goriot* : la première est celle des romans de qualité médiocre publiés sous un pseudonyme, la seconde celle de publications d'une valeur littéraire supérieure, sous le vrai nom de Balzac.

1 • Le recours aux genres à la mode

• Avant 1829, les romans publiés ont pour seul but de divertir le lecteur. Balzac les reniera dans la préface de *La Comédie humaine*. Ils paraissent souvent dans la **presse**, sous forme de **feuilleton** (comme *Le Père Goriot*), obligeant l'écrivain à maintenir l'intérêt du lectorat pour lui donner envie de lire la suite.

• Cette période lui a cependant permis de s'essayer à différents genres romanesques qu'il mêlera dans *Le Père Goriot*. On retrouve ainsi :
– le **roman noir** dans les manigances de Vautrin et dans les secrets de Goriot ;
– le **roman sentimental** dans l'émouvant renoncement à l'amour de Mme de Beauséant et dans la paternité dévouée et sans limite de Goriot ;
– le **roman d'aventure** dans le combat auquel Rastignac se livre avec le beau monde et dans celui de Vautrin contre les Taillefer père et fils ;
– le **roman historique** dans l'ensemble du *Père Goriot*, même si l'histoire ne se déroule pas dans un passé lointain, mais sous la Restauration.

2 • Une peinture de la société

• À partir de 1829, Balzac publie des nouvelles et quelques romans qui intégreront plus tard *La Comédie humaine*. Quoique ces récits ne soient pas liés entre eux, ils partagent un point commun, celui de peindre la société du XIXe siècle.

• ***Le Dernier Chouan ou la Bretagne en 1800*** (1829), premier roman signé de son vrai nom, appartient au genre historique et relate la résistance des royalistes bretons, les Chouans, face aux révolutionnaires.

• ***La Peau de chagrin*** (1831), premier roman où apparaît le personnage de Rastignac, est un récit fantastique sur la vie mondaine parisienne, dépensière et dissipée.

LE PÈRE GORIOT : LE DÉBUT D'UN PROJET D'ENSEMBLE

• C'est dans les deux préfaces du *Père Goriot* que Balzac mentionne le projet d'une œuvre au format bien plus étendu que celui du roman. L'idée d'ensemble se précise de l'une à l'autre.

1 • La première préface : des personnages « revenants[1] »

• Dans la première préface, Balzac évoque une **œuvre « incomplètement dessinée »** (p. 8), dont lui-même ne possède pas encore la vue globale. Il explique pourtant que *Le Père Goriot* ne peut être entièrement compris sans que le tout ne soit accompli (p. 9).

• Pour l'instant, l'unique lien qui relie *Le Père Goriot* à certains autres récits est le **retour des personnages**. L'auteur cite Mmes de Beauséant, de Restaud et de Langeais, et surtout Rastignac. D'autres personnages réapparaîtront par la suite à différentes étapes de leur vie, dont Bianchon, les époux Nucingen et Vautrin.

2 • La seconde préface : « tout peindre »

• Dans la seconde préface écrite quelques mois plus tard, Balzac exprime le souhait de construire une **œuvre totale englobant toute la réalité sociale de son époque** : « le plan général [...] l'oblige à tout peindre » (p. 25). Il précise que le père Goriot n'est qu'une facette de la paternité. Ce dernier ne peut se comprendre qu'en rapport avec d'autres personnages paternels cités dans la préface. Ainsi, chaque roman ne décrit qu'un aspect de « tout le pêle-mêle de la civilisation » (p. 25).

LA COMÉDIE HUMAINE : UN PROJET ABOUTI ?

Balzac ne trouve le titre de *La Comédie humaine* qu'en 1840, alors que de nombreux romans ont déjà été regroupés dans les *Études de mœurs* et les *Études philosophiques*. Il lui aura fallu une dizaine d'années pour concevoir clairement la finalité de son œuvre.

1. *Revenants* est le terme utilisé par Balzac dans la première préface du *Père Goriot* (p. 13), où il explique et justifie la réapparition de certains personnages issus de ses œuvres précédentes. Plus communément, la critique parle de personnages *reparaissants*.

1 • Décrire la société comme une mosaïque

• Les réapparitions des mêmes personnages au fil des romans ne suivent pas un ordre chronologique. Rastignac apparaît d'abord dans *La Peau de chagrin* à partir du point de vue d'un autre personnage et à un âge beaucoup plus mûr que dans *Le Père Goriot*. Ces retours en arrière ou ces projections dans l'avenir, d'un livre à l'autre, ainsi que les changements de point de vue, permettent de dresser des **portraits éclatés, discontinus, à la manière dont on perçoit les gens dans la vie, par bribes** : « Il n'y a rien qui soit d'un bloc dans la vie, tout y est mosaïque », écrit Balzac[1].

• Cet aspect fonde la modernité de l'œuvre balzacienne qui cherche à rendre compte de toute la **complexité de la vie humaine**. Le retour des personnages fait à la fois l'unité et la disparité de *La Comédie humaine*, monde où le lecteur peut finir par se perdre.

2 • Déterminer les lois de la nature humaine

• Balzac s'inspire des études d'histoire naturelle qui s'intéressent à l'influence du milieu de vie sur les espèces et à leur organisation en un système unique. Son but est de comprendre les **lois qui règlent la nature humaine**.

• Le plan de *La Comédie humaine* témoigne de cette **préoccupation scientifique**. Les œuvres ne sont pas classées par ordre chronologique de publication, mais selon trois sections aux proportions inégales illustrant la théorie de l'auteur :

– les ***Études de mœurs***, partie la plus imposante, décrivent les effets sociaux, en représentant toutes les variétés sociales (*Le Père Goriot* s'intègre dans cette première partie, parmi les *Scènes de la vie parisienne*) ;
– les ***Études philosophiques*** décrivent les causes des différents comportements sociaux étudiés dans la première partie ;
– les ***Études analytiques***, qui ne contiennent que la *Physiologie du mariage*, devaient fournir une théorie globale sur les effets et causes observés dans les deux parties précédentes.

1. Dans la préface de *La Fille d'Ève* (1839).

Balzac, entre romantisme et réalisme

Honoré de Balzac est classé tantôt parmi les auteurs réalistes, tantôt parmi les auteurs romantiques. Cette double appartenance démontre à quel point les deux mouvements littéraires sont liés. Balzac est un auteur romantique qui préfigure le réalisme par certains aspects de son œuvre. Mais le regard qu'il porte sur le monde social n'est pas exempt de subjectivité et d'idéalisme.

DEUX MOUVEMENTS LITTÉRAIRES LIÉS

1 • L'ambiguïté de l'histoire littéraire

- L'histoire littéraire du XIXe siècle se divise en trois mouvements littéraires ainsi répartis : **première moitié du siècle** pour le **romantisme** et **seconde moitié** pour le **réalisme**, suivi vers 1880 du **naturalisme**. Balzac écrit dans la première moitié du siècle : *Le Père Goriot* est publié en 1835, époque à laquelle Victor Hugo, le chantre du romantisme, écrit la plupart de ses drames.

- Ce n'est qu'après la mort de Balzac que *La Comédie humaine* est perçue comme un modèle d'écriture réaliste, l'auteur lui-même ne s'étant jamais revendiqué d'**aucune école**. Dans l'avant-propos, il déclare simplement s'être fixé pour mission d'écrire « l'histoire des mœurs ». Ainsi, Balzac serait un **écrivain romantique, précurseur du réalisme** par certains aspects de son œuvre.

- Le **réalisme** peut se définir en effet comme une tendance ou un **renouvellement du romantisme** (mouvement qui marque par son esprit l'ensemble du XIXe siècle). Le réalisme se distingue du romantisme par le rapport qu'il entretient avec le monde réel : les **œuvres romantiques, en rupture avec la réalité sociale**, l'idéalisent pour la rendre conforme à leurs attentes ou bien la fuient pour chanter leur désillusion ou leur révolte. Le **réalisme**, au contraire, **envisage objectivement la société**, adapte sa vue à sa mesure pour la transcrire telle quelle, sans la trahir ni la juger.

2 • La filiation romantique

- Le paragraphe introductif du *Père Goriot* fait référence au **contexte littéraire** des années 1830 : le narrateur sous-entend que le « drame » est malmené par le romantisme qui amplifie et dramatise à l'excès l'expression des sentiments « dans ces temps de douloureuse littérature » (p. 27). Et s'il fait ensuite appel à la

REPÈRES
FICHES
DOCUMENTS
OBJECTIF BAC

sensibilité du lecteur, il affirme lui présenter un **drame de la vie quotidienne**, sans « exagération », dans lequel il pourra se reconnaître : « *All is true*, il est si véritable, que chacun peut en reconnaître les éléments chez soi, dans son cœur peut-être. » (p. 29)

• Balzac prend ses **distances vis-à-vis du romantisme sans le renier**. L'allusion au théâtre shakespearien, « *All is true* », est un clin d'œil à un auteur fondamental dans l'éclosion du romantisme français. Il est en outre curieux que l'**affirmation de véracité** passe par une référence à une fiction dramatique, d'autant plus que Shakespeare n'est pas connu pour son réalisme ou sa sobriété. *Le Père Goriot* est présenté comme une **œuvre contradictoire** laissant le lecteur seul juge de la vérité.

3 • Le réalisme de la représentation sociale

• La longue **description de la pension Vauquer** suit cette introduction et rompt brutalement avec l'invitation toute romantique à l'introspection des sentiments d'une part et à la méditation philosophique d'autre part. Le narrateur semble **rappeler le lecteur au réel et sa banalité quotidienne**.

• Dans l'ensemble du roman, la topographie précise de Paris, la datation de 1819, les références historiques et l'accumulation des détails matériels renforcent l'**illusion du réel**. Mais cette description des lieux a surtout **valeur explicative** : elle anticipe l'apparition des personnages et préfigure leur physionomie et leur psychologie. Selon la théorie balzacienne, **les « milieux » influent sur les « espèces sociales »** : « toute [la] personne [de Mme Vauquer] explique la pension, comme la pension implique sa personne » (p. 36).

• La physionomie des personnages, les détails vestimentaires, leur façon de parler, leur gestuelle reflètent leur caractère et annoncent leur destinée. La fiction permet à Balzac de construire des **types sociaux prédéterminés** : l'origine méridionale de Rastignac, sa noblesse, sa jeunesse et sa beauté déterminent son ambition et sa réussite. *Le Père Goriot* est **un roman qui témoigne de la société**.

• Contrairement aux romantiques, Balzac **rationalise le cœur humain** et en dévoile les lois. Tout s'explique, même l'âme humaine, car elle est conditionnée par la société. L'homme est tout entier un être social et la fonction de l'écrivain est d'en fournir une **représentation matérialiste**, même dans son étude des passions humaines.

UNE VISION PARTICULIÈRE DU MONDE

1 • La victoire du prosaïsme[1]

• *Le Père Goriot* est un **roman de la désillusion** en ce qu'il dévoile « le carillon de l'ordre social et le jeu de la machine » (p. 238). Rastignac se sépare peu à peu de ses principes, de ses idéaux et de ses sentiments afin de s'adapter au monde social. Le but de l'auteur n'est pas d'interroger la grandeur d'une âme humaine malheureusement inadaptée à un monde mesquin, mais de montrer comment, pour survivre en société, l'âme doit **s'ajuster à la mesquinerie sociale**. C'est la leçon donnée d'abord par Mme Beauséant, puis par Vautrin.

• Une **passion mal maîtrisée**, en désaccord avec la société, mène à la **mort sociale**, comme le démontrent le repli de Mme Beauséant ou celui du père Goriot bien avant sa véritable mort. Le **prosaïsme** vaincra toujours les aspirations du cœur et la noblesse d'âme : la seule passion qui puisse survivre est l'**ambition**.

• L'**argent**, thème central du roman, remplace les sentiments et devient la seule valeur sociale qui compte. Les **rapports économiques** règlent les rapports sociaux, et les spéculateurs, tel Nucingen, triomphent.

• Rastignac enterre ce qu'il lui reste de rêve et d'idéal avec le père Goriot, pour prendre d'assaut la maison du banquier. Mais sa désillusion ne s'accompagne pas de la mélancolie romantique ; au contraire, elle l'encourage à **envisager la société froidement, par calcul.**

2 • Le point de vue du narrateur

• Selon Balzac, l'artiste doit traduire la société sans intervenir, sans la déformer, en la laissant telle quelle. Il n'en serait alors que le « **secrétaire**[2] ». C'est la société qui fait l'œuvre. Les critères esthétiques : *beau/laid* et moraux : *vice/vertu* ne sont plus pertinents pour analyser son œuvre. Comme il le rappelle dans la seconde préface du *Père Goriot*, les adjectifs « moral » et « immoral » sont des « termes faux » (p. 25).

• Or les multiples **interventions du narrateur**, commentant son récit en usant du **présent de vérité générale**, ne sont pas simplement explicatives, mais se

1. Prosaïsme : caractère plat, banal et bassement matériel de la réalité.

2. Terme utilisé dans l'avant-propos de *La Comédie humaine*.

doublent d'une **fonction argumentative**. Le roman n'est pas dépourvu d'un certain **moralisme** jugeant la corruption parisienne ou la vanité des hommes.

• Les descriptions, à l'exemple de la pension Vauquer souvent citée comme un modèle de réalisme, n'adoptent pas la neutralité propre au point de vue objectif. Le **vocabulaire appréciatif** guide le jugement du lecteur dans cette visite des bas-fonds parisiens. En outre, l'**ironie** et la **caricature** touchent de nombreux personnages, à l'instar de Mme Vauquer.

• Le roman sert d'illustration à une vérité toute balzacienne, celle de l'interaction du milieu avec l'individu social, mais il n'en produit pas la démonstration scientifique. Il n'est pas une transcription du réel, mais celle d'un **point de vue subjectif sur le monde**.

• Balzac, à l'image d'un Vautrin au « regard divinateur » (p. 159) et se « charge[ant] du rôle de la Providence » (p. 175), demeure le **Dieu créateur de ce monde fictif**. Son ambition littéraire de construire une œuvre capable d'englober la société entière est proprement romantique et le rapproche de Victor Hugo.

3 • Une sublimation romantique de la vie humaine

• Dans l'introduction au roman, Balzac semble nier tout effet d'exagération, toute envolée poétique. Pourtant, *Le Père Goriot* multiplie les procédés stylistiques déformant le réel. L'auteur met en relief les sentiments en **sublimant les passions** : le père Goriot, « que son sentiment irréfléchi élevait jusqu'au sublime de la nature canine » (p. 182) n'est pas simplement un père, mais « le Christ de la Paternité » (p. 306).

• La passion chez Balzac est une **énergie presque surhumaine** qui transforme en être fabuleux la plus médiocre des créatures : « l'être le plus stupide [...], sous l'effort de la passion, [...] semble se mouvoir dans une sphère lumineuse », déclare Vautrin (p. 202). Puis il ajoute que les hommes passionnés sont les êtres les plus poétiques.

• L'« horrible et majestueux spectacle » (p. 287) que le forçat offre aux pensionnaires lors de son arrestation **mêle le sublime au grotesque**[1] et confère au passage une **dimension épique**.

1. Victor Hugo, dans la préface de *Cromwell* (1827), explique que le mélange du sublime et du grotesque est l'une des caractéristiques majeures de la littérature romantique.

L'outrance romantique se distingue dans l'**accumulation des contrastes** : la beauté des filles Goriot s'oppose à la laideur de Mlle Michonneau, la misère de la pension au luxe des beaux quartiers, la pureté de Victorine à la corruption de la société parisienne, etc.

- Enfin, une **atmosphère fantastique** parcourt l'ensemble de l'ouvrage. Les mystères de Goriot et Vautrin, leurs activités nocturnes confèrent à ces deux personnages un **caractère surnaturel**. Le forçat est systématiquement comparé à un **être satanique** voulant conclure un pacte avec Rastignac : son âme contre la réussite sociale.

Une société en miniature

En composant La Comédie humaine, *Balzac entendait «faire concurrence à l'état-civil*[1] *». Les personnages fonctionnent comme des archétypes sociaux à même de transcrire la variété des catégories humaines. La pension Vauquer nous présente l'intérieur d'un immeuble où se côtoient divers personnages résumant la société bourgeoise peu fortunée. Trois d'entre eux se détachent par leur traitement romanesque : Rastignac, Goriot et Vautrin. Tous trois portent leur regard vers un autre milieu, qui contraste avec la médiocrité de la pension, celui des beaux quartiers habités par la noblesse et la grande bourgeoisie.*

LA PENSION VAUQUER

1 • L'immeuble parisien : une structure sociale

- La description de la pension et de ses habitants offre «en petit les éléments d'une société complète» (p. 49). La **structure** même **de l'immeuble** détermine la manière dont ce **groupe social** est **hiérarchisé** : le rez de-chaussée est constitué des parties communes (salon, salle à manger et cuisine) et les étages sont réservés aux appartements privés. Au premier étage sont situés «les deux meilleurs appartements», l'un habité par Mme Vauquer, l'autre par Mme Couture et Mlle Taillefer. Le deuxième étage compte deux appartements, l'un occupé par Poiret, l'autre par Vautrin. Le troisième se divise en quatre chambres dont trois sont occupées respectivement par Mlle Michonneau, le père Goriot et Rastignac. Enfin au grenier sont installés les domestiques Christophe et Sylvie.

- Plus l'étage est élevé, plus la misère est grande. Ce sont les revenus qui déterminent la répartition des logements, d'où la précision du **montant des pensions** payées par chacun. Chaque pensionnaire reçoit de Mme Vauquer un traitement à hauteur de son capital.

- L'organisation interne de la pension est à l'image de l'organisation de la société parisienne, elle en est la **réduction symbolique**.

1. Termes utilisés dans l'avant-propos de *La Comédie humaine*.

2 • Un mélange des espèces

• Cette société cloisonnée et structurée par strates successives en fonction du capital se retrouve dans la **salle à manger** durant les repas. Ainsi **se côtoient diverses « espèces humaines[1] »** qui résument en quelque sorte « tout le pêle-mêle de la civilisation » (p. 25). Un jeune noble, une jeune fille déshéritée appartenant à la grande bourgeoisie, un forçat déguisé en bourgeois, un ancien commerçant, une vieille fille au passé douteux et un ancien employé de l'administration se réunissent chaque jour autour de la même table, sans compter les pensionnaires externes.

• Les repas nous présentent les personnages par le truchement des dialogues, ce qui confère une certaine **vivacité** à cette peinture sociale. Ces échanges dialogués sont formés de boutades et font peu avancer l'action, mais ils présentent tout le **grotesque** et la nullité de la **banalité quotidienne.** Ce monde médiocre et misérable évolue sous la surveillance assidue de Mme Vauquer, calculatrice, hypocrite et bornée.

TROIS PERSONNAGES CENTRAUX DE LA PENSION

1 • Rastignac

• Eugène de Rastignac, jeune noble provincial fraîchement débarqué à Paris pour suivre des études de droit, est le **personnage principal**. Quoique le titre du roman oriente l'attention du lecteur sur le père Goriot, il est le **véritable héros** de cette fiction. Ses déplacements marquent symboliquement le **trait d'union entre les personnages** et entre les différentes classes sociales. Il a accès à tous les milieux, et c'est à travers son **point de vue** que le lecteur découvre l'espace parisien et ses habitants, même si le narrateur omniscient marque l'ensemble du récit de sa présence. Il est la « sonde » que l'écrivain a jetée dans le « véritable océan » parisien (p. 43). Il est le **seul personnage qui évolue et s'accomplit** au fil du récit.

• Décrit d'emblée par « son désir de parvenir » et sa « soif des distinctions » (p. 70), il incarne le **type social du jeune ambitieux**. Son ambition, la vivacité de ses décisions lui viennent de son **origine méridionale**, « qui enfante des prodiges quand

1. Termes utilisés dans l'avant-propos de *La Comédie humaine*.

elle va en ligne droite» (p. 100) et «fait marcher droit à la difficulté pour la résoudre» (p. 158). Ses désirs sont des pulsions soudaines non méditées : il «avisa soudain à se lancer dans le monde, afin d'y conquérir des protectrices» (p. 70). Si Rastignac sait parfaitement où il souhaite parvenir, il hésite cependant sur les moyens et la possibilité de sa réussite.

- Sa noble éducation lui confère une **grandeur d'âme en désaccord avec l'esprit calculateur et corrompu** que nécessite tout désir d'ascension dans l'échelle sociale. Il sait être généreux et sensible au malheur des autres. Il prend sous sa protection le père Goriot par sincère compassion, mais sa relation avec ce dernier est aussi égoïste et calculée. Elle lui permet d'atteindre Mme de Nucingen et de quitter la pension Vauquer. Même l'amour qu'il éprouve pour Delphine apparaît autant sincère que mensonger : «Ses anxiétés, son **amour-propre** offensé, ses désespoirs, faux ou véritables, l'attachaient de plus en plus à cette femme» (p. 233). L'**ambition** semble peu à peu **pervertir tous les sentiments** éprouvés par le personnage.

2 • Le père Goriot

- Ce personnage est caractérisé dans son portrait initial (p. 50-68) par sa **déchéance sociale** qui se traduit en déménagements successifs jusqu'au dernier étage de la pension. Il habite d'abord le premier étage et reçoit les faveurs intéressées de Mme Vauquer, puis un respect de façade. Après deux années, il fait réduire le chiffre de sa pension et passe au deuxième étage, suscitant dès lors le mépris de sa logeuse. Enfin, quand, un an plus tard, il réduit à nouveau ses finances et déménage au troisième étage, il devient «le père Goriot», sujet au mauvais traitement de l'ensemble des pensionnaires.

- Il incarne la **passion de la paternité**[1] et se sacrifie pour le bonheur de ses filles. Christ, ou Dieu de la paternité comme il se voit lui-même (p. 200-201), il en est en réalité l'**image corrompue**. Son **amour** excessivement **charnel** l'avilit et lui fait perdre la raison. Il demande à Rastignac le gilet sur lequel sa fille a déposé ses

1. Le père Goriot porte à l'extrême les sentiments qu'un père puisse éprouver envers ses enfants. Plus spécifiquement, dans l'histoire chrétienne, la passion désigne les souffrances endurées par le Christ au moment de sa mort. Le Christ a sacrifié sa vie pour les hommes, le père Goriot a sacrifié la sienne pour ses filles.

larmes (p. 224) et fait « des folies comme en aurait fait l'**amant** le plus jeune et le plus tendre » (p. 308), excitant même la jalousie du véritable amant. Son amour exclusif cache un profond **égoïsme** : le monde se restreint pour lui à ses filles, le reste lui importe peu.

• Totalement dévoué à ses filles, il n'a pourtant pas su les rendre heureuses en cédant à leurs caprices. Il a **renoncé à son autorité de père** et « causé les désordres de [s]es filles » (p. 373), devenant ainsi **responsable de leur parricide**.

• Ce **désordre familial**, où les enfants prennent le pouvoir sans savoir en user et finissent par tuer le père, reflète le **désordre social** : « La société, le monde roulent sur la paternité, tout croule » (p. 371). Selon Balzac, l'ordre social implique la **restauration de la monarchie** : la société a besoin de l'autorité d'un roi, comme les enfants ont besoin de celle d'un père.

3 • Vautrin

• Vautrin est un personnage extrêmement **contradictoire** et difficile à déchiffrer. Son portrait construit par **antithèses** mentionne sa « dureté » et « ses manières souples et liantes ». Sa générosité, son « air bonhomme » contrastent avec la « crainte » qu'il inspire. On devine chez lui le « crime », mais sans en connaître réellement le fond (p. 46-48).

• Ses entrées en scène s'accompagnent le plus souvent de quelques vers chantés qui pourraient connoter son insouciance ou sa gaîté, mais qui laissent une **impression étrange et inquiétante**. Sa résolution et sa perspicacité sont marquées par son regard profond qui semble fouiller les êtres. Désigné à maintes reprises comme une **créature satanique**, il tente de **corrompre** Rastignac en lui faisant miroiter une rapide fortune. Mais il n'est pas un personnage uniquement guidé par l'intérêt, c'est aussi **l'amour** qui l'attache au jeune homme : « une amitié d'homme à homme » (p. 239).

• Il a choisi la voix du crime par **révolte** contre une société injuste, hypocrite et viciée. En fervent lecteur de Jean-Jacques Rousseau, il « se complai[t] à bafouer les lois, à fouetter la haute société » et « gard[e] rancune à l'état social » (p. 48). Cependant, ce révolté n'a rien d'un révolutionnaire : déçu par les hommes et le pouvoir, il fait le **choix cynique de sa propre doctrine du mal**.

NOBLESSE ET BOURGEOISIE DANS LE ROMAN

1 • La noblesse de tradition : Mme de Beauséant, Mme de Langeais et Eugène de Rastignac

- La noblesse de tradition, dont l'origine remonte à l'Ancien Régime, cherche à sauver sa place et ses privilèges. Elle ne travaille pas, tient son argent des terres familiales, méprise traditionnellement toute autre activité financière, mais **voit son héritage s'épuiser** : si Mme de Langeais fait allusion à l'abondance des cultures agricoles de sa grand-mère (p. 128, l. 2496-2497), la famille de Rastignac ne possède qu'un petit vignoble qui ne rapporte presque rien.

- Cette noblesse est **ultra-royaliste**, à l'image de la duchesse de Langeais qui tient un discours méprisant à l'encontre de l'ascension bourgeoise de Goriot, « ce vieux Quatre-vingt-treize » (p. 129) dont elle écorche systématiquement le nom.

- Elle se distingue de la **nouvelle noblesse** issue de la bourgeoisie qui a acquis ses titres après la Révolution : Mme de Beauséant n'invite pas le baron de Nucingen à son bal (p. 317) et ne comprend pas que le marquis d'Adjuda épouse une fille de la famille Rochefide, « gens anoblis d'hier » (p. 123).

- Elle reste toutefois un **modèle pour la grande bourgeoisie**, d'autant plus qu'elle seule a droit d'accès à la cour royale : Anastasie, qui a épousé le comte de Restaud, est présentée au roi, contrairement à sa sœur Delphine de Nucingen (p. 126). Aussi Delphine est-elle prête à tout pour être reçue chez Mme de Beauséant qui, avec Mme de Langeais, a le privilège d'appartenir au cercle très fermé des « dames du Petit-Château », proche de la famille royale (p. 209).

- **Mme de Beauséant** est l'**incarnation** de toutes les valeurs de l'ancienne noblesse : bon goût, grandeur morale, dignité. Mais ces dernières sont en train de disparaître au profit de l'argent. Aussi cette noblesse vit-elle ses derniers jours de gloire, à l'instar de Mme de Beauséant qui vit son dernier bal, avant de se retirer du monde et mourir.

2 • La grande bourgeoisie : Mme de Restaud et les époux de Nucingen

- L'affaiblissement de la noblesse se lit tout d'abord à travers les **liens** qu'elle entretient **avec la bourgeoisie**, à l'image du comte de Restaud marié à Delphine Goriot.

- Elle doit également faire front à une nouvelle noblesse représentée par le baron de Nucingen. Il fait partie de la **bourgeoisie vivant de la finance** et a acquis son

titre sous l'Empire (le titre de baron étant le plus attribué sous Napoléon). La bourgeoisie possède donc l'**argent**, mais elle n'a pas les manières de la noblesse de tradition : Rastignac remarque le luxe vulgaire et clinquant de la maison de Mme de Nucingen (p. 212), ainsi que « le luxe inintelligent du parvenu » (p. 134) qui règne chez Delphine.

- La **distinction** qui existe entre ces deux groupes est **marquée géographiquement** : la noblesse de tradition réside rive gauche, dans le faubourg Saint-Germain, alors que grande bourgeoisie s'est installée rive droite dans la Chaussée-d'Antin, le quartier des affaires. Si Rastignac a besoin des deux pour parvenir dans le monde, c'est vers le quartier des affaires et la maison Nucingen que son regard se tourne à la fin du roman.

- Quoique contrastant avec le milieu à la fois modeste et mesquin de la petite bourgeoisie installée dans la pension Vauquer, cette société est gouvernée par l'appât du gain, la vanité et l'hypocrisie. Y règnent les mêmes vices que dans la pension, le luxe et l'argent en plus.

Un roman d'éducation ?

Centré autour de la figure du jeune Rastignac qui fait ses débuts dans le monde parisien, Le Père Goriot *peut être classé parmi les romans d'éducation (nommé aussi romans de formation ou d'apprentissage). L'étudiant y apprend les lois sociales afin de parvenir où son ambition le pousse. Parcourant l'espace social parisien, où les apparences trompeuses s'accordent peu avec la réalité, il agit en véritable investigateur et le roman prend alors la forme de l'enquête sociale. En ce sens, le monde balzacien ressemble à une scène de théâtre dévoilant le drame de la comédie humaine.*

UN ROMAN D'ÉDUCATION

1 • L'apprentissage du jeune Rastignac

- Eugène de Rastignac est caractérisé en début de roman par son **manque d'expérience** et sa **méconnaissance** du monde parisien, ainsi que par sa **spontanéité** et son incapacité à dissimuler ses émotions. Même les domestiques de Mme de Restaud et de Mme de Beauséant se moquent de ses étourderies. Or il quitte peu à peu ses premiers défauts en côtoyant la société. Chaque déplacement hors de la pension le fait évoluer, il prend de l'assurance et se défait de ses anciens scrupules. Ce n'est plus le même personnage en fin de roman : il a su se révéler.

- **L'apprentissage révèle Rastignac plus qu'il ne le transforme.** Les qualités qui valideront sa réussite sont enfouies en lui. Suffisamment alerte d'esprit, il est « un de ces jeunes gens [...] qui se préparent une belle destinée en calculant déjà la portée de leurs études, et les adaptant par avance au mouvement futur de la société, pour être les premiers à la pressurer » (p. 39). Sa faculté naturelle à s'adapter au monde qui l'entoure annonce une formation rapide aux codes de la société. Ainsi est-il un **être prédéterminé** dans sa réussite sociale.

- Le récit commence alors qu'il a déjà vécu une année dans la capitale. Le narrateur résume cette expérimentation « du Paris matériel » au cours de laquelle il est passé de l'admiration du luxe à l'envie de possession. Ce premier apprentissage qu'il subit « à son insu » stimule sa **quête matérielle d'harmonie avec le monde** : « Ses illusions d'enfance, ses idées de province avaient disparu » (p. 69). Il s'est ainsi détaché de ses rêves romantiques, ne cherchant plus l'amour d'une femme, mais la conquête de « protectrices ».

• Son parcours s'assimile alors à une « campagne » contre une société dans laquelle il doit faire ses premières armes. Le vocabulaire militaire jalonne l'ensemble du roman, présentant Rastignac en **chevalier du monde moderne** et le roman en **épopée sociale** : ce ne sont plus la Providence et le mérite personnel qui garantissent la victoire, mais les **circonstances** et la capacité à saisir l'occasion qui se présente. Mme de Nucingen en est une. L'**opportunisme** est la nouvelle qualité du héros romanesque.

2 • Une éducation en trois leçons

• Le jeune Rastignac comprend par lui-même que son initiation au monde passe par les **femmes** : « il m'en faut une qui m'apprenne ce que, vous autres femmes, vous savez si bien expliquer : la vie. » (p. 121). Les femmes connaissent les lois du cœur, Mme Beauséant saura choisir la femme adéquate à la situation de Rastignac. Delphine de Nucingen se chargera de son **éducation sentimentale** : liant l'amour à l'argent et l'ambition, elle lui ouvrira la porte de la haute bourgeoisie, en échange de son entrée dans l'aristocratie. Les femmes savent également par expérience comment se comporter dans un monde rude où tout sentiment doit être réprimé. « Bricolées par les lois » (p. 169), elles sont les premières **victimes de la société** et doivent en **déjouer les pièges pour survivre**. La sentence de Mme de Beauséant reste sans appel : « le monde est infâme » ; « Plus froidement vous calculerez, plus avant vous irez » (p. 131).

• Au cynisme de Mme de Beauséant répond celui de **Vautrin** qui se pose en **maître à penser**. Comme le constate le jeune élève, cette deuxième leçon donnée est la même, les « formes » en moins (p. 179). La vertu n'existe pas en ce monde, aussi faut-il mépriser les hommes. **Tous les moyens sont bons pour parvenir**, y compris la voie du crime. Si Rastignac rejette dans un premier temps la philosophie du forçat, il ne cesse d'y repenser au fur et à mesure qu'il expérimente le monde.

• Le père **Goriot** fournit à Rastignac un **témoignage** évident **de la corruption des hommes**. Involontairement, ce vieil homme lui offre, lors de son agonie, sa dernière leçon. Son discours délirant, traversé par des éclats de lucidité, dévoile le **tragique de l'existence**. Le monde sombre de façon irrémédiable.

• À la fin du roman, l'éducation du jeune homme est achevée. Il est prêt à se lancer seul dans le monde.

UN ROMAN D'ENQUÊTE

1 • L'enquête policière

- Les repères de la société de l'Ancien Régime ont disparu et l'individu doit apprendre à **lire les signes extérieurs** pour ne pas être trompé. D'emblée, le narrateur met en avant la perspicacité de Rastignac, « son esprit sagace et [...] son désir de pénétrer les mystères d'une situation épouvantable, aussi soigneusement cachée par ceux qui l'avaient créée que par celui qui la subissait » (p. 39). Le jeune homme n'est pas un simple ambitieux, il semble être surtout un **enquêteur** à même de révéler la véritable nature des hommes. On le voit espionnant d'abord le père Goriot, puis Vautrin, curieux de découvrir les **mystères** et les **énigmes** qui se cachent dans les sombres couloirs de la pension Vauquer. Le réel motif qui le conduit chez Mme de Restaud n'est pas l'ambition, mais la volonté d'éclaircir le lien qui l'unit au père Goriot.

- À cette enquête s'ajoute celle de Bianchon, espionnant Poiret et Mlle Michonneau, eux-mêmes chargés par un policier déguisé en bourgeois de démasquer Trompe-la-Mort. Le **masque des apparences** règne en maître. Vautrin est le plus expérimenté de tous : il sait lire à travers chacun, sans se laisser lui-même déchiffrer (quoiqu'il se fasse arrêter). La société semble alors se partager entre ceux qui savent la déchiffrer et ceux qui ne le savent pas, à l'instar de la ridicule Mme Vauquer.

2 • L'enquête sociale

- L'enquête des personnages est aussi proche de l'**enquête scientifique et sociale.** Rastignac est un homme de terrain et ses multiples déplacements lui permettent d'établir une juste mesure du monde. Que ce soit à pied ou en voiture, chaque parcours entre deux lieux distincts s'assimile à un **parcours mental** durant lequel le jeune homme ne cesse de réfléchir à ce qu'il a vu de la société. Sa réflexion jaillit toujours par comparaison d'un milieu à l'autre : Paris et le domaine familial, la maison Vauquer et les beaux quartiers, la Chaussée-d'Antin et le faubourg Saint-Germain. Pour étudier le monde social, il faut, tel l'écrivain Balzac, parcourir tous les milieux et pratiquer une **méthode comparatiste** afin de distinguer les groupes, les classer selon leurs divergences et leurs ressemblances.

- À cette méthode s'adjoignent les **théories scientifiques déterminant le caractère des individus** relativement à leur aspect physique ou à leur morphologie. Bianchon se sert du système de Gall pour mieux comprendre le caractère du père

Goriot (p. 137 et 363). Les multiples interventions du narrateur visent également à fournir des outils de méthode ou des explications logiques aux comportements des personnages (par exemple, p. 157, 181-182, 242-243).

UNE COMÉDIE HUMAINE

1 • Le jeu des apparences

• Rastignac découvre peu à peu que l'apparence cache la vérité profonde des êtres. **Le monde est un théâtre** où se joue la « comédie humaine », où chaque individu joue un rôle prédéterminé, où vrai et faux se confondent. Le théâtre, en tant que spectacle, est omniprésent dans le roman. Outre les bals, il est le lieu privilégié des sorties mondaines. Rastignac y est mené par Mme de Beauséant et y rencontre Mme de Nucingen. Le texte s'organise alors autour des **échanges de regards** : chaque personnage cherche à montrer une fausse image de soi, tout en essayant de décoder le jeu de chacun. Révéler la vraie nature de la société revient à en dénoncer le **caractère factice** : ultime leçon que la fiction littéraire balzacienne semble enseigner au lecteur.

2 • Une comédie dramatique

• Cette comédie a cependant des répercussions douloureuses. Le paragraphe inaugural présentait le roman comme un drame propre à émouvoir. La **structure dramatique** du roman est en effet identifiable dans les différentes étapes du récit. La présentation de la pension et des pensionnaires ainsi que les deux visites, chez Mme de Restaud puis chez Mme de Beauséant, font office d'« exposition » (p. 147, l. 2965). L'intrigue se noue ensuite autour de trois actions dramatiques : le désir de parvenir de Rastignac, l'enquête sur Vautrin, la relation du père Goriot avec ses filles. Ces trois actions se dénouent lors de la « journée aux aventures » (p. 281, l. 6370) : Rastignac s'installe enfin dans les beaux quartiers, Vautrin est arrêté, le père Goriot se meurt par la faute de ses filles en difficulté financière. La destinée du vieillard et sa douloureuse agonie concentrent à elles seules les **effets pathétiques** du roman qui visent à toucher le cœur du lecteur.

La description

Au XIXe siècle, la description se déploie largement dans les romans et nouvelles. Si elle permet au lecteur de mieux concevoir l'espace où se déroule l'action, elle n'est jamais purement informative ni copie conforme du réel, même dans le récit réaliste. Elle révèle une vision du monde, une sensibilité particulière : celle du personnage qui regarde, celle du narrateur qui raconte et/ou celle de l'auteur qui construit son œuvre. Placée en début de roman, elle oriente en outre l'horizon d'attente du lecteur.

DOCUMENT 1

FRANÇOIS-RENÉ DE CHATEAUBRIAND, *Atala* (1801) ♦ prologue

Atala *est le récit des amours contrariées d'une Indienne Natchez et du narrateur René, jeune Français qui s'est retiré au bord du Meschacebé (Mississippi). Le prologue s'ouvre sur une longue description aux tonalités romantiques. Elle est la traduction d'une vision enchanteresse où la nature exotique domine par son étendue et son abondance.*

Les deux rives du Meschacebé présentent le tableau le plus extraordinaire. Sur le bord occidental[1], des savanes se déroulent à perte de vue ; leurs flots de verdure, en s'éloignant, semblent monter dans l'azur[2] du ciel où ils s'évanouissent. On voit dans ces prairies sans bornes[3] errer à l'aventure[4] des troupeaux de trois ou quatre mille buffles sauvages. Quelquefois un bison chargé d'années, fendant les flots à la nage, se vient coucher parmi de hautes herbes, dans une île du Meschacebé. À son front orné de deux croissants[5], à sa barbe antique[6] et limoneuse[7], vous le prendriez pour le dieu du fleuve, qui jette un œil satisfait sur la grandeur de ses ondes[8], et la sauvage abondance de ses rives.

Telle est la scène sur le bord occidental ; mais elle change sur le bord opposé, et forme avec la première un admirable contraste. Suspendus sur le cours des eaux, groupés sur les rochers et sur les montagnes, dispersés dans les vallées, des arbres de toutes les formes, de toutes les couleurs, de tous les parfums, se

1. **Occidental :** à l'ouest.
2. **L'azur :** le bleu.
3. **Sans bornes :** sans limites.
4. **À l'aventure :** sans but.
5. Les *croissants* désignent métaphoriquement les cornes.
6. **Antique :** semblable à celle portée dans les temps anciens.
7. **Limoneuse :** boueuse.
8. **Ondes :** flots, eaux.

mêlent, croissent ensemble, montent dans les airs à des hauteurs qui fatiguent les regards. Les vignes sauvages, les bignonias[1], les coloquintes[2], s'entrelacent au pied de ces arbres, escaladent leurs rameaux, grimpent à l'extrémité des branches, s'élancent de l'érable[3] au tulipier[4], du tulipier à l'alcée[5], en formant mille grottes, mille voûtes, mille portiques. Souvent égarées d'arbre en arbre, ces lianes traversent des bras de rivières, sur lesquels elles jettent des ponts de fleurs. Du sein de ces massifs, le magnolia[6] élève son cône immobile ; surmonté de ses larges roses blanches, il domine toute la forêt, et n'a d'autre rival que le palmier, qui balance légèrement auprès de lui ses éventails de verdure.

DOCUMENT 2

THÉOPHILE GAUTIER, « La cafetière » (1831)

Le narrateur de cette nouvelle fantastique séjourne chez des amis en Normandie et découvre la chambre qui lui a été réservée. Dans un état fiévreux, il décrit les impressions étranges que lui procurent le mobilier et la décoration. Sa vision se situe à la limite du rêve et de la réalité.

Nous étions harassés[7] ; aussi, notre hôte, voyant les efforts que nous faisions pour comprimer nos bâillements et tenir les yeux ouverts, aussitôt que nous eûmes soupé, nous fit conduire chacun dans notre chambre.

La mienne était vaste ; je sentis, en y entrant, comme un frisson de fièvre, car il me sembla que j'entrais dans un monde nouveau.

En effet, l'on aurait pu se croire au temps de la Régence[8], à voir les dessus de porte de Boucher[9] représentant les Quatre Saisons[10], les meubles surchargés d'ornements de rocaille[11] du plus mauvais goût, et les trumeaux[12] des glaces sculptés lourdement.

1. **Bignonias :** lianes ou arbrisseaux grimpants.
2. **Coloquintes :** plantes grimpantes.
3. **Érable :** arbre à larges feuilles.
4. **Tulipier :** arbre d'Amérique du Nord, de haute taille et à fleurs en forme de tulipe.
5. **Alcée :** mauve sauvage des pays chauds.
6. **Magnolia :** arbre ou arbuste à grandes fleurs généralement blanches ou mauves et dont le fruit est en forme de cône.
7. **Harassés :** épuisés.
8. **La Régence :** époque (1715-1723) durant laquelle Philippe d'Orléans gouverne la France, car le roi Louis XV, qui succède à Louis XIV, est encore trop jeune pour régner.
9. **Boucher :** François Boucher (1703-1770), célèbre peintre sous Louis XV. Il est connu pour ses scènes champêtres et son style rococo (maniéré et chargé en ornementations).
10. Les parties supérieures des portes sont décorées par des peintures de Boucher illustrant les quatre saisons de l'année.
11. **Rocaille :** rococo, style décoratif à la mode sous Louis XV.
12. **Trumeaux :** panneaux de glace ou de peinture décorant le dessus d'une cheminée.

Rien n'était dérangé. La toilette[1] couverte de boîtes à peignes, de houppes[2] à poudrer, paraissait avoir servi la veille. Deux ou trois robes de couleurs changeantes, un éventail semé de paillettes d'argent, jonchaient le parquet bien ciré et, à mon grand étonnement, une tabatière d'écaille ouverte sur la cheminée était pleine de tabac encore frais.

Je ne remarquai ces choses qu'après que le domestique, déposant son bougeoir sur la table de nuit, m'eut souhaité un bon somme, et, je l'avoue, je commençai à trembler comme la feuille. Je me déshabillai promptement[3], je me couchai, et, pour en finir avec ces sottes frayeurs, je fermai bientôt les yeux en me tournant du côté de la muraille[4].

Mais il me fut impossible de rester dans cette position : le lit s'agitait sous moi comme une vague, mes paupières se retiraient violemment en arrière. Force me fut de me retourner et de voir.

Le feu qui flambait jetait des reflets rougeâtres dans l'appartement, de sorte qu'on pouvait sans peine distinguer les personnages de la tapisserie et les figures des portraits enfumés pendus à la muraille.

C'étaient les aïeux de notre hôte, des chevaliers bardés de fer[5], des conseillers en perruque, et de belles dames au visage fardé et aux cheveux poudrés à blanc, tenant une rose à la main.

Tout à coup le feu prit un étrange degré d'activité ; une lueur blafarde[6] illumina la chambre, et je vis clairement que ce que j'avais pris pour de vaines[7] peintures était la réalité ; car les prunelles de ces êtres encadrés remuaient, scintillaient d'une façon singulière ; leurs lèvres s'ouvraient et se fermaient comme des lèvres de gens qui parlent, mais je n'entendais rien que le tic-tac de la pendule et le sifflement de la bise[8] d'automne.

1. Toilette : coiffeuse (meuble sur lequel on dispose objets et produits servant à la toilette et au coiffage).
2. Houppes : tampons en plume (de cygne, d'oie) ou en coton servant à se poudrer.
3. Promptement : rapidement.
4. Muraille : mur.
5. Bardés de fer : revêtus de leur armure.
6. Blafarde : pâle.
7. Vaines : insignifiantes.
8. Bise : vent froid venant du nord.

DOCUMENT 3

HONORÉ DE BALZAC, *Le Père Goriot* (1835)

L'incipit du Père Goriot *présente l'environnement extérieur de la pension Vauquer (le quartier, puis l'aspect extérieur du bâtiment) avant d'en décrire l'intérieur. Le narrateur introduit ainsi le lecteur dans le milieu où il verra évoluer les personnages. Loin de donner à voir un simple décor, cette description du salon et de la salle à manger prépare l'entrée en scène de Mme Vauquer et de ses pensionnaires.*

« Cette première pièce exhale une odeur sans nom dans la langue [...] elle va tomber en pourriture. » → p. 34-36, l. 149-190

DOCUMENT 4

GUSTAVE FLAUBERT, *L'Éducation sentimentale* (1869) ♦ incipit

Sur un fond historique transcrivant la fin de la monarchie de juillet, le récit narre l'histoire de Frédéric Moreau, antihéros qui semble subir sa destinée, plus que la choisir. Le roman s'ouvre sur une description réaliste et impersonnelle, tout imprégnée cependant de l'état d'esprit du personnage.

Le 15 septembre 1840, vers six heures du matin, *la Ville-de-Montereau*[1], près de partir, fumait à gros tourbillons devant le quai Saint-Bernard.

Des gens arrivaient hors d'haleine ; des barriques, des câbles, des corbeilles de linges gênaient la circulation ; les matelots ne répondaient à personne ; on se heurtait ; les colis montaient entre les deux tambours[2], et le tapage s'absorbait dans le bruissement de la vapeur, qui, s'échappant par des plaques de tôle, enveloppait tout d'une nuée blanchâtre, tandis que la cloche, à l'avant, tintait sans discontinuer.

Enfin le navire partit ; et les deux berges, peuplées de magasins[3], de chantiers et d'usines, filèrent comme deux larges rubans que l'on déroule.

Un jeune homme de dix-huit ans, à longs cheveux et qui tenait un album[4] sous son bras, restait auprès du gouvernail, immobile. À travers le brouillard, il contemplait des clochers, des édifices dont il ne savait pas les

1. ***La Ville-de-Montereau* :** nom du navire.
2. **Tambours :** parties cylindriques, de chaque côté d'un bateau à vapeur, qui protègent les roues munies de palettes (en forme de moulin).
3. **Magasins :** entrepôts.
4. **Album :** cahier de notes ou livre illustré.

noms ; puis il embrassa, dans un dernier coup d'œil, l'île Saint-Louis, la Cité, Notre-Dame ; et bientôt, Paris disparaissant, il poussa un grand soupir.

M. Frédéric Moreau, nouvellement reçu bachelier, s'en retournait à Nogent-sur-Seine, où il devait languir pendant deux mois, avant d'aller *faire son droit*. Sa mère, avec la somme indispensable, l'avait envoyé au Havre voir un oncle, dont elle espérait, pour lui, l'héritage ; il en était revenu la veille seulement ; et il se dédommageait de ne pouvoir séjourner dans la capitale, en regagnant sa province par la route la plus longue.

DOCUMENT 5

MICHEL BUTOR, *La Modification* (1957), © Éd. de Minuit ♦ première partie

La Modification *traduit les préoccupations littéraires du Nouveau Roman qui cherche à renouveler les procédés de la narration et de la description classiques. Ce récit écrit à la deuxième personne introduit le lecteur dans l'espace-temps romanesque. Le personnage, au début du roman, se situe dans un train au départ de Paris en direction de Rome où il doit rejoindre sa maîtresse. Il décrit avec minutie et de façon radicalement objective ce qu'il voit, récusant ainsi toute analyse psychologique.*

De l'autre côté de la fenêtre, assis seul sur l'autre banquette, un ecclésiastique[1] d'une trentaine d'années, déjà un peu gras, d'une propreté méticuleuse à l'exception des doigts de la main droite souillée de nicotine, tente de s'absorber dans la lecture de son bréviaire[2] truffé d'images, au-dessous d'un porte-documents d'un noir, un peu cendré, d'asphalte[3], dont bâille en partie la longue fermeture éclair comme la gueule aux dents très fines d'un serpent marin, posé sur le filet[4] jusqu'où vous hissez péniblement, tel un dérisoire athlète de place publique soulevant par son anneau l'énorme poids de fonte[5] creuse, d'une seule main, puisque les doigts de l'autre sont encore serrés sur le livre que vous venez d'acheter, vous hissez votre propre bagage, votre propre valise recouverte de cuir vert bouteille à gros grain avec vos initiales frappées « L. D. », cadeau de votre famille à votre précédent anniversaire, qui était alors assez élégante, tout à fait convenable pour le directeur du bureau parisien des machines à écrire

1. Ecclésiastique : religieux.
2. Bréviaire : livre de prières.
3. D'asphalte : de couleur noire.
4. Filet : filet où les voyageurs placent leur bagage.
5. Fonte : métal qui compose le poids.

REPÈRES | FICHES | DOCUMENTS | OBJECTIF BAC

Scabelli, et qui peut encore faire illusion malgré ces taches grasses qui se révèlent à un examen plus attentif, et cette sournoise rouille qui commence à ronger les anneaux.

En face de vous, entre l'ecclésiastique et la jeune femme gracieuse et tendre, à travers la vitre, à travers une autre vitre, vous apercevez assez indistinctement à l'intérieur d'un autre wagon de modèle plus ancien aux bancs de bois jaune, aux filets de ficelle, dans la pénombre au-delà des reflets composés, un homme de la même taille que vous, dont vous ne sauriez ni préciser l'âge, ni décrire avec exactitude les vêtements, qui reproduit avec plus de lenteur encore les gestes fatigués que vous venez d'accomplir.

DOCUMENT 6

CAMILLE PISSARRO, *Boulevard des Italiens, matin, effet de soleil* (1897)
→ 3e de couverture

Camille Pissarro (1830-1903) fait partie des peintres impressionnistes qui accordent une place privilégiée aux couleurs et aux effets de lumière. Ce tableau représente une vue du Paris moderne au XIXe siècle, dans les lueurs du matin.

Le personnage de l'ambitieux

Quoique l'ambition et le désir de s'élever dans la société soient des thèmes qui traversent l'ensemble de la littérature, le personnage de l'ambitieux prend au XIXe siècle un aspect radicalement nouveau. Le règne napoléonien a montré l'exemple d'un soldat qui, par la force de son caractère et de sa volonté, est devenu empereur. Issu souvent d'un milieu déclassé, l'ambitieux se confronte à une société qui lui rappelle son infériorité, tout en lui offrant de nombreux modèles de réussite. Ne serait-il pas en réalité une victime qui prend sa revanche ?

DOCUMENT 7

JEAN DE LA FONTAINE, *Fables*, « La Grenouille qui se veut faire aussi grosse que le bœuf » (1668) ♦ livre I

Cette fable de La Fontaine dénonce, à travers le personnage de la grenouille, la prétention de certains hommes à vouloir paraître d'un plus haut rang que le leur. Ce caractère ambitieux se retrouve à tous les niveaux de l'échelle sociale.

Une Grenouille vit un bœuf
Qui lui sembla de belle taille.
Elle qui n'était pas grosse en tout comme un œuf
Envieuse s'étend, et s'enfle, et se travaille[1]
Pour égaler l'animal en grosseur,
Disant : Regardez bien, ma sœur[2] ;
Est-ce assez ? dites-moi ; n'y suis-je point encore ?
– Nenni. – M'y voici donc ? – Point du tout. – M'y voilà ?
– Vous n'en approchez point. La chétive[3] pécore[4]
S'enfla si bien qu'elle creva[5].
Le monde est plein de gens qui ne sont pas plus sages :
Tout bourgeois[6] veut bâtir comme les grands Seigneurs,
Tout petit Prince a des Ambassadeurs,
Tout Marquis veut avoir des Pages[7].

1. **Se travaille :** se donne du mal, se démène.
2. La grenouille s'adresse à une autre grenouille.
3. **Chétive :** maigre, et dans un sens figuré : méprisable.
4. **Pécore :** personne ou animal stupide.
5. **Creva :** éclata et, au sens figuré : mourut.
6. **Bourgeois :** habitant d'une ville qui est issu du peuple.
7. **Pages :** jeunes nobles au service de grands seigneurs.

DOCUMENT 8

STENDHAL, *Le Rouge et le Noir* (1830)

Le Rouge et le Noir *raconte l'ascension sociale, sous la Restauration, d'un jeune ambitieux calculateur qui s'acharne à se défaire de toute sensibilité : Julien Sorel, fils de charpentier. Au sommet de sa gloire, il s'apprête enfin à épouser une jeune femme de l'aristocratie, quand son ancienne maîtresse, Mme de Rênal, le dénonce comme un ambitieux sans morale. Furieux, il tente de l'assassiner et se fait arrêter. Condamné à mort, il prononce devant les jurés un discours dans lequel il explique son crime.*

Voilà le dernier de mes jours qui commence, pensa Julien. Bientôt il se sentit enflammé par l'idée du devoir. Il avait dominé jusque-là son attendrissement, et gardé sa résolution de ne point parler ; mais quand le président des assises[1] lui demanda s'il avait quelque chose à ajouter, il se leva. Il voyait devant lui les yeux de Mme Derville[2] qui, aux lumières, lui semblèrent bien brillants. Pleurerait-elle, par hasard ? pensa-t-il.

« Messieurs les jurés,

« L'horreur du mépris, que je croyais pouvoir braver au moment de la mort, me fait prendre la parole. Messieurs, je n'ai point l'honneur d'appartenir à votre classe, vous voyez en moi un paysan qui s'est révolté contre la bassesse de sa fortune[3].

« Je ne vous demande aucune grâce, continua Julien en affermissant sa voix. Je ne me fais point illusion, la mort m'attend : elle sera juste. J'ai pu attenter aux jours de la femme la plus digne de tous les respects, de tous les hommages. Mme de Rênal avait été pour moi comme une mère[4]. Mon crime est atroce, et il fut *prémédité*[5]. J'ai donc mérité la mort, Messieurs les jurés. Mais quand[6] je serais moins coupable, je vois des hommes qui, sans s'arrêter à ce que ma jeunesse peut mériter de pitié, voudront punir en moi et décourager à jamais cette classe de jeunes gens qui, nés dans une classe

1. **Des assises :** du tribunal des assises.
2. Mme Derville est une amie de Mme de Rênal.
3. **Bassesse de sa fortune :** infériorité de sa condition.
4. Julien fut d'abord précepteur (éducateur) des enfants de Mme de Rênal, une femme plus âgée que lui.
5. En réalité, Julien Sorel a agi sous le coup de la colère. Mais il comprend que des circonstances atténuantes ne le sauveront pas, car son véritable crime est d'avoir transgressé la hiérarchie sociale en s'élevant plus haut que son rang. Il prend donc l'entière responsabilité de son crime.
6. **Quand :** dans le cas où.

inférieure et en quelque sorte opprimés par la pauvreté, ont le bonheur de se procurer une bonne éducation, et l'audace de se mêler à ce que l'orgueil des gens riches appelle la société[1].

« Voilà mon crime, Messieurs, et il sera puni avec d'autant plus de sévérité, que, dans le fait, je ne suis point jugé par mes pairs[2]. Je ne vois point sur les bancs des jurés quelque paysan enrichi, mais uniquement des bourgeois indignés... »

DOCUMENT 9

HONORÉ DE BALZAC, *Le Père Goriot* (1835)

Rastignac a découvert que le père Goriot entretenait une mystérieuse relation avec une jeune et belle aristocrate qu'il a rencontrée au bal donné par Mme de Beauséant. Il s'agit de Mme de Restaud, à laquelle il décide de rendre visite. Durant le trajet exécuté à pied, il imagine leur entrevue, avant de pénétrer enfin chez la comtesse.

« Le lendemain Rastignac s'habilla fort élégamment [...] quand elle va en ligne droite. » → p. 99-100, l. 1730-1768

DOCUMENT 10

ÉMILE ZOLA, « Nantas » (1878)

Dans cette nouvelle, Nantas, fils de maçon, est obsédé par l'idée de réussir socialement. Mlle Chuin, une gouvernante[3] jouant les entremetteuses, lui propose alors d'épouser une jeune aristocrate enceinte, en l'échange de quoi il doit reconnaître l'enfant. Il accepte la transaction qui lui fournit une belle situation et est introduit auprès de sa future épouse. Elle le reçoit froidement. Hautaine, elle lui rappelle qu'ils ne sont mariés que de nom et qu'ils n'auront jamais d'autre lien. En quête de reconnaissance, Nantas cède pourtant au désir d'expliquer son ambition et ses rêves.

Brusquement, Nantas eut un mouvement amical. Ainsi que tous les gens qui ont conscience de leur force, il aimait à être bonhomme[4].

– Tenez ! madame, s'écria-t-il, nous ne nous connaissons pas ; mais nous aurions vraiment tort de nous détester ainsi, à première vue. Peut-être sommes-nous faits pour nous entendre... Je vois bien que vous me méprisez ; c'est que vous ignorez mon histoire.

1. Le mot *société*, pour les riches, désignait la bonne société.
2. Pairs : semblables.
3. Gouvernante : dame de compagnie d'une jeune femme riche.
4. Bonhomme : d'un caractère simple et bon.

Et il parla avec fièvre, se passionnant, disant sa vie dévorée d'ambition, à Marseille, expliquant la rage de ses deux mois de démarches inutiles dans Paris. Puis, il montra son dédain de ce qu'il nommait les conventions sociales ; où patauge le commun des hommes. Qu'importait le jugement de la foule, quand on posait le pied sur elle ! Il s'agissait d'être supérieur. La toute-puissance excusait tout. Et, à grands traits, il peignit la vie souveraine[1] qu'il saurait se faire. Il ne craignait plus aucun obstacle, rien ne prévalait contre la force, il serait fort, il serait heureux.

– Ne me croyez pas platement intéressé, ajouta-t-il. Je ne me vends pas pour votre fortune. Je ne prends votre argent que comme un moyen de monter très haut... Oh ! si vous saviez tout ce qui gronde en moi, si vous saviez les nuits ardentes que j'ai passées à refaire toujours le même rêve, sans cesse emporté par la réalité du lendemain, vous me comprendriez, vous seriez peut-être fière de vous appuyer à mon bras, en vous disant que vous me fournissez enfin les moyens d'être quelqu'un !

Elle l'écoutait toute droite, pas un trait de son visage ne remuait. Et lui se posait une question qu'il retournait depuis trois jours, sans pouvoir trouver la réponse : l'avait-elle remarqué à sa fenêtre[2], pour avoir accepté si vite le projet de Mlle Chuin, lorsque celle-ci l'avait nommé ? Il lui vint la pensée singulière qu'elle se serait peut-être mise à l'aimer d'un amour romanesque, s'il avait refusé avec indignation le marché que la gouvernante était venue lui offrir.

Il se tut, et Flavie resta glacée. Puis, comme s'il ne lui avait pas fait sa confession, elle répéta sèchement :

– Ainsi, mon mari de nom seulement, nos vies complètement distinctes, une liberté absolue.

Nantas reprit aussitôt son air cérémonieux, sa voix brève d'homme qui discute un traité.

– C'est signé, madame.

Et il se retira, mécontent de lui. Comment avait-il pu céder à l'envie bête de convaincre cette femme ? Elle était très belle, il valait mieux qu'il n'y eût rien de commun entre eux, car elle pouvait le gêner dans la vie.

1. Souveraine : parfaite.
2. Nantas logeait en effet dans une chambre d'un immeuble voisin. Il avait pu, de sa fenêtre, observer la jeune femme.

DOCUMENT 11

GUY DE MAUPASSANT, *Bel-Ami* (1885)

Georges Duroy, fils de paysans normands et ancien militaire, se désespère de mener une vie misérable à Paris. Il rencontre alors un camarade de régiment, Georges Forestier, qui lui propose de devenir journaliste. Duroy se rend chez Forestier pour un dîner. Une nouvelle vie s'ouvre à lui et décuple son ambition de parvenir.

N'ayant chez lui que son petit miroir à barbe, il n'avait pu se contempler entièrement, et comme il n'y voyait que fort mal les diverses parties de sa toilette[1] improvisée, il s'exagérait les imperfections, s'affolait à l'idée d'être grotesque.

Mais voilà qu'en s'apercevant dans la glace, il ne s'était pas même reconnu ; il s'était pris pour un autre, pour un homme du monde, qu'il avait trouvé fort bien, fort chic, au premier coup d'œil.

Et maintenant, en se regardant avec soin, il reconnaissait que, vraiment, l'ensemble était satisfaisant.

Alors il s'étudia comme font les acteurs pour apprendre leurs rôles. Il se sourit, se tendit la main, fit des gestes, exprima des sentiments : l'étonnement, le plaisir, l'approbation ; et il chercha les degrés du sourire et les intentions de l'œil pour se montrer galant auprès des dames, leur faire comprendre qu'on les admire et qu'on les désire.

Une porte s'ouvrit dans l'escalier. Il eut peur d'être surpris et il se mit à monter fort vite et avec la crainte d'avoir été vu, minaudant[2] ainsi, par quelque invité de son ami.

En arrivant au second étage, il aperçut une autre glace et il ralentit sa marche pour se regarder passer. Sa tournure lui parut vraiment élégante. Il marchait bien. Et une confiance immodérée en lui-même emplit son âme. Certes, il réussirait avec cette figure-là et son désir d'arriver, et la résolution qu'il se connaissait et l'indépendance de son esprit. Il avait envie de courir, de sauter en gravissant le dernier étage. Il s'arrêta devant la troisième glace, frisa sa moustache d'un mouvement qui lui était familier, ôta son chapeau pour rajuster sa chevelure, et murmura à mi-voix, comme il faisait souvent : « Voilà une excellente invention. » Puis, tendant la main vers le timbre[3], il sonna.

---

1. Toilette : tenue vestimentaire.
2. Minaudant : faisant des poses.
3. Timbre : sonnette.

DOCUMENT 12

ALBERT CAMUS, *L'Étranger* (1942) © Éditions Gallimard

Meursault, le personnage de L'Étranger, *fait figure d'antihéros. Il porte sur le monde un regard plat, dans le sens où il n'accorde pas plus d'importance à une chose qu'à une autre. À l'étonnement de son entourage, il n'agit jamais selon les attentes convenues de la société. Toute ambition lui est étrangère, que ce soit dans sa vie professionnelle ou personnelle.*

Peu après, le patron m'a fait appeler et sur le moment j'ai été ennuyé parce que j'ai pensé qu'il allait me dire de moins téléphoner et de mieux travailler. Ce n'était pas cela du tout. Il m'a déclaré qu'il allait me parler d'un projet encore très vague. Il voulait seulement avoir mon avis sur la question. Il avait l'intention d'installer un bureau à Paris qui traiterait ses affaires sur la place, et directement, avec les grandes compagnies et il voulait savoir si j'étais disposé à y aller. Cela me permettrait de vivre à Paris et aussi de voyager une partie de l'année. « Vous êtes jeune, et il me semble que c'est une vie qui doit vous plaire. » J'ai dit que oui mais que dans le fond cela m'était égal. Il m'a demandé alors si je n'étais pas intéressé par un changement de vie. J'ai répondu qu'on ne changeait jamais de vie, qu'en tout cas toutes se valaient et que la mienne ici ne me déplaisait pas du tout. Il a eu l'air mécontent, m'a dit que je répondais toujours à côté, que je n'avais pas d'ambition et que cela était désastreux dans les affaires. Je suis retourné travailler alors. J'aurais préféré ne pas le mécontenter, mais je ne voyais pas de raison pour changer ma vie. En y réfléchissant bien, je n'étais pas malheureux. Quand j'étais étudiant, j'avais beaucoup d'ambitions de ce genre. Mais quand j'ai dû abandonner mes études, j'ai très vite compris que tout cela était sans importance réelle.

Le soir, Marie est venue me chercher et m'a demandé si je voulais me marier avec elle. J'ai dit que cela m'était égal et que nous pourrions le faire si elle le voulait. Elle a voulu savoir alors si je l'aimais. J'ai répondu comme je l'avais déjà fait une fois, que cela ne signifiait rien mais que sans doute je ne l'aimais pas. « Pourquoi m'épouser alors ? » a-t-elle dit. Je lui ai expliqué que cela n'avait aucune importance et que si elle le désirait, nous pouvions nous marier. D'ailleurs, c'était elle qui le demandait et moi je me contentais de dire oui. Elle a observé alors que le mariage était une chose grave. J'ai répondu : « Non. »

Description et réalité | SUJET D'ÉCRIT 1 |

Objet d'étude : le personnage de roman du XVIIe siècle à nos jours

DOCUMENTS

- **BALZAC, *Le Père Goriot*** (1835) ♦ DOC. 3, p. 456
- **FLAUBERT, *L'Éducation sentimentale*** (1869) ♦ DOC. 4, p. 456
- **BUTOR, *La Modification*** (1957) ♦ DOC. 5, p. 457

QUESTIONS SUR LE CORPUS

1 Étudiez le point de vue adopté dans ces descriptions.

2 Quelles sont les fonctions symboliques et esthétiques de ces descriptions ?

TRAVAUX D'ÉCRITURE

Commentaire (séries générales)

Vous ferez le commentaire du texte de Balzac (doc. 3, p. 456).

Commentaire (séries technologiques)

Vous ferez le commentaire du texte de Balzac (doc. 3, p. 456), en vous aidant des pistes de lecture suivantes.
– Vous montrerez que cette description n'est pas une simple copie du réel, mais un point de vue du narrateur sur le monde.
– Vous analyserez en quoi cette description remplit sa fonction d'incipit.

Dissertation

Dans le roman, la description a-t-elle pour seule fonction de reproduire le réel ? Vous traiterez ce sujet en vous aidant des textes du corpus, de ceux étudiés en classe et de vos lectures personnelles.

Écriture d'invention

Deux lecteurs du XIXe siècle débattent de la fonction de la description dans le roman : l'un défend l'idée que la description doit transcrire la réalité telle quelle, l'autre l'idée que la description doit présenter une image sublimée du réel.

Le personnage de l'ambitieux

| SUJET D'ÉCRIT 2 |

Objet d'étude : le personnage de roman du XVIIe siècle à nos jours

DOCUMENTS

- **BALZAC, *Le Père Goriot*** (1835) ♦ DOC. 9, P. 461
- **ZOLA, « Nantas »** (1878) ♦ DOC. 10, P. 461
- **MAUPASSANT, *Bel-ami*** (1885) ♦ DOC. 11, P. 463

QUESTIONS SUR LE CORPUS

1 Analyser les caractéristiques physiques et morales de l'ambitieux.

2 Montrez que le personnage de l'ambitieux a besoin du regard de l'autre pour exister.

TRAVAUX D'ÉCRITURE

Commentaire (séries générales)

Vous ferez le commentaire du texte de Balzac (doc. 9, p. 461).

Commentaire (séries technologiques)

Vous ferez le commentaire du texte de Balzac (doc. 9, p. 461), en vous aidant des pistes de lecture suivantes.
– Vous analysez comment les pensées et les actions du personnage interagissent entre elles.
– Vous montrerez que Rastignac incarne un personnage type dont se moque le narrateur.

Dissertation

Dans quelle mesure le personnage de roman est-il représentatif de la société de son temps ?
Vous traiterez ce sujet en vous aidant des textes du corpus, de ceux étudiés en classe et de vos lectures personnelles.

Écriture d'invention

« Eugène [...] marchait en pensant à ce qu'il dirait à madame de Restaud, il s'approvisionnait d'esprit, il inventait les reparties d'une conversation imaginaire, il préparait ses mots fins, ses phrases à la Talleyrand, en supposant de petites circonstances favorables à la déclaration sur laquelle il fondait son avenir. »

Imaginez la conversation qu'invente Eugène de Rastignac avec Mme de Restaud. Vous veillerez à faire ressortir les traits caractéristiques du personnage mis en évidence dans le texte.

Le discours d'un initiateur | SUJET D'ORAL 1 |

• **BALZAC**, *Le Père Goriot* (1835)

« Voilà le carrefour de la vie [...] sans rencontrer des manigances infernales. »
→ p. 167-169, l. 3480-3520

QUESTION

Montrez que le discours de Vautrin vise à la fois à convaincre et persuader le jeune Rastignac.

Pour vous aider à répondre

a. Quelle est la thèse soutenue par Vautrin ?
b. Montrez que ce discours est une démonstration logique.
c. Analysez les procédés de persuasion.

COMME À L'ENTRETIEN

1. Que nous apprend ce discours sur le personnage de Vautrin ?

2. Comparez le discours de Vautrin à celui de Mme de Beauséant en soulignant points communs et différences.

3. Quel(s) rôle(s) jouent les personnages féminins auprès de Rastignac ?

4. Pourquoi Vautrin s'intéresse-t-il à Rastignac ?

5. Quel enseignement Rastignac reçoit-il de la vie dans ce roman ?

L'excipit[1]

| SUJET D'ORAL 2 |

• **BALZAC**, *Le Père Goriot* (1835)

« Les deux prêtres, l'enfant de chœur et le bedeau [...] Ratignac alla dîner chez madame de Nucingen. » → p. 392-394, l. 9318-9358

QUESTION

Dans quelle mesure ce texte remplit-il sa fonction d'excipit ?

Pour vous aider à répondre

a. Montrez que cet enterrement résume à lui seul le drame du père Goriot.
b. Expliquez l'expression « sa dernière larme de jeune homme ».
c. En quoi cette fin peut-elle être également considérée comme un début ?

COMME À L'ENTRETIEN

1. Dans quelle mesure peut-on affirmer que Rastignac est le véritable héros du roman ?

2. « La religion n'est pas assez riche pour prier gratis. » En quoi cette affirmation contient-elle une critique de la société ?

3. Dans la préface, Balzac déclare que Goriot et Vautrin sont des personnages « en révolte contre les lois sociales » : dans quelle mesure *Le Père Goriot* est-il un roman de la révolte ?

4. Qui est responsable de la mort du père Goriot ?

5. En quoi ce dernier épisode de l'enterrement du père Goriot transcrit-il une vision du monde à la fois romantique et réaliste ?

1. **Excipit :** derniers paragraphes ou dernières pages d'un roman.

Caricature et portrait social

DOCUMENT

• **JEAN-JACQUES GRANDVILLE (1803-1847), « Le perchoir », *Un autre monde*** (1844) → 2e de couverture

Grandville est un célèbre caricaturiste de la première moitié du siècle. La caricature[1] se développe alors grâce à l'essor de la presse et pratique une critique sociale volontairement satirique. L'artiste s'inspire des dessins des naturalistes et de la physiognomonie qui étudie les caractères en fonction de la physionomie des individus.

QUESTIONS

1 En quoi le travail du caricaturiste se rapproche-t-il de celui du naturaliste ?

2 Quels liens existe-t-il entre le groupe regardé et le groupe regardant ?

3 Comment interpréter le geste du père de famille ?

1. Le terme *caricature* vient du latin *caricare*, « charger, exaspérer ». La caricature déforme ou exagère les actions ou les traits qui caractérisent un personnage, une situation, afin de les dénoncer en s'en moquant.

Impressionisme et modernité

DOCUMENT

• **CAMILLE PISSARRO,** ***Boulevard des Italiens, matin, effet de soleil*** (1897)
→ p. 458 et 3e couverture

Le peintre Camille Pissarro (1830-1903) est connu pour ses paysages ruraux et urbains. Il appartient au mouvement impressionniste qui cherche à renouveler les techniques picturales contre l'académisme. Il privilégie la subjectivité du regard artistique et les impressions ou émotions personnelles suscitées par l'observation du réel. L'artiste quitte son atelier pour peindre à l'extérieur et accorde une large place à la couleur et la lumière. Ce tableau représente une vue du Paris moderne au XIXe siècle. Pissarro a peint deux toiles de cette vue, l'une le matin, l'autre l'après-midi, en variant la tonalité de la lumière. Il s'agit ici de la vue du matin.

QUESTIONS

1 Comment le peintre transcrit-il le mouvement et les jeux de lumière ?

2 Quel est l'angle de vue adopté par le peintre ? Quel est l'effet produit ?

3 En quoi ce tableau est-il représentatif de la modernité ? Quelle vision de la société parisienne nous transmet ce tableau ?

PAPIER À BASE DE FIBRES CERTIFIÉES

Hatier s'engage pour l'environnement en réduisant l'empreinte carbone de ses livres.
Celle de cet exemplaire est de :
1.1 kg éq. CO_2
Rendez-vous sur www.hatier-durable.fr

Achevé d'imprimer par Grafica Veneta à Trebaseleghe - Italie
Dépôt légal : 97154-9/01 - août 2013

IMPRIM'VERT